MONSUNOWE DNI

Laila El Omari

MONSUNOWE DNI

Z niemieckiego przełożył
Mieczysław Dutkiewicz

Świat Książki
wydawnictwo

Tytuł oryginału
Tage des Monsuns

Koordynacja wydawnicza
Magdalena Hildebrand

Redakcja
Ewdokia Cydejko

Redakcja techniczna
Małgorzata Juźwik

Korekta
Marianna Chałupczak
Elżbieta Szelest

Świat Książki
Warszawa 2016

Świat Książki Sp. z o.o.
02-103 Warszawa, ul. Hankiewicza 2

Księgarnia internetowa: swiatksiazki.pl

Skład i łamanie
Piotr Trzebiecki

Druk i oprawa
DRUK-INTRO S.A.

Dystrybucja
Firma Księgarska Olesiejuk sp. z o.o., sp. j.
05-850 Ożarów Mazowiecki, ul. Poznańska 91
e-mail: hurt@olesiejuk.pl, tel. 22 733 50 10
www.olesiejuk.pl

ISBN 978-83-8031-413-9
Nr 90097379

Dla Mohaba

„Ów region, powszechnie znany pod nazwą Nilgiri lub Góry Błękitne w dystrykcie Kojambatur, rozciąga się tam, gdzie łączą się ze sobą Wschodnie i Zachodnie Ghaty (…)"

Richard F. Burton, *Goa and the blue mountains*

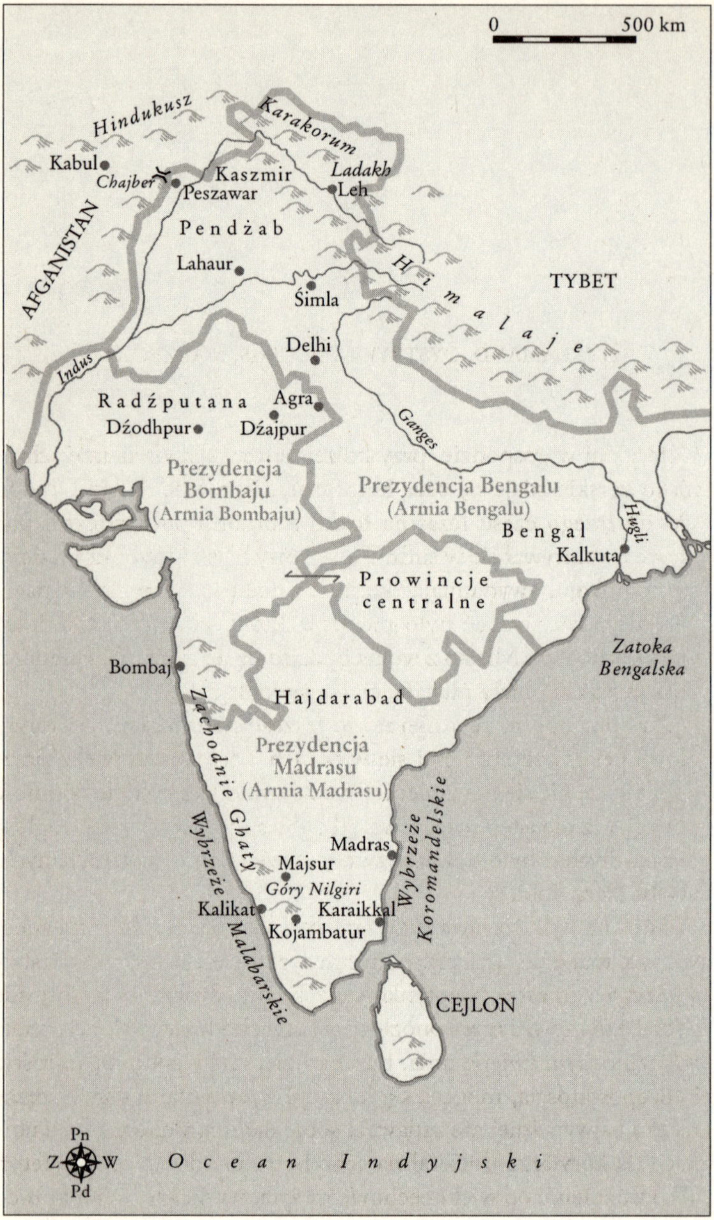
0
500 km
Hindukusz
Karakorum
Kabul
Chajber
Kaszmir
Ladakh
Leh
Peszawar
Pendżab
AFGANISTAN
Lahaur
Himalaje
TYBET
Śimla
Delhi
Indus
Radźputana
Agra
Dźodhpur
Dźajpur
Ganges
Prezydencja Bombaju
(Armia Bombaju)
Prezydencja Bengalu
(Armia Bengalu)
Hugli
Bengal
Kalkuta
Prowincje centralne
Zatoka Bengalska
Bombaj
Hajdarabad
Zachodnie Ghaty
Prezydencja Madrasu
(Armia Madrasu)
Wybrzeże Koromandelskie
Wybrzeże Malabarskie
Madras
Majsur
Góry Nilgiri
Kalikat
Karaikkal
Kojambatur
CEJLON
Pn
Z
W
Pd
Ocean Indyjski

1

Utakamand, dystrykt Nilgiris, marzec 1875

Cztery dni w gospodzie, przy której nawet najnędzniejsze schronisko górskie zdaje się oazą komfortu, zżymał się Aidan Landor. Od dłuższego czasu leżał na łóżku z dłońmi podłożonymi pod głowę i wpatrywał się w sufit. Purpurowy blask jutrzenki wdzierał się do pokoju, uwydatniając kontury i malując cienie na ścianach. Na korytarzu słychać było pierwsze kroki, cichnące stopniowo w dole schodów. Miasto z wolna budziło się do życia. W sąsiednim pokoju jakaś kobieta płakała, cicho zawodząc.

Za dużo opium ostatniej nocy. Jeszcze jeden dzień, w którym głowa pęka, wszystko ćmi się w oczach i dręczy człowieka przekonanie, że nic się nie zmieni. Brzask wypierał z pokoju ciemność powoli, acz nieustępliwie, zewsząd dobiegały coraz żywsze odgłosy domu. Słychać było trzask drzwi, to otwieranych, to zamykanych, ucichł płacz kobiety.

Speluna, tymczasowa przystań dla ludzi będących przejazdem w Utakamandzie, a nieprzypominających nawet najniższej warstwy społecznej miasta. Nieotynkowane ściany, których szpetoty nie zdołał zatuszować czerwonozłoty blask zachodzącego słońca, teraz, w bezlitosnym świetle dnia, tym bardziej raziły posępną szarością i chropowatością, mogącą się kojarzyć z wykwitami ospy. Sprzątaczka najwyraźniej nie zadawała sobie nadmiernego trudu, z ubikacji na korytarzu docierał na schody trudny do zniesienia fetor. W odróżnieniu od wielu pechowców życiowych, których los rzucił w to miejsce, Aidan mógł w każdej chwili pozwolić sobie na coś lepszego. Kto przybywał do Utakamandy, miał możność wyboru jednego z dwóch hoteli: Dawsona, w zachodniej części miasta, który oferował usługi podróżnym zdążającym przez przełęcz Sigur, albo Alexandra Chambers, niegdyś hotel Victoria. Chętnie zatrzymałby się w którymś z nich, wolał jednak wpierw odczekać kilka dni, wtopić się w zbiorowisko tutejszych mieszkańców, nie rzucając się zbytnio w oczy, dyskretnie i bez rozgłosu. A gdy już dostanie pokój w hotelu, nikt nie będzie wiedział, od jak dawna jest w Utakamandzie. Nie będzie już wtedy tutaj Briana, jego najbliższego przyjaciela i towarzysza podróży. Rozległo się stukanie do drzwi.

– Nie przeszkadzam?

Nie czekając na odpowiedź, Brian wszedł do środka, zatrzaskując za sobą drzwi, po czym opadł na jedyne krzesło.

– Jak widzę, nie spałeś – zauważył, patrząc na Aidana, który leżał na łóżku kompletnie ubrany, następnie skinął głową, wskazując na ścianę. – Byliśmy za głośni?

– Nie.

– Wczoraj wieczorem odwiedził mnie Thackery. Chciał się z tobą widzieć.

– Nie było mnie tutaj.

– Wiem. Zjawił się nagle w moim pokoju bez uprzedzenia, wyrósł jak spod ziemi. Pytał, gdzie cię może znaleźć.

Jego ostatnie słowa zawisły w powietrzu, ale Aidan pozostawił je bez odpowiedzi.

– I co mu powiedziałeś?

– Żeby przyszedł znów dzisiaj.

Aidan zmełł w ustach ciche przekleństwo, kierując wzrok na sufit.

– A co miałem powiedzieć? – Brian, niezrażony reakcją przyjaciela, rozsiadł się wygodniej na krześle. – Przecież jadę dziś dalej.

– A ona? – Aidan wskazał gestem w stronę sąsiedniego pokoju.

– Zostanie tutaj. Poinformowałem ją o tym dziś rano.

– Jak zwykle jesteś uosobieniem delikatności, Brian. Żeby opuszczać łóżko kobiety, mówiąc jej przy tym, że to koniec!

Brian wzruszył ramionami.

– Sądziłem, że to przyzwoita dziewczyna – mruknął Aidan.

– Porzuciła dom rodziców, żeby wyruszyć ze mną w drogę, choć tak naprawdę nie znała mnie zbyt dobrze. Jak, twoim zdaniem, świadczy to o jej przyzwoitości?

– I co z nią teraz będzie?

– Dałem jej trochę pieniędzy na powrót do rodziców.

Aidan nie skomentował tego, nie odpowiadała mu rola orędownika porzuconych kobiet. Od samego początku krytykował pomysł, aby zabrać ze sobą Gillian, ale Brian czuł się w Kalkucie samotny, a kiedy potem obaj znów się spotkali, była już z nim ta dziewczyna.

– Dokąd się teraz wybierasz? – zmienił temat.

– Oficjalnie najpierw przez Ghaty Zachodnie do wyżyny Dekan. – Brian mrugnął porozumiewawczo. – A nieoficjalnie na północ. Cel mojej podróży to Himalaje.

Aidan usiadł na łóżku i przetarł twarz dłonią. Piekły go oczy. Czuł to pieczenie przez całą noc; efekt dymu z zażywanego opium.

– Wiesz, zamyślam osiąść w tym dystrykcie.

– Ciągle jeszcze to dawne marzenie o plantacji herbaty? Nie miałem pojęcia, że gromadzisz bogactwa – uśmiechnął się kpiąco Brian.

– Trochę zaoszczędziłem, a resztę postaram się jakoś zebrać.

– Masz nadzieję, że będzie ci dane zaznać tu spokoju dostatecznie długo?

– Przynajmniej tak długo, żebym zdołał wszystko przygotować i nawiązać odpowiednie kontakty.

Brian wstał i przeciągnął się.

– W takim razie wszystkiego dobrego – rzekł na pożegnanie. – Opowiesz mi potem, jak było.

– Zanim się znowu spotkamy, zapewne przestanie cię to obchodzić – zasugerował Aidan. Czuł, że nieprędko się teraz zobaczą; znał go i wiedział, jak krótkotrwałe bywa jego zainteresowanie innymi ludźmi.

Brian przystanął w progu i odwrócił się z uśmiechem.

– Ty jako plantator herbaty! Naprawdę myślisz, przyjacielu, że wobec takiego obrotu spraw mógłbym pozostać obojętny? Nigdzie jeszcze nie wytrzymałeś dłużej niż dwa miesiące.

– Czasem nadchodzi pora na wprowadzenie pewnych zmian.

Aż do późnego przedpołudnia Aidan nie opuszczał pokoju i łóżka. Nieświeże powietrze osadzało się wilgocią w jego drogach oddechowych i pokrywało ciało lepką powłoką, on zaś leżał, słuchając głośnej sprzeczki za ścianą, a potem trzaśnięcia drzwiami i powolnych kroków Briana schodzącego w dół. W sąsiednim pokoju rozległ się brzęk, jakby coś poleciało na podłogę i się o nią rozbiło.

W którymś momencie przysnął, budząc się godzinę później. Miał wrażenie, że ubranie klei mu się do ciała, ale przynajmniej czuł się wypoczęty. Dzięki zażartej walce, jaką stoczył z jedną z tutejszych służących – niewiastą o wymiarach fregaty wojennej – przygotowano mu kąpiel, po której ogolił się i ubrał, a potem wyszedł na brudny korytarz w przeświadczeniu, że właśnie zrobił pierwszy krok na nowej drodze życia. Ta myśl przypadła mu do gustu i rozwiała posępny nastrój, dręczący go od kilku dni.

– Aidan? – Młoda kobieta o blond włosach stała u podnóża schodów, oparta o balustradę, jakby czekała tu na niego od dłuższego czasu. – Dotrzymać ci towarzystwa?

– Z pewnością nie w taki sposób, jaki masz na myśli, Gilly.

Spłonęła ciemnym rumieńcem.

– Brian wyjechał. – Kiedy Aidan minął ją, idąc dalej, ruszyła za nim. – Co ja mam teraz ze sobą zrobić?

– O ile wiem, Brian zostawił ci trochę pieniędzy.

– Tyle, żeby starczyło na powrót do Kalkuty, do rodziców. Ale kiedy wyjeżdżałam z Brianem, ojciec zapowiedział, że nie mam już po co wracać do domu.

Aidan obojętnie kiwnął głową.

– A zatem wiedziałaś dobrze, w co się pakujesz.

– Brian mówił, że zależy mu na mnie.

– Nic dziwnego, że tak powiedział. Czy w przeciwnym razie zgodziłabyś się dzielić z nim łoże?

Ponownie stanęła w pąsach, co Aidan przyjął z zaskoczeniem; dziwiło go, że Gillian potrafi się jeszcze czerwienić. Nie starała się przecież taić swego związku z Brianem ani nawet zachowywać się dyskretnie.

W progu na dole stała gospodyni, mierząc Gillian badawczym spojrzeniem. Gdziekolwiek zatrzymywali się na noc, Gillian i Brian zawsze podawali się za rodzeństwo. Podobieństw między nimi szukano by wprawdzie daremnie, oboje mieli jednak jasne włosy i niebieskie oczy, co mogło zwieść każdego, kto był dostatecznie łatwowierny lub chciał w to wierzyć. Sądząc po minie gospodyni, wyjazd Briana utwierdził ją w podejrzeniu, że coś tu się nie zgadza.

– Hej, moja panno! – zawołała gromkim głosem. – Bierzesz się za następnego? – Przeniosła wzrok na Aidana, przybierając na moment nieco bardziej przychylną minę, po czym zaatakowała znowu Gillian: – Zabieraj swoje rzeczy i wynoś się stąd! To porządny dom!

– Mój... Pan Casey zapłacił z góry za nocleg dla mnie – zaprotestowała Gillian, buntowniczym gestem wysuwając do przodu podbródek.

– Za nocleg dla siebie! – poprawiła ją gospodyni. – A skoro wyjechał, mogę wynająć pokój komuś innemu.

– Opłacił nocleg dla mnie – upierała się Gillian.

– Nie mówił nic o tym, że miałabym nadal udzielać gościny jego ladacznicy. – Gospodyni skrzyżowała na piersiach masywne ręce.

Z ciężkim westchnieniem Aidan przystanął i odwrócił się do niej.

– Pan Casey opłacił ten pokój na pięć nocy, dla siebie i tej młodej damy.

– Zgodziłam się na to, bo powiedział, że to jego siostra. Tylko dlatego.

– Możliwe, ale przyjęła pani jego pieniądze, a on musiał nagle wyjechać, wcześniej, niż zamierzał. Ta młoda dama dołączy do odpowiedniej grupy podróżnych i uda się w drogę powrotną do swojej rodziny.

– W moim domu nie ma miejsca dla ladacznic, nie pozwolę na to – obstawała przy swoim gospodyni.

– Pan Casey pozostawił tę młodą damę do jutra pod moją

opieką, a ja z kolei nie pozwolę na to, aby spędziła dzisiejszą noc na ulicy.

Kobieta chciała zaprotestować, zmieniła jednak zdanie na widok groźnie zmrużonych oczu Aidana.

– Ale tylko do jutra – mruknęła z kwaśną miną.

Gillian wybiegła za Aidanem, doganiając go, kiedy wychodził z gospody na ulicę.

– Dziękuję.

W odpowiedzi wzruszył jedynie ramionami i rozejrzał się po okolicy. Całe miasto wtulało się w zalesione kotliny górskie i doliny, raz po raz przejeżdżały z turkotem wozy, jakiś młody żołnierz, Anglik, stał oparty o ścianę pobliskiego domu, popatrując sennym wzrokiem na uliczny zgiełk. Po obu stronach drogi wznosiły się kantory herbaciane, hinduscy służący krzątali się z zapałem, to wchodząc do środka, to wychodząc z powrotem, w powietrzu krzyżowały się rozmaite dialekty. Do kantoru po przeciwległej stronie wchodziło właśnie dwóch odzianych na biało Hindusów, dyskutując zawzięcie. Nieopodal przechodziła grupka młodych sipajów; nie byli uzbrojeni, prawo zakazywało wydawania broni w ręce żołnierzy hinduskich podległych armii brytyjskiej. Zbyt żywa i bolesna była jeszcze pamięć o okropnościach powstania sipajów, które zdołano stłumić dopiero po okrutnym rozlewie krwi i które doprowadziło w roku 1858 do zlikwidowania brytyjskiej Kompanii Wschodnioindyjskiej.

– Ale ja mimo wszystko nie mogę powrócić do Kalkuty – nie dawała za wygraną Gillian.

– To już, moja droga, nie moja sprawa.

Przed kantorem z szyldem „Ramsay Tea", naprzeciw gospody, zatrzymał się czarny powóz, należący do jakiejś majętnej rodziny. Hinduski służący w białym stroju otworzył drzwiczki, z powozu wysiadł Anglik, który następnie pomógł zejść na ziemię kobiecie i małemu chłopcu w wieku najwyżej czterech lat. Mężczyzna nosił się z nieskazitelną elegancją, demonstrując przy tym zblazowaną minę znudzonego bogacza. Chłopiec chciał już wybiec na środek drogi, kiedy w ostatniej chwili kobieta chwyciła go za rękę. Malec podporządkował się jej z wyraźną niechęcią.

Gillian, stojąca nadal u boku Aidana, wydała nieokreślony dźwięk, który mógł oznaczać wzgardę, ale też zawiść. Raczej jednak zawiść, doszedł do przekonania Aidan, zdając sobie sprawę, że młoda kobieta z dzieckiem stanowi dokładne ucieleśnienie tych marzeń, jakie zapewne Gillian snuła wobec Briana. Nieznajomej kobiecie nie groziła samotność ani aura powszechnego potępienia. Jej rodzina nigdy by do tego nie dopuściła. Cała trójka skierowała się do kantoru, Aidan zaś przez chwilę odprowadzał ją wzrokiem, nie mogąc się powstrzymać od kpiącego uśmieszku w obliczu tak ostentacyjnie prezentowanej atmosfery życia rodzinnego.

– Powinnaś wreszcie wyjść za mąż – rzekł Charles Ramsay do młodej kobiety u swego boku, która właśnie upominała synka, aby nie wzbijał butami przydrożnego pyłu. – Naprawdę, uważam, że powinnaś wyjść za mąż.

Katrina, idąc za Charlesem, przeniosła syna przez próg do kantoru. O tak wczesnej porze panowały tu na szczęście jeszcze pustki. Ukradkiem zerknęła na brata, on jednak nachylał się już nad listą dostarczonych gatunków herbat; nie wyglądało na to, aby czekał na odpowiedź.

Z tylnej części kantoru podbiegł usłużnie młody mężczyzna.

– Mam nadzieję, że wszystko załatwiłem zgodnie z pańskim życzeniem, sir.

– Też mam taką nadzieję – odparł lakonicznie Charles, przeglądając listę w poszukiwaniu błędów. Tutejszego personelu nie można było darzyć pełnym zaufaniem; przekonywał się o tym ustawicznie, wolał się więc mieć na baczności.

– Witam i kłaniam się nisko, madam. – Młody człowiek zamrugał nerwowo i nie czekając odpowiedzi Katriny, zajął się natychmiast skrzynią przeznaczoną do transportu herbaty, dla ochrony przed wilgocią wyłożoną papierem.

– Caleb! – krzyknęła Katrina, kiedy chłopczyk wyciągnął dłoń do stojącej w pobliżu wagi.

– Nie pojmuję, po co go ze sobą zabrałaś – mruknął Charles, nie podnosząc wzroku.

Prawdę mówiąc, też tego nie wiedziała. Początkowo chyba chciała po prostu zrobić na złość bratu, który nie potrafił obchodzić się z dziećmi, ale teraz czuła, że opieka nad małym przerasta i ją.

– Jego *ayah* rozchorowała się – wyjaśniła.

– Ta kobieta stale choruje! Może powinnaś rozejrzeć się za kimś innym, kto by ją zastąpił. Jest leniwa i nie można na niej polegać. Cynthia pytała mnie już setki razy, po co ją trzymasz. – Ton jego głosu świadczył wyraźnie, że on sam tego nie wie.

– Caleb zdążył się do niej przyzwyczaić. – Katrina uważała, że ta sprawa nie powinna obchodzić jej bratowej, ale tę myśl zachowała dla siebie.

W kantorze nie miała nic do roboty, jedynie czekać, aż brat załatwi interesy, mogła być zatem wdzięczna synkowi, że urozmaica jej czas. Właściwie wcale nie chciała tu przyjść, zdała sobie jednak sprawę, że nie powinna stale przesiadywać w pokoju, z goryczą rozpamiętując minione lata, których i tak nie jest w stanie cofnąć. Tyle zmarnowanych uczuć, pomyślała, i znowu, jak to zdarzało się ostatnio dość często, ogarnęła ją przelotna fala przygnębienia.

Do kantoru wszedł jakiś mężczyzna w średnim wieku.

– Dzień dobry, panie Ramsay – zawołał, po czym dodał nieco chłodniejszym tonem: – Kłaniam się nisko, pani Alardyce.

– Witam, mister Jakes. – Charles podniósł wzrok i popatrzył na niego dostatecznie długą chwilę, aby dać mu do zrozumienia, że zauważył jego przybycie. – Za moment będę do pana dyspozycji.

Katrina przechadzała się po magazynie, wdychając intensywny aromat herbaty z regionu górskiego Nilgiri. Nieco dalej składowano inne gatunki. Jej brat przywiązywał wielką wagę do zamawiania jak najszerszego asortymentu, ale w większości była to herbata z jego własnych plantacji; uprawa na nich pochłaniała go w pełni. Skrzynki, ułożone jedna na drugiej i przygotowane już do transportu, zawierały herbatę Assam o lekko słodowym posmaku, a także rozmaite gatunki wyśmienitej Darjeeling oraz aromatyczną herbatę z Cejlonu, podobną do tej z gór Nilgiri. Charles sprowadzał nieraz herbatę aż z Chin i Japonii, spędzając potem mnóstwo czasu na testowaniu nowych nut smakowych, dodając do mieszanek mniej lub więcej uncji poszczególnych gatunków.

Z dala od gwaru, tam gdzie głosy mężczyzn nie docierały już tak wyraźnie, Katrina weszła na drewniane schodki. Na pierwszym piętrze znajdowały się biura; stąd urzędnicy jej brata zarządzali tym herbacianym imperium. Katrina była obeznana nie tylko z najważniejszymi sprawami handlowymi firmy, ale również z wieloma niuansami uprawy herbaty. Nic dziwnego: miała wszak dobrych nauczycieli, najpierw wtajemniczał ją w to ojciec, a później... Stephen. Stephen. Minęły już dwa lata, a każda myśl o nim wciąż wywoływała u niej żywsze bicie serca i ostry ból.

Z okna przy schodach roztaczał się widok na kontury odległych gór, otulonych obłokami niebieskofioletowej jak lawenda mgły. Dystrykt Nilgiris stanowił najdalej wysuniętą na zachód część stanu Tamilnadu, na zachodzie graniczył z Keralą, na północy z Karnataką, a na południowym wschodzie z dystryktem Kojambatur. Górzysty płaskowyż porośnięty lasami rozciągał się od wybrzeża aż po równiny, granicząc z głębiej położonymi płaskimi nizinami. Całą tę krainę przecinały strumienie, które w końcu łączyły się, wpadając do rzeki Moyar. Nilgiri – *neelam giri*, Błękitne Góry. Nikt nie wiedział tak naprawdę, skąd się wzięła ta nazwa. Jedni uważali, że od niebieskawej mgły stale unoszącej się nad szczytami, inni, że od niebieskofioletowych kwiatów neelakurinji, owej niezwykłej rośliny zakwitającej raz na dwanaście lat. Współcześni podróżni natomiast wywodzili tę nazwę od sadzonego przez Brytyjczyków eukaliptusa gałkowego. Katrina często stawała z samego rana przy oknie w swoim pokoju i spoglądała na panoramę gór, przygnębiona, bo od minionego wieczoru nic w jej życiu nie zmieniło się na lepsze.

– Katrina! – dobiegł do niej głos Charlesa. Czym prędzej zbiegła na dół i omal nie potknęła się o Caleba, który siedział na podeście schodów, bawiąc się jakimś błyszczącym kamykiem.

– Od pana Jakesa – rzekł mały, wyciągając do niej rękę z kamykiem. Oczekiwał zachwytu; Katrina wiedziała o tym i dołożyła starań, aby nie sprawić mu zawodu. Przywykła już do roli matki, choć czuła się czasem nieswojo, odnajdując w tym dziecku samą siebie, pod względem zarówno temperamentu, jak i wyglądu, z tymi jasnymi złocistobrązowymi włosami i zielonymi oczami. Caleb z pewnością nie wykazywał żadnego podobieństwa do ojca.

– Katrina! – Głos Charlesa zabrzmiał tym razem bardziej natarczywie. – Następnym razem bądź łaskawa zająć się nim sama. To niedopuszczalne, aby twój syn szalał tu i przeszkadzał nam w pracy.

– Przepraszam, Charles.

– Pan Jakes powiedział, że widział wczoraj Stephena. – Charles zdawał się nie dostrzegać reakcji siostry, która nagle zesztywniała. – Kiedy on wrócił w te strony?

– Pytasz o to niewłaściwą osobę – odparła oschle.

– Mam nadzieję, że nie zabawi tu długo. Dopiero co ludzie przestali gadać.

Nie ustała jednak ich wrogość, pomyślała Katrina. Charles otworzył jej drzwi. Wyszła na zewnątrz, gdzie natychmiast uderzył w nią zgiełk ludzkich głosów, spowijając szczelnie niczym migotliwa, puszysta zasłona. Nie powinnam była tu przychodzić, pomyślała znów, kiedy kilka kroków dalej któryś z sąsiadów przywitał się z Charlesem, do niej natomiast mruknął jakieś zdawkowe pozdrowienie, omijając ją wzrokiem. Zanim wyjechali z domu, Charles uprzedził ją, że nie życzy sobie żadnej ingerencji w jego interesy, chyba że sam poprosi ją o radę. Zaproponował wspólną wizytę w kantorze tylko po to, aby znów znalazła się między ludźmi. Pragnął stopniowo, etapami, wprowadzać ją w życie towarzyskie; teraz, skoro już zrobił pierwszy krok, jego żona będzie mogła zabrać ją ze sobą na jakieś przyjęcie.

Katrina posłusznie, bez jakiegokolwiek oporu, dostosowywała się do oczekiwań rodziny brata, choć wszystko w niej krzyczało w niemym proteście. Udawało jej się skrywać sporadyczne porywy niezadowolenia pod na pół przymkniętymi powiekami, a w chwilach, gdy się obawiała, że nie zdoła zapanować nad głosem, przezornie zachowywała milczenie. Znalazła się w matni i wiedziała, że nie ma wyjścia.

Charles podał jej usłużnie ramię i zanim jeszcze wsiadła do powozu, rozejrzała się, aby pochwycić coś z tętniącego tu życia. Przed dość podupadłą gospodą po drugiej stronie ulicy dostrzegła ciemnowłosego mężczyznę i blond kobietę, która spojrzała na nich i rzekła coś do swego towarzysza. Jego odpowiedź, udzielona z lekkim uśmiechem, najwyraźniej ją zirytowała, gdyż natychmiast uniosła nieco dół sukni, obróciła się na pięcie i wbiegła z powrotem do gospody. Mężczyzna nie zadał sobie nawet trudu, aby odprowadzić ją wzrokiem, nadal niezdecydowanie popatrywał przed siebie.

Wolna jak ptak, pomyślała Katrina o nieznajomej. Chciałabym być taka jak ona.

Utakamand – Ooty, jak nazywali to miasto Anglicy – leżało w centrum dystryktu Nilgiris. Ze względu na łagodny klimat, uwarunkowany wyższym położeniem, stanowiło w okresie od kwietnia do czerwca letnią rezydencję Brytyjczyków osiadłych w prezydencji Madrasu. Angielskie miasto w samym sercu Orientu. Aidan, spoglądając z okna swego pokoju na góry wznoszące się ponad panoramę miasta, nie wątpił, że próżno byłoby szukać w Indiach miejsca równie pięknego jak to. Nad głębiej położonym regionem południowo-zachodnich Ghatów rozpościerała się ostoja słoni i tygrysów: wilgotne, zielone lasy deszczowe, sięgające aż po południowy kraniec Indii. Busz pokrywał wyżej położone łańcuchy górskie południowo-zachodnich Ghatów, przerzedzając się stopniowo ku górze i przechodząc w otwarte błonia. Aidan żałował, że nie ma w tym momencie dostatecznie dużo czasu, aby wybrać się tam w podróż.

– Podporuczniku Landor! – Gniewny okrzyk za jego plecami wyrwał go z zadumy.

Powoli odwrócił się od okna, podczas gdy słowa z ust tamtego sypały się ostro, staccato.

– Jak pan w ogóle może mieszkać w takiej norze?

Aidan powiódł wzrokiem po swoim pokoju, jakby widział go po raz pierwszy, i znowu, tak jak czynił to codziennie, odkąd tu przyjechał, uznał w duchu, że najwyższy czas znaleźć wreszcie inną kwaterę. Czuł się zmęczony i rozdrażniony, jakby tego było mało, od ponad pół godziny musiał wysłuchiwać rozwlekłej, pełnej oburzenia reprymendy przełożonego.

– Majorze Thackery, sir, ubolewam, że musiał się pan kilka

razy fatygować tu na próżno. – Aidan starał się wyrazić szczerą skruchę, ale jego wysiłek nie przyniósł spodziewanego rezultatu.

– Czy podporucznik Casey nie przekazał panu, że pytałem o niego?

– Owszem, przekazał. Niestety, okoliczności sprawiły, że nie mogłem tu gościć na stałe.

– Jakież to okoliczności, podporuczniku? – Thackery machnął ręką, kiedy Aidan otworzył usta, by odpowiedzieć. – Nie sądzę, żebym chciał je w szczegółach znać. Wie pan może, czy podporucznik Casey zabrał ze sobą tę kobietę, wyjeżdżając?

– Nie, nie zabrał jej, sir.

– To dobrze – odparł Thackery. – To dobrze. Upomnienie, jakiego udzieliłem podporucznikowi Caseyowi, odnosi się również do pana. Nie chciałbym usłyszeć w przyszłości, że wykonuje pan jakąś powierzoną mu misję w towarzystwie kobiety.

Aidan miał już na końcu języka kilka słów na swoje usprawiedliwienie. Czy nie prawił Brianowi wielokrotnie takich samych morałów? Zresztą Gillian nie była jego kochanką, lecz Briana! Tyle że takie tłumaczenie byłoby równoznaczne z obmawianiem przyjaciela za jego plecami. Nie, nie zrobi tego.

Thackery najwidoczniej nie był jednak pewien, czy naprawdę zastosowano się do jego pouczeń.

– Gdzie teraz jest ta dziewczyna? – spytał i spojrzał na komodę, jakby oczekując, że lada moment Gillian wyskoczy z którejś szuflady.

– Sądzę, że u swoich rodziców, sir. – Aidan uświadomił sobie, że od momentu wyjazdu Briana nie widział Gillian ani razu. Znikła niemal natychmiast, już następnego dnia.

– U swoich rodziców? Tylko tyle przyszło panu do głowy? Ostrzegam pana, podporuczniku, że jeśli dojdą mnie słuchy, że pan lub podporucznik Casey ponownie przestajecie w jej towarzystwie… – Nie dokończył zdania, ale jego spojrzenie mówiło aż nadto wyraźnie, jakie zastosowałby konsekwencje takiej niesubordynacji, jak surowe i nieuniknione. – Co pan teraz zamierza, czekając na następne rozkazy?

– Sądzę, że tu zostanę.

– Tutaj? – Thackery ponownie powiódł wzrokiem po ścianach pokoju.

– Miałem na myśli Utakamand. Pora gdzieś osiąść wreszcie na stałe.

– Trudno byłoby to pogodzić z pańskim trybem życia, chyba że zamierza pan pożegnać się z nami? – W głosie Thackery'ego zabrzmiał wyraźnie ton przestrogi.

– Nie, sir, niczego takiego nie mam oczywiście w planach.

– W takim razie zgoda, skoro chce pan tu pozostać, proszę bardzo. Wie pan, kiedy ma się u mnie meldować, do tego czasu ma pan wolną rękę.

Przed wyjściem z pokoju rozejrzał się jeszcze raz dokoła, jakby wypatrując czegoś – lub kogoś – po czym zamknął za sobą drzwi.

Aidan nie zdawał sobie sprawy, że Thackery wie o istnieniu Gillian; Brian przezornie nie rozpowiadał o niej na prawo i lewo.

– Masz szczęście, że zdążyłeś wyjechać – mruknął do siebie. Rozumiał wprawdzie dezaprobatę swego przełożonego, ale misja wykonywana przez niego i Briana zakończyła się już pomyślnie, ku zadowoleniu wszystkich zainteresowanych. Po cóż więc teraz, kiedy jest już po wszystkim, rozdzierać szaty?

Rozmowa z Thackerym przypomniała mu o Gillian i Aidan zaczął się zastanawiać, czy aby dziewczyna przypadkiem nie podążyła za Brianem. Może zasięgnęła języka na jego temat i na tej podstawie uznała, że zmierza w kierunku Ghatów Zachodnich? Nie mogła wiedzieć, że to fałszywa informacja. Może wypytywała o niego, kogo tylko się dało, opisując jego wygląd? Przez chwilę zrobiło mu się jej żal. Wiedział, że nawet jeśli Gillian natrafiła na trop kochanka, zgubi go najpóźniej przy końcu tej ulicy. Brian potrafił stopić się z otoczeniem, opanował tę sztukę do perfekcji, podobnie jak Aidan. Gdyby nie to, nie przeżyłby nawet dwóch dni. Obaj pozostawali niewidzialni, czy to na górskim pustkowiu, czy w ludzkim tłumie. Jawili się ledwie jako zarysy, widoczne co prawda, ale nieprzyciągające niczyjej uwagi. Ludzie cienie.

Nuda. Katrina bezgłośnie powtórzyła to słowo kilkakrotnie. Czas sączył się opieszale niczym ściekające krople gęstego syropu. Na peryferiach jej świadomości niosła się paplanina: to Cynthia, jej bratowa, prowadziła rozmowę z przyjaciółką, panią Lowell. Katrina uśmiechała się tak jak tego od niej oczekiwano, nie przerywając robótki. Niestrudzenie wtykała igłę w delikatny batyst, wypełniając wyrysowaną na nim lilię białą jedwabną nicią. „Biel lilii. Niewinność. Strzeż tego, co masz, moje dziecko. My, kobiety, nie posiadamy nic cenniejszego".

Starała się usilnie nadążać za rozmową kobiet, ale nerwowy styl mówienia Cynthii i jej zwyczaj akcentowania poszczególnych słów rozpraszały uwagę, pozwalając myślom dryfować w innym kierunku. Jej uśmiech coraz bardziej przybierał formę sztucznego grymasu, dłoń z igłą do haftowania poruszała się machinalnie. W sprzyjającym momencie Katrina odważyła się rzucić spod powiek ukradkowe spojrzenie na drzwi. Wiedziała jednak, że nie ma co liczyć na wybawienie.

Wiadomość, że Stephen zjawił się znowu w mieście, nie dawała jej spokoju. Odkąd brat powiedział jej o tym, nie rozmyślała niemal o niczym innym. Ostatniej nocy zaczęła sobie nawet wyobrażać, jak by to było, gdyby obudziła się nad ranem i odkryła, że dwa ostatnie lata były jedynie złym snem. Otworzyłaby oczy i widząc obok siebie Stephena, odetchnęłaby z ulgą, tak jak to się czasem zdarzało, gdy budziła się z jakiegoś koszmaru i przekonywała, że zło nie dotknęło jej w rzeczywistości, lecz tylko we śnie. Z tymi myślami zasnęła. Śniło jej się, że budzi ją Stephen, nachylając się nad nią, światło wpada do pokoju przez na wpół otwarte okiennice, ona zaś czuje, jak przepełnia ją błogie uczucie szczęścia. Dopóki nie obudziła jej *ayah*.

Dwa lata temu Katrina postanowiła raz na zawsze wymazać Stephena z serca. Ale jak wytrwać w tym postanowieniu, gdy tak jak teraz siedzi w salonie, a w pamięci natrętnie odżywają sceny z jej wcześniejszego życia? Wychowana w atmosferze swobody, nigdy nie czuła się skrępowana zbędnymi zakazami, wolno jej było odbywać samodzielne przejażdżki, zajmowała się ogródkami herbacianymi, najpierw wspólnie z ojcem, potem ze Stephenem. Możliwość swobodnego uczestniczenia w życiu towarzyskim jako szanowana córka i żona była dla niej czymś tak naturalnym i oczywistym, że z czasem zaczęła prezentować swego rodzaju arogancję – również to nie uleciało jej z pamięci.

Postanowiła wziąć się w garść i mimo wszystko włączyć się do rozmowy bratowej z panią Lowell. Ich pogawędka toczyła się niespiesznie; niestrudzenie wykonywała dłonią wciąż te same ruchy, haftując lilię. Odkąd tu usiadła, nie przerwała robótki nawet na moment. Teraz jednak odłożyła na bok niewielki tamborek i nakryła oczy dłońmi.

– Cóż to, moja droga, nie czujesz się dobrze? – zapytała Cynthia.

Duszę się, pomyślała Katrina. Duszę się.

– To tylko chwilowe zmęczenie – odparła.

– Może powinnaś się położyć, odpocząć trochę – zaproponowała Cynthia.

– Chciałam właśnie poradzić to samo – wtrąciła się pośpiesznie pani Lowell, jakby bojąc się, że nie dadzą jej dojść do słowa. – Istotnie, jest pani bardzo blada.

Katrina nie wahała się ani przez chwilę. Wstała i wyszła z salonu, zamieniając jego monotonię na półmrok swego pokoju. Poleciła nie otwierać nawet tego dnia okiennic. Bezkres tutejszego krajobrazu wydawał się czasem nie do zniesienia. Skoro nie mogła się cieszyć wolnością, wolała też nie napawać się widokiem tej rozległej krainy. Jako dziecko wierzyła, że kiedy zamknie oczy, stanie się niewidzialna. Również teraz, kładąc się do łóżka, zamknęła oczy, żeby choć na moment stać się niewidzialna, niczym przelotny cień!

– To twoje ustawiczne rozczulanie się nad sobą i pogrążanie w melancholii jest w najwyższym stopniu nużące – zarzucił siostrze Charles. Że też akurat on uskarża się na nudę, pomyślała Katrina. Podobnie jak Cynthia, Charles udzielał się towarzysko w sposób ściśle schematyczny i przewidywalny. Ożywiał się jedynie, kiedy podejmowano rozmowę o herbacie. Jego oczy nabierały wtedy świeżego blasku, a usta formowały słowa dalekie od utartych frazesów i pouczeń.

– Takie użalanie się nad sobą – dodał Charles po krótkiej przerwie, obliczonej na większy efekt – to właśnie postawa, jakiej ludzie spodziewają się po tobie. Powinnaś zachowywać się z godnością i dumą, a zarazem z powściągliwością. Nie chodzi mi tu o poczucie winy, nie, w żadnym razie nie o to, ale... hm... w pewnym sensie, powiedzmy: o skruchę...? – Zmarszczył czoło, jakby zastanawiając się, czy te dwa pojęcia – odczuwać skruchę i nie poczuwać się do winy – nie pozostają ze sobą w sprzeczności, po czym w krótkich, urywanych słowach kontynuował swój wykład, raz po raz łapczywie chwytając ustami powietrze, gdy dawał się zbytnio ponosić emocjom. Widocznie gorset towarzyskich konwenansów dusił go w nie mniejszym stopniu niż ten z fiszbinami Katrinę.

– Nie wiem doprawdy, co z tobą będzie – zabrzmiał jego mało optymistyczny komentarz kończący wywód. – A przecież należy też pomyśleć o Calebie. Zastanawiam się czasem, czy nie byłoby lepiej, gdyby zajął się nim Stephen.

Poczuła nagły poryw irytacji i tym razem nie podjęła próby stłumienia gniewu.

– Tylko mężczyzna mógł powiedzieć coś równie niedorzecznego!

– Caleb potrzebuje ojca.

– Stephen już dawno temu udowodnił, że nie jest człowiekiem, który nadawałby się do tej roli.

– Gdyby było wiadomo, że skandal jest nieunikniony, można by starać się dojść z nim do jakiejś ugody. Powinnaś ponownie wyjść za mąż, a jako kobieta z dzieckiem masz utrudnione zadanie.

– Obawiasz się, że będziesz mnie miał do końca życia na karku?

– Nie gadaj bzdur – odparł sucho Charles. – Jednak któreś z nas powinno zachować zimną krew i zacząć myśleć rozsądnie.

– Mógłbyś mnie wysłać do Anglii, echa skandalu z pewnością nie dotarły tak daleko. – Drobna próba prowokacji, za którą zemścił się niezwłocznie.

– Tak właśnie bym uczynił, gdybym miał pewność, że w Anglii istotnie jeszcze o niczym nie słyszeli.

Nie po raz pierwszy Katrina zadała sobie w duchu pytanie, czy jej brat zdaje sobie w ogóle sprawę, jak bolesną krzywdę można komuś wyrządzić słowami. Kiedyś wreszcie będzie zmuszona mu o tym powiedzieć. Mogłaby właściwie uczynić to teraz, ale na razie zaprzątała ją całkowicie własna niedola.

2

Utakamand, kwiecień 1875

Klub Ooty, który mieścił się w rozległym parku, chętnie odwiedzali zarówno oficerowie, jak i miejscowa śmietanka towarzyska. Tutejsza społeczność angielska wykazywała struktury hierarchiczne zarysowane wyraźniej niż w samej Anglii, zapewne dlatego, że w Utakamandzie była mniej liczna i tym samym bardziej przejrzysta. Do klubu, uznawanego za najlepszy w Indiach, nie każdy miał wstęp. Mile widzianymi tu gośćmi byli oficerowie, wywodzący się zazwyczaj z wyższych sfer. Poszczególne szczeble struktury społecznej uwydatniały się również w samym klubie. Hindusi nie mieli do niego wstępu, chyba że jako personel. Zgodnie z angielską tradycją organizowano tu nawet polowania na lisy, klub był także miejscem spotkań towarzyskich pań, zwłaszcza tych, które nie miały wśród kobiet krewnych i czuły się samotne w swoich domach, pełnych służby, ale pozbawionych osób bliskich mogących umilić życie. Mężczyźni wykorzystywali czas spędzany w klubie tak, jak spędzano go w klubach w Londynie: spotykali się z przyjaciółmi, nawiązywali kontakty i odświeżali je lub po prostu przesiadywali tu, aby umknąć przed nudą domowego zacisza. Klub miał mnóstwo eleganckich pomieszczeń, bufet dostępny dla mężczyzn i kobiet oraz położony głębiej bar przeznaczony wyłącznie dla mężczyzn; tu po godzinie dwudziestej przestawały obowiązywać rygorystyczne przepisy co do ubiorów, panowie mogli siedzieć w koszulach. Ściany pokrywały drewniane panele, goście stąpali po lśniącym jak jedwab parkiecie i cieszyli wzrok połyskliwymi meblami z drewna różanego, na których załamywał się blask kryształowych kandelabrów. Na ścianach sali balowej wisiały trofea myśliwskie, pamiątki z czasów, kiedy członkowie klubu wykazywali jeszcze dostatecznie dużo animuszu, aby polować na tygrysy, lamparty i niedźwiedzie. Klub miał też własną bibliotekę – niezależną od biblioteki miejskiej – oraz czytelnię z nieodłącznym zapachem starych ksiąg.

Siedząc na ławce, Aidan obserwował kobiety, które przechadzały się po parku; mocno ściśnięte gorsetem, smukłe jak topola i wiotkie niczym trzcina lekko rozkołysana na wietrze. To doprawdy zdumiewające, ile wdzięku można nabrać, sznurując się ciasno, niemal do utraty tchu, lub nosząc modne buciki, pomyślał. Przed nim sunął istny korowód uroczych laleczek, pięknych dla oka, ale pozbawionych zmysłowego wdzięku. Mimo to patrzył na nie z przyjemnością, kiedy mijały go, gawędząc z ożywieniem, tak jakby stanowiły główną atrakcję spektaklu, na którym był jedynym widzem.

Przed kilkoma dniami wysłał do ojca list i teraz zastanawiał się, kiedy otrzyma odpowiedź. Potrzebował pieniędzy. W ostatnich latach zdołał wprawdzie odłożyć pewną sumkę, ale było tego zdecydowanie za mało, aby móc kupić dom z przyległymi herbacianymi plantacjami, który sobie upatrzył. Ojciec z pewnością odrzuci jego żądania; w jego oczach Aidan był zwykłym próżniakiem, który potrafił przez parę miesięcy włóczyć się po okolicy, nie dając znaku życia poza listami zawierającymi jakieś mętne wzmianki o miejscu aktualnego pobytu.

A przecież z punktu widzenia ojca początkowe postanowienie Aidana, który wyraził życzenie zaciągnięcia się do wojska, było wielce obiecujące. Główna część spadku przypadała w udziale starszemu bratu, on sam zaś pobierał miesięczną rentę, zbyt skromną, by mogła starczyć na utrzymanie domu. Stąd decyzja o służbie wojskowej. Kiedy ojciec nabył dla niego patent oficerski, Aidan wyjechał do Kalkuty i tam zdobył podstawowe wykształcenie. Rodziciel pragnął wprawdzie widzieć go w szeregach kawalerii Bombaju, on jednak zdecydował się na karierę zwiadowcy, co w oczach każdego Anglika oznaczało działalność zwykłego szpiega, z pewnością daleką od wyobrażeń ojca co do przyszłości syna.

Od jakiegoś czasu Aidan utrzymywał rodzinę i przyjaciół w mniemaniu, że pożegnał się już z wojskiem, a patent oficerski zachowuje tylko ze względów prestiżowych. Nie żałował tego wyboru: zawsze, ilekroć przemierzał z Brianem góry wzdłuż i wszerz, mieszając się z miejscową ludnością i całymi tygodniami posługując się wyłącznie dialektami górali, uświadamiał sobie, że podjął najtrafniejszą decyzję w życiu.

Zdawał sobie przy tym sprawę, że najwyższa pora zatroszczyć się o przyszłość. W ostatnich miesiącach coraz częściej oddawał się podobnym rozmyślaniom. Jak wyglądałoby jego życie, gdyby istotnie pożegnał się z wojskiem, już to ze względu na wiek, już to z powodu jakiejś poważnej rany, która uniemożliwiłaby dalsze wykonywanie obowiązków? Od paru lat przezornie odkładał po trochu pieniądze, a dystrykt Nilgiris urzekł go swym pięknem od pierwszej chwili.

Ponownie powiódł dokoła wzrokiem i dostrzegł młodą kobietę stojącą jakby na uboczu, z dala od innych. Pogrążona w zadumie, wpatrywała się w dal. Aidan obserwował jej profil, usiłując przypomnieć sobie, gdzie ją już spotkał. Z na wpół przymkniętymi oczami przebiegł myślą wszystkie spotkania z ostatnich tygodni i w końcu pamięć podsunęła mu pierwszy wieczór spędzony w Ooty. No tak, to ta sama kobieta, która z mężem i synkiem weszła do kantoru herbacianego. Teraz, z mniejszej odległości, zauważył jej delikatne rysy, prosty nos, miękką linię ust i dość wyraziste kości policzkowe, które nadawały jej twarzy z lekka cierpki wyraz.

Upłynęło sporo czasu, odkąd Aidan po raz ostatni miał okazję flirtować czy choćby rozmawiać z Angielką – pomijając oczywiście Gillian, ale ona się nie liczyła. Ponieważ mijające go grupkami kobiety zdawały się nieosiągalne, postanowił wypróbować swoje talenty konwersacyjne na nieznajomej, która nadal wpatrywała się w panoramę gór z takim natężeniem, jakby widziała je po raz pierwszy w życiu. Może przyjechała tu z Madrasu i bawi w Ooty od niedawna?

Idąc w jej stronę, Aidan obmyślał jakieś błyskotliwe słowa, którymi mógłby wszcząć rozmowę.

– Piękny widok – usłyszał swój własny głos. No cóż, jednak wyszedł już z wprawy.

Kobieta obróciła się gwałtownie i spojrzała na niego szeroko otwartymi oczami, najwyraźniej przerażona. Jej reakcja go zaskoczyła: odezwał się przecież najłagodniej, jak umiał. Czym prędzej więc dodał kilka słów wyjaśnienia, jakie akurat mu wpadły do głowy:

– My się już znamy, pani…

Zawahała się i dopiero, kiedy kiwnął zachęcająco głową, odparła:

– Alardyce. Niestety, nie przypominam sobie…

Poważna gafa, ale chyba nie zdawała sobie z niej sprawy.

– Widzieliśmy się już jakiś czas temu. Była pani wtedy w towarzystwie męża i spojrzała w moją stronę tylko jeden jedyny raz.

Jej twarz drgnęła przelotnie.

– W takim razie to musiało się zdarzyć istotnie dawno temu.

Próba nawiązania rozmowy okazała się trudniejsza, niż sądził. Żałował już, że nie został na swojej ławeczce.

– Nie, zaledwie przed paroma tygodniami.

Jej wzrok wyrażał teraz tak bezgraniczne zdumienie, że Aidan poczuł się jak skończony idiota.

– Tak, to było naprzeciw gospody przed kantorem „Ramsay Tea" – dodał, aby odświeżyć jej pamięć.

Kobieta zmarszczyła czoło i niemal natychmiast jej oczy rozjaśnił błysk zrozumienia. Najwyraźniej znów poczuła grunt pod nogami.

– To był mój brat, Charles Ramsay. Jest właścicielem tego kantoru herbacianego – wyjaśniła. – Nie jestem już zamężna.

Aidan kiwnął głową. Zrozumiał. Wprawdzie nie nosi żałoby, a zatem jej mąż nie żyje już co najmniej od trzech lat, ale i tak zrobiło mu się jej żal. Wiedział doskonale, jakie ograniczenia niesie ze sobą wdowieństwo. Jego mina zdradzała zapewne to, o czym myślał, bo kobieta nachmurzyła się i spuściła wzrok.

– Może zechciałaby pani przejść się ze mną po parku? – zaproponował.

Zerknęła na grupkę gawędzących nieopodal ludzi i przeniosła na niego ponownie spojrzenie.

– Przykro mi, ale tamci mogliby zwrócić na nas uwagę – odparła.

Jej słowa wydały mu się tak obraźliwe, że zaniemówił.

– Ludzie lubią gadać – dodała. – Muszę iść, zapewne szuka mnie moja bratowa. – Kiwnęła głową na pożegnanie i śpiesznie skierowała się w stronę klubu; nie stąpała przy tym wykwintnie, drobiąc po ścieżce, lecz stawiała kroki w sposób, który podkreślał, że pod spódnicą kryje się ciało kobiety. Aidan nie spuszczał wzroku z jej turniury i chociaż odprawa, jaką dostał, zirytowała go, nie zdołał powstrzymać się od uśmiechu.

Wchodząc do hali magazynowej, Charles uznał, że podczas jego nieobecności nie palono się do roboty, i już od progu zaczął wykrzykiwać stosowne polecenia. Ostatni tydzień spędził w Coonoor, ustalając warunki wymiany handlowej z miejscowymi handlarzami herbaty. Stał teraz pośrodku hali i mierzył karcącym wzrokiem pracowników, którzy nie wywiązali się z obowiązków pakowaczy. Opłacał ich i uważał, że ma prawo wymagać. Tymczasem oni – takie miał wrażenie – oszukują go i okradają. Będzie musiał porozmawiać jeszcze raz z nadzorcą. Tamten wprawdzie stale powtarza, że wszystko odbywa się w jak najlepszym porządku, ale Charles nie wierzył w te zapewnienia. Może należałoby przejrzeć samemu księgi rachunkowe i przy okazji zatrudnić innego nadzorcę?

Przechodząc z magazynu do kantoru, obliczał w myślach wysokość zysków, jakie mogło mu przynieść nabycie nowych terenów pod uprawę herbaty. Machinalnie pozdrowił dwóch znajomych, którzy go właśnie mijali, po czym wszedł do kantoru. Pod ścianą wyłożoną boazerią stał jeden z pracowników i trzymał jakąś grubą książkę, w której Charles rozpoznał księgę handlową firmy. Jego uwagi nie uszedł też dziwny, jakby spłoszony wzrok mężczyzny. Może należało wymienić od razu cały personel? Pewien kupiec z Kotagiri opowiedział mu kilka dni temu, jakich przekrętów w księgach rachunkowych dopuścili się pracownicy jego firmy. Charles nigdy nie darzył personelu szczególnym zaufaniem, ale teraz był niemal pewien, że podobne niegodziwości dzieją się też pod jego dachem. Zresztą przekonać się o tym to nic trudnego: wystarczyło zaskoczyć tych oszustów, wracając dwa dni wcześniej.

– Sir. – Nadzorca, mister Johansson, poderwał się z miejsca na widok pryncypała wchodzącego do biura.

– Ostatnie raporty miesięczne – zażądał Charles.

– Nie spodziewaliśmy się pana tak wcześnie – odrzekł Johansson, wyciągając niezwłocznie kilka segregatorów.

– Udało mi się załatwić sprawy szybciej, niż myślałem. – Charles opadł na krzesło i otworzył pierwszą teczkę z dokumentami.

– Sądziłem, że to z powodu... – Johansson uznał widocznie, że mógłby powiedzieć za dużo, bo nie dokończył zdania.

– Z powodu czego? Słucham – podchwycił Charles, nie odrywając wzroku od dokumentu.

– Proszę mi wybaczyć, sir, ale nie chciałbym powtarzać plotek.

– Mister Johansson, sądzę, że jestem nieźle zorientowany w tym, co się wokół mnie dzieje. Interesuje mnie jednak pański pogląd w tej sprawie.

– Mój pogląd? – Nadzorca nie ukrywał zakłopotania.

Charles odłożył dokumenty na bok i spojrzał na niego.

– Owszem, chcę wiedzieć, co pan o tym sądzi.

– Nic nie widziałem. Wiem tylko tyle, ile opowiedziała mi moja żona.

– Pańska żona?

– Tak, to ona powiedziała mi o pana siostrze, sir. Ludzie lubią dużo mówić, a szczególnie kobiety...

– O co chodzi z moją siostrą? – przerwał mu Charles.

– Widziano ją w Ooty-Club, sir, nazajutrz po pańskim wyjeździe, w towarzystwie mężczyzny, jakiegoś nieznajomego.

– I co z tego? – Charles miał nadzieję, że jego głos nie zdradza rosnącego w nim napięcia. – Co w tym dziwnego? Przecież to normalne miejsce towarzyskich spotkań!

– Istotnie, sir – potwierdził czym prędzej Johansson. – Zresztą ja i tak nie wierzyłem, że była tam z nim sama.

Charles na krótki moment opuścił powieki, wziął się w garść i ponownie podniósł wzrok.

– Sama?

– No, może niezupełnie sama, sir. Wtedy nikt by jej tam nie widział. No cóż, kobiety zawsze mówią, co im ślina na język przyniesie.

Zapadła cisza, nieznośna i dokuczliwa jak sączące się krople lodowatej wody. Charles wstał. Jego powolne, acz zdecydowane ruchy miały demonstrować pewność siebie, jakiej wcale nie czuł. Jego siostra... Do diabła z nią! I to ma być podziękowanie za jego trudy w ostatnich latach?!

– Charles, wróciłeś już? – zawołała Cynthia z wyraźną ulgą. – Muszę z tobą...

– Nie teraz. – Charles rzucił kapelusz służącemu, który co tchu wybiegł mu na spotkanie, po czym śpiesznie wszedł po schodach na górę, do pokoju siostry. Bez pukania pchnął drzwi z takim impetem, że uderzyły o ścianę, a siedząca pod oknem Katrina zerwała się z miejsca. Blada jak papier, z podkrążonymi oczami, drgnęła wystraszona, gdy Charles zatrzasnął za sobą drzwi.

– Zanim coś powiesz, Charles...

– Milcz! Jak mogłaś skompromitować się w taki sposób? Czy cały ten kłopot, jakiego nam przysparzasz, to jeszcze za mało? Pomyślałaś choć przez chwilę, że mam dwie córki, które trzeba będzie kiedyś wydać za mąż?

– Nie zrobiłam nic złego i nie rozumiem, dlaczego w ogóle mam to stale powtarzać! – Mimo że jej głos zdradzał znużenie, hardo uniesiony podbródek i zaciśnięte pięści zwiastowały poryw buntu. – Zaczepił mnie człowiek, którego nigdy przedtem nie widziałam i który sądził ponadto, że jesteś moim mężem. Zamieniłam z nim parę słów, po czym odeszłam, zostawiając go samego. Teraz jednak wszyscy to komentują, dodając przy tym coś od siebie, z każdym dniem sprawa obrasta coraz to nowymi sensacjami, a plotkarki się cieszą, że wreszcie znalazły temat. Gdyby nie to, lato byłoby dla nich za nudne.

– Nie chodzi o to, co zrobiłaś, a czego nie, lecz o to, co inni o tym pomyślą.

– Nie powstrzymam ludzi przed gadaniem, wiesz o tym dobrze.

– Nie możesz dłużej mieszkać pod tym dachem, skoro nie potrafisz zadbać o to, aby nie dostać się na języki, i to z powodu jakiegoś mężczyzny!

Katrina zamrugała oczami, spojrzała niepewnie na brata.

– Chcesz mnie wyrzucić z tego domu?

– Nie, do diabła, nie chcę, ale sam już nie wiem, co robić!

Wiedziała, co go gnębi: był wściekły, bo zdawał sobie sprawę z własnej bezsilności. Przez krótki moment współczuła mu. Najchętniej przytuliłaby go i pogłaskała czule, przemknęła jej nawet przez głowę absurdalna myśl, żeby go przeprosić, mimo że nie czuła się winna. Zacisnęła usta, jakby w obawie, że mimo woli wymknie jej się prośba o wybaczenie.

– Wyjaśnij wszystkim, jak było naprawdę – szepnęła po chwili, kiedy doszła do siebie.

– Jak miałbym to robić? Wiedzą przecież, że w tym czasie nie było mnie w mieście.

– Ale przecież mówię ci, jak było.

– Wspaniale! I naprawdę sądzisz, że ktoś mi w to uwierzy, skoro nawet ja sam nie wiem, czy mówisz prawdę?

Jej usta drgnęły gwałtownie, po czym odwróciła się na pięcie.

– Kto to w ogóle był? – zapytał Charles.

– Nie mam pojęcia. Nie przedstawił się.

– Prawdziwy dżentelmen, nie ma co. – Głos Charlesa wręcz ociekał zjadliwą ironią, nieco tuszującą wściekłość. – Przypuszczam jednak, że wie już, jak ty się nazywasz?

W odpowiedzi Katrina kiwnęła potakująco głową i usłyszała ciężkie westchnienie brata. Widocznie potwierdziły się jego najgorsze domysły.

– Mogłaś przynajmniej pomyśleć o moich córkach – powtórzył.

Katrina powoli odwróciła się do niego.

– Obiecuję, że gdybym miała kiedyś w przyszłości przystanąć znowu na drodze, aby popatrzeć na góry, pomyślę przedtem o twoich córkach. – Odwróciła się z powrotem i ponownie skierowała wzrok za okno. Za plecami usłyszała przyspieszony, pełen oburzenia oddech brata, a potem szybkie kroki, kiedy podszedł do drzwi i otworzył je gwałtownie, aby po chwili z furią zatrzasnąć za sobą.

*

Aidan zanurzył dłoń w gęstej grzywie kasztana i przywarł głową do karku zwierzęcia. Ogier, długonogi koń pełnej krwi, był jego dumą. Kupił go cztery lata temu, ujeździł i od tamtej pory miał w nim najlepszego towarzysza podróży.

– Żyje ci się tu wygodniej niż mnie, przyjacielu – mruknął i poklepał konia po karku. Ogier parsknął cicho i miękkimi jedwabistymi chrapami począł sunąć po ubraniu Aidana w poszukiwaniu jakiegoś przysmaku. W górnej kieszeni surduta zaszeleścił papier. List od ojca.

Choć już wcześniej podejrzewał, że ojciec nie wyśle mu pieniędzy, nie sądził, że ton odmowy będzie aż tak kategoryczny i druzgocący. Chyba nie oczekiwał zbyt wiele? Czy to sprawiedliwe, że jego starszy brat żyje w luksusie i nie musi na to w ogóle pracować? Aidan otrzymywał co miesiąc niewiele więcej niż jego najmłodsza siostra, a przecież ona znajdzie sobie w końcu jakiegoś zamożnego męża, tak jak to zrobiły przed nią obie starsze siostry. Młodsi synowie zazwyczaj decydowali się na życie duchownego albo karierę w wojsku.

Żołd pobierany przez Aidana pozwalał wprawdzie na dość niezły poziom życia, on jednak pragnął mieć coś na własność, dom, do którego wracałby z radością po powrocie z misji. Wszyscy znajomi mieli domy. Nawet Szarif, który co jakiś czas towarzyszył w podróżach jemu i Brianowi, miał własne poletko, a na nim namiot.

Aidan ponownie poklepał ogiera po karku i poczochrał mu grzywę.

– Na razie, Granat. – Wychodząc ze stajni, dostrzegł siedzącego przy drzwiach na beli słomy, najwyraźniej zmagającego się z sennością młodego stajennego. Podał mu monetę, którą tamten machinalnie wetknął do kieszeni.

Oświetlone ulice miały w sobie coś przytulnego, swojskiego i Aidan z pewnością poświęciłby więcej uwagi miastu, gdyby nie ton listu od ojca, który wytrącił go z równowagi. W takim nastroju, w jakim się teraz znajdował, widział dla siebie tylko jedno miejsce, w którym mógłby spędzić noc. Kierując tam kroki, sięgnął do kieszeni swego eleganckiego surduta i przez chwilę pobrzękiwał monetami.

Drzwi otwarły się, zaledwie wypuścił z dłoni kołatkę, w twarz uderzyło go ciężkie, przesycone dymem powietrze. Mężczyzna stojący na progu, krępy Hindus, cofnął się o krok i ruchem ręki zaprosił do wejścia.

Wkrótce wzrok Aidana oswoił się z mrokiem i odszukał drogę przez kłęby dymu spowijające pomieszczenie. Wszędzie co krok siedziały lub leżały jakieś postaci. Zszedł dwa schodki niżej i w przyległej do sieni izbie znalazł dla siebie miejsce pod ścianą. W powietrzu unosił się słodkawy zapach opium, nakładający się na woń absyntu. Hindus z plamiastą opaską na głowie zapytał gościa, co podać, i niebawem wrócił z fajką opiumową. Przybyły oparł się wygodniej plecami o ścianę, zaciągnął i przymknął oczy, chroniąc je przed ostrym dymem o słodkawym, intensywnym posmaku, którego nie sposób było inaczej zwalczyć, jak tylko ponownie się zaciągnąć.

Kilka minut później miejsce na sąsiedniej pryczy zajął jakiś starszy mężczyzna i wydał stosowne dyspozycje posługaczowi. Z procedurą palenia opium Aidan zapoznał się kilka lat wcześniej, jeszcze w Kalkucie. Oczyma wyobraźni widział już brunatne kulki, które po podgrzaniu zmieniały barwę na złocistą i nakładane do fajek dawały się formować w podłużne nici. Cała czynność miała w sobie coś kojącego, niczym miłe sceny, które człowiek przywołuje na pamięć, aby zasnąć. Już po krótkiej chwili poczuł, że ogarnia go błogie odrętwienie.

– ...tutaj? – dotarł nagle do jego świadomości głos sąsiada, który jednocześnie trącił go lekko w bok. Otworzył oczy, z trudem unosząc ołowiane powieki.

– Po raz pierwszy tutaj? – powtórzył mężczyzna. – Nie z Ooty? Nigdy tu pana nie widziałem.

Rozmowa ze starym gadułą była ostatnią rzeczą, na jaką miał teraz ochotę. Wymamrotał coś, co tylko przy dobrej woli można było zrozumieć jako „tak", i z powrotem zamknął oczy. Jego sąsiad okazał się jednak zbyt natrętny, by tak po prostu dać za wygraną.

– Od razu wiedziałem. Znam tu prawie każdego dżentelmena. Przybył pan z Madrasu?

– Z Kalkuty – mruknął Aidan.

– Dawniej byłem oficerem, mój oddział stacjonował w Kalkucie – podchwycił temat nieznajomy.

Aidan, który właśnie podnosił fajkę do ust, zatrzymał rękę w pół ruchu; ostatnie słowa zbudziły jego czujność.

– Walczyłem w pierwszej wojnie brytyjsko-afgańskiej. Stąd ta rana. – Stary wskazał na nogę i wymownym gestem postukał w nią dłonią.

Aidan odprężył się i pociągnął z fajki. To po prostu jeszcze jeden pleciuga, który przez kilka następnych godzin zamierza snuć opowieści o wojnie. Aidan wiedział z doświadczenia, że tacy ludzie nie spodziewają się odpowiedzi; nie chodzi im o rozmowę, chcą tylko znaleźć słuchacza i mówić.

– Wtedy uzależniłem się od opium – ciągnął stary. – Bolało jak diabli! Noga zagoiła się w końcu, ale wciąż palę opium. Mógłbym panu wiele opowiedzieć o wojsku albo o Ooty i tutejszych ludziach. To ważne dla kogoś, kto chce tu zagrzać miejsce i się jakoś urządzić. – Uznając widocznie milczenie sąsiada za zachętę, kontynuował wywody, ale do Aidana, który z wolna pogrążał się już w półdrzemce, docierały jedynie ich fragmenty.

Ocknął się dopiero na dźwięk słowa „Ramsay"; może dlatego, że było to jedyne nazwisko, które zdążył tu poznać. Z trudem otworzył oczy, na ile tylko mógł.

– …i ma siostrę – usłyszał – która wpadła w tarapaty. Była… z jakimś nieznajomym. – Mężczyzna nachylił się do niego poufale i Aidan słyszał teraz jego słowa nieco wyraźniej. – Ma z nią same kłopoty. Może mi pan wierzyć… Od dawna ma ją na karku. Dałby wiele, żeby tylko… z domu.

Aidan usiłował pojąć sens tych słów, ale ustawicznie gubił ich wątek we mgle, która osnuwała go coraz zachłanniej. Z głębokim westchnieniem zamknął oczy. Głowa pękała mu z bólu. Nie zwracając już uwagi na sąsiada, dał w końcu za wygraną i bezwolnie pogrążył w zbawiennej otchłani letargu.

Bazar budził się już do życia, kiedy Aidan opuszczał opiumowy salon. Głowę rozsadzał mu pulsujący ból, ziemia zdawała się chwiać pod nogami. Starał się stawiać kroki z najwyższą uwagą, aby unikać wstrząsów, za które momentalnie zapłaciłaby jego i tak już udręczona głowa. Trudno, zasłużyłem na to, pomyślał. Dopiero po kilku krokach i kilku haustach świeżego powietrza poczuł znowu grunt pod stopami. Spojrzał na pobliskie jezioro i zapragnął nagle wskoczyć tam głową w dół.

Miejscowi kupcy rozkładali stragany, rozwijali bele jedwabiu i bawełny, otwierali worki z przyprawami, których woń mieszała się z zapachem rześkiego górskiego powietrza, wypełniali ulicę mozaiką głosów i barw. Aidan poprawił na sobie ubranie, przeczesał dłonią włosy i ruszył w stronę wynajętej kwatery. Od niedawna zajmował trzy pokoje w parterowym domu w północnej części miasta.

Drzwi otworzył mu syn gospodyni i Aidan poczuł ulgę, że nie musi się pokazywać w tym stanie jego matce. Tamten mrugnął do niego, mimo woli przymykając również drugie oko.

– Gość – rzekł krótko.

Aidan spojrzał na niego zdezorientowany, a młodzian zamrugał ponownie, tym razem kilkakrotnie, co Aidanowi nasunęło podejrzenie, że ma przed sobą człowieka niespełna rozumu.

– Gość – powtórzył syn gospodyni. – Kobieta. – Uśmiechnął się znacząco i wskazał kciukiem na zamknięte drzwi pokoju.

– Pozwalacie obcej kobiecie czekać w moim pokoju? – Głos Aidana kipiał teraz z gniewu, który wyparł początkowe zdumienie.

– Powiedziała, że pan ją zna.

– Oby mnie nie okradła, gdyż skończyłoby się to dla pana źle! – zawołał Aidan przez ramię. Podszedł do drzwi i otworzył je gwałtownie jednym pchnięciem. Śpiąca na fotelu Gillian poderwała się z miejsca.

– Aidan!

– Co ty tu robisz? – zapytał opryskliwie Aidan.

– Gdzie byłeś tyle czasu?

Aidan zmierzył ją zimnym wzrokiem.

– Moja droga, to chyba nie twoja sprawa.

– Nie skończyłeś jeszcze z paleniem opium? Oczy masz całe czerwone. – Mówiła rozwlekle, sennym głosem, a suknia zsunęła się jej trochę z ramion, co rozbudzone zmysły Aidana skwapliwie zarejestrowały.

– Co tutaj robisz, Gilly? – powtórzył. Jego głos wydawał się łagodny, ale zabrzmiała w nim na tyle poważna nuta przestrogi, by nie brać tego spokoju za pobłażliwość.

Gillian wstała, poprawiła na sobie suknię i odgarnęła z czoła niesforne loki.

– Potrzebuję trochę pieniędzy.

– To, co dostałaś, nie wystarczyło na powrót do Kalkuty?

– Przecież wiesz, dlaczego nie pojechałam do domu.

Aidan rozluźnił zawiniętą na szyi chustkę i zdjął surdut.

– Jeśli potrzebne ci są pieniądze, znajdź jakąś pracę. Nie mam zamiaru zabawiać się w twojego brata ani opiekuna. – Prześliznął się wzrokiem po jej kształtach. – Ani w płatnego kochanka.

Jej policzki momentalnie zakwitły rumieńcem.

– Nie jestem ladacznicą!

– A zatem nie zachowuj się tak. W pewnych kręgach kobietę, która czeka na mężczyznę przez całą noc w jego pokoju, uznano by za istotę do cna rozwiązłą.

Gillian zamrugała oczami, jakby zbierało się jej na płacz, i opuściła wzrok na podłogę.

– Jeśli nie dasz mi pieniędzy, będę musiała zacząć żebrać.

– A nie robisz tego już teraz?

– Ach, idź do diabła! – krzyknęła.

Aidan rozwiązał sakiewkę, wyjął z niej kilka monet i rzucił dziewczynie to, co mu zostało.

– Pierwszy i ostatni raz, Gilly.

Mamrocząc ledwie słyszalnie słowa podziękowania, schowała pieniądze i skierowała się do wyjścia. W progu przystanęła na moment i utkwiła spojrzenie w drzwiach.

– Wiesz może, gdzie się podziewa Brian?

– Przykro mi, ale nie.

Kiwnęła głową, nacisnęła klamkę i bez słowa opuściła pokój.

Trasa górskiej linii kolejowej „Nilgiri Mountain Railway", której budowę zgodnie z projektem Szwajcara Niklausa Riggenbacha rozpoczęto w roku 1849, miała kończyć się w Utakamandzie. W Ooty-Club trwała właśnie narada z udziałem dwóch brytyjskich inżynierów, którzy rozważali możliwość przystąpienia do firmy Madras Railway Company, realizującej tę inwestycję. Linia kolejowa miała połączyć miejscowości Mettupalayam i Utakamand, tory planowano poprowadzić nad przepastnymi urwiskami, przez góry, tunele, mosty i doliny. Otwierała ona nowe perspektywy podróży, co oznaczało, że ów szlak, liczący czterdzieści osiem kilometrów, można byłoby w przyszłości pokonywać znacznie łatwiej niż dotychczas.

Aidan snuł się po salach klubu, tu i tam łowił uchem strzępy rozmów, ale nie brał w nich udziału. Przystanął na moment przy dużym stole, przy którym grupa młodych oficerów brytyjskich, przez bardziej doświadczonych wojskowych określanych ironicznie mianem *snooker**, z zapałem rozgrywała wynalezioną niedawno dla zabicia czasu grę zwaną „Black Pool". Był skłonny uznać ją nawet za dość miły sposób na nudę, wątpił jednak, aby przetrwała do następnego sezonu. Bo jak długo można się pasjonować uderzaniem czarną bilą w piętnaście czerwonych?** Przeszedł do jednego z sąsiednich pomieszczeń, przeznaczonych wyłącznie dla mężczyzn, poprosił o cygaro i zajął miejsce w fotelu, z którego roztaczał się widok na park. Klub powstał w 1841 z inicjatywy niejakiego kapitana Douglasa, który wspólnie z siedmioma innymi oficerami armii madraskiej i bombajskiej utworzył komitet założycielski. W krótkim czasie lista członków klubu wzrosła do trzystu sześćdziesięciu. Wpisowe wynosiło czterdzieści dwie rupie, a mężczyźni należący do klubu mieli możliwość wynajęcia dla siebie jednego z jedenastu pokoi za sto trzydzieści rupii miesięcznie. Jako oficer kawalerii bengalskiej, nieuwikłany w jakiekolwiek wykroczenia czy skandale i na dodatek wywodzący się z szanowanej

---

* *Snook* (ang.) to dosłownie „zagranie na nosie", *snooker* zaś – „grający na nosie" (przyp. red.).

** Gra bilardowa o nazwie „snooker" narodziła się w roku 1875 na subkontynencie indyjskim wśród żołnierzy brytyjskich, jej nazwę wymyślił pułkownik Neville Chamberlain. Początkowo grano jedynie bilami czerwonymi i jedną czarną, rozgrywającą, później wprowadzono też bile w innych kolorach (przyp. tłum.).

rodziny, Aidan załatwił sobie członkostwo w klubie bez najmniejszych trudności.

Tuż obok niego grupa młodych fircyków rozprawiała o zaletach podróży do Anglii. Ku zdumieniu Aidana, ich rozmowa przybierała co chwila charakter zażartej dyskusji, mimo że wszyscy mówili właściwie to samo, choć innymi słowami. W końcu jednak jakimś cudem uzgodnili wspólne stanowisko w tej sprawie, po czym z zapałem przystąpili do komentowania ostatnich wydarzeń w Ooty. W pewnej chwili Aidan znowu, jak już kilkakrotnie w ostatnim czasie, usłyszał nazwisko Ramsay; odniósł wrażenie, że zaczyna go ono prześladować.

Z rozmowy wynikało, że osoba, o której rozprawiano, wywołała jakiś skandal, ale Aidan, od niedawna w tym mieście, daremnie usiłował rozeznać się w sytuacji. Domyślał się jedynie, że skandal dotyczy jakiejś kobiety. Przyzwyczajony instynktownie rejestrować w głowie zasłyszane informacje, a następnie poddawać je analizie, aby układać ponownie w logiczną, sensowną całość, również tym razem nadstawił ucha, na tyle dyskretnie, aby nie sprawiać wrażenia, że podsłuchuje.

– Cóż za dyrdymały! – mruknął jakiś starszy mężczyzna, siedzący obok niego z wygasłą już fajką w ustach. Nie wiadomo było, czy jego opinia dotyczyła rozmowy młodych mężczyzn, czy też artykułu w gazecie, którą przed chwilę doczytał do końca i właśnie odłożył.

Aidan, tym bardziej zaintrygowany, odwrócił się do niego.

– Doszły mnie słuchy o tarapatach, w jakich znalazł się mister Ramsay – rzucił gawędziarskim tonem, jak przystało na przybysza, który chciałby zaznajomić się ze sprawami absorbującymi ludzi z towarzystwa.

Stary zmierzył go badawczym spojrzeniem, nie zdradzając nawet mrugnięciem powieki, jak wypadły te oględziny.

– Cóż za dyrdymały! – powtórzył tylko.

Zanim Aidan zdążył coś odrzec, rozmowy naraz ucichły, a ich uczestnicy skierowali wzrok ku drzwiom. Do salonu wszedł wysoki szczupły mężczyzna w wieku około trzydziestu lat, przystanął na moment, z uśmiechem na ustach rozejrzał się dokoła, po czym podszedł do grupy młodych ludzi siedzących nieopodal Aidana i mrukliwego starca. Zdawał się przy tym całkowicie ignorować ich wyczuwalne z daleka skrępowanie. Z demonstracyjną nonszalancją usiadł w fotelu i sięgnął ręką do drewnianej kasetki z cygarami. Następnie spojrzał na Aidana i jego regularne rysy ponownie rozjaśnił uśmiech.

– O, nowy w mieście? Z kim mam przyjemność?

Aidan rzucił na niego okiem, aby ocenić rozmówcę; jego beztroska wydała mu się nieco wymuszona.

– Aidan Landor – przedstawił się.

– Witamy w Ooty – odparł nieznajomy. – Jestem Stephen Alardyce. – Powiódł dokoła wzrokiem. – Och, doprawdy, panowie, proszę się odprężyć! Również słyszałem o tym, co się stało, i nie ukrywam, że ubolewam głęboko z powodu przykrej sytuacji, w jakiej znalazło się to biedne dziecko.

Ciszę zastąpił znowu szmer rozmów, początkowo niezdecydowany, jakby nieśmiały, z czasem narastający, dopóki nie osiągnął poprzedniej siły. Stephen Alardyce zapalił cygaro i rozparł się wygodnie w fotelu. Przez chwilę jego wzrok błądził po sali bez wyraźnego celu, wreszcie musnął grupę młodych mężczyzn, którzy podjęli przerwaną przedtem rozmowę – choć zmienili teraz jej temat.

Ciekawe, co łączy tego człowieka z siostrą Charlesa Ramsaya? Aidan nie sądził, aby przypadkowo nosili to samo nazwisko. Uświadomił sobie, że Ramseyowie naprawdę rozbudzili jego ciekawość. Nie dość, że ta kobieta nie zachowuje się wcale tak, jak można by się spodziewać po damie z towarzystwa, to jeszcze ich nazwisko powtarza się zdumiewająco często w rozmowach.

Odchrząknął, aby zwrócić na siebie uwagę Stephena Alardyce'a, po czym obdarzył go ujmującym uśmiechem. Przebywał tu od niedawna, miał więc nadzieję, że jego wścibstwo zostanie pobłażliwie przyjęte. Zresztą skandale w tych sferach zdarzają się właśnie po to, aby je przekazywać dalej.

– Przez ten dystrykt przejeżdżałem już wielokrotnie, ale w Ooty zatrzymałem się na dłużej po raz pierwszy – zagaił rozmowę.

– Z pewnością spodoba się tu panu. Jeśli o mnie chodzi, mieszkamy z żoną w Coonoor, ale zawsze tu chętnie przyjeżdżam. A skąd pan przybywa? Z Madrasu?

– Nie, z Kalkuty.

Stephen Alardyce uniósł nieznacznie brwi.

– Wybrał pan zatem daleką drogę, aby spędzić lato w górach. Sądziłem, że z Kalkuty jeździ się najczęściej do Śimli. Chyba że wysłał pan przedtem żonę i dzieci, a sam rozkoszuje się odrobiną wolności? – Jego szeroki uśmiech zdradzał wyraźnie, jak sam wyobraża sobie tę wolność.

Aidan nie odpowiedział wprost, ale uśmiechnął się bardziej promiennie, co Stephen Alardyce skwitował porozumiewawczym mrugnięciem. Widocznie i on bawił w Ooty z tego samego powodu.

– Odnoszę wrażenie, że miałem już przyjemność poznać kogoś z pańskiej rodziny. – Aidan zdecydował się skierować rozmowę na inne tory.

Stephen spojrzał na niego zdumiony.

– Z mojej rodziny?

– W rzeczy samej. Siostrę Charlesa Ramsaya. Spotkałem ją kilka dni temu. – Z pewną konsternacją zarejestrował spojrzenia, jakimi natychmiast obrzucono go z wszystkich stron. Stephen roześmiał się i gdyby nie reakcja pozostałych, Aidan byłby gotów uwierzyć, że istotnie wprawił swego rozmówcę w dobry humor. Nikt mu jednak nie zawtórował, zapanowała za to doskonale wyczuwalna, niemal namacalna atmosfera napięcia i utajonego zakłopotania.

– Dama, z którą miał pan przyjemność się spotkać, to moja była żona – wyjaśnił wreszcie Stephen. – Rozwiedliśmy się ponad dwa lata temu. Och, niechże pan się tym nie kłopocze, to sprawa nienowa i powszechnie znana. A gdzie ją pan spotkał? O ile wiem, jej brat niezmiernie rzadko spuszcza ją z oka.

– Poznaliśmy się przypadkowo, tutaj, na terenie klubu.

Stephen przechylił nieznacznie głowę.

– O, a zatem to pan jest owym tajemniczym mężczyzną, przez którego Katrina ponownie, że tak to określę, dostała się na języki.

Aidan poczuł, że krew uderzyła mu do głowy.

– Z całą pewnością to nie ja – zaoponował ostro.

– Proszę wybaczyć, nie zamierzałem pana urazić. Po prostu tu właśnie, w parku na terenie klubu, nakryto ją przed kilkoma dniami na rozmowie z mężczyzną... dodajmy: z mężczyzną, którego nikt tu nie zna.

– Zamieniliśmy tylko parę słów – wyjaśnił Aidan. – To była bardzo krótka rozmowa.

– Istotnie – zauważył jeden z siedzących obok niego mężczyzn. – Prawdę mówiąc, nikt nie widział nic więcej.

– Moja żona twierdzi, że ta rozmowa wyglądała na bardzo poufałą – wtrącił inny z gości. – Charles Ramsay znalazł się w sytuacji nie do pozazdroszczenia. Nie chciałbym mieć takiego kłopotu na głowie.

– Tak czy owak... – Stephen wzniósł obie dłonie niczym rozjemca nawołujący do pojednania – ...pozostawmy tę sprawę własnemu biegowi, aby nie wprawiać naszego młodego przyjaciela od razu w zakłopotanie.

A kto tu zaczął, pomyślał Aidan z rosnącą irytacją. Zerwał się z miejsca.

– Panowie wybaczą. – Gesty sąsiadów, a zwłaszcza ukradkowe uśmiechy na twarzach niektórych z nich świadczyły, że jego gwałtowną reakcję uznano za potwierdzenie krążącej w Ooty plotki.

Ashley Allenger-Brown wyszła z hotelu Dawsona i osłaniając dłonią oczy przed blaskiem słońca, spojrzała na dwie małe małpki zabawiające się na okolicznych dachach. Wiedziała, że dla wyznawców hinduizmu małpa jest istotą świętą i może się kręcić po całym mieście bez jakichkolwiek przeszkód. Widywano je często zwłaszcza w bezpośrednim sąsiedztwie świątyń. Gęsto zatłoczona ulica tętniła gwarem, w którym przeważała mieszanina słów tamilskich i angielskich, prezentowała też żywą mozaikę kolorów i chociaż uczyniono już wszystko, co tylko możliwe, aby Anglicy odnaleźli się w tym miejskim pejzażu urozmaiconym parkami, nie zdołano wydrzeć definitywnie miasta z panoramy Błękitnych Gór.

Ashley opuściła rękę i skierowała wzrok na budynek, z którego dopiero co wyszła. Mrużąc oczy, wpatrywała się w półmrok westybulu, ale jej wzrok, oswojony już z jaskrawym blaskiem słońca, nie zdołał wyłowić stamtąd żadnych konturów.

Po chwili z hotelu wyszedł mężczyzna w mundurze kapitana armii brytyjskiej, uśmiechnął się na jej widok, podszedł bliżej i dotknął poufale ramienia. Uczynił to jednak z pewnym wahaniem, niezdecydowanie, jakby owa zażyłość była jeszcze dla niego czymś nowym, do czego nie zdążył przywyknąć.

– Dobrze się czujesz? – zapytał.

Schyliła lekko głowę. Nieprzerwanie otaczał ją troską, mimo że dorastała w tym kraju i była przyzwyczajona do tutejszego klimatu. A przecież to raczej o niego należało się troszczyć, to jego ten niemiłosierny upał w Kalkucie doprowadził niemal do załamania nerwowego. Anglik w każdym calu, zaledwie dwa lata wcześniej przybył tu na pokładzie statku, skazując się na działanie palącego słońca Indii. Jego cera, o bladej niegdyś karnacji, przybrała brązowy odcień, blond włosy spłowiały, a wokół niebieskich oczu, stale mrużonych przed ostrym blaskiem słońca, zdążyły się już utrwalić pierwsze zmarszczki. Kiedy dostał propozycję kontynuowania służby wojskowej w górach, przystał na nią bez wahania. Ashley skwapliwie zaaprobowała decyzję męża, zwłaszcza że oboje już wcześniej marzyli o opuszczeniu Kalkuty: on pragnął uciec przed skwarem, gdyż lękał się, że kiedyś w końcu ten klimat doprowadzi go do szału, ona zaś chciała uciec przed własnymi demonami.

3

Utakamand, maj 1875

Z wysokości werandy Katrina popatrywała na Caleba, który trzymany przez swoją *ayah* za rękę, spacerował po ogrodzie. Wzdłuż szpaleru bambusów kwitły orchidee, gąszcz białych kwiatów z drobnymi listkami, rozkołysanych pod zachodnim parkanem, przywodził na myśl spienione fale, po kolumnach werandy pięły się w górę pnącza bluszczu. Typowy angielski ogród w samym środku górskiego krajobrazu Indii.

Ooty ze swoimi murowanymi domami i sztucznie założonym jeziorem stanowiło perfekcyjną kopię angielskich miast. *Udhagamandalam*. Tak tubylcy nazywali to miasto, niegdyś rodzime pielesze Todów, górskiego plemienia pasterzy bawołów, zamieszkującego dawniej te okolice i w znacznej części wypartego przez plantatorów herbaty. Z tego właśnie plemienia pochodziła nawrócona przez misjonarzy mamka Katriny. Kiedy jechała odwiedzić swoją rodzinę, zabierała ze sobą swą wychowankę, ale obecnie już od lat mieszkała w górach i Katrina nie widziała jej od czasu rozwodu.

Wystarczyło kilka tygodni, aby plotki na temat osławionego spotkania z obcym mężczyzną na terenie klubu ucichły; uwagę wszystkich zaprzątnęły nowe skandale. Na samo wspomnienie tej historii Katrina wydymała wzgardliwie wargi. Cała ta sprawa wydawała się po prostu śmieszna, wyciągnęła z niej jednak ważną naukę na przyszłość. Przekonała się, że w gruncie rzeczy nie ma znaczenia, czy pozostaje w domu, izolując się od wszystkich, czy też prowadzi ożywione życie towarzyskie, dopuszczając się przy tym czegoś niezgodnego z przyjętą normą. Opinia o niej pozostaje tak czy inaczej niezmienna. A skoro tak, to po co trwać w milczeniu i tkwić stale w tych czterech ścianach jak w więzieniu?

Znowu zerknęła na Caleba. Co może zaoferować swemu synowi? Czy zawsze ma już żyć w takiej atmosferze, dorastać jako dziecko pozbawione ojca, a nawet – tak, tak, pod tym względem nie powinna się łudzić ani oszukiwać, w tym domu liczy się tylko to, co powie Charles – matki? A Charles będzie kierował wychowaniem Caleba, dopóki ten nie stanie pewnie na nogi, aby samemu zadbać o utrzymanie. Chłopiec nie może liczyć na żaden spadek, za jakiś czas natomiast dorośnie na tyle, aby zrozumieć sens powtarzanych plotek. Co sobie pomyśli, gdy do jego świadomości dotrze fakt, że jest synem nieznanego oficjalnie ojca? Katrina oczywiście wiedziała, że ojcem nie może być nikt inny, tylko Stephen, ale czy Caleb, udręczony szyderstwami, będzie wtedy w stanie wysłuchać matkę i dać wiarę jej zapewnieniom?

Katrina podeszła do schodków wiodących z werandy do ogrodu i zmrużyła oczy, oślepiona jaskrawym blaskiem białego marmuru, skąpanego w słońcu. Jej brat i bratowa odwiedzali dziś przyjaciół, dla niej zaś już od rana zapowiadał się dzień bezkresny i monotonny jak rozległa tafla bezwietrznego, uśpionego jeziora. Ogarnęło ją nagle pragnienie udania się na przejażdżkę bez wiedzy brata, pragnienie tak natarczywe i intensywne, że serce poczęło bić gwałtownie, jakby miało wyskoczyć jej z piersi. Przez chwilę toczyła wewnętrzną walkę, wyobrażając sobie szał, w jaki wpadnie Charles, kiedy dowie się o jej samowolnym postępku, coraz silniejsze emocje nie dawały jej jednak spokoju i oto stała teraz na werandzie w stroju do konnej jazdy. Fason jej kostiumu wyszedł już trochę z mody, ale Katrina i tak nie zamierzała się z nikim spotykać. Postanowiła unikać tych bardziej uczęszczanych dróg.

Odkąd rozstała się ze Stephenem, nie jeździła konno. Zdecydowanym krokiem podeszła do stajni i wybrała górskiego kuca. Nie miała teraz własnego konia i nie chciała wystawiać cierpliwości Charlesa na większą próbę, biorąc bez przyzwolenia jednego z jego ulubionych wierzchowców, wytrzymałych, idealnych do jazdy w tym górzystym terenie. Stajenny, szczupły Hindus, któremu poleciła osiodłać i okiełznać kuca, ociągał się początkowo, nie wiedząc, jak zareaguje na to *sahib*, zdołała go jednak w końcu przekonać, że nie musi się obawiać żadnych przykrych konsekwencji.

Przez kilka pierwszych chwil czuła się w siodle niepewnie, potem jednak odprężyła się i dostosowała do ruchów kuca kroczącego stępa aleją obramowaną piniami i miejscami wznoszącą się stromo ku wyższym partiom gór. Jej serce biło mocno, oddychała głęboko, jakby tu, z dala od domu brata, również powietrze było inne.

Nim upłynęło pół godziny, poczuła się tak pewnie na grzbiecie konia, że puściła go kłusem, a na krótkim odcinku drogi nawet galopem. Miała tę drogę tylko dla siebie, nie było na niej żadnych innych jeźdźców. Omijała alejki wiodące do domostw i ogrodów herbacianych. Nieco dalej rozpościerała się przed nią niezamieszkana posiadłość. Jej właściciel opuścił Ooty przed paroma miesiącami i od tamtej pory dom wraz z plantacją herbaty wystawiony był na sprzedaż. Dawny majątek Katriny i Stephena znajdował się nieco bardziej na południu i teraz, zarządzany przez nowego właściciela, przynosił dużo wyższe profity niż przedtem. Stephen nie odnosił podobnych sukcesów, nie z powodu skromniejszej wiedzy na temat uprawy herbaty, lecz dlatego, że licząc na wyższe dotacje finansowe, gospodarował po prostu bardziej rozrzutnie. Katrina pokręciła głową, chcąc odpędzić od siebie te niemiłe wspomnienia.

Za późno dostrzegła dwóch mężczyzn, którzy stali przed opuszczonym domostwem, pogrążeni w rozmowie. Jeden z nich nosił szary mundur oficera kawalerii madraskiej, drugi był odziany w elegancki strój dżentelmena. Owego oficera znała; niedawno wraz z żoną złożyli im wizytę. Do Ooty przeniesiono go kilka tygodni wcześniej.

Kiedy podjechała bliżej – nie mogła przecież zawrócić i ni stąd, ni zowąd skierować się w inną stronę; byłoby to niepoważne i nieuprzejme – obaj odwrócili się do niej i wówczas rozpoznała drugiego z nich. Niemile zaskoczona, przypomniała sobie jego próbę nawiązania z nią w klubie rozmowy. Gdyby wiedziała, co ją potem spotka, nie odeszłaby wtedy tak raptownie. Po co odmawiać sobie przyjemności uczestniczenia w interesującej konwersacji, skoro ludzie mieli tak czy owak plotkować na jej temat?

– Pani Alardyce. – Oficer wyglądał na zaskoczonego, ale obdarzył ją uśmiechem. – Jakże mi miło, że znów się spotykamy – dodał uprzejmie.

– Cała przyjemność po mojej stronie, kapitanie Allenger-Brown.

Drugi z mężczyzn spoglądał na nią bacznie, ale nie natrętnie. Miał intrygujące oczy, o bardzo intensywnym odcieniu szarości, zbyt srebrzystym, jak na jej gust.

– Ja również się cieszę z tego spotkania – zapewnił. – Nasza ostatnia rozmowa zakończyła się nader... nieoczekiwanie. – Na jego ustach pojawił się z trudem powstrzymywany uśmieszek.

Katrina wydęła wargi, aby zatuszować narastające w niej zmieszanie. Już od dawna nie prowadziła tego rodzaju aluzyjnych rozmów i zdążyła od nich odwyknąć.

– Wydaje mi się, że nie zostaliśmy sobie jeszcze oficjalnie przedstawieni – zauważyła.

Tamten roześmiał się.

– Istotnie, duży nietakt. Proszę o wybaczenie. Nazywam się Aidan Landor.

Katrina skłoniła lekko głowę, zastanawiając się jednocześnie, czy jej nowy znajomy dowiedział się już czegoś o niej i Stephenie. Skoro mimowolnie dostał się z jej powodu na języki, musiały go dojść jakieś słuchy na ich temat. Tutejsi plotkarze bez wątpienia nie omieszkali wykorzystać takiej okazji. Na pewno wiedzieli o wszystkim także kapitan Allenger-Brown i jego małżonka, oboje jednak odnosili się do niej życzliwie, Katrina uznała zatem, że nie przywiązują wagi do plotek.

– Niestety, będę musiał państwa przeprosić – odezwał się młody oficer – czeka mnie jeszcze ważne spotkanie, a potem posiłek w uroczym towarzystwie.

Aidan roześmiał się.

– Pozdrów ode mnie Ashley.

– Proszę nas znowu odwiedzić, pani Alardyce, żona się z pewnością ucieszy – zwrócił się do Katriny kapitan Allenger-Brown. Klepnął Aidana po ramieniu. – Do zobaczenia. Zawsze możesz liczyć na moją pomoc, daj tylko znać.

Przed domem stały dwa uwiązane wierzchowce: gniady folblut i długonogi kasztan. Kapitan odplątał cugle gniadosza i wskoczył na siodło. Z dłonią uniesioną w pożegnalnym geście zawrócił konia i łagodnie opadającą drogą ruszył przed siebie. Póki nie zniknął z pola widzenia, Katrina odprowadzała go wzrokiem, nagle zakłopotana położeniem, w jakim się znalazła: sam na sam z obcym mężczyzną.

Odruchowo na niego spojrzała.

– Nie chciałabym pana dłużej zatrzymywać.

Aidan zmarszczył czoło.

– Potrafi pani w wyjątkowo uroczy sposób dać mi do zrozumienia, że nie życzy sobie mojego towarzystwa.

– Proszę mi wybaczyć, nie chciałam, aby odniósł pan takie wrażenie – szepnęła Katrina. – Pomyślałam tylko, że może zamierzał pan odjechać razem z kapitanem, skoro byli tu panowie razem.

– Gdybym miał taki zamiar, z pewnością pojechałbym z nim.

Przygryzła dolną wargę, a on, patrząc na nią, przypomniał sobie nagle młodszą siostrę, która dawniej, besztana przez niego, reagowała w identyczny sposób. Jego wzrok złagodniał.

– Chciałem tylko jeszcze raz obejrzeć ten dom. – Na potwierdzenie swych słów pokazał jej klucz.

– Zamierza go pan kupić?

– Bardzo bym chciał, ale w tym momencie nie jest to chyba możliwe. – Spojrzał na zabudowania. – Zechce mi pani dotrzymać towarzystwa?

Zawahała się.

– Żywi pani do mnie urazę za to, że wpędziłem ją w tarapaty? – zgadywał Aidan.

– Och… ależ skąd! Przecież to nie pana wina, że ludzie lubią gadać.

– A zatem czego się pani obawia? – Aidan zmierzył ją badawczym wzrokiem. – Ach, chyba już wiem, w czym rzecz. Proszę się tym nie troskać, nie będziemy tu zupełnie sami. Domem zarządza nadal *khansana*. – Wyciągnął rękę. – Pani towarzystwo sprawiłoby mi olbrzymią radość.

Dała za wygraną i przyjmując jego pomocną dłoń, zsiadła z konia. Obciągnęła spódnicę i ją wygładziła, a kiedy Aidan zaoferował się poprowadzić jej kuca, podała mu cugle z lekkim ociąganiem. Czuła się dość nieswojo, jak młoda dziewczyna przed pierwszym balem – i to ją irytowało.

Aleję wiodącą do domu obsadzono banianami – figowcami bengalskimi, uznawanymi przez Hindusów za święte drzewa. Pięły się po nich czerwone orchidee, a gąszcz bambusów na frontowej werandzie osłaniały dzikie róże. Dom i weranda z marmurowymi schodkami olśniewały wprost bielą, drzwi i okiennice zrobiono z ciemnego, niemal czarnego drewna. Willow Lane, Wierzbowa Dróżka – tak nazwano posiadłość ze względu na wierzby rosnące na drodze za domem.

Aidan otworzył drzwi i Katrina weszła za nim do holu, który po jaskrawym blasku dnia wydał jej się mroczny. Dopiero kiedy zmrużyła oczy, zdołała wyłowić wzrokiem poszczególne kontury, które stopniowo przybierały kształt boazerii na ścianach, schodów i kolumn. Całe pomieszczenie wyłożono różowym i szarym marmurem. Podwójne łukowate schody prowadziły w górę na galerię. Aidan podszedł do umieszczonej na ścianie lampy gazowej, pociągnął za łańcuszek i płomyk natychmiast rozrósł się z cichym sykiem. Do domu wszedł za nimi wysoki Hindus z gęstą czarną brodą, na widok Aidana skłonił się w powitalnym geście, obaj zamienili kilka słów, po czym służący opuścił pomieszczenie.

Puste domy zawsze wywoływały u Katriny nastrój dziwnego napięcia. Niektóre z nich sprawiały wrażenie porzuconych i posępnych, nieomal złowieszczych. Działały na nią przygnębiająco, wręcz odpychająco; wiedziała wtedy, że nie zmieniłby tego nawet bardziej przytulny wystrój wnętrza. Spotykała jednak również inne domy, które – choć tak samo opuszczone – zdawały się emanować jakimś gorączkowym, pełnym nadziei wyczekiwaniem. Tak właśnie poczuła się teraz, wchodząc dalej. W takich domach jak ten czuła się mile widzianym gościem. Stephena bawiło to wówczas. Kiedy podczas oględzin jednego z domów wyznała mu, co odczuwa, stojąc tak i patrząc na ściany, roześmiał się i okręcił ją wkoło. Od tamtego czasu upłynęło pięć lat. Była wtedy dwudziestoletnią panną, pobrali się dwa miesiące później.

– Znała pani poprzedniego właściciela? – wyrwał ją z zadumy głos Aidana.

– Tak, ale niezbyt dobrze. Byłam tu z ojcem dwukrotnie, niemal osiem lat temu. Pan March był typem samotnika i nie udzielał się towarzysko. Nie był też żonaty.

Aidan przesunął dłonią po gładkim drewnie balustrady.

– Chciałbym się zająć uprawą herbaty – wyznał.

– Pan March prócz herbaty uprawiał też owoce. Szkoda byłoby likwidować te plantacje.

Aidan skinął tylko głową i zaczął wchodzić na górę. Podążyła za nim. Galeria i przyległe do niej korytarze były wyłożone takim samym marmurem jak westybul. Pierwszy pokój, do którego skierował się Aidan, był przestronny, po otwarciu okiennic jego wnętrze musiało być wręcz zalane blaskiem słońca. Podeszli do okna, tak szerokiego, że oboje mogli stanąć obok siebie, nie stykając się nawzajem. Aidan otworzył okno i rozchylił okiennice. Widok na zielone wzgórza był tak zachwycający, że zapierał dech w piersiach.

– Nie ma chyba w Indiach piękniejszego miejsca niż to – szepnęła Katrina.

– To samo przyszło mi przed chwilą do głowy. – Aidan zmarszczył z troską czoło.

– Ale nie były to chyba zbyt wesołe myśli? – zauważyła Katrina, patrząc na jego posępną minę.

– Niewesołe choćby w tym sensie, że bardzo chciałbym tu osiąść, ale nie wiem jeszcze, jak się do tego zabrać.

Nie chcąc sprawiać wrażenia wścibskiej, Katrina postanowiła nie zadawać więcej pytań. Przeniosła wzrok na ogrody herbaciane. W przeciwieństwie do rozległych plantacji na północy Indii te na południu wydawały się dość małe.

– Zna się pan dobrze na uprawie herbaty? – zapytała, ważąc się na udział w konwersacji.

– Nie, po prostu przeczytałem kilka ksiąg na ten temat.

Spojrzała na niego zdumiona.

– I chce pan zostać plantatorem herbaty?

Aidan wzruszył ramionami.

– O ile wiem, John Sullivan też nie mógł się wykazać doświadczeniem w uprawie herbaty. – Miał tu na myśli byłego sekretarza Kompanii Wschodnioindyjskiej, który w porę poznał się na ogromnym potencjale tkwiącym w tej ziemi i wspólnie z grupą zaprzyjaźnionych ludzi interesu założył miasto Utakamand. Swoją karierę w Kompanii zaczął jako pisarz biurowy, awans wyniósł go na stanowisko gubernatora dystryktu Kojambatur, a w roku tysiąc osiemset dziewiętnastym osiadł na stałe w Utakamandzie, gdzie dzięki herbacie dorobił się majątku.

Katrina usiłowała zachować powagę, ale kąciki jej ust drgnęły w kpiącym uśmiechu.

– To panią bawi? – zapytał Aidan.

Poczuła, jak gorący rumieniec oblewa jej twarz. W odpowiedzi potrząsnęła jedynie głową.

– Pani Alardyce, nie widzę tu najmniejszego powodu do zakłopotania.

Obrzuciła go przelotnym spojrzeniem.

– Proszę mi wybaczyć. Nie chciałam być niegrzeczna.

– Nie, to ja muszę prosić o wybaczenie – zaoponował Aidan. – Są rzeczy, które przychodzą w myślach, ale nie sposób wypowiadać ich na głos. Obawiam się, że to, co świadczy o ogładzie towarzyskiej, zdążyło już ulecieć mi z pamięci.

– Tak jak i u mnie – szepnęła Katrina. Objęła się oburącz, jakby w obronie przed poczuciem zagubienia. Zdała sobie nagle sprawę, jak bardzo odzwyczaiła się od ludzi, od rozmów z nimi. No cóż, niebawem wróci pod dach brata. Niespodziewanie zapiekły ją oczy, czym prędzej nakryła je powiekami.

Aidan odchrząknął, przerywając niezręczne milczenie. Nie wiedział, skąd to skojarzenie, ale Katrina wydała mu się raptem podobna do kruchej, pękniętej filiżanki, sklejonej jedynie prowizorycznie. Zaskoczony, uzmysłowił sobie, że zaczął ją traktować w myślach jak kogoś bardzo bliskiego – może dlatego, że wyglądała na tak dotkliwie zagubioną. Znalazła się w beznadziejnej sytuacji i niewątpliwie zdawała sobie z tego sprawę. Ludzie z jej kręgów towarzyskich niczego nie wybaczali kobiecie, bez względu na to, czy ponosiła jakąkolwiek winę, czy nie.

– Chciałbym jeszcze raz obejrzeć resztę domu – powiedział. – Dotrzyma mi pani towarzystwa?

– Powinnam chyba już wracać – odparła. – Wolałabym znaleźć się w domu przed bratem. – Umilkła.

– Rozumiem – rzekł krótko Aidan. Odprowadził ją na zewnątrz, odwiązał kuca i stanął obok, aby pomóc usiąść w siodle.

– Ma pan ładnego konia – odezwała się po chwili. Zapragnęła nagle wyciągnąć rękę i musnąć nią chrapy zwierzęcia, ale niemal od razu się rozmyśliła. Nie była pewna, czy jej towarzysz zaaprobowałby takie zachowanie.

Jej gest nie uszedł uwagi Aidana. Ujął jej dłoń i położył na połyskliwym karku konia. Dotyk trwał jedynie przez moment, ale wystarczył, aby Katrina wyobraziła sobie, że czuje przez rękawiczkę ciepło męskiej dłoni.

– A pani nie ma konia? – zapytał Aidan, zerkając na kuca.

– Dawniej miałam.

Chcąc zmienić przykry dla siebie temat, wskazała ręką na dom.

– Powinien pan obejrzeć ten ogród. Pan March miał wspaniałe orchidee z najprzeróżniejszych zakątków kraju. – Chwyciła wodze, chcąc dosiąść konia, ale zatrzymała się w pół ruchu. Już sama myśl o powrocie do domu kładła się jej cieniem na sercu.

– Obejrzałem ogród. Jest w istocie nadzwyczaj piękny, tak samo zresztą jak cała ta posesja. – Przez moment sprawiał wrażenie przygnębionego, zanim jednak Katrina zdołała pojąć przyczynę tego smutku, odsunął ponure myśli. Sprawnie pomógł jej się usadowić w siodle.

– Następnym razem, kiedy znowu przyjdzie pani ochota na przejażdżkę – na jego ustach błąkał się teraz nikły uśmiech – mogłaby pani opowiedzieć mi coś niecoś o tej okolicy. Bardzo chętnie posłucham.

Zawahała się, ale kiwnęła potakująco głową. Pożegnała się i kierując się ku bramie, puściła kuca kłusem.

Długo odprowadzał ją wzrokiem, w głowie kołatały mu się zasłyszane tu i ówdzie słowa: „Jej brat chętnie dałby za nią niemały posag, byle tylko pozbyć się wreszcie ciężaru".

Nicolas Allenger-Brown nasłuchiwał spokojnego, miarowego oddechu Ashley. We śnie uwolniła się z jego objęć i skuliła pod kocem, drobna postać o twarzy przywodzącej na myśl kształt serca. Blask srebrnej poświaty księżyca wdzierał się przez wąską szczelinę w nieznacznie rozsuniętej zasłonie baldachimu, muskając jej kruczoczarne włosy.

Nicolas ostrożnie odchylił koc i wyszedł z łóżka, narzucił szlafrok i opuścił pokój, kierując się w stronę dużego salonu. Na macie w korytarzu leżała *ayah* jego żony; spała teraz, pozostawała jednak stale w zasięgu głosu swojej pani. Hinduska służba stanowiła jeden z tych elementów domu, do których Nicolas przyzwyczajał się z wielkim trudem. Chwilami tęsknota za Anglią wzbierała w nim z niespotykaną wprost siłą, ściskając boleśnie serce. W Ooty spodziewał się odnaleźć choćby namiastkę ojczyzny.

Otworzył drzwi, usiadł w fotelu ustawionym obok szpaleru róż i wyjrzał na ogród. Mimo usilnych starań nie potrafił odegnać tego posępnego nastroju melancholii, który tylekroć brał go w posiadanie, nie pozwalając nawet swobodniej odetchnąć. Cienie wokół rozrastały się złowieszczo. Znowu ogarniał go lęk człowieka, który czuje nadciągające szaleństwo i zdaje sobie sprawę z własnej bezsilności.

– Tak też myślałem, że w środku nocy znajdę cię właśnie tutaj.

Nicolas zerwał się z miejsca jak oparzony i ujrzał Aidana, który wyłonił się zza szpaleru róż.

– Boże drogi!

– Wybacz, nie chciałem cię wystraszyć – mruknął Aidan i opadł na fotel tuż obok drzwi na werandę.

– Cóż to, furtka ogrodowa była otwarta?

– Drogi przyjacielu, czy sądzisz, że byłby mi dany tak długi żywot, gdybym nie potrafił się dostać do angielskiego ogrodu mimo zamkniętej furtki? – Aidan wytężył wzrok, aby przeniknąć nim mrok nocy i spojrzeć na Nicolasa, który ponownie zajął miejsce w fotelu i odchylił głowę na oparcie. – Lepiej już? – spytał cicho.

Znowu odżyły natrętne sceny z minionych dni. Upłynęła dłuższa chwila, zanim Nicolas zdobył się na odpowiedź:

– Powiadam ci, Aidanie, byłem już pewien, że tracę rozum!

Nawet nie wiesz, przyjacielu, jak niewiele ci do tego brakowało, pomyślał Aidan. Z minionego okresu, który przeżyli razem w Kalkucie, pamiętał to spojrzenie, często niespokojne, spłoszone, pamiętał oczy rozbiegane, ustawicznie myszkujące, przeglądające wszystkie kąty, jakby w desperackim poszukiwaniu jakiejś drogi ucieczki od owej gorączki, paraliżującej wszelkie próby zebrania myśli i wysysającej życie z ciał tych, którzy nie byli w stanie przeciwstawić się jej skutecznie.

– Zaczynam się troskać o Ashley – wyznał Nicolas. – Od pewnego czasu wydaje się jakaś przybita. Coś ją dręczy, wydaje mi się, że to efekt rozłąki z rodziną.

Aidan wzruszył ramionami.

– Cóż, taki już los kobiety zamężnej.

– A co ciebie przygnało w te strony? – Nicolas postanowił zmienić temat rozmowy. – Nadal ta dawna tęsknota?

– Tak. Odkąd po raz pierwszy ujrzałem Nilgiri, te obrazy nie dają mi spokoju.

– Sądziłem, że zamierzasz osiąść w Coonoor.

– Thackery umówił się ze mną i Brianem w Ooty. I muszę przyznać, że bardzo się z tego cieszę. Gdyby nie nasze spotkanie, zapewne nigdy nie przyjechałbym do tego miasta. Wszystko się doskonale złożyło, Nicolasie, najpierw podróż do Ooty, a potem wiadomość o tej posiadłości wystawionej na sprzedaż.

– Do pełni szczęścia brakuje jedynie pieniędzy. Nie myślałeś o wzięciu kredytu w banku?

Aidan spochmurniał.

– Owszem, ale bank odmówił, tłumacząc się brakiem gwarancji spłaty kredytu. Zwróciłem się ponownie do ojca z prośbą o wsparcie, ale nie zgadza się na jakiekolwiek poręczenie. – Głos Aidana wibrował z wściekłości i rozgoryczenia.

– Może powinieneś zaczekać po prostu kilka lat, dopóki nie odłożysz odpowiedniej kwoty?

– A kiedy nastąpiłby taki moment?

Nicolas wiedział doskonale, jak wysoki jest żołd oficera. On sam miał wyższą rangę niż Aidan, ale i jemu się nie przelewało. Dom, w którym mieszkał z Ashley, był prezentem ślubnym jej ojca.

– Co wiesz o tej młodej kobiecie, którą spotkaliśmy dziś po południu? – spytał znienacka Aidan.

Nicolas spojrzał na niego zaskoczony.

– Nic prócz tego, co gadają tu na jej temat. Jej mąż przeprowadził rozwód, odszedł od niej, bo go zdradzała.

– Podobno nawet z kilkoma mężczyznami?

– Takie chodzą słuchy.

– Sądzisz, że to prawda?

Nicolas wzruszył ramionami.

– Nie wiem. Ale chyba tak było, przecież to nie takie proste rozwieść się. Gdy chodzi o cudzołóstwo, należy przedstawić świadków i niezbite dowody.

– A ja słyszałem, że poszło o pieniądze. Jej mąż liczył ponoć na hojniejsze wiano, ale spadek ze strony matki wypłacono jej tylko w formie renty, natomiast dalsze wsparcie zablokował ojciec.

– Zapewne taką wersję przedstawiają przyjaciele rodziny – mruknął sceptycznie Nicolas. – Dlaczego interesujesz się tą sprawą?

– Postanowiłem poznać ją nieco bliżej.

– Jako dżentelmen? – W głosie Nicolasa dała się słyszeć tłumiona wesołość.

– Nie inaczej. Jak słyszałem, jej brat gotów jest wyłożyć każdą kwotę dla mężczyzny, który zechce ją poślubić.

Nicolas wytrzeszczył na niego oczy, osłupiały.

– Poślubić? – wykrzyknął z niedowierzaniem. – Chyba nie mówisz tego poważnie! Poślubiłbyś kobietę o takiej reputacji?!

– Małżeństwa zawiera się z takich właśnie powodów. Albo dla awansu społecznego, albo dla pieniędzy. Dobre nazwisko za wsparcie finansowe. Ja zaoferuję jej moje nazwisko, a tym samym wolność, jakiej ona tak rozpaczliwie łaknie.

– Chyba postradałeś zmysły Aidanie! Jeśli ci tak na tym zależy, zwróć się do ojca, aby zaaranżował małżeństwo z jakąś córką z zamożnego domu.

– Jestem młodszym synem i ciągnie się za mną opinia próżniaka. Który z ojców panien na wydaniu powierzy mi córkę, aby sfinansować w ten sposób coś, co nawet mój ojciec uznał za błazeństwo?

Nicolas nie dawał za wygraną.

– Czy wiesz, w co się pakujesz? Jej mąż nawet nie zabrał syna, sądząc, że nie jest jego ojcem. – Nagle, jakby coś mu właśnie przyszło na myśl, dodał: – Czy aby na pewno nie zacząłeś rozważać takiego kroku między innymi po to, aby przytrzeć ojcu nosa?

– Może częściowo dlatego. Niewątpliwie wpadnie w szał, kiedy się dowie. – Aidan wyjął z kieszeni płaską cygarnicę, poczęstował przyjaciela i przez dłuższą chwilę obaj pykali z upodobaniem, nie odzywając się do siebie. Milczenie przerwał w końcu Aidan. – Szczerze mówiąc, po kim jak po kim, ale po tobie nie spodziewałem się takiej hipokryzji.

– Nie zrozumiałeś mnie właściwie. Co do mnie, nie mam nic przeciw Katrinie. Ale nie należy ona do kobiet, które się bierze za żony. – Ty zresztą również nie jesteś typem mężczyzny, który nadaje się na męża, dodał Nicolas w duchu. Odkąd obaj się bliżej poznali, zdawał sobie sprawę, że dla Aidana istnieje tylko jedna wielka miłość – miłość do kraju, w którym żył. Była to trudna miłość, wyniszczająca, dręcząca i natarczywa, lecz jego przyjaciel oddawał się jej żywiołowo, z pełnym uniesieniem, na jaki mężczyzna może się zdobyć wyłącznie wobec jedynej, najdroższej wybranki. Wiedział wprawdzie, że w jego życiu zawsze istniały jakieś kobiety, ale za każdym razem była to jedynie przelotna znajomość, krótkotrwała wymiana czułości; coś jakby środek na dręczący go głód, którego ów kraj nie był w stanie zaspokoić. Nicolas nie potrafił sobie wyobrazić Aidana w małżeństwie i chociaż niezmiernie go cenił, nie mógłby z czystym sumieniem połączyć węzłem małżeńskim z siostrą czy córką.

– Zrobisz coś dla mnie? – odezwał się znowu Aidan. – Mógłbyś zaprosić do siebie na któryś dzień jej brata z żoną? Dopóki cała rodzina siedzi w domu, nie mogę jej odwiedzić.

– A więc naprawdę obstajesz przy swoim? – Nicolas westchnął ciężko. – Zgoda, poproszę Ashley, aby wysłała im zaproszenie.

Aidan przyjął te słowa z widoczną ulgą. Skinął głową i oparł się wygodniej w fotelu.

– A jeśli się okaże, że jej romanse i zdrady nie są wcale wymysłem? Co wtedy zrobisz?

– Zazwyczaj trafnie oceniam ludzi i zapewniam cię, że plotki na jej temat nie mają nic wspólnego z prawdą.

Nicolas miał już na końcu języka jakąś odpowiedź, ale w ostatniej chwili zmienił zdanie. Lepiej zachować milczenie. Również Aidan zmaga się ze swoimi demonami, a teraz na dodatek postanowił wprowadzić pod swój dach kobietę, której nieobce są jej własne demony. Nie ma sensu próbować odwodzić go od tego zamiaru. Aidan nigdy nie uchylał się od wyzwań, a teraz najwidoczniej znalazł swoje przeznaczenie.

Katrina omawiała z *khansaną*, przełożonym nad całą służbą w tym domu, sprawunki, które należało załatwić u *boxwallaha*, kupca. Jej bratowa wypisała na kartce, co należy kupić, i poprosiła Katrinę, aby dopilnowała wszystkiego. Ona sama wraz z Charlesem została zaproszona do Nicolasa i Ashley Allenger-Brownów. Chociaż Katrina powtarzała sobie w duchu, że nie ma to dla niej znaczenia, nie potrafiła ukryć przed samą sobą, jak silnego doznała rozczarowania. Ashley odnosiła się do niej bardzo życzliwie i Katrina w cichości ducha żywiła nadzieję, że zostaną przyjaciółkami. Niestety, zaproszenie było jednoznacznie i dobitnie skierowane wyłącznie do Charlesa i Cynthii.

Katrina odhaczyła właśnie ostatnią pozycję na liście zakupów, kiedy *chuprassi*, służący, zaanonsował gościa. Na srebrnej tacy leżała wizytówka i Katrina, przeczytawszy nazwisko, zmarszczyła czoło. W pierwszej chwili serce jej zakołatało gwałtownie, szybko jednak wzięła się w garść i odłożyła wizytówkę na sekretarzyk.

– Zapewne chce się widzieć z *sahibem* Ramsayem, jak przypuszczam?

– Nie, *memsahib*.

Katrina odprawiła *khansanę*, wstała i przeszła do salonu. Nerwowo gładziła spódnicę, i jednocześnie przyszło jej na myśl, że w tym skromnym stroju nie powinna może podejmować gościa. Z wahaniem otworzyła drzwi, a Aidan, który wyglądał właśnie przez okno, odwrócił się do niej z uśmiechem.

– Pani Alardyce – rzekł uprzejmie. Podszedł bliżej i ujął jej dłoń.

– *Chuprassi* poinformował mnie, że chciał się pan ze mną widzieć.

– Owszem.

Zmieszana, znów wygładziła spódnicę, zaproponowała Aidanowi, aby usiadł, następnie zadzwoniła po służącego, a kiedy przyszedł, poprosiła o podanie herbaty i ciastek. Drobne prozaiczne czynności, rutynowe podczas wizyt, pomocne, gdy człowiek chce się pozbierać. Usiadła w fotelu naprzeciw niego, świadoma w pełni, że w każdym calu jej postawa zdradza, jak bardzo jest skonfundowana.

Drzwi otwarły się i do salonu weszło dwóch służących. Pierwszy niósł tacę, zadanie drugiego polegało na nalaniu herbaty. Niemal do każdej czynności w domu wyznaczony był inny służący: ten, kto przyrządzał herbatę, nie podawał jej do stołu, ten natomiast, kto ją serwował, nie mógł układać na talerzach mięsiwa. Obaj opuścili salon tak samo bezszelestnie, jak się zjawili.

Aidan uniósł filiżankę do ust.

– To herbata z plantacji pani brata?

– Tak. – Katrina nawet nie dotknęła swojej filiżanki.

– Mam zamiar obejrzeć okolicę i chciałem zapytać, czy nie zechciałaby mi pani dotrzymać towarzystwa.

Zaskoczona, spojrzała na niego szeroko rozwartymi oczami.

– Nie jestem pewna, czy to dobry pomysł... – odparła z wahaniem.

– Z góry proszę o wybaczenie, jeśli uznała pani moją propozycję za zbyt natrętną.

– Ależ nie – zaprzeczyła czym prędzej Katrina. – Chodzi tylko o to, że... mój brat nie wie o mojej niedawnej przejażdżce, ale jeśli służba doniesie mu teraz, że wybraliśmy się wspólnie...

Aidan kiwnął głową.

– Oczywiście nie chciałbym wpędzać pani w kłopoty… A co by pani powiedziała na takie rozwiązanie: ja odjadę pierwszy, a pani dołączy do mnie… powiedzmy, za pół godziny?

Nie zastanawiaj się zbyt długo, upomniała się w myślach. Czy ostatnia przejażdżka nie okazała się wspaniałym lekiem na tę uporczywą melancholię? A poza tym, kto wie, kiedy ktoś ponownie okaże mi względy w tak szarmancki sposób?

– Zgoda, proszę czekać na mnie w tej alejce piniowej, kawałek dalej, przy kępie rododendronów. Tam się spotkamy.

Podczas gdy stajenny siodłał kuca, Katrina przywoływała na pamięć uśmiech, jakim obdarzył ją Aidan, wychodząc z domu, jakby w podzięce za wyświadczoną mu łaskę. Przez krótką chwilę zastanawiała się, co powinna zrobić, gdyby Charles wrócił wcześniej, ale niemal od razu uświadomiła sobie, że w tym radosnym nastroju, jaki ją teraz ogarnął, tego rodzaju obiekcje przestały mieć dla niej znaczenie. A zresztą, cóż Charles może zrobić, prócz tego, że zbeszta ją i trochę poszaleje z wściekłości? Ona w każdym razie nie pozwoli dłużej wpierać sobie poczucia winy, nie zamierza od tej pory obarczać się wyrzutami sumienia. Właściwie zawdzięcza taką postawę Aidanowi, przynajmniej pośrednio. Gdyby nie zagadnął jej wtedy w klubie, nie doszłoby do tego niedorzecznego skandalu, a ona nie zaczęłaby rozmyślać nad sposobem ucieczki z tego więzienia, do którego opinia publiczna i względy towarzyskie wtrąciły ją dwa lata temu. Wprawdzie ta wspólna przejażdżka oznaczała zaledwie kilka godzin wolności, ale właśnie dlatego wydawała się jej szczególnie cenna.

Aidan czekał na nią w uzgodnionym miejscu. Strzemię w strzemię ruszyli dalej drogą obsadzoną piniami i pnącą się wzwyż. Miasto Utakamand, wzniesione na obszarze wyżynnym poprzecinanym nielicznymi rzekami, położone było najwyżej w dystrykcie.

Katrina wyciągnęła rękę, wskazując na południowy wschód, ku górom.

– To najwyższy szczyt w Ghatach Zachodnich, Dodabetta – wyjaśniła. Stoki góry pokrywały gęste lasy, wypełniając zwartą zielenią wąwozy i doliny. Łańcuch górski, ponad który wznosiły się Club Hill i Elk Hill, rozciągał się w kierunku północnym aż do góry Snowdown. Wraz z Dodabettą góry te okalały dolinę, w której leżało Ooty.

Aidan pamiętał doskonale swoje poprzednie podróże w tym regionie. Wiodły tędy cieniste dróżki, osłaniane przez gęstwiny jeżyn i dzikich róż, ciągnące się przez owiewane wichrami równiny i obramowane przez rododendrony z karminowymi kwiatami. Drogi te przecinały łąki pełne mokradeł, gdzie z lubością tarzały się dzikie zwierzęta, a następnie wiły się dalej przez gęste lasy i bujnie rozrośnięte paprocie, które bogactwem barw przyćmiewały czar angielskiego lata. Kto dotarł na szczyt, mógł o świcie ujrzeć wokół bezkresne morze obłoków, które z wolna ustępowały przed blaskiem słońca, odsłaniając niebieskawy zarys gór. Aidan poczuł nagle, że ogarnia go tęsknota, uczucie przemożne, niemal zapierające dech. W tym samym momencie wyobraźnia podsunęła mu obraz przyszłości, jaka rysowała się przed nim, gdyby okoliczności nie pozwoliły mu tutaj osiąść: obraz oficera, stacjonującego w jakimś przypadkowym zakątku kraju, z domem w mieście, w którym czeka żona wybrana dla niego przez ojca. Aidan z trudem powstrzymał dreszcz trwogi i zerknął na jadącą obok niego Katrinę. Jedna z nielicznych kobiet, która nie uważa, że musi stale konwersować. Ale z drugiej strony, warto tę jej rezerwę nieco skruszyć.

– Jak się nazywa ta rzeka?– zapytał, wskazując na srebrną wstęgę wody, rozdzielającą zbocze na dwie części.

– Sigur – odparła natychmiast. – Właściwie są to dwie rzeki, które tu się spotykają. – Po jej twarzy przemknął cień żalu, zanim jednak Aidan zdążył ją zapytać o przyczynę nagłego smutku, dodała: – Niestety, nie starczy nam czasu, aby dotrzeć do wodospadu Kalhatti, a w tamtą właśnie stronę płynie Sigur. Widział pan już ten wodospad? Ma ponad pięćdziesiąt metrów wysokości. To naprawdę wspaniały widok.

– Nie, jeszcze nie, ale następnym razem chyba się tam wybiorę, skoro twierdzi pani, że warto go obejrzeć.

– O, tak, z pewnością warto! Kalhatti jest zresztą ulubionym celem wielu wycieczek i wypraw piknikowych. Czasem jeździłam tam z ojcem. Wodospad znajduje się na północny zachód od Ooty. Stamtąd Sigur płynie dalej i wpada do rzeki Moyar.

Zatrzymali się na łące, która ciągnęła się aż pod dość odległe skalne zbocze. Aidan zsiadł z konia i pomógł Katrinie zsunąć się na ziemię. Białe i czerwone lilie, wyrosłe tu i ówdzie wśród traw, jawiły się niczym barwne ornamenty zdobiące zielony dywan, cierniste krzewy otulały stok i z impetem wdzierały się na skały. Katrina powiodła wzrokiem po łące, pragnąc nagle pobiec boso przed siebie i opaść potem w trawę z bezładnie rozłożonymi rękami i nogami. Niestety, to nie było możliwe. Mogła jedynie nabierać powietrza i oddychać zachłannie, tak głęboko, na ile pozwalał jej gorset, czując przy tym lekkie drżenie ciała złaknionego wolności.

Aidan zaprowadził konie pod pobliskie drzewo i uwiązał je do grubej gałęzi, następnie spojrzał na Katrinę, w tym momencie odwróconą do niego plecami. Nie był pewien, czy zabrał się do sprawy jak należy. Katrina wydawała mu się kobietą niezwykle delikatną, wręcz kruchą. Nie chciał jej zranić. Z pewnością nie zamierzał przysparzać nowego bólu. Może jednak powinien był najpierw porozmawiać z jej bratem, tak jak się na ogół postępowało, aranżując małżeństwo. Ale z drugiej strony, przecież jest dorosłą kobietą, była już przedtem zamężna, nie powinna więc być pomijana przy podejmowaniu tak ważnej decyzji. Nie jest już zresztą młodziutką panną.

Katrina odwróciła się do niego.

– Bywałam tu niegdyś dość często – zawołała. – Dawniej co jakiś czas zabierał mnie tu ojciec, nieraz też przyjeżdżałam z moją *ayah* i urządzałyśmy sobie piknik. Latem, kiedy odwiedzali nas goście z Madrasu, organizowaliśmy wspaniałe pikniki, nawet w tym miejscu… tu jest tak pięknie.

– Podobnie spędzaliśmy czas dawniej w Bombaju – powiedział Aidan. Cieszył się, że Katrina przemogła w końcu rezerwę. Podszedł do niej bliżej i podobnie jak ona, sięgnął wzrokiem w dal. – Była to dobra okazja, aby uciec przed sztywną atmosferą tradycyjnych obrzędów i bankietów w rodzaju *burra khana*.

– To prawda. – Katrina roześmiała się cicho na wspomnienie czegoś pięknego, umilkła jednak natychmiast, jakby w obawie, że zachowała się niestosownie.

Pomyślał nagle, że może po prostu powinien wziąć ją w ramiona i pocałować, zanim przedstawi jej swą propozycję. To by uprościło całą sprawę.

– Pan March miał orchidee z Śimli – odezwała się znienacka Katrina. – Widział je pan? Najbardziej lubię te czerwone i fioletowe. Chciałam posadzić takie w domu, ale moja bratowa nie lubi orchidei. – Spojrzała na Aidana. – Kupi pan ten dom?

– To zależy w pełni od tego – odparł powoli – czy zdołam zebrać odpowiednią kwotę.

Katrina wydęła usta.

– Od pieniędzy zależy tak wiele – szepnęła, ale nie podjęła tematu. – Co pan zrobi, jeśli nie uda mu się kupić tego domu?

– Zapewne pokręcę się trochę po okolicy, tu i tam – odparł wymijająco.

Na jej ustach zagościł jakiś smutny uśmiech.

– Nie znam tego uczucia, gdy komuś brakuje pieniędzy, chociaż mój były mąż uważał zawsze, że potrzebuje ich więcej, niż ma. Ale chciałabym poczuć znowu, jak to jest czuć się wolnym. Sądzę, panie Landor, że zamieniłabym się z panem bez namysłu, gdyby to było możliwe.

– A więc proszę to zrobić – podchwycił Aidan. Nie mógł wprost uwierzyć w ten uśmiech losu: ni stąd, ni zowąd Katrina przypadkowo utorowała mu drogę.

– Co pan ma na myśli? – zapytała zdumiona.

– Proszę zamienić pieniądze, którymi pani może dysponować, na swoją wolność.

Na jej twarzy wykwitły wypieki.

– Dlaczego naigrawa się pan ze mnie?

– Nie naigrawam się – odparł spokojnie Aidan. – Proponuję pani wymianę.

Jej wzburzenie było aż nadto widoczne.

– A jak miałaby wyglądać ta wymiana?!

– Miałem na myśli taki oto układ: pan Ramsay da pani w posagu taką kwotę, aby wystarczyła na zakup domu, ja zaś oferuję pani w zamian nazwisko, a także wolność, której pani pragnie.

Przez kilka uderzeń serca panowała głęboka cisza. Twarz Katriny, jeszcze przed chwilą czerwona z przejęcia, okryła się teraz nieomal trupią bladością, ona sama otworzyła usta, chcąc coś odrzec, ale słowa uwięzły jej w gardle. Nieoczekiwanie odwróciła się na pięcie i podbiegła do koni.

– Pani Alardyce! – zawołał za nią Aidan.

Rozdygotanymi rękami rozwiązywała już wodze, czym prędzej więc chwycił za munsztuk kuca, nie pozwalając zwierzęciu ruszyć się z miejsca.

– Traktuję tę propozycję poważnie, wcale nie żartowałem.

Gwałtownie się odwróciła i spojrzała mu prosto w oczy.

– Nie wątpię w to ani przez chwilę, panie Landor, ale szkoda, że nie poinformował mnie pan o swoich zamiarach od razu, zanim uwierzyłam, że jest pan szczerze zainteresowany moim towarzystwem.

– Jedno nie wyklucza drugiego.

– Och, błagam! W ostatnich latach istotnie nie udzielałam się towarzysko, to jednak odbiło się ze szkodą na duszy, nie zaś na umyśle. – Szarpnęła za wodze, jednak Aidan nie wypuszczał z ręki munsztuku.

– Znane są przecież pani te zasady – przekonywał. – Podstawą małżeństwa bywają zazwyczaj względy towarzyskie lub społeczne. Kalkulacja dotyczy tu nazwiska albo pieniędzy i przeważnie odbywa się to tak, że pierwszy krok w staraniach należy do mężczyzny. Nie uczyniłem zatem nic, czego w towarzystwie nie robi się każdego dnia i czego, za pozwoleniem, nie zrobił też kiedyś pani były mąż, z tą tylko różnicą, że ja nie udaję przy tym romantycznych uczuć.

Głos Katriny zabrzmiał ostro.

– O tym, co doprowadziło do mojego małżeństwa z panem Alardyce'em, nie ma pan zielonego pojęcia i zresztą nie powinno to pana obchodzić. A teraz proszę pozwolić mi odjechać.

– Proszę o wybaczenie, jeśli okazałem się człowiekiem wścibskim lub przywołałem mimo woli wspomnienia, które sprawiły pani ból. Ma pani rację, tamte sprawy nie powinny mnie obchodzić. – Puścił munsztuk. – Ale moja propozycja była uczciwa, nie miałem nic złego na myśli. Jestem też przekonany, że kiedy już wróci pani do domu z przejażdżki, która mogła się odbyć wyłącznie w głębokiej tajemnicy, moja słowa nabiorą dla pani innego sensu.

Katrina nie odpowiedziała. Prowadząc kuca, podeszła szybkim krokiem do pobliskiego pieńka, aby mimo krępujących jej ruchy spódnic móc dosiąść konia samodzielnie, bez cudzej pomocy. Nie zaszczycając już Aidana nawet krótkim spojrzeniem, zawróciła konia i ruszyła pędem przed siebie.

Zdumiewał ją jej własny spokój. Nie płakała po powrocie do domu ani nie pogrążyła się w smutku. Wezbrał w niej natomiast jakiś osobliwy chłód, który sprawiał, że czuła ogólne odrętwienie. Mówiła niewiele, ruchy, jakie wykonywała, wydawały się jej samej sztywne i automatycznie, w głowie zaś kołatała się natrętna myśl, że zachowała się jak wariatka. Jak mogła w ogóle przypuszczać, że któryś z mężczyzn zainteresuje się nią naprawdę – zważywszy na jej reputację. A co do Aidana Landora, nie mogła mu nawet zarzucić, że potraktował ją niegodnie. Nie poprosił przecież, aby została jego kochanką, zaproponował małżeństwo. Ona zaś go odrzuciła! Czyżby straciła rozum? Teraz miała tylko nadzieję, że jej brat nigdy się o tym nie dowie. Z pewnością nie zrozumiałby, co nią kierowało, i wpadłby w szał. Tymczasem miała swoje powody, aby zareagować w ten sposób. Poślubiając Aidana Landora, utraciłaby szansę na to, że zdoła jeszcze kiedykolwiek kogoś pokochać. Do końca życia byłaby związana z mężczyzną, który zdecydował się na małżeństwo z nią tylko po to, aby móc sfinansować zakup domu. Domu z herbacianym ogrodem i orchideami, dopowiedział szeptem jej wewnętrzny głos, ale natychmiast wyparła go ze świadomości.

Ponownie zajęła się rachunkami. Charles zabierał ją czasem ze sobą do kantoru. Siadała tam na piętrze w dawnym gabinecie ojca, przeglądając księgi. Nadal obowiązywał ją zakaz mieszania się w działalność firmy, ponieważ jednak jej bratowa nie wykazywała najmniejszego zainteresowania tymi sprawami, Charles przynosił nieraz siostrze księgi rachunkowe, prosząc o sprawdzenie bilansu. Nie ufał pracownikom, a Katrina nie wierzyła, aby jego podejrzliwość miała się w przyszłości zmienić. Martwiło ją, że Charles traktuje w ten sposób ludzi, których ojciec niegdyś cenił za oddanie i lojalność. Spełniała wprawdzie prośby brata i sprawdzała zapisy w księgach, do tej pory nie znalazła w nich jednak żadnych nieścisłości i była przekonana, że taki sam wynik przyniosą następne kontrole.

Zamknęła księgę i z głową wspartą na dłoniach utkwiła wzrok w drzwiach. Zdawała sobie sprawę, że coś musi się wreszcie zmienić, nie wiedziała jednak, jaką ma przy tym przyjąć postawę. Czy takie wieczne wyczekiwanie jest rozsądne? A może powinna się zdecydować na tę lub inną drogę i skorzystać z daru losu? Uporczywie wpatrywała się w drzwi, jakby spodziewała się tam znaleźć odpowiedź na dręczące ją pytania.

Wprowadzenie chińskich gatunków herbaty na listę upraw było decyzją, którą należało dokładnie przemyśleć. Charles nie narzekał na dotychczasowe rezultaty działalności i właściwie nie widział powodów, dla których miałby podejmować nowe ryzyko. Ale z drugiej strony... czy było ono naprawdę duże? Nawet gdyby się okazało, że gatunki chińskie nie rosną tu jak należy – co było bardzo mało prawdopodobne – straty byłyby niewielkie i z pewnością nie przekraczały jednej piątej rocznego dochodu. Można zresztą zatrudnić pracowników, który lepiej się znają na tych gatunkach – sprowadzić ich tutaj. Charles nie wykluczał takiej możliwości. Przy tego rodzaju nowej inwestycji trzeba się wystrzegać fałszywej oszczędności.

Może nawet warto byłoby zapytać Katrinę, co o tym sądzi. Zawsze miała wyczucie, pod tym względem intuicja zawodziła ją niezmiernie rzadko. Przez moment chwycił go żal z powodu żony: Cynthia jak dotąd nie wykazywała najmniejszego zainteresowania uprawą herbaty. W pełni pochłaniało ją prowadzenie domu i wychowywanie obu córek. Charles podejrzewał zresztą, że jest znowu przy nadziei. Wprawdzie, jakby nieco zażenowana, uchyliła się od odpowiedzi, kiedy zapytał ją o to wprost, ale jednocześnie zamknęła przed nim drzwi sypialni, tłumacząc, że przez jakiś czas byłoby to niestosowne.

Charles sięgnął ponownie po małą drewnianą szkatułkę z próbką chińskiej herbaty i powąchał ją. Miała intensywny aromat, jedyny w swoim rodzaju.

– Mister Ramsay, *sahib*? – Przez drzwi wsunął głowę służący. Charles mimo starań nie zdołał go nauczyć, aby pukał przed wejściem do gabinetu. – Jakiś dżentelmen chciałby z panem rozmawiać, *sahib*.

– Niech wejdzie. – Charles spodziewał się wizyty kupca z Coonoor i przeświadczony, że to on, podniósł wzrok na drzwi, gdy te ponownie się otwarły. Powitalny uśmiech na jego twarzy zmienił się najpierw w zdumienie, a potem gniew, gdy się zorientował, kto przyszedł z wizytą. – To ty! – zakrzyknął, zrywając się z miejsca.

Stephen Alardyce zamknął za sobą drzwi.

– Witaj, Charlesie. Dawno się nie widzieliśmy.

– Czego chcesz? Wynoś się stąd!

Stephen uniósł dłonie w pojednawczym geście.

– Nie denerwuj się. Nie chcę sprawiać ci kłopotu.

– Doprawdy? Nie chcesz? Jeśli o tym mowa, chyba nie zdołałbyś wpędzić nas w większe kłopoty niż te, które już teraz mamy z twego powodu.

– Mogę usiąść?

Charles przytaknął ruchem głowy, nie łagodząc swej nieufnej miny, po czym również opadł na krzesło, nadal wzburzony.

– Przyszedłem w sprawie, która nie zaszkodzi nikomu z was – zaczął Stephen. – A dla Katriny, gdyby miała chęć wydać się znowu za mąż, byłoby to nawet korzystne.

– Ktoś, kto cię nie zna, mógłby pomyśleć, słysząc, co mówisz, że naprawdę pragniesz jej dobra. Nie wierzę w to. A zatem przejdź do rzeczy.

– Jesteście w błędzie, jeśli sądzicie, że chciałem ją niegdyś skrzywdzić – bronił się Stephen.

– Coś podobnego! Ależ łajdak z ciebie! Skąd w takim razie to publiczne oskarżanie jej o cudzołóstwo? Kto zniszczył jej reputację, jeśli nie ty?! I teraz mi mówisz, że nie chciałeś jej skrzywdzić? Że nie o to ci chodziło? Gdybyś wcześniej powiedział dobre słowo o Katrinie, ojciec być może nie dostałby zawału serca! – Głos Charlesa był przepełniony goryczą i dygotał z gniewu.

– Nie chcę się z tobą kłócić – podjął przerwany wątek Stephen. – Chciałbym jedynie wziąć do siebie Caleba.

Charles spojrzał na niego osłupiały.

– Cóż to, żarty się ciebie trzymają?

– Nie, mówię zupełnie serio.

– Twierdzisz, że chciałbyś odzyskać dziecko, względem którego publicznie zakwestionowałeś przed sądem swoje ojcostwo?

– To była jedyna wątpliwość, której sąd nie podzielił, i dlatego Caleb zachował prawo do spadku.

– Wybij to sobie z głowy! – Tupet, z jakim Stephen przedstawił swą propozycję, wyprowadził Charlesa z równowagi.

– Zastanów się! Co zamierzacie powiedzieć Calebowi, kiedy w przyszłości zapyta o ojca albo o należny mu spadek?

– Możesz sam mu to wszystko wyjaśnić, kiedy będzie pełnoletni. Chłopiec zostanie u nas i basta!

– Chyba wiesz, że w tej kwestii mogę dochodzić swoich praw w sądzie? Chłopiec jest z matką, której reputację nawet ktoś życzliwy, o wybitnie dobrej woli, musi określić jako zszarganą i która zapewne już nigdy nie wyjdzie za mąż. Każdy sędzia zgodzi się ze mną, że dziecko powinno dorastać w atmosferze, jaką potrafi stworzyć tylko pełna rodzina. I również, że ojciec ma do dziecka większe prawa niż wujek.

– Dlaczego tak ci zależy na odzyskaniu Caleba? Skąd ten pomysł po tym wszystkim, co się zdarzyło? Dlaczego teraz? Zostaw Katrinę w spokoju! Nie chciałeś ani jej, ani dziecka. Pozostańmy przy tym!

Stephen wydął wargi.

– To niestety nie takie proste. Potrzebuję dziedzica. A wygląda na to, że moja obecna żona nie jest w stanie mi go dać.

Mimo całego wzburzenia Charles nie potrafił ukryć złośliwej satysfakcji, jaką sprawiła mu wieść o kłopocie byłego szwagra.

– A to pech!

– Nie przeczę.

– Mimo to powiem tylko tyle: fatygowałeś się tu na próżno.

– Do diabła, Charles, muszę odzyskać Caleba! Po co on Katrinie? Zresztą w każdej chwili może sprawić sobie nowego bękarta z pierwszym lepszym chętnym!

Charles zerwał się z krzesła.

– Precz stąd, natychmiast!

– Jeszcze o mnie usłyszysz! – Stephen również wstał.

– Trzymaj się z dala od mojej rodziny.

– Chcę tylko tego, co mi się należy. – Stephen skinął układnie głową i wyszedł z pokoju.

Jeszcze przez kilka minut Charles stał za swoim biurkiem, wpatrując się apatycznie w dokumenty i małą drewnianą szkatułkę z herbatą, wreszcie wyprostował się i poszedł do pokoju siostry.

– Cóż to za głośna dyskusja? – zapytała na widok brata. – Miałam wrażenie, że słyszę Stephena.

– W istocie, był tutaj. – Nie zwracając uwagi na nagłą bladość jej twarzy, Charles dodał: – Chce odzyskać Caleba.

Aidan odziewał się właśnie, gdy ktoś zapukał do pokoju. Czym prędzej narzucił na siebie koszulę i otworzył drzwi.

– Jakaś dama z wizytą, sir – poinformował go syn gospodyni, uśmiechając się głupkowato.

– Jeśli to ta sama, co ostatnio, niech ją pan odeśle z powrotem – polecił Aidan.

– Nie, sir, tym razem to prawdziwa dama.

Usta Aidana drgnęły w nikłym uśmiechu.

– W takim razie niech wejdzie.

Młodzieniec uśmiechnął się, jakby w przekonaniu, że odniósł zwycięstwo, po czym odwrócił się i poszedł przyprowadzić gościa. Aidan pozostał zaś na progu i po chwili ujrzał smukłą postać kobiety, której twarz okrywała gęsta woalka. Bez słowa, nie chcąc, aby ktoś wścibski podsłuchał, kim jest ów tajemniczy przybysz, cofnął się i wpuścił gościa do pokoju.

– Wiedziałem, że zmieni pani zdanie – rzekł, zaledwie Katrina zamknęła za sobą drzwi.

Milczała. Jedynie woalka falowała lekko, poruszana jej oddechem. Aidan podszedł bliżej, ostrożnie ujął rąbek woalki i uniósł ją w górę.

– Rozumiem pani życzenie, aby pozostać nierozpoznaną, ale między nami taka ostrożność jest z pewnością zbędna.

– Upaja się pan swoim triumfem, nieprawdaż?

– Upajać się to nie jest określenie, jakiego bym użył. – W głosie Aidana zabrzmiała jakaś ciepła, zniewalająca nuta i Katrina mimo woli zadała sobie w duchu pytanie, jak by to było: znaleźć się z nim w łóżku. Upłynęło wiele czasu, odkąd leżała w objęciach Stephena. Sama myśl o tym wydawała jej się nieprzyzwoita, ale przecież przyszła tu, aby powiedzieć, że zamierza przystać na jego propozycję. Czy zatem nie oznacza to, że będzie z nim sypiać?

– Nie jest pani za ciepło? Może otworzyć okno?

Żar na jej twarzy jeszcze się wzmógł.

– Tak, proszę – szepnęła.

Aidan otworzył okno, zaoferował jej krzesło i sam usiadł naprzeciw niej.

– A zatem zmieniła pani zdanie?

– Ja... Tak... Boję się, że mogę stracić syna. – Jej głos załamał się, do oczu napłynęły łzy. Aidan milczał. Spoglądał na nią wyczekująco i Katrina dodała po chwili: – Mój były mąż odwiedził dziś mego brata i oświadczył, że chciałby odzyskać Caleba. Nie spodziewałam się po nim, że tak radykalnie zmieni zdanie. – W geście bezsilnej rozpaczy uniosła obie ręce. – Brat pokazał mu wprawdzie drzwi, ale ostrzegł mnie, że jeśli Stephen będzie się upierał przy swoim, zdoła zgodnie z prawem odebrać mi dziecko. Dlatego, że nie mam męża, a model życia, jakie wiodę, uchodzi za zbyt... – przełknęła ślinę – ...nieprzyzwoity, aby dziecko mogło pozostać pod moją opieką. Jego żona nie jest w stanie dać mu dzieci, on zaś pragnie mieć syna.

Aidan nachylił się nieznacznie do przodu i dotknął ręką jej zaciśniętej kurczowo dłoni.

– Nie wiem, za co mnie tak nienawidzi – powiedziała cicho Katrina.

– Wydaje mi się, że kieruje nim nie tyle nienawiść do pani, ile raczej egoizm. – Aidan cofnął rękę.

Katrina potrząsnęła lekko głową.

– Nie wie pan jeszcze, jak wyglądała nasza rozprawa rozwodowa. Czegoś takiego nie wyrządza się komuś, do kogo nie odczuwa się nienawiści! – Zamknęła na moment oczy, w jej pamięci odżyła sala sądowa... Przekonała się wtedy, jak boli upokorzenie, upokorzenie tak dotkliwe, że chyba nie czułaby się gorzej, gdyby ktoś zdarł z niej całe odzienie i nagą, bezbronną, rzucił na pastwę wilkom. Wzdrygnęła się i otworzyła oczy.

– Ale dość już o tym. – Wzięła się jakoś w garść. – Wróćmy do naszych interesów.

Aidan uniósł brew, zachował jednak milczenie. Czekał.

– Chodzi mi głównie o Caleba. Nosi nazwisko swego ojca i musi je zachować. – Na potwierdzenie wagi tych słów uniosła zdecydowanym ruchem podbródek. – Mimo to pozwoli mu pan dorastać pod swoim dachem.

– Spełnienie tego warunku nie jest dla mnie problemem – odparł Aidan.

– Następny punkt dotyczy mnie samej. Chciałabym móc korzystać z pełnej swobody postępowania.

– Nie mam nic przeciwko temu, o ile pani postępowanie nie przekroczy granic tego, co przystoi.

– A jak ciasno wytycza pan granice tego, co przystoi? – Głos Katriny zabrzmiał tym razem nieco ostrzej.

– Jest pani, jak sądzę, dostatecznie dorosła, aby móc to samej ocenić. Może pani korzystać ze swobody, na jaką zezwalał pani ojciec... niech tam, nawet mąż. Takie same swobody mogę zaakceptować i ja.

Katrina przeszywała go wzrokiem.

– Da mi pan to na piśmie?

– Nie.

– Ale przecież...

– Podstawą naszego związku musi być wzajemne zaufanie. Taki jest mój warunek.

Ta odpowiedź nie przypadła Katrinie do gustu, zdawała sobie jednak sprawę, że nie nakłoni Aidana do zmiany zdania.

– Chciałabym móc panu ufać – odparła z wahaniem.

– Ale dotychczasowe doświadczenia nie pozwalają pani na to? – Nie odpowiedziała, on zaś dodał: – Jako człowiek honoru daję pani słowo, że spełnię jej warunki.

Odetchnęła głęboko.

– No cóż, sądzę, że nie mam wyboru. Dobrze więc. Zgadzam się. Jakie będą nasze dalsze kroki?

– Za kilka dni porozmawiam z pani bratem, tak aby mogła pani przygotować go przedtem do tej rozmowy. Następnie damy na zapowiedzi i pobierzemy się w pierwszym dostępnym terminie. Niejednego zapewne zdziwi ten pośpiech, ale nie sądzę, abyśmy mieli się tym przejmować. Czy ma pani jeszcze jakieś pytania?

– Mogłabym poprosić o szklankę wody?

– Ależ oczywiście. – Aidan zerwał się na równe nogi. – Moja gościnność pozostawia wiele do życzenia. Proszę mi wybaczyć. – Napełnił szklankę wodą z karafki i podał Katrinie. – A może herbaty?

Podziękowała i uniosła szklankę do ust. Podczas gdy piła, Aidan, stojąc przed nią, obserwował, jak pulsuje drobna wypukłość na jej szyi.

– Czy nie czas, aby odłożyć na bok te oficjalne formy? – zapytał, kiedy Katrina odstawiła szklankę i wstała. – Przecież jesteśmy już tak jakby zaręczeni.

Pamięć podsunęła jej nagle uroczystość zaręczyn ze Stephenem, ten etap życia, który mimo gorzkich wspomnień, zacieniających wszystko, co dobre, był jednak piękny. Smutek ścisnął jej serce.

– Proszę już o nim nie myśleć. – Słowa Aidana zabrzmiały jak rozkaz i przywołały ją do rzeczywistości.

– Aby móc przestać o nim myśleć, potrzebuję jeszcze trochę czasu – przyznała.

Na moment dotknął dłonią jej policzka. Przelotny gest, mający natchnąć ją otuchą. Następnie ujął jej dłoń i ją ucałował.

– Do zobaczenia wkrótce, Katrino. – Zakrył jej twarz woalką.

Stojąc już niemal w progu, odwróciła się, to, co zapragnęła wyznać, wydało jej się raptem niezmiernie ważne.

– Nie zdradziłam swojego męża. Mężczyźni, których powołał na rzekomych świadków, kłamali. Może mieli wobec niego jakieś zobowiązania, a może po prostu zapłacił im za złożenie fałszywych zeznań…

Położył dłoń na jej ramieniu.

– Jak już mówiłem, proszę przestać o nim myśleć.

Zamknął za nią drzwi, oparł się o nie plecami i z głową zadartą do góry wpatrywał się w sufit. W oczach Katriny dostrzegł przedtem ból i żądzę życia, emocje, które wstrząsnęły nim do głębi. Przyszło mu nagle na myśl, że może nie jest odpowiednim mężczyzną dla takiej kobiety jak ona. Jego wybór miał być dogodnym rozwiązaniem dla nich obojga, teraz jednak odniósł wrażenie, że kroczy ku niebezpiecznej przepaści, której nie zdoła już ominąć...

Wbrew oczekiwaniom Aidana i Katriny reakcja Charlesa Ramsaya na ich wiadomość była daleka od entuzjazmu. Brat Katriny nie przyjął gościa w salonie, lecz w gabinecie i dość ozięble wskazał krzesło. Niemal bezszelestnie pojawił się służący, na małym stoliku postawił herbatę, zapytał o inne życzenia i oddalił się, kiedy pan domu dał znak, że może odejść.

– Moja siostra opowiedziała mi już o wszystkim. – Charles bez ogródek przeszedł do sprawy. – I, prawdę mówiąc, nie wiem, czy powinienem zaaprobować pańskie motywy.

Aidan uznał w duchu, że taka postawa zakrawa na obłudę, gdyż to właśnie on postanowił zachęcić któregoś z mężczyzn do poślubienia jego siostry, oferując szczodry posag.

– Zawarcie małżeństwa dla obopólnej korzyści, mister Ramsay, to krok w pełni akceptowany przez społeczeństwo i nagminnie praktykowany.

– A na czym polegałaby tu korzyść dla mojej siostry?

– Stanie się ponownie szanowaną kobietą.

Oczy Charlesa zwęziły się momentalnie.

– Jeśli o mnie chodzi, widzę obecnie tylko jedną osobę, która coś zyska na tym układzie. Tą osobą, za pozwoleniem, jest pan, podporuczniku Landor. – Zetknął obie dłonie czubkami palców. – Zebrałem już stosowne informacje. Wiem, że pochodzi pan ze znakomitej rodziny, że pański ojciec jest baronem z dziedzicznym tytułem, jak również, że tytuł ten ma przejść na pana starszego brata. To wszystko jest do przyjęcia. Jednakże z uzyskanych przeze mnie informacji wynika również, że przez ostatnie lata oddawał się pan w mniejszym lub większym stopniu próżniactwu. – Spojrzał bacznie na przyszłego szwagra.

– Z ubolewaniem przyznaję, że nie mogę temu zaprzeczyć.

– Obecnie postanowił pan zająć się uprawą herbaty. Czy zna się pan na tym?

– Nie.

Charles zmarszczył czoło.

– Wybaczy pan, ale to zakrawa już moim zdaniem na błazenadę.

– Dla błazenady nie decydowałbym się na ożenek.

– Po ślubie obejmuje pan w posiadanie posag Katriny i cały jej majątek, a zatem nie ma wiele do stracenia. Kiedy zaś znudzi się pan żoną, wróci po prostu do swego poprzedniego trybu życia: włóczenia się po kraju. Katrina natomiast zostanie sama w domu. Gdyż rozwód nie wchodzi w ogóle w rachubę: od razu stawiam sprawę jasno.

Aidan oparł się wygodniej na krześle.

– Mister Ramsay, nie zamierzam włóczyć się po kraju ani przeprowadzać rozwodu. Z pewnością nie jestem jedyną osobą, jaka zjawia się w Indiach i niewiele wie na temat uprawy herbaty, ale podobnie jak inni plantatorzy gotów jestem się uczyć. Moje intencje są najzupełniej uczciwe.

– Widzi pan, moja siostra przeszła mnóstwo ciężkich chwil i nie chciałbym oddawać jej ponownie w ręce człowieka, na którym nie można polegać.

Adrian uśmiechnął się.

– Wyznaczył pan dla siostry hojny posag. Co by było, gdyby zjawił się tu ktoś inny, zamiast mnie, prosząc o rękę Katriny? Czy uwierzyłby pan bez zastrzeżeń, że jego intencje są bardziej godne zaufania niż moje?

Charles zawahał się, po czym skinął głową.

– Ma pan oczywiście rację. – Demonstrowana przez niego dotychczas pewność siebie nagle się ulotniła. – Nie wiem, czy Katrina opowiadała to panu, ale nasz ojciec odszedł z tego świata podczas rozprawy. Jego serce... Nie mógł znieść tego wszystkiego, publicznego upokorzenia Katriny, całej tej hańby, spojrzeń ludzi mijanych na ulicy... Nasza matka zmarła wcześnie, Katrina miała wtedy trzy lata. Dlatego łączyła ją z ojcem tak mocna więź. – Charles umilkł na moment, odchrząknął i mówił dalej: – Potem zjawił się Stephen

Alardyce i Katrina zakochała się w nim. Ten człowiek zwiódł nas wszystkich. – Opuścił wzrok na blat biurka, zadumał się. Sprawiał wrażenie, jakby sam się dziwił, że powiedział tak dużo.

– Wiem tylko, dlaczego doszło do rozwodu – odezwał się Aidan, czując, że musi ostrożnie dobierać słów.

Charles spojrzał na niego.

– Wierzy pan w to, co mówią?

– Nie.

– Naprawdę?

W jego głosie Aidan dosłyszał nutę sarkazmu. Uważnie spoglądał na Charlesa Ramsaya, tego wyniosłego mężczyznę, którego zielone oczy przypominały tak bardzo oczy Katriny.

– Naprawdę – zapewnił.

– Katrina nie zdradziła swego męża – powiedział Charles, jakby Aidan zrozumiał coś innego. – Nie byłaby do tego zdolna. Cała ta rozprawa sądowa to farsa, uciecha dla plotkarzy. Proszę nie przywiązywać do tego wagi i nie poruszać przy Katrinie tego tematu. Jeśli będzie chciała, sama rozpocznie tę rozmowę.

Aidan odprężył się.

– Czy mogę uznać te słowa za zgodę na poślubienie Katriny?

– Owszem, może pan. Zlecę notariuszowi sporządzenie odpowiednich dokumentów. – Wyglądało na to, że również Charles nie był już taki spięty. – Wypłacę też brakującą kwotę na zakup domu z przyległym gruntem i kompletnym wyposażeniem, ale ani grosza więcej.

Aidan uznał, że nie wymaga to komentarza, kiwnął jednak z aprobatą głową, aby nie wywołać niechęci czy nowych wątpliwości u swego przyszłego szwagra.

– Musimy się jeszcze zastanowić nad terminem ślubu.

– Rozmawialiśmy już o tym z Katriną. Chcielibyśmy się pobrać mniej więcej za dwa tygodnie.

Charles, który upił właśnie łyk herbaty, odstawił gwałtownie filiżankę.

– Pan chyba raczy żartować! To całkowicie wykluczone! Jak pan to sobie wyobraża? Że urządzimy skromne ciche przyjęcie? Nic z tego! Jeżeli Katrina ma wyjść za mąż, musimy zaprosić znajomych, osoby z towarzystwa, tak aby wszyscy się przekonali, że Katrina ponownie należy do ich grona.

– Co do mnie, nie widzę żadnych przeszkód, nie chcemy jednak czekać z Katriną dłużej niż dwa tygodnie.

– Mogę poznać przyczynę takiego pośpiechu? – zapytał Charles. W następnej chwili jego oczy otwarły się szeroko, jakby pod wpływem nagłego olśnienia, po czym nachylił się do przodu tak raptownie, że na czoło opadł mu kosmyk starannie zaczesanych ciemnych włosów. – Czy mam rozumieć, że…

– Nie – przerwał mu dość obcesowo Aidan. – Nie ma powodów do niepokoju – dodał spokojniej. – Po prostu tak postanowiliśmy. I nie zamierzamy się z tego tłumaczyć.

– Ach, tak? Postanowiliście? Sądzę jednak, że nie padło tu jeszcze ostatnie słowo. Porozmawiam na ten temat z Katriną.

Aidan nie obawiał się, że Katrina zgodzi się na przesunięcie terminu. Wiedział, że podobnie jak jemu, zależy jej na szybkim zawarciu małżeństwa, choć kierują nią zupełnie inne przesłanki.

Zbliżał się koniec sezonu, a tym samym moment, kiedy Utakamand opuszczą pierwsi goście z Madrasu. Ashley znała to doskonale z czasów młodości w Kalkucie, kiedy u schyłku lata jej rodzina opuszczała Śimlę. Teraz jej dom znajdował się w górach, co więcej: w mieście uważanym za najpiękniejsze w kraju. Kurorty i letniska górskie, tak zwane stacje górskie, można było napotkać w wielu zakątkach Indii, ale to właśnie Ooty nazywano królową górskich kurortów.

Bywały jednak momenty, kiedy Ashley nie dostrzegała piękna tych stron. Winiła za to uporczywe zawroty głowy, które nie dawały jej spokoju. Nawet gdy siedziała, odnosiła wrażenie, jakby ziemia uciekała jej spod nóg, w łóżku natomiast wystarczyło zamknąć oczy, aby zaczynało ono wirować wraz z nią, coraz szybciej i szybciej. Wiedziała, co jest przyczyną tych dolegliwości, choć nie chciała jej przyjąć do wiadomości. Bo i po cóż zażywała ten środek od *ayah*? Wszystko na darmo? Zastanawiała się chwilami, czy może się jednak myli, ale symptomy były jednoznaczne. Naturalnie mogła się udać do lekarza, ale na razie wolała pozostawać w stanie niepewności, jakby ciąża mogła się rozpłynąć w powietrzu bez śladu, jeśli uparcie będzie nie dopuszczać myśli o jej istnieniu. Dla ojca byłaby to wspaniała wiadomość; wiedziała przecież, jak gorąco pragnął mieć wnuki.

Przystanęła na widok grupki hinduskich półnagich dzieci o orzechowym kolorze skóry, które właśnie przechodziły przez ulicę.

– I co, tato? – szepnęła. – Jak się z tego wytłumaczę, jeśli się okaże, że tak samo wygląda moje dziecko?

Zajęła miejsce w palankinie i kazała się zanieść do Klubu Ooty, gdzie czekali już na nią Nicolas i Aidan. Ostatnio unikała spotkań z Katriną Alardyce i jej rodziną, aby nie przypominać sobie, w jak perfidny sposób Aidan, którego nie cierpiała już wcześniej – w Kalkucie, wykorzystał sytuację tej kobiety. A Nicolas jeszcze go wspierał! Ashley była na niego wściekła i nie zamierzała tak łatwo wybaczyć. Co prawda Aidan odnosił się do niej zawsze bardzo uprzejmie, jednakże wydawał jej się przy tym zbyt oficjalny. Na domiar złego emanował z niego jakiś niewytłumaczalny chłód, który sprawiał, że mimo woli stawiała sobie pytanie, czy Katrina, spędzając z nim resztę życia, sama nie zamieni się w sopel lodu. To, że zgodziła się za niego wyjść, można było jeszcze zrozumieć. Została sama, głęboko zraniona, a Aidan, gdy chciał, potrafił podbijać serca niewieście, zwłaszcza że zaliczał się do przystojnych mężczyzn. Z wieści, jakie docierały do Ashley, wynikało, że Katrina wiodła pod dachem brata życie w pełni kontrolowane. Nic dziwnego, że gdy Aidan zapewnił ją o obustronnej korzyści, jaką odniosą dzięki małżeństwu, uznała tę propozycję za wymarzoną deskę ratunku.

Nicolas powitał ją w przyległym do klubu parku, gdzie rozmawiał właśnie z Aidanem. Nigdzie w pobliżu nie było śladu Katriny ani jej rodziny.

– Jak się czujesz? – spytał cicho Nicolas. Odpowiedziała mu wymijająco, świadoma, że Aidan obserwuje ją badawczo spod na wpół przymkniętych powiek. Wie, że jestem brzemienna, przemknęło jej przez głowę, ale momentalnie odrzuciła tę myśl jako niedorzeczną.

– Nie wyglądasz dobrze, powinniśmy chyba wrócić do domu – zauważył Nicolas.

– Ależ skąd, przecież dopiero co przyszłam – zaprotestowała. Nadal unikała wzroku Aidana, którego uwagi nie uszedł zapewne ów stan napięcia między małżonkami, w każdym razie pożegnał się z nimi niebawem i zostawił ich samych.

Aidan wypatrywał Charlesa Ramsaya, z którym umówił się na spotkanie w klubie. Z cygarem w dłoni zamierzał właśnie zasiąść wygodnie w kąciku wypoczynkowym, gdy w progu dojrzał Charlesa. Natychmiast przenieśli się do pokoju przeznaczonego wyłącznie dla mężczyzn. Wybór nie był przypadkowy: plotki zataczały coraz szersze kręgi i stawały się trudne do zniesienia. Wieść o planowanym ślubie i przede wszystkim o pośpiechu, w jakim miał się odbyć, błyskawicznie rozniosła się po mieście, a nie chcieli dostarczać damom z towarzystwa nowych tematów do gadania. Charles odwiedził przedtem notariusza i miał już przy sobie niezbędne dokumenty w dwóch egzemplarzach. Nie tracąc czasu, przeszedł od razu do rzeczy. Po chwili do pokoju weszli obaj świadkowie: Nicolas Allenger-Brown oraz James Lockwood – ten sam, który siedział obok Aidana podczas jego pierwszego spotkania ze Stephenem Alardyce'em i otwarcie wyrażał oburzenie z powodu obmawiania Katriny. Jak się potem okazało, należał do grona najbliższych przyjaciół jej ojca.

– A zatem, panowie – rzekł Charles po krótkiej wymianie grzeczności – zajmijmy się właściwym celem naszego spotkania. – Podał dokumenty Aidanowi. – Będzie pan łaskaw przejrzeć je i ocenić, czy nie ma zastrzeżeń?

Aidan przeczytał uważnie tekst i skinął głową.

– Wszystko jest zgodne z naszymi wcześniejszymi ustaleniami.

– Poproszę więc o podpisanie dokumentów. – Charles podał mu pióro i podsunął kałamarz. Pierwszy podpisał Aidan, po nim Nicolas, następnie Charles i w końcu James Lockwood.

– Tym samym sprawa nabrała urzędowej wagi – orzekł Charles, wręczając jeden egzemplarz umowy Aidanowi. – Katrina należy do pana.

4

Utakamand, czerwiec 1875

Na uroczystość zaślubin, którą Charles zorganizował w swoim domu, przybyło mrowie gości. Był to początek czerwca, na krótko przed porą monsunów. Katrina wolałaby wprawdzie skromniejszą uroczystość, w kameralnym towarzystwie, ale Cynthia i Charles uważali, że należy zadbać o liczne grono weselników, tak aby nikt nie przeoczył wstąpienia Katriny w zacny stan małżeński – jakby istniało jakiekolwiek niebezpieczeństwo niezauważenia tego faktu. Ponowny jej ożenek dostarczał tematu do plotek na wiele miesięcy. Nikt nie byłby zdziwiony, gdyby w krótkim czasie rodzina się powiększyła – wiedziano przecież, co zazwyczaj bywa powodem przyśpieszania terminu ślubu. W powszechnej opinii Aidan Landor zrobił Katrinie dziecko i pod wpływem gróźb, a także skuszony perspektywą pokaźnego posagu wniesionego przez przyszłą żonę, zgodził się ją poślubić.

W seledynowej sukni ślubnej wyglądała olśniewająco – nikt nie mógłby temu zaprzeczyć. No cóż, nie bez powodu podobała się mężczyznom. Co prawda, tego dnia na jej twarzy rzadko gościł uśmiech, wydawała się zbyt poważna jak na kobietę wydobywaną właśnie z otchłani hańby i obdarzaną nowym nazwiskiem. Nic zresztą dziwnego, zawsze uważała się za kogoś lepszego, myślał ten i ów w tłumie gości. Zapewne i teraz sądzi, że jej narzeczony nie jest dla niej dość dobry. Ale był dość dobry, żeby pójść z nim do łóżka, szeptali niektórzy, i nastrój obecnych począł się zmieniać:

żądza sensacji ustąpiła miejsca współczuciu dla Aidana Landora, w tak jawny sposób złowionego w matnię.

– Mam nadzieję, że wiesz, co robisz – szepnął do siostry Charles, kiedy się znaleźli chwilowo z dala od gości.

– Dlaczego ciągle to powtarzasz?

– Bo ta sprawa wcale mi się nie podoba. – Charles, zafrasowany, powiódł dokoła wzrokiem. – Tak czy siak, jest już za późno, żeby się wycofać.

– Dziękuję za miłe życzenia – odparła cierpko Katrina. – Co właściwie nie podoba ci się w Aidanie? Przecież sam mówiłeś, że pochodzi z dobrej rodziny. Jego ojciec jest baronem.

– I nawet nie przyjechał na ślub syna – zauważył Charles. – Podobnie jak reszta rodziny.

Katrina przygryzła wargi i spuściła oczy. Charles poczuł wyrzuty sumienia. Delikatnie musnął dłonią jej policzek.

– Wybacz – szepnął.

W milczeniu kiwnęła głową i omijając go wzrokiem, spojrzała na ogród. Pusta ciekawość, demonstrowana przez gości, drażniła ją. Zapragnęła nagle znaleźć się w jakimkolwiek innym miejscu, byle nie tu. Zastanawiała ją ta nagła zmiana nastroju. Początkowo obdarzano ją dość życzliwymi uśmiechami, coraz częściej jednak odczuwała niechęć obecnych. Nie umiała sobie tego wytłumaczyć.

– Wiesz dobrze, Charlesie, że nie było innego wyjścia – wyjaśniła cicho. – Ze względu na Caleba. – Uścisnęła mu rękę i skierowała się w drugi kąt sali, gdzie Aidan rozmawiał z grupą mężczyzn; wśród nich znajdował się Nicolas Allenger-Brown.

Na widok Katriny Aidan przeprosił rozmówców i wyszedł jej na spotkanie. Dostrzegł napięcie widoczne na jej twarzy.

– Chciałabym już wyjść – powiedziała, gdy przy niej stanął.

– Teraz? Nie ma jeszcze nawet wieczoru. Co pomyślą sobie nasi goście? Że nie mam za grosz przyzwoitości, aby poczekać do nocy? – Mimo żartobliwego tonu na jego twarzy nie pojawił się nawet cień uśmiech.

– Przejąłbyś się tym?

– Ani trochę.

– A zatem chodźmy – powtórzyła. – Proszę.

Kiwnął głową.

– Każę zaprząc. Przyjdź za dziesięć minut do stajni. – Skierował wzrok na gości. – Na pewno zauważą, że nas nie ma.

– Nie dbam o to.

Katrina powiadomiła o swoim wyjściu jedynie Charlesa, który wprawdzie nie ukrywał zdumienia, ale też się nie sprzeciwiał. Kilka minut później oboje zostawili za sobą alejkę, przy której stał dom Charlesa, i skierowali się w stronę Willow Lane, domu należącego niegdyś do Marcha. Czy aby Caleb poczuje się tam jak u siebie? Charles proponował, aby zabrać go nieco później, kiedy dla niej i Aidana skończy się miesiąc miodowy, ale Katrina nie chciała o tym słyszeć. Wydawało jej się to zbyt okrutne, zresztą Caleb mógłby odnieść wrażenie, że matka przestała się o niego troszczyć, zwłaszcza teraz, kiedy w jej życiu pojawił się inny mężczyzna. Katrina nie chciała rozbudzać w dziecku uczucia zazdrości, ponadto uważała, że Aidan już od pierwszego dnia powinien się przyzwyczajać do jego obecności w domu.

– Dlaczego tak nagle postanowiłaś opuścić gości? – zapytał Aidan.

– Ta zakłamana atmosfera udawanej życzliwości zaczęła mnie męczyć. Przykro mi, jeśli popsułam ci zabawę.

– Moja droga, przede wszystkim chciałbym, abyś przestała przepraszać za każdą decyzję, jaką podejmujesz. Po drugie, niczego mi nie popsułaś, bo nie przepadam za takimi hucznymi przyjęciami. – Aidan odchylił klapkę w ścianie powozu, aby wydać polecenie stangretowi. Zamiast do domu, kazał jechać nad wodospad Kalhatti. Widząc zdumiony wzrok Katriny, wyjaśnił: – Przecież chciałaś mi go pokazać, czyż nie? Chyba dobrze pamiętam?

Na jej twarzy zagościł przelotny uśmiech.

– Wydawało mi się, że chcesz go obejrzeć tuż po naszej wycieczce.

– Zmieniłem zdanie.

Pół godziny później powóz się zatrzymał. Aidan pomógł Katrinie wysiąść, ostatni niewielki odcinek drogi przeszli pieszo i wkrótce ujrzeli przed sobą wodospad. Woda z ogłuszającym hukiem spływała po tarasowatych skałach wąwozu do niecki u podnóża góry, skąd kontynuowała swój bieg już jako spokojniejsza rzeka.

– Jak widzę, twój zachwyt nie był wcale przesadzony – zauważył Aidan. – Ten widok naprawdę zapiera dech w piersiach!

Katrina zdjęła swój elegancki kapelusz, którego delikatny jak mgiełka welon przysłaniał oczy, niedbale cisnęła go na ziemię, w trawę, postąpiła parę kroków do przodu i stanęła na skraju urwiska. Uzmysłowiła sobie nagle, że jest wolna, i ta świadomość sprawiła, że krew zakipiała w niej tak gwałtownie jak ten spadający kaskadą wodospad. Z wrażenia zakręciło jej się w głowie, zachwiała się i momentalnie poczuła uścisk Aidana chwytającego ją za ramię. Drgnęła zaskoczona, nie słyszała bowiem, że podszedł do niej tak blisko.

– Chyba nie masz zamiaru rzucić się w przepaść akurat w dzień naszego ślubu!

Katrina zamrugała powiekami, aby przez drobne kropelki mgły, osiadłe na jej rzęsach, dojrzeć lepiej twarz Aidana i odczytać z jego miny, czy mówił poważnie.

– Gdyby kierowały mną takie myśli – odparła – zrobiłabym to dwa lata wcześniej.

Odciągnął ją od skraju urwiska. Jego energiczny chwyt przywołał jej na pamięć moment ślubu, kiedy speszona jakimiś rozbudzonymi nagle wątpliwościami, byłaby się wycofała, gdyby nie Aidan, którego kojący, mocny uścisk dłoni pomógł jej odzyskać równowagę ducha. Nieoczekiwanie przypomniała sobie też słowa Charlesa.

– Mogę cię o coś zapytać?

Aidan uniósł brew.

– Do zasady, abyś nie przepraszała mnie ustawicznie, dołącz jeszcze drugą: nigdy nie pytaj, czy możesz mi zadać jakieś pytanie.

Spłoniła się lekko.

– Ciekawi mnie, dlaczego nikt z twojej rodziny się nie zjawił.

Aidan wydął wargi, w milczeniu skierował wzrok w dal, na rzekę i dopiero po dłuższej chwili spojrzał ponownie na Katrinę.

– Powinienem ci wcześniej wyjaśnić, jak wygląda moja sytuacja rodzinna, ale miałem nadzieję, że mimo wszystko ktoś przyjedzie na nasz ślub.

Katrina przechyliła głowę i otworzyła usta, chcąc zadać następne pytanie, ale Aidan ją uprzedził:

– Z pewnością wiesz, że mam patent oficerski. W jakimś momencie uświadomiłem sobie, że normalna służba wojskowa jest zbyt nużąca, stałem się zatem kimś, kogo zazwyczaj określa się mianem włóczęgi. – Mówiąc to, nie odbiegał właściwie od prawdy, czuł się jak żeglarz, który musi omijać niebezpieczne rafy. – Mój ojciec nie aprobował takiego stylu życia i dlatego żyliśmy w ustawicznym konflikcie. Kiedy postanowiłem osiedlić się tutaj, poprosiłem go o pieniądze na zakup domu z przylegającą do niego plantacją herbaty, jednak odmówił.

– I dlatego ożeniłeś się ze mną – dodała Katrina. – Ale to nie tłumaczy jeszcze, dlaczego nikt z twojej rodziny nie przyjechał na ślub.

Przed Aidanem pojawiła się następna niebezpieczna mielizna, jeszcze trudniejsza do ominięcia niż pierwsza. Zawahał się.

– Ojciec miał określone wyobrażenia co do osoby, którą powinienem poślubić.

– To znaczy, że byłeś już z kimś po słowie? Miałeś narzeczoną?

– Nie, nie o to chodzi. Wiesz, mój ojciec chciał, abym... hm... ożenił się z panną, która... jest jeszcze dziewicą.

– A zatem starałby się pokrzyżować ci plany, gdybyś postanowił poślubić wdowę? – zapytała Katrina, mimo że domyślała się już, co za chwilę usłyszy. Zaczynała rozumieć sposób myślenia ojca Aidana.

Ale zamiast odpowiedzieć, Aidan pokręcił lekko głową.

– W takim razie zebrał o mnie informacje? – zgadywała dalej Katrina i natychmiast odpowiedziała sobie samej: – Och, z pewnością to uczynił, to oczywiste. Postąpiłby tak każdy ojciec, mój przecież uczynił niegdyś to samo. – Zaczerpnęła głęboko tchu. – W wyraźny sposób okazał też dezaprobatę wobec kobiety takiej jak ja, nie zjawiając się na ślubie. Podobnie zresztą jak reszta rodziny.

Tym razem Aidan poczuł się w obowiązku przeprosić, ale Katrina dała do zrozumienia, że to zbyteczne.

– Powinnam się z tym liczyć – dodała.

– Nie, bynajmniej – zaoponował Aidan. – Przede wszystkim moja rodzina winna okazywać ci szacunek jako mojej żonie. A tymczasem nawet nie zadali sobie trudu, aby cię poznać.

Mimo że Katrina zachowywała się wobec Aidana tak, jakby nie przywiązywała wagi do poczynań jego rodziny, nie mogła zaprzeczyć przed samą sobą, jak bolesna jest dla niej ta sytuacja, a spojrzenie Aidana mówiło aż nadto wyraźnie, że właściwie odczytał jej uczucia. Wykazywał się przy tym niezwykłą intuicją, która jej samej wydawała się niesamowita, intuicją dzikiego zwierzęcia.

– Jak liczne masz rodzeństwo? – zapytała, siląc się na lekki ton.

– Mam brata starszego ode mnie o cztery lata i dwie siostry. Jedna jest starsza ode mnie o trzy lata, a druga młodsza o dwa. Wszyscy troje założyli już rodziny. Kiedy miałem dwanaście lat, nasza matka zmarła. Jakiś czas potem ojciec ożenił się ponownie i z tego małżeństwa przyszła na świat jeszcze jedna siostra, obecnie szesnastoletnia. Krótko po jej narodzinach moja macocha zmarła.

– A jak ci się układa z rodzeństwem? Dobrze się ze sobą rozumiecie? – Te pytania przeszły jej z trudem przez gardło; miała wrażenie, że jest zbyt wścibska.

– Jeśli chodzi o moją przyrodnią siostrę, nie od razu dowiedziałem się o jej urodzeniu. Mieszkałem wtedy w internacie w Anglii i musiałem tam pozostać do ukończenia siedemnastu lat. Może to właśnie sprawiło, że najlepiej układa mi się z przyrodnią siostrą. Dla niej byłem zawsze starszym, doświadczonym bratem, znającym świat i raczącym ją podczas rzadkich wizyt w domu ciekawymi opowieściami.

– A pozostałe rodzeństwo? Czy mają ci za złe ożenek ze mną, tak jak twój ojciec?

– Odkąd wystąpiłem z wojska, moje relacje z bratem i obydwiema siostrami nie były już najlepsze. Starsza siostra usiłuje stale przemawiać mi do sumienia, jakby była moją matką.

– No cóż, z takim włóczeniem się po świecie skończyłeś już chyba… – W ustach Katriny te słowa zabrzmiały niemal jak pytanie. Aidan uśmiechnął się lekko.

– Nie zaprzątaj sobie głowy moją rodziną – rzekł. – Z czasem wszystko się ułoży.

Zaległa cisza. Spoglądali na siebie, czekając na moment, aż któreś z nich zdecyduje się przerwać milczenie. W końcu uczynił to Aidan: podszedł bliżej i objął ją wpół. Odchyliła się do tyłu, opierając ciało o jego splecione dłonie, on zaś wybiegł myślą w przyszłość, zachodząc w głowę, jak też ułoży się ich wspólne życie. Czy Katrina istotnie jest tak kruchą istotą, na jaką wygląda? A jeśli tak, to czy on jest na pewno właściwym mężczyzną, zdolnym ją chronić? Zastanawiał się, jak ma tego dokonać, ale szczerze tego pragnął i taką obietnicę składał spojrzeniem. Z jej twarzy z wolna znikało napięcie.

Wczesny zmierzch, matowy, niemal delikatny jak tiul, wdzierał się do pokoju. Katrina stała przy uchylonych drzwiach balkonowych, pozwalając, aby ostatnie promienie słońca pieściły jej twarz i ciało, muskając łagodnie zielony materiał sukni – obierając drogę, jaką niebawem miał podążyć Aidan.

Z głębokim, rozedrganym westchnieniem musiała przyznać w duchu, że odczuwa lęk. Lęk jak przed pierwszym razem. Tylko że teraz nie czekała na mężczyznę, którego kochała. Kiedy Aidan wszedł do pokoju, na usta cisnęła jej się prośba, aby dał jej jeszcze kilka minut. Nie wykorzystała czasu spędzonego w sypialni na przebranie się, odesłała swoją *ayah* i spoglądała w zadumie na ogród – jej ogród i jej orchidee. Skąd ta płochliwość, zastanawiała się gorączkowo. Skąd ten strach przed czymś, co jest już jej dobrze znane i czego – nie mogła temu zaprzeczyć – łaknęła wręcz desperacko i nieprzytomnie?

Nim zdążyła uporządkować splątane myśli, poczuła na ustach jego wargi, ciepłe, obce i natarczywe, dłonie, które najpierw odpięły haftki jej sukni na plecach, a następnie sznurówki gorsetu, ułatwiając oddychanie. Po chwili wahania oparła mu dłonie na ramionach, tym samym powstrzymując suknię przed opadnięciem. Aidan ujął czule jej twarz, przesunął dłońmi po szyi, ramionach, aż dotarł do dłoni, nadal spoczywających na jego barkach, delikatnie chwycił je, opuścił i ściągnął z niej suknię, po której przyszła kolej na halkę. Ponowne pocałunki, kroki w stronę łóżka: jego zdecydowane, jej chwiejne. Był spokojny i zarazem przynaglający, ona natomiast to odsuwała się od niego, to napierała, zgodnie z rytmem, który narastał z każdą chwilą, graniczący już niemal z szałem, porywał jej ciało i zsyłał łaskę zapomnienia.

Nie była pewna, czy zasnął. Jego oddech brzmiał tak samo miarowo jak uprzednio, dłoń, która jeszcze przed chwilą w błogim lenistwie wędrowała ospale po jej biodrze, teraz spoczywała w załomie talii, podczas gdy tors przylegał ściśle do jej pleców, a druga ręka obejmowała ją zaborczo. Akt miłosny dobiegł końca, ale ich ciała nadal pozostawały złączone. Upojna rozkosz, jakiej Katrina doświadczała jeszcze pół godziny wcześniej, uprzytomniła jej z mocą, że jest to możliwe nie tylko z jedną, konkretną osobą; doznała przy tym czegoś w rodzaju olśnienia, tak intensywnego, jakby stanęła w strumieniu zimnej wody. Do tej pory sądziła, że takie uniesienia są możliwe jedynie w ramionach Stephena. Jakże często oddawała mu się w głębokim przeświadczeniu, że miłość może ofiarować tylko on i nikt inny. Tego zaś, czego zaznała tej nocy, nie sposób było nazwać miłością, raczej pragnieniem, nie – chyba nawet czymś intensywniejszym... Pragnienie można bowiem w jakimś momencie zaspokoić, ona zaś nie była w stanie się nasycić, jej ciało zdawało się nieoczekiwanie ginąć z udręki żądzy.

Przyszło jej nagle na myśl pytanie, jak wiele kobiet leżało do tej pory w jego ramionach, tak jak ona teraz, czując jego twarz wtuloną we włosy, wsłuchując się w jego regularny oddech i myśląc przy tym, że było to coś wyjątkowego, jedynego w swoim rodzaju, niesłychanie pięknego. Nieomal skłonna była uznać – mimo że to absurd – że dopiero teraz, tej konkretnej nocy, straciła dziewictwo.

Nicolas nie mógł nie zdawać sobie sprawy ze stopniowego oddalania się Ashley, na co od jakiegoś czasu nawet nocami wskazywał fakt, iż uwalniała się z jego ramion natychmiast, kiedy sądziła, że śpi. To samo powtórzyło się i tej nocy. Od tego momentu leżał pogrążony w myślach, daremnie oczekując snu. Zastanawiał się, na czym polega jego przewinienie. Nawet o jej odmiennym stanie dowiedział się dopiero, kiedy poranne mdłości przybrały na sile. Nie raczyła mu wyjaśnić, dlaczego nie powiadomiła go o tym wcześniej, jakkolwiek byłby skłonny zaakceptować każdy powód. Ashley była młoda, jest to jej pierwsze dziecko, zrozumiałby zatem lub przynajmniej starał się zrozumieć, że nie chce dzielić się tą nowiną – nawet z nim.

Ich małżeństwo poprzedziło gwałtowne, gorączkowe zakochanie, po którym nastąpił nie mniej gorączkowo ustalony ślub. Obojgu zależało na jak najszybszym terminie, tu jednak ojciec Ashley okazał się nieubłagany, obstając stanowczo przy zachowaniu stosownego odstępu między zaręczynami a weselem. Nicolas zabiegał o względy Ashley tak żarliwie, jak jeszcze nigdy przedtem wobec innej kobiety, a ona przyjmowała te zaloty nad wyraz ciepło. Skąd zatem ta zmiana? Czy coś się stało? Dlaczego tak nagle zaczęła się od niego odsuwać?

Ashley otworzyła oczy i odwróciła się w jego stronę, jakby wyczuwała, że nie śpi. Kilkakrotnie zamrugała powiekami, oswajając wzrok z ciemnością.

– Nie śpisz jeszcze? – Prześcieradło zaszeleściło, kiedy uniosła się trochę i wsparła na łokciu. – Coś ci dolega?

W jej głosie zabrzmiało znane mu już dobrze zatroskanie, z jakim zawsze pytała go o samopoczucie, skwapliwie więc uczepił się tego przejawu zacności.

– Nie mogę zasnąć.

– Przyrządzić ci napój na sen?

– Nie, to zbyteczne. Nie przejmuj się mną, śpij. W twoim stanie bardziej potrzebujesz odpoczynku niż ja. – Dotknął jej ramienia, z którego obsunęła się nieco koszula nocna, twarz Ashley zastygła momentalnie w niemym proteście. Ta mina, choć nie towarzyszył jej żaden odmowny gest, była aż nadto wymowna. Nicolas czym prędzej cofnął rękę i wstał z łóżka.

Tym razem uniosła się wyżej. Usiadła i obróciła głowę, tak że jej włosy opadły na ramię, to samo ramię, które Nicolas musnął przed chwilą dłonią.

– Co się z tobą dzieje? – zapytała.

Spojrzał wprost na nią.

– To ciekawe, że o to pytasz, bo od wielu dni zmagam się ze sobą, aby zadać ci to samo pytanie. – Przerwał, chcąc jej dać czas na odpowiedź, jakieś wyjaśnienie, ale tylko patrzyła na niego w milczeniu.

– Śpij już – mruknął szorstko. Chciał się odwrócić, coś go jednak powstrzymało. Ashley sprawiała wrażenie istoty tak kruchej, wrażliwej i przybitej... Czyżby zachował się wobec niej nie w porządku? Czy przez tutejszy skwar zatracił zdolność obiektywnego spojrzenia? Przez krótką chwilę ogarnęła go pokusa, aby do niej podejść, przywrzeć głową do jej głowy, zanurzyć twarz w jej włosach. Wszelako Ashley jakby wyczuła ten zamiar, wyraz jej twarzy uległ nagłej zmianie: nie patrzyła już na niego krucha, zraniona istota, lecz kobieta, która wprawdzie powściągliwie, ale jednak odpychała go wzrokiem. Nicolas odwrócił się na pięcie i wyszedł z pokoju.

Był bardzo wczesny poranek, kiedy Aidan spotkał się w klubie z majorem Thackerym. O tej porze klub zazwyczaj świecił jeszcze pustkami, można więc było wykluczyć obecność niepożądanych słuchaczy. Za majorem, skryty częściowo w cieniu, siedział ciemnowłosy mężczyzna w randze kapitana. Aidan pamiętał go jeszcze z Kalkuty. Był to jeden z protegowanych Korony, pnący się po szczeblach kariery oficer o znakomitym nazwisku, ledwie o parę lat od niego starszy i tak jak on najmłodszy z braci.

– Jest pan punktualny, podporuczniku Landor – rzekł z uznaniem Thackery. – Miałem taką nadzieję, ale szczerze mówiąc, nie spodziewałem się tego po panu.

– Jak mam to rozumieć, sir?

Usta majora drgnęły w nikłym uśmiechu.

– Cóż, jak wiadomo, świeżo upieczony małżonek zazwyczaj nie pali się do opuszczania łoża małżeńskiego o tak wczesnej porze.

– Nie zamierzam zaniedbywać swoich powinności, sir – odparł Aidan bardziej kategorycznie, niż to było konieczne.

– Chciałbym mieć taką nadzieję. – Thackery odchrząknął. – Pozwoli pan, Landor, że jeszcze zapytam: czy sądzi pan, że poślubienie kobiety lekkich obyczajów pomoże mu w wykonywaniu powierzonych zadań?

Aidan zesztywniał.

– Wypraszam sobie takie uwagi, sir.

– Pogłoski szerzą się szybciej niż pożar.

– Te pogłoski są mi znane, sir, żywiłem jednak nadzieję, że ludzie z rozumem potrafią je odróżnić od prawdy.

Thackery poczerwieniał aż po uszy.

– Za tę impertynencję udzielam panu nagany, podporuczniku.

– Przyjmuję ją, sir – odparł Aidan z kamienną twarzą. Jego wzrok spoczął przelotnie na ciemnowłosym oficerze, który przez cały ten czas siedział w milczeniu. Teraz jego zęby błysnęły w uśmiechu, który natychmiast przerodził się w powagę.

– Przejdźmy do rzeczy – rzekł Thackery. – Wygląda na to, że niezbędna będzie dokładniejsza obserwacja rozwoju wydarzeń w Azji Centralnej, ale na razie nikt jeszcze nie potrafi podać szczegółów. Trosk przysparzają nam Rosjanie.

Rywalizacja pomiędzy Wielką Brytanią a carską Rosją o wpływy na olbrzymim obszarze Azji Środkowej, tak zwana Wielka Gra, rozpoczęła się w roku 1813 od podpisania w Gulistanie pokoju rosyjsko-perskiego*. Od początku XIX wieku między imperium carów a Anglią rozciągał się na przestrzeni ponad trzech tysięcy kilometrów niezbadany teren, w większej części nawet nieopracowany jeszcze kartograficznie. Ekspansja Rosji na kontynencie azjatyckim zdawała się zagrażać w coraz większym stopniu interesom Korony brytyjskiej, władze w Londynie uznały bowiem, że ich hegemonia na zajętych już terenach subkontynentu indyjskiego staje pod znakiem zapytania. Obydwa mocarstwa rozpoczęły więc dyskretną grę, której podstawowymi elementami były wywiad, szpiegostwo i zabiegi dyplomatyczne w całej Azji Centralnej. Działania te koncentrowały się na Afganistanie.

– Pański teren to Hindukusz, podporuczniku – wyjaśniał dalej major Thackery. – Tam nawet nasi miejscowi szpiedzy miewają kłopoty z przeniknięciem.

– Kto jest autorem ostatniego raportu, sir?

---

* Na mocy tego traktatu, kończącego pierwszą wojnę rosyjsko-perską, do Rosji zostały włączone kolejne chanaty oraz Gruzja (przyp. tłum.).

– Havildar major* Khan – odparł ciemnowłosy oficer, wyręczając Thackery'ego.

Aidan uniósł brew.

– Ten człowiek, podobnie jak ja, ofiarnie działa przez całe życie wszędzie tam, gdzie to jest potrzebne, kapitanie Maddox. Dlaczego miałbym podążać za nim i sprawdzać prawdziwość jego relacji?

– Po prostu niech pan to zrobi, nie zadając pytań, podporuczniku – odparł Maddox.

Aidanowi nie podobał się ton jego głosu, ale Liam Maddox zawsze odzywał się do niego w ten sposób. Na zajęciach przysposobienia wojskowego był jednym z jego przełożonych, nadzorował musztrę z fechtunku. Aidan aż za dobrze pamiętał cios zadany mu głownią szabli, co zresztą zawdzięczał własnej nieuwadze. Bóle barku stanowiły potem trwające wiele tygodni dotkliwe wspomnienie słów Maddoxa: „Powinien się pan nauczyć fechtować z mniejszym ładunkiem emocji. Uczucia tylko przeszkadzają w walce".

– W porządku – mruknął teraz, kiedy zwalczył już w sobie pokusę udzielenia jakiejś obcesowej odpowiedzi. – Kiedy mam wyruszyć w drogę?

– Tak jak uzgadnialiśmy – powiedział Thackery. – Podporucznika Caseya spotka pan u Pasztunów, gdzie dołączy jeszcze havildar major Khan. Tam też pozna pan więcej szczegółów. – Thackery skinął krótko głową. – Życzę miłego dnia, podporuczniku.

– Uszanowanie dla pańskiej małżonki – dodał Maddox.

Dla Aidana oznaczało to, że może odejść. Następne kroki zamierzał skierować do Nicolasa, zauważył bowiem kilka dni wcześniej, że jego przyjaciela coś trapi.

Katrina nie musiała nawet otwierać oczu, żeby zorientować się, że Aidana nie ma w pokoju. Nie słyszała jego oddechu, zdążyła się już zresztą przekonać, że jej mąż zawsze wstaje skoro świt. Pierwsze minuty poranka miała zatem tylko dla siebie, mogła poleżeć jeszcze w łóżku i oddawać się rozmyślaniom.

* Havildar major – starszy sierżant (przyp. tłum.).

Na przedpołudnie najlepsza będzie jasna bawełniana suknia, prosta w kroju, praktyczna, bez wymyślnych upiększeń. Do tego, jeśli pójdzie na spacer po herbacianych polach, założy kapelusz. Przedtem zajrzy do Caleba, zje śniadanie i omówi z *khansaną*, co powinien zrobić dziś w domu. Kiedy już obejrzy herbaciane zagony, nadejdzie pora obiadu. Potem odbędzie przejażdżkę na siwku, klaczy podarowanej jej przez Charlesa nazajutrz po ślubie, a po południu zapozna się z księgami rachunkowymi. Od pierwszego dnia małżeństwa Katrina opracowała rozkład dnia tak dokładnie i akuratnie, że stale miała pełne ręce roboty. Doszła do przekonania, że najwyższy czas otrząsnąć się z owego bezwładu i próżniactwa, na co była skazana w domu brata.

Do zajmowania się uprawą herbaty zatrudnili ekipę nowych pracowników; dwóch z nich zgłosiło się z poręki Charlesa. Katrina podejrzewała, że obaj regularnie składają jej bratu raport co do sposobu, w jaki gospodarzy Aidan, nie była jednak w stanie temu przeciwdziałać; gdyby nie przyjęła ich do pracy, Charles znalazłby inny sposób na zdobycie potrzebnych informacji. Stephen opuścił już Ooty, a póki przebywał w mieście, Katrina starannie i skutecznie unikała z nim spotkania. Teraz mogła mieć tylko nadzieję, że Stephen zrezygnuje z pomysłu odzyskania Caleba. Chłopiec początkowo zachowywał się wobec Aidana z rezerwą, odkąd jednak świeżo upieczony ojczym pozwolił mu pojeździć na swoim koniu – z tego powodu Katrina umierała ze strachu sto razy na minutę – Caleb zmienił swój stosunek do niego. Decyzja o zamążpójściu okazała się zatem słuszna choćby ze względu na Caleba: chłopiec naprawdę potrzebował ojca.

Katrina stała wśród wiecznie zielonych krzewów herbacianych, które rozciągały się przed nią bujnymi zielonymi łanami, oglądała pąki i muskała palcami skórzaste, ząbkowane, błyszczące liście, ciemnozielone z wierzchu, nieco jaśniejsze od spodu. Młode listki i ich delikatne jasnoróżowe pączki okrywał białawy meszek. W regionie wzgórz Nilgiri zbiór herbaty odbywał się przez cały rok, ale ze względu na porę monsunową najlepszą jakość osiągano w okresie od grudnia do lutego; roślina miała wtedy świeży, wyrazisty smak, odznaczała się subtelną cytrusową nutą i łagodnym aromatem.

Katrina zwróciła spojrzenie na poletka z krzewami herbaty, na pochłonięte pracą kobiety i starsze dzieci z dużymi wiklinowymi koszami na plecach, które przywiązywano rzemykiem owiniętym dokoła głowy. Ich cichy śpiew mieszał się z szumem liści.

Myśl o tym, że to wszystko – choć zgodnie z prawem stanowiło własność Aidana – należy też w pewnym sensie do niej, wydawała się Katrinie niemal nierzeczywista. W domu to ona znała się na uprawie i sprzedaży herbaty, postępowanie Aidana nie pozostawiało wątpliwości co do tego, że w pełni ufa jej doświadczeniu i umiejętnościom. Czasem wspólnie przechadzali się po plantacji, on zaś słuchał z uwagą jej objaśnień na temat metod uprawy lub właściwości herbaty z regionu Nilgiri i innych odmian tej rośliny, wieczorami natomiast przeglądał dokumenty z danymi o zbiorach, zakupach i bilansie gospodarstwa.

Pamięć podsuwała Katrinie podobne sceny z pierwszego małżeństwa. Tak jak teraz z Aidanem, długie godziny na plantacji spędzała dawniej ze Stephenem, tyle że wtedy nie objaśniała mężowi kwestii związanych z uprawą, raczej rozmawiali ze sobą jak równy z równym. Wieczorami zasiadali oboje w przestronnym gabinecie, a Stephen wtajemniczał ją w rozmaite niuanse handlu herbatą, których jeszcze nie znała.

Z Aidanem Katrina rozmawiała rzadko, chyba że na temat plantacji. Czasem korciło ją, aby go zapytać, jak wyglądało jego życie przed przyjazdem do Ooty, chętnie dowiedziałaby się też czegoś o jego rodzinie, obawiała się jednak, że takie zainteresowanie pociągnęłoby za sobą pytania na temat jej przeszłości u boku Stephena, a o tym Katrina nie chciała mówić. Niemniej, milczenie, które dość często między nimi panowało, nie miało w sobie nic przykrego; wyglądało raczej na to, że oboje stosują się do niepisanego porozumienia, aby nie czynić żadnych pochopnych kroków, które mogłyby zostać poczytane za ingerencję w życie partnera. Nie zmieniały też tego w najmniejszym stopniu ich wspólne szalone noce, kiedy Katrina leżała zdyszana w ramionach Aidana. Nic na świecie nie liczyło się wówczas dla niej tak jak on.

Poprawiła niesforny kosmyk włosów i ruszyła z powrotem do domu. Aidan jeszcze nie wrócił, zjadła więc sama, a następnie przebrała się do konnej przejażdżki. Kiedy niebawem, odziana już w amazonkę, podeszła do stajni, ujrzała męża uwiązującego u wrót swego kasztanka. Pieszczotliwie musnął dłonią chrapy wierzchowca, poklepał go po szyi i zwrócił się do Katriny.

– Niestety, nie zdążyłem na śniadanie – powiedział. – Wybacz.

– Gdzie byłeś? – Zawahała się przed zadaniem tego pytania, jeszcze się bowiem nie przyzwyczaiła do tak otwarcie okazywanej ciekawości.

– U Nicolasa. Zaprosiłem ich oboje do nas na jutro. Mam nadzieję, że nie masz nic przeciwko temu? – Ostatnie słowa dodał, jakby ta obiekcja przyszła mu na myśl z pewnym opóźnieniem.

– Oczywiście, że nie.

Stajenny wyprowadził na zewnątrz siwka, klacz o imieniu Bhairavi, po czym podał wodze Katrinie. Dłonią w rękawiczce delikatnie pogłaskała głowę konia i odwróciła się do Aidana, który wciąż stał przy Granacie z ręką w jego grzywie; wyglądało to niemal na przyjacielski gest. Kiedy chciała dosiąść siwka, podszedł do niej i podał jej pomocną dłoń. Na krótką chwilę jego ręka spoczęła na jej talii, a potem przesunęła się po biodrze, w żadnym jednak miejscu nie pozostała dostatecznie długo, aby można to było nazwać pieszczotą.

Katrina ułożyła spódnicę i przejęła wodze.

– Zobaczymy się na herbatce – pożegnała się z uśmiechem.

– Uważaj na siebie – odparł, odwzajemniając uśmiech.

Trąciła klacz kolanami i ruszyła przed siebie.

5

Utakamand, lipiec 1875

– Jesteś blada – zauważył Charles, wchodząc do biura w kantorze. Katrina stała przy biurku, na którym leżał gruby, oprawny w skórę atlas krzewów herbacianych, i wpatrywała się w próżnię.

– Pożyczysz mi tę książkę? – zapytała, nie odpowiadając na jego słowa.

Przytaknął lekkim skinieniem głowy.

– Czy Aidan traktuje cię należycie?

– Oczywiście.

– Pokłóciliście się?

– Och, Charles, proszę! – obruszyła się Katrina. – Odkąd sprawy małżeńskie omawia się publicznie?

– A zatem zgadłem?

– Nie. – Katrina przygryzła usta. Nie był daleki od prawdy. Aby rozładować napięcie rysujące się na jego twarzy, dodała: – Aidan wybiera się w Himalaje zebrać informacje o rozmaitych odmianach herbaty.

Charles kiwnął głową.

– Doskonały pomysł. Nie próbuj odwodzić go od tego zamiaru. – W jego głosie zabrzmiał lekki ton przygany.

– Niczego takiego nie robię.

– Ale nie podoba ci się, że tam jedzie.

Zamiast odpowiedzieć, spuściła oczy na książkę. Otworzyła ją przedtem na rozdziale poświęconym herbacie z położonego u stóp

Himalajów regionu Assam, ale tekst i ilustracje widziała jak przez mgłę, zamiast treści miała przed oczyma znowu tamten wieczór sprzed trzech tygodni, kiedy zaprosili na kolację Nicolasa i Ashley. Piękne kandelabry, błyszczące srebrne nakrycia, odblask światła na czarnych włosach Ashley, spojrzenia, jakie oboje z Nicolasem wymieniali między sobą, ukradkowe, zranione. I chociaż rozmawiali ze sobą, zapanowała między nimi jakaś martwota, która sprawiała ból. Katrina podtrzymywała konwersację, Aidan był nadzwyczaj szarmancki, a Nicolas i Ashley zachowywali się jak idealni goście. Nie doszło do jednej nawet kłopotliwej przerwy, a mimo to zaciążyła wokół nich wszystkich jakaś niezręczna atmosfera i Katrina początkowo nie potrafiła odgadnąć jej przyczyny. A potem to pytanie zadane przez Nicolasa, jakby mimochodem. I odpowiedź Aidana, również udzielona jakby mimochodem. Nicolas pytał o termin wyjazdu. Wkrótce, odparł Aidan. Ashley zainteresowała się, czy będzie przejeżdżał przez Kalkutę. A Katrina podniosła wzrok – jedyna w tym towarzystwie bez pojęcia, o co w tej rozmowie chodzi. Jej wzrok napotkał przelotne spojrzenie Aidana, który opisywał właśnie trasę swojej podróży, urwał na ułamek sekundy, a potem mówił dalej, jak gdyby nigdy nic.

Wspomnienie tamtego wieczoru zatarło się i rozpłynęło, ostrych konturów nabrały znowu ilustracje w atlasie krzewów herbacianych. To po prostu obcy człowiek, Aidan jest kimś obcym, mówiła sobie w duchu Katrina, już nie po raz pierwszy w ostatnich dniach. I lepiej o tym nie zapominać…!

Wyprostowała się, spostrzegając, że Charles patrzy na nią, nadal czekał na odpowiedź.

– Wcale nie – odparła. – Wszystko mi jedno. – Wolałabym tylko wiedzieć o czymś takim wcześniej, dopowiedziała w myślach.

Ponieważ brat nie spuszczał z niej przenikliwego wzroku, wzięła się w garść i zdecydowanie odpędziła od siebie posępne myśli. Nie chciała wysłuchiwać od Charlesa uwag w rodzaju: „A nie mówiłem!". Z grubym atlasem pod pachą pożegnała się i wyszła z biura. Nad pobliskimi górami kłębiły się ciemne chmury i powoli, acz niepowstrzymanie sunęły ku miastu. Zanosiło się na deszcz.

Powóz czekał na nią i Katrina chciała właśnie wsiąść, gdy dostrzegła Ashley; kilka metrów dalej przechodziła przez ulicę i nawet jej nie zauważyła. Zostawiła więc książkę w powozie i krokiem umiarkowanie szybkim, jak na damę przystało, ruszyła jej na spotkanie. Dopiero gdy niemal zrównała się z Ashley, tamta spojrzała na nią i przystanęła. Jej twarz rozjaśnił wprawdzie natychmiast uśmiech radości, ale nie zdołał zatuszować powagi widocznej w oczach.

– Wybrałam się obejrzeć bazar – rzekła Ashley, kiedy się przywitały. Przez to, że Aidan i Nicolas przyjaźnili się ze sobą, również ich relacje przybrały bardziej osobisty charakter, nadal jednak między nimi dawało się wyczuć pewien dystans i Katrina nie była pewna, czy wypada jej zaproponować swoje towarzystwo. Może tamta uzna to za przejaw natręctwa? Na szczęście Ashley wyczuła chyba instynktownie jej rozterkę, bo sama poprosiła o oprowadzenie jej po okolicy.

– To wszystko wydaje mi się jeszcze takie obce – wyznała. – Nigdy przedtem nie byłam w Ooty.

Katrina chętnie przystała na jej propozycję. Chciała przywołać służącego, który zawsze towarzyszył jej podczas przejażdżek powozem, ale Ashley nie była sama; w pewnym odstępie za nią kroczył jej posługacz. Żadna kobieta, której zależało na reputacji, nie zapuszczała się w pojedynkę na tutejszy bazar. Już sam fakt odbywania drogi pieszo, zamiast w palankinie, był ryzykownym posunięciem. Dla angielskiej damy dłuższy spacer piechotą był niestosowny, zwłaszcza jeśli udawała się w tak wątpliwe miejsce jak bazar. Jednak Katrina w trakcie swego małżeństwa ze Stephenem była tam kilkakrotnie, zawsze w asyście służby, i nigdy jeszcze nie widziała nic niestosownego. Teren bazaru znajdował się w pobliżu jeziora Ooty, okolonego bujną zielenią i skrytego częściowo w cieniu drzew.

– Zdążyła się już tu pani zaaklimatyzować? – zagadnęła Katrina.

Ashley kiwnęła ledwie dostrzegalnie głową. Oglądała właśnie karmazynowy jedwab.

– Tu jest ładniej niż w Kalkucie. – Odwinęła z beli kawałek jedwabiu i przyłożyła go do siebie. – Jak się pani podoba? Nie jest zbyt odważny na suknię?

Katrina wyobraziła ją sobie w karmazynowej sukni. W zestawieniu z czarnymi włosami, ciemnymi oczami i jasną karnacją ciała efekt musiałby zapierać dech.

– Kolor jest istotnie dość odważny – przyznała – ale suknia wyglądałaby cudownie.

Ashley rozmyślała intensywnie przez kilka sekund, marszcząc czoło, aż w końcu zdecydowała się kupić materiał. Trochę potargowała się ze sprzedawcą, szybko jednak doszli do porozumienia. Dostała do tego dobraną kolorystycznie koronkę i trochę ciemniejszego jedwabiu na szarfę. Służący przejął sprawunki i podążył za obiema kobietami.

Bazar był zatłoczony, miejscami ścisk uniemożliwiał posuwanie się do przodu. Dwukrotnie zostały potrącone, za każdym razem sprawdzały potem przezornie, czy nie skradziono im sakiewek z pieniędzmi. W powietrzu unosił się zapach garbowanej skóry, czuć było woń tlącego się ognia i spoconych ciał. Co jakiś czas fetor stawał się nie do zniesienia, zmuszając je do zatykania sobie nosów i ust chusteczkami.

Katrina wiedziała, że Ashley zna Aidana jeszcze z Kalkuty. Chętnie zasypałaby ją pytaniami, aby dowiedzieć się o nim czegoś więcej, obawiała się jednak, czy taka ciekawość nie wywrze złego wrażenia. Wprawdzie sama też mogła zapytać Aidana, czym się zajmował w przeszłości. Ale obserwacje poczynione przez kogoś innego pozwalają czasem ujrzeć rzecz w nowym świetle.

– Pani mąż poznał Aidana, kiedy przebywał w Kalkucie? – zapytała z nagła i natychmiast pożałowała tych słów, wszak ta sprawa nie była żadną tajemnicą; sami wspominali o niej przy stole.

Ashley przytaknęła, nie podnosząc na nią wzroku.

– Tak, poznali się tam kilka dni po przyjeździe Nicolasa. Również Aidan stacjonował w Kalkucie, przynajmniej oficjalnie.

– Już wtedy, jak słyszałam, lubił podróżować.

Usta Ashley drgnęły w niemal sarkastycznym uśmiechu.

– Istotnie. – Rzuciła Katrinie ukradkowe spojrzenie. – Dawniej też nie mówił z dużym wyprzedzeniem o swoich wypadach.

– W każdym razie mówi o tym prędzej pani mężowi niż mnie – wypaliła Katrina i najchętniej ugryzłaby się od razu w język.

– Zapewne nie miał przy tym nic złego na myśli – próbowała ją pocieszyć Ashley, ale z wyrazu jej twarzy Katrina wyczytała, że jest to dla niego typowe.

Wyminęły trzy kobiety, obarczone glinianymi dzbanami z wodą. Tłum na szczęście przerzedził się nieco. Powietrze było przesycone korzennymi aromatami, od pobliskiego pieca wiatr przywiewał zapach chleba *naan*. Na straganach piętrzyły się stosy owoców, rumianych jabłek, brzoskwiń i moreli, a nieopodal kupcy oferowali kardamom, szafran, cynamon, pieprz i wiele innych przypraw.

Rozżalenie Katriny najwidoczniej nie uszło uwagi Ashley.

– Następnym razem Aidan nie zachowa się już w ten sposób – zapewniła. – Nigdy nie popełnia tego samego błędu dwa razy.

– Zna go pani tak dobrze?

– Owszem. Odkąd znam Nicolasa. – Zmarszczyła lekko brwi.

– A jaki... – Katrina zawahała się, zdecydowała się jednak zadać to pytanie. – Jaki on jest? – Musiała podnieść trochę głos, ponieważ dwaj stojący w pobliżu mężczyźni wszczęli gwałtowną kłótnię.

Nawet jeśli takie pytanie, zadane przez kobietę na temat jej męża, wydało się Ashley dziwne, nie dała tego poznać po sobie.

– Uprzejmy, szarmancki, niezmiennie uprzejmy – odparła. – Właściwie można by rzec, że jest doskonały... to znaczy, zachowuje się bez zarzutu, nie jest bohaterem nawet jednej plotki. – W jej głosie pobrzmiewała delikatnie, ale też niezaprzeczalnie nuta sceptycyzmu, jakby ten właśnie fakt wydawał jej się trochę podejrzany. – Jedyne, co można mu zarzucić, to sposób bycia: chłodny, zdystansowany i beznamiętny.

Zdystansowany i beznamiętny – takie określenia w odniesieniu do Aidana nie przyszłyby Katrinie do głowy. Chętnie zadałaby więcej pytań, ale Ashley zwróciła się już do jednego z handlarzy, który sprzedawał najprzeróżniejsze ozdoby ze srebra, i najwyraźniej nie przejawiała chęci kontynuowania tej rozmowy.

Katrina poczuła się nieswojo. Dzięki pytaniom dowiedziała się wprawdzie wiele, ale informacje te jedynie podsyciły jej ciekawość – a tę, jak się domyślała, trudno będzie zaspokoić. Dręczyła ją nadto obawa, czy Ashley nie opowie o ich rozmowie swemu mężowi, a ten nie przekaże tej informacji dalej, Aidanowi.

Jakiś mały chłopiec, przebiegający obok, wpadł na nią i od razu pomknął dalej. Katrina odruchowo sięgnęła dłonią między fałdy spódnicy: jej sakiewka zniknęła. Przez krótką chwilę wyrzucała sobie nieuwagę, potem jednak na nowo ogarnął ją niepokój.

Resztę dnia wypełniły obowiązki domowe, na rozmyślania Katrina znalazła czas dopiero wieczorem. Wcześniej niż zwykle poszła do siebie i początkowo dość pobieżnie, jakby z roztargnieniem, zaczęła przeglądać książkę pożyczoną z klubowej biblioteki, niedługo potem jednak przebrała się i położyła do łóżka. Czuła, że to niemądre – irytować się z tak błahego powodu: po prostu Aidan porozmawiał wcześniej o swoim wyjeździe z przyjacielem niż z nią. Cóż z tego? No tak, ale było coś jeszcze. Katrina poczuła się odsunięta na bok, jak ktoś obcy i niepotrzebny, zwłaszcza gdy się okazało, że Ashley zna zamiary jej męża. Musiała zatem dowiedzieć się o nich od Nicolasa. Dlaczego Aidan nie porozmawiał o tym wpierw z nią, swoją żoną? Kto wie, kiedy w ogóle wspomniałby jej o tym wyjeździe, gdyby Nicolas nie poruszył przy stole tego tematu? Przyszło jej raptem na myśl, że nawet Stephen nie traktował jej w ten sposób. Również Charles mówił żonie o wszystkim, co dotyczyło jego pracy, mimo że Cynthia nie interesowała się w ogóle tymi sprawami.

Katrina zgasiła światło i poprawiła poduszkę pod głową. To, że Aidan kładzie się do łóżka o bardzo późnej porze, nie było niczym nowym. Nie widziała go od śniadania. Oczywiście nie można było wykluczyć, że poszedł odwiedzić Nicolasa albo udał się do klubu, jak to nieraz bywało, ale tego wieczoru ten fakt jeszcze potęgował jej rozdrażnienie. Jaka szkoda, że wypytywała o niego Ashley! Sama myśl o tym nie dawała jej teraz spokoju.

Podobnie jak wielokrotnie w przeszłości, gdy rozmyślała w łóżku zbyt długo, zapadła wreszcie w stan dziwacznego półsnu. Dobiegło ją ciche skrzypnięcie otwieranych i zamykanych drzwi, co zwiastowało powrót Aidana. Usłyszała, jak mija łóżko i kieruje się do łazienki sąsiadującej z garderobą. Jego ubranie wydzielało słodkawą woń opiumowego dymu i fakt, że włóczył się po podejrzanych spelunkach, jedynie dolał oliwy do ognia.

W Katrinie i bez tego wzbierała już od kilku dni wściekłość, tłumiona do tej pory przez uczucie niepokoju. Przez chwilę łowiła uchem odgłosy z łazienki, wreszcie odgarnęła na bok koc i wyskoczyła z łóżka.

Gwałtownym ruchem szarpnęła za klamkę i otworzyła drzwi. Aidan, stojący obok pieca, spojrzał na nią zaskoczony. Z pewnością zamierzał właśnie nagrzać trochę wody w małym brązowym kociołku, gdyż w domu była jedynie zimna woda bieżąca. Stali tak oboje naprzeciw siebie, milcząc, ciszę mącił tylko cichy syk lampy gazowej.

Wreszcie Katrina uniosła wyżej głowę.

– Gdzie byłeś? – Jeszcze niedawno nie zdobyłaby się na zadanie mu takiego pytania.

Na moment Aidan spuścił oczy, ale niemal natychmiast podniósł na nią wzrok.

– Złapać oddech – odparł lakonicznie.

– A nie można dokładniej? – zapytała agresywnie Katrina.

– Można. O ile zaczniesz nieco innym tonem, moja droga.

Katrina skrzyżowała ręce na piersiach.

– Mam, jak sądzę, pełne prawo wiedzieć, gdzie się włóczysz o tak późnej porze.

– Temu nie przeczę, nie widzę też jednak powodu do podnoszenia głosu ani okazywania tak silnego wzburzenia – zauważył Aidan. Czubkami palców przetarł sobie oczy, nieco zaczerwienione i szkliste. – A teraz... czy mógłbym cię przeprosić? Boli mnie głowa i chciałbym jak najszybciej wziąć kąpiel. A ty przede wszystkim uspokój się i idź do łóżka.

– Nie jestem wcale wzburzona! – krzyknęła Katrina. – Nie odpowiada mi też ta twoja protekcjonalna wspaniałomyślność, nie jestem małym dzieckiem! Gdybym to ja wróciła do domu o tej porze, w ubraniach cuchnących tak, jakbym siedziała jeszcze niedawno w... w...

– Nie byłem w żadnym lupanarze, jeśli to masz na myśli – przerwał jej obcesowo. – Jeśli chodzi o twoje pytanie, co by było, gdybyś wróciła do domu o tej porze, przesiąknięta zapachem opium, to masz rację: z pewnością bym tego nie tolerował. Co zaś do mnie, byłem w pewnym domu nieopodal bazaru, możesz go nazwać palarnią opium.

Katrina przygryzła dolną wargę.

– A możesz mi powiedzieć, dlaczego robisz z tego taką tajemnicę i nie odpowiadasz na moje pytanie od razu, wprost?

– Bo nie podoba mi się ton, jakim je zadałaś.

Katrina odwróciła się, bez słowa zatrzasnęła za sobą drzwi i wróciła do łóżka. Z kocem naciągniętym pod brodę leżała wpatrzona w baldachim łoża, wyzywając samą siebie od niemądrych gęsi.

Nie spała, kiedy Aidan wyszedł z łazienki, nie otwierała jednak oczu. Nie chciała z nim rozmawiać. Żałowała już swego wybuchu, było jej właściwie obojętne, kiedy on wraca do domu. Zresztą jej rozdrażnienie wynikało z innego powodu. Sama nie wiedziała, co w nią wstąpiło.

Łóżko ugięło się pod ciężarem ciała Aidana. Przez jakiś czas trwała cisza, a potem Katrina usłyszała jego głos:

– Możesz nadal udawać, że śpisz, albo też powiedzieć wprost, dlaczego rozzłościłaś się na mnie tak bardzo.

Początkowo zamierzała zachować milczenie, ale potem uznała, że takie zachowanie byłoby zbyt infantylne. Odwróciła się i spojrzała na Aidana, który leżał obok niej, wsparty na łokciu.

– Kiedy wyjeżdżasz, nie chcę być ostatnią osobą, która się o tym dowiaduje. Nie chciałabym też, żebyś spędzał wolne chwile w palarniach opium.

– Co do pierwszej kwestii, masz moje słowo, że tego rodzaju uchybienie nie zdarzy mi się nigdy więcej. Natomiast w tej drugiej sprawie nie mogę ci niczego obiecać.

– Dlaczego?

Aidan uniósł brwi.

– Po prostu pogódź się z takim stanem rzeczy.

Katrina poczuła, że wzbiera w niej powtórna fala wściekłości.

– A jeśli nie zechcę się z tym pogodzić?

– Przykro mi, ale nie masz wyboru. – Przetarł sobie ponownie oczy. – A teraz skończmy wreszcie tę dyskusję. Jestem naprawdę bardzo zmęczony.

Ale Katrina ani myślała zamilknąć.

– A zatem pogodziłbyś się również z sytuacją, w której i ja bym zaczęła uczęszczać do takich miejsc?

– Proszę cię, nie ośmieszaj się. Na pewno wiesz, jak brzmiałaby moja odpowiedź.

– Mogłabym mimo wszystko zaryzykować.

– Mogłabyś, moja droga, ale stanowczo odradzam. W przeciwnym razie musiałbym cię stamtąd zabrać, a to, co by potem nastąpiło, nie przypadłoby ci do gustu.

Katrina usiadła w łóżku.

– Czy przypadkiem nie zapewniałeś mnie przed ślubem, że będę mogła zachować swobodę postępowania?

– O ile postępowanie nie przekroczy granic tego, co przystoi. Nie wyobrażam sobie, moja droga, mimo najlepszych chęci, aby twój ojciec lub były mąż pozwalali ci przebywać w takich miejscach. Uważam całą naszą rozmowę za absurdalną. Żadna przyzwoita kobieta nie ważyłaby się pokazać choćby w pobliżu takiej palarni. Zresztą tak naprawdę nie zależy ci wcale na paleniu opium, pomyślałaś o tym tylko ze względu na mnie. Po prostu nie podoba ci się, że czasem spędzam tam wieczór. Ale jeśli już tak koniecznie chciałabyś zapalić opium, to proszę bardzo, byle nie tam. – Bardziej pojednawczym tonem dodał: – Nie powinnaś w ogóle przejmować się takimi sprawami.

– Przejmuję się nimi nie mniej niż ty tym, co ja robię. W końcu jesteśmy małżeństwem.

– No właśnie. Spójrz, jak postępują inni mężowie, a z pewnością uznasz, że możesz mówić o szczęściu.

– Stephen nigdy tego nie robił. – Te słowa wymknęły się z jej ust, zanim jeszcze zdążyła się nad nimi zastanowić.

– Co ty powiesz, moja droga! – Sarkazm, jaki zabrzmiał w głosie Aidana, był tak jednoznaczny, że Katrina odniosła raptem wrażenie, jakby właśnie zrobiła z siebie pośmiewisko. W milczeniu obróciła się do niego plecami i nakryła kocem. W napięciu czekała na jakąś reakcję, usłyszała jednak tylko szelest pościeli, a wkrótce miarowy oddech. Stephen też tak umiał – po sprzeczce niemal od razu zapadał w sen, jakby nic się nie stało, ona zaś przewracała się z boku na bok, nie mogąc zasnąć. I o ile Stephen stworzył między nimi dwojgiem dystans po dwóch latach małżeństwa, o tyle Aidan dokonał tego samego na samym początku ich związku. Z jednej strony obowiązywała zasada niezadawania pytań co do przeszłości, z drugiej – kategorycznego odrzucania wszystkiego, co mogłoby wpłynąć pozytywnie na jakość ich związku. Na tym tle fakt, że Aidan najwidoczniej nie chciał mieć z nią dzieci, nabierał nowego gorzkiego posmaku – bo jak inaczej można było wytłumaczyć, że każdej miłosnej nocy wycofywał się natychmiast, gdy nadchodził jego kulminacyjny moment? Do tej pory ani razu nie rozmawiali o dzieciach, może dlatego, że ciąża na pewnym etapie małżeństwa wydawała jej się czymś naturalnym. Gdyby Aidan powiedział jej przed ślubem, że na razie nie chce powiększenia rodziny, uszanowałaby jego życzenie, w tej jednak chwili czuła się oszukana.

Resztki zmęczenia ulotniły się bez śladu. Katrina przeleżała bezsennie ponad pół godziny, w końcu dała za wygraną, wstała, narzuciła na siebie peniuar i przeszła do biblioteki. Skoro nie może zasnąć, przynajmnie spędzi ten czas z sensem i przejrzy książkę pożyczoną od Charlesa. W pewnym momencie zmorzył ją jednak sen, półleżącą na sofie, z otwartą książką na kolanach. W takiej właśnie pozycji znalazł ją Aidan nazajutrz rano.

6

Utakamand, wrzesień 1875

Ashley zmięła w dłoni list od ojca i cisnęła na blat sekretarzyka. Niedawno poinformowała rodziców, że jest w odmiennym stanie, a teraz otrzymała odwrotną pocztą odpowiedź: „Co za radość, kochanie!”.

Zanosiło się na bóle głowy; czuła już pod oczami to rytmiczne dudnienie, które za chwilę miało ogarnąć całą głowę. Choć wiedziała, że niewiele to pomoże, zaczęła masować sobie skronie, a potem odchyliła się do tyłu i nakryła dłonią brzuch, którego kształtu nie dało się już zatuszować i który każdą kobietę z kręgu jej znajomych skłaniał do wygłoszenia jakiejś sentencji. Panny dostawały kolorów i mamrotały coś w rodzaju: jakież to cudowne wydarzenie... Świeżo upieczone mężatki wypytywały, kiedy spodziewa się rozwiązania, i z zażenowaniem spuszczały oczy, dając do zrozumienia, że i one chciałyby niebawem zaznać tego szczęścia. Natomiast matki, niezależnie od wieku, nie szczędziły jej wszelakich porad. Jedyną osobą powstrzymującą się od jakiegokolwiek komentarza była Katrina; znajomością rzeczy w kwestii ciąży wykazywała się w inny sposób: goszcząc Ashley na kolacji, kazała służbie podawać tylko potrawy o łagodnym smaku, niewywołujące mdłości.

Ashley spojrzała na drzwi, kiedy do pokoju wszedł Nicolas, w swoim szarym mundurze w barwach czwartego regimentu kawalerii Madrasu: z brązowymi lamówkami i srebrnymi galonami. Uśmiechnęła się.

– Tak wcześnie wracasz do domu?

– Dziś miałem jedynie wprowadzić kilku nowych oficerów w ćwiczenia z fechtunku. – Nachylił się, aby ją pocałować, jego spojrzenie padło na zmięty list leżący na sekretarzyku.

– Od mojego ojca – uprzedziła jego pytanie.

– Złe wieści?

– Nie.

Nicolas czekał w milczeniu na dalsze wyjaśnienia.

– Jutro odwiedzę Katrinę. – Ashley dostrzegła przelotną chmurę na jego twarzy, częstą w ostatnim czasie, gdy odnosiła się do niego z rezerwą lub go unikała. – Aidan wyjechał?

– Wyrusza jutro.

Wzięła pognieciony list i powolnym, jakby skupionym ruchem zaczęła go wygładzać.

– Nie sądzisz, że to małżeństwo przynosi korzyść tylko jednej stronie?

– Sądzę, że nie powinno nas to obchodzić.

Zmarszczyła brwi.

– A jednak obchodziło cię na tyle, że zacząłeś go w tym wspierać.

– Rozmawialiśmy już o tym. Aidan poślubiłby ją niezależnie od tego, czybym go wspierał, czy nie. W każdym razie usiłowałem mu to wyperswadować.

– Dlatego, że twoim zdaniem zasłużył na kogoś lepszego od niej. Tak mówiłeś.

– Katrina jest dorosła i wiedziała, w co się pakuje.

– Jesteś pewien, że wiedziała? Kim jest Aidan, możesz mi to wyjaśnić?

– Co to za pytanie! Przecież dobrze wiesz, kim jest! – Głos Nicolasa zdradzał rosnące rozdrażnienie.

– Wiem tylko, że jest synem pewnego barona osiadłego w Bombaju i twoim przyjacielem. Ponadto oficerem i włóczęgą. Obecnie plantatorem herbaty. Ale kim jest naprawdę? Mam wrażenie, że Aidan coś ukrywa i w jakimś momencie to coś bardzo zrani Katrinę.

Nicolas nie patrzył na Ashley, nie mogła więc dostrzec wyrazu jego twarzy. Kiedy znów na nią spojrzał, z jego miny nie dało się wyczytać żadnej reakcji.

– Katrina już wtedy poczuła się dotknięta, kiedy wyszło na jaw, że Aidan powiedział najpierw tobie o podróży w Himalaje – nie ustępowała Ashley.

– Z pewnością nie było to właściwe z jego strony, ale też nie stanowi moim zdaniem powodu, aby Katrina poczuła się w jakikolwiek sposób upokorzona – bronił przyjaciela Nicolas.

– Mnie też nie odpowiadałaby taka sytuacja.

Po twarzy Nicolasa przemknął uśmiech.

– Wcale się nie dziwię. – Oparł się bokiem o sekretarzyk. – Co zaplanowałaś na dziś?

Ashley nie miała ochoty rezygnować tak łatwo, ustąpiła jednak, świadoma, że Nicolas nie powie nic więcej w sprawie małżeństwa Aidana.

– Zwróciło się do mnie kilka kobiet, chodzi im o jakąś akcję na cele dobroczynne. – Machnęła ręką. – Proszę bardzo, mogę im pomóc, dopóki nie oczekują ode mnie, żebym się zajęła głoszeniem Słowa Bożego lub misjonarzowaniem.

– Niestety, nie możesz się całkowicie uchylać od obowiązków towarzyskich – mruknął Nicolas z grymasem ulgi na twarzy; najwidoczniej był zadowolony, że jako mężczyzna nie musi się angażować w tego rodzaju akcje. – Nie powinnaś odnosić się tak nieuprzejmie do pani Winterball; ona już teraz obchodzi cię z daleka.

– Chciała mnie zwerbować do stowarzyszenia kobiet do walki z prostytucją! Tego tylko brakowało! – zawołała Ashley.

– No cóż, to bardzo szlachetna intencja…

– Miałam pomagać w układaniu pobożnych tekstów, a potem w ich upowszechnianiu. Szkoda, że nie widziałeś, z jakim przerażeniem zareagowała na moją propozycję, aby z tym umoralnianiem zacząć od mężczyzn, którzy korzystają z tego rodzaju usług.

Nicolas parsknął śmiechem.

– Ale na szczęście te panie przestały mi się naprzykrzać, odkąd – ponownie nakryła sobie brzuch dłonią – wyraźnie widać, że jestem przy nadziei. Pani Clarke powiedziała, że na dziecko też można wywierać pozytywny moralnie wpływ.

Nicolas ujął jej dłoń i pocałował.

– Chętnie bym ci tego oszczędził, kochanie. – W jego oczach błyszczały iskierki rozbawienia.

– Wierzę ci na słowo.

– Mówię poważnie – zapewnił ją. – Ach, prawda, byłbym zapomniał: idę niebawem do klubu.

– Zagrać w Black Pool?

– To bardzo zajmująca gra, chociaż Aidan uważa, że nie przetrwa do przyszłego sezonu.

– Nieczęsto podzielam jego zdanie, ale w tym względzie się z nim zgadzam.

– Ostatnio nakryłem go z kijkiem w ręku – odparł Nicolas, szczerząc zęby w uśmiechu. – Ciekawe, czy zdołam go dziś namówić na małą partyjkę?

– Wygląda na to, że dzisiejszy wieczór upłynie wam na trafianiu w bile na stole bilardowym. W tym roku gracze w snookera musieli mieć naprawdę nudne lato.

– Nuda zrodziła już niejeden wspaniały pomysł.

Ashley uśmiechnęła się sceptycznie.

– Wymień przynajmniej jeden z nich.

Nicolas roześmiał się, pocałował ją na pożegnanie i wyszedł.

Pasterski lud Toda z gór Nilgiri, podobnie jak plemię Badaga wypierany coraz dalej w głąb kraju, zamieszkiwał małe wioski, tak zwane *mund*. Głównym elementem chat były dwie półokrągłe ściany szczytowe z ciosanego kamienia. Nakrywano je strzechą z sitowia, przytwierdzaną do wygiętych w pałąk bambusowych żerdzi, dodatkowo wzmacnianych rattanem. Chaty nie miały okien, liczyły po około trzech metrów wysokości i około pięciu i pół metra długości; w obawie przed drapieżnikami zostawiano w nich mały otwór wejściowy, o wysokości zaledwie dziewięćdziesięciu centymetrów.

Katrina pamiętała chaty Todów jeszcze z dzieciństwa; jej mamka ilekroć udawała się w odwiedziny do krewnych, zabierała ją ze sobą. W okresie małżeństwa ze Stephenem zdarzało się to już rzadko, a po rozwodzie całkiem zrezygnowała z tych wizyt. Tego ranka jednak, kilka dni po wyjeździe Aidana, poczuła nieodparte pragnienie, aby znów się zobaczyć ze swą mamką i udać się do jej wioski. Wyruszyła w drogę niemal zaraz po śniadaniu, aby wrócić do domu przed zmrokiem.

Pomiędzy chatami, ustawionymi w dość sporym oddaleniu od siebie, siedziały kobiety zajęte tkaniem kolorowej wełny, jedna z dziewcząt mełła ziarna, trąc kamieniem o kamień. Wszyscy mieszkańcy wioski nosili tradycyjne odzienie Todów, które składało się z obszernego wełnianego szala, owijanego wokół ciała. Kobiety zakładały na ramiona charakterystyczne ciężkie, masywne bransolety, *tulwaji*, niekiedy po kilka naraz. Mężatki nosiły ponadto naszyjniki, zakazane dla dziewcząt niezamężnych.

Zaledwie Katrina wjechała do wioski, kilka kobiet zerwało się na równe nogi. Podbiegły podekscytowane, witając ją radośnie i mówiąc coś jedna przez drugą, ale Katrina nie potrafiła, niestety, posługiwać się dialektem Todów z jego szesnastoma samogłoskami, mimo że w dzieciństwie spędziła wiele lat pod opieką mamki. Ta znała też język tamilski, który, podobnie jak toda, należał do rodziny języków drawidyjskich.

Sarita, mamka Katriny, obecnie kobieta czterdziestopięcioletnia, o charakterystycznych dla jej plemienia kędzierzawych włosach, czarnych, choć przyprószonych już siwizną, wydawała się szczuplejsza niż dawniej. Oczy natomiast, pełne blasku na ogorzałej twarzy o barwie kawy, pozostały te same. Katrina poczuła przepełniające ją uczucie szczęścia, uczucie tak intensywne, że niemal zapierało jej dech. Zsiadła z konia i podbiegła do mamki – tutaj nie musiała zważać na konwenanse, przejmować się, że takie zachowanie nie przystoi damie.

Dawniej uściski mamki zastępowały Katrinie objęcia matki, którą utraciła w wieku trzech lat, teraz jednak zachowała pewną rezerwę i przywitała się zgodnie z tutejszym zwyczajem krótkim *tcha*. Po urodzeniu Caleba chciała zatrzymać Saritę jako nianię dla chłopca, ją jednak ciągnęło do rodzinnej wioski, gdzie mieszkały jej własne dzieci. Katrina wiedziała zresztą, że Sarita nie rozumiałaby się dobrze ze Stephenem, a i ona sama zdawała sobie z tego sprawę.

Mimo że większość Todów poddała się już fali ewangelizacji,

w wiosce co krok można było dostrzec oznaki pierwotnych wierzeń, kultu bogini świata żywych Tökisy: jej posążki w każdej chacie, bawoły wodne o jasnobrązowej sierści, czczone przez miejscową ludność jako święte i włóczące się swobodnie tu i tam, a także stożkowatą świątynię w *Muthunadu mund*. Nadal nie uznawano tu mostów, przez rzeki i potoki przeprawiano się w bród lub przepływano wpław. Podobnie jak wśród hinduistycznych Pandavasów, również tu panowała poliandria, czyli wielomęstwo*. Nierzadko zatem kobieta poślubiała swego wybranka wraz z jego braćmi. Dzięki temu nie musiano parcelować posiadanej ziemi. Konsekwencją poliandrii było nieuznawanie ojcostwa biologicznego: dzieci przyznawano w kolejności narodzin poszczególnym braciom, począwszy od najstarszego z nich.

– Słyszałam, że wyszłaś po raz drugi za mąż, *missee sahib* – powiedziała łamaną angielszczyzną Sarita, siadając na kocu rozłożonym nieopodal ogniska. – To dobrze. Kobieta potrzebuje męża. – Od jednej z córek wzięła półmiski z chlebem. – Czy on jest ojcem dla twojego syna?

Katrina uśmiechnęła się.

– Tak, jest nim.

Anchita, najmłodsza córka Sarity, przyniosła dzban z wodą i przysiadła się do nich.

– Ona też wyjdzie niedługo za mąż – powiedziała Sarita, wskazując na córkę. Anchita spłoniła się, zmieszana opuściła głowę.

Grupka dzieci, wiedziona ciekawością, podeszła bliżej, część z nich przysiadła się, pozostałe śpiesznie pochwyciły z talerzy co się dało i ulotniły się w okamgnieniu. Dziewczynek było niewiele. Córki nie były pożądanym potomstwem, często topiono je w mleku natychmiast po przyjściu na świat lub porzucano, skazując świadomie na śmierć. Takiego losu unikały tylko niektóre z nich: pozwalano im przeżyć, aby mogły w przyszłości rodzić dzieci. Wysiłki misjonarzy nie zdołały wyplenić definitywnie tego zwyczaju.

---

* U Todów przybiera ono zwykle formę poliandrii braterskiej, co oznacza, że kilku braci dzieli łoże z jedną kobietą (przyp. tłum.).

Bawoły cieszyły się pełną swobodą, poruszały się po wiosce bez jakichkolwiek ograniczeń i stanowiły tu niezwykle istotny element życia, o pierwszorzędnym znaczeniu dla religii i gospodarki Todów. Podstawą wyżywienia tych ludzi było mleko bawołów, a także to, co oferował las, nie jedli zresztą wiele. Mężczyźni uczyli swoich synów czcić krowy i doić je, a także wytwarzać masło – czynności stanowiące tabu dla dziewcząt. Kobietom nie wolno było też przebywać na terenie świątyni.

– Nie kochasz męża? – zapytała Sarita.

Katrina potrząsnęła głową.

– Nie, ale mimo to ożenek z nim był rzeczą słuszną. Miłość nie przyniosła mi wiele szczęścia.

– Zawdzięczasz jej Caleba.

Mimo woli Katrina uśmiechnęła się.

– To prawda. Caleb to najwspanialszy dar, jaki mogłam otrzymać od Stephena.

Na ciemnej twarzy Sarity błysnęła biel zębów.

– Kobieta potrzebuje dzieci. Im więcej, tym lepiej. Przede wszystkim synów.

Katrina kiwnęła głową. Nigdy nie zapytała, ilu swoim dzieciom Sarita mogła darować życie.

– Nie jesteś jeszcze przy nadziei?

– Nie.

– Dam ci potem trochę ziół, które pomogą.

Katrina zwróciła wzrok na bawiące się nieopodal dzieci. Kobietom Toda nie wolno było rodzić w chacie, wydawały potomstwo na świat w pobliskich lasach, chroniąc się przed wiatrem w zaroślach.

Pod wpływem nagłego impulsu Katrina zapytała:

– Przyjdziesz do mnie, kiedy następnym razem będę rodzić? – Pragnęła tego już dawniej, przy narodzinach Caleba, ale Sarita akurat zachorowała i nie mogła być przy niej.

Na twarzy starszej kobiety pojawił się uśmiech.

– Dopiero co wyglądało na to, że nie masz już chęci rodzić, a teraz rozmyślasz o następnym dziecku.

Kiedy słońce zaczęło ponownie zsuwać się po niebie, Katrina ruszyła w drogę powrotną. Jadąc do wioski Todów, miała pewne obawy, teraz jednak uznała, że ta wizyta była jej potrzebna. Dobre samopoczucie mąciły jedynie myśli o Aidanie, od czasu ich nocnej sprzeczki cierpieli oboje wskutek niemożności porozumienia: niczym bolesnej zadry, niedającej się usunąć. Wprawdzie Aidan okazał gotowość do pojednania, ona jednak czuła się zbyt dotkliwie zraniona jego szorstkim tonem, aby podać rękę na zgodę, mimo że z perspektywy czasu całe to zajście zdawało jej się teraz niedorzeczne; w duchu musiała przyznać, że jej reakcja była przesadzona. Dawniej bywała rozpieszczana przez ojca, a potem również i Stephen zwykł iść jej na ustępstwa. Z Aidanem było inaczej. Nawet po tej ostatniej sprzeczce nie potrafiła mu się oprzeć i w noc poprzedzającą jego wyjazd oddała mu się – mimo wszystko. To jednak, co ze Stephenem wydawało się momentem pojednania, z Aidanem było niepohamowanym porywem namiętności, przy którym szło wyłącznie o zaspokojenie żądzy.

Katrina ściągnęła rękawiczki, podała je służącej, która otworzyła drzwi, następnie wyciągnęła z kapelusza szpilkę, zdjęła go i wraz ze szpilką przekazała dziewczynie.

– Jakiś *sahib* przyszedł z wizytą, *memsahib* – poinformował młody, odziany na biało lokaj, stojący w głębi foyer.

Na pewno Charles, pomyślała Katrina i rzuciła okiem na duży stojący zegar. Nie było jej w domu dłużej, niż planowała. Nie tracąc czasu na przebieranie się, przeszła do salonu i otworzyła drzwi, ale słowa powitania natychmiast zamarły jej na ustach.

– Twój *chuprassi* powiedział, że mogę tu zaczekać – powiedział Stephen, podnosząc się z fotela.

Katrina nie ruszyła się z miejsca. Z ręką na klamce czuła, że krew odpływa jej z twarzy, a usta ogarnia przejmujący chłód. Gdzie Caleb?! Zapragnęła odwrócić się, wbiec po schodach na górę i sprawdzić, czy na pewno jest jeszcze w swoim pokoju, ale powstrzymała się resztką sił. To nonsens, pomyślała, przecież Stephen jest tu, w salonie, jak więc miałby zabrać małego? Zapewne jego uwagi nie uszedł jej ruch, zwiastujący panikę i chęć ucieczki, ponieważ wzniósł ręce, jakby w geście pojednania.

W jej pamięci nieoczekiwanie odżyły dawne sceny, zasnuwając

salon mgłą. Stephen i ten jego chłód, narastający aż do niechęci. Stephen, który opuścił ich wspólny pokój. „Porozmawiaj ze mną, Stephen. Dlaczego nic nie mówisz?"

Mglista zasłona zniknęła.

– Przepraszam za tak nagłe najście – odezwał się układnie i rzeczywiście ton jego głosu zdradzał ubolewanie, a nawet zakłopotanie.

– Czego chcesz? – zapytała Katrina łamiącym się głosem. Wolnym krokiem weszła do salonu, nie zamykając za sobą drzwi.

– Porozmawiać z tobą.

– Nie ma między nami spraw, które wymagałyby jakiegokolwiek wyjaśnienia.

– Mylisz się, Kat. I sądzę, że dobrze o tym wiesz. Odbyłem z twoim bratem rozmowę. Z pewnością powtórzył ci jej treść, nieprawdaż? Zaledwie wyszedłem po tej rozmowie z jego kantoru, ty byłaś już mężatką. Ciekawe w ogóle, skąd tak szybko wytrzasnęłaś męża! Ale na wasz temat już od jakiegoś czasu krążyły pogłoski, zapewne coś było na rzeczy.

Łatwość, z jaką przyszło mu posłużyć się jej dawnym zdrobnieniem imienia, była dla niej nie do zniesienia.

– Przyszedłeś tu, aby wyrównać rachunki? – Serce jej waliło tak głośno, że słyszała głuche dudnienie w uszach. Z góry wiedziała, jaka będzie odpowiedź.

– Nie. – Stephen zmusił się do uśmiechu. – Chcę odzyskać Caleba.

Samym koniuszkiem języka zwilżyła sobie wargi.

– A zatem przyszedłeś na próżno.

– Nie sądzę.

– Umyślnie czekałeś, aż mój mąż wyjedzie? – Po jego minie poznała, że tak było w istocie, i jej zimny dotąd głos przybrał wzgardliwe brzmienie. – Jeśli nie wyjdziesz stąd w tej chwili, wyślę posłańca do Charlesa.

– Jestem ojcem Caleba.

Spojrzała na niego szeroko otwartymi oczami.

– Jesteś tego pewien?

Jego twarz pociemniała.

– Owszem, jestem pewien.

– Na sali sądowej twierdziłeś coś zupełnie innego.

– Oboje wiemy, że to, co zeznawano wtedy przed sądem, nie było prawdą.

– Wielki Boże, Stephen! – szepnęła Katrina. Bez większego powodzenia usiłowała otrząsnąć się z natrętnych wspomnień, które nie dawały jej zapomnieć o tamtej upokarzającej rozprawie.

– Przecież wiadomo było, jak to się skończy, czyż nie? Ostrzegałem twojego ojca, ale nie zważał na to i byłby mnie doprowadził do ruiny finansowej! A i ciebie przy okazji!

– Postanowiłeś zatem zrujnować mnie.

Stephen nie podjął tego wątku.

– Sąd zawsze przyznaje dzieci ojcu.

– Ale nie wtedy, gdy ten ojciec podczas oficjalnej rozprawy sądowej kwestionuje swoje ojcostwo. – To, że sędzia w tym jednym punkcie odrzucił stawiany jej zarzut, wynikało jedynie z tego, że oboje ze Stephenem niemal do ukończenia przez Caleba drugiego roku życia dzielili wspólny pokój i wiedli zgodne pożycie małżeńskie. Wprawdzie Stephen wyrzekł się dziecka, aby poprzeć w ten sposób wysunięte przez siebie oskarżenie – a przecież żaden ojciec nie wyrzekłby się swego biologicznego syna! – pozostały jednak wątpliwości, jakich nie zdołał rozwiać nawet rzekomy świadek, chociaż zeznał, że w określonym czasie miał z podsądną romans.

– Do diaska, Kat, przecież możesz jeszcze mieć z tym typem tuzin innych dzieci! A ja chcę tylko to jedno! Tylko Caleba!

Zamarła w bezruchu, poczuła, jak drętwieją jej palce. Kiedyś tak szaleńczo go kochała! Jeszcze teraz na widok jego twarzy i znajomych ruchów, na samo wspomnienie gibkości jego ciała, odczuwała palący ból. Tak dobrze go znała! Pamiętała, co czuła, opierając głowę na jego ramieniu, wiedziała, że blizna na jego szyi, którą teraz dostrzegła, to ślad po skaleczeniu z dzieciństwa.

– W takim razie rozwiedź się ze swoją żoną – powiedziała – i ożeń z inną kobietą. Jej niepłodność może posłużyć za argument w rozprawie rozwodowej.

– Wiesz równie dobrze jak ja, że to niemożliwe.

– Bo wyglądałoby to na wyrachowanie? A może jednak jest tak, że naprawdę kochasz swoją drugą żonę?

Stephen najwidoczniej nie zatracił jeszcze poczucia przyzwoitości, bo pominął jej pytanie milczeniem.

– Teraz idź już sobie, proszę cię. Nie mam ci nic więcej do powiedzenia.

Błyskawicznie znalazł się przy niej, pochwycił za ramiona.

– Chcę odzyskać mojego syna! – Po każdym słowie potrząsał nią gwałtownie.

Oparła obie dłonie o jego pierś i odepchnęła go z całej siły.

– Nie waż się więcej mnie dotykać! Nigdy więcej! A teraz wynoś się stąd!

– Dobrze. – Stephen cofnął się o krok. – Ale nie powiedziałem jeszcze ostatniego słowa. – Obrócił się na pięcie i wyszedł z salonu.

Całe napięcie opadło z niej, krew znowu zaczęła krążyć, docierając do twarzy i palców. Zimne jeszcze przed chwilą wargi ożyły, drżały za to niepowstrzymanie, drętwota ciała ustąpiła, dając miejsce poczuciu niemocy. Spod zaciśniętych powiek wytrysnęły łzy i tocząc się po zarumienionych policzkach, spływały na ramiona, obolałe jeszcze po zbyt brutalnym uścisku.

7

Utakamand, październik 1875

– Było naprawdę nieźle – rzekł Ingram Frazer. Odetchnął głęboko, najwyraźniej ukontentowany, wycisnął całusa na ustach Gillian i wstał, żeby się ubrać.

Tłumiąc z trudem upokorzenie, Gillian przyglądała mu się, jak zapina spodnie i wkłada koszulę.

– Nie zostaniesz jeszcze trochę?

– Co też ci chodzi po głowie, moja droga? – Ingram uśmiechnął się pobłażliwie. – Mam przecież zobowiązania. Za godzinę spotykam się w klubie z grupą przyjaciół, a muszę się przedtem przebrać.

Okryła się prześcieradłem i usiadła na łóżku. Ingram był przystojnym, rezolutnym mężczyzną, tryskającym dowcipem. Poznała go w herbaciarni, gdzie znalazła pracę, on zaś przychodził tam jako klient. Zjawiał się niemal codziennie, by napić się herbaty i pogawędzić z nią, a potem od słowa do słowa, od jednego żarciku do drugiego, wylądowała z nim, właśnie tego wieczoru po raz pierwszy, w łóżku. Miała nadzieję, że odzyska dobre samopoczucie. Że przestanie jej doskwierać ból po rozstaniu z Brianem. Ból istotnie przeszedł, wszelako nie była przekonana, czy to, co teraz czuje, bardziej jej odpowiada. Pozostało pewne napięcie, ledwie odczuwalne, a mimo to niemiłe i natrętne.

– No już, nie rób takiej nieszczęśliwej miny – dodał Ingram, zapinając surdut. – Przyjdę jutro znowu i spędzimy razem trochę więcej czasu.

– Z pewnością. – Gillian potrząsnęła głową, odrzucając w tył blond włosy. – I może wtedy będzie trochę lepiej niż nieźle! – Nawet w jej uszach ten sarkazm nie zabrzmiał zbyt przekonująco.

– Nie miałaś chyba zbyt wielu kochanków, nieprawdaż?

Poczuła, jak jej płoną policzki.

– Jednego.

– I kochałaś go, jak sądzę?

– A jeśli tak, to co?

Wzruszył ramionami.

– Nic. – Nachylił się i pocałował ją. – Zobaczymy się jutro.

Nie odpowiedziała. W milczeniu odprowadzała go wzrokiem, kiedy opuszczał mansardę. Miała nadzieję, że nikt go nie zauważy, ponieważ gospodarze, u których wynajmowała ten pokój i pracowała, nie tolerowaliby takiego prowadzenia się.

Słyszała już, że Aidan się ożenił. Poślubił jakąś zamożną kobietę o wątpliwej reputacji. Dla mężczyzn wszystko jest takie proste! Gillian zamachnęła się z furią, aby zmieść ze stolika przy łóżku jakiś pozostawiony tam talerz, ale powstrzymała się w ostatniej chwili. Gospodarze nie tolerowaliby też hałasów w jej pokoju ani rozbijania talerzy. Opadła z powrotem na łóżko i skulona nakryła twarz dłońmi.

Było to pierwsze przyjęcie wydane przez Ashley i chociaż zaproszenia zostały wysłane dość późno, wszyscy potwierdzili przybycie. Ludzie byli jej po prostu zbyt ciekawi, zwłaszcza że do tej pory trzymała się z dala od większości tego rodzaju imprez.

Teren przed domem zdobiły lampiony, z werandy roztaczał się widok na szmaragdowozieloną murawę. Ogród, podobny raczej do niewielkiego parku, przecinały alejki ocienione przez drzewa. Marmurowa fontanna wyrzucała w górę strumienie wody, szpaler krzewów bambusa oplatał bluszcz.

Ashley włożyła na przyjęcie zieloną jak listowie suknię z rozcięciem u dołu, podszytą nieco ciemniejszym aksamitem. Włosy miała wysoko upięte, a z biżuterią ograniczyła się do złotego naszyjnika z dopasowanymi kolorystycznie kolczykami. Ciąża była już wprawdzie zaawansowana i niewątpliwie widoczna, ale krój sukni tuszował ją nieco, nie eksponując nadmiernie kształtu brzucha – szczęśliwie dla Ashley, to bowiem mogłoby zostać uznane za niemoralne.

Goście gromadzili się w ogrodzie i w dużym salonie, gdzie pod dłuższą ścianą ustawiono bufet obsługiwany przez sześciu odzianych na biało Hindusów. Wmieszała się w tłum przybyłych, z uśmiechem wymieniała zdawkowe uprzejmości i starała ze wszystkich sił sprawiać wrażenie, jakby doskonale się bawiła. Najchętniej nie urządzałaby żadnych przyjęć, ale wiedziała, że są one nieuniknione. Była przecież żoną oficera, kapitana, gdyby więc nie udzielała się towarzysko, odbiłoby się to ujemnie na renomie jej samej i Nicolasa.

Cynthia Ramsay podeszła do niej, ujęła ją pod ramię i zerkając na brzuch, spytała o termin rozwiązania. Sama również była w widocznym już odmiennym stanie i czuła się upoważniona do takiej poufałości. Ashley zaspokoiła jej ciekawość.

– A zatem czeka nas to obie niemal w tym samym czasie – zauważyła Cynthia.

– Cieszę się.

– Niech się pani niczego nie boi. Przy pierwszym dziecku też byłam zdenerwowana, ale trudno o większe szczęście, a widok słodkiego maleństwa pozwala zapomnieć o bólu.

Ashley z trudem zmusiła się do uśmiechu.

– Nie boję się.

– Dlaczego nie odwiedzi nas pani kiedyś z mężem przy kolacji? – zapytała Cynthia, nie komentując tej odpowiedzi. – Charles chętnie by się z nim spotkał.

– To miłe z pani strony.

Cynthia uśmiechnęła się szeroko.

– Prześlę państwu zaproszenie.

Jakaś para małżeńska, zaprzyjaźniona z Ramsayami, wybawiła Ashley z opresji, wdając się w rozmowę z Cynthią. Przeprosiła ich i odeszła. Kontynuując przechadzkę po ogrodzie, starała się przyporządkować do mijanych twarzy odpowiednie imiona. Jeden z gości, niejaki John Frazer, zamienił z nią parę słów, a kiedy przedstawił jej swego syna, natychmiast wysiliła pamięć. No tak, nic dziwnego, że jego imię wydało jej się znajome. Ingram. Ingram Frazer. Niemal tak samo nazywał się zabójca Christophera Marlowe'a*. Już wcześniej, przy wejściu w foyer, zwróciła na niego uwagę, zaintrygowana jego chłopięcym uśmiechem. I z miejsca poczuła niechęć. Gładki i ugrzeczniony.

– Znam pani ojca – rzekł John Frazer. – Mieszkaliśmy obaj w internacie w Londynie.

Tym razem jej uśmiech był szczery.

– Naprawdę? Pan również przybywa z Kalkuty?

– Nie, jeszcze do niedawna mieszkałem w Madrasie, ale mojej małżonce lepiej służy górskie powietrze, toteż postanowiliśmy się na starość tutaj urządzić. – Mrugnął do niej z uśmiechem. – Do tej pory zajmowałem się handlem jedwabiem, teraz interesy przejmie Ingram.

Ashley przypomniała sobie, że ojciec podarował jej kiedyś jedwabny szal, wyjątkowo miękki i delikatny. Szal pochodził z zakładów Frazera, ale ojciec nie wspomniał nigdy o tym, że zna osobiście ich właściciela.

– Będzie pan prowadził interesy na odległość, pozostając w Ooty? – spytała Ashley, zwracając się do Ingrama. Właśnie wlepiał oczy w jej brzuch i chociaż zdawał sobie sprawę, że zauważyła to, nie okazał zakłopotania. Na jego twarzy pojawił się za to butny uśmieszek.

– Zakłady będą nadal działać w Madrasie – odparł. – Tam mieści się cała administracja. Gdyby jednak moja obecność miała się czasem okazać konieczna, pojadę tam oczywiście.

Uwagi Ashley nie uszedł nikły grymas niezadowolenia i dezaprobaty, jaki przemknął po twarzy Johna Frazera. Rozmawiała z nim jeszcze przez chwilę, po czym przeszła do innych gości.

W trakcie przyjęcia kilkakrotnie przykuło jej wzrok zachowanie Ingrama, który otwarcie adorował młodziutką Elizabeth Falk, córkę

---

* Christopher Marlowe, ur. 6 lutego 1564 r., wybitny angielski dramaturg i poeta okresu elżbietańskiego, 30 maja 1593 podczas awantury w karczmie w Deptford pod Londynem, gdzie spotkał się z trójką przyjaciół – Robertem Poleyem, Nicholasem Skweresem i Ingramem Frizerem – zginął z ręki tego ostatniego (przyp. tłum.).

plantatora herbaty, pannę mającą swój pierwszy sezon towarzyski już za sobą. Mimo niezbyt pociągającej aparycji mogła jako jedyna spadkobierczyni w rodzinie liczyć na pewne zainteresowanie ze strony mężczyzn. Ashley poznała ją ledwie kilka tygodni wcześniej i postanowiła roztoczyć nad nią opiekę. Właśnie ten brak powabu połączony z cielęcą naiwnością uznała za fascynującą cechę.

Przypadkowo zasłyszane imię Katriny skłoniło ją do przyłączenia się do grupki kobiet, wśród których dostrzegła też Cynthię Ramsay. Zapadał już zmrok, przez otwarte drzwi werandy dobiegały ciche dźwięki pianina, mieszając się z gwarem rozmów.

– Ciekawe, dlaczego jej tu nie ma – odezwała się właśnie korpulentna kobieta, której imienia Ashley nie potrafiła sobie przypomnieć.

– Zapewne nie została zaproszona – zauważyła pani Shelter, wdowa po czcigodnym sir Thomasie Shelter, niegdyś sędzi w Madrasie.

– Owszem, zaprosiliśmy Katrinę – sprostowała Ashley – ale, niestety, nie czuła się dobrze.

– No cóż… – Cynthia zawahała się, jakby zastanawiając się, czy uchylić rąbka tajemnicy. Jej oczy pałały wręcz żądzą sensacji. – Przed kilkoma dniami był u niej Stephen. Po tej wizycie Katrina wyglądała na bardzo poruszoną.

Kilka kobiet nie zdołało powstrzymać okrzyków zdumienia.

– Jesteś tego pewna? – drążyła pani Shelter.

– Sama o tym powiedziała Charlesowi. – Cynthia spuściła oczy, sprawiając wrażenie zmieszanej.

– Nie sądziłam, że jeszcze ją kiedyś odwiedzi, po tym, co między nimi zaszło. – Korpulentna dama, zgorszona, nadęła policzki.

– Mnie dziwi raczej to, że zgodziła się go przyjąć. – Amelia Holt, młoda urodziwa wdowa, zmarszczyła czoło.

– Zwłaszcza teraz, kiedy jej mąż jest poza domem. – Cynthia wyglądała na zdziwioną. – Powiedziała potem, że Stephen chce odzyskać dziecko.

– W zasadzie nie można mieć mu tego za złe – odezwała się jakaś kobieta, która akurat do nich podeszła. – Dziecko powinno być przy ojcu.

– Czy jednak Stephen nie twierdził, że to nie jego syn? – wtrąciła pani Shelter.

– W każdym razie nie ulega wątpliwości, że jest to dziecko Katriny Landor – oświadczyła Amelia Holt. Ashley doszły już słuchy, że ta młoda wdowa miała poważny spór z teściami, pragnącymi sprawować pieczę nad swoim wnukiem i głównym spadkobiercą. Wystarczyło spojrzeć uważniej na Amelię, aby dostrzec wokół jej oczu siateczkę drobnych zmarszczek, przedwczesnych, zważywszy na jej młody wiek. Dziś, po dwóch latach wdowieństwa, nie nosiła już czerni, lecz fiolet, jak przystało na półżałobę. O ile życie małżonki bywało często najeżone rozmaitymi trudnościami, o tyle wdowieństwo stanowiło prawdziwą śmierć za życia – kobiety nieomal grzebano razem z mężem.

– Z pewnością Stephen nie chciałby pozostawiać dziecka pod opieką kobiety, która prowadzi się... hm... w sposób dość podejrzany. – Korpulentna dama zmarszczyła czoło.

– Ale skąd te starania akurat teraz? Przecież poślubiła już syna jakiegoś barona – zauważyła pani Shelter.

– Może był to tylko pretekst... – Cynthia wyglądała na zdezorientowaną.

– Moja droga, tą sprawą powinien się zająć twój mąż – powiedziała pani Shelter, kładąc jej dłoń na ramieniu.

– Moim zdaniem powinien zająć się przede wszystkim samym Stephenem Alardyce'em. – Amelia Holt skrzyżowała ręce na piersiach.

– Stephen Alardyce domaga się jedynie tego, co mu się prawnie należy – zaoponowała korpulentna dama. – I dziwię się każdemu, kto chciałby odmówić mu tego prawa. Gdyby jednak sprawa z dzieckiem miała być jedynie pretekstem... – Wzniosła do góry dłonie, nie kończąc zdania.

Ashley spojrzała na nią.

– Pretekstem do czego? – Z satysfakcją obserwowała zakłopotane miny kobiet i rumieńce na twarzy korpulentnej damy. Dopiero teraz przypomniała sobie, jak ona się nazywa: Edwina Thorndike.

– Sądzę, że każda z nas wie, o co chodzi. – Pani Shelter uratowała sytuację.

– Mam tylko nadzieję, że nie wyłonią się znowu jakieś komplikacje – mruknęła Cynthia. – Charles nie może przecież stale opiekować się swoją siostrą. Katrina ma teraz męża, to on powinien przejąć za nią odpowiedzialność – jeśli dowie się o całej sprawie.

Amelia Holt z drwiącą miną uniosła brwi.

– O to ty się już z pewnością zatroszczysz, moja droga.

Ashley wykorzystała moment niezręcznego milczenia. Przeprosiła kobiety, zakłopotane takim obrotem rozmowy, po czym przeszła do salonu. Od samego początku nie cieszyła się na to przyjęcie, teraz jednak budziło ono w niej niechęć. Rzut oka na zegar uświadomił jej, że wieczór trwał w najlepsze, ona zaś powinna odgrywać rolę uroczej gospodyni jeszcze co najmniej przez kilka godzin. Na mały skandal towarzyski zawsze istniało zapotrzebowanie; wybuchał zawsze tam, gdzie znajdował dla siebie żer. Niekiedy wystarczyło rzucić słowo. Ashley przeniosła wzrok na Nicolasa, który rozprawiał o czymś w gronie mężczyzn, i poczuła ogarniającą ją falę ciepłych uczuć. Nie mogła się przy tym pozbyć wrażenia, że jakaś ciasna obręcz ściska jej piersi, nie pozwalając nabrać tchu.

8

HIMAĆAL PRADEŚ, LISTOPAD 1875

– Czy mój przyjazd tutaj był naprawdę niezbędny? – Aidan nie próbował nawet ukrywać irytacji. Wraz z Brianem, havildarem majorem Randżan Khanem i Szarifem, Pasztunem, znajdowali się o osiem dni jazdy od Śimli, w jałowej górzystej krainie, niemal pozbawionej roślinności.

Z punktu widzenia Anglików podbój Azji Środkowej przez Rosjan stanowił poważne zagrożenie dla perły Korony Brytyjskiej, Indii. Od jakiegoś czasu imperium carów podporządkowywało sobie jeden chanat po drugim, a teraz jeszcze próbowało zdobyć wpływy w Afganistanie. Anglicy uznali więc, że podbój Indii jest nieunikniony. Aby postawić tamę dalszym działaniom ekspansjonistycznym Rosji, doprowadzili w roku 1838 do wybuchu pierwszej wojny afgańskiej, wysyłając armię przeciw znacznie gorzej uzbrojonym bojownikom afgańskim. Oddziałom angielskim towarzyszyły całe rodziny wraz ze służbą, które zakwaterowano na terenie garnizonu brytyjskiego pod Kabulem. Dotychczasowy władca afgański został skazany na wygnanie do Indii, co miało zapobiec ewentualnym próbom ponownego porozumienia afgańsko-rosyjskiego i raz na zawsze rozwiązać problem tego kraju. Plan Londynu polegał na stworzeniu pewnego rodzaju rządu marionetkowego z szachem Szują na czele, co jednak okazało się niewykonalne. Nadmiernie wysokie podatki i hulaszczy tryb życia oficerów brytyjskich wywoływały niezadowolenie ludności afgańskiej, tak że niebawem zaczęły się ataki ze strony partyzantów. Coraz częściej dochodziło do krwawych potyczek zbrojnych i wreszcie na początku 1842 roku Anglicy, chcąc nie chcąc, zdecydowali się na odwrót i opuszczenie garnizonu. Podczas przeprawy przez Przełęcz Chajberską cały brytyjski tabor wojskowy wraz z kobietami i dziećmi, kilkakrotnie nękany, został wycięty w pień.

– Wydaje mi się, że konflikt z Rosją zostanie wykorzystany jako pretekst do ponownej napaści na Afganistan – powiedział Szarif. – Ta hańba ostatniej porażki będzie wkrótce pomszczona, chyba nikt w to nie wątpi.

– Jednak wobec Rosji słychać, jak dotąd, jedynie ostrzeżenia – zaoponował Aidan. – O otwartym wypowiedzeniu wojny nie ma mowy.

Szarif zmrużył oczy, ale powstrzymał się od odpowiedzi. W krótkim czasie po owym tragicznym zdarzeniu na Przełęczy Chajberskiej Anglicy zorganizowali ekspedycję karną i zmierzając do Kabulu, zniszczyli po drodze tamtejsze fortyfikacje i wiele osad. W samym zaś Kabulu, gdzie partyzanci afgańscy zdołali już przejąć władzę, generał Pollock w odwecie kazał zrównać z ziemią cytadelę i bazar. Przez dwa dni trwały potem rozbój i grabieże dokonywane przez brytyjskie oddziały ekspedycyjne, które po wszystkim wycofały się z Afganistanu do Indii.

– Nie potrafię dostrzec w tym niczego poza bezsensowną żądzą władzy – dodał Aidan. – I pragnieniem zagarniania coraz większych terytoriów obcego kraju.

Brian wykrzywił twarz w pociesznym grymasie.

– Nie powtarzaj tego czasem przy majorze Thackerym, bo jeszcze cię oskarży o zdradę stanu. A przede wszystkim zapyta – skoro masz taki pogląd na sprawę – dlaczego robisz to, co robisz.

– Zapewne z tego samego powodu co ty, jak sądzę. – Obaj kierowali się tą samą tęsknotą, tak samo gorącą miłością do tego kraju, obaj pałali nieodpartą żądzą przygód.

– Kiedyś wreszcie zapłacimy za to głową – mruknął Brian.

Aidan spojrzał na przyjaciela. Wyobraźnia podsunęła mu nagle obraz bitewnego zgiełku, scenę, w której czyjaś szabla odcina Brianowi głowę od tułowia, a jego włosy, zbroczone krwią, mieszają się z piachem. Wzdrygnął się i zamknął oczy.

Wszyscy czterej byli przebrani za wędrownych kupców, a prócz kuców górskich prowadzili jeszcze dwa muły. Jasne włosy Briana były przyczernione wywarem z orzechów włoskich. Aidan otwarcie okazywał złość, przekonany, że cała sprawa pozbawiona jest sensu. Ten raport Randżan Khan mógł przecież przekazać mu w Śimli! No, ale cóż robić, skoro na wieść o niepokojach major Thackery niemal zawsze wpadał w panikę!

– Podczas tej masakry na Przełęczy Chajberskiej zginęli też hinduscy żołnierze – zauważył Randżan, podejmując na nowo temat.

– Owszem, hinduscy żołnierze, którzy w służbie dla Anglii napadli na obcy kraj. Nie mieli tam czego szukać – odparował Szarif.

– Armia znajdowała się wtedy w odwrocie.

– Armia nie powinna była w ogóle zapuszczać się tak daleko w głąb kraju.

– Przestańcie wreszcie! – uciszył ich Aidan, rozdrażniony. – Gdybyście mieli o tym zapomnieć, przypominam, że obaj stoicie po tej samej stronie.

– Słusznie – odparł Randżan. – Po waszej stronie, tak jak się tego wymaga od Hindusów, odkąd odebrano im ich tożsamość narodową.

– Czy ktoś cię zmuszał, żebyś został żołnierzem? – zapytał Brian.

– Z czegoś chyba moja rodzina musi żyć!

– Boże, zamilknijcie wreszcie! – zawołał Aidan.

Randżan skrzyżował ręce na piersi, Szarif skierował wzrok ku górom, a Brian sprawiał wrażenie, jakby miał jeszcze na końcu języka jakąś uwagę. Zachował jednak milczenie.

Zbliżał się koniec listopada. Aidan zdawał sobie sprawę, że musi się pośpieszyć, jeśli chce znaleźć się w Ooty przed końcem grudnia, zwłaszcza że droga powrotna prowadziła przez Śimlę. Nie mógł przecież wrócić z pustymi rękoma. Ta wymówka o potrzebie obejrzenia paru plantacji herbacianych powinna mu posłużyć w przyszłości jeszcze nieraz. Katrina w żadnym razie nie może poznać prawdziwego charakteru jego misji, oznaczałoby to poważne zagrożenie nie tylko dla niego, ale i dla innych osób, z którymi współdziałał. Nawet gdyby był pewny jej dyskrecji, i tak zawsze istniała możliwość przypadkowego zdradzenia tajemnicy, to zaś mogłoby pociągnąć za sobą trudne do przewidzenia konsekwencje. Na spore ryzyko wystawił się już Brian, zabierając ze sobą Gillian, ale wtedy sprawa była mniej skomplikowana. Podróżowali pod swoimi prawdziwymi nazwiskami, rzekomo zwiedzając kraj, a w rzeczywistości śledząc człowieka podejrzanego o szpiegostwo. Swój żołd Aidan wpłacał na konto, które otworzył w jedynym banku w Ooty, filii banku madraskiego. Na to samo konto wpływała raz w roku renta przekazywana mu przez ojca w Bombaju. Katrina wiedziała o jego istnieniu, gdyż Aidan opłacał z niego wszelkie bieżące wydatki, sama jednak nie była upoważniona do korzystania z tych pieniędzy, nie mogłaby więc odkryć, skąd pochodzą wpłaty.

Pod wieczór temperatura powietrza spadła. Mężczyźni rozbili namiot i uwiązali przed nim konie, po czym ustalili kolejność pełnienia warty. Brian rozpalił ognisko, a Szarif wyciągnął z torby pszenne placki.

Aidan zostawił ich samych i odszedł na bok, aby w spokoju zebrać myśli. Obozowali w kamienistej kotlinie, tylko miejscami porośniętej niewielkimi kępami drzew i krzewów. Po gołym zboczu skalnym utorował sobie drogę wartki potok, w dali majaczyły zarysy ośnieżonych szczytów górskich. Wieczór stawał się coraz chłodniejszy, mrok szybko gęstniał. Ciemna noc mogła zaskoczyć nieostrożnego wędrowca w każdej chwili, co w górach, gdzie błędny krok nierzadko kosztował życie, było wielkim ryzykiem.

Od ślubu z Katriną upłynęło już niemal pięć miesięcy, z czego Aidan spędził z nią jedynie niecałe trzy. Nie przywykł w pełni do życia małżeńskiego, a sprzeczka, do jakiej doszło między nimi tuż przed jego wyjazdem, sprawiła, że perspektywa rychłego powrotu do domu budziła w nim mieszane uczucia. Zdawał sobie sprawę, że sprawił Katrinie ból, nie mógł jednak pozwolić na to, aby dyktowała mu, w jaki sposób ma spędzać wieczory. Z drugiej strony było mu przykro, że ją zranił; nadal miał w pamięci jej przygaszony wzrok. Żałował teraz, że nie dane mu było pojednać się przed wyjazdem.

– O czym tak rozmyślasz? – zagadnął Szarif, podchodząc do niego niepostrzeżenie.

– O mojej żonie.

– No tak ... – mruknął przeciągle Szarif. – Wiesz, zaskoczyło mnie, że akurat ty zdecydowałeś się na ożenek.

– Brian powiedział to samo. Czy to takie niezwykłe ożenić się?

Szarif usiadł na występie skalnym.

– Nie to jest niezwykłe, ale ty jako żonaty mężczyzna... Trudno to sobie wyobrazić. – Uśmiechnął się. – Czy Sita już wie?

Aidan potrząsnął głową.

– Nie widzieliśmy się od dawna.

– Nie sądzisz, że będzie rozczarowana?

– Niby dlaczego? Od samego początku wiedziała, że nie ożenię się z nią.

– To prawda, ale na pewno będzie oczekiwała cię w swym łożu, tak jak zawsze, bez względu na to, ile kobiet przewijało się w twoim życiu. Na swój sposób byłeś jej wierny.

Aidan poczuł się nieswojo. Miał tylko nadzieję, że zdoła oprzeć się Sicie, kiedy oboje spotkają się następnym razem.

– Dobrze jest mieć żonę. – Szarif wstał. – Ale jest to też duża odpowiedzialność. Powinieneś o tym pamiętać, kiedy Sita stanie przed tobą, a ty nie będziesz pewien, czy masz pójść za nią, czy nie. – To powiedziawszy, odwrócił się i poszedł do obozowiska.

Nazajutrz rozdzielili się. Szarif podążył z powrotem do swojego plemienia Pasztunów, Randżan skierował się w stronę Pendżabu, a Aidan wraz z Brianem do Śimli.

Pomiędzy skałami poranna mgła unosiła się leniwie niczym strzępy jedwabiu, poprzez jej pasma przebijały miejscami szare zbocza wzniesień i zieleń ciernistych krzewów. Słychać było jedynie odgłosy kopyt zwierząt, koni i muła, uderzających o kamieniste podłoże. Aidan otulił się szczelniej peleryną, chroniąc przed porywami wiatru.

– Dlaczego właściwie zawsze to ja muszę prowadzić muła? – narzekał Brian.

– Ten temat już przerabialiśmy. Czy przypomnieć ci o reprymendzie, jakiej przez ciebie udzielił mi Thackery?

– Gdybym o tym wiedział, wyjaśniłbym mu, że nie miałeś z tamtą sprawą nic wspólnego.

– Ale nie powiedziałeś mu tego, przyjacielu, nie uprzedziłeś mnie nawet, że Thackery wie o Gillian. Co gorsza, ta po twoim wyjeździe od razu zwaliła mi się na głowę, a dobrze wiesz, co myślę, gdy muszę się troszczyć o twoje porzucone kobiety.

– Skąd miałem wiedzieć, że zostanie w Ooty?

– Nie wiem skąd. Nie obchodzi mnie to. Po prostu ty prowadzisz muła i koniec.

Aidan cieszył się, mogąc w Śimli zamienić kuca na Granata, którego lekki, sprężysty chód znosił znacznie lepiej niż twarde stąpanie kuca górskiego. Jako wędrowny kupiec budziłby jednak podejrzenia, prowadząc konia pełnej krwi, który zresztą w górskim rejonie nie gwarantował w pełni bezpiecznej jazdy. Zdecydował się więc zostawić Granata w stajni garnizonowej.

Krajobraz nie zmieniał się zbytnio i mimo upływu godzin Aidan odnosił wrażenie, że nie posuwają się do przodu. Wstrzymał kuca i zeskoczył z siodła.

– Odpoczniemy tutaj.

Brian uwiązał konie i muła do palika, podczas gdy Aidan rozpalił ognisko.

– Nawet jak na to, że twój przyjazd z Ooty nie miał większego sensu, jesteś w paskudnie złym nastroju. Trudno z tobą wytrzymać! – poskarżył się Brian i kopnął jakiś leżący przed nim kamień.

– Tkwimy na tym odludziu już od miesiąca! To chyba wystarczający powód, żeby się wściec!

Brian rozejrzał się wokół siebie, jakby musiał sobie przypomnieć, gdzie się znajduje.

– To przecież ty nigdy nie miałeś dość gór, zawsze chciałeś zapuszczać się dalej i dalej.

– Chyba nie nazwiesz tego dreptania w miejscu wędrówką po górach.

Brian usiadł obok niego na ziemi.

– Powinieneś był się dobrze zastanowić, zanim zrezygnowałeś z tej dziewczyny w Śimli. Dwa miesiące bez kobiety! Nic dziwnego, że jesteś taki rozdrażniony.

– Nie słyszałeś jeszcze, że się ożeniłem?

– Wielki Boże, Aidan! To przecież małżeństwo z rozsądku czy coś w tym rodzaju! Nikt nie oczekuje od ciebie wierności.

– U niej nigdy bym tego nie tolerował.

– Ona to nie ty!

Aidan przełamał placek na dwie części i podał jedną z nich Brianowi.

– Katrina nie jest kobietą, którą się poślubia, a potem zdradza.

– Jest tak dobra w łóżku?

– O tym, przyjacielu, nie będziemy rozmawiać.

– Pomyśl tylko, masz przed sobą jeszcze okrągły miesiąc. Już teraz chodzisz cały czas wściekły. Weź sobie w Śimli jakąś dziewczynę, zanim wyjedziesz.

– Na Boga, powiedziałem ci przecież, że nie chcę żadnej dziewczyny!

Brian uniósł obie dłonie na znak, że daje za wygraną. Aidan zjadł swój placek w posępnym milczeniu, po czym oparł się wygodnie plecami o skałę, wyciągnął przed siebie nogi i zamknął oczy.

– Kto stoi na warcie? – zapytał Brian.

– Zgadnij.

W odpowiedzi ten odburknął tylko coś pod nosem; sądząc po tonie, nie było to nic pochlebnego. Teraz na niego przypadła kolej i Aidan uważał, że sprawiedliwości stało się zadość: on sam nie spał przez pół nocy, luzując Randżana.

Zaledwie zapadł w półsen, Brian potrząsnął go za ramię. Aidan otworzył oczy, ale nie ruszał się z miejsca.

– Słyszysz? – szepnął Brian.

Odgłos bębnów, cichy i dość odległy. Uniósł się na łokciu i wytężył słuch: teraz jeszcze monotonny śpiew. Wstał.

– To mi wygląda na jakiś obrządek.

– Jaki obrządek? Jak okiem sięgnąć, nie ma tu żadnej świątyni!

Brian wygasił ognisko, z powrotem zawiesił na siodle torbę i pochwycił cugle. Odgłosy dobiegały z kierunku, w którym zmierzali.

– Może to jacyś nieszkodliwi wędrowcy – szepnął Brian.

– Na pewno. Któż inny miałby być?

– A thugowie?

– Ich nie ma tu już od wielu lat, dobrze o tym wiesz – odparł Aidan. – Zresztą nigdy nie grasowali w tych okolicach, tylko w Uttar Prades i w Bengalu.

Thugowie byli organizacją w rodzaju bractwa, czcicielami bogini Kali, zajmującymi się rytualnym mordowaniem podróżnych, głównie mężczyzn. Kobiet nie zabijali, Kali była kobietą. Morderstwa te popełniano w zasadzie na jej cześć; i aby bardziej ją one cieszyły, thugowie skazywali swoje ofiary na powolną śmierć przez uduszenie. Brytyjczycy zakazali w końcu rytualnych morderstw; w latach 1840–1848 wielu thugów pojmano i stracono. Co ciekawe, Europejczyków zwykle oszczędzali, obawiając się ewentualnych akcji odwetowych, w pewnym momencie jednak wśród ofiar znalazł się także jakiś brytyjski oficer i to ostatecznie skłoniło Anglików do wyeliminowania thugów. Aidan wiedział, że niemal żaden z nich nie uszedł z życiem, i nie odczuwał strachu.

– W każdym razie nie brzmi to jak odgłosy uroczystości weselnej – upierał się Brian.

– Może to obrzęd pogrzebowy…?

– O tak, na pewno, pogrzeb w samym sercu gór, z dala od siedlisk ludzkich.

Prowadząc konie po piargach, trzymali się blisko skał, aby w razie potrzeby móc skorzystać z ich osłony. Aidan uważał te środki ostrożności za przesadzone, dopóki jednak nie wiedzieli, kto jest przed nimi, wolał nie ryzykować. W kotlinie stanowili łatwy cel.

– Skręcimy potem w jakąś boczną ścieżkę, aby ich ominąć – zaproponował. – Ale na razie musimy jechać im naprzeciw, dopóki nie natkniemy się na dogodne rozwidlenie.

Dosiedli koni i skierowali je na łagodne wzniesienie. Brian uwiązał linę, na której wiódł muła, do siodła, aby mieć obie ręce wolne. Kiedy zostawili kotlinę za sobą, a przed nimi wyłoniło się bezdroże,

Aidan poczuł się znowu pewniej. Odgłos bębnów i monotonny śpiew wciąż rozbrzmiewały, jeszcze głośniej niż uprzednio.

– Zbliżamy się do nich – szepnął Brian.

Aidan zatrzymał konia i stanął w strzemionach, aby rzucić okiem ponad niską półką skalną.

– Jedziemy.

Odgłosy przybrały na sile, dochodziły teraz skądś na lewo. Pod osłoną skał podjechali tak blisko, jak się dało, po czym zsiedli z koni. Aidan rzucił cugle Brianowi.

– Zaczekaj tu.

– Dokąd idziesz?

– Zobaczę, co się tam dzieje. Jeśli nic nam nie grozi, możemy sobie oszczędzić dalszych środków ostrożności; przez nie stracimy co najmniej dzień.

Nachylił się, mijając kilka niskich krzewów, i przez chwilę biegł wąską ścieżką, zanim nie znalazł się pod osłoną skąpo rosnących krzewów i cienia rzucanego przez zbocze góry. Ostrożnie zbliżył się do tajemniczych wędrowców na dostateczną odległość, aby usłyszeć wyraźniej ich śpiew. Domyślał się już, kogo ma przed sobą, mimo że wysoki odłam skalny zasłaniał mu widok. Aidan przykucnął, spojrzał w dół, w głąb doliny, i poczuł niemiły ucisk w żołądku.

Niewielkie jezioro górskie, szerokie zaledwie na kilka metrów, dzieliło go od grupy ludzi, którzy uczestniczyli w obrzędzie odprawianym przez jakiegoś kapłana. Nie byli to pospolici mordercy, wzorujący się w metodach działania na thugach, ale z pewnością należeli do czcicieli bogini Kali; wskazywał na to jej posąg stojący pośrodku kręgu – czarny z dwiema parami ramion, naszyjnikiem z ludzkich czaszek i pasem z uciętych rąk. W dłoniach Kali trzymała odrąbaną czaszkę, złowieszczy sierp i czarę pełną krwi. Kali, oznaka śmierci i destrukcji, ale również reinkarnacji: jej czciciele wierzą, że bez destrukcji nic nie może się odrodzić.

Tym jednak, co przykuło uwagę i wzrok Aidana, był stos pogrzebowy, polewany wonnymi olejami. Miały one pomóc rozniecić ogień, a przedtem jeszcze roztoczyć upojny zapach. Stos, wzniesiony ze szczap najszlachetniejszego drewna, usłano kwiatami.

Aidan zmrużył oczy i wytężył wzrok, nie zdołał jednak dojrzeć zmarłego, który miał zostać spalony. Zauważył natomiast jakąś odurzoną czymś kobietę, prowadzoną przez kilka innych kobiet do prowizorycznego namiotu. U wejścia do niego stali dwaj mężczyźni, zapewne strażnicy mający udaremnić ewentualną ucieczkę, a to mogło oznaczać, że kobieta nie uczestniczy w obrzędzie dobrowolnie. Aidan zdawał sobie sprawę, co się dzieje z kobietami, które nie odchodziły z tego świata wraz ze zmarłym mężem. Przyszłość wdowy, która uniknęła śmierci, nie malowała się w różowych barwach. Nierzadko nie pozostawało jej nic innego, jak tylko wieść życie żebracze. Z obciętymi włosami, postrzegana jako zapowiedź nieszczęścia, była skazana na społeczną izolację. Nic dziwnego, że często sama dobrowolnie decydowała się na śmierć w płomieniach. Nie zmienił tego nawet wydany przez Brytyjczyków w roku 1829 zakaz palenia wdów na stosie. Rytuał ten, zwany *sati*, nadal się odbywał, tyle że potajemnie. Aidan po raz ostatni spojrzał na stos pogrzebowy. Wszystko było jasne; widział już dostatecznie dużo.

– Mają spalić na stosie wdowę – poinformował Briana, kiedy wrócił do niego.

– To pewne?

– Widziałem stos pogrzebowy i młodą kobietę i pilnowaną przez strażników i kapłanów. Tak, nie ulega wątpliwości, o co tu chodzi.

– Czy nie powinniśmy im w tym przeszkodzić? – zapytał Brian.

– Jak to sobie wyobrażasz? Jest nas tylko dwóch.

– Chcesz powiedzieć, że pojedziemy jak gdyby nigdy nic do Śimli i ograniczymy się do złożenia meldunku? To wszystko?

– Nie podoba mi się to tak samo jak tobie, Brian, ale tak, to wszystko. – Podszedł do kuca i założył mu cugle.

– Przynajmniej upewnijmy się, czy jednak nie da się czegoś zrobić.

– Nie.

– Na Boga, chciałbym tylko…

– Posłuchaj, Brian – przerwał mu Aidan – jesteś oficerem armii brytyjskiej, musisz zatem umieć ocenić niebezpieczeństwo. Wkroczenie między tych żałobników to czyste samobójstwo. Nie nosimy nawet mundurów, które dałyby nam przynajmniej efekt zaskoczenia. Jakby to wyglądało? Dwóch wędrownych kupców wpada między żałobników podczas rytualnego palenia wdowy, krzyczą, że działają w imieniu Korony, i nakazują przerwanie obrzędu... Naprawdę sądzisz, że to by nam uszło na sucho? Że darowaliby nam życie? Zakopaliby nas pod jakimś krzakiem, a potem zajęli się wdową i doprowadzili całą sprawę do końca. Jeśli zaś złożymy stosowny meldunek, jest nadzieja, że zapobiegnie to w przyszłości podobnym wypadkom.

Brian przygryzł wargi.

– Nie jesteś moim przełożonym, Aidan – mruknął po chwili. Uwiązał do krzewu kuca i muła, po czym ruszył przed siebie ścieżką, którą przedtem poszedł Aidan.

– Postradałeś zmysły? Wracaj! – Widząc, że Brian nie zamierza go posłuchać, Aidan, klnąc w duchu, uwiązał konia i pobiegł za przyjacielem.

Dogonił go dopiero, gdy ten klękał za występem skalnym. Ciało zmarłego leżało już na stosie. Tryb ceremonii świadczył o tym, że była to osoba majętna i znacząca. Zapewne członek kszatrijów, kasty wojowników.

Z namiotu wyprowadzono młodą kobietę, prawdopodobnie odurzoną, jednak nie na tyle, aby nie zdawała sobie sprawy z tego, co się dzieje i jaki czeka ją los. Szła chwiejnym krokiem, ale próbowała dzielnie stawiać opór. Miała na sobie jakby szatę weselną, czerwone sari przetykane złotą nicią.

Aidan poczuł, że Brian napina mięśnie. Czym prędzej położył mu dłoń na ramieniu.

– Jeśli wpadniemy im w łapy, zginiemy gorszą śmiercią niż ona!

Kapłani zdjęli welon z jej długich czarnych włosów, następnie podnieśli kobietę, a właściwie dziewczynę wyżej, aby umieścić ją na stosie, u boku zmarłego męża. Ofiara padła na kolana i rzucając na prawo i lewo trwożliwe spojrzenia, miotała gorączkowo głową. Kapłani ponownie zaintonowali swą pieśń, zawtórowali im wszyscy zebrani, mężczyźni i kobiety. Ta młoda wdowa stawała się dla nich święta, stawała się *sati* – kobietą, która obrała odważną i właściwą drogę, tak jak Sati, żona Śiwy; ta pierwsza dokonała samospalenia, towarzysząc mężowi w jego ostatniej wędrówce.

Podłożono już ogień pod stos. Płomienie strzeliły w górę, zachłannie i nieubłaganie pożerając szczapy drewna. Młoda wdowa zerwała się na równe nogi, krzycząc histerycznie wniebogłosy. Były to jakieś urywane, przeraźliwe dźwięki, które zagłuszał coraz donośniejszy śpiew żałobników.

Aidan ścisnął ramię przyjaciela, obaj w milczeniu wpatrywali się w scenę rozgrywającą się w dole. Dziewczyna nieoczekiwanie zerwała się i pierzchnęła ze stosu, w płonącym sari podbiegła do jeziora i wskoczyła do wody. Mężczyźni rzucili się za nią, po chwili wyciągnęli na brzeg i zawlekli ponownie na stos. W górę wzbił się czarny, gęsty dym, płomienie ogarnęły mokre ciało ofiary, która jeszcze raz poderwała się i uciekła do wody, ścigana tak jak przedtem przez mężczyzn. Tym razem jednak nie zatrzymała się w miejscu, lecz brnęła po dnie dalej, choć najwyraźniej opadała już z sił.

Brian skoczył na równe nogi, rozpryskując wodę, pobiegł jej naprzeciw, pochwycił ją za ramię w tym samym momencie, kiedy dobiegło do niej dwóch prześladowców, po czym ciągnąc ją za sobą, zawrócił do Aidana. Jeden z mężczyzn wyciągnął ku uciekinierom rękę i Aidan, pędząc już w ich stronę, sięgnął po pistolet i wystrzelił. Strzał napełnił echem całą dolinę. Pozostali mężczyźni puścili się ku nim pędem, Aidan zaklął szpetnie, strzelił do napastnika biegnącego na przedzie, ten zaś runął do wody, zanim zdążył schwytać Briana. Bryzgi wody, zabarwione krwią, trysnęły na wszystkie strony. Zaczekał, aż Brian z dziewczyną przebiegną obok niego, po czym ruszył za nimi.

W kilku susach Brian dotarł do koni, pośpiesznie rozwiązał cugle, przerzucił dziewczynę przez siodło, wskoczył na grzbiet zwierzęcia i ruszył z kopyta. Aidan przeciął sznur przytrzymujący muła, rozwiązał cugle kuca i ostrym galopem pognał za Brianem. Prześladowcy po chwili zniknęli im z oczu, ale obaj wiedzieli, że tamci za chwilę dosiądą koni i podążą ich tropem. Tętent kopyt niósł się w powietrzu miarowo, Aidan co chwila oglądał się za siebie. Mijali zwartą ścianę masywu skalnego, wznoszącego się na prawo od nich, pod kopytami piarg zgrzytał donośnie, konie wzbijały tumany pyłu. Kiedy zaczęły ciężko, chrapliwie dyszeć, uciekinierzy zatrzymali się i zeskoczyli na ziemię.

– Ty durniu! – zgromił przyjaciela Aidan. – Zakuty łbie!

Brian nic nie odrzekł. W milczeniu zdjął dziewczynę, leżącą w poprzek siodła na brzuchu. Nie ruszała się. Zwisła bezwładnie w jego ramionach, a kiedy ostrożnie położył ją na kamienistej ziemi, jej głowa przechyliła się na bok, a oczy pozostawały zamknięte. Ciało miała poważnie poparzone, czarne włosy, jeszcze kilkanaście minut wcześniej bardzo długie, spaliły się częściowo i sięgały jej ledwie do podbródka. Spod strzępów sari wystawały szczupłe kostki, delikatne stopy pokrywały bąble od oparzenia. Jedynie twarz pozostała nietknięta.

Aidan przykucnął obok Briana, przyłożył dłoń do szyi dziewczyny, następnie przywarł uchem do jej ust.

– Nie żyje – powiedział po chwili, prostując się.

– Myślisz... – Brian przełknął głośno ślinę. – Myślisz, że to przeze mnie? Że ścisnąłem ją za mocno?

– Myślę, że człowiek tak poparzony nie ma szans na przeżycie. – Aidan klepnął go po ramieniu. – Spróbujmy ją pochować, a potem w nogi, jak najprędzej.

– Tylko gdzie ją pochować? – Brian rozejrzał się dokoła. Nawet tam, gdzie rosły jakieś krzewy, ziemia była twarda jak kamień.

– Połóż ją na muła – zdecydował Aidan. – Jedziemy dalej.

Po niecałych czterech godzinach jazdy, którą odbyli w nieco spokojniejszym tempie – bo po prześladowcach nadal nie było śladu – krajobraz się zmienił. Byli teraz w dolinie okolonej drzewami i krzewami, między którymi widniały bujne kępy traw. Ziemia była wprawdzie nadal usiana tu i ówdzie odłamkami skalnymi, znaleźli jednak miejsce, gdzie dało się wykopać niewielki grób. Ciało nieszczęsnej ofiary zwinęli w kłębek – na inną pozycję nie starczyło już miejsca – zasypali ziemią i nakryli żwirem, aby miejsce nie rzucało się zbytnio w oczy.

– Jeżeli będą nas ścigać aż tutaj, to właściwie nie ma znaczenia, czy znajdą ten grób – zauważył Brian, a Aidan musiał przyznać mu rację. Niebawem wyruszyli w dalszą drogę.

Dopiero po zapadnięciu zmierzchu zdecydowali się zatrzymać

na popas. Schronienie znaleźli w niewielkiej grocie skalnej, przezornie zrezygnowali z rozpalenia ogniska i posilili się resztkami czerstwych już placków. Aidan miał upiec nowe następnego dnia, gdy będą pewni, że są dostatecznie daleko, aby rozniecić ogień.

Brian zgłosił gotowość pełnienia pierwszej warty i Aidan z ulgą położył się spać. Wkrótce zapadł w głęboki sen. Konie parskały łagodnie, żaden inny dźwięk nie zakłócał ciszy.

Szurgot kopyt wyrwał go ze snu, wyobraźnia podsunęła natychmiast wizję odzianych na biało mężczyzn, podkradających się do niego i Briana. Niespokojne parskanie koni, szczęk naczyń, kamienie staczające się po stoku, przytłumione głosy... Otworzył oczy, powiódł dokoła wzrokiem. Do groty wdarło się światło księżyca, u jej wylotu siedział Brian, oparty plecami o skałę.

– Brian?

– Co jest?

– Słyszałeś coś?

– Nie.

Podniósł się i usiadł obok przyjaciela.

– Miałem wrażenie...

– Przecież bym cię obudził, gdyby coś było. Nic nie słychać, wszędzie cisza.

– Jeśli jesteś śpiący, możesz się położyć. Jakoś odechciało mi się spać.

– Mnie też.

Po dłuższej chwili milczenie przerwał Brian.

– Miała nie więcej niż piętnaście lat.

– Chyba tak.

Blask księżyca bladnął, rozproszone srebro przechodziło w szarość ołowiu. Aidan skierował wzrok ku górom, ku ich ostrym, poszarpanym szczytom rysującym się wyraźnie na tle jaśniejącego nieba. Siedzieli w milczeniu obok siebie u wejścia do groty, wsłuchując się w nieistniejące odgłosy i wpatrując w odległe wierzchołki, które pierwsze nieśmiałe promienie oblewały zimnym blaskiem poranka.

9

Utakamand, grudzień 1875

Katrina marzła. Pod koniec grudnia temperatura powietrza spadała do pięciu stopni Celsjusza, a nawet poniżej zera, w takie noce jak ta kominek okazywał się naprawdę przydatny. Jednak tego wieczoru było jej mimo wszystko zimno. Otuliła się szczelniej puszystą wełnianą stolą i usiadła przed kominkiem. Płomienie igrały na jej twarzy, odbijając się błyskami.

Odkąd Stephen zaskoczył ją wizytą, nie miała od niego żadnych wieści i to budziło jej niepokój. Wolałaby znać jego zamiary; mogłaby obmyśleć odpowiednią taktykę obronną. Wprawdzie Charles zapewnił ją, że Stephen nie może wiele zdziałać, ale wcześniej nikt też nie przypuszczał, że zdoła przeprowadzić rozwód mimo braku przekonujących dowodów jej winy.

Po południu odwiedziła ją Ashley. Dystans, jaki początkowo się między nimi utrzymywał, zmniejszał się; ich znajomość pogłębiała się i ocieplała. A jednak rozmowa z nią pozostawiła w duszy Katriny pewien zamęt. Sprawiły to drobne niuanse w mimice Ashley, gdy tylko padało imię Aidana: uniesiona brew, grymas ust, ledwo dostrzegalna zmarszczka nad nasadą nosa. Uświadomiła sobie, że zamiast poznać go lepiej, jeszcze się od niego oddaliła. Przez krótką niedorzeczną chwilę myślała nawet, że Ashley miała z nim w przeszłości romans i rezerwa okazywana jej przez tę młodą kobietę jest wyrazem zawodu miłosnego. Potem jednak sama doszła do przekonania, że to niemądre podejrzenia.

Ciche skrzypnięcie drzwi wyrwało ją z zadumy. Nieco zirytowana podniosła wzrok. Przecież prosiła, aby nie przeszkadzano jej teraz. Reprymendę urwała w pół słowa, widząc Aidana. Właśnie zamykał za sobą drzwi, prezentował się bardzo wytwornie i nie zdradzał żadnych oznak zmęczenia, jakby nie wracał z dalekiej podróży. Wstała, ale zamiast podejść do niego, pozostała przy kominku. Odniosła nagle wrażenie, jakby wraz z Aidanem do pokoju napłynął z zewnątrz przenikliwy ziąb. Ta ostatnia sprzeczka nie poszła w niepamięć, pomyślała, a on czuje się z tym tak samo nieswojo jak ja.

– Wróciłeś – rzekła trochę bez sensu.

Aidan postąpił do przodu i rozpiął surdut.

– Sprawy w Śimli zajęły mi więcej czasu, niż planowałem. Gdyby nie to, byłbym tu już tydzień wcześniej.

– Miałam nadzieję, że zdążysz wrócić przed końcem grudnia – szepnęła z wahaniem, wychodząc mu tym spostrzeżeniem naprzeciw.

Uśmiechnął się i skruszył następną cegiełkę dzielącego ich muru.

– Ja też miałem taką nadzieję.

Podszedł do niej, objął wpół i przywarł wargami do jej ust w zachłannym pocałunku. Wsunęła dłonie pod surdut, poczuła gładki materiał jego koszuli, potem żebra i ciepło ciała.

Leżała w ramionach Aidana, czując pod czubkami palców, jak cichnie z wolna przyspieszone bicie jego serca. Przebrzmiał ów kulminacyjny moment, który, choć tak dobrze znany, za każdym razem kazał jej wierzyć, że przeżywa go po raz pierwszy. A potem wynurzanie się z tej otchłani, w jaką wtrącał ją ów upojny, szaleńczy wir zmysłów, szare oczy Aidana, nakrywane ciemnymi drżącymi rzęsami, i krótka chwila nagłego bezruchu, poprzedzająca przelotny dygot jego ciała, uwięzionego w jej objęciach.

Musnęła palcami jego pierś.

– Nie lubisz dużo mówić, mam rację?

Roześmiał się. Odwrócił ją na wznak i nachylił się nad nią.

– To przerażające, jak szybko mnie przejrzałaś – zauważył żartobliwie.

Niezdecydowanie objęła go za szyję.

– Nie byłam pewna, jak to będzie, kiedy wrócisz – wyznała szeptem.

– Ja też.

– A teraz?

Uśmiechnął się ponownie.

– Początek wydaje się wielce obiecujący.

Parsknęła śmiechem. Sama była zdumiona, uświadamiając sobie, jakie to wspaniałe uczucie mieć go znowu przy sobie. Komfort leżenia pod miękką kołdrą, obok Aidana, zapewne potęgował to dobre samopoczucie, podobnie jak jego głos, ciepły i uwodzicielski. I nawet jeśli czasem dochodziło między nimi do sprzeczki, to jednak będzie dla Caleba ojcem, jakiego potrzebował. Myśl o synku momentalnie przywołała na pamięć Stephena i uśmiech jej zgasł na twarzy.

– O czym myślisz? – zapytał natychmiast Aidan. Jego uwagi chyba nic nigdy nie uchodziło.

Zawahała się.

– Chciałam powiedzieć ci o tym jutro, w spokoju.

Czekał w milczeniu.

– Był tu Stephen, znowu domagał się zwrotu Caleba.

W jednej chwili pociemniały mu oczy. Nie widziała go takiego nigdy przedtem, wydał jej się nagle człowiekiem niebezpiecznym, budzącym grozę, miała tylko nadzieję, że tak zajadły gniew nie obróci się kiedyś przeciwko niej.

– Czy wiedział, że jesteś w domu sama?

Przytaknęła ruchem głowy.

– Groził ci?

– Nie wprost.

– To znaczy?

– Oświadczył z naciskiem, że tak czy inaczej dostanie Caleba.

Jego wzrok sprawiał, że poczuła się nieswojo. Ale dlaczego, pomyślała. Przecież nie ma tu mojej winy!

– Czy użył wobec ciebie siły?

Znowu się zawahała.

– Chwycił mnie za ręce i zaczął potrząsać.

Aidan bez słowa uwolnił się z jej ramion, położył na wznak i wbił wzrok w baldachim łoża.

– Jesteś na mnie zły? – spytała Katrina, zaniepokojona przedłużającym się milczeniem. – Nie zapraszałam go tutaj. Czekał już na mnie, kiedy wróciłam z przejażdżki.

– Niepotrzebnie się tłumaczysz. Rozumiem przecież, że nie mogłaś temu zaradzić.

Objęła kurczowo poduszkę, skuliła się pod kołdrą. Błogie uczucie ciepła ulotniło się bez śladu.

– Dlaczego więc jesteś taki dziwny?

Aidan uświadomił sobie dopiero teraz, jakie wrażenie musi wywierać jego zachowanie, gdyż od razu odwrócił się do Katriny. – Kiedy braliśmy ślub, obiecałem, że będę wobec ciebie lojalny. Jak sądzisz, na kogo jestem zły, dowiadując się, że jakiś mężczyzna wtargnął do naszego domu i śmiał cię dotknąć? – Uniósł się na łokciu, wyciągnął rękę i delikatnie przesunął dłonią po jej szyi, policzkach i rozrzuconych na poduszce włosach o barwie miodu. – Nikt nie odbierze ci dziecka. Stephen Alardyce powinien wreszcie zdać sobie sprawę, z kim zadarł.

Przekręciła głowę tak, że poczuła pod policzkiem dotyk jego ciepłej dłoni. Aidan delikatnie nakrył wargami jej rozchylone usta i ujął dłońmi twarz, spijając jej oddech.

*

Kiedy wyszedł z domu, Caleb bawił się w ogrodzie pod bacznym okiem *ayah*. Dzień był chłodny i Katrina, która w ostatnim czasie stale narzekała na ziąb, położyła się do łóżka.

– Tata!

Aidan nie zdołał jeszcze przywyknąć do tego, że synek Katriny traktuje go jak ojca. Kierując się do stajni, przystanął i odwrócił się do chłopca. Caleb biegł w jego stronę, najwyraźniej uradowany, że go widzi. Szybko nauczył się nazywać go tatą, tak szybko, że Aidan uświadomił sobie, jak bardzo musiał doskwierać dziecku brak ojca. Poczuł wyrzuty sumienia, bo odkąd wrócił do Ooty, nie zajął się chłopcem, ani razu też nie pomyślał o nim podczas podróży.

Czym prędzej pochwycił Caleba i podniósł go do góry, potem jednak stał tak bez ruchu, trzymając małego oburącz i zastanawiając się, co z nim dalej zrobić. Na szczęście Caleb sam się natychmiast rozgadał.

– Mama mówiła, że przywieziesz mi jakiś prezent.

– Dostaniesz go, kiedy wrócę do domu – odparł Aidan zakłopotany. Gdzie dostanę tak szybko coś odpowiedniego, a przede wszystkim, co kupić, pomyślał.

– Dlaczego nie teraz?

– Bo teraz muszę iść.

– Dlaczego? – Zielone oczy Caleba rozszerzyły się ufnie.

– Umówiłem się z przyjacielem.

– Pojedziesz do niego konno?

– Hm, tak.

– A ja też mogę wsiąść na konia?

– Teraz to niemożliwe – odparł stanowczo, wywołując tym samym gwałtowny potok błagalnych próśb i łez. *Ayah* odebrała od niego dziecko. Aidan zaś, odprowadzany rozpaczliwym szlochem Caleba, czmychnął do stajni.

Usłyszał ciche powitalne parsknięcie Granata. Poklepał go po szyi, po czym pieszczotliwym gestem musnął chrapy i czoło, rozkoszując się zażyłą więzią ze zwierzęciem. Prócz niego w stajni znajdowały się jeszcze dwa konie powozowe, wałachy, które kupił tuż po ślubie. Bhairavi, klacz Katriny, stała w osobnej części stajni.

Kiedy Aidan na grzbiecie Granata opuszczał stajnię, na zewnątrz panował już spokój. Albo Caleb uspokoił się, albo *ayah* zaprowadziła go do domu. Granat grzebał kopytami w ziemi, raz po raz podrzucając wysoko głowę. W ostatnich dniach miał zdecydowanie za mało ruchu. Aidan ściągnął cugle.

– Spokojnie, przyjacielu – mruknął. – Wiesz przecież, jakie to miłe uczucie móc cieszyć się obecnością kobiety po miesiącach abstynencji, zatem nie miej mi za złe, że cię trochę zaniedbałem.

Granat nie wydawał się jednak przekonany; żwawo podskakując, wypadł za bramę. Aidan skrócił cugle, puścił konia kłusem i galopem dopiero od miejsca, w którym rozszerzała się droga. Przede wszystkim skierował się do domu Nicolasa.

Chuprassi wprowadził go do biblioteki, gdzie Ashley wkładała właśnie kilka książek na górne półki. Zaskoczona niezapowiedzianą wizytą, odwróciła się do gościa, z jakąś ciężką księgą w skórzanej oprawie w ręce.

– Nicolas jest w klubie – powiedziała.

Aidan zacisnął zęby. Ignorując to mało uprzejme powitanie, wyjął jej książkę z dłoni i wsunął na półkę, znajdującą się tak wysoko, że Ashley musiałaby wejść na drabinkę, aby do niej sięgnąć.

– Chciałbym z tobą porozmawiać – poprosił.

– Ze mną? – Zmarszczyła lekko czoło.

– Mogłabyś mi doradzić, co można ofiarować w prezencie czteroletniemu chłopcu?

Po jej twarzy przemknął kpiący uśmieszek.

– Ach, rozumiem, Caleb spodziewał się, że przywieziesz mu coś z podróży.

– Zgadza się.

Przechyliła nieco głowę i spojrzała na niego uważnie.

– No cóż, pewnie nie oswoiłeś się jeszcze z myślą, że masz dziecko, inaczej nie zapomniałbyś o synu Katriny.

– Chyba rzeczywiście tak jest – potwierdził zimno Aidan.

– I tak wybierałam się na spacer. Postaram się znaleźć coś odpowiedniego.

Aidan musnął wzrokiem jej brzuch; trudno byłoby nie dostrzec, że rozwiązanie miało nadejść lada moment.

– Ależ, proszę cię, nie rób sobie kłopotu. Powiedz po prostu, co mógłbym kupić.

– Gdyby był to dla mnie kłopot, nie oferowałabym się z pomocą.

– Dziękuję ci, Ashley.

Pożegnał się, wyszedł przed dom i odetchnął głęboko. Nie przepadał za rozmowami z żoną przyjaciela. Jej niechęć do niego była niemal namacalna, co często zdumiewało nawet Nicolasa.

Ooty przystrojono już na święta Bożego Narodzenia. Aidan uległ czarowi miasta natychmiast, gdy ujrzał je okolone zasnutymi mgłą górami, zieloną oazę przyjemnego chłodu pośrodku rozpalonego żarem kraju. Cieszył się, że po opuszczeniu Śimli reszta drogi powrotnej nie zajęła już wiele czasu. Z gór przywiózł do domu sadzonki herbaty, a dla Katriny czerwone orchidee z Śimli.

– Zdawałem sobie sprawę, że Brian to nie lada narwaniec, ale nawet jego nie podejrzewałbym o taką głupotę – z niedowierzaniem kręcił głową Nicolas. Razem z Aidanem siedzieli w jednym z pokoików klubowych z dala od innych gości, paląc cygara i rozprawiając o wydarzeniu w Himaćal Pradeś. – Ilu z nich zastrzeliłeś? – zapytał Nicolas.

– Trzech.

Nicolas zagwizdał ledwie słyszalnie przez zęby.

– Czy mogli dostrzec wasze twarze?

– Niewykluczone.

– Znajdowaliście się niedaleko od Śimli. Kto wie, w jakim miejscu wpadniecie na siebie w najmniej spodziewanym momencie! Brian zachował się jak idiota. – Nicolas nie potrafił nawet ukryć zdenerwowania.

– To samo powiedział mu już Maddox – mruknął Aidan. Ale zrobił to bardziej podniesionym głosem i w dosadniejszych słowach, dopowiedział w duchu.

– Jesteście w stanie udowodnić, że miało tam dojść do spalenia wdowy?

– Nie. Jak wiesz, nasze władze jedynie zapowiadają zaostrzenie kontroli. A tamci po fakcie zawsze mogą utrzymywać, że palili tylko ciało zmarłego, co zresztą w tym wypadku pokrywa się z prawdą.

– Czy ktoś z was zgłosił informację o zastrzeleniu trzech mężczyzn? – zapytał Nicolas.

– Owszem. Ten teren podlega brytyjskiej jurysdykcji.

Nicolas wypuścił z ust kółeczka dymu i jakby z namysłem spoglądał przez chwilę na swoje cygaro.

– Czy Thackery udzieli ci nagany?

– Raczej nie. Przecież działałem w samoobronie. Nawet Maddox musiał to przyznać.

– A jeśli ktoś zapyta, gdzie podziała się wdowa? Z faktów

wynika, że najpierw ją uprowadziliście, a potem zmarła podczas ucieczki.

Aidan złączył dłonie koniuszkami palców.

– Doskonale wiesz, że nikt nie będzie zagłębiał się tak bardzo w szczegóły. W Śimli odetchnęli z ulgą, bo nie są nagabywani w tej sprawie. Po prostu zagrożą zaostrzeniem kar za palenie wdów i na tym się skończy.

– A Hindusi, którzy was widzieli i mogą rozpoznać?

– Właśnie to mnie najbardziej niepokoi, jeśli mam być szczery – przyznał Aidan.

– A więc nie pozostaje nam nic innego, jak czekać.

– Nie jest to przyjemne.

– Zgadza się. Kiedy musisz znowu wyjechać?

Aidan zastanowił się przez chwilę.

– Mniej więcej za sześć miesięcy. Tym razem na dłużej. Muszę dotrzeć do granicy afgańskiej. – Zmarszczył czoło. – Powiedz mi... Słyszałeś coś o tym, że Katrinę odwiedził jej pierwszy mąż?

– Całe miasto o tym trąbi.

– Co mówią?

Nicolas starał się ukryć zakłopotanie.

– Hm... Wiesz, co się gada w takich sytuacjach. Ashley twierdzi, że żona twojego szwagra rozgłaszała to na prawo i lewo.

Aidan powoli kiwnął głową. Muszę złożyć Charlesowi wizytę, postanowił w duchu.

– Stephen Alardyce jest teraz podobno w Coonoor.

– Jego szczęście. Ale jeśli ośmieli się jeszcze raz odwiedzić Katrinę podczas mojej nieobecności, ta odległość szesnastu kilometrów okaże się zbyt mała, aby go uratować.

Aidan dał się jeszcze namówić Nicolasowi na partyjkę Black Poola, a potem wspólnie ruszyli w drogę powrotną. Ashley dotrzymała słowa. Kupiła dla Caleba małą skrzyneczkę z pięknie wypolerowanego drewna, wyściełaną czerwonym aksamitem. Wewnątrz leżały ołowiane żołnierzyki, odpowiedniej wielkości, aby pasowały do dłoni czterolatka: na wierzchu piechota, na dnie kawaleria. Aidan podziękował gorąco, na co Ashley zareagowała jedynie skinieniem głowy.

Jadąc do domu, zastanawiał się, czy bardzo rozczarował Katrinę tym, że zapomniał o Calebie. Pewnie spodziewała się, że przywiezie coś dziecku, tak jak to zwykle robią ojcowie, wracając z podróży. Ashley chyba poinformuje ją, że prezent dla Caleba to jej wybór, zatem lepiej będzie, jeśli sam jej o tym powie, jeszcze dziś wieczorem. Ołowiane żołnierzyki. Doprawdy, mógł wpaść na ten pomysł sam, bez niczyjej pomocy.

*

Gillian wpatrywała się w pustą już filiżankę, obiecując sobie w duchu, że wstanie i wyjdzie stąd, jeśli Ingram nie zjawi się w ciągu pięciu minut. To postanowienie krążyło jej po głowie już od godziny. Co jakiś czas kierowała wzrok na duży zegar, stojący w herbaciarni naprzeciw wejścia. W pomieszczeniu z wysokimi oknami wykuszowymi dominowały drewno i złoty kolor w kilku odcieniach. Gillian umówiła się z Ingramem tutaj, nie chciała się z nim spotykać w herbaciarni, w której pracowała. Jej gospodarze i pracodawcy zwąchali już zapewne pismo nosem, jej romans przestał być tajemnicą, ale i tak wolała zachowywać pozory przyzwoitości.

Niektórych z gości w tej herbaciarni znała z widzenia, z nikim jednak nie łączyły jej bliższe relacje. Kilka stolików dalej siedziała żona Aidana, zatopiona w rozmowie z jakąś urodziwą brunetką. Mimo że ludzie się z nią witali, sprawiała wrażenie odizolowanej od reszty, co ze względu na krążące o niej pogłoski można było zrozumieć. Decydowały o tym po prostu formy towarzyskie. W dłuższej perspektywie czasowej małżeństwo z Aidanem mogło przynieść Katrinie na pewno wiele korzyści – również to wynikało z reguł niepisanego kodeksu zachowania. Mężczyzna z dobrej rodziny mógł wprowadzić z powrotem na salony kobietę, która skalała swoje dobre imię – i to niezależnie od stylu życia, jaki sam prowadził.

Kelner podszedł przyjąć zamówienie i Gillian poprosiła o następną filiżankę herbaty, mimo że dawno już minęło pięć minut, po których miała wyjść. Zirytowana zacisnęła zęby i znowu zerknęła na drzwi, a potem na zegar.

– Jest tu pani sama, panienko? – zagadnął jakiś młody mężczyzna.

Skonfundowana podniosła na niego wzrok.

– Czekam na kogoś.

Mężczyzna uśmiechnął się kpiąco.

– Tak długo?

Pozostawiła te słowa bez odpowiedzi.

– Znam panią – dodał tamten. – Pracuje pani w herbaciarni pana Marksa.

– Zgadza się.

– Najwidoczniej wasze spotkanie wzięło w łeb, skoro spogląda pani bez przerwy na drzwi. – Nachylił się ku niej. – On już nie przyjdzie. – Znowu ten zarozumiały uśmieszek. – A mnie przydałby się ktoś do towarzystwa.

– W takim razie życzę powodzenia w znalezieniu odpowiedniej osoby – odparła sucho.

Przysunął sobie krzesło, jakby mimo wszystko chciał usiąść obok niej.

– Coś mi się zdaje, że już ją znalazłem.

Zjawił się kelner, postawił przed Gillian filiżankę herbaty i odszedł. Nie zwracając uwagi na natrętnego intruza, posłodziła herbatę i upiła łyczek. Mężczyzna, niezrażony jej postawą, opadł na krzesło. Gillian dość energicznie odstawiła filiżankę.

– Sir…

– Mister Meek – odezwał się za nią w tym momencie jakiś męski głos. – Ta dama nie życzy sobie pańskiego towarzystwa.

Gillian obejrzała się za siebie. Jeszcze jeden nieznajomy. Tylko tego brakowało, żeby tamten najeżył się, nie mogąc ścierpieć takiej ingerencji! Kłótnia przy jej stoliku była ostatnią rzeczą, jakiej pragnęła! Na szczęście natręt wstał z krzesła.

– W porządku, sir. – Wymamrotał kilka słów na przeprosiny i odszedł.

Ten drugi, uśmiechając się miło, spojrzał na nią i chciał właśnie coś powiedzieć, kiedy do stolika podszedł Ingram.

– Wybacz to spóźnienie, ale zatrzymał mnie ojciec mojej narzeczonej – powiedział, po czym przywitał się chłodno z mężczyzną stojącym obok stolika.

– Pójdziemy do ciebie? – zapytał, zwracając się ponownie do Gillian. Krew wystąpiła jej na twarz, kiedy spostrzegła, jak miły jeszcze przed chwilą uśmiech nieznajomego zastyga w nieokreślonym grymasie, a jego spojrzenie zdradza wyraźnie, za kogo ją teraz bierze. Od razu pożegnał się i odszedł do swego stolika. Gillian odprowadziła go wzrokiem.

– To ojciec rodziny, żonaty – upomniał ją Ingram. – Nawet o tym nie myśl.

Nie odpowiedziała, uniosła za to do ust filiżankę z herbatą – wyraźny sygnał, że nie zamierza jeszcze wyjść. Ingram skinął na kelnera i zamówił dla siebie kawę.

– Jesteś, jak widzę, obrażona – mruknął. – Ale to naprawdę nie moja wina. Muszę szanować ojca mojej narzeczonej, dbać o jego humory. – „Mojej narzeczonej". Tak właśnie mówił o niej za każdym razem, nigdy nie wymieniał jej imienia. Gillian wiedziała naturalnie, że ona sama nigdy nie była dla Ingrama godną tego, aby zostać jego narzeczoną, mimo to sprawiało jej to ból.

– Jesteś pewien, że nadal chcesz się ze mną widywać? – zapytała.

Spojrzał na nią zdumiony.

– Pytam, bo przecież masz się żenić.

– A co jedno ma z drugim wspólnego?

Opuściła wzrok na herbatę, zakołysała lekko filiżanką.

– Dlaczego w takim razie odradzasz mi tego żonatego mężczyznę, który stał tu przed chwilą? – zapytała, unosząc z powrotem spojrzenie.

Ingram rozchylił usta w uśmiechu.

– Czyżbyś zamierzała uczynić z tego profesję?

Otworzyła szeroko oczy, po jego minie poznała, że spodziewa się z jej strony wybuchu, zdołała jednak wziąć się w garść.

– To nie jest odpowiedź na moje pytanie – odrzekła spokojnie.

Ingram wzruszył ramionami. W milczeniu siedzieli naprzeciw siebie, zatopieni każde w swoich myślach. Wreszcie dopił kawę, odstawił filiżankę, poprosił o rachunek i spojrzał na Gillian.

– Czas na nas. W drogę.

Dokąd, chciała zapytać Gillian. Czy dla nas dwojga istnieje

jakaś wspólna droga? Nie powiedziała jednak tego na głos. I tak by nie zrozumiał.

*

Cynthii dałoby się wytknąć to i owo, z pewnością jednak nie można byłoby zarzucić, że jest niegościnna. Jedzenie, które poleciła przygotować na drugi dzień świąt, było tak doskonałą kompozycją rozmaitych potraw, że nasuwał się tylko jeden wniosek: na ten wieczór zatrudniono w kuchni specjalny personel. Poza Aidanem i Katriną zaproszenia na przyjęcie otrzymali również jakiś kupiec herbaciany z Coonoor, którego Katrina znała jedynie przelotnie, wraz z małżonką, oraz James Lockwood, stary przyjaciel rodziny – nie mogło go tu zabraknąć. Przy stole siedzieli także niejaka pani Aiken, wdowa po plantatorze herbaty, kobieta pięćdziesięciokilkuletnia, o której przebąkiwano, że nawiązuje serdeczne więzi uczuciowe z Jamesem Lockwoodem, co mogło skłonić Charlesa do zaproszenia jej, ponadto dwaj plantatorzy z Ooty, pan Anderson i pan Garth z małżonkami, jak również – niewątpliwie za staraniem Cynthii – państwo Thornton.

– Wszystko spaliłby! – z przejęciem pokrzykiwał pan Anderson, tak silnie podekscytowany swoimi słowami, że aż nachylał się do przodu. – Ten nieudolny nadzorca spalił część mojej herbaty. Nie zachował należytej ostrożności podczas suszenia i zbyt długo pozostawił liście pod strumieniem gorącego powietrza. – Z pasją dźgnął widelcem delikatny comber jagnięcy, jakby sądził, że ma przed sobą owego nadzorcę.

– Na szczęście w porę zorientowaliśmy się, co wyrabia – dodała pani Anderson. – Gdyby nie to, zniszczeniu uległby całodzienny zbiór. Oczywiście musieliśmy natychmiast zwolnić tego nadzorcę.

Charles pokiwał ze zrozumieniem głową. Na ich miejscu postąpiłby tak samo.

– Kilka tygodni temu ktoś chciał mi wetknąć taką właśnie spaloną herbatę – odezwała się pani Faber, żona kupca z Coonoor. Jej mąż był z pochodzenia Niemcem, ale od dzieciństwa mieszkał w Indiach i odebrał angielskie wychowanie.

– Ja nie zaoferuję nikomu tej spalonej herbaty – zapewnił pan Anderson, jakby w obawie, że ktoś zarzuca mu taką nieuczciwość w handlu.

– Nie wątpimy w to ani przez chwilę. – Głos pani Faber miał niskie, ciepłe brzmienie.

Garth nachylił się do Aidana.

– Jak się panu podoba życie plantatora herbaty? – zapytał z uśmiechem. – To dość niezwykłe zajęcie jak na oficera.

Aidan, odprężony, odwzajemnił uśmiech.

– Niekiedy musi upłynąć trochę czasu, zanim człowiek odnajdzie właściwą dla siebie drogę w życiu.

– Nie odpowiadała panu kariera wojskowa? – zapytała pani Faber, podczas gdy służba wynosiła brudne talerze i serwowała następne danie.

– No cóż, młodszy z synów zostaje zazwyczaj duchownym albo żołnierzem – odparł Aidan. – Ja uznałem, że to nie dla mnie, być księdzem. – Roześmiał się, a Katrina zerknęła na resztę biesiadników, zastanawiając się, czy tylko ona jedna przy tym stole wyczytała w jego słowach zakamuflowaną pikanterię. Zapewne nie, bo mężczyźni zawtórowali mu dość rubasznie, a kobiety uśmiechnęły się zakłopotane.

Pan Anderson, którego zmarszczki na czole znikały niezwykle opieszale – zbyt dotkliwa była widocznie dlań ta strata połowy dziennego zbioru herbaty – zwrócił się do Aidana:

– Odważny z pana człowiek. Większość tutejszych plantatorów zajmuje się uprawą herbaty od dwóch pokoleń, a przynajmniej od wielu lat. Znajomość prawidłowych reguł uprawy bywa jednak niedoceniana.

– Ale przecież ma Katrinę – zauważyła z uśmiechem Cynthia. – A ona nauczyła się od Stephena wszystkiego, co powinna wiedzieć.

Katrina rzuciła mężowi ukradkowe spojrzenie; po przelotnym napięciu mięśni twarzy poznała, że również jego uwagi nie umknęła dwuznaczna wymowa ostatniego zdania.

– Katrina i ja dorastaliśmy wśród krzewów herbaty – odparł Charles. – Wystawiałoby to niezbyt pochlebne świadectwo naszemu ojcu, gdyby siostra, chcąc poznać zasady uprawy, musiała czekać na instrukcje Stephena Alardyce'a. – Jego głos zachował żartobliwe brzmienie.

– To prawda – przytaknął Garth.

Cynthia nie przestawała się uśmiechać.

– Jednak Aidan dostrzega z pewnością zalety tego, że Katrina była już raz zamężna.

Aidan obdarzył ją również uśmiechem.

– Sądzę, że gdyby nie wiedza Katriny na temat uprawy herbaty, moje plany dotyczące naszej plantacji szybko spełzłyby na niczym. – Przechylił lekko głowę do Gartha. – Przyznaję, że początkowo traktowałem te sprawy zbyt lekko.

– Stephen pochodzi z rodziny, która od dawna ma do czynienia z herbatą – nie dawała za wygraną Cynthia. – Dlatego moim zdaniem Katrina mogła się od niego wiele nauczyć.

– To zrozumiałe – odparł Aidan, po czym zwrócił się do Fabera: – O ile wiem, skupuje pan herbatę zazwyczaj w Ooty, a handluje nią wyłącznie w Coonoor?

– Współpracuję również z plantatorami z Coonoor – wyjaśnił Faber. – Ale większe ilości herbaty z Nilgiru sprowadzam stąd. Podobnie jednak, jak mister Ramsay, mam wielu dostawców na północy.

Cynthia nachyliła się ku nim, najwyraźniej zainteresowana tematem.

– Czy również Stephen Alardyce jest jednym z pańskich klientów? Słyszałam, że mieszka obecnie w Coonoor.

– Wydaje się, że masz jakąś obsesję na punkcie tego człowieka – zauważył Aidan z kąśliwą ironią, zanim jeszcze Faber zdążył odpowiedzieć.

Twarz Cynthii oblał rumieniec.

– Nic podobnego. Po prostu przypomniałam sobie o nim, bo był tu niedawno. Był tutaj, nieprawdaż, Katrino?

Katrina bez słowa kiwnęła głową.

Edwina Thornton, która do tej pory przysłuchiwała się rozmowom przy stole ze znudzoną miną i machinalnie, jakby w stanie jakiejś letargicznej drzemki, pakowała w siebie kolejne kęsy jedzenia, nagle ożyła.

– Widziałam go też w klubie – powiedziała.

– Tak, istotnie – podchwyciła natychmiast Cynthia. – Złożył ci również kurtuazyjną wizytę, czyż nie?

– Owszem, kurtuazyjną – odparła z naciskiem Katrina. – Masz rację.

– Niestety, właśnie względy kurtuazji zmuszają nas niekiedy do przyjmowania pod swoim dachem najgorszej hołoty – westchnął James Lockwood.

– Jeśli o mnie chodzi – zaoponowała Cynthia, najwyraźniej zdecydowana ciągnąć temat – to jeśli nie chcę kogoś przyjąć, nakazuję po prostu służbie przekazać mu, że nie ma mnie w domu. – Powiodła dokoła wzrokiem, odpowiedziało jej jednak kłopotliwe milczenie i tylko kilka osób kiwnęło niezdecydowanie głowami.

Charles siedział jak skamieniały, oczy Aidana ściemniały, przybierając szarą barwę.

– Kiedy wróciłam do domu, on już tam był – wyjaśniła Katrina, przekonana, że musi się z tego wytłumaczyć.

– To ci dopiero kurtuazyjna wizyta! – zdumiała się Cynthia.

– Zapewne dlatego, że ma ona z kurtuazją niewiele wspólnego – oświadczył Aidan. – Trudno też doszukać się kurtuazji w zachowaniu kogoś, kto wykorzystując towarzyskie spotkanie przy stole, przez cały czas stara się oczernić własną szwagierkę.

– No wiesz, wypraszam sobie! – zawołała z oburzeniem Cynthia.

Aidan nachylił się do przodu i wpił w nią ostre spojrzenie.

– O czym ty właściwie chcesz nas poinformować? O tym, że Stephen Alardyce odwiedził moją żonę, kiedy nie było mnie w domu? Musiałbym bardzo nisko oceniać ludzi siedzących tutaj, gdybym zakładał, że jeszcze o tym nie wiedzieli. Czynić z tej sprawy główny temat rozmowy i udawać przy tym, że o niczym się jeszcze nie wie, to zachowanie nieskończenie naiwne albo skrajnie głupie.

Cynthia sapnęła głośno, chwytając powietrze.

– Aidan – rzekł cicho Charles – daj już spokój.

– Ależ oczywiście – odparł spokojnie, kładąc dłoń na ramieniu żony.

– Co za bezczelność! – burknęła Cynthia.

– Jak się miewa Caleb? – zmienił temat rozmowy James Lockwood.

– Można powiedzieć, że to żywe srebro. – Katrina zmusiła się do uśmiechu.

– Dzieci potrafią nieraz nieźle zaleźć za skórę – przyznała pani Faber. – Ale kiedy moja dwójka była już na tyle duża, że mogłam ich posłać do internatu, bywały chwile, kiedy żałowałam, że wyrośli tak szybko.

– Wolę nie myśleć o tym, że Caleb mógłby wyjechać kiedyś do Anglii – wyznała Katrina.

– O ile zostanie z tobą dostatecznie długo – wtrąciła łagodnym tonem Cynthia. – Zazwyczaj sąd przyznaje rację ojcom.

– Cynthia, dość tego! – zawołał ostro Aidan. – Charles, bądź łaskaw uciszyć swoją małżonkę, chyba że chcesz, abym stracił panowanie nad sobą!

Tym razem twarz Charlesa pokryła się rumieńcem.

– Aidan, doceniam twoją troskę o zranione uczucia mojej siostry, ale posunąłeś się chyba za daleko. Jesteś gościem w tym domu, nie zapominaj o tym.

Wśród zebranych zapanowała konsternacja. Służba wniosła następne potrawy, lampy gazowe syczały cicho, sztućce pobrzękiwały, nad stołem zawisło jednak dokuczliwe milczenie.

Kiedy Cynthia wstała, dając znak kobietom, że pora odejść od stołu, aby mężczyźni mogli w spokoju zapalić cygara, Aidan ujął Katrinę za rękę.

– Dziękuję za zaproszenie, Charlesie. – Skłonił lekko głowę przed Cynthią, która unikała jego wzroku. – Również tobie za przyjęcie i gościnność. Najlepiej jednak będzie, jeśli już sobie pójdziemy.

Charles jedynie kiwnął głową. Pożegnanie miało sztywny charakter, gospodarz odprowadził ich tylko do wyjścia.

– Zajmę się tą sprawą – obiecał.

10

Utakamand, luty 1876

Był to ostatni miesiąc, w którym osiągano najwyższą jakość herbaty; najobfitsze jednak zbiory przynosiły maj i czerwiec. Katrina stała na skraju plantacji, obok niej czekał Caleb w swoim jasnym ubranku z hełmem tropikalnym, którego w zasadzie w tym klimacie nie potrzebował, nie chciał się jednak z nim rozstawać, odkąd Charles podarował mu go na święta Bożego Narodzenia.

Od chwili, gdy wspólnie ze Stephenem przeprowadzili swój pierwszy zbiór herbaty, upłynęło dokładnie pięć lat. Katrina spojrzała na Aidana, który kilkanaście metrów dalej, siedząc na koniu, rozmawiał z nadzorcą. Caleb chciał pojechać razem z nim, jego błagalny lament ucichł dopiero pół godziny temu.

Zbiór herbaty był zajęciem przeznaczonym dla kobiet, czynnością najbardziej czasochłonną z całej produkcji. Od sposobu zrywania zależała jakość herbaty. Robotnice skupiały uwagę nie na kwiatach, lecz na liściach, zrywając młodziutkie pędy i wkładając je do noszonych na plecach koszy. Najwyższą jakość osiągano przez tak zwane *fine plucking*, zrywanie pędów z jasnych, delikatnych liści – po dwa listki wierzchołkowe i jednego pączka kwiatowego. Z nich właśnie uzyskiwano wysokowartościową kategorię herbaty Flowery Orange Pekoe. Listki zwijano podłużnie. Im były starsze, tym niższą jakość wykazywała herbata.

Kątem oka Katrina dostrzegła jakiś ruch; na drodze, gdzie Aidan rozmawiał z nadzorcą, pojawiła się drobna postać, idąca w jej stronę. Trzy tygodnie wcześniej, w połowie stycznia, Ashley powiła chłopca o jasnych włosach, takich jak u Nicolasa, i oczach, które początkowo wydawały się ciemnoniebieskie, potem jednak stopniowo przybrały barwę ziaren kawy. Ashley, za którą szła mamka, zbliżała się teraz do Katriny z dzieckiem na rękach. Od czasu rozwiązania sprawiała wrażenie spokojniejszej i bardziej odprężonej, a z synkiem niemal się nie rozstawała. Gościła u nich jej matka, która na czas porodu przyjechała tu z Kalkuty razem z najstarszym z trzech młodszych braci Ashley.

– Tak też myślałam, że zastanę cię tutaj – powiedziała Ashley, witając się. – Dlatego nie wstąpiłam najpierw do domu.

Katrina pogłaskała chłopczyka po policzku. Bywały chwile, kiedy przychodziło jej na myśl, że gdyby i ona urodziła teraz dziecko, mogłoby to wpłynąć korzystnie na trwałość ich związku, stanowiąc więź silniejszą od tego, co ich skłoniło do tego małżeństwa. Przypomniała sobie, co czuła, gdy urodził się Caleb. Kiedy podano go jej, aby potrzymała dziecko w ramionach, Stephen stał obok. Wyglądał na uszczęśliwionego, kiedy tak nachylał się nad nią z uśmiechem, a w jego oczach lśniły drobne świetlne punkciki, jakby był bliski łez. W tym momencie uświadomiła sobie zirytowana, że miłość jest w stanie powodować ból niemal rozsadzający piersi.

Podniosła oczy i napotkała spojrzenie Aidana. Caleb ciągnął ją za rękę, ciekaw, co skupiło jej uwagę. Z wolna odwróciła od niego wzrok, nachyliła się do syna i uniosła go wysoko, aby mógł popatrzeć na maleństwo. Caleb próbował je dotknąć, ponieważ jednak nie pozwolono mu na to, szybko stracił zainteresowanie tak małym dzieckiem i począł wierzgać nogami, póki Katrina nie postawiła go z powrotem na ziemi.

– Ile jeszcze potrzebujecie czasu? – zapytała Ashley.

– Myślę, że jakieś trzy tygodnie – odparła Katrina. – W marcu powinniśmy zakończyć zbiór.

– Odwiedź mnie, kiedy będzie już po wszystkim. Moja matka wraca w przyszłym tygodniu do siebie. – Ashley przeniosła wzrok na krzewy herbaty. – Będzie mi jej bardzo brakowało.

– Powinnaś więcej odpoczywać.

Ashley uśmiechnęła się.

– Nicolas i mama mówią to samo, ale ja naprawdę odpoczywam tyle, ile potrzebuję. Nie potrafię leżeć całymi dniami w łóżku. – Spojrzała na synka i przytuliła go do siebie. Nazwała go Robin, a Nicolas zaakceptował to imię.

Aidan skończył rozmowę z nadzorcą, zsiadł z konia i prowadząc go za cugle, dołączył do obu kobiet. Granat zainteresował się małym Robinem, tak jak przedtem Caleb, i podobnie jak on, stracił zainteresowanie oseskiem, kiedy przekonał się, że nie pozwolą mu go obwąchiwać. Aidan odciągał konia na bok za cugle, podczas gdy Ashley z dzieckiem odwracała się w drugą stronę.

– Zostaniesz chwilę, napijemy się herbaty? – zapytała Katrina, ale Ashley podziękowała. Chciała jeszcze przejść się trochę, a potem wrócić do domu. Pożegnała się i w towarzystwie mamki poszła ścieżką pomiędzy polami herbacianymi do drogi okolonej szpalerem pinii. Katrina zostawiła Caleba pod opieką *ayah* i udała się z Aidanem do hali, w której poddawano liście procesowi więdnięcia.

– Czy wszystko przebiega jak należy? – zagadnął.

– Do tej pory wszystko w porządku, jak sądzę. Charles uważa tak samo.

– Był tu dzisiaj? – Aidan nie okazywał radości. Odkąd tak ostro zganił Cynthię podczas przyjęcia świątecznego, pomiędzy nim i Charlesem panowało lodowate milczenie. A przecież miał podstawy do tak zdecydowanej reakcji, Charles musiał zdawać sobie z tego sprawę. Cynthia zachowała się wtedy szczególnie nietaktownie, zwłaszcza że przy stole siedzieli goście. Katrina westchnęła ciężko. Trudno, przynajmniej dostarczyliśmy im tematu do rozmów, aż do następnego skandalu nie grozi im nuda, pomyślała.

Razem z Aidanem weszli do pomieszczenia, w którym pod wpływem gorącego powietrza rozłożone luźno listki traciły wilgoć i tym samym więdły jak należy. Podczas ich zrywania należało za wszelką cenę unikać ściskania i zgniatania, aby nie uwolnić za wcześnie olejków eterycznych, którym herbata zawdzięcza aromat. Uszkodzenie listków mogłoby przyśpieszyć rozpoczęcie fermentacji. Pierwszy etap więdnięcia sprawiał, że liście stawały się bardziej elastyczne i dzięki temu nie pękały w trakcie skręcania. Katrina zgodnie z naukami ojca regularnie doglądała wyłożonych do więdnięcia liści.

Już kilka miesięcy wcześniej wyjaśniła Aidanowi, że liście leżakują tu całą dobę, zanim przystępuje się do ich rolowania. Jeśli herbata Flowery Orange Pekoe zawierała dużą ilość złotych tipsów, czyli złocistych koniuszków pączków krzewu, co na plantacjach w Nilgiri zdarzało się rzadko, uzyskiwała kategorię Golden Flowery Orange Pekoe. O stopień wyższą kategorię miała herbata zawierająca jeszcze więcej złotych tipsów: Tipsy Golden Flowery Orange Pekoe – jedna z najdroższych ze wszystkich zebranych w danym roku. Określenie „orange" powstało na cześć książęcego rodu panującego w Holandii, dynastii Orańskiej-Nassau. Za herbatę pochodzącą ze zbiorów przeprowadzonych w najkorzystniejszych miesiącach uzyskiwano w regionie Nilgiri podwójne, a nawet potrójne ceny.

– Nasze herbaty doskonale nadają się do sporządzania mieszanek, ponieważ mają piękną barwę i łagodny smak – powiedziała Katrina. – A Charles zna się na tym jak mało kto. Dawniej, za czasów pierwszego małżeństwa, próbowałam go czasem wyręczać, ale moim mieszankom daleko było do tych, jakie przygotowywał brat.

Stanęli przed jednym ze stołów – były to właściwie metalowe siatki obłożone jutą – na których leżakowały listki.

– Pod koniec kwietnia znowu wyjeżdżam– oznajmił ni stąd, ni zowąd Aidan.

– Dokąd?

– Na północ.

Po tonie jego głosu poznała, że stara się być oględny, że niemal się waha, że spodziewa z jej strony protestu. Wprawdzie taka rozłąka nie oznaczała dla niej wielkiej tragedii, zwłaszcza że korzystała z daleko idącej swobody, czuła się jednak nieswojo, gdy Aidana przy niej nie było. Machinalnie potarła ramiona dłońmi.

– Chyba już zdążyłam przywyknąć do tego, że jesteś w domu – rzekła, nie patrząc na niego.

Nie odpowiedział od razu. Sprawiał wrażenie, jakby w tym momencie zajmowała go wyłącznie krzątanina pracowników przy stołach z listkami herbat. Dopiero po chwili powiedział:

– Nie zostanę tam długo. – Jego dłoń musnęła jej ramię, przesunęła się na szyję i pozostała tam przez krótką chwilę.

Przeszli do sąsiedniej hali, gdzie wśród ogłuszającego huku pracowała maszyna, skręcając podłużnie listki, które przeszły już proces więdnięcia, i uwalniając tym samym wonne olejki eteryczne. Następnie surowiec sortowano i poddawano fermentacji, a zielona dotąd herbata przemieniała się w tak cenioną przez Europejczyków czarną. W trakcie fermentacji, zwanej też utlenianiem, liście leżakowały w pomieszczeniu o dużej wilgotności powietrza; duże znaczenie miały odpowiednia temperatura i czas trwania procesu, od nich bowiem zależały barwa i aromat herbaty.

– Jak długo nie będzie cię w domu? – zapytała Katrina, kiedy stanęli przed halą, w której herbata bezpośrednio po fermentacji przechodziła etap suszenia i w tym celu poddawano ją działaniu gorącego powietrza.

– Trzy lub cztery miesiące. Sama podróż zabiera mnóstwo czasu.

Skinęła powoli głową. A zatem powinien wrócić najpóźniej w sierpniu.

– Lato tutaj jest piękne – powiedziała tylko.

Weszli do suszarni. Ten etap nie mógł trwać ani zbyt długo, bo wtedy aromat herbaty nie mógłby rozwinąć się w pełni, ani zbyt krótko, gdyż listki zaczęłyby pleśnieć. Ponadto musiały się znajdować w ciągłym ruchu, aby nie spaliły się pod wpływem gorącego powietrza. Później je sortowano, aby oddzielić całe liście od pokruszonych. Oto zbiór mojej herbaty, pomyślała Katrina, kiedy wyszli na zewnątrz, i uczucie niepohamowanej radości kazało zapomnieć na chwilę o przykrości, jaką sprawiły jej słowa Aidana. Spoglądała za nim, kiedy podchodził do konia i dosiadł go, nadal jednak czuła na ramieniu dotyk jego ciepłej dłoni na pożegnanie. Wróci do domu na wieczerzę. Na moment Katrina zamknęła oczy, a potem odwróciła się, aby rzucić okiem na Caleba. *Ayah* trzymała chłopca za rękę, puściła go jednak, widząc, że Katrina kiwnęła na niego i uklękła, aby porwać go w ramiona, kiedy ruszył ku niej pędem.

*

– Nie jest ci chłodno? – zapytał Nicolas, wychodząc na taras, gdzie siedziała Ashley. Miała na sobie wełnianą suknię i niezbyt wysoko upięte włosy. Podniosła na niego wzrok i lekko potrząsnęła głową. Jej matka wyjechała kilka dni wcześniej, a bez brata, którego wszędzie było pełno, dom wydawał się teraz przeraźliwie cichy.

– Cieszę się, że czujesz się lepiej – rzekł, siadając obok niej.

Oparła głowę o poręcz krzesła.

– Cały czas czułam się dobrze.

– Zanim urodził się Robin, byłaś jakaś przybita.

– Tak ci się tylko wydawało – odparła cicho. Na jego twarzy odnalazła znajome już zatroskanie. Stale się o nią martwił. Przypomniała sobie ich pierwsze spotkanie. Jej ciotka wydawała przyjęcie, wśród ostatnich gości zjawili się Nicolas i Aidan. Obaj wkroczyli na salę w swoich oficerskich mundurach. Nicolas był wyższy rangą od Aidana, ale nikt na to nie zważał, ponieważ uwagę wszystkich – również Ashley – przykuwał Aidan. Na Nicolasa kierowało się wzrok dopiero w drugiej kolejności. Nastąpiła prezentacja i Ashley dostrzegła w jego niebieskich oczach wyraz jakiegoś zaniepokojenia i osobliwej udręki, kilkakrotne mrugnięcie rzęsami, jakby uświadomił sobie nagle, że gapi się na nią, a także to spojrzenie, początkowo pełne zachwytu, a potem zaniepokojone, jak gdyby działo się z nim coś, czego sam nie potrafił pojąć. Ale ona zrozumiała: w jego sercu zaczęła się miłość. Od tamtej pory Aidan był już tylko przelotnym wspomnieniem, niczym więcej.

– Słyszałem, że przed pierwszym porodem wiele kobiet ogarnia melancholia – odezwał się Nicolas.

– To nie była melancholia – odparła Ashley. Pragnęła, aby Nicolas nie drążył dłużej tego tematu. Pomiędzy nią a Robinem nawiązała się od pierwszej chwili serdeczna więź, nie podejrzewała nawet, że jest w stanie ją wytworzyć. W okresie ciąży nie czuła się zbytnio związana z dzieckiem, a chwilami pragnęła nawet, żeby w ogóle nie przychodziło na świat. Nie sądziła, że może się u niej odezwać instynkt macierzyński, teraz czuła jednak wyraźnie, że tęskni za Robinem nawet wtedy, gdy mały spał w swoim pokoju. Nawiedzały ją lęki, nieznane jej do tej pory. Mimo to przyrzekła sobie w duchu, że postara się nie mieć więcej dzieci.

– Odniosłem wrażenie, że twoja matka czuła się tu zbyt samotna.

– I chyba tak było naprawdę.

– Wydaje się, że o to, że tkwisz tu na tym, jak to nazwała, pustkowiu, obwinia mnie.

Ashley wpatrywała się w zieleń ogrodu.

– Wiesz dobrze, że nigdy tak na to nie patrzyłam. Nie tęsknię za Kalkutą.

– A jednak nie zaprzeczyłaś matce. – Nicolas nachylił się lekko do przodu i wsparł łokciami o uda. Wydawał się teraz pogrążony w zadumie. – Wiem, że początkowo podobało ci się tutaj. Coś się zmieniło? Nudzisz się?

– Nie. – W jej głosie zabrzmiała wyraźnie nuta rozdrażnienia.

– Mogliśmy zostać w Kalkucie, gdybyś chciała.

Ashley zmarszczyła czoło.

– A co byłoby wtedy z tobą? Nie zaprzątaj sobie tym głowy, Nicolasie. Dokonałam wyboru i nigdy tego nie żałowałam.

– Ale coś ci dolega, widać to po tobie – upierał się Nicolas. – Odkąd tu zamieszkaliśmy, zrobiłaś się taka cicha! Chociaż od narodzin Robina jest chyba trochę lepiej…

– Boże drogi, powiedziałam już przecież, że nic mi nie dolega! – zawołała Ashley ostrzej, niż zamierzała.

Skinął jedynie głową, nie dając po sobie poznać, czy jej ton zranił go, czy nie. Wyciągnęła rękę, dotknęła jego dłoni, wsunęła palce w rękaw. Nicolas spojrzał na nią dopiero po chwili. Jego wzrok nie wyrażał żadnej emocji, jedynie przelotny błysk na twarzy i szybsze pulsowanie tętnicy szyjnej świadczyły o przepełniającej go w tym momencie żądzy. Ale od czasu narodzin Robina upłynął zaledwie miesiąc. Ashley cofnęła rękę. Odchyliła głowę na oparcie fotela i tak jak przedtem zatopiła wzrok w ogrodzie, za którym połyskiwała tafla jeziora Ooty.

11

Utakamand, kwiecień 1876

– Czy oczekuję zbyt wiele, jeśli pragnę, aby twój brat przestał wściubiać nos w nasze księgi rachunkowe? – zapytał Aidan, wzburzony.

– Herbata jest wysyłana w całości do jego kantoru, a zatem jego zainteresowanie jest uzasadnione.

– Cudownie.

– Przecież mówiliśmy już o tym. Na początku trudno o dobre kontakty handlowe.

– Ile towaru sprzedajemy jako „Herbatę Ramsaya"?

Katrina przez chwilę liczyła w pamięci.

– Jeśli chodzi o ostatni zbiór, dziewięćdziesiąt procent.

– Dziewięćdziesiąt?! – zawołał z niedowierzaniem. – Oszalałaś?

– Tak uzgodniliśmy.

– Nie, na pewno nie tak.

Uniosła pojednawczo obie dłonie.

– Pomyśl tylko. Jakie twoim zdaniem moglibyśmy osiągnąć ceny, zjawiając się na rynku jako nowicjusze? Charles bierze od nas herbatę i sprzedaje ją pod swoim szyldem po najwyższej cenie, a dziesięć procent jego oferty to już oficjalnie nasze zbiory. Jeśli ich jakość zyska uznanie odbiorców, możemy w przyszłym roku rzucić na rynek większą ilość herbaty pod naszym nazwiskiem.

– Powinnaś omówić to najpierw ze mną, a nie wyłącznie z bratem.

– Nie przypuszczałam, że możesz mieć coś przeciw temu. – Katrina skrzyżowała ręce na piersiach. – Sam mówiłeś, że zdajesz się na mój osąd.

– Oczywiście – zgodził się Aidan. – To jednak nie oznacza, że masz o wszystkim sama decydować.

– Charles od dawna handluje herbatą i w tej branży wyrobił już sobie markę. Co ci w tym nie odpowiada?

– Twój brat zbyt mocno ingeruje w nasze sprawy, tak niemal, jakby był naszym wspólnikiem.

Wolnym ruchem, prawie z namysłem, Katrina pociągnęła za jakąś luźną nić w swojej stoli.

– Jesteś zły, bo nie uzgodniłam tego przedtem z tobą, czy dlatego, że to mój brat nam pomaga?

Aidan zawahał się.

– Zapewne jedno i drugie odgrywa tu rolę – przyznał.

– Trochę to potrwa, zanim nawiążemy kontakty z innymi kupcami. – Katrina zamknęła księgę rachunkową. – Przykro mi, jeśli czujesz się odsunięty na bok, nie chciałam tego. Udział procentowy ustalał Charles, wydawało mi się, że zrobił to uczciwie.

Aidan mruknął coś, czego nie zrozumiała.

– Wypiszę ci nazwiska kilku kupców z północy – mówiła dalej Katrina. – Musisz mi tylko powiedzieć, dokąd dokładnie jedziesz. – Spojrzała na niego i dostrzegła w jego oczach krótki błysk.

– Oczywiście – odparł.

– Gdyby Caleb nie był taki mały, pojechałabym z tobą – dodała Katrina. – Nie byłam jeszcze nigdy na północy. Nie chciałabym jednak opuszczać teraz Caleba na dłużej. Może, kiedy trochę podrośnie. – I jeśli do tego czasu nie pojawi się następne dziecko, uzupełniła w myślach. Może on sam to teraz powie… Ale Aidan nie wyraził takiego przypuszczenia.

– Zobaczymy – rzekł tylko.

*

Katrina wróciła do swego dawnego zwyczaju odbywania przejażdżek nad jezioro Ooty. Czasem towarzyszył jej Aidan, ale tego dnia już w południe wyszedł z domu, a wrócił dopiero nad ranem. Szkliste, zaczerwienione oczy świadczyły o wizycie w palarni opium. Ach, żebyż wreszcie z tym skończył!

Z nastaniem sezonu pojawili się letnicy, a jezioro Ooty jak zwykle stało się ulubionym celem pieszych i konnych wycieczek. Popularnym sposobem spędzania czasu były również przejażdżki łodziami. Jezioro rozciągało się na dużej przestrzeni, miało nieregularny kształt, jego głębokość wynosiła miejscami siedemdziesiąt metrów, brzegi porastały drzewa, krzewy i rozległe połacie trawy. Tu i ówdzie otwierały się obrośnięte zielenią zatoki, a przy drodze do Fern Hill wznosił się kościół św. Tomasza.

Pierwotnie jezioro stanowiło jedynie zbiornik wodny, powstały za sprawą tamy, która spiętrzała w dolinie wodę osłoniętą przez drzewa i częściowo skrytą w wąwozach. W ten sposób zapobiegano suszy na równinie. Z czasem woda spływająca z gór w dolinę wyżłobiła kręte koryto, którego brzegi przezornie wzmocniono, aby móc ująć w karby olbrzymie masy wody, groźne zwłaszcza w porze monsunu. Mimo tych środków ostrożności obwałowania jeziora pękły pod naporem niezwykle ulewnych opadów w październiku 1830 roku, a powódź zalała okoliczne tereny. Upłynęło wiele miesięcy, zanim system wałów poprawiono. Obecnie jezioro mierzyło ponad trzy kilometry długości i około pół kilometra szerokości.

Mijani ludzie witali się z Katriną przyjaźnie, ale nie zwracali na nią szczególnej uwagi. Jej małżeństwo przestało stanowić wdzięczny temat do plotek, nie była też w odmiennym stanie, tak więc podejrzenie, jakoby w taki właśnie sposób złowiła Aidana Landora, straciło rację bytu. Od kilku miesięcy nie było słychać o Stephenie – choć właśnie ten ostatni fakt niepokoił trochę Katrinę i nakazywał wzmóc czujność. Trudno jej było uwierzyć, żeby tak łatwo dał za wygraną. Z drugiej strony nie mogła wykluczyć, że żona Stephena jednak doczekała się ciąży i dlatego dał sobie spokój z próbą odzyskania Caleba.

Ostatnio wiele spraw układało się po jej myśli, mogła być zadowolona. Pierwsze większe zbiory herbaty okazały się udane, Charles pomógł jej ze sprzedażą, cieszyła się też dużą swobodą działania. A jednak zawsze, ilekroć pozwalała sobie na chwilę błogiego odprężenia, mąciły je natychmiast jakieś przykre myśli, po których traciła humor.

– Pani Landor? – rozległ się za nią czyjś dźwięczny głos.

Katrina ściągnęła cugle, a kiedy Bhairavi stanęła w miejscu, odwróciła się i ujrzała podjeżdżającą do niej kłusem Amelię Holt. Na ostatnich metrach zwolniła.

Obie kobiety znały się jedynie przelotnie. Amelia Holt przeprowadziła się do Ooty po śmierci męża, chcąc uniknąć stałej ingerencji teściów, którzy na domiar złego pragnęli odebrać jej syna i dla osiągnięcia tego celu gotowi byli poruszyć niebo i ziemię. Katrina mogła sobie wyobrazić, jak w tej sytuacji się czuje Amelia. Sama w ostatnich latach pokazywała się w towarzystwie niezmiernie rzadko, nic więc dziwnego, że obie widywały się nieczęsto.

– Jakże się cieszę z naszego spotkania – powiedziała Amelia, witając się. – Już od dawna miałam ochotę panią odwiedzić. – Nachyliła się lekko do przodu, aby poklepać swego wierzchowca po karku, nie wyjaśniła jednak, dlaczego tego nie zrobiła. – Często odbywa pani takie przejażdżki?

– Wróciłam do nich od niedawna.

– To tak jak i ja – przyznała Amelia. – Właściwie nabrałam odwagi dopiero wtedy, kiedy zobaczyłam, że pani to robi.

Katrina spojrzała na nią zdumiona, ale Amelia powstrzymała się od dalszych wyjaśnień.

– Nasi synowie są niemal w tym samym wieku – dodała po chwili. – Jeśli ma pani chęć, proszę mnie kiedyś odwiedzić z dzieckiem.

– Bardzo chętnie – uśmiechnęła się Katrina.

Amelia skinęła głową, pożegnała się i odjechała, z miejsca puszczając konia ostrym kłusem. Katrina spoglądała za nią nieco zaintrygowana przebiegiem rozmowy, potem jednak przyszło jej na myśl, że tego rodzaju spotkania muszą być dla Amelii, podobnie jak i dla niej samej, czymś obcym i trudnym. Istotnie, sprawiała wrażenie nieco speszonej i z trudem dobierającej słowa. Ciekawe, czy również rozmowy ze mną nasuwają takie myśli, zastanowiła się Katrina.

Skierowała konia na Lower Bazaar Road, drogę wiodącą wzdłuż górnego brzegu jeziora. Na krótkim odcinku pozwoliła Bhairavi biec galopem, potem jednak, widząc przed sobą niewielkie wzniesienie, ściągnęła cugle. Miała właśnie puścić klacz kłusem, kiedy ujrzała Aidana, wiodącego ożywioną rozmowę z jakąś jasnowłosą kobietą. Ona wyglądała na zirytowaną, on zaś na zniecierpliwionego, a sądząc po sposobie, w jaki oboje się do siebie odnosili, zwłaszcza po zachowaniu kobiety, która w pewnym momencie pochwyciła Aidana poufale za ramię, można było domniemywać, że łączy ich zażyła znajomość. Katrina przypomniała sobie nagle tamten moment, kiedy po raz pierwszy ujrzała Aidana. Stał wtedy przed gospodą. I też towarzyszyła mu ta jasnowłosa kobieta! Katrina poczuła gwałtowną falę zazdrości, jej twarz spłonęła rumieńcem.

W tym momencie Aidan odwrócił się, dostrzegł ją i zastygł w bezruchu. Uznając, że tylko by się ośmieszyła, stojąc nadal w miejscu i gapiąc się tak, podjechała do obojga. Dopiero teraz zdała sobie sprawę, że nigdzie nie widzi Granata. Aidan podał jej rękę i pomógł zsiąść z konia.

– Nie wiedziałem, że jesteś w pobliżu.

Kiwnęła głową.

– Nie przedstawisz nas sobie?

Przez chwilę przyglądał jej się badawczo, mrużąc oczy.

– Oczywiście – mruknął po chwili. – To Gillian McEwan, była kochanka mojego najlepszego przyjaciela. Gillian, to moja małżonka, pani Katrina Landor.

Prezentacja była co najmniej nieuprzejma. Młoda kobieta otworzyła szeroko oczy i Katrinie zrobiło się jej żal. Wymamrotała coś na powitanie, na co tamta odpowiedziała lekkim skinieniem głowy.

– Wybacz, Gillian, ale na nas już czas – rzekł Aidan.

– Ależ naturalnie.

Pożegnała się i odeszła, natomiast Aidan ujął cugle Bhairavi, podał ramię Katrinie i oboje ruszyli w drugą stronę.

– Zachowałeś się wobec niej bardzo nieuprzejmie – powiedziała Katrina, przerywając po dłuższej chwili niezręczne milczenie.

– Sądziłaś, że to moja odtrącona kochanka, czyż nie?

A więc przejrzał ją!

– Wyglądaliście na takich… zżytych ze sobą – mruknęła, nie patrząc na niego.

– Do Ooty przyjechałem razem z moim przyjacielem i z nią. Następnego dnia on opuścił Ooty, ale bez niej. Od tamtej pory Gillian nachodzi mnie, prosząc o pomoc.

– Jakiego rodzaju?

– Za pierwszym i drugim razem chodziło o pieniądze, dopytywała się też, czy nie wiem, gdzie przebywa jej były kochanek. Ale w tej chwili męczy mnie już tylko o niego.

– Mimo to… – Katrina zawahała się i nie dokończyła zdania. – Nie powinieneś zachować się w ten sposób – dodała po chwili.

Aidan uniósł brwi.

– Przyrzekam, że się poprawię. – W jego głosie zabrzmiała delikatna, ale dobrze słyszalna nuta kpiny.

– Byliście tu umówieni? – Katrina nie potrafiła powstrzymać się od tego pytania.

Aidan parsknął śmiechem.

– Dobry Boże, skądże znowu! Zostawiłem Granata u Nicolasa i poszedłem się przejść. Gillian spotkałem przypadkowo. – Spojrzał Katrinie prosto w oczy. – Moja droga, powinnaś mi ufać. Jeśli już teraz przypuszczasz, że nie jestem ci wierny, jaką udręką dopiero będzie dla ciebie moment, kiedy wyjadę na dłużej?

Katrina milczała. Spuściła wzrok, a Aidan dostrzegł widocznie jej zakłopotanie, bo przystanął i obrócił ją twarzą do siebie. Trzymając cugle jedną ręką, drugą uniósł jej podbródek.

– Kiedy braliśmy ślub, przyrzekłem ci coś – rzekł łagodnie. – I nawet jeśli mam pewne wady, nigdy nie złamałem danego ci słowa.

Katrina spojrzała na niego. Teraz, gdy stał tak blisko, że mogła dostrzec nawet nikłe ciemne obwódki okalające tęczówki oczu, nie mogła się oprzeć wrażeniu, że w spojrzeniu Aidana kryje się coś niezmiernie wrażliwego. Ujęła oburącz jego twarz, przyciągnęła do siebie i pocałowała. Wydawał się zaskoczony, ale potem w kącikach jego ust zagościł uśmiech.

– Właściwie to ja powinienem to zrobić – zauważył nieco kpiącym tonem. – W jaki sposób cię teraz udobrucham?

Roześmiała się.

– Trudno, musisz ruszyć głową i coś wymyślić.

*

Na początku lutego przyszła na świat najmłodsza córka Charlesa, krucha i delikatna istota, najmniejsze z jego dzieci. Nie uczestniczył aktywnie w ich wychowaniu, gdyż Cynthia strzegła zazdrośnie swoich córek. Gdyby urodził się syn, sytuacja wyglądałaby pewnie nieco inaczej. Ponieważ jednak nigdy nie był pasjonatem życia rodzinnego, nie przeszkadzało mu, że widuje dzieci wyłącznie podczas codziennych wizyt w ich pokoju. Również tego wieczoru zadowolił się krótkim widzeniem z córkami, przesyłając życzenia dobrej nocy, po czym przeszedł do swego gabinetu. Cynthia położyła się już spać, on zaś uznał, że najwyższy czas przygotować się do podróży, jakiej wymagały interesy, a także uporządkować dokumenty.

– Tak też myślałam, że jeszcze nie śpisz – powiedziała Katrina, zaglądając do pokoju.

Charles zmarszczył czoło.

– Co robisz o tej porze poza domem?

– Nie jestem śpiąca.

– Jest chyba za późno na składanie wizyt, nie sądzisz?

Uśmiechnęła się.

– Cóż to za oficjalny ton, Charlesie? – Zajęła miejsce w fotelu obok biurka, zsunęła buty i nakryła nogi spódnicą. Dawniej za tym biurkiem siadywał jej ojciec, a ona obserwowała go i uczyła się od niego.

– Aidan wyjechał?

– Tak, dzisiejszego ranka. – Katrina przeniosła wzrok na lśniący globus ustawiony na biurku. – Wiesz, chyba nadal ma mi za złe, że wszystkie formalności dotyczące sprzedaży naszej herbaty uzgodniłam z tobą, nie pytając go o zdanie.

– Nic dziwnego. Mówiąc szczerze, Katrino, uważam, że żaden mężczyzna nie zaakceptowałby takiej sytuacji. Mówiłem ci już wtedy, że powinnaś to z nim omówić.

– Nie wiedziałam, że poczuje się urażony.

Charles wzruszył ramionami.

– Zapewne sądzi teraz, że ingeruję zbytnio w wasze interesy.

– Jesteś jeszcze zły na niego za tę sprawę z Cynthią? – zmieniła temat Katrina.

Charles spojrzał na siostrę w zadumie.

– Naturalnie nie pochwalam plotkarstwa Cynthii, jej postępowanie jest godne ubolewania i dlatego przemówiłem jej do sumienia. Rozumiem doskonale, że twój mąż wolałby nie wysłuchiwać tej całej gadaniny o Stephenie, a Cynthia nie powinna była tak uporczywie wracać do sprawy, zwłaszcza w obecności gości. To wszystko jednak nie upoważniało Aidana do obrażania jej w moim domu przy ludziach.

– Użył niewłaściwego tonu – przyznała Katrina – ale twoja żona sprowokowała go do tego. Nie przestawała mówić o Stephenie, chociaż Aidan kilkakrotnie upomniał ją delikatnie, w taktowny sposób. Dla naszych gości była to nie lada gratka, aby zabawić się moim kosztem. Mimo to… – westchnęła ciężko – …tak naturalnie nie może być dłużej. Ty przestałeś rozmawiać z Aidanem, a ja prawie się nie odzywam do Cynthii.

– Porozmawiam z twoim mężem, kiedy wróci – obiecał Charles.

Katrina spojrzała na kominek, w którym dopalały się resztki płomieni. Ziąb dawał się już we znaki.

– Jak się czuje Laura?

– Dobrze, ale Cynthia zaczyna działać mi na nerwy tym swoim bezustannym lękiem o nią. Najchętniej nie otwierałaby w ogóle okien w domu, aby mała się nie rozchorowała. Omal nie wpadła w histerię, kiedy powiedziałem *ayah*, żeby wzięła Laurę na spacer. – Charles pokręcił z dezaprobatą głową.

Wstała, aby rozniecić ogień w kominku.

– Mogłeś się już do tego przyzwyczaić, Cynthia zachowuje się tak przy każdym nowo narodzonym dziecku. – Ponieważ jej starania przy kominku nie przyniosły rezultatu, podniosła się, odgarnęła z czoła zabłąkany kosmyk włosów i podeszła do biurka. – Długo cię nie będzie?

– Tylko cztery dni.

– Musisz przejrzeć jeszcze to wszystko? – Katrina wskazała na stertę dokumentów.

– Tak. – Charles westchnął ciężko.

– Pomóc ci?

Uśmiechnął się.

– Jeśli chcesz zadać sobie tyle trudu, przyjmę twoją ofertę z radością. Szczerze mówiąc, ostatnio brakowało mi tu ciebie.

– Och, Charlesie, trzeba było powiedzieć!

– Mało ci własnych problemów?

Kiwnęła głową, co można było uznać za zaprzeczenie lub potwierdzenie jego słów, po czym zatarła ręce.

– Mógłbyś wezwać kogoś ze służby, żeby rozpalił na nowo w kominku?

– Och, zimno ci? – zapytał Charles i spojrzał na kominek. – Nawet nie zauważyłem, kiedy ogień zgasł.

Zadzwonił na służącego, który zjawił się po chwili i dołożył drewna.

– Skoro naprawdę chcesz mi pomóc – odezwał się Charles – to albo przenocujesz tutaj, albo wrócisz potem do siebie pod eskortą dwóch moich ludzi.

– Przyjechałam powozem.

– Nie sądzę, żeby wystarczało to do zapewnienia bezpieczeństwa kobiecie podróżującej samej nocą.

Wzięła kilka dokumentów i usiadła na podłodze przed kominkiem, w którym znowu wesoło zapłonął ogień. Oboje pracowali w milczeniu, Katrina przerywała je tylko chwilami, gdy coś w dokumentach budziło jej wątpliwości.

Kiedy Charles wstał, przeciągnął się i wyszedł z pokoju, aby zaparzyć herbatę – służba udała się już na nocny spoczynek – Katrina podeszła do biurka i odłożyła dokumenty na miejsce. Był to stary masywny, pięknie rzeźbiony mebel, z blatem wyłożonym skórą. Muskała palcami zadrapania na skórze, miejscami już wyświechtanej i wysłużonej. Jeszcze teraz całe pomieszczenie tchnęło obecnością ojca: stare fotele z czerwonym aksamitnym obiciem, murowany kominek z drewnianym gzymsem, na którym stały stare fotografie, ściemniały już trochę obraz z pejzażem, zawieszony nad kominkiem, półki z książkami i wieloma rozmaitymi puszkami do herbaty, które ojciec przywoził z podróży. Katrina przygryzła dolną wargę. Na samo jego wspomnienie do oczu cisnęły jej się łzy.

Wysunęła szufladę z biurka. Charles i ojciec korzystali z niej rzadko, bo była zbyt płaska, aby mogła pomieścić dużo dokumentów. Leżały w niej różne kartki, takie, które nieraz zaśmiecają blat, chowa się je więc na wszelki wypadek do szuflady, nie chcąc ich jeszcze wyrzucać. Niektóre z nich liczyły kilka lat. Katrina uśmiechnęła się mimo woli, kiedy natknęła się na list, który ojciec zaczął kiedyś pisać; obok niego leżała druga, nieukończona wersja tego samego listu. Wydało jej się, że widzi teraz ojca przed sobą, jak stara się zapisać pierwszą, a potem drugą kartkę i w końcu, klnąc pod nosem, przerywa pisanie; tu z powodu popełnionego błędu ortograficznego, tam kleksa na końcu wyrazu. Wśród listów leżał pożółkły arkusz czerpanego papieru. Jego górną połowę wypełniały dwa wyrazy, *Katrina Ramsay*, wypisane w poprzek kartki na różne sposoby. Kiedyś ćwiczyła swój podpis, aby prezentował się jak najlepiej w dokumentach. Poniżej widniało kilkakrotnie *Katrina Alardyce*; ten podpis był bardziej ozdobny i wydawał się dojrzalszy. Pamiętała jeszcze doskonale, jak siedziała kiedyś przy biurku – na krótko przed ślubem – i podczas robienia porządków znalazła tę kartkę.

Westchnęła i na moment zamknęła oczy. Ile to już minęło czasu! Położyła papier na biurku i pod wpływem nagłego impulsu sięgnęła po pióro. „Katrina Landor", napisała zdecydowanie.

12

Przełęcz Chajberska, czerwiec 1876

Mglista cisza. Aidan, wiodąc za sobą szaro-srokatego kuca, otulił się szczelniej peleryną i podążył szlakiem po stromym zboczu w górę. Briana i Randżana zostawił w wiosce Szarifa. Nagły poryw wiatru wzbił tuman piachu i Aidan osłonił sobie oczy ramieniem. Dobrze wspominał czas spędzony we wsi, wśród gościnnych Pasztunów, handlujących końmi i zawsze podejmujących go bardzo przyjaźnie. Ci mieszkańcy gór Hindukusz żyli z dala od wszelkich angielskich osad, nie byli jednak w stanie oprzeć się ingerencji Brytyjczyków, nad czym Aidan ubolewał z całego serca. Sam nigdy nie wiązał służby wojskowej z patriotyzmem – to uczucie wywoływały w nim raczej Indie niż Anglia. Girilal, Syn Gór, to imię nadane mu przez hinduskich przyjaciół wiele lat temu, było też imieniem, pod którym podróżował jako wędrowny kupiec. Była to cząstka jego samego, tak jak było nią również imię Aidan.

Cieszyła go ta chwila spokoju i wytchnienia. Ostatnio zbyt wiele myśli kłębiło mu się w głowie. Kilka dni temu, wieczorem, zanim opuścił przyjaciół, odbył rozmowę z Szarifem. Stary wiedział, że Aidan spotkał się znowu z Sitą, wiedział też, że choć zdołał zwalczyć pokusę i nie ulec jej uwodzicielskim sztuczkom, gdy próbowała zwabić go w ramiona, kosztowało go to wiele trudu. A jednak jej się oparłem – tłumaczył, gdy Szarif mierzył go posępnym wzrokiem, mrużąc oczy. Brian zareagował na tę uwagę szerokim uśmiechem, Randżan Khan zaś posłał mu jedynie badawcze spojrzenie.

Krocząc pod górę, po chrzęszczącym pod stopami piargu, atakowany porywami przenikliwego zimnego wiatru, Aidan wspominał jak żywą ową scenę rozmowy z Szarifem – przywoływał ją zresztą na pamięć wielokrotnie od tamtego dnia, kiedy odjechał, aby zająć pozycję na przełęczy. Randżan Khan miał dołączyć do niego kilka dni później.

– Uganiasz się za innymi kobietami, a własnej żonie odmawiasz nawet dzieci. – Głos Szarifa był cichy i ostry jak sztylet. Nie uznawał niewierności; kłóciła się ona z jego podejściem do życia.

– Posuwasz się za daleko – odparł krótko Aidan. Owszem, omal nie zdradził Katriny i musiał teraz za to znosić wyrzuty sumienia. Ramiona Sity były delikatne jak jedwab, a on zbyt dobrze pamiętał jeszcze smak jej objęć. Kusiła go swoim pieszczotliwym głosem i oddechem o zapachu wody różanej. Mało brakowało, a byłby jej uwierzył, że wszystko, do czego doszłoby między nimi, niczego nie zmieniłoby w jego małżeństwie. A Katrina o niczym by się nie dowiedziała.

– Zapytałeś żonę choć raz, czy chciałaby mieć dzieci?

– Nie. I to nie twoja sprawa. – Aidan żałował już, że dał się wciągnąć w tę rozmowę, ale Szarif potrafił jakoś skłonić innych do mówienia.

– Krzywdzisz ją. W domu krzywdzisz ją, odbierając jej prawo do decydowania, czy chce mieć dzieci, czy nie. Tutaj zaś krzywdzisz ją, zdradzając w myślach z jakąś *bibi*.

– Sita nie jest kurwą.

Szarif wydął tylko wzgardliwie wargi i powstrzymał się od odpowiedzi. Następnego ranka Aidan wyruszył w drogę.

Dlaczego nie opuszcza go to uczucie niesmaku? Wszak oparł się pokusie! Ale kiedy Sita roztaczała przed nim szeptem perspektywy rozkoszy, odżyły w nim wspomnienia, wspomnienia związane bynajmniej nie z Katriną. W niepamięć poszły sceny z owej nocy w Ooty poprzedzającej jego wyjazd, w niepamięć poszedł aksamitny dotyk jej ciała, czar szeptanych przez nią słów. To wszystko wróciło do jego świadomości później, kiedy uwolnił się z objęć Sity i wrócił do przyjaciół.

Ale były to tylko myśli, usprawiedliwiał się w duchu, wyłącznie wspomnienia. Jednak w tej samej chwili stanęła mu przed oczami Katrina, której niewiele brakowało, aby ulec Stephenowi Alardyce'owi, Katrina, której myśli wypełniały raz po raz gorące, zmysłowe uściski Stephena i która była w stanie zapomnieć o wszystkim innym. Czy takie myśli byłyby dla niego możliwe do zaakceptowania? Byłyby mniej bolesne tylko dlatego, że ona mimo wszystko zdołała się jednak powstrzymać przed zdradą? Aidan przystanął, gniewnie kopnął jakiś leżący przed nim kamień i przetarł sobie dłonią czoło.

Kuc odrzucił głowę do tyłu i parsknął głośno. Aidan odwrócił się do niego, delikatnie pogłaskał po chrapach.

– Już dobrze – mruknął. Tuż przed nim otwierała się zalesiona kotlina, za którą widniał masyw górski z Przełęczą Chajberską, ważnym już w starożytności łącznikiem między nizinami w tym regionie, przełęczą, przez którą prowadziła również część historycznego „jedwabnego szlaku" z Buchary do Indii. Właśnie tutaj podczas pierwszej wojny afgańskiej oddziały brytyjskie podczas odwrotu zostały rozbite przez miejscowych partyzantów. Obecnie przechodziła tędy droga łącząca Kabul z Peszawarem; pozwalała na obejście wąwozów rzeki Kabul.

Aidan nie pytał nigdy Katriny, czy chce mieć z nim dzieci. Ale przecież, gdyby chciała, z pewnością wspomniałaby coś o tym... Czy jednak prawda nie wyglądała tak, że nie zapytał jej o to, bo obawiał się, że w odpowiedzi usłyszy „tak"? Na razie nie chciał dzieci. Dzieci oznaczały osiadły tryb życia!

Prowadząc za sobą kuca, Aidan ruszył dalej. Pozostała mu jeszcze godzina do celu: jaskini, z której mógł mieć na oku Przełęcz Chajberską, zwłaszcza ten jej punkt, którego obserwację zlecił mu Thackery. Brytyjczycy odzyskają przełęcz, powiedział mu przełożony, to tylko kwestia czasu. Aidan nie podzielał tego optymizmu. Zdobycie tych terenów nie było takie proste, w przeszłości przekonano się o tym już wiele razy. Bywały momenty, kiedy Brytyjczycy sprawowali kontrolę nad przełęczą, ale w rzeczywistości nic to nie dawało.

Aidan poprawił na głowie turban z grubego materiału i podciągnął wyżej szal, chroniąc usta i nos przed piachem, nawiewanym raz po raz przez podmuchy wiatru. Ostrożnie prowadził kuca na szczyt niewielkiego wzniesienia, ani na chwilę nie tracąc czujności.

*

Przełęcz Chajberską zamykała na północy rzeka Kabul, prawy dopływ Indusu, na wschodzie zaś dolina Peszawaru. W kierunku północno-zachodnim rozciągała się żyzna dolina Tirah ze swoimi cyprysami, cedrami, piniami i wieloma innymi gatunkami drzew, jak również obfitością owoców: jabłek, brzoskwiń, moreli, grejpfrutów, granatów i orzechów włoskich. Sama Przełęcz Chajberska natomiast była sucha i jałowa, jedyną zieleń tworzyły tu skąpo rosnące krzewy; można by rzec – nikły zielony deseń na szarym monotonnym tle. Rzeka Kabul zaopatrywała w wodę zarówno kotlinę kabulską, jak i Peszawar. O ile zimą przypominała wyglądem wątły strumyk, o tyle latem nabrzmiewała na skutek wiosennych roztopów.

W swoim punkcie obserwacyjnym Aidan spędził kilka dni, niewiele czasu przeznaczając na sen. Również tego ranka zbudził się z pierwszym brzaskiem, którego bladozłote promienie wpełzły nieśmiało w głąb doliny. Wstał i potarł dłonią po skłębionym zaroście. Nie golił się, odkąd tu przybył; trudno, przyjdzie na to pora, gdy wróci do Ooty.

Mijając kuca, poklepał go po karku, zyskując w podzięce ciche parsknięcie, po czym wziął skórzany bukłak i skierował się w stronę pobliskiego potoku. Jaskinia była tak usytuowana, że dostęp do niej nocą, nawet przy blasku księżyca, stanowił duże ryzyko. Jeden fałszywy krok mógł się zakończyć upadkiem w przepaść. Celowo wybrał to miejsce podczas ostatniej wizyty. Cenił jej przestronność, pieczara umożliwiała wprowadzenie w razie konieczności nawet wierzchowca.

Woda w strumieniu była świeża i krystalicznie czysta. Aidan nachylił się, opryskał sobie twarz i z przyjemnością odczuł orzeźwiające działanie lodowatych kropli na ciele. Zdążył już przywyknąć do mycia się w górach zimną wodą. Kilka metrów dalej potok był na tyle głęboki, że zanurzył się aż po biodra. Aidan odkrył tu miejsce osłonięte skałą. Nie tracąc czasu, zakończył kąpiel w lodowatej toni, ubrał się szybko, założył turban i właśnie zamierzał napełnić skórzany bukłak wodą dla kuca, gdy usłyszał ciche rżenie. Zaniepokojony wstał z klęczek. Koń ponownie zarżał.

Opuścił bukłak i puścił się pędem w stronę obozu. Może to Randżan, który miał się zjawić właśnie w tych dniach? Aidan nie chciał ryzykować i wpaść w łapy rozbójników – choć tu w górach nie grasowało ich wielu. Na wszelki wypadek przystanął pod osłoną występu skalnego i nadstawił ucha. Kuc grzebał kopytami, kilka drobnych kamyków stoczyło się po zboczu w dół. Nasłuchiwał jeszcze przez chwilę, nie dobiegły go jednak żadne odgłosy drugiego konia. Nie mógł więc to być Randżan. Aidan odczekał kilka sekund, następnie ostrożnie ruszył wąską ścieżką, aby podkraść się do jaskini od tyłu.

Z pistoletem w dłoni, rozglądając się dokoła, zbliżał się pod osłoną skały; zatrzymał się dopiero pod skarłowaciałym drzewem. Przy kucu stał jakiś mężczyzna, przeszukując torby przytroczone do siodła. Aidan odbezpieczył pistolet i mężczyzna, słysząc szczęk broni, odwrócił się. Był młody, o ciemnej, ogorzałej twarzy i niemal czarnych oczach. Dolną część twarzy okrywała zmierzwiona broda. Puścił torby i podniósł ręce do góry.

– Cofnij się – rozkazał Aidan w języku hindustani.

Mężczyzna posłuchał.

– A teraz odwróć się i na kolana!

Tym razem mężczyzna się zawahał.

Aidan zmrużył oczy i powtórzył rozkaz. Tamten zdawał się jeszcze zastanawiać, co robić, ale zaczął się już odwracać w drugą stronę. Robił to powoli, zbyt wolno, jakby nie obawiał się wcale, że zostanie zastrzelony. Aidan zbyt późno odgadł przyczynę tej pewności siebie. Dopiero okrzyk za jego plecami sprawił, że błyskawicznie okręcił się na pięcie.

Jakiś mężczyzna, z nożem tkwiącym w piersi aż po rękojeść, zatoczył się do tyłu, z dłoni wypadł mu długi sztylet, a on sam padł na wznak i zsunął się po skałach w przepaść. W tej samej chwili od skały tuż obok głowy Aidana odbił się nóż, a jego prawe ramię przeszył ostry ból. Aidan uniósł pistolet, zanim jednak zdążył się odwrócić, w dolinie rozległ się huk wystrzału, a mężczyzna stojący obok kuca skurczył się nagle i osunął bezwładnie na ziemię.

Spomiędzy dwóch omszałych bloków skalnych wyłonił się Randżan Khan.

– Rozmyślania o kobiecie mogą być zaiste silną pokusą, Girilal, tak silną, że mącą umysł i nie pozwalają użyć go tam, gdzie jest potrzebny. Zapomniałeś, że rozbójnicy nigdy nie polują tu w pojedynkę?

13

Utakamand, sierpień 1876

Deszcz nie ustawał. Caleb stał w salonie obok wyjścia na werandę i wyglądał na ogród. Nie lubił przesiadywać całymi dniami w domu, Katrina wiedziała o tym.

– Przykro mi, skarbie – powiedziała, kiedy się odwrócił i spojrzał na nią – ale nie możesz teraz wyjść. Dlaczego nie pobawisz się pociągiem, który dostałeś w prezencie od wujka Charlesa?

Chłopiec stał z dłonią opartą o szybę; wydawało się, że nie jest w stanie oderwać wzroku od ogrodu. Katrina podeszła do niego, uklękła przy nim i pogłaskała po głowie.

– Czy tata przywiezie mi kucyka?

Westchnęła. Na Boże Narodzenie Aidan podarował Calebowi prócz kompletnego stroju jeździeckiego również album o koniach, obiecał też przywieźć mu z następnej podróży kucyka. Od tej pory mały nie mówił o niczym innym.

– Na pewno – odparła Katrina z wahaniem. Pomysł z kucykiem wcale się jej nie podobał. Przecież w marcu Caleb skończył dopiero pięć lat!

– Będę mógł potem jeździć do wujka Charlesa?

– Kiedy trochę podrośniesz. – Uśmiechnęła się. – Już niedługo trzeba będzie rozejrzeć się za jakimś guwernerem dla ciebie, żebyś nauczył się czytać i pisać. – A potem przyjdzie moment, kiedy wyśle się go do internatu w Anglii, tak jak swego czasu wysłano tam Charlesa. Ona też miała jechać do Anglii, ale ojciec uległ jej błaganiom i pozwolił zostać w Indiach, zapewniając tutaj jak najlepsze wykształcenie.

Do salonu wszedł *chuprassi*.

– List dla pani, *memsahib*.

Katrina wstała, wzięła kopertę i ze zdumieniem spojrzała na pieczęć z Coonoor, złamała ją, rozłożyła kartkę i już po pierwszych słowach poczuła, jak krew odpływa jej z twarzy. Litery zamigotały przed oczyma, drżąca ręka z listem opadła bezwładnie. Zerknęła na Caleba, zadzwoniła po *ayah*, poleciła jej zostać z chłopcem, po czym kazała osiodłać klacz.

W taką ulewę wygodniej byłoby pojechać powozem, ale drogi były teraz częściowo nieprzejezdne. Stajenny wydawał się nieco zdenerwowany, kiedy wyprowadzał z boksu Bhairavi, a klacz boczyła się trochę, potem jednak szła już posłusznie.

Katrina skierowała się do Ramsay Hall, domu Charlesa. List włożyła do wodoszczelnego futerału i umieściła pod peleryną, którą dokładnie się owinęła. Szum ulewy mieszał się z cichym plaskaniem kopyt Bhairavi na rozmokłej ziemi. Woda z kałuż pryskała na boki, strużki wody ciekły spod kaptura peleryny, zalewając twarz i oczy. Drogi zamieniły się w trudne do przebycia trzęsawiska.

Dotarłszy do domu brata, Katrina zeskoczyła z siodła i wprowadziła klacz do stajni, gdzie stajenny wybiegł jej naprzeciw i przejął konia.

W holu służąca pomogła jej zdjąć pelerynę, a *chuprassi* udał się do pana domu, aby powiadomić go o wizycie siostry. Zamiast poczekać w salonie, jak to było w zwyczaju, Katrina pozostała w holu, zbyt zdenerwowana nawet, by usiąść.

Kiedy usłyszała trzask otwieranych drzwi, odwróciła się, zanim jednak zdążyła wypowiedzieć pierwsze słowa, ujrzała przed sobą Cynthię, zamiast Charlesa. Bratowa, z mocno zaciśniętymi ustami, podeszła bliżej.

– O co chodzi?

Katrina, zaskoczona szorstkim tonem jej głosu, nie odpowiedziała od razu.

– Chciałabym porozmawiać z Charlesem – odparła po chwili.

– Mąż jest teraz w swoim gabinecie i prosił, żeby mu nie przeszkadzać.

– Przekazałaś mu, że przyjechałam?

Cynthia uniosła brwi.

– Charles powiedział, żeby mu nie przeszkadzać, i sądzę, że dotyczy to siostry w nie mniejszym stopniu niż żony, czyż nie?

Katrina zmarszczyła gniewnie czoło.

– Muszę porozmawiać z Charlesem, to ważna sprawa.

– Wierzę ci, w przeciwnym razie nie wybrałabyś się tu w taką pogodę. Powtarzam jednak, że Charles nie chciał, aby ktokolwiek mu teraz przeszkadzał. Twoje problemy to twoja sprawa, Katrino, przestań wreszcie kłopotać nimi swego brata. Masz męża. To on powinien teraz zajmować się tobą i twoimi sprawami. Charles ma swoją rodzinę.

Katrina wpatrywała się w nią oszołomiona.

– Aidan wyjechał. – Tylko taka odpowiedź przyszła jej do głowy.

– Trudno. Kiedyś jednak chyba wróci.

Przez moment Katrina biła się z myślami, czyby po prostu nie zignorować Cynthii i pobiec do brata, odrzuciła jednak ten pomysł. Doszłoby przy tym z pewnością do awantury, a ona nie chciała wzniecać tu wojny. Na ułamek sekundy spuściła oczy, po czym odrzuciła głowę do tyłu i skinęła na służącą, aby podała jej pelerynę. Bez słowa pożegnania odwróciła się i wyszła.

Ashley weszła do salonu, gdzie służący wprowadził przedtem Katrinę.

– Wielki Boże, co się stało? – zawołała. – Przemokłaś do nitki!

– Stephen przesłał mi list przez swojego adwokata… – Katrina czuła, jak pałają jej policzki.

– Rozmawiałaś już z bratem?

Katrina przygryzła wargę.

– Moja bratowa nie dopuściła mnie do niego.

– A Aidana nie ma w domu – dokończyła Ashley. Zadzwoniła na służącego. – Idź tymczasem do buduaru i ściągnij te mokre rzeczy. Z moich sukien chyba żadna nie będzie na ciebie pasowała, ale *ayah* da ci sari, póki twoje ubranie nie wyschnie.

– To bardzo miłe z twojej strony, ale chciałam jedynie zamienić z tobą parę słów. Caleb jest sam w domu.

Ashley uśmiechnęła się.

– Och, tak naprawdę nie jest wcale sam. Nie przejmuj się tak. Sądzisz, że Stephen wynająłby adwokata, gdyby naprawdę zamierzał zakraść się do twego domu i porwać Caleba? Rozumiem twoje zdenerwowanie, ale przede wszystkim musisz teraz ochłonąć.

Służącemu, który wszedł właśnie do salonu, przekazała kilka poleceń, kazała podać herbatę i kanapki, następnie ujęła Katrinę za ramię i wyprowadziła ją z salonu.

W buduarze rozpalono ogień w kominku. Kiedy Katrina z pomocą *ayah* ściągała mokrą suknię, Ashley wyszła z pokoju. List w futerale Katrina położyła na stoliku, następnie założyła *choli*, spodnią bluzkę podaną jej przez *ayah*, i owinęła się zwojami sari. Kiedy była już gotowa, *ayah* zabrała mokre rzeczy i wyszła, zjawiła się za to Ashley. Za nią weszła służąca ze stolikiem na kółkach, na którym ustawiono dzbanek z herbatą, filiżanki, cukierniczkę i dzbanuszek na mleko – wszystko z wytwornej porcelany. Na srebrnej tacy leżały kanapki.

– Mogę przeczytać ten list? – zapytała Ashley.

Skinąwszy głową, Katrina podała go jej, ta zaś czytała, marszcząc czoło. Następnie odłożyła list i spojrzała na nią w zadumie, otwierając szerzej swoje ciemne oczy.

– Powinnaś jak najprędzej porozmawiać o tym z kimś, kto się zna na takich sprawach – poradziła. W tym momencie otworzyły się drzwi i do pokoju wszedł Nicolas. Na widok Katriny spuścił czym prędzej oczy.

– Och, wybacz.

Poczuła na twarzy gorące rumieńce, tak jakby Nicolas zastał ją w lekkim peniuarze. Ashley wstała, wyszła z mężem na zewnątrz i zamknęła za sobą drzwi.

Niebawem wróciła i usiadła obok przyjaciółki.

– Kiedy twoje ubranie wyschnie, pokaż Nicolasowi ten list. Może on będzie wiedział, co robić.

– Czuję się taka bezsilna, to okropne! – wyznała Katrina cichym głosem, ściskając w dłoni filiżankę.

– Każda kobieta na twoim miejscu czułaby się tak samo – odparła Ashley. – Sama nic nie zdziałasz.

– Nie chciałabym być ciężarem…

Ashley przerwała jej energicznym ruchem ręki.

– Dla nikogo nie jesteś ciężarem. Od czego ma się przyjaciół? Twoja bratowa zachowała się okropnie, odsyłając cię w takim momencie z kwitkiem. Oczywiście byłoby dobrze, gdyby był tu Aidan. – Wydęła wargi w lekkim grymasie.

Katrina w milczeniu upiła łyk herbaty.

Nicolas opuścił dłoń, w której trzymał list i spojrzał na Katrinę.

– Nie jestem prawnikiem – rzekł – ale nie sądzę, żeby Stephen mógł w ten sposób coś wskórać.

Siedzieli w małym salonie z oknem wychodzącym na ogród. W wilgotnej wciąż sukni Katrinie było trochę zimno. Roztarła sobie dłonie. – Uważasz, że powinnam poszukać prawnika?

– To z całą pewnością. Znasz takiego, któremu mogłabyś zaufać? Jeśli nie, zwróć się do adwokata rodziny Aidana.

– Mój brat ma prawnika, jego kancelaria jest w Madrasie.

– Szkoda, że Aidana nie ma w domu – zauważył Nicolas.

– Istotnie, szkoda – odparła Ashley zjadliwym tonem.

– Skąd miał wiedzieć, że akurat teraz wydarzy się coś takiego! – próbowała bronić męża Katrina.

Nicolas obracał list w dłoni.

– Sprawa jest skomplikowana. Zazwyczaj sąd przyznaje dzieci ojcom, ale twój były mąż oficjalnie wyparł się ojcostwa.

Katrina znowu stanęła w pąsach, choć wiedziała, że to absurdalne, przecież nie miała sobie nic do zarzucenia.

– Stephen wydaje się bardzo… zdeterminowany. Nie wiem, czy nie zdoła w końcu przekonać sędziego do swoich racji. Raz już do tego doprowadził – dokończyła cicho.

– Ojciec Aidana to bardzo wpływowy człowiek.

– Nie poznałam go jeszcze – wymknęło się Katrinie.

Nicolas zmarszczył czoło.

– Aidan mówił, że jego ojciec potrafi być bardzo… trudny. Nie odezwał się po waszym ślubie?

Katrina potrząsnęła głową.

– Jak widać, od tej rodziny nie można wiele oczekiwać – zauważyła Ashley. – Są zakładnikami swoich uprzedzeń i z pewnością nie byliby skłonni przyjść ci z pomocą, skoro nie zdobyli się nawet na złożenie życzeń po ślubie. Aidan natomiast znika akurat wtedy, kiedy jest potrzebny.

– Ashley, proszę cię – przerwał jej Nicolas. Jego spokojny głos wibrował lekko, zdradzając, że wzbiera w nim gniew.

Umilkła, wyraźnie zirytowana. Nie chcąc być przyczyną niesnasek w tym domu, Katrina spojrzała na duży zegar ustawiony obok kominka.

– Muszę już iść – powiedziała.

– Dać ci kogoś ze służby, żebyś nie wracała sama do domu? – zapytał Nicolas.

Katrina podziękowała. Mieszkała tu od urodzenia i jazda tutejszymi drogami, choćby i po ciemku w taką niepogodę, nie była dla niej żadnym problemem. Miała zresztą wspaniale ujeżdżoną klacz. Pożegnała się, a służący odprowadził ją do drzwi.

Ashley siedziała w nocnej koszuli przed kominkiem, który rozjaśniał pokój złotym blaskiem. Nicolas oddychał miarowo. Odchyliła głowę do tyłu. Po wyjściu Katriny doszło między nimi do ostrej kłótni: nie podobało mu się, że wyrażała się tak niepochlebnie na temat Aidana w obecności jego żony. Cóż ona sobie wyobrażała, zapytał. I jakby się sama czuła, gdyby ktoś wypowiadał się przy niej tak źle o nim, jej mężu? Czy nie przyszło jej do głowy, że Katrinie jest teraz bardzo ciężko, bo lęka się, że straci dziecko?! Jak można pognębiać ją jeszcze bardziej, pomawiając jej męża o złą wolę?! Jakby się sama czuła, gdyby on, Nicolas, ją opuścił i na domiar złego usiłował jeszcze odebrać Robina? Może takie porównanie pomoże jej zrozumieć, jak się teraz czuje Katrina! Ashley zbladła, krew odpłynęła jej z twarzy. Choć na początku próbowała się bronić, umilkła w końcu i tylko patrzyła na męża. On zaś odwrócił się i wyszedł z pokoju.

Położyła się do łóżka, mając nadzieję na pojednanie, ale nie wiedząc kiedy, zasnęła, a gdy zbudziła się w środku nocy, Nicolas leżał już obok niej i spał jak gdyby nigdy nic. Ziąb dawał się coraz dotkliwiej we znaki. Rozpuszczone włosy okrywały jej plecy, kilka kosmyków opadło na czoło i musnęło policzki, kiedy podciągnęła kolana i oparła na nich czoło. Nie mogła znieść myśli o samotności. Pod powiekami poczuła piekące łzy.

Powoli wstała i stąpając bosymi stopami po gładkim drewnie i puszystym dywanie, okrążyła łóżko. Baldachim był otwarty. Spojrzała na Nicolasa, nachyliła się nad nim, musnęła dłonią jego włosy, po czym usiadła na brzegu łóżka. Chłodnymi ustami dotknęła jego warg, ciepłych od snu. Jej nocna koszula z cichym szelestem zsunęła się na podłogę. Matowozłote refleksy świetlne zmąciły blask oczu Nicolasa, kiedy uniósł powieki. Przez krótką chwilę zdawał się zmagać z przemożną sennością, ale potem jego dłonie objęły ją w talii, a wargi odpowiedziały na pocałunek. Szepcząc jej imię, obrócił ją na wznak, wciskając w poduszki i nachylił się nad nią.

Zamknęła oczy, jej smukłe ciało wygięło się pod jego dłońmi. Opuścić mnie...! – pomyślała. Czyż nie widzisz, że życie jest zbyt piękne, aby je marnować na takie głupstwa?

*

Dopiero po dłuższej chwili Charles uświadomił sobie, skąd zna tę jasnowłosą kobietę, która weszła do jego kantoru zamówić herbatę. Chyba również i ona go rozpoznała, bo utkwiła wzrok w jego twarzy, zanim zakłopotana opuściła powieki. Od tamtego dnia, kiedy uratował ją w herbaciarni przed natarczywością jednego ze swoich pracowników, nie spotkał jej ani razu. Uznał ją wtedy za prostytutkę, do takiego obrazu nie pasowało jednak jej niekłamane zmieszanie i sposób, w jaki unikała jego spojrzenia. Ale może była po prostu nowicjuszką w swojej profesji.

Charles z coraz większą irytacją obserwował swego subiekta, który przyjmował od niej zamówienie. Właściciel herbaciarni, dla której nieznajoma kupowała herbatę, był jego stałym klientem. Zamawiał zwykle te same gatunki w takiej samej ilości. Subiekt, zatrudniony tu od niedawna, wydawał się nieco gamoniowaty i Charles obawiał się, że nawet tak prosta czynność okaże się dla niego zbyt trudna.

Pod bacznym wzrokiem pryncypała subiekt peszył się coraz bardziej. Podczas napełniania torebki wysypał trochę herbaty na podłogę, za co Charles postanowił potrącić mu stosowną kwotę z poborów, a kiedy na domiar złego wypadła mu z ręki mała szufelka, którą przesypywał herbatę, Charles ofuknął go i polecił zagniewanym tonem wziąć czystą szufelkę i nie używać na razie tej z podłogi.

Kobieta odwróciła się i spojrzała na niego. Teraz mógł się przekonać, że również jej suknia nie pasowałaby do stroju ladacznicy: była z prostej bawełny i zapięta wysoko, pozbawiona jakichkolwiek ozdób, prócz pliski z guzikami z przodu.

– A może chciałby pan go wyręczyć i mnie obsłużyć osobiście? – spytała nagle.

Charles był pewien, że się przesłyszał.

– Słucham?

– No cóż, widocznie uznał pan, że ten uprzejmy młody człowiek nie spełnia moich oczekiwań, jeśli chodzi o kupno herbaty. Może pan wywiąże się z tego zadania lepiej? – Jej głos zachował chłodne brzmienie.

– *Miss*, to jest pan Ramsay we własnej osobie! – wyjąkał subiekt, któremu już zimny pot wystąpił na czoło.

Na ustach Charlesa pojawił się nikły uśmiech. Postąpił krok do przodu.

– Dobrze, proszę bardzo. – Gestem ręki nakazał subiektowi odsunąć się na bok. – W takim razie proszę się przyjrzeć, jak to należy robić, i wyciągnąć wnioski na przyszłość – dodał.

Chłód we wzroku młodej kobiety ustąpił miejsca kpiarskiemu rozbawieniu. Charles rzucił okiem na zamówienie i w krótkim czasie, podchodząc kolejno do odpowiednich skrzynek, zgromadził wszystko, co było potrzebne.

– Jeden z moich pracowników zaniesie cały towar, jak zwykle – powiedział.

– Dziękuję pięknie – odparła młoda kobieta, a Charles odniósł wrażenie, jakby w jej głosie zabrzmiała lekka nuta ironii.

– W takim razie, panno…

– McEwan, Gillian McEwan – przedstawiła się. Podała mu rękę. – Do widzenia, panie Ramsay.

Po jej wyjściu Charles polecił subiektowi zamieść podłogę.

– Za rozsypaną herbatę potrącę panu z poborów.

– Tak jest, sir – mruknął tamten.

Charles udał się na górę do biura. Od swego prawnika otrzymał dziś informację, że Katrina zwróciła się do niego o poradę. Postanowił odwiedzić ją później i dowiedzieć się, jaki ma problem. Dziwiło go trochę, że nie zwierzyła mu się ze swoich kłopotów prawnych, zwłaszcza że na takich sprawach nie znała się nic a nic. To mogło oznaczać, że chodzi o coś, co wolałaby przed nim zataić. Pierwszą rzeczą, jaka przyszła mu na myśl, była kwestia samego małżeństwa – i to niepokoiło go najbardziej.

Potarł sobie skronie, aby powstrzymać narastający ból głowy, i usiłował się skupić na mieszankach herbaty. Sporządzanie mieszanek, łączących smak rozmaitych herbat, bez posiłkowania się dodatkowymi aromatami, na przykład waniliowymi lub kwiatowymi, było czynnością trudną i wymagało nie lada skupienia. Lata wprawy rozwinęły w nim doskonałą intuicję, która w połączeniu ze wspaniałym zmysłem smaku w odniesieniu do herbaty dawała wyśmienite mieszanki. Ich podstawą była herbata Nilgiri, idealna ze względu na łagodny aromat. Inne gatunki odpowiednio wzbogacały jej subtelną nutę zapachową. Szczypta herbaty Darjeeling dodawała posmaku muszkatołowego, a lekki aromat dymny mieszanki zawdzięczały herbatom chińskim.

Po kilku nieudanych próbach Charles dał za wygraną i zrezygnowany odszedł od wagi. Przyczyną niepokoju była nie tylko Katrina. Ostatnio coraz bardziej denerwowała go Cynthia. Nie tylko biadoliła ustawicznie, że zbyt rzadko bywają na przyjęciach towarzyskich, ale i uczyniła ze swej sypialni zamkniętą twierdzę, tłumacząc to mętnie komplikacjami poporodowymi, jakkolwiek od rozwiązania upłynęło już sześć miesięcy, a ponadto wszystko przebiegło wtedy bez najmniejszego problemu. Mimo to posiadł ją w tym czasie kilka razy, przy czym od pierwszej chwili aż do końca leżała pod nim bez ruchu, z twarzą odwróconą w bok i zamkniętymi oczami, a kiedy było już po wszystkim, spoglądała na niego z takim wyrzutem, jakby przeżywała nie lada katusze.

Z zadumy wyrwał go dźwięczny głos Katriny, która rozmawiała z kimś na dole. Potem usłyszał jej kroki na schodach.

– Witaj, Charlesie – powiedziała, wchodząc do biura. – Wpadłam, aby się dowiedzieć, jak idzie sprzedaż herbaty.

Spojrzał na nią bacznie i dostrzegł, że jej uśmiech jest wymuszony.

– Dobrze się składa, że przyszłaś, bo i tak chciałem z tobą porozmawiać.

Katrina zdjęła kapelusz i usiadła.

– A zatem zaoszczędziłam ci drogi. Znasz już jakieś liczby?

– Nie. – Zajął miejsce za biurkiem. – Ale nie dlatego chciałem się z tobą widzieć. – Wytrzymał przez chwilę jej pytający wzrok, po czym wyjaśnił: – Pan Hornby poinformował mnie, że prosiłaś go o radę.

– Doprawdy? – Katrina zmarszczyła czoło. – Sądziłam, że zasada tajemnicy zawodowej obowiązuje go we wszystkich sprawach, także tych przeze mnie zgłaszanych.

– Tylko napomknął w liście, że zwróciłaś się do niego, nie napisał jednak, w czym rzecz. Co się stało, Katrino? Chodzi o Aidana?

Spojrzała na niego zaskoczona.

– Ależ skąd! Chodzi o Caleba. Dostałam list od adwokata Stephena.

Charles poruszył się gwałtownie na krześle.

– Kiedy?

– Ponad tydzień temu.

– Dlaczego mi o tym nie powiedziałaś?

Katrina oparła się plecami o poręcz fotela, wydawała się zakłopotana.

– Nie chciałam ci sprawiać kłopotu.

Przeszywał ją badawczym wzrokiem.

– Myślę, że coś przede mną ukrywasz.

– Ja... – Katrina przełknęła głośno ślinę. – Pojechałam do ciebie. Ale Cynthia powiedziała, że nie życzysz sobie, aby ci przeszkadzano. – Czym prędzej dodała: – W końcu nic takiego się nie stało. Przy tym wszystkim, z czym masz do czynienia, nie musisz zajmować się jeszcze moimi sprawami.

– Cynthia nic mi nie mówiła, że byłaś u nas w domu.

– Pewnie zapomniała.

– Ale co to w ogóle znaczy: powiedziała, że nie życzę sobie, aby mi przeszkadzano…? Odesłała cię z niczym?

– Nie tak wprost…

Charles zerwał się z miejsca, a ona uniosła dłonie, aby go uspokoić.

– Doprawdy, nic się nie stało.

– Moja żona odsyła cię z kwitkiem i nie mówi mi o tym ani słowa… Nie, Katrino! Jak to: nic się nie stało?! – Tym razem Cynthia posunęła się za daleko, pomyślał.

– Proszę cię, Charlesie, nie chcę, abyście się kłócili z mojego powodu!

– To nie twoja wina.

– Posłuchaj, skoro jej powiedziałeś, że nie chcesz, aby ci przeszkadzano, nie ma w tym nic dziwnego, że powtórzyła to samo mnie.

– Ale dlaczego nie mówi mi potem, że byłaś. Jak zakładam, powiedziałaś jej, że to ważna, pilna sprawa?

Katrina milczała, co było dostatecznie wymowną odpowiedzią.

– Umyślnie przeinaczyła sens moich słów – powiedział. – Jeśli mówię, żeby mi nie przeszkadzano, to oczywiście nie mam tu na myśli jakichś ważnych spraw, niecierpiących zwłoki. Zaraz wyjaśnię jej to tak dobitnie, że w przyszłości nie dojdzie już do takich nieporozumień!

Katrina patrzyła nań szeroko otwartymi oczami.

– Co zamierzasz?

– Usunąć wszelkie źródła nieporozumień. – Chwycił kapelusz i wyszedł z biura.

Drzwi do salonu otwarły się tak gwałtownie, że Cynthia drgnęła przerażona. Zerwała się z fotela i spojrzała na męża najpierw z lękiem, a potem z oburzeniem.

– Nie mógłbyś wchodzić do salonu jak kulturalny człowiek?

Zdecydowanym gestem dłoni nakazał jej milczenie.

– Właśnie odwiedziła mnie Katrina.

Wyraz napiętej uwagi wyparł z jej wzroku gniewne błyski.

– I?

– Masz mi coś do powiedzenia?

Nerwowym ruchem Cynthia wygładziła jakąś fałdę na spódnicy.

– Nie, nie sądzę.

Charles z trudem hamował narastającą w nim furię.

– Może jednak zechcesz to sobie przemyśleć raz jeszcze?

Zawahała się, ale niemal natychmiast potrząsnęła głową.

Niewinna mina, z jaką patrzyła przy tym na niego, doprowadzała Charlesa do takiej wściekłości, że z trudem powstrzymał się, aby nie porwać jej w ramiona i nie potrząsnąć z całej siły.

– Nie zamierzałaś zatem mi powiedzieć, że moja siostra przyszła tu w jakiejś ważnej sprawie i chciała ze mną pilnie porozmawiać?

Do wyrazu skupienia i miny niewiniątka dołączył teraz tak świetnie udawany przebłysk zrozumienia, że Charles zadał sobie pytanie, czy Cynthia jest tak łatwa do rozszyfrowania również w towarzystwie, czy tylko dla niego, jej męża, który zna ją na wylot.

– Ach, o to ci chodzi! Zupełnie zapomniałam. Nigdy dotąd nie oczekiwałeś ode mnie, abym informowała cię o każdej osobie, która wpada tu z wizytą.

– Katrina chciała się ze mną widzieć! – Charleś stracił już panowanie nad sobą.

– Zgadza się. A ty nie miałeś wtedy czasu. – Z jej gardła wyrwał się krótki nerwowy chichot. – Nie patrz na mnie takim wzrokiem, Charlesie. Nie chciałeś, aby ci przeszkadzano.

Nabrał głęboko tchu, zmuszając się jeszcze raz do zachowania spokoju.

– Doskonale, załóżmy zatem przez chwilę, że naprawdę zrozumiałaś, iż nie chcę, aby przeszkadzał mi ktokolwiek, nawet ktoś z bardzo ważną sprawą. Dlaczego nie powiedziałaś mi potem, że była tu Katrina?

– Mówiłam ci już przecież, że nie przywykłam do zdawania ci relacji z każdej wizyty…

– Masz mnie za głupca? – przerwał jej Charles tak gwałtownie i donośnie, że przerażona natychmiast umilkła. – Moja siostra potrzebuje pomocy, a ja dowiaduję się o tym dopiero teraz, kilka dni po sprawie?

Cynthia nie patrzyła na niego.

– Nie możemy stale zajmować się jej sprawami, mamy własne kłopoty. Katrina ma męża.

– Katrina jest moją siostrą.

– Cóż z tego? Jestem twoją żoną i jeżeli nie życzę sobie, aby Katrina była dla nas ciężarem i ustawicznie siedziała nam na głowie, zwłaszcza po tym, jak jej mąż obraził mnie przy ludziach, to twoim obowiązkiem jest to zaakceptować.

Charles potrząsnął z niedowierzaniem głową.

– Przede wszystkim to ja decyduję o tym, czy chcę, aby moja siostra była dla mnie ciężarem, po wtóre, nie zamierzam godzić się z tym, abyś to ty mi dyktowała, co mam zaakceptować – zwłaszcza ty, która nie jest w stanie nawet wywiązać się ze swoich powinności małżeńskich.

Cynthia odchyliła się do tyłu, jakby pod wpływem silnego ciosu.

– Dałam ci troje dzieci!

Przez kilka sekund Charles po prostu wpatrywał się w nią, milcząc, wreszcie wzruszył wzgardliwie ramionami i odwrócił się do wyjścia.

14

UTAKAMAND, PAŹDZIERNIK 1876

Tego dnia Amelia Holt po raz pierwszy pojechała z Katriną do wioski Todów. Nigdy przedtem tam nie była, nie znała mieszkańców tych górzystych terenów, tym bardziej więc wycieczka ta miała dla niej posmak przygody, a nawet czegoś nieprzyzwoitego. Syna zostawiła pod opieką *ayah* Caleba, która oczywiście opiekowała się także synkiem Katriny.

Amelia sprawiała wrażenie bardziej odprężonej niż zwykle, częściej się śmiała i rozglądała dokoła, chłonąc krajobraz, zarazem jej znajomy i obcy, odkrywany wciąż od nowa. Z włosami targanymi przez wiatr, powiewającymi wokół twarzy wyglądała jakby młodziej i bardziej beztrosko.

– Już dawno nie byłam nigdzie tak daleko – wyznała. – Ostatnim razem wybrałam się tu z Ianem. – Jej twarz pokrył cień smutku.

W pewnym sensie jesteśmy do siebie podobne, pomyślała Katrina. Istotnie: każda z nich utraciła mężczyznę, którego kochała. O ile jednak we wspomnieniach Amelii dominowały piękne momenty, to piękne wspomnienia Katriny przesiąknięte były goryczą. Ale czy chciałaby się z nią zamienić? Chciałaby, aby to śmierć odebrała jej Stephena? Wzdrygnęła się przerażona. Nie, krzyknęła w duchu, nie!

Amelia ściągnęła cugle.

– Możemy zatrzymać się na trochę? Tak tu pięknie!

Przed nimi rozciągały się łagodne wzniesienia, pokryte jakby zielonym dywanem, między nimi doliny, a nieco dalej poprzecinane rozpadlinami góry, wokół których unosiły się leniwie welony mgieł o barwie lawendy. Nieopodal widać było wąwóz porośnięty paprociami i krzewami. Amelia zsiadła z konia, wiodąc go za cugle, podeszła na skraj przepaści i spojrzała w dół. Katrina ruszyła za nią.

– Ian był admirałem – szepnęła Amelia. – Zawsze powtarzał, że jego pierwszą wielką miłością jest morze. – Na moment zabrakło jej tchu. – Nie miałam nic przeciwko temu, aby dzielić się nim z morzem, wiedziałam, że to do mnie zawsze wraca. Ale nie miałam racji. W końcu Ian pozostał już na zawsze w objęciach morza. – Jak urzeczona wpatrywała się w głębię wąwozu.

Katrina pogłaskała chrapy swojej klaczy, skonsternowana nie tylko tak nagłą zmianą nastroju towarzyszki, ale również intymnym charakterem, jaki przybrała ich rozmowa, mimo że nie znały się jeszcze zbyt dobrze. Zawahała się, po czym odparła:

– Z pewnością pragnął wrócić do pani.

Amelia przeniosła na nią wzrok.

– Właśnie, też tak sądzę. Kiedy morze uwięziło go w swoich objęciach, zapragnął wrócić do mnie. – Potrząsnęła głową. – Wielki Boże, co ja wygaduję?! Stokrotnie przepraszam.

– Nie ma za co – bąknęła Katrina.

Amelia gwałtownie odwróciła się w drugą stronę, uwiązała konia do drzewa i nie bacząc na swój jasny strój jeździecki, usiadła w trawie. Katrina owinęła cugle klaczy na jakiejś grubszej gałęzi, jej myśli krążyły wokół Aidana. Ale góry to nie morze, powtarzała sobie w duchu. Opuściła głowę i nagle przyszło jej do głowy pytanie: co czuję do Aidana? Nie było to uczucie jednakie z tym, jakim darzyła Stephena, uznając je za miłość. Tamto było niczym rzeka, o spokojnym nurcie i głęboka, to natomiast, co czuła do Aidana, było jak trawiąca gorączka i jeśli przypominało rzekę, to raczej jej odcinek za kataraktą, gdzie tworzy się burzliwy wir.

– Pani mąż wciąż jest oficerem? – zagadnęła Amelia, kiedy Katrina usiadła obok niej.

– Tak, zatrzymał swój patent.

– Zatem w razie wybuchu wojny może wyruszyć na front?

Katrina wydęła wargi. Jakoś nie przyszło jej to dotąd do głowy.

– Tak – odpowiedziała powoli. – To możliwe. – Ale czy rzeczywiście by to zrobił? Machinalnie zaczęła skubać źdźbła trawy, wpatrując się w nie intensywnie, jakby liczyła, że znajdzie w nich odpowiedź na trapiące ją pytanie.

– Zawsze lękałam się bitew morskich, bo nie chciałam stracić Iana. – Amelia roześmiała się krótko. – Czy nie zakrawa to na ironię losu? Czasem myślę, że byłoby mi łatwiej, gdyby istniał gdzieś jego grób, żebym mogła go odwiedzić. – Umilkła na moment. – Wyobrażam sobie, że pewnego dnia do mnie wróci – dodała cicho.

Któż w takiej sytuacji czułby się inaczej? – pomyślała Katrina, ale zachowała milczenie. Co mogła powiedzieć, mając przed sobą młodą kobietę złamaną bólem?

– Na szczęście mam Daniela. – Twarz Amelii, kiedy wymawiała imię syna, rozjaśnił ciepły uśmiech.

Katrina przypomniała sobie to, co słyszała o walce młodej wdowy z teściami, którzy za wszelką cenę chcieli jej odebrać dziecko i wziąć do siebie na wychowanie. Były rzeczywiście podobne. Stąd zapewne wziął się ten poufały ton, z jakim Amelia zwracała się teraz do niej. Katrina wstała, strzepnęła ze spódnicy grudki ziemi.

– Czas w drogę.

Odwiązały konie i ruszyły łagodnie wznoszącą się drogą wysadzaną cyprysami i drzewami eukaliptusowymi. Kiedy dotarły do pierwszych chat wioski Todów, słońce stało już w zenicie. Mimo że przyjęto je tak samo życzliwie jak podczas ostatniej wizyty Katriny, Amelia zachowała widoczną rezerwę. Tak serdeczna zażyłość w kontaktach z tubylcami musiała się jej wydawać szokująca. Zsiadła z konia i poprawiła włosy, odgarniając je za uszy. Katrina przedstawiła ją w języku tamilskim, częściowo i jej znanym. Większość Brytyjczyków rozmawiała ze służbą hinduską po angielsku, oczekując, że tamci winni nauczyć się języka swoich panów. Katrina uważała tę postawę za pełną arogancji.

Usiadły na macie rozłożonej obok pieca, z którego roznosił się zapach świeżo pieczonego chleba z przyprawami. Amelia z wahaniem kosztowała oferowanych potraw, z zainteresowaniem rozglądając się dokoła. Todowie, siedzący blisko niej, rozmawiali w podobnym do tamilskiego języku pełnym gardłowych głosek. Przypisywano mu arabskie pochodzenie, mimo że jego reguły gramatyczne zgodne były z hinduskimi. Również rysy twarzy Todów odbiegały od cech klasycznej urody hinduskiej.

Nie znano tu pisma i szkół, Todowie pielęgnowali tradycję przekazów ustnych, tego zaś, co musieli wiedzieć, uczyli się od starszych. Ich wiedza opierała się na obserwacji przyrody. W wioskach niczego nie uprawiano, nie zajmowano się też handlem. Todowie znali za to niezliczone gatunki roślin i ich właściwości lecznicze i z dużym znawstwem stosowali rozmaite skuteczne kuracje. Obok Sarity usiadła jej córka, Anchita, z małym dzieckiem na ręce, swoim siostrzeńcem, który natychmiast wprawił Amelię w zachwyt. Chłopczyk, onieśmielony, krył się początkowo za ramieniem Anchity, ale stopniowo oswajał się z obecnością gości i nawet nie stawiał oporu, kiedy Amelia posadziła go sobie na kolanach.

– Ja straciłam kontakt z mamką dawno temu, jeszcze w dzieciństwie – powiedziała.

– Sarita zabierała mnie tu dawniej dość często – odparła Katrina. – Jako dziecko uwielbiałam te wyprawy, miałam tu pełną swobodę, mogłam do woli się wyszaleć.

– Daniel z pewnością też byłby zachwycony. Zabiera tu pani czasem Caleba?

Katrina uśmiechnęła się.

– Dawno tego nie robiłam, ale następnym razem możemy przyjechać tu z dziećmi.

Amelia odwzajemniła uśmiech z pewnym wahaniem i pogłaskała siostrzeńca Anchity po głowie. Chłopczyk uwolnił się z jej objęć, zeskoczył z kolan i pobiegł do innych dzieci.

Todowie nie znali żadnych sportowych ćwiczeń ani gier prócz zabaw dziecięcych. Do ćwiczeń wojskowych brakowało im motywacji, nie nosili też żadnej broni, ani do działań zaczepnych, ani obronnych, nie mieli nawet broni myśliwskiej, nie jedli bowiem mięsa i niewiele więcej ponad mleko i ziarna.

– Moi teściowie nie mogliby się o tym dowiedzieć – szepnęła Amelia, czerwieniąc się. – Uznaliby jeszcze, że nie wychowuję Daniela jak należy i przez to on zdziczeje.

– A od kogo mieliby się dowiedzieć? – Katrina mrugnęła do niej porozumiewawczo. – Ja z pewnością nic nie powiem.

Amelia nie potrafiła ukryć zakłopotania.

– Nie chciałabym sprawić tu wrażenia niewdzięcznicy…

Chcąc ją podnieść na duchu, Sarita podała jej jakąś słodką potrawę, po czym zapytała o wiek jej syna. Ku zdumieniu Katriny Amelia z każdą chwilą otwierała się coraz bardziej i nawet zaczęła opowiadać o śmierci męża, a także konflikcie z teściami. Nie było się właściwie czemu dziwić: Sarita zawsze umiała przełamywać pierwsze lody i zaskarbiać sobie sympatię innych.

– Jesteście do siebie podobne, *memsahib*. – Sarita wypowiedziała na głos myśl, która już wcześniej przebiegła Katrinie przez głowę.

Kiedy wracały, Amelia wróciła do tych słów.

– Gdybyśmy były naprawdę podobne do siebie – powiedziała – znalazłabym w sobie dość sił, aby nadać memu życiu nowy kierunek, tak jak pani to zrobiła.

– W moim wypadku zaistniały pewne okoliczności, niezależne ode mnie – wyjaśniła Katrina.

– Teraz nie potrafiłabym nawet myśleć o ponownym zamążpójściu, choć zdaję sobie sprawę, że tak by było najrozsądniej.

Jadąc drogą, która wiodła łagodnie w dół, Katrina zdawała się wpatrywać uporczywie w szarą szyję klaczy. Gdyby Stephen umarł, z pewnością czułaby się teraz tak samo jak Amelia; tak jak i ona, potrzebowałaby czasu, aby dojść do siebie po tak bolesnej stracie. Zresztą okoliczności po śmierci Stephena byłyby inne niż po ich rozwodzie, nie musiałaby się obawiać powszechnego potępienia. Uzmysłowiła sobie nagle, że nie jest pewna, czy w ogóle poślubiłaby wówczas Aidana, natychmiast jednak odrzuciła tę myśl jako niesmaczną, będącą czymś w rodzaju zdrady. Już sama możliwość jego utraty wydała jej się tak samo okropna jak niegdyś świadomość, że nie ma przy niej Stephena. I to właśnie niepokoiło ją do głębi.

*

Kryształowe świeczniki oblewały salę balową w domu Johna Frazera ciepłym blaskiem, w którym Ashley, wchodząc wsparta na ramieniu Nicolasa, prezentowała się wprost zachwycająco. Jej suknia z bladozłotego jedwabiu podkreślała czerń włosów i ciemny odcień oczu. Drewniana podłoga pod jej stopami połyskiwała jak plaster miodu, drzwi na werandę były otwarte. Światło z salonu załamywało się na kroplach wody, która tryskała ze zgrabnej fontanny w kształcie kwiatów lilii. Bez wątpienia, w trakcie wieczoru ziąb zmusiłby gospodarza do zamknięcia drzwi, ale na razie nie miał ochoty rezygnować z tak imponującego efektu.

Na sali dało się słyszeć szelest jedwabiu, gwar głosów przykrywał inne dźwięki niczym wzorzysty dywan, raz po raz rozbrzmiewały to tu, to tam gromkie wybuchy śmiechu. Zawieszone na ścianach lustra jeszcze powiększały optycznie i tak już przestronny pokój, wzdłuż którego rozstawiono stoły z potrawami i napojami, jedwabne kotary wzdymały się pod naporem podmuchów wiatru. Z cicha rozlegały się dźwięki skrzypiec, oficjalnie orkiestra nie grała jeszcze do tańca i miała jedynie dbać o dyskretne tło dla prowadzonych przez gości konwersacji

Ashley zdjęła dłoń z ramienia Nicolasa i podeszła do Katriny, którą dostrzegła u boku Charlesa i Cynthii. Pomiędzy Katriną a jej bratową utrzymywał się wyraźny dystans, co zważywszy na ostatnie wydarzenia nie dziwiło Ashley. Nie była też zaskoczona, że Aidan najwidoczniej nie wrócił jeszcze do domu i wciąż gdzieś włóczył się po świecie.

Charles wykorzystał pojawienie się Ashley, aby przeprosić żonę i siostrę i dołączyć do stojącej nieco dalej grupki mężczyzn. Cynthia przez krótką chwilę odprowadzała go wzrokiem, po czym również pożegnała się nieznacznym skinieniem głowy. Nawiązanie bardziej zażyłych relacji z Katriną musiało obniżyć w jej oczach rangę Ashley, czego jednak ta nie żałowała w najmniejszym stopniu.

– Wiesz, że jest tu też Stephen? – zapytała z lękiem Katrina. – Sądzisz, że powinnam wrócić do domu?

Ashley rozejrzała się, nie dostrzegła jednak nigdzie byłego męża Katriny.

– Nie, wcale tak nie sądzę. Nie możesz uciekać za każdym razem, kiedy go zobaczysz.

Katrina kiwnęła głową, ale nie wydawała się przekonana.

– Charles jest podobnego zdania... Nie mogę pozbyć się wrażenia, że wszyscy się tylko gapią na mnie i czekają, co się zdarzy.

Ashley wzruszyła ramionami.

– A gdyby nawet, to co? Niech się cieszą. Cóż z tego?

Przechadzały się po sali wolnym krokiem, witając się ze znajomymi lub przystając na krótką pogawędkę, po czym ruszały dalej. Jednym z głównych tematów męskich rozmów była budowa linii kolejowej Nilgiri Mountain Railway, która postępowała zgodnie z planem. Zastanawiano się nawet, jak bardzo skróci się w przyszłości czas przejazdu z Mettupalayam do Ooty. Rozmowy na temat sytuacji na rynku brytyjskim przechodziły w dyskusje o ostatnich zbiorach herbaty i wymianę ploteczek towarzyskich. Goście przybyli tak tłumnie, że co chwila rozłożyste spódnice kobiet ocierały się o siebie z szelestem.

James Lockwood, który dawniej przyjaźnił się z ojcem Katriny, przywitał się z nią wylewnie. Towarzyszył mu młody mężczyzna, którego znała tylko z widzenia, gdyż przybył do Ooty jedynie na trwający właśnie sezon.

– Jak się udały pierwsze zbiory herbaty, pani Alar... – Mężczyzna zająknął się i poczerwieniał. – Pani Landor?

Katrina gorączkowo szukała w pamięci jego nazwiska, wyjaśniając równocześnie, że zbiory wypadły zadowalająco.

– Na jakich aukcjach herbacianych będzie pani dokonywała sprzedaży?

– W Calicut.

Mężczyzna skinął głową.

– Mam nadzieję, że będę miał przyjemność powitać panią wraz z małżonkiem jako gości w moim domu?

Katrina uśmiechnęła się.

– To my z przyjemnością skorzystamy z pańskiej gościnności, gdy tylko mąż powróci ze swej podróży na północ.

Lockwood, domyślając się widocznie, że Katrina nie potrafi sobie przypomnieć nazwiska rozmówcy i nie chce dać tego poznać po sobie, mrugnął do niej porozumiewawczo. Z kłopotliwej sytuacji wybawiła ją dopiero Ashley, proponując, że zapozna ze swoją znajomą, którą spostrzegła tu przed chwilą.

– Chodzi o narzeczoną Ingrama Frazera – wyjaśniła, kiedy obie już szły w tamtym kierunku.

– To ona ma być ową znajomą? – zapytała z niedowierzaniem Katrina. – Jest śmiertelnie nudna!

– Och, mnie się wydaje dość urocza i taka naturalna.

Młoda kobieta powitała Ashley z widocznym zadowoleniem. Jej narzeczony stał obok niej i kwitował jej radość kpiącym uśmiechem, wodząc przy tym wzrokiem po Ashley i lustrując ją od głowy po rąbek sukni. Ashley nie zauważyła jego natarczywego spojrzenia – albo udawała, że nie zauważa – natomiast Katrina od razu poczuła silną niechęć do tego mężczyzny, znanego jej jedynie z widzenia.

Podczas gdy Elizabeth Falk paplała coś o jakimś incydencie towarzyskim, a Ashley słuchała jej cierpliwie z uprzejmym uśmiechem na ustach, Katrina ukradkiem obserwowała zgromadzonych na przyjęciu gości. Ingram raz po raz przerywał opowieść narzeczonej komentarzami, które mogły nawet w pierwszej chwili wydawać się zabawne i na które Elizabeth niezmiennie reagowała perlistym śmiechem. W rzeczywistości jednak przepełniała je tak zjadliwa ironia, że Katrina aż się skręcała z oburzenia, słuchając beztroskiego śmiechu kobiety i widząc w rozbawionych oczach Ingrama sarkastyczne ogniki. W pewnym momencie przeprosiła całą trójkę i zostawiła ich samych. Może uwaga, jaką Ashley okazywała Elizabeth Falk, nie była pozbawiona pewnej kalkulacji. Panna ta dopiero co wyrosła z wieku dziewczęcego i nie była przyzwyczajona do obracania się w takim towarzystwie jak to, a matka prawdopodobnie przeoczyła moment do przekazania córce stosownych porad.

Katrina nie czuła się tu obco, wyczuwała jednak wciąż pewien dystans. Wprawdzie ludzie nie mogli już jej ignorować tak otwarcie jak dawniej, nie pozwalała bowiem na to pozycja społeczna Aidana, wszelako widać było wyraźnie, że w powszechnym mniemaniu trudno pogodzić obraz Katriny po procesie sądowym z obrazem, jaki powstał po poślubieniu przez nią Aidana. Jej droga życiowa była niezwykła i w żaden sposób nie dawała się wtłoczyć w tradycyjny, znany wszystkim schemat. Nie wiedziano, jak ją traktować. Gorset konwenansów był zbyt sztywny, aby dopuszczał tu jakąś swobodę ruchu.

Katrina włożyła dziś suknię z seledynowego jedwabiu; wiedziała, że jest jej w niej do twarzy. Suknię tę miała gotową dopiero od wczoraj. Żałowała trochę, że Aidan nie widzi jej w niej teraz. Bardziej jednak żałowała, że nie może spędzić tego wieczoru u jego boku. Nie byli razem na wielu balach, ale na tych nielicznych, w których wystąpili we dwoje, Aidan okazał się niezwykle szarmanckim towarzyszem i – co więcej – znakomitym tancerzem, choć twierdził, że nie lubi tańczyć. Jak wyjaśniał, potrafi dobrze tańczyć wyłącznie dlatego, że ojciec nie pominął w jego wychowaniu żadnego punktu ważnego dla pozycji dżentelmena. Niezależnie od tych słów Katrina uwielbiała momenty, w których Aidan z niedbałą elegancją prowadził ją po parkiecie, ściągając na siebie spojrzenia niejednej kobiety.

Opuszczając salę taneczną, skierowała się na galerię z drewnianą podłogą wyłożoną wytwornymi dywanami. Stąd można było przejść do innych świątecznie ozdobionych komnat, jak również do pomieszczeń wypoczynkowych dla kobiet oraz do palarni dla panów. Kręte schody wiodły do holu. Na ścianach zamiast portretów przodków wisiały obrazy przedstawiające krajobrazy w Indiach. Katrina oglądała je z zachwytem i w pewnej chwili przystanęła przed jednym z nich, na którym można było zobaczyć panoramę Darjeeling, tonącą w porannej mgle.

– Chcieliśmy tam kiedyś pojechać, pamiętasz?

Drgnęła na dźwięk dobrze znanego jej głosu.

– Nie obawiaj się – dodał Stephen. – Nie zamierzam stawiać cię w kłopotliwej sytuacji ani napędzić ci strachu.

– A o co ci więc chodzi? – Poczuła, że zaschło jej w gardle. – Mówiłam ci już, że nie mamy sobie nic więcej do powiedzenia! – Jej ręce drżały nieznacznie, serce biło coraz szybciej.

– Chciałem cię przeprosić za moje grubiańskie zachowanie podczas ostatniej wizyty.

Przechyliła lekko głowę.

– Jest także coś innego, za co powinieneś prosić mnie o wybaczenie, jeśli jednak chodzi o tę ostatnią sprawę, jestem skłonna przyjąć twoje przeprosiny. A teraz proszę, zostaw mnie samą.

Stephen najwidoczniej jednak nie zamierzał jeszcze odejść; oparty o ścianę, skrzyżował ręce na piersi.

– Kat, czy nie moglibyśmy uregulować całej sprawy między sobą, bez pośrednictwa adwokatów?

Katrina splotła dłonie, aby ukryć przed nim, jak silnie drżą.

– Porzuć zamysł odebrania mi Caleba, a wtedy nie będą nam potrzebni prawnicy. Mój adwokat twierdzi zresztą, że i tak nie masz szans na wygraną.

– No cóż... – Stephen z ubolewaniem – autentycznym czy udawanym, tego Katrina nie była w stanie ocenić – wzruszył ramionami. – Mój natomiast uznał, że mam realne szanse i one znacznie przewyższają twoje. Jestem biologicznym ojcem Caleba i każdy sędzia o konserwatywnych poglądach przyzna rację mnie, nie tobie.

Katrina odwróciła wzrok od niego.

– Dlaczego mi to robisz, Stephen? – zapytała. – Przecież nigdy nie zaznałeś ode mnie zła. – Spojrzała na niego ponownie i dostrzegła w jego oczach krótki błysk.

– Nie chcę cię skrzywdzić, Kat. Ale przecież możesz mieć dzieci ze swoim mężem.

– Nie chciałeś Caleba.

– Bo wtedy nie wiedziałem jeszcze, że moja obecna żona jest bezpłodna. Gdyby było inaczej, mogłabyś zatrzymać Caleba. Nie chodzi mi o niego, pragnę tylko mieć syna i potomka rodu.

Otoczyła się szczelnie rękoma.

– Naprawdę nie słyszysz, jak okrutnie brzmią twoje słowa? Chciałbyś mi odebrać Caleba tylko dlatego, żeby zrobić z niego figuranta i wynagrodzić sobie fakt, że nie możesz mieć dzieci z inną kobietą?

– Chciałem tylko powiedzieć, że nie chcę ci przysparzać większego bólu – wyjaśnił Stephen. Mimo wszystko nie zatracił jeszcze resztek przyzwoitości, gdyż sprawiał wrażenie zakłopotanego. – Ale ty jesteś teraz przecież szczęśliwa, czyż nie? Twój mąż pochodzi podobno ze znakomitej rodziny.

– Istotnie.

– Słyszałem też, że jego rodzina nie chce się z tobą widzieć i nawet nie przybyła na ślub.

Krew napłynęła jej do głowy wraz z falą palącego gniewu.

– Jak śmiesz, Stephenie?! – rzekła z naciskiem, starając się nie podnosić głosu. – Co mają znaczyć te pytania: jak się czuję i jak mnie traktuje rodzina mego męża? Jak sądzisz, komu zawdzięczam to, że muszę teraz z takim mozołem ratować własną reputację?

Pojednawczym gestem Stephen wzniósł ręce do góry.

– Już dobrze, wybacz mi.

Katrina obróciła się do niego plecami.

– Zostaw mnie wreszcie w spokoju! Powinieneś w końcu pojąć, że twoje próby załatwienia ze mną sprawy Caleba polubownie są z góry skazane na niepowodzenie. Nie rozumiem, dlaczego próbujesz wciąż od nowa?

– Miałem nadzieję, że w końcu dojdziemy do porozumienia.

Nie odpowiedziała, z jej gardła wydarł się tylko krótki śmiech, a właściwie szloch pełen goryczy.

Ashley osuszyła sobie chusteczką czoło. Mimo wieczornego chłodu w domu było bardzo ciepło, dużo też tańczyła. Zegar wybił właśnie pierwszą po północy, ale bal trwał w najlepsze. Jej buty stukały o deski schodów wiodących na galerię, a stamtąd do pokoju wypoczynkowego dla pań. Poza nią nie było tu nikogo i Ashley z góry cieszyła się na moment wytchnienia.

Na jednej ze ścian w pokoju wisiało duże lustro, przed którym poprawiła fryzurę i przypudrowała twarz, nadając jasnej skórze matowe lśnienie. Następnie zatrzasnęła puderniczkę i wsunęła ją do malutkiej torebki balowej. Jeszcze tylko ostatnie kontrolne spojrzenie do lustra, po czym otwarła masywne drewniane drzwi i wyszła z pokoju.

Zamykając za sobą drzwi, dostrzegła Ingrama Frazera. Stał na korytarzu, nie wiedziała jednak, czy zjawił się tu dopiero teraz, czy stoi tak od dłuższego czasu. Trudno było też pojąć, czego tu szuka, ze względów przyzwoitości pokoje wypoczynkowe dla pań znajdowały się w innej części domu niż pozostałe pomieszczenia, do których dostęp mieli wszyscy goście.

– Czeka pan tu na kogoś? – zapytała, widząc, że Ingram nadal stoi bez ruchu. – Nikogo tu nie ma.

Uśmiechnął się pobłażliwie.

– Wiem. – Jego uśmiech objął resztę twarzy. – Muszę tylko trochę ochłonąć. Przy mojej narzeczonej można doprawdę stracić nerwy!

Uwaga była tak dalece nietaktowna, że Ashley wolała ją pominąć milczeniem.

– Mam wrażenie – dodał Ingram – że pani mąż nie ma powodu, aby powiedzieć to samo o pani.

Ashley uniosła wyżej głowę.

– Ja zaś mam wrażenie, że żaden mężczyzna nie powinien wyrażać się w taki sposób o swojej żonie czy narzeczonej w obecności innej kobiety.

– Jeśli chodzi o panią, chyba żaden mężczyzna nie uznałby tego za uzasadnione – odparł Ingram.

– No cóż, dziękuję za ten komplement – mruknęła chłodno Ashley. Nic nie wzbudzało w niej większego niesmaku niż taka prostacka poufałość. Chciała przejść dalej, ale Ingram zastąpił jej drogę, zmuszając, aby przystanęła.

O ile do tej pory czuła jedynie irytację, o tyle teraz intuicja podszepnęła jej, że powinna się mieć na baczności. Podjęła ponowną próbę obejścia go, ale i tym razem nie pozwolił jej przejść.

Uśmiechnął się.

– Skąd pani właściwie pochodzi, pani Allenger-Brown? Och, przypominam już sobie, zdaje się, że z Kalkuty, czyż nie?

Ashley kiwnęła lekko głową.

– Prawdę mówiąc, nie spotkałem jeszcze Angielki o tak ciemnym kolorze włosów – kontynuował Ingram. – Chyba że nie jest pani czystej krwi Angielką. Ale raczej nie? Nie jest pani mieszańcem, nieprawdaż?

Poczuła, jak krew odpływa z jej twarzy.

– Wprawdzie nie powinno to pana obchodzić, ale nie, nie jestem

Euroazjatką. Czy pana ciekawość została tym samym zaspokojona? Przepuści mnie pan teraz?

Ingram nie ruszał się z miejsca.

– Nie zakładam nawet, że ośmieliłaby się pani wkraść jako Euroazjatka w grono tak szacownego towarzystwa, z pewnością jest pani wiadomo, że gdyby taki postępek wyszedł na jaw, kariera pani męża ległaby w gruzach. – Na jego wargach ponownie zakwitł uśmiech.

Ashley zaczerpnęła głęboko powietrza i wypuściła je z powrotem.

– Nie wiem, co by to pana mogło obchodzić, nawet gdyby tak było, ale…

– Obchodzi mnie o tyle, że nawiązała pani, jak zauważyłem, bliższy kontakt z moją narzeczoną. Ale, jak już wspomniałem, nie zakładam w ogóle takiego zamiaru z pani strony.

– Cieszy mnie to. – Ashley pokusiła się o nutę sarkazmu w głosie, o co w jej obecnym położeniu nie było wcale łatwo.

Ingram nadal tkwił w miejscu.

– Proszę mi zdradzić – zapytał jakby mimochodem – czy pani mąż sypia z panią co noc? Ja bym tak robił.

Ashley była typem kobiety, którą niełatwo zbić z pantałyku, ale w tym momencie krew uderzyła jej do głowy.

– Wypraszam sobie! – Powiedziała to ostrym tonem, ale miała wrażenie, że w jej głosie zabrakło mimo wszystko odpowiedniej mocy.

– Spokojnie, nie ma potrzeby tak się krygować! – uśmiechnął się Ingram. – Rozmawiamy w cztery oczy, oboje jesteśmy dorośli i doświadczeni w tych sprawach. Po cóż więc ta wstydliwość?

– Jak widzę, pofolgował pan sobie z alkoholem, zachowam zatem ten incydent dla siebie, jeśli zejdzie mi pan z drogi.

– A jeśli tego nie zrobię? Co wtedy? Zacznie pani krzyczeć?

Sięgnęła wzrokiem w głąb korytarza, w nadziei, że pojawi się tam ktoś, kto wybawi ją z opresji. Ingram zapewne pomyślał o tym samym, bo podszedł bliżej, pochwycił ją za rękę i zaciągnął pod okno w wykuszu. Zanim jeszcze zdołała stawić opór, objął ją i przytulił do siebie.

– Załóżmy, że ma pani jednak coś do ukrycia, a ja znam ten sekret – wyszeptał jej do ucha. – Mogłaby pani liczyć na moją dyskrecję…

Usiłowała odepchnąć go od siebie, ale bezskutecznie.

– Jeśli nie puści mnie pan natychmiast, to…

– No? To co wtedy? – Ingram przesunął dłonią po jej włosach, obejmując ją nadal drugą ręką.– Jak mi Bóg miły, nie jest pani Angielką czystej krwi…! Możliwe, że większość tutejszych nie potrafi odróżnić Angielki od mieszańca, ja jednak znałem dostatecznie wiele kobiet, aby wiedzieć, kiedy mam do czynienia z mieszańcem. – Przyciągnął ją mocniej do siebie. – Pragnę pani tak gorąco! Choćby na jedną noc – wyszeptał. – Jedną jedyną noc. Nikt się nie dowie.

Stała spokojnie, jakby godziła się na jego umizgi, a kiedy złagodził uścisk, zadała mu nieoczekiwanie tak silny cios, że aż się zatoczył do tyłu i ją puścił.

– Nie, nigdy! – krzyknęła.

Odgarnął sobie włosy z czoła i wlepiając w nią szkliste z niepohamowanej żądzy oczy obłapił ją tak zachłannie, że jęknęła przerażona. Gorączkowo począł szukać ustami jej ust, jedną ręką obejmując jej ramiona, a drugą przyciągając głowę. Usiłowała odwrócić twarz, uniosła ręce, aby go odepchnąć, ale w tym momencie Ingram niespodzianie odsunął się od niej.

Ashley dyszała ciężko, serce waliło z całej siły, niemal sprawiając ból. Ingram puścił ją tak raptownie, że omal nie straciła równowagi. Mając nadzieję, że się opamiętał, postanowiła wykorzystać ten moment i uciec, ale przytrzymał ją za rękę i przygniótł całym sobą do ściany.

– I co teraz? – zapytała Ashley. Jej głos drżał niepowstrzymanie. – Chce mnie pan posiąść siłą?

Uniósł jej ramiona i przytrzymując nad głową jedną ręką, począł sunąć drugą po jej ciele, śpiesznie i zachłannie, jakby pragnął dotknąć za jednym zamachem jak najwięcej. Zamknęła oczy, z trudem powstrzymując łzy, ale Ingram ponownie puścił ją i cofnął się o krok.

– No cóż – powiedział – nie tak to sobie wyobrażałem. – Świdrował ją wzrokiem, mrużąc oczy. – Do tej pory zdobywałem każdą kobietę, na którą nabrałem ochoty, zamężną czy nie. Nie miałaby pani powodu do narzekań, zapewniam.

Nie wierząc własnym uszom, Ashley zamrugała powiekami, następnie zadygotała gwałtowne, jakby jej ciało musiało jakoś zademonstrować swoją odrazę.

– Opowiem o tym wszystkim mężowi.

– Doprawdy? A jak zamierza pani udowodnić swoją wersję wydarzeń? Jeśli piśnie pani mężowi choć słówko na temat tego przykrego incydentu, rozpowiem, komu się da, że oddała mi się pani, dobrowolnie, ma się rozumieć.

Ashley roztarła sobie ramiona. Nie była tak naiwna, aby sądzić, że ludzie dadzą większą wiarę jej słowom niż jego. A gdyby rozeszła się plotka tego rodzaju, zrujnowałaby reputację nie tylko jej, lecz również Nicolasa.

– To jak, doszliśmy do porozumienia? – zapytał Ingram.

Zamiast odpowiedzieć, spuściła oczy.

– Doskonale. – Poprawił na sobie ubranie. – Jak już mówiłem, przystając na tę drobną przygodę ze mną, nie miałaby pani powodu do narzekań. Raczej będzie żałować, że tego nie zrobiła.

Ashley uniosła głowę.

– Nie sądzę.

– Nie lubię być odtrącany – dodał, po czym odwrócił się i oddalił spokojnym krokiem.

Przez dłuższą chwilę nie ruszała się z miejsca. Serce biło coraz spokojniej. Odetchnęła głęboko, choć w głowie kołatały się gorączkowe myśli. Czy opowiedzieć o wszystkim Nicolasowi, czy lepiej zachowywać się tak, jakby nic się nie wydarzyło? Wygładziła suknię i dotknęła dłonią fryzury. Co by zrobił Nicolas? Napastowanie kobiety z użyciem siły z mocy prawa podlegało karze, o ile czyn ten dało się udowodnić. Kara za próbę gwałtu wynosiła do roku pozbawienia wolności, ale Ingram miał zapewne rację: bez świadków i dowodów raczej nie mogła się spodziewać, że sąd da wiarę jej zeznaniom. I w końcu to ona zapłaciłaby za wszystko.

Niepewnym krokiem wyszła spod okna na korytarz, minęła galerię i zeszła na dół. U wejścia na salę balową przystanęła i powiodła wzrokiem po tłumie gości. Nicolas stał przy bufecie, tocząc z kimś dyskusję. Jakby czując na sobie jej spojrzenie, uniósł głowę i się do niej uśmiechnął. Odwzajemniła uśmiech, choć nie przyszło jej to tak łatwo: nie mogła się oprzeć wrażeniu, że przez dotyk Ingrama między nią a Nicolasa wkradło się coś nieopisanie brudnego.

*

Dopiero późnym popołudniem Katrina wróciła z obchodu plantacji herbaty, gdzie nadzorowała sadzonkowanie nowych roślin. Była połowa października i do następnych zbiorów zostały niecałe dwa miesiące. Miała właśnie wejść do domu, kiedy ujrzała Caleba wybiegającego ze stajni.

– Mamo, mamo! Mam kucyka! – zawołał. Za chłopcem wyszedł Aidan, z rękami w kieszeniach i z młodzieńczym uśmiechem na ustach. Jej serce zabiło mocniej.

– Kiedy wróciłeś? – zapytała, zamiast się przywitać. Pogładziła Caleba po głowie, on jednak, cały podekscytowany, pociągnął ją za rękę do stajni.

– Pół godziny temu – odparł Aidan. – Nie było cię w domu, a Caleb nie dawał mi spokoju, odkąd mnie zobaczył. – Mrugnął do niej.

– Naprawdę kupiłeś mu kucyka?

– Przecież obiecałem, czyż nie? – Roześmiał się. – Tylko nie rób takiej zmartwionej miny. Po raz pierwszy siedziałem w siodle w wieku zaledwie trzech lat.

Te słowa nie zdołały uśmierzyć jej obaw.

– Może niech tylko go pogłaszcze na początek… – szepnęła.

– Moja droga, jak widać, nie masz o świecie mężczyzn zielonego pojęcia – zauważył Aidan z szelmowskim uśmiechem. Wziął Caleba na ręce. – To jak, pokażemy mamie jutro, jak się prezentuje w siodle prawdziwy jeździec?

– Dzisiaj! – zawołał Caleb błagalnym tonem.

Katrina skrzyżowała ręce na piersi, dając za wygraną.

W stajni Aidan opuścił chłopca na ziemię, a ten natychmiast podbiegł do boksu, w którym stał mały kudłaty kucyk o siwej sierści i gęstej grzywie. Na widok Caleba wystawił głowę ponad drzwiczki boksu i parsknął, poszturchując lekko chłopca chrapami. Nie stawiał najmniejszego oporu, kiedy ten mierzwił mu grzywę, znosząc to cierpliwie, w zamian zaczął skubać kaftanik Caleba.

– Wielki Boże! – jęknęła Katrina, załamując ręce.

– Nie denerwuj się – uspokoił ją Aidan. – Kuc ma jedenaście lat i zdążył się przyzwyczaić do małych dzieci. Poprzedni właściciel uczył na nim swego syna konnej jazdy. Jest cierpliwy jak osioł.

– Osioł też potrafi kopnąć.

Aidan uniósł brwi.

– Na dziś wystarczy – zwrócił się do Caleba.

Chłopiec podniósł głośny lament, a ponieważ nie odniosło to skutku, wygiął usta w podkówkę. Widząc, że zanosi się na ostre protesty, Aidan ukląkł obok niego.

– Jeśli będziesz grzeczny, jutro z samego rana dosiądziesz kucyka. Pamiętaj, że ma on za sobą długą podróż i na pewno jest zmęczony.

– Może jest śpiący? – zapytał Caleb, zapominając o płaczu.

– Z pewnością. A jeśli nie wypocznie, jutro zabraknie mu sił na przejażdżkę.

Caleb zawahał się, po czym pogłaskał kuca po czole.

– Śpij dobrze – powiedział.

W domu Katrina zaprowadziła go na górę do pokoju *ayah*. Chłopiec nie przestawał paplać o kucu. Obmyślił już dla niego imię – Siwek – nie bacząc na protesty Katriny, która twierdziła, że konik z pewnością już się jakoś nazywa. Kiedy wreszcie znalazł się w swojej sypialni, pocałowała go i przytuliła czule.

Na korytarzu spotkała Aidana, który zmierzał właśnie do jej pokoju. Przystanęła.

– Właściwie nie przywitałam się jeszcze z tobą jak należy.

– To przez tę matczyną troskę, która przesłoniła ci cały świat... – Na jego ustach zakwitł figlarny uśmieszek. – Pomyślałem przed chwilą, że najwyższa pora nadrobić tę stratę. – Dotknął dłonią jej policzka i musnął kciukiem delikatną skórę pod okiem, następnie nachylił się i pocałował ją krótko, niemal przelotnie. – Nieźle, jak na początek – mruknął. Ponownie nachylił się do jej ust, a jego ramiona objęły ją mocno. Nie rozluźniając uścisku, wepchnął ją do pokoju i nogą zatrzasnął za sobą drzwi.

– Boli? – Delikatnie przesunęła palcami po bandażu na jego prawym ramieniu.

– Tylko jeśli się mocniej naciśnie.

Katrina przytuliła się do niego całym ciałem.

– Jak to się stało?

– Drobna nieuwaga.

Zmierzchało, w sypialni zapanował zmrok. Katrina nie wiedziała nawet, jak wiele minęło czasu, na to jednak, aby zapalić lampę i spojrzeć na zegar, nie miała teraz ochoty.

– Byłeś w Darjeeling? – zapytała.

– Bardzo krótko.

– Opowiesz mi jutro, jak przebiegły spotkania z kupcami?

Mruknął potakująco i pogłaskał ją po głowie.

– Ach, prawda! – zawołała Katrina. – Zanim zapomnę... Kilka dni temu przyszedł do ciebie list z Bombaju.

Aidan poderwał się tak gwałtownie, że Katrina osunęła się na poduszkę.

– Z Bombaju? Gdzie ten list?

Z głębokim westchnieniem obróciła się i zapaliła umieszczoną przy łóżku lampę gazową.

– Na sekretarzyku.

Aidan sięgnął po szlafrok i podniósł się, odsunął krzesło ustawione przy biurku, usiadł, po czym złamał pieczęć na kopercie. Po chwili rzucił list niedbale na stolik.

– To zaproszenie na ślub mojej najmłodszej siostry – wyjaśnił. Wstał i wrócił do łóżka. – Mogę chyba, jak mam nadzieję, założyć, że ten list to próba przeprosin i oznaka, iż moja rodzina zdecydowała się w końcu cię zaakceptować.

– A... to zaproszenie dotyczy również mnie? – zapytała z wahaniem Katrina.

– Jesteś moją żoną, zatem zaproszenie wystosowane do mnie dotyczy też ciebie. I tyle. – Zmarszczka na czole świadczyła jednak, że jego spokój jest pozorny.

– Nie wyglądasz wcale na uradowanego – zauważyła.

– Tak ci się tylko zdaje.

Po tonie poznała, że dalsze pytania nie miałyby sensu. Wstała i ubrała się.

– Dokąd idziesz?

– Do Caleba. Nie życzyłam mu dobrej nocy.

– Sądzisz, że jeszcze nie zasnął?

Rzuciła okiem na zegar.

– Tak, od godziny powinien już spać, ale na wszelki wypadek zajrzę do niego.

Wyszła na korytarz, czując znajome uczucie przygnębienia. Nie była w stanie zbliżyć się do niego i nie mogły tego zmienić nawet najintymniejsze momenty w ich pożyciu. Coś tkwiło niezmiennie między nimi jak zadra, coś, co nadal przed nią tail, czuła to wyraźnie. Co gorsza, tym razem nie było go w domu naprawdę długo, o kilka tygodni dłużej niż podczas pierwszej podróży na północ. I chociaż wiedziała, że droga była męcząca i musiała tyle trwać, nie podobało jej się to wcale. Nawet jeśli miała świadomość, że tym razem dobrze wykorzystała miesiące jego nieobecności.

Tak jak się tego spodziewała, Caleb już spał. Mimo że był należycie okryty, poprawiła kocyk, delikatnie pocałowała go w pucołowaty policzek i pieszczotliwie przesunęła palcem po jego dłoni leżącej na poduszce, a potem zawahała się: zamiast wstać i wrócić, pozostała jeszcze trochę w sypialni syna, siedząc na brzegu łóżka.

Kiedy piętnaście minut później wróciła do swego pokoju, Aidan siedział przy sekretarzyku nad kilkoma listami, wśród których Katrina rozpoznała pisma od adwokatów Stephena i swojego. Odetchnęła głęboko.

– Kiedy chciałaś mi o tym opowiedzieć? – zapytał Aidan.

– Nie tej nocy.

Ułożył listy przed sobą, wyprostował je.

– Czy znowu się tutaj zjawił?

– Nie...

Aidan spojrzał na nią wyczekująco.

– Ale? – podpowiedział, kiedy zamilkła.

– Podszedł do mnie na balu, usiłując namówić do zmiany zdania.

– Chcesz, abym się tym zajął?

Potrząsnęła głową.

– Tym zajmie się już nasz adwokat. – Zerknęła na niego i widząc, że marszczy posępnie czoło, zapytała: – Masz coś przeciw temu, że z nim rozmawiałam?

– Nie mogę ci zabronić utrzymywania kontaktów towarzyskich, jeśli nie przekraczają one pewnych norm.

Oparła się o kant sekretarzyka.

– Stephen nie zachowywał się niegrzecznie czy jakoś tak... – Spuściła oczy na dłonie. – Był prawie taki jak dawniej... Może myślał, że dam się przekonać, jeśli będzie się zachowywał uprzejmie, nie wywierając na mnie nacisku.

– Czy wspominasz czasem tamten okres spędzony z nim?

Zawahała się.

– Jest dobrze tak, jak jest.

Zdał sobie sprawę, że Katrina unika jednoznacznej odpowiedzi.

– Ale czy tęsknisz niekiedy za tamtym czasem? – Nie dawał za wygraną. – Czy nigdy nie marzysz, aby wszystko było znowu jak dawniej, zanim cię opuścił?

Tym razem nie odpowiedziała od razu. Pytania wydały jej się dziwne, podobnie jak sposób, w jaki zostały zadane. Zdumiona uzmysłowiła sobie, że Aidan jest chyba zazdrosny. Na samą myśl o tym jej serce wykonało nagły skok, w ostatniej chwili powstrzymała się od uśmiechu; z uwagi na mroczną minę Aidana byłby on nie na miejscu.

– Nie mogę sobie życzyć, aby było jak dawniej – odrzekła z namysłem – bo nad wszystkim wisi cień tego, co Stephen uczynił. Widzę teraz wyraźnie, że nie mógł mnie kochać, skoro był w stanie postąpić ze mną w taki sposób.

Aidan nie odpowiedział, a ona spojrzała na list z Bombaju. Było to oficjalne zaproszenie, nie zaś normalny list. Wyciągnęła rękę, podniosła kartkę i obróciła ją, spodziewając się znaleźć na odwrocie choć kilka zdań utrzymanych w tonie bardziej osobistym i ciepłym.

– Nie ma tam nic więcej – odezwał się Aidan, śledząc wzrokiem ruchy jej ręki.

– A więc jednak nie jest to pojednanie? – zapytała.

– No cóż, nie wiem, czy zostałem zaproszony, bo tak wypadało i ojciec spodziewa się, że i tak nie przyjadę, czy też jest to istotnie ręka wyciągnięta na zgodę. Na ile jednak go znam, mogę założyć raczej to drugie rozwiązanie. Ojciec stara się wprawdzie zawsze zważać na to, co należy do dobrego tonu, ale nie aż do tego stopnia, żeby ryzykować, że mógłby ujrzeć mnie pod swym dachem, gdyby w rzeczywistości wolał tego uniknąć.

Katrina musnęła dłonią jego ramię, a kiedy Aidan drgnął gwałtownie, cofnęła ją pośpiesznie.

– Boli?

– Pytałaś już o to – odparł szorstko, po chwili jednak, jakby żałując swojej reakcji, ujął jej dłoń i przyłożył sobie do policzka.

*

Wizyta kapitana Maddoxa miała pozory zwykłego spotkania towarzyskiego starych znajomych. W rzeczywistości przebywał on właśnie w Nilgiri na krótkim urlopie wypoczynkowym – co Aidan przyjął do wiadomości z umiarkowanym zadowoleniem – i postanowił wykorzystać tę okazję do udzielenia podwładnemu zaległej reprymendy, której ten tylko dlatego unikał tak długo, że nie spotkali się w Śimli.

Maddox, z rękami założonymi do tyłu, stał przed jakimś obrazem, kiedy Aidan wszedł do salonu i zamknął za sobą drzwi.

– Sir – rzekł sucho.

Ten odwrócił się i zmierzył go surowym wzrokiem.

– Ach, podporucznik Landor. Więc w końcu jednak był pan łaskaw stawić się przede mną, choć w Śimli nie uznał za stosowne poczekać na moje przybycie.

– Nie otrzymałem żadnego oficjalnego rozkazu, aby czekać tam dłużej niż dwa tygodnie, sir.

– Zostałem zatrzymany w drodze do Kalkuty, jak zapewne pan wie. Niemniej rozkaz brzmiał: czekać.

Aidan skinął głową.

– Bardzo mi przykro, sir, ale rozkaz brzmiał: pozostać w Śimli do dwudziestego sierpnia.

Nieznacznym gestem dłoni Maddox przerwał mu.

– Pozostać w Śimli, aby spotkać się ze mną – sprostował. – Cóż to za dzielenie włosa na czworo?! Zresztą mniejsza o to. Jest poważniejsza sprawa. Ponownie wpłynął meldunek o dwóch białych, którzy zastrzelili trzech Hindusów w trakcie obrzędowego pochówku i na domiar złego weszli w butach na teren dla tamtych święty.

– To nieprawda, sir. Żaden z nas nie popełnił takiego świętokradztwa. Zresztą w pobliżu nie było żadnej świątyni czy czegoś takiego.

Maddox potrząsnął głową.

– W miejscu, gdzie według raportu doszło do tego zdarzenia, z pewnością znajduje się świątynia. Tak czy owak, sprawa wywołała nieprzyjemny rezonans. Gdyby miało się okazać, że przebywając w Śimli jako brytyjski oficer, może pan zostać rozpoznany, nie mógłbym dłużej korzystać z pańskich usług zwiadowcy.

– Rozumiem, sir.

Po twarzy Maddoxa przemknął lekki uśmiech.

– Nie wątpiłem w to ani przez chwilę, podporuczniku.

Obaj spojrzeli na drzwi, przez które nieoczekiwanie weszła Katrina. Stanęła jak wryta, zaskoczona widokiem nieznajomego.

– Wybacz, nie wiedziałam, że masz gościa – powiedziała.

Chcąc nie chcąc, Aidan przedstawił ją Maddoxowi, który skłonił głowę i uśmiechnął się szarmancko. Katrina, najwyraźniej ujęta jego kurtuazją, odwzajemniła uśmiech.

– Mam nadzieję, że nie przeszkodziłam – zwróciła się do Aidana.

– Bynajmniej, pani Landor – odparł zamiast niego Maddox. – Jesteśmy starymi znajomymi z Kalkuty.

– Doprawdy? – Katrina ponownie spojrzała na Aidana i przeniosła wzrok na gościa. – Proszę usiąść. Czy mąż nie zaproponował panu herbaty?

Maddox, z trudem powstrzymując uśmieszek, zerknął przelotnie na Aidana.

– Jak dotąd, niestety, nie.

Katrina zadzwoniła na służbę i kazała podać herbatę i ciastka, podczas gdy Aidan starał się nie zwracać uwagi na ledwie skrywaną przez przełożonego satysfakcję z takiego obrotu sprawy. Maddox musiał mieć poczucie, że nie jest tu mile widziany, a jednak najwyraźniej upajał się sytuacją.

– Służył pan w wojsku z moim mężem?

– Oczywiście – odparł Maddox.

Katrina zarzuciła go pytaniami o życie w Kalkucie, a Maddox, nie dając się prosić, zaczął jej opowiadać o mieście. Aidan przyglądał się im obojgu, mrużąc oczy. Zazdrość była mu z gruntu obca, nie czuł jej nawet wobec Sity, która zajmowała wyjątkowe miejsce w jego życiu. Teraz jednak uświadomił sobie, że zainteresowanie okazywane Maddoxowi przez Katrinę zaczyna go uwierać. Ten zresztą nie usiłował ani przez chwilę wciągnąć Aidana do rozmowy, całą uwagę kierując z galanterią ku Katrinie. Dopiero kiedy wstała, aby napełnić filiżanki herbatą, rzucił Aidanowi kilka zdawkowych pytań na temat uprawy herbaty. Katrina mogłaby udzielić na nie bardziej kompetentnej odpowiedzi niż on, co zresztą uczyniła, widząc, że wyjaśnienia męża są mgliste. Dalszą część rozmowy na temat Nilgiri, herbaty i górskich letnisk Maddox wiódł znowu z Katriną.

– Śimla z pewnością przypadłaby pani do gustu – powiedział. – To prawdziwa perła w górskim krajobrazie.

– Jak tylko okoliczności na to pozwolą, wybierzemy się na północ już wspólnie – oświadczył Aidan, co Katrina przyjęła z widoczną radością.

Maddox odstawił filiżankę, która brzęknęła cicho.

– Było mi bardzo miło poznać panią – rzekł, podnosząc się z miejsca.

Odprowadzając go do drzwi, Katrina wspomniała o przyjęciu, które zamierzała wydać w połowie listopada, i zaprosiła go na nie serdecznie.

– O ile wiem, kapitana Maddoxa nie będzie już wtedy w Ooty – wtrącił się do rozmowy Aidan.

Jednak Maddox z czarującym uśmiechem zapewnił, że z przyjemnością przedłuży pobyt o kilka dni. Poinformował też, że zatrzymał się w hotelu Empire, a Katrina obiecała, że prześle tam zaproszenie. Aidan, zgrzytając zębami, pożegnał gościa.

Kiedy w końcu drzwi się za nim zamknęły, Katrina spojrzała na męża.

– Coś nie w porządku?

Nie mógł jej wyznać, że z Maddoxem nie są na przyjacielskiej stopie, a tamten jedynie wykorzystał okazję do przedłużenia wizyty. Odchrząknął więc tylko, zakłopotany, i potrząsnął głową. Katrina zerknęła na niego podejrzliwie, nie drążyła jednak tematu i po chwili całą jej uwagę zajęła inna sprawa: Caleb zaczął się domagać nauki jazdy konnej, z czym ona nadal w żaden sposób nie potrafiła się pogodzić.

15

Utakamand, listopad 1876

Listopad, pomyślała z niedowierzaniem Gillian. Aż dziw, że tak wygląda jesień w tym samym kraju, w którym leży Kalkuta. Odkąd opuściła dom, upłynęły już co najmniej dwa lata. Potarła sobie nadgarstek, na którym widniał fioletowy siniak, ślad po wczorajszej nocy spędzonej z Ingramem. Ich związek dobiegał końca i Gillian zastanawiała się poważnie, co tak naprawdę powstrzymuje ją przed uczynieniem ostatniego kroku.

Ukośne promienia słońca przebijały przez korony drzew okalających jezioro i Gillian, popatrując na rozedrganą złotymi błyskami światła taflę wody, musiała wreszcie przyznać w duchu, że obawia się samotności. Nie miała w tym mieście żadnych przyjaciół. Kobiety, które poznała, albo nie należały do jej klasy społecznej, albo uznała je za zwykłe nudziary.

Oparła się plecami o pień drzewa i z wysoko zadartą głową spojrzała w górę. Niekiedy ogarniała ją tęsknota za domem, ale nigdy tak silna, aby mogła skłonić do powrotu do Kalkuty. Strach przed hańbą był silniejszy.

Pagórkowaty krajobraz wokół przemienił się teraz w jej wyobraźni w dolinę Gangesu, gdzie przez Kalkutę toczy swe wody Hugli, żółta wstęga, która przecina ziejące żarem miasto. Na stopniach wiodących ku rzece siedzieli ludzie, wędrowni asceci *sadhu*, żyjący ściśle według zasad religii, kapłani, kobiety w barwnych sari, a pomiędzy nimi Europejczycy o twarzach ogorzałych od słońca. Powietrze niosło woń śmieci, ryb, przypraw i kadzideł, a ona, Gillian, znajdowała się w towarzystwie służącego na bazarze, gdzie oglądała bele materiału. Chciała kupić coś odpowiedniego do warsztatu krawieckiego ojca, gdy wtem dostrzegła tego mężczyznę o blond włosach, który targował się o cenę naszyjnika na sąsiednim straganie. Kiedy przechodziła obok niego, spojrzał na nią, potem jednak zwrócił się ponownie do handlarza. Następnego ranka – Gillian wyszła akurat z domu na zakupy – znów go ujrzała. Stał oparty o ścianę, naprzeciw domu jej rodziców, i wyciągnął ku niej dłoń z tamtym naszyjnikiem, mówiąc przy tym:

– Chodzę za panią już od trzech dni.

Potem niejednokrotnie nachodziła ją myśl, że powinno było ją to wystraszyć, ale w tamtym momencie, kiedy spojrzała na niego i niemal machinalnie wyciągnęła rękę po naszyjnik, nie mogła postąpić inaczej. Mężczyzna uśmiechnął się i położył ozdobę na jej dłoni. Pierwszy krok ku otchłani przepaści został uczyniony.

Zalane słońcem miasto przekształciło się na powrót w krainę o łagodnych wzgórzach i wieczornym chłodzie. Zadygotała. Zamknęła i przetarła oczy, czując, jak ogarnia ją bolesny smutek.

– Dobrze się pani czuje? – odezwał się nagle czyjś męski głos, tak blisko niej, że drgnęła przerażona. Nie słyszała wcześniej zbliżających się kroków.

– Proszę mi wybaczyć – powiedział mężczyzna. – Pomyślałem tylko…

– Nie – przerwała mu śpiesznie Gillian, poznając przybysza. Był nim Charles Ramsay. – Nie ma pan za co przepraszać. Ja… po prostu się zamyśliłam.

Patrzył na nią bacznie.

– Może wolałaby pani usiąść? – Wskazał ręką na stojącą nieopodal ławkę.

– Nie… nie, dziękuję. – Gillian gorączkowo, jakby chaotycznie, wygładzała spódnicę. – Naprawdę… nic mi nie jest.

– Cóż, w takim razie… – Charles nie wydawał się przekonany. – A może przynajmniej odprowadzę panią do domu? Niebawem się ściemni, a kobieta nie powinna przebywać tu sama o tak późnej porze.

Od dawna już żaden mężczyzna nie okazał jej takiej życzliwości i Gillian nie wiedziała, co odrzec. Kiwnęła więc tylko głową, a kiedy Charles podał jej ramię, wsparła się na nim.

Drogę do jeziora okalał szpaler cyprysów, w których cieniu topniały resztki dnia. Gillian nie odrywała wzroku od ziemi, zastanawiając się, co skłoniło tego mężczyznę, który kroczył teraz obok niej, do odprowadzenia jej do domu. Z pewnością pamiętał jeszcze tamten incydent z Ingramem w herbaciarni. Nie miała też złudzeń, za jaką kobietę ją wtedy uznał. Może ta życzliwość ma coś wspólnego z tym, że pracuje u jednego z jego klientów?

– Skąd pani pochodzi? – Głos Charlesa zabrzmiał przyjemnie w ciszy wieczoru.

– Z Kalkuty – odparła i umilkła, nie wiedząc, czy to pytanie zostało zadane wyłącznie z grzeczności, czy może jednak miało być próbą podjęcia rozmowy. Nie chciała sprawić wrażenia gadatliwej.

– Podoba się pani tutaj? – zapytał znowu Charles. – Mieszkańcy Kalkuty jeżdżą zazwyczaj do Śimli, nieprawdaż?

– Owszem, podoba mi się tu. – Gillian zawahała się. – Nigdy przedtem nie byłam w letnisku w górach. – Tym samym przyznała, że nie należy do tej samej klasy społecznej co on – klasy, która może sobie pozwolić na spędzanie sezonu letniego w górach.

Ale Charles taktownie pominął ten wątek rozmowy, zaczął natomiast opowiadać o Śimli i Ooty, miejscowościach, które upodobał sobie najbardziej. Sposób, w jaki mówił, ani razu nie wprawiając jej w zakłopotanie, świadczył wyraźnie, że odebrał staranne wychowanie, które pozwalało mu wieść tego typu konwersację swobodnym, gawędziarskim tonem i traktować ją uprzejmie, jakby miał przed sobą osobę równą mu stanem.

Na tyłach herbaciarni znajdowało się osobne wejście, niegdyś przeznaczone dla służby, teraz jednak zastrzeżone wyłącznie dla Gillian. Tam właśnie przystanęła i odwróciła się do Charlesa.

– Z całego serca dziękuję – powiedziała.

Skłonił lekko głowę.

– Było mi bardzo miło. – Uśmiechnął się.

Podała mu rękę i poczuła ciepły uścisk jego dłoni. Na moment opuścił wzrok i uśmiech znikł z jego twarzy. Znowu spojrzał na jej rękę i zamiast puścić ją, uniósł trochę wyżej, tak że blask światła z domu padł na jej nadgarstek, pomiędzy mankiet rękawa i rękawiczkę. Na jasnej skórze odznaczały się wyraźnie sinofioletowe plamy. Bez słowa puścił jej rękę, a Gillian cofnęła się o krok, wyciągnęła klucz, wsunęła do zamka i otworzyła drzwi. Jak przystało na dżentelmena, odczekał chwilę i dopiero, kiedy weszła do środka, mruknął: – Dobranoc – po czym ruszył w swoją stronę. Gillian zamknęła za sobą drzwi i oparła się o nie plecami, walcząc ze łzami, które niepowstrzymanie napływały jej do oczu.

Nocne powietrze przepajał zapach eukaliptusa, z jakiejś odległej świątyni dobiegały przytłumione, ciche dźwięki muzyki. Nieliczni przechodnie zdążali to tu, to tam; głównie Anglicy, którzy wracali z wieczornych spotkań albo po prostu wyszli pooddychać świeżym powietrzem.

Katrina szła wsparta na ramieniu Aidana, przytulona do niego całym smukłym ciałem. Spędzili miły wieczór na przyjęciu i w połowie drogi powrotnej odesłali powóz do domu, aby przejść się pieszo. Słuchając Katriny i raz po raz wtrącając jakiś komentarz, Aidan wyobrażał sobie, jak najchętniej spędziłby resztę wieczoru. Od pewnego czasu uświadamiał sobie ku własnemu zdumieniu, jak bardzo przywykł do osiadłego trybu życia, co więcej: że polubił już ten styl. Z Katriną łączyła go obecnie jakaś trudna do pojęcia zażyłość, coś niezmiernie kruchego, do czego musiał się odnosić z wyjątkową troską. Niejednej nocy, kiedy leżał w łóżku, podczas gdy ona spała w jego ramionach, tuląc się doń z bezgraniczną ufnością, dręczyło go poczucie, że nie zasłużył na takie oddanie.

Wieczorną ciszę mąciły czyjeś stłumione głosy przeplatające się z dźwięcznym chichotem. Dwoje młodych ludzi, nachylonych ku sobie głowami, spacerowało drogą, gawędząc półgłosem, grupka elegancko odzianych młodzieńców zdążała dokądś, zapewne w pogoni za dalszymi rozrywkami, i niechcący potrąciła mijanego właśnie starszego pana, który rozeźlony pogroził im laską. Krzyczał przy tym coś o zepsutej młodzieży, na co ci zareagowali śmiechem, po czym przeprosili i ruszyli dalej.

Aidan i Katrina szli pod górę drogą obrośniętą z obu stron paprociami, tonącą w niemal całkowitych ciemnościach. Pod wpływem impulsu Aidan obrócił się, aby pocałować Katrinę, nastrajając ją do tego, co zamierzał kontynuować za chwilę w domu, ona jednak wydała nagle okrzyk zdumienia.

– Dlaczego w domu palą się tak licznie lampy? – zawołała.

Aidan zmrużył oczy. Ogarnęły go złe przeczucia, nie chcąc jednak trwożyć Katriny, raczej zdziwionej teraz niż przerażonej, zachował milczenie, przyśpieszył jedynie kroku.

W holu wybiegła im naprzeciw Amba, *ayah* Caleba, cała roztrzęsiona i zalana łzami.

– Co się stało? – zapytał Aidan, zanim jeszcze Katrina zdążyła coś powiedzieć.

– *Sahibie*... – Amba znowu wybuchnęła płaczem. – Nie możemy nigdzie znaleźć *sahiba* Caleba!

Katrina stanęła jak wryta, nagłym ruchem zabrała dłoń z ramienia Aidana i postąpiła ku Ambie.

– Co znaczy, nie możecie go znaleźć? – Jej głos załamał się i Aidan kojącym gestem natychmiast objął ją ramieniem. Odtrąciła jego rękę i podbiegła do schodów. – Przeszukaliście dobrze całą górę? Wiesz przecież, że on lubi bawić się w chowanego.

– Tak, *memsahib* – szepnęła Amba.

Widząc, że Katrina jest już strzępkiem nerwów, Aidan podjął przesłuchanie.

– Gdzie byłaś z chłopcem, kiedy zniknął?

– W ogrodzie – odparła Amba. – Tak jak zawsze po południu.

– Czy to znaczy, że nie ma go już przez całe popołudnie, a ty nie powiadomiłaś nas o tym? – Głos Aidana brzmiał podejrzanie spokojnie.

– Myślałam, że się gdzieś schował.

Katrina stała u podnóża schodów, z jedną ręką na poręczy, a drugą przyciskając do brzucha. Oczy miała szeroko otwarte, twarz białą jak papier, oddychała gwałtownie.

– Chcę zobaczyć tu całą służbę – oświadczył Aidan. – Natychmiast.

Katrina spojrzała na niego.

– Czy nie powinniśmy lepiej...

– Pójść go szukać? – wpadł jej w słowo Aidan. – A gdzie byś chciała zacząć szukać? – Podszedł bliżej i położył jej dłoń na ramieniu. Tym razem zaakceptowała ten gest.

Po chwili cała służba ustawiła się w holu, a Aidan zapytał, kto widział Caleba ostatni. Ogrodnik, *mali*, zeznał, że widział dziecko bawiące się z Ambą w ogrodzie. Aidan mierzył badawczym wzrokiem cały personel, kobiety w prostych sari, mężczyzn w białych szatach, stojącego obok nich *chuprassi*, przepasanego szeroką czerwoną szarfą, a także stajennych i pomocników kuchennych. *Khansana* stał w pewnym oddaleniu, świadom swojej roli przełożonego nad całą służbą.

– Nikt inny nie widział młodego *sahiba*? – zapytał ponownie Aidan, przyglądając się bacznie każdemu z nich po kolei. Nikt nie unikał jego wzroku prócz Amby, najwidoczniej dręczonej wyrzutami sumienia, oraz najstarszego syna ogrodnika, młodzieńca w wieku około szesnastu lat, z chustą w kształcie turbanu na głowie. Aidan spojrzał na niego.

– Pratap? – zawołał.

Dopiero teraz chłopiec podniósł wzrok.

– Widziałeś *sahiba* Caleba?

Młodzieniec spuścił oczy.

– Nie, *sahibie* – odparł.

– Był tu jakiś człowiek – odezwał się *chuprassi* – i pytał o *memsahib*.

Katrina stała przy schodach zupełnie roztrzęsiona, jedynie wzrokiem błagała Aidana, aby zrobił coś i odszukał Caleba.

– Co to był za człowiek? – zapytał Aidan.

Chuprassi z ubolewaniem pokręcił przecząco głową.

– Nie przedstawił się, a kiedy powiedziałem, że *memsahib* jest z panem na przyjęciu, poszedł sobie. Ale on tu już kiedyś był, prawie rok temu, kiedy pan wyjechał, *sahibie*.

Katrina wzdrygnęła się.

– Stephen? – zapytała ochryple.

Aidan przeniósł wzrok na *ayah*.

– Czy ktoś był w ogrodzie?

Amba zaprzeczyła.

– Czy ktoś obcy był w ogrodzie? – powtórzyła pytanie Katrina i spojrzała na ogrodnika. – Trudno nie zauważyć kogoś obcego! – Jej głos zabrzmiał donośnie i ostro.

– To nie musiał być on sam – zauważył Aidan. – Mógł tylko zapytać, czy jesteśmy w domu, a potem przysłać tu kogoś innego. Ale... – zwrócił się ponownie do Amby i tym razem w jego głosie dała się słyszeć nuta groźby – musiałaś przecież zauważyć, że kręci się tu ktoś obcy. Co gorsza, obok Caleba.

Nie doczekawszy się odpowiedzi, zwrócił się do Katriny.

– Wiesz może, w którym hotelu zamieszkał Stephen?

Potrząsnęła głową, do oczu napłynęły jej łzy.

– Nie miałam nawet pojęcia, że pojawił się znowu w Ooty. – Załkała. – Potrafisz odnaleźć Caleba, prawda? – szeptała przez łzy.

Musnął dłonią jej policzek.

– Zobaczysz go nie później niż jutro rano. – Obrócił się do służby. – Dowiem się, co tu zaszło, a temu z was, kto pomógł uprowadzić Caleba, radzę umknąć stąd jak najprędzej.

Odesłał wszystkich, każąc osiodłać Granata.

– Sprawdzę, w jakim hotelu zamieszkał i czy jeszcze tam jest – powiedział do Katriny. – Przypuszczam jednak, że wyjechał, musiał się przecież liczyć z tym, że zaczniemy go szukać. Wrócę, gdy tylko się czegoś dowiem, a potem pojadę do Coonoor.

Kiwnęła jedynie głową i objęła się szczelnie rękami.

– Jeśli nosił się z zamiarem porwania Caleba – szepnęła – to po co było to pismo od adwokata... i ta rozmowa ze mną na balu?

– Zapewne był to jedynie kamuflaż. – Delikatnie ścisnął jej ramię, odwrócił się i skierował do wyjścia.

W hotelu Alexandra Chambers, gdzie Aidan rozpoczął poszukiwania, Stephena Alardyce'a nie było już od miesięcy, ale w recepcji Empire owszem, widziano go. Młody pracownik hotelu wyraził ubolewanie, gdyż Aidan minął się o włos z mister Alardyce'em, dodał też, że Stephen wyjechał po południu.

– Czego się dowiedziałeś? – zapytała Katrina, kiedy Aidan wrócił do domu. Czekała na niego cały czas w holu, jej ręce dygotały nerwowo, twarz nie odzyskała kolorów.

– Wyjechał. – Ujął jej lodowate dłonie. – Pojadę za nim.

– Chcę jechać z tobą.

– Nie ma mowy – odparł stanowczo.

– Muszę przecież coś zrobić. – Do oczu napłynęły jej łzy. – Oszaleję, siedząc tak bezczynnie.

– I tak nie pomogłabyś mi w niczym, Katrino. – Powiedział to łagodnie, ciepłym głosem. – Zaufaj mi.

Skinęła głową, nadal pełna emocji. Puścił jej dłonie i wbiegł na górę do sypialni. Jego eleganckie spodnie, które włożył na przyjęcie, nie najlepiej zniosły jazdę konną i nic nie wskazywało na to, że zdołałyby przetrzymać jeszcze podróż do Coonoor. Wybrał w szafie odpowiedni strój i buty, przebrał się, następnie ukląkł przed skrzynią, uchylił wieko i wyjął pistolet z amunicją. Nie sądził wprawdzie, że będzie musiał go użyć, ale wolał na wszelki wypadek mieć broń przy sobie.

– Co robisz? – zapytała Katrina, wchodząc do pokoju.

Aidan zapiął surdut, zasłaniając pistolet.

– Szykuję się do drogi – powiedział, odwracając się do niej.

– Naprawdę chcesz pojechać tam sam?

– Tak. – Widząc jej sceptyczną minę, powtórzył: – Zaufaj mi.

Kiwnęła głową.

– I bardzo cię proszę, Katrino: niech ci czasem nie strzeli do głowy potajemnie podążyć za mną albo posłać kogoś ze służby. – Spojrzał na nią przenikliwie.

Ponownie kiwnęła głową, tym razem jakby z wahaniem.

Wyszedł przed dom, dosiadł Granata i ruszył w dół, w stronę miasta. Zapadła już ciemna noc, musiał uważać na konia, aby się nie potknął. Pół godziny później, na drodze do Coonoor, popuścił cugle i pognał cwałem.

Dotychczas Aidan był w Coonoor tylko dwa razy, nie miał jednak trudności z orientacją w terenie. Droga wiodła z Ooty przez północne odnogi Elk Hill. Podróż zajęła trzy godziny i u celu Granat oddychał już dość ciężko i chrapliwie, choć nie był u kresu sił. Niebo nad zielonymi wzgórzami okalającymi miasto szarzało. Na przedmieściach rozciągały się plantacje herbaty i posiadłości zamożniejszych mieszkańców. Coonoor położone było w najwyższym punkcie przełęczy Mettupalaiyam, zajmowało mniejszą powierzchnię niż Utakamand i miało cieplejszy klimat.

O tak wczesnej porze na ulicach było jeszcze pusto. Aidan skierował się w stronę bazaru mieszczącego się u podnóża kotliny, w nadziei, że spotka tam kogoś, kto wskaże mu drogę do domu Stephena. Tętniący już życiem bazar sprawiał wrażenie bałaganu. Kupcy rozkładali swoje towary, rozpalali w piecykach, rozpakowywali skrzynie, a zapach eukaliptusa mieszał się z aromatem pieprzu i kardamonu.

Aidan zeskoczył na ziemię i poprowadził konia za sobą, dzierżąc mocno cugle. Ogier uniósł głowę, węsząc w powietrzu, i zarżał cicho. Nie chcąc zapuszczać się z nim w wąskie uliczki, Aidan przystanął na skraju bazaru, rozglądając się za kimś, kto mógłby udzielić mu informacji. Większość przechodniów mijała go, nie zwracając nań uwagi, i dopiero mężczyzna, któremu zastąpił drogę, niski Tamil, przystanął i z wyraźną niechęcią odstawił na ziemię dźwiganą skrzynię.

– Czego sobie życzysz, *sahibie*?

– Jedynie informacji – uśmiechnął się Aidan. – Szukam domu Stephena Alardyce'a.

Mężczyzna wydął wargi, obrzucił go badawczym spojrzeniem, jakby chciał sprawdzić, czy ma przed sobą osobę godną zaufania, po czym skinął głową. Oględziny wypadły najwidoczniej pomyślnie. Wysłuchawszy opisu dalszej drogi, Aidan wyjął z sakiewki monetę o nominale pół anna, podziękował i dosiadł konia.

Dom Stephena Alardyce'a otaczały rozległe plantacje herbaty, cyprysy i paprocie, tworząc morze bujnej zieleni. Bezpośrednio za domem znajdował się sad, a sam dom był typem białego bungalowu z ciemnym dachem i smukłymi kolumnami przed wejściem. Całość tchnęła prawdziwym bogactwem, nie tyle rzetelnie zapracowanym, co pieczołowicie pielęgnowanym. Aidan wjechał na dziedziniec, na który wybiegł już ktoś ze służby, aby zająć się koniem. Kiwnął w podzięce głową i przekazał mu cugle.

Szybko przeszedł przez dziedziniec, jednym susem przeskoczył dwa stopnie dzielące go od głównego wejścia i pociągnął za sznur dzwonka. Drzwi uchylił odźwierny w nieskazitelnie białym uniformie i lekko skłonił glowę.

– Słucham, *sahibie*?

– Chcę się widzieć ze Stephenem Alardyce'em.

– Zobaczę, czy...

Aidan gwałtownie pchnął drzwi, otwierając je na oścież. Domyślił się, że zastał Stephena, w przeciwnym razie odźwierny powiedziałby, że nie ma go w domu. Jego zapowiedź, że zobaczy, miała być tylko pretekstem do odesłania niepożądanego gościa z kwitkiem, pod pozorem, że pana nie ma w domu. Stephen Alardyce nie zamierzał go przyjąć, Aidan nie miał co do tego wątpliwości.

Dopiero po chwili odźwierny, zaskoczony jego obcesowym zachowaniem, otworzył usta, aby zaprotestować, ale Aidan uprzedził go, żądając szorstkim tonem widzenia z panem domu. Służący kiwnął głową i wskazał na drzwi do pokoju obok głównego wejścia.

– Proszę zaczekać w saloniku, *sahibie* – rzekł sztywno i z nieskrywaną niechęcią.

Kilka minut później do pokoju wszedł Stephen Alardyce, na pozór spokojny i pewny siebie, choć wprawne oko Aidana dostrzegło oznaki z trudem hamowanej nerwowości. Stephen oddychał nieco szybciej niż zwykle, jego ręce były tak wymuszenie spokojne, że zdobywał się jedynie na przelotne, urywane gesty, a jego uśmiech przypominał raczej kurczowy grymas.

– Nie wezwałem policji, aby aresztowała pana jak pospolitego złodzieja za wtargnięcie do mego domu, jedynie dlatego, że jest pan mężem Katriny, a nie chciałbym przysporzyć jej kolejnych kłopotów.

– Proszę oddać mi Caleba, a zniknę stąd w jednej chwili – odparł Aidan.

Stephen z udawanym zdziwieniem uniósł brwi.

– Caleba? Czy to znaczy, że pan i Katrina nie wiecie, gdzie dziecko się w tej chwili znajduje?

Aidan wsparł się pod boki, na moment spuścił oczy i podniósł wzrok na nowo. Wprawdzie liczył się z taką zabawą w kotka i myszkę, ale nie miał ochoty w niej uczestniczyć.

– Alardyce, możemy ciągnąć tę grę jeszcze przez chwilę, ponieważ jednak tak czy inaczej wyjdzie na moje, oszczędźmy sobie tej komedii. Tak będzie moim zdaniem najmądrzej.

– Proszę przekazać Katrinie, że jeśli nie potrafi upilnować mego syna, bezpieczniej będzie mu jednak pod moim dachem.

Aidan nie odpowiedział. Przeszywał wzrokiem Stephena, który skrzyżował ręce na piersi i kierował spojrzenie to na Aidana, to na jasnokremowe ściany salonu, to znów na gładkie deski podłogi i kosztowne dywany, aby spojrzeć w końcu na swego rozmówcę.

– A zatem? – zapytał przeciągle Aidan.

– Powiedziałem przecież...

– Dość tej błazenady. – W głosie Aidana nie było już teraz śladu dotychczasowej jedwabistej galanterii. – Niech pan każe przyprowadzić tu Caleba.

Naśladując odruchowo gest Aidana, Stephen tak jak i on ujął się pod boki.

– Nie ma pan żadnego dowodu na to, że chłopiec znajduje się w tym domu.

– No, proszę! Nareszcie mówimy tym samym językiem. Ma pan jeszcze szansę oddać mi dziecko dobrowolnie, w przeciwnym razie pozna mnie od strony, która z pewnością nie przypadnie mu do gustu. – Aidan odczekał chwilę i mrużąc oczy, dodał tonem lodowatej przestrogi: – Mister Alardyce, nie warto czynić sobie ze mnie wroga!

– I cóż pan zrobi? – zapytał Stephen. – Wezwie policję? Ma pan jakieś dowody? Żaden policjant nie zdecyduje się tak po prostu przeszukać domu tylko na podstawie pańskiego przeczucia. Ja natomiast zaskarżę Katrinę, że nie sprawowała należytej pieczy nad Calebem. Każdy sędzia przyzna mi rację i wyznaczy mnie na prawnego opiekuna dziecka.

– A wtedy, gdyby już do tego doszło, Caleb nagle by się odnalazł?

Stephen w milczeniu skrzyżował ręce na piersi; uczynił to jakoś spazmatycznie, zdradzając przy tym, w jak dużym jest napięciu.

– Mówię jeszcze raz po dobroci: oddaj pan dziecko. Obaj wiemy, że nie może pan ciągnąć w nieskończoność tej farsy.

– Ja również mogę powtórzyć: skoro Katrina nie potrafi sprawować należytej opieki nad moim synem, nie nadaje się do roli matki.

– W porządku. – Aidan nie zadał sobie nawet trudu, aby ukryć wzgardę. – Chętnie bym sobie oszczędził tej niedorzecznej zabawy, ale jeśli tak pan woli… – Wsunął dłoń pod połę surduta, błyskawicznie dobył pistoletu i wycelował w Stephena, który momentalnie zastygł w bezruchu.

– Czy pan oszalał? – krzyknął piskliwie.

– Bynajmniej. Niech pan zawoła służbę i każe przyprowadzić Caleba.

– Bo co? Bo inaczej mnie pan zastrzeli? I pomoże w ten sposób Katrinie? Jeśli jej mąż zawiśnie na stryczku, ponownie stanie się pośmiewiskiem!

Na ustach Aidana zaigrał zimny uśmiech.

– To oczywiste, że pana nie zastrzelę, ale rana na nodze jest piekielnie bolesna! A teraz sprowadź pan tu Caleba, szkoda czasu na to gadanie.

Stephen zamrugał oczami, na czoło wystąpiły mu grube krople potu.

– Naprawdę sądzi pan, że może tak po prostu do mnie strzelić i potem wyjść z tego domu jak gdyby nigdy nic?

– Odnajdę Caleba, choćbym miał tu przetrząsnąć cały dom. Służba zazwyczaj przejawia wielki szacunek przed bronią palną. A pan niech w tym czasie wezwie policję, proszę bardzo, ale gdy już znajdę Caleba, policja zażąda od pana kilku wyjaśnień.

Zanim Stephen zdołał odpowiedzieć, drzwi otworzyły się i do salonu weszła młoda kobieta o blond włosach. Na widok Aidana z pistoletem w ręce stanęła jak wryta, z dłonią przyciśniętą do piersi:

– Stephen! – krzyknęła przerażona. – Co tu…

Gwałtownym gestem Stephen nakazał jej milczenie. Kobieta przeniosła wzrok na Aidana:

– Czego pan chce? Pieniędzy?

Mimo woli Aidan parsknął śmiechem; sytuacja wydała mu się tak absurdalna, że nie zdołał się powstrzymać. Kobieta postąpiła do sekretarzyka i rezolutnie chwyciła za leżący tam nóż do listów, co ponownie rozbawiło Aidana i pozwoliło zapomnieć na moment o przepełniającej go irytacji.

– Pani Alardyce, jak przypuszczam? Proszę odłożyć ten przyrząd, madam, a przede wszystkim nie podchodzić z nim do mnie zbyt blisko, w przeciwnym razie zmusi mnie pani do użycia siły.

Kobieta uniosła wyżej głowę, a jej dłoń zacisnęła się na uchwycie noża z taką siłą, że aż jej knykcie zbielały. Dzielna kobieta, pomyślał z uznaniem Aidan, Katrina postąpiłaby tak samo. W jaki sposób człowiek pokroju Stephena trafiał na takie kobiety i żenił się z nimi?

– Pani Alardyce, nie mam w zwyczaju używać siły wobec dam, ale nie zawaham się postąpić właśnie w ten sposób, jeśli nie będę miał wyboru. – Dostrzegł, że jej palce rozluźniają uścisk na nożu. – Chciałbym tylko odebrać mego pasierba. Proszę oddać dziecko, a niezwłocznie stąd wyjdę.

Kobieta skonsternowana spojrzała na męża.

– Dziecko? – Ponownie skierowała wzrok na Aidana. – Ma pan na myśli jego syna, Caleba?

– Zgadza się – odparł Aidan. – Jest tutaj, nieprawdaż?

– Tak... – Kobieta, najwyraźniej zdezorientowana, zwróciła się do Stephena. – Powiedziałeś, że oddano ci go dobrowolnie...

– Caleb został porwany – wyjaśnił Aidan, zanim Stephen otworzył usta. – Jego matka umiera z trwogi.

Pani Alardyce powolnym ruchem, jakby z wahaniem, odłożyła nóż na stolik, po czym pociągnęła za sznur dzwonka.

– Co chcesz zrobić? – zawołał ochryple Stephen. – On nie ma żadnych dowodów!

Aidan nie odrywał wzroku od kobiety, której oczy, otwarte teraz szeroko, lśniły dziwnym blaskiem. Odwróciła się do męża.

– Jak mogłeś!?

Do salonu wszedł służący i na widok pistoletu cofnął się odruchowo o krok. Pani Alardyce uspokajającym gestem uniosła dłonie.

– Ten pan przyszedł tylko po dziecko – szepnęła. – Przyprowadź chłopca i *ayah*.

– To twoja wina, Constance! – krzyknął Stephen, czerwony z upokorzenia. – Gdybyś mogła urodzić mi dziecko, nie musiałbym porywać swego potomka ze związku z kobietą, o której wolałbym zapomnieć!

Aidan ostatkiem sił zwalczył pokusę, aby zareagować na te słowa kulą. Odciągnął kurek pistoletu z dostatecznie głośnym trzaskiem, aby Stephen drgnął przerażony.

– Przecież dostanie pan dziecko, niechże pan odłoży broń!

– Dopiero gdy ujrzę tu Caleba.

Constance spojrzała na męża, jej usta drżały.

– Proszę, opanuj się, dopóki nie zostaniemy sami.

Jego twarz nabiegła krwią.

– Nie pozwolę się uciszać, a już z pewnością nie pozwolę na to kobiecie, która pozbawiła mnie należnego mi prawa do posiadania dzieci!

Kobieta z trudem powstrzymała cisnące się jej do oczu łzy i Aidan, widząc to, poczuł dla niej współczucie.

– Panie Alardyce – odezwał się łagodnie, jakby prowadził niewinną pogawędkę. – Czy nie przyznał pan uprzednio, że istnieją uzasadnione wątpliwości co do prawności narodzin Caleba? Może nie jest pan w ogóle w stanie spłodzić dzieci?

Rumieńce na twarzy Stephena ściemniały; widać było, że tylko lufa wycelowanego weń pistoletu powstrzymuje go przed ostrzejszą reakcją. Kobieta wstała i wyszła z salonu, a kilka sekund później w progu pojawili się jakaś młoda Hinduska i Caleb.

– Tato! – zawołał chłopiec. Podbiegł do Aidana i objął go za nogi. Ten ukląkł obok niego, po czym podniósł go do góry. Caleb miał zaczerwienione oczy, jakby był niewyspany i za dużo płakał.

W holu rozległy się głosy i coraz bliższe kroki, następnie do salonu wszedł Charles. Najpierw spojrzał na Caleba i na jego twarzy odmalowała się widoczna ulga, potem skierował wzrok na Aidana, który wprawdzie opuścił już rękę, nadal jednak trzymał w dłoni pistolet. Osłupiały, wytrzeszczył oczy na szwagra, który ze stoickim spokojem, nadal trzymając Caleba na rękach, wetknął broń za połę surdutu, a w końcu postawił chłopca na podłogę. Ten bez namysłu podbiegł do Charlesa, który podniósł go w górę, po czym objął wujka za szyję i wtulił twarz w jego ramię.

Aidan popatrzył na Charlesa z posępną miną i zwrócił się do Stephena:

– Uprowadził go pan w pojedynkę?

W odpowiedzi ten jedynie machnął ręką, jakby mówiąc, że to już i tak nie ma znaczenia.

– Dałem trochę pieniędzy jednemu z pańskich służących, aby odwrócił uwagę *ayah*, a wtedy ona – wskazał na Hinduskę, która w milczeniu przyglądała się całej scenie – poszła do ogrodu i zabrała Caleba.

Aidan powoli skinął głową.

– Jak się nazywa ten służący?

– Tego nie potrafię powiedzieć, nie pytałem go o imię.

– W porządku, dowiem się tak czy inaczej. – Aidan zwrócił się do Charlesa. – Chodźmy już.

– Mister Landor – zawołał Stephen – co pan teraz zamierza? Sądzę, że dla własnego dobra nie powinien pan składać skargi.

– Uprowadził pan dziecko.

– Tak brzmi pańska wersja wydarzeń. Konserwatywny sędzia powiedziałby raczej, że zająłem się jako ojciec własnym dzieckiem, podczas gdy jego *ayah* zamierzała uprawiać nierząd, niejako na jego oczach.

Przez dłuższą chwilę Aidan spoglądał na niego w milczeniu.

– Czy to ma być groźba? – zapytał w końcu.

– Skądże znowu! Twierdzę jedynie, że matka Caleba dość niefrasobliwie dobiera osoby do opieki nad moim synem, ja zaś, jako ojciec, mam prawo i moralny obowiązek wkroczyć i zapobiec nieszczęściu.

Aidan miał już na końcu języka jakąś ostrą uwagę, uznał jednak w porę, że dalsza wymiana zdań nie ma sensu.

– Niech pan się trzyma jak najdalej od mojej rodziny – rzucił i odwrócił się do wyjścia.

– Czy Katrina powiedziała ci, gdzie jestem, a wtedy za mną pojechałeś? – zapytał Aidan jakby od niechcenia, kiedy oddalili się już znacznie od Coonoor.

Charles obejmował jedną ręką Caleba, który ufnie przytulony do niego, spał smacznie, drugą zaś kierował koniem.

– Nie, Katrina wysłała po mnie, abym pojechał za tobą.

Jego uwagi uszedł ponury błysk w oczach Aidana, gdyż skupiał się teraz na czymś innym: Caleb we śnie coraz silniej przechylał się na bok i mógł w końcu spaść z konia. Charles zatrzymał się, posadził Caleba tak, aby mógł opierać się o niego przodem, i dopiero wtedy ruszył dalej.

– Niepotrzebnie czujesz się zawiedziony – odezwał się po chwili, niezręczne milczenie stawało się bowiem nie do zniesienia. – Chłopiec zna mnie dłużej niż ciebie. Ta cała sytuacja napędziła mu z pewnością nie lada stracha. Nie bierz tego do siebie.

Aidan zerknął na niego.

– Sądzisz, że biorę zachowanie pięciolatka do siebie?

– Szczerze mówiąc, nie jestem tego pewien.

Aidan się nie rozchmurzył. Milcząc, wzruszył jedynie ramionami.

Sześć mil dalej, kiedy mieli już za sobą rozbudowany odcinek drogi z Coonoor do Ooty, wiodący zygzakowato przez góry i doliny, Aidan i Charles znaleźli się na naturalnej półce skalnej, skąd rozciągał się widok na głęboki wąwóz. W pobliżu znajdował się wodospad Khaity, zasilany wyłącznie przez jeden strumyk; jeszcze przed dotarciem na dno przepaści woda, rozpryskując się o ściany urwiska, rozpraszała się częściowo w przejrzystą mgiełkę.

Mężczyźni posuwali się naprzód powoli. Ze względu na Caleba nie mogli zwiększyć tempa jazdy. Południowe słońce tylko nieznacznie ogrzało zimne powietrze, Charles rozpiął surdut, aby Caleb mógł wtulić się weń szczelniej. Chłopiec obudził się już, zaczął się wiercić i wujek musiał kilkakrotnie go upomnieć, aby siedział spokojnie, jednak zmęczenie robiło swoje i mały, coraz bardziej rozdrażniony, zaczął marudzić.

Droga wiodła serpentyną obok stromych odnóg szczytu Dodabetta. Kiedy ujrzeli przed sobą dolinę okalającą Ooty, Aidan odetchnął z ulgą. Nie wiedział, jak długo jeszcze wytrzymałby marudzenie chłopca. Za panoramą miasta wznosiły się góry osnute lawendową mgłą, tafla jeziora połyskiwała w blasku popołudniowego słońca, wokół niej zieleniły się porosłe trawą wzgórza i zalesione wzniesienia, to skryte w cienistych dolinach, to wyłaniające się z czeluści wąwozów. Szmaragdowe barwy wyraziście i urokliwie odcinały się na tle mglistego błękitu.

Kiedy wjechali na dziedziniec, z domu wypadła Katrina. Z podkasaną spódnicą podbiegła do Charlesa, chwyciła na ręce Caleba, przytuliła go ze wszystkich sił i wycałowała, co chłopiec zniósł tym razem wyjątkowo bez protestu, a nawet objął matkę kurczowo za szyję.

– Dziękuję ci, Charlesie – uśmiechnęła się do brata nad głową syna.

– Nie mnie dziękuj, lecz Aidanowi – odparł Charles. – Kiedy tam przybyłem, Caleb był już w jego rękach.

Aidan zsiadł z konia i zanim jeszcze Katrina zdołała coś powiedzieć, zapytał:

– Gdzie *ayah* Caleba?

– W domu – odparła Katrina, zbita z tropu szorstkim tonem jego głosu. – Po twoim wyjeździe opowiedziała mi wszystko.

– Doskonale. To nam zaoszczędzi pytań o jej wspólników. Jak zatem do tego doszło?

Katrina przełożyła sobie Caleba na drugą rękę.

– Syn ogrodnika robił do niej słodkie oczy, a ona... hm... poszła na to. Nie wyjaśniła tego dokładniej.

Zdecydowanym gestem Aidan wezwał stajennego, przekazał mu cugle Granata i ruszył w stronę ogrodu.

– Pratapa już tam nie ma – zawołała za nim Katrina. – Z pewnością uciekł, kiedy odjechałeś. Był u mnie jego ojciec. Jest załamany. Musisz z nim porozmawiać, Aidan.

Skinął jedynie głową i zamiast do ogrodu, udał się do domu. Gwałtownie pchnął drzwi i szybkim krokiem wszedł do holu.

– Amba! – zawołał.

Na korytarz wybiegł któryś ze służących i spojrzał na niego ze strachem w oczach. Aidan, nie zwracając na niego najmniejszej uwagi, podszedł do schodów.

– Amba! – powtórzył grzmiącym tonem.

Na górnym podeście pojawiła się szczupła postać.

– *Sahibie?* – Jej głos był rozdygotany, podobnie jak kroki, kiedy schodziła na dół.

Zaledwie stanęła na najniższym stopniu, Aidan wymierzył jej siarczysty policzek. Dziewczyna załkała rozpaczliwie, długie czarne włosy okryły jej opuszczoną twarz niczym gęsta zasłona.

– Spakuj swoje rzeczy i wynoś się – powiedział zimno Aidan.

Nie protestowała. Musiała zdawać sobie sprawę, że to nieuniknione. Dała się złapać na lep pochlebstw mężczyzny i teraz musiała ponieść konsekwencje. *Ayah*, która pozwala porwać powierzone jej dziecko, bo całą uwagę skupia w tym czasie na umizgach jakiegoś mężczyzny, nie mogła oczekiwać, że nadal pozwolą jej zajmować się dzieckiem. Odwróciła się i pędem wbiegła po schodach na górę. Przez krótką chwilę Aidan spoglądał za nią, potem przetarł dłonią oczy. Brak snu ostatniej nocy dawał o sobie znać.

– Odprawiłeś ją? – zapytała Katrina, która stała już w domu obok niego, trzymając Caleba za rękę.

Kiwnął głową.

– Postaraj się, aby mały nie widział jej już nawet przez moment – dodał. Czuł, że Caleb nie będzie w stanie pojąć, dlaczego nie ma tu jego *ayah*. A jak mu potem wyjaśnić, że odeszła na dobre?

– Idziesz spać? Musisz padać z nóg – zauważyła Katrina, chociaż sama też była blada i niewyspana.

– Tak, ale przedtem musimy porozmawiać. – Nie patrząc już na nią, zaczął wchodzić po schodach na górę.

W sypialni panował chłód, nie rozpalono w kominku. W powietrzu unosiła się delikatna woń olejku różanego, używanego czasem przez Katrinę. Zrzucił surdut na fotel, otworzył skrzynię, odłożył na miejsce pistolet, ściągnął buty i opadł na łóżko, aby na parę chwil przymknąć oczy.

Upłynęła co najmniej pełna godzina, zanim do pokoju weszła Katrina. Aidan wykorzystał ten czas na kąpiel, potem się przebrał.

– Śpi?

Katrina kiwnęła głową.

– Był półżywy ze zmęczenia. – Westchnęła. – Nie pytał w ogóle o Ambę, ale chciał wiedzieć, dlaczego ten obcy mężczyzna powiedział, że jest jego ojcem. Teraz ma przez to mętlik w głowie.

– Będziesz musiała mu to wyjaśnić.

Po jej twarzy przemknął cień.

– Tak, wiem – odparła krótko.

– No, dobrze. – Aidan oparł się o słupek łóżka i wsunął ręce do kieszeni. – Może teraz łaskawie wyjaśnisz mi, dlaczego wysłałaś za mną Charlesa, chociaż zaznaczyłem wyraźnie, że sobie tego nie życzę.

Katrina przesunęła dłońmi po spódnicy.

– Martwiłam się, że może Stephen nie zechce z tobą w ogóle rozmawiać.

– Moja droga, gdybym uważał, że taka obawa jest uzasadniona, sam bym zadbał o wszystko i zabrał twego brata. Skoro jednak uznałem, że poradzę sobie z kimś takim jak Stephen, a nie jest to bynajmniej poważne wyzwanie, ty również mogłaś mi okazać zaufanie.

– Wziąłeś ze sobą broń. I groziłeś nią Stephenowi w obecności Caleba.

– Tak ci powiedział Charles? – Kiedy Katrina z wahaniem skinęła głową, Aidan wyjął ręce z kieszeni i postąpił krok w jej stronę. – A zatem powinien był powiedzieć ci również, że kiedy wszedł do salonu, właśnie odkładałem broń. W tym właśnie momencie przyprowadzono Caleba i pistolet nie był mi już potrzebny. Może więc powinnaś była zapytać o to mnie, a nie swego brata, który przyszedł tam, gdy było już po wszystkim.

Katrina przełknęła ślinę, jej tętnica szyjna pulsowała szybciej niż zwykle.

– Nie pojmuję, skąd w ogóle taki pomysł, aby pojechać do niego z bronią. A gdyby powiesili cię potem za zabójstwo? Co wtedy ze mną? Pomyślałeś też o tym?

– Sądzisz, że zamierzałem go zastrzelić?

– W takiej sytuacji sprawy mogą się łatwo wymknąć spod kontroli.

W oczach Aidana zapłonęły złowrogie błyski.

– Moja droga, jestem oficerem i mam wprawę w posługiwaniu się bronią. Myślisz, że umiem tylko wymachiwać pistoletem na wszystkie strony jak jakiś dureń, bo pałam żądzą zastrzelenia kogoś bezbronnego?!

– Dlaczego zatem wziąłeś ze sobą broń?

– Bo przeczuwałem, że będzie mi potrzebna jako środek nacisku.

– Gdyby jednak był przy tobie Charles…

– No, słucham? Co wtedy? – Głos Aidana aż wibrował z gniewu. – W jaki sposób Charles nakłoniłby Stephena do wydania mu dziecka, skoro tamten przez cały czas utrzymywał, że Caleba nie ma w jego domu, i domagał się dowodów na to, że jest inaczej?

– Ale…

– Nie ma żadnego „ale", Katrino. Charles nie był mi tam potrzebny, co więcej: bardzo się cieszę, że zjawił się dopiero wtedy, kiedy Caleba do mnie sprowadzono.

– Mogliście przecież wspólnie, we dwóch, zmusić Stephena do wydania wam Caleba.

– A niby jak?! – krzyknął Aidan z taką furią, że Katrina drgnęła z przerażenia. – Czy wiesz, co by się stało, gdyby Charles przybył tam trochę wcześniej? Na widok mojego pistoletu zareagowałby tak samo jak ty, z taką samą trwogą, a wówczas miałbym przeciw sobie wspólny front twego byłego męża i twego brata. Stephenowi byłoby to bardzo na rękę! I co by z tego wynikło? Czy miałbym naprawdę zrobić użytek z broni, aby udowodnić, że nie żartuję? A może raczej odłożyć ją z powrotem i pokazać w ten sposób, że z mojej strony były to jedynie czcze groźby? Zapewniam cię, że ani w jednym wypadku, ani w drugim nie odzyskałabyś dziecka.

Katrina odgarnęła z twarzy niesforne kosmyki włosów, uniosła dłoń do szyi. Sprawiała teraz wrażenie zbitej z tropu i zdezorientowanej.

– Nie chciałam się czuć bezczynna – szepnęła. – A Caleb jest moim synem.

– Poślubiając cię, przejąłem za niego odpowiedzialność.

Gniewnym gestem Katrina skrzyżowała ręce na piersi.

– Ta sytuacja mnie przerosła, nie pojmujesz tego? Byłam zdesperowana i nie wiedziałam, czy twoja siła przekonywania okaże się wystarczająca, dlatego wolałam, aby był przy tobie ktoś, kogo potrafię ocenić. – Widocznie dostrzegła, że jej słowa jedynie wzmogły wzbierającą w nim od kilku minut furię, gdyż odruchowo cofnęła się o krok. – Ten cały incydent...

– Nie wydarzyłby się – przerwał jej ostro Aidan – gdybyś przy pierwszym zamążpójściu kierowała się w większym stopniu rozsądkiem, a w nieco mniejszym – sercem.

Krew odpłynęła jej z twarzy.

– Gdybyś miał dzieci – odparła po dłuższej chwili, znajdując wreszcie odpowiednie słowa – potrafiłbyś mnie zrozumieć.

– Na szczęście nie mam własnych dzieci. Na razie, wystarczają mi te problemy, jakie stwarza jedno.

Wpiła w niego spojrzenie zogromniałych nagle oczu, których zielone źrenice były w tym momencie jedynym barwnym elementem na pobladłej twarzy, po czym wybiegła z pokoju, zatrzaskując za sobą drzwi. Aidan nie próbował nawet jej zatrzymać.

*

– Masz świętą rację – orzekła Ashley. – To było okrutne i bezduszne.

Katrina siedziała z przyjaciółką w jej buduarze przy kominku, wpatrzona w płomienie. Od kłótni z Aidanem upłynął tydzień, ale dopiero teraz zdobyła się na to, aby opowiedzieć o niej Ashley. Zbyt głęboko utkwiło w niej żądło, jakie wbił w nią Aidan, okazało się też zbyt bolesne.

– Gdyby ktoś porwał mojego Robina... – Ashley wzdrygnęła się na samą myśl o tym. – A może jednak powinnaś okazać mu większe zaufanie... Tak, z pewnością powinnaś to zrobić, bo mimo rozmaitych wad, jakie chyba ma, nie sądzę, żeby cierpiał na zarozumialstwo i przecenianie siebie. Z drugiej jednak strony... nie powinien czynić ci wymówek, jeśli w trosce o dziecko zrobiłaś coś niewłaściwie.

Od czasu kłótni Aidan prawie z nią nie rozmawiał, chyba że w chwilach gdy to było konieczne. Sytuacja ta doskwierała Katrinie zwłaszcza wieczorami, kiedy Aidan nie gawędził już z nią, jak dawniej, przed pójściem spać, lecz zimnym tonem życzył jej dobrej nocy i kładł się do łóżka. Miała wrażenie, jakby atmosferę ciepła i intymności, obecną dotąd w ich wspólnej sypialni, zmroził jakiś lodowaty całun i stopniowo, w miarę upływu kolejnych nocy, ogarniał swym tchnieniem wszystko, do czego zdążyła już przywyknąć. Postanowiła w końcu kłaść się do łóżka przed mężem, w nadziei, że dzięki temu nie będzie już doznawać tego nagłego poczucia obcości, wkradającego się natrętnie w ich życie. Przychodziło jej nawet na myśl, że może Aidan powinien się przenieść do jednego z pokojów gościnnych, a wtedy jej pokój odzyska dawne ciepło, ona zaś, wchodząc doń, nie będzie musiała nabierać głęboko tchu.

Na domiar złego Cynthia była na nią zła za ponowne obarczanie Charlesa swoimi problemami. Katrina nie potrafiła zrozumieć bratowej. Ona sama nigdy nie miałaby za złe Aidanowi, gdyby postanowił przyjść z pomocą siostrze, zwłaszcza w razie kłopotów z dzieckiem. Charles oczywiście zorientował się, że małżeństwo Katriny przechodzi jakiś kryzys, a kiedy poznał przyczynę, skomentował to krótko, twierdząc, że Aidan ma rację.

– Kto teraz zajmuje się Calebem? – Głos Ashley przerwał ciszę, którą mąciły jedynie ciche trzaski płonących szczap drewna.

– Sprowadziłam moją dawną mamkę. – Mimo woli Katrina uśmiechnęła się. Pojawienie się Sarity w jej domu stanowiło jedyny radosny promyk w ostatnich dniach; dopiero wtedy uświadomiła sobie, jak bardzo za nią tęskniła.

– A jak reaguje na nią Caleb?

– Dobrze. Wprawdzie nie przestaje pytać o Ambę, ale powoli przyzwyczaja się do Sarity. Większy kłopot miałam z wyjaśnieniem mu, dlaczego ma dwóch ojców. – Katrina westchnęła. – Powiedziałam mu, że byłam żoną Stephena, zanim wyszłam za Aidana. Teraz Caleb mówi, że ma złego tatę i dobrego tatę. A prawda jest taka, że ten dobry tata przestał w ogóle zajmować się chłopcem, jeśli nie liczyć nauki jazdy konnej.

Po twarzy Ashley przemknął uśmiech.

– W każdym razie Caleba przestały wreszcie dręczyć nocne koszmary.

– Tak, na szczęście może już o nich zapomnieć, ale przez kilka dni chodził jakiś nieswój. Musiałam nawet kłaść się z nim i leżeć tak, dopóki nie usnął. Wczoraj bawił się razem z synkiem Amelii Holt i zaczął się chwalić, że całą drogę z Coonoor do domu odbył w siodle, na wielkim koniu. – Katrina znów się uśmiechnęła.

W milczeniu popijały herbatę, a ona obserwowała ukradkiem przyjaciółkę, która wydała jej się dziś nadzwyczaj poważna i zamyślona. Odblask płomieni rzucał na przemian to złote refleksy, to szare cienie na jej twarz, wyglądała tak źle, że Katrina poczuła nagle wyrzuty sumienia. Ostatnio spędzała dużo czasu z Amelią, gdyż Ashley unikała spotkań, a ona nie zapytała ani razu, jaka jest przyczyna takiej rezerwy.

– Co ci jest? – zapytała obcesowo.

Niczym dziecko przyłapane na niedozwolonej czynności, Ashley spojrzała na nią z lekko rozchylonymi ustami, drżąc nieznacznie na całym ciele. Z wolna spuściła oczy, tak że jej ciemne rzęsy rzuciły cienie na policzki, i splotła dłonie tak mocno, że zbielały jej knykcie. Nabrała łapczywie powietrza i odetchnęła głęboko, gwałtownie unosząc głowę.

– Ale musisz zatrzymać to dla siebie Katrino. Jesteś pierwszą osobą, której wszystko opowiem.

Katrina spojrzała na nią skonsternowana; nigdy jeszcze nie widziała Ashley tak wzburzonej.

– Oczywiście, że zachowam to dla siebie.

– Przyrzekasz?

– Masz moje słowo.

Na moment Ashley zamknęła oczy.

– Pamiętasz ten bal u Frazerów? Poszłam do pokoju dla pań, aby trochę ochłonąć... było już po północy, prócz mnie nikogo tam nie było. Wyszłam na korytarz i natknęłam się na Ingrama Frazera, zaczaił się na mnie. – Ashley zająknęła się, jakby dalsze mówienie kosztowało ją wiele trudu. – Próbował mnie zgwałcić.

Katrina zamarła.

– Do niczego na szczęście nie doszło. Chyba nie spodziewał się, że stawię opór. – Ashley uśmiechnęła się gorzko.

– Powiedziałaś o tym Nicolasowi?

Ashley rzuciła przyjaciółce krótkie spojrzenie.

– Żeby się zemścił? I żeby na drugi dzień plotkowało o tym całe miasto? Nie, nie mogę mu o tym powiedzieć!

– Ashley, ten człowiek musi zostać ukarany!

– Tak uważasz? A jak mam udowodnić, że mówię prawdę? Co będzie, jeśli on zezna, że sama tego chciałam? Byliśmy tam tylko we dwoje.

– Musi być jakieś rozwiązanie!

– Owszem, jest: milczeć i starać się zapomnieć.

Katrina nie wiedziała już, co odpowiedzieć. Jej przyjaciółka miała rację: nic nie mogła zrobić. W obliczu tej krzyczącej niesprawiedliwości tym boleśniej odczuła ciężar bezradności. Zawsze to kobiety były słabszą stroną i zawsze to ich słowo okazywało się mniej ważkie. W jej pamięci odżyły sceny z procesu sądowego, znowu poczuła, jakby ktoś zdzierał z niej ubranie, aby wystawić ją na pokaz, na pastwę spojrzeń zebranej gawiedzi.

– Wiesz, jakie to uczucie, prawda? – szepnęła Ashley, jakby czytając w jej myślach. – Potrafię wiele znieść, ale nie to.

*

Katrina stała w magazynie, przeglądając herbatę z ostatnich zbiorów. Odmiany z Nilgiri, należące do kategorii Broken Orange Pekoe, jak i Orange Pekoe, były ze swymi równomiernymi listkami i klarowną barwą podobne do siebie i odrobinę ciemniejsze od herbaty z głównego zbioru. Kategorię Broken Orange Pekoe cechowało rozdrobnienie listków, kwalifikowanych na ogół jako odrzut ze zbiorów bardziej wartościowych. Ani w jednej, ani drugiej z tych kategorii nie mogły się jednak znaleźć zdrewniałe żyłki listków czy ich szypułki. Kategorię Broken Orange Pekoe zaliczano jeszcze do herbaty dobrej jakościowo, o intensywnym aromacie.

Słysząc jakiś szmer przy drzwiach, Katrina spojrzała w tamtą stronę, ale był to tylko jeden z pracowników wchodzący do magazynu. Miała już nadzieję, że to Aidan, który ostatnio pokazywał się bardzo rzadko. Katrina odłożyła z powrotem herbatę, wytarła ręce i wyszła na zewnątrz. Część niezbędnych prac w firmie wykonywał Aidan, ponieważ jednak oboje nie współpracowali ze sobą tak harmonijnie jak niegdyś, wypełnianie obowiązków stawało się coraz trudniejsze.

Już z daleka, podchodząc do padoku, usłyszała radosne okrzyki Caleba. Siedząc na siwym kucu, jeździł w koło, podczas gdy Aidan, stojąc pośrodku placu, trzymał konia na lonży. Katrina ugryzła się w język; w ostatniej chwili powstrzymała się od protestu, mimo że widok syna, który siedział na koniu sam, bez asekuracji, napędził jej strachu. Wiedziała jednak, że Aidan nie znosił jej prób ingerowania w ćwiczenia. Również teraz, choć koncentrował się na Calebie, nie wydawał się zadowolony z pojawienia się Katriny, o czym świadczyła gruba zmarszczka u nasady nosa. Mimo to nie odeszła; stała w miejscu, przyglądając się, jak kuc cierpliwie wykonuje jedno okrążenie po drugim, podczas gdy Aidan raz po raz wykrzykiwał jakieś krótkie rozkazy. Początkowo Caleb próbował wykorzystywać lekcje jazdy do popisywania się i płatania figli, ale Aidan natychmiast kończył wtedy ćwiczenia. Nie uznawał kompromisów i nawet najbardziej płaczliwe błagania nie były w stanie go zmiękczyć. Dla Caleba te ćwiczenia stanowiły doskonałą szkołę dyscypliny.

Kiedy Aidan zwinął lonżę i podszedł do kuca, Caleb podniósł nieśmiało lament.

– Godzina już minęła – odparł Aidan. – Na dzisiaj wystarczy. – Podniósł chłopca i zdjął z konia.

Caleb pobiegł do matki.

– Dziś jechałem szybko! – pochwalił się zachwycony.

– Tylko przez chwilę jechałeś kłusem, ponadto prowadziłem konia na lonży – sprostował Aidan, widząc zaniepokojony wzrok Katriny. – Chodź teraz ze mną – zwrócił się do chłopca. – Musisz się nauczyć oporządzać konia, jeśli chcesz być dobrym jeźdźcem.

Poprowadził konia za cugle, podczas gdy Caleb biegł obok, głaszcząc kuca po karku. Katrina niezdecydowanie ruszyła za nimi, czując przyspieszone bicie serca. Gdyby chociaż wspomniał, że przykro mu z powodu tej sprzeczki, myślała, miętosząc w dłoni rąbek spódnicy. Wówczas i ona by przyznała, że żałuje tego, iż wysłała za nim Charlesa i potem podziękowała jemu pierwszemu.

Aidan rozsiodłał kuca, zdjął uprząż, zastępując ją miekką uździenicą i zademonstrował, jak czyścić konia zgrzebłem.

– Przecież on już jest czysty – zaoponował Caleb.

– To prawda, ale ma za sobą godzinę pracy, a teraz dobrze mu zrobi takie wyczyszczenie.

– Ty też tak robisz?

Aidan uniósł kolejno kopyta kuca i usunął z nich drobne kamyczki.

– Tak, z Granatem robię tak samo, a twoim kucem zajmował się dotąd stajenny.

Kiedy skończyli, Aidan wprowadził kuca do boksu, sięgnął do kosza z jabłkami i podał jedno Calebowi, ten zaś poczęstował nim kuca, który wystawił głowę nad przegrodą. Z zainteresowaniem obwąchał jabłko, po czym ujął je zębami. Katrina jak urzeczona wpatrywała się w pysk konia, nieomal wyobrażając już sobie, jak drobna dłoń jej synka znika między żółtymi zębami zwierzęcia.

Kiedy w końcu Caleb podbiegł do niej, odetchnęła z ulgą i pogłaskała go po jasnej czuprynie. Widząc, że Aidan otwiera boks Granata i wyprowadza z niego ogiera, zmarszczyła lekko czoło.

– Zapewne pamiętasz, że dziś wieczorem wydajemy przyjęcie?

– Tak – odparł Aidan, rzucając jej krótkie spojrzenie przez ramię. – Wrócę na czas.

Katrina ujęła syna za rękę i wyszła z nim ze stajni.

– Mamo, kiedy wróci Amba? – zapytał Caleb.

– Ona już nie wróci, skarbie. Zamiast niej jest u nas teraz Sarita.

– Dlaczego?

Stale to samo pytanie! Katrina poczuła narastające w niej rozdrażnienie, zdołała jednk stłumić zniecierpliwienie. Nie zamierzała wyładowywać swego gniewu na Calebie.

– Bo Sarita opiekuje się tobą lepiej.

Widocznie Caleb zadowolił się tą odpowiedzią, bo nie zadawał już następnych pytań. Puścił jej dłoń i ostatnią część drogi do domu przebiegł sam.

Katrina zakończyła kąpiel, kiedy usłyszała, że Aidan wchodzi do pokoju. Niegłośny stukot zdradził jej, że mąż ściągnął buty i rzucił je niedbale na podłogę. Kiedy w halce weszła do pokoju, Aidan zamykał właśnie za sobą drzwi do garderoby. Z westchnieniem ulgi udała się do swojej garderoby, gdzie czekała już na nią *ayah*. Na ten wieczór miała włożyć suknię w kolorze szampana z turniurą oraz warstwą suto marszczonego i haftowanego w złote kwiaty szyfonu pokrywającego spódnicę. Do tego rękawiczki sięgające łokci, złoty naszyjnik z diamentowym zapięciem i odpowiednie kolczyki.

Kiedy wyszła z garderoby, Aidan czekał już, mierząc ją badawczym spojrzeniem.

– Bardzo ładnie – rzekł z uznaniem.

Poczuła na twarzy gorące rumieńce i podziękowała szeptem. Podał jej ramię, wsparła się na nim z pewnym wahaniem. W milczeniu, mąconym jedynie przez szelest jedwabnej spódnicy, podeszli do schodów, Aidan dostosował się do kroków żony, a ona uniosła lekko dół sukni i ostrożnie zaczęła schodzić na dół.

Było to ich pierwsze duże przyjęcie. Na początku pożycia małżeńskiego ograniczali się do skromniejszych imprez. Mimo woli Katrina sięgnęła pamięcią do przyjęcia, które wydała ze Stephenem dwa miesiące po ślubie. Była wtedy taka szczęśliwa: miała własny dom i pozycję kobiety zamężnej, czuła się dorosła i dojrzała, wierzyła, że oto otwierają się przed nią tajemnice znane ludzkości od tysiącleci; była pewna, że nikt wcześniej nie poznał ich nigdy w taki sposób jak ona. Westchnęła i w tej samej chwili poczuła na sobie badawczy wzrok Aidana. Zmieszana przygryzła wargę.

W jego spojrzeniu zajaśniał przelotny uśmiech.

– Dziś wieczorem porozmawiamy – powiedział cicho.

Nie zdążyła odpowiedzieć, ponieważ *chuprassi* wpuścił już pierwszych gości. Elegancko ubrani mężczyźni i kobiety w sukniach tworzących istną feerię barw mijali Aidana i Katrinę, w blasku światła lśniły brylantowe naszyjniki, bransoletki i kolczyki, biżuteria zdobiąca fryzury mieniła się wszystkimi kolorami tęczy.

Kiedy do holu wszedł u boku swoich rodziców Ingram Frazer, Katrina nieznacznie zesztywniała. Nie chciała zapraszać tego człowieka, ale Ashley wyperswadowała jej ten pomysł, twierdząc, że taki krok wywoła niepotrzebne plotki. Katrina w końcu przyznała jej rację i teraz zmusiła się do uśmiechu, kiedy Ingram przywitał się z nią i Aidanem.

Zaproszenia przyjęli wszyscy, nikt nie odwołał przybycia i choć Katrina wiedziała, że to głównie ciekawość skłoniła ludzi do przyjścia na przyjęcie do Landorów, uznała to za sukces. U boku Aidana przeszła przez hol do głównego salonu z otwartymi na oścież podwojami. Zanim przekroczyli próg salonu, Aidan nachylił się ku niej.

– Co masz przeciwko Frazerom? – zapytał tak cicho, aby nikt inny nie usłyszał tych słów.

Po plecach przebiegł jej zimny dreszcz.

– Przeciw całej rodzinie nic – odparła wymijająco.

– A zatem tylko przeciw jednemu z nich?

Spojrzała na niego z wahaniem, gdyż tego zapewne oczekiwał. Nie przyszło jej nawet do głowy, aby go okłamać, nie mogła jednak znaleźć odpowiednich słów i choć w pierwszej chwili otworzyła usta, zachowała milczenie. Aidan spoglądał na nią, również milcząc, w końcu wzruszył ramionami i wprowadził ją do salonu.

Mimo wielorakich obaw, z jakimi Katrina oczekiwała przyjęcia, uznała teraz, że atmosfera jest bez zarzutu. Zabawiała gości rozmową, cały czas czuwała nad sprawnym przebiegiem wieczoru, a w roli gospodyni czuła się znowu tak pewnie jak dawniej. Widocznie raz nabyta wprawa pozostawała już na zawsze.

Chwilami Aidan przyłączał się do niej lub ona do niego, aby nikt nie powziął podejrzenia, że sprawy między nimi nie układają się najlepiej. Mimo to Katrina zastanawiała się, czy tylko ona dostrzega chłód w jego oczach, kiedy się śmieje lub z nią rozmawia. W końcu uznała, że ma już dość bycia jedyną, która wykazuje gotowość do pojednania. Od tej chwili odnosiła się do niego z takim samym chłodem, jaki wyczuwała u niego, choć nieco wcześniej odniosła wrażenie, że Aidan pragnie już jednak rozejmu.

Aidan i Liam Maddox niemal nie rozmawiali ze sobą, co u dwóch starych znajomych mogło dziwić. Istniał między nimi jakiś osobliwy dystans, o którym Maddox zapominał z kolei przy Katrinie; wobec niej był niezmiennie rozmowny i szarmancki. Kilkakrotnie wdawał się w pogawędkę z Amelią Holt, która przyjęła to zainteresowanie z wahaniem, ale i zadowoleniem, opowiedział też kilka anegdot Katrinie, a ona, rozbawiona, śmiała się z nich głośno. Aidan zapewne nie pochwalał tego rodzaju poufałości, bo gdy zbliżyła się do bufetu, aby wziąć sobie coś do picia, podszedł do niej.

– Jeśli już musisz flirtować tak nieprzyzwoicie – odezwał się ledwie słyszalnie, lecz ostrym tonem – to przynajmniej nie rób tego w mojej obecności.

Spojrzała na niego zaskoczona.

– Nie mam pojęcia, o czym mówisz.

– Doprawdy?

Katrina uniosła wyżej głowę.

– W rzeczy samej.

– No cóż, wyjaśnię ci to zatem w swoim czasie, moja droga. – I nie zaszczycając jej nawet krótkim spojrzeniem, oddalił się.

Mimo że Katrina powtarzała w duchu, iż nie ma sobie nic do zarzucenia, poczuła się nieswojo. Pragnęła puścić ten epizod w niepamięć, ale mimo usilnych starań jej śmiech i krótkie konwersacje z gośćmi miały w sobie od tej pory coś sztucznego i wymuszonego. Ashley kilkakrotnie obrzuciła ją badawczym spojrzeniem, ale wstrzymała się od jakichkolwiek uwag. Napięcie, jakie Katrina odczuwała przez cały czas przyjęcia, a także nienaturalna, wymuszona wesołość, niezgadzająca z jej nastrojem, stawały się nie do zniesienia, a mimo to moment opuszczenia przyjęcia przez gości i pozostania z Aidanem sam na sam napełniał ją lękiem.

Kiedy stanęła na uboczu, w pewnym oddaleniu od tłumu gości, aby powachlować się i zaczerpnąć odrobinę świeżego powietrza, podszedł do niej Liam Maddox z córką jakiegoś kupca korzennego z Madrasu u boku. Po przyjeździe do Ooty ten elegancki oficer stał się niemal natychmiast obiektem gorliwych zakusów ze strony matek niezamężnych panien.

– Bardzo udany wieczór – pochwalił z uśmiechem.

– Cieszy mnie, że dobrze się pan bawi – odparła Katrina, zmuszając się również do uśmiechu.

– Bardzo popularne są także przyjęcia wydawane przez moich rodziców – wtrąciła dziewczyna.

Maddox skłonił uprzejmie głowę.

– Niebawem wydajemy kolejne przyjęcie – dodała dziewczyna, zapewne idąc za radą matki, aby starać się podtrzymywać zainteresowanie mężczyzny swoją osobą. – Z pewnością niebawem i pan otrzyma na nie zaproszenie.

Wbrew oczekiwaniom Katriny w oczach Maddoxa zamiast przebłysku sarkazmu pojawiło się autentyczne politowanie.

– Bardzo żałuję – odparł – ale jutro wracam już do Kalkuty.

Dziewczyna spłonęła rumieńcem, a i Katrinie zrobiło jej się żal.

– Sporo pan straci – powiedziała. – Przyjęcia u pani Gardener mają wiele uroku.

Pochwyciła pełne wdzięczności spojrzenie fiołkowych oczu, pąsy na policzkach dziewczyny zaczęły z wolna ustępować, natomiast Maddox rzucił Katrinie uśmiech pełen uznania. Panna przeprosiła niezręcznie i oddaliła się, zapewne w obawie przed bardziej kłopotliwą sytuacją.

– Biedne dziecko – mruknął Maddox, odprowadzając ją wzrokiem. – Gdybym miał siostry, pewnie znalazłbym więcej zrozumienia dla postępowania matek młodych dziewcząt.

Katrina uniosła brwi.

– Zapewniam pana, że nie wszystkie matki postępują w taki sposób.

Na jego ustach zaigrał kpiarski uśmiech.

– A zatem to tylko ja zawsze spotykam te niewłaściwe.

– W istocie więc dla pana wielce korzystne mogłoby się okazać posiadanie siostry – odparła Katrina, podtrzymując żartobliwy ton pogawędki.

Maddox roześmiał się.

– Chce pani powiedzieć, że siostra trzymałaby takie matki z dala ode mnie?

Zanim Katrina zdążyła odpowiedzieć, stanął przy nich Aidan.

– Dobrze się pan bawi, sir? – zwrócił się do Maddoxa chłodnym tonem, który bez wątpienia wykluczał jakiekolwiek życzliwe intencje pytającego.

– W rzeczy samej – odparł Maddox. – Jest pan z całą pewnością wybrańcem losu, podporuczniku.

Aidan objął żonę ramieniem i uśmiechnął się, ale nie odpowiedział. Katrina słyszała ich rozmowę jakby zza grubej kotary, wszystko zagłuszało gwałtowne bicie serca, podczas gdy jej odczucia koncentrowały się na ciepłym dotyku dłoni Aidana, spoczywającej na jej plecach. Zastanawiała się, co go skłoniło do tak nieznośnego i zarazem tak zaskakująco zaborczego zachowania, i nagle uzmysłowiła sobie, że nie mogło kierować nim nic innego, jak tylko zazdrość. Zdumiona odkryciem tego rysu charakteru, który jej zdaniem nie pasował do Aidana, spojrzała na niego i wzrok, jakim obrzucił on najpierw Maddoxa, a potem ją samą, utwierdził ją w tym przypuszczeniu. Rywal widocznie doszedł do podobnego przekonania, bo skinął głową, przeprosił i zwrócił się do stojącego w pobliżu mężczyzny. Zaledwie odszedł, Aidan zdjął rękę z ramion Katriny, bez słowa odwrócił się i oddalił.

Minęła już druga w nocy, kiedy pożegnali się ostatni goście. Katrina wydała jeszcze służbie stosowne polecenia na następny dzień, po czym udała się do swego pokoju. Przed drzwiami zawahała się, ale po chwili nacisnęła klamkę i weszła do sypialni, którą rozświetlał tylko blask ognia w kominku. Zarówno w łazience, jak i w garderobie Aidana było ciemno, Katrina uznała więc, że siedzi on w bibliotece lub w swoim gabinecie, gdzie lubił wieczorami wypalić cygaro. Po raz ostatni widziała go, jak rozmawiał z *khansaną*, tuż po wyjściu ostatnich gości.

Jednak Aidan nie pojawił się nawet wtedy, kiedy kładła się już do łóżka. Trudno, jeśli sądzi, że będę czekała na niego godzinami – aż pan i władca raczy przyjść, to jest w błędzie, pomyślała Katrina. Chociaż spodziewała się, że ich rozmowa, nieunikniona przecież, nie będzie zbyt miła, wolała ją mieć już za sobą. Narastało w niej trudne do określenia wzburzenie, które zdawało się otulać ją całą jakimś wilgotnym welonem, utrudniając oddychanie i nie pozwalając zasnąć. Przez niemal pełną godzinę przewracała się z boku na bok i w pewnej chwili przyszło jej nawet na myśl, żeby zejść samej na dół i wymusić na nim tę rozmowę, powstrzymywało ją jednak poczucie dumy. Kiedy sen nadszedł wreszcie, natychmiast wchłonął ją w swą czeluść, mroczną i bezdenną.

*

Otworzyła oczy i poczuła w pokoju ziąb. Przez szparę w zasłonach wdarł się wścibski promyk słońca, zdołał dotrzeć do kominka i pokrył swym blaskiem wygasły popiół. Katrina machinalnie podciągnęła puchową kołdrę pod samą brodę, obróciła głowę na bok i w tym momencie resztki senności jak za dotknięciem czarodziejskiej różdżki rozwiały się bez śladu. Patrząc z niedowierzaniem na nietkniętą drugą połowę łóżka, uniosła się z wolna, odgarnęła włosy, które uwolniły się jakoś z zaplecionego przed snem warkocza, a potem wyciągnęła rękę i dotknęła poduszkę, jakby musiała przekonać się namacalnie, że tej nocy naprawdę nikt nie złożył na niej głowy.

Owszem, przyszło jej niedawno na myśl, że byłoby dobrze, gdyby Aidan przeniósł się do któregoś z pokojów gościnnych, ale nie tak to sobie wyobrażała, że się po prostu wyprowadzi, bez jednego słowa. W sytuacji, do jakiej doszło, Katrina poczuła się upokorzona. Jednym ruchem odgarnęła na bok kołdrę, aby wstać; wzbierała w niej wściekłość, jakiej nie zaznała od dawna. Nie tracąc czasu na przebranie się, chwyciła tylko ciepłą podomkę i wybiegła boso z pokoju. Jej *ayah* i dwie inne służące, siedzące na korytarzu, spojrzały na nią zdumione, ale nie zwróciła na to uwagi.

Gwałtownie, z coraz większym rozdrażnieniem otwierała drzwi pokoi gościnnych, jedne po drugich, a kiedy znalazła się przy ostatnim pokoju, wściekłość zastąpiło poczucie zamętu i niepokoju: meble we wszystkich pokojach były nakryte prześcieradłami.

Powoli zamknęła z powrotem ostatnie drzwi i powiodła wzrokiem po całym korytarzu, jakby w obawie, że coś przeoczyła, przez chwilę zbierała myśli, machinalnie przygryzając wewnętrzną stronę policzka, wreszcie wróciła do swego pokoju i przywołała *ayah*, aby pomogła jej się ubrać, i śpiesznie upięła wysoko włosy.

Nieco później zajrzała jeszcze do biblioteki, ponieważ jednak nie zastała Aidana ani tam, ani w gabinecie, zadzwoniła w końcu na *khansanę*.

– Gdzie jest *sahib*? – zapytała rosłego brodatego Hindusa, zaledwie stawił się na wezwanie w jej prywatnym salonie.

– Nie widziałem go jeszcze dziś, *memsahib*.

Katrina skinęła głową, gestem ręki odesłała go z powrotem

i nagle przyszło olśnienie. Granat! No właśnie, przecież Aidan nie rusza się nigdzie bez swego ulubionego kasztanka! Rzeczywiście informacji udzielił jej w końcu syn stajennego: *sahib* kazał osiodłać konia jeszcze w nocy, po czym odjechał. Katrina, wzburzona tą wiadomością, wróciła do domu.

W garderobie Aidana, do której tak jak do łazienki można było wejść bezpośrednio z sypialni oraz z korytarza, Katrina ujrzała od razu wieczorowy strój męża, rzucony niedbale na krzesło. A zatem musiał tu przyjść i przebrać się, kiedy spała.

Ręce drżały jej lekko, kiedy zdejmowała z poręczy krzesła eleganckie ubranie Aidana, wygładziła je i powiesiła starannie, aby kamerdyner mógł wyszczotkować je jak należy. Po chwili znowu dotknęła materiału, zadając sobie w duchu natrętne pytanie: dlaczego Aidan upokorzył ją tak boleśnie? Czy zastanowił się, jak ona będzie się czuła, zmuszona pytać służbę, gdzie się podziewa jej mąż? W nagłym porywie furii chwyciła tak pieczołowicie przed chwilą powieszone ubranie i cisnęła je w kąt pokoju.

Kilka następnych godzin spędziła na sprawdzaniu książek rachunkowych, ale trudno jej było się na tym skupić, bo jednocześnie nasłuchiwała kroków Aidana. Do tej pory, wychodząc wieczorami, wracał do domu zazwyczaj około północy, a w każdym razie nie później niż nad ranem. Tymczasem minęło już południe, a ona nadal nie miała pojęcia, gdzie on jest.

Słysząc kroki na korytarzu, zerwała się na równe nogi, podbiegła do drzwi i otworzyła je jednym szarpnięciem na oścież, ujrzała jednak przed sobą Charlesa, który spojrzał na nią zdumiony.

– Co za impulsywne powitanie!

Katrina cofnęła się o krok, aby wpuścić go do środka.

– Co cię do mnie sprowadza?

– Chciałem porozmawiać z Aidanem.

– Niestety, nie ma go.

– A kiedy wróci? – Mówiąc to, Charles zerknął przypadkowo na otwartą księgę rachunkową. Ponieważ Katrina wahała się z odpowiedzią, podniósł na nią wzrok. – Co się dzieje?

– Nie wiem, kiedy Aidan wróci – odparła Katrina, machinalnie skubiąc mankiet rękawa.

– A gdzie jest? W klubie? A zatem pójdę tam do niego.

Zamiast odpowiedzieć, przeniosła wzrok na wysokie okna, za którymi rozpościerały się poletka herbaty, okrywając łagodne zbocza wzgórz kobiercem zieleni. Rosnące przy drodze cyprysy drżały lekko, wstrząsane podmuchami wiatru.

– Katrino? – Charles spoglądał na siostrę spod ściągniętych brwi. – Nie pogodziliście się jeszcze, czy tak? A teraz na domiar złego Aidan zniknął z domu, nie mówiąc ci, dokąd się wybiera?

Skinęła głową.

– Wygląda na to, że nie było go przez całą noc.

– Jak długo jeszcze zamierzacie ciągnąć ten teatr?

– Mimo najlepszych chęci nie potrafię pojąć, co cię to obchodzi – odparła Katrino ostrzej, niż zamierzała.

– Sądzę po prostu, że uraziłaś jego poczucie dumy.

– A on zranił mnie, zatem rachunek został wyrównany.

Spojrzał na nią pytającym wzrokiem, ale jedynie wtuliła głowę w ramiona, jakby chroniąc się przed mroźnym powiewem, i skrzyżowała ramiona na piersi.

– Porozmawiajcie ze sobą i pogódźcie się wreszcie. Zachowujecie się jak para niemądrych dzieciaków.

Katrina odrzuciła głowę w tył, na końcu języka miała już jakąś kąśliwą odpowiedź, ale Charles nie dopuścił jej do głosu.

– Mężczyźni czasem już tacy są, dlatego zamiast robić mu wymówki, kiedy wraca do domu, powinnaś okazać gotowość do pojednania.

– Tak, na pewno – mruknęła Katrina i głośniej dodała: – Kiedyś to ja wymknę się nocą z domu i przez cały następny dzień nie dam znaku życia, tak aby to Aidan musiał wypytywać służbę, gdzie się podziałam.

– Nie sądzę, aby to było to samo.

– Ależ oczywiście, że nie. – W jej głosie dała się słyszeć wyraźna nuta sarkazmu.

– Gdy wróci do domu, powiedz mu, że chciałbym z nim porozmawiać.

– O co chodzi?

– O bilans.

Katrina wskazała na stół.

– Możesz omówić go ze mną.

– Wiem, ale nie mogę stale pomijać twojego męża. – Charles nachylił się, cmoknął ją w policzek i wyszedł.

Późnym popołudniem Katrina uznała, że nie może dłużej czekać. Poszła do stajni, kazała osiodłać klacz i po chwili ruszyła w drogę.

Nicolas czytał właśnie raport jednego ze swoich podkomendnych i zaskoczony podniósł wzrok, kiedy drzwi do gabinetu otwarły się gwałtownie.

– Stało się coś?

W progu stała Ashley, w jej oczach dostrzegł płomień furii.

– Była tu Katrina. Czy wiesz może, gdzie jest Aidan?

– Ona go szuka? – Nicolas odłożył raport na biurko i podniósł się z krzesła.

– W rzeczy samej. Wygląda na to, że wyjechał z domu wczoraj po przyjęciu i do tej pory nie pojawił się z powrotem. Katrina myślała, że może ty wiesz, gdzie się podział.

– Nie, nie... Ona jest jeszcze tutaj?

Ashley potrząsnęła głową.

– Wydaje się, że już rozmowa ze mną na ten temat była dla niej dostatecznie upokarzająca. – Skrzyżowała ramiona na piersi. – Nicolasie, wiem, że Aidan jest twoim przyjacielem, ale tak dłużej być nie może.

– Czy Katrina prosiła cię o pomoc? A może jedynie zapytała, czy go tutaj nie ma? Jeśli poprosiła cię, abym zajął się tą sprawą, spróbuję go odnaleźć, ale nie mam w zwyczaju wtrącać się nieproszony do nie swoich spraw. – Nicolas spojrzał bacznie na żonę.

– Katrina zapytała, czy nie wiemy przypadkiem, gdzie znajduje się jej mąż, a ja przyrzekłam, że postaram się dowiedzieć... Błagam cię, Nicolasie, to moja przyjaciółka i boli mnie, gdy widzę ją w takim stanie.

Z ciężkim westchnieniem Nicolas przetarł sobie oczy dłonią. Po całej pracy jeszcze zajmować się kłótniami innych ludzi... nie, taki pomysł naprawdę nie budził jego entuzjazmu. Podszedł do Ashley, ale kiedy chciał ująć jej twarz w dłonie, troskę widoczną dotąd w jej oczach zastąpiła momentalnie ostrożna rezerwa, co kazało mu zadać sobie pytanie, co się z nią dzieje. Po przyjściu na świat Robina wszystko wydawało się zmierzać ku lepszemu, ale od niedawna Ashley ponownie zaczęła się oddalać. Czubkami palców musnął ciemne włosy na jej skroniach.

– Spróbuję odnaleźć Aidana – obiecał.

Podziękowała mu uśmiechem i cofnęła się trochę, tak że musiał ją puścić.

Niebawem jechał już w stronę bazaru. Istniało tylko jedno miejsce, w którym Aidan mógłby spędzić całą noc i cały następny dzień. Słabość do opium była po prostu silniejsza od niego.

Okolice bazaru tętniły już życiem. Nicolas ściągnął lejce i jechał odtąd stępa. Na nierównej drodze turkotały wózki ciągnięte przez osiołki, tu i tam roiło się od przechodniów, mężczyzn z ręcznymi wózkami oraz kobiet z zasznurowanymi tobołami na głowach, idących przed siebie. W tłumie pojawiały się gdzieniegdzie wychudzone krowy o barwie piachu. W blasku słońca mieniły się wszystkimi kolorami tęczy różnobarwne sari, chłodne powietrze było przesycone zapachem pieczonego na kamieniu chleba i pieprzu.

W stajni nieopodal palarni opium Nicolas zostawił wierzchowca, powiódł wzrokiem po tutejszych boksach i dostrzegł głowę kasztana należącego do Aidana. Podszedł do niego i poklepał go po karku, na co Granat zareagował niskim, przeciągłym i wibrującym pomrukiem.

Wchodząc do palarni, już w progu poczuł uderzenie gęstego dymu. Nie przyjmując oferty uczynnego posługacza, który chciał go zaprowadzić na wolne miejsce, przebijał się przez kłęby dymu, na przemian to pokasłując, to trąc załzawione oczy, i stąpał ponad nieruchomo leżącymi ciałami, po których trudno było poznać, czy są jedynie pogrążone w letargu, czy już martwe. Mijał twarze o szklistych oczach wpatrzonych apatycznie przed siebie, inni uśmiechali się lub łapczywie pociągali z fajek. Słodkawy zapach opium, którego opary snuły się w pomieszczeniu niczym pasma mgły, osadzał się w gardle, przyprawiając o stan odurzenia. Wokół panował półmrok, lampy gazowe syczały cicho.

Niebawem Nicolas dostrzegł Aidana; leżał wyciągnięty na jakiejś ławie, z dłońmi splecionymi pod głową i z zamkniętymi oczami. Tuż obok na niedużym stoliku na zalanej wodą srebrnej tacy leżała fajka opiumowa. Zanim Nicolas stanął przy nim, Aidan otworzył oczy, zaskakująco przytomne. Widocznie jego instynkt zachował jeszcze czujność i podpowiedział mu właśnie, że ktoś się zbliża.

– Czy zdajesz sobie sprawę, jaki mamy teraz dzień i która to godzina? – zapytał Nicolas i usiadł na brzegu pryczy, jakby odwiedzał znajomego pacjenta w szpitalu.

– Przysłała cię Katrina?

– Nie.

– Ale z pewnością była u was, a teraz Ashley ciosa ci kołki na głowie, abyś wtrącił się w moje prywatne sprawy, nieprawdaż?

Nicolas obserwował go w milczeniu.

– Przyszedłeś na próżno – powiedział Aidan – wiem bowiem doskonale, jaki mamy dzień i która to godzina, a mimo to nie wrócę jeszcze do domu. Uczynię to dopiero, gdy sam odczuję taką potrzebę.

– Posłuchaj, Aidan, to nie moja sprawa, ale cokolwiek zaszło między wami, uważam, że Katrina nie zasłużyła na takie traktowanie.

– Masz rację, to nie twoja sprawa.

Nicolas ponownie przetarł sobie oczy podrażnione dymem, co widząc, Aidan wykrzywił usta w kpiącym uśmiechu.

– A zatem nadal czujesz się urażony z powodu tej sprawy z Calebem. Na Boga, żadna matka nie działa racjonalnie, kiedy jej synowi grozi niebezpieczeństwo. Musisz być taki pamiętliwy? Zresztą to, co jej powiedziałeś, przyjacielu, też nie przyczyniło się do utrwalenia pokoju w waszej rodzinie.

Aidan wzruszył jedynie ramionami.

– W ogóle nie potrafię pojąć – mówił dalej Nicolas – dlaczego wczoraj po przyjęciu wyszedłeś tak po prostu. Katrina była czarującą panią domu, sądziłem, że wykorzystasz tę noc, aby doprowadzić wreszcie do pojednania. Najwyższy czas!

Aidan dźwignął się z pryczy dość ociężale i odgarnął włosy

z czoła. Po jego ruchach Nicolas poznał, że jego przyjaciel zażył już jednak sporą dawkę opium.

– Chyba wiesz, że nie lubię, jak ktoś ingeruje w moje życie? – Oczy Aidana zwęziły się nieco.

– Tak, wiem o tym. Ale skoro już tu jestem, mogę skorzystać z okazji i poradzić ci, żebyś porozmawiał z Katriną. Ponadto uważam, że twój obecny stan nie przynosi zaszczytu armii brytyjskiej.

– No tak, więcej zaszczytu przynosi wam sytuacja, w której najpierw ja muszę nadstawiać karku na terenie wroga, a wy dopiero po jakimś czasie wkraczacie tam oficjalnie – odparł zjadliwie Aidan.

Twarz Nicolasa nabiegła krwią.

– Jedno z drugim nie ma nic wspólnego. Popatrz tylko, gdzie się w końcu znalazłeś! – Zatoczył ręką rozległy łuk, który objął całe pomieszczenie.

– A zatem wydaj mi rozkaz, abym stąd wyszedł.

– Dobrze wiesz, że tego nie zrobię.

Aidan znużonym gestem przesunął po twarzy dłonią.

– Niebawem czeka mnie kolejny wyjazd – mruknął po chwili milczenia.

– Kiedy?

– Gdy tylko wrócimy z Bombaju. – Westchnął. – Zazwyczaj cieszyłem się z takich wyjazdów…

– Ale tym razem wcale nie masz na to chęci?

Aidan z pewnym zakłopotaniem wzruszył ramionami.

– Chyba zaczynam gustować w bardziej ustabilizowanym stylu życia.

– Zapewne o to właśnie chodzi – odparł Nicolas kpiącym tonem, na co jednak Aidan chyba nie zwrócił uwagi, gdyż skinął jedynie głową i ułożył się z powrotem na pryczy.

– Katrina będzie się zamartwiać, jeśli nie wrócisz do niej wkrótce.

– Powiedz jej, że nie ma powodu.

– Sam jej to powiedz – odparł sucho Nicolas. Wstał i bez słowa pożegnania wyszedł na zewnątrz.

*

Po wyjątkowo źle przespanej nocy Katrina już wczesnym wieczorem poczuła, że pada z nóg. Zmęczenie potęgował podły nastrój: nie posiadała się z gniewu, odkąd otrzymała od Ashley krótki list z informacją o miejscu pobytu Aidana. Początkowo biegała rozeźlona po całym domu, walcząc z pokusą, aby pojechać czym prędzej do Aidana i powiedzieć mu w oczy, co myśli o jego zachowaniu. Wieczorem, do reszty wyczerpana, padła na łóżko i czekając na odgłos kroków, niestrudzenie układała w myślach słowa, które mogłaby cisnąć mu w twarz, ostre wymówki, które po chwili odrzucała i formułowała na nowo, powstrzymując w bezsilnej wściekłości natrętne łzy. Jakże gorąco nienawidziła tego wyczekiwania skazującego ją na bezczynność, podczas gdy pan domu spędzał czas w podejrzanym towarzystwie!

Poprzez ciężką zasłonę snu, w jaki w końcu zapadła, przeniknęły czyjeś głosy i plusk wody. Z trudem otworzyła oczy, przez moment nasłuchiwała i obróciła głowę w stronę łazienki, skąd dobiegały głosy; jeden z nich niewątpliwie należał do Aidana, poznała to po sposobie, w jaki modulował miękko słowa.

Uniosła się na łokciu i drżąc z zimna, sięgnęła po podomkę. W pokoju rozlewał się żółtawy blask obu lamp gazowych, ustawionych obok łóżka. Po ogniu w kominku, jeszcze do niedawna wesoło trzaskającym, pozostał tylko wygasły popiół, który z pewnością nie był w stanie utrzymać ciepła w sypialni. Deski podłogi pod jej stopami były chłodne, kiedy wstała i skierowała się do łazienki. Gwałtownie pchnęła drzwi, z taką furią, że uderzyły z trzaskiem o ścianę.

– Co ty sobie właściwie myślisz?! – krzyknęła głosem chropawym jeszcze ze snu. Garderobiany, stojący nieopodal ze stertą ręczników, spojrzał na nią z przestrachem. Na krótki znak, dany mu przez Aidana, wyszedł czym prędzej na zewnątrz, zapominając nawet odłożyć ręczniki, natomiast Aidan postąpił ku niej z kamiennym wyrazem twarzy.

– Nigdy więcej – powiedział, podchodząc nieśpiesznie – nie mów do mnie takim tonem, zwłaszcza przy służbie!

Cofnęła się przezornie, zaniepokojona jego spojrzeniem. Oczy błyszczały mu jakoś dziwnie, zapalały się w nich złowieszcze błyski. Stephen nigdy nie podniósł na nią ręki, teraz jednak uświadomiła sobie nieoczekiwanie, że nie jest pewna, czy Aidan powstrzymałby się przed takim krokiem. Wszystkie zarzuty, które dopiero co miała na końcu języka, nagle uwięzły jej w krtani i zdawały się ujawniać już tylko w jej spojrzeniu. Odwróciła się do wyjścia, aby wrócić do pokoju, ale Aidan wyprzedził ją i zatrzasnął drzwi.

– O nie, moja droga, zostaniesz tu, dopóki nie skończymy tej rozmowy!

Katrina, z głową odchyloną do tyłu, jakby w poszukiwaniu oparcia, dopiero po chwili znalazła odpowiednie słowa:

– Sądzę, że to ja mam wszelkie powody, aby się złościć – wykrztusiła drżącym głosem, którego z pewnością nie można było nazwać ostrym.

– Czyżby...?!

– Możesz sobie wyobrazić, jak się czuję, kiedy wstaję rano i muszę pytać służbę, gdzie jesteś? – Cały czas cofała się krok za krokiem, on zaś szedł za nią. – Wiesz doskonale, że nie znoszę, jak spędzasz noce w palarni opium. Nie chcę, żebyś tam chodził!

– Na szczęście nie potrzebuję twojego zezwolenia. – Postąpił dwa szybkie kroki do przodu i zanim Katrina zdążyła zareagować, pochwycił ją za ramiona i przycisnął plecami do ściany. – Ja natomiast nie mogę znieść, że wysyłasz za mną swego brata, choć powiedziałem ci wyraźnie, że sobie tego nie życzę, a robisz to, bo nie masz do mnie zaufania. Nie podoba mi się również, że wysyłasz do mnie Nicolasa, aby mnie szukał, ani to, że wydzierasz się na mnie, kiedy wracam do domu!

– Następnym razem pójdę po ciebie sama, skoro już wiem, gdzie można cię znaleźć.

– Nie radzę, moja droga.

Jego ubranie pachniało dymem opiumowym; zarówno surdut, jak i rozpięta pod szyją koszula. Katrina czuła to wyraźnie z każdym oddechem.

– Wiem, dlaczego wyszedłeś wtedy z domu, ale nie miałeś żadnego powodu do zazdrości – powiedziała.

– Do zazdrości? – Aidan zmrużył oczy, jakby usłyszał właśnie coś nieprawdopodobnego.

Usiłowała uwolnić się z jego uścisku, ale on ponownie przygniótł ją do ściany.

– Jeszcze nie skończyliśmy!

Uniosła obie ręce i odepchnęła go oburącz tak silnie, że zatoczył się do tyłu.

– Nie muszę tolerować takiego zachowania! – Odwróciła się na pięcie i chciała wyjść z łazienki, ale nie zdążyła, Aidan dogonił ją, zanim jeszcze doszła do drzwi, pochwycił za ramię i obrócił do siebie. Kiedy próbowała znów go odepchnąć, przytrzymał jej ręce w górze, przypierając je do ściany nad głową.

Zadyszana spojrzała na niego, na jego ściągnięte brwi, na pociemniałe oczy, na usta tworzące teraz cienką równą linię. Wszystko przed jej oczyma rozpłynęło się nagle w jakiś nieokreślony obraz o mglistych konturach, szybko zamrugała raz i drugi.

– Aidan, proszę – szepnęła kruchym, łamiącym się głosem i chociaż nieznacznie rozluźnił dłonie zaciśnięte na jej rękach, nie poruszyła się. Trwała tak w bezruchu, wypatrując na jego twarzy śladu dawnej zażyłości, podczas gdy jego czoło wypogadzało się. Puścił jej lewe ramię i koniuszkami palców musnął policzek.

– Już dobrze, Katrino – powiedział cicho. – Nie płacz.

Dygocąc z lekka, westchnęła głęboko, uwolniła prawą rękę i potarła sobie ramiona. Podniosła głowę i spojrzała na niego. Nadal trzymał dłoń na jej ramieniu, ale tym razem łagodnie i lekko.

– Wracaj do siebie – szepnął głosem, który nie zagłuszył nawet cichego trzaskania ognia w piecu. – Muszę wziąć kąpiel, potrzebuję pół godziny na zebranie myśli. Potem do ciebie przyjdę.

Katrina odwzajemniła jego spojrzenie, usiłowała przedrzeć się przez nie dalej, tam, gdzie zdawało się tkwić coś skrywanego przed nią do tej pory. Upłynęło sporo czasu, zanim odkryła, co czaiło się za jego oczami, nie znalazła tam jednak nic prócz figlarnych ogników.

– Czekam – mruknęła i nie odrywając od niego oczu, po omacku odnalazła dłonią klamkę.

16

Bombaj, luty 1877

Gwar i tropikalny upał powitały Katrinę, kiedy wysiadła z pociągu na Dworcu Wiktorii w Bombaju. Uprzednio była już kilka razy w Madrasie, ale to, z czym spotkała się tutaj, przerosło jej najgorsze przewidywania. Wokół niej trwał bezustanny harmider, w ciężkim wilgotnym powietrzu krzyżowały się obco brzmiące dialekty, ludzie tłoczyli się na każdym kroku, a Aidan przypominał jej co chwila, aby uważała na bagaż. Nawet Caleb, któremu usta nie zamykały się przez cały czas jazdy pociągiem, zamilkł teraz i nie odstępując matki na krok, rozglądał się dokoła, wyraźnie onieśmielony. Katrina ściskała go za rękę ze wszystkich sił, jakby się obawiała, że chłopiec zaraz zniknie.

– Kiedy wyjdziemy z dworca, poczujesz się lepiej – obiecał Aidan i ujął ją pod rękę, aby wyprowadzić z tłumu.

Katrina miała wrażenie, że w tej ciasno zasznurowanej sukni zabraknie jej za chwilę tchu. Już w trakcie jazdy materiał kleił się jej nieprzyjemnie do ciała, a na karku i skroniach czuła gęste krople potu.

Woń spoconych ciał w hali dworcowej mieszała się z zapachem parowozów, smarów i dymu. Katrina wsparta na ramieniu Aidana parła ku wyjściu. I kiedy ze zwartego tłumu wydostała się wreszcie na oślepiającą światłość, odetchnęła głęboko, tu jednak przekonała się, że nieznośny, wilgotny żar nie ustąpił ani na jotę przed chłodem. Zmienił się jedynie zapach – na woń przypraw nałożył się teraz słodkawo-gnilny fetor śmieci zalegających pobocze drogi oraz swąd smażonych ryb.

– Portugalczycy nazwali to miasto *Buon Bahia* – wyjaśnił Aidan, który najwyraźniej nic sobie nie robił z upału. – To oznacza: Dobra Zatoka.

Katrina rozejrzała się dokoła. Wyglądało na to, że Portugalczykom nie brakowało poczucia humoru.

– Mamo. – Caleb pociągnął ją za rąbek sukni. – Pojedziemy dziś z powrotem do domu?

– Jedziemy teraz do twojego... – zawahała się. – Twojego dziadka.

– Wcale mi się tu nie podoba – kwękał Caleb.

Aidan nachylił się i wziął go za rękę.

– Chodź ze mną, rozejrzymy się za powozem, który miał podesłać ojciec. – Jakiś czas temu zapowiedział mu, że przyjadą z Katriną już na początku lutego, czyli na cztery tygodnie przed ślubem, w innym wypadku tak daleka i uciążliwa podróż byłaby dla nich niewarta zachodu. Ojciec Aidana, nie znajdując racjonalnej wymówki, aby odrzucić ten pomysł, poprosił jedynie o podanie dokładnej daty przyjazdu i zapewnił, że zatroszczy się o wszystko.

Podróż okazała się istotnie uciążliwa, przede wszystkim dla Caleba. Początkowo były to krótkie odcinki trasy, które przejechali pociągiem – najpierw do Majsuru, następnie dalej do Mangaluru na Wybrzeżu Malabarskim. Stamtąd pozostało do Bombaju jeszcze pięćset mil, według pierwotnego planu statkiem, co zajęłoby dziewięć dni, ale wskutek choroby morskiej Caleba musieli w połowie rejsu zejść na ląd i przesiąść się do pociągu. Aidan powiadomił ojca przez posłańca, że przyjadą z jednodniowym opóźnieniem, teraz wątpił jednak, aby ta informacja dotarła na czas.

Kiedy zerknął na Katrinę, wydawała się bliska omdlenia. Czym prędzej ujął ją pod ramię i doprowadził do kufrów, które bagażowi zdążyli już wynieść z hali dworcowej i ustawić na dziedzińcu.

– Posiedź tu przez chwilę – powiedział. Łagodnie posadził ją na jednym z kufrów, a obok niej Caleba, wyszedł na ulicę i osłaniając oczy dłonią przed słońcem, uważnie przebiegł wzrokiem po przechodniach, rykszach i powozach.

– Aidan! – usłyszał nagle okrzyk z lewej strony. Opuścił rękę i obejrzał się. Jego brat Ralph, machając dłonią, już zdążał ku niemu, a za nim biegli dwaj służący.

– Powóz zostawiliśmy nieco dalej, tu było zbyt tłoczno, żeby dojechać – wyjaśnił Ralph i przyjaznym gestem poklepał Aidana po ramieniu. – Dawnośmy się nie widzieli!

– Tak – mruknął Aidan. – To prawda. – Ale nie z mojej winy, zdawał się mówić jego wzrok.

Ralph sprawiał wrażenie, jakby chciał coś jeszcze dodać, widocznie jednak się rozmyślił.

– A gdzie reszta rodziny? – zapytał.

Aidan wskazał ręką na dziedziniec dworca.

– Katrina źle znosi ten skwar, nie jest do tego przyzwyczajona. Tam, w górach, jeszcze miesiąc temu mieliśmy mróz.

– Niedługo będzie mogła wypocząć. Przygotowaliśmy dla was pokoje z oknami wychodzącymi na zachód. Odpowiada ci to? Pomyślałem, że twój dawny pokój nie nadawałby się dla was obojga.

Aidan skinął twierdząco głową.

Podeszli do Katriny, która na ich widok wstała powoli i wygładziła suknię. Sarita nie przyjechała z nimi, bo Katrina nie chciała narażać starszej kobiety na trudy tak długiej podróży. Na ten czas zastąpiła ją przejściowo w roli *ayah* jedna z młodych służących.

Ralph z przyjaznym uśmiechem skłonił głowę, przyglądając się Katrinie badawczo.

– Bardzo mi miło – powiedział, podając jej rękę.

– Cała przyjemność po mojej stronie – odparła cicho.

Ralph przywołał swoich służących, wydał im kilka poleceń, upewnił się, że zostały należycie wykonane, następnie ruszył przodem, prowadząc do powozów. Jeden z nich był przeznaczony dla służby z bagażem, drugi – dla Aidana, Katriny, Caleba i Ralpha. Aidan upewnił się jeszcze, że Katrina i Caleb siedzą wygodnie, sprawdził, czy kufry zostały porządnie umieszczone w powozie, a potem wziął Ralpha na bok.

– Co z ojcem? – zapytał.

Ralph zerknął na niego z ukosa.

– Cierpliwości – odparł.

*

Podział miasta na część białą i czarną przypominał Katrinie znaną już jej strukturę Madrasu. Południową część Bombaju – tak zwane Białe Miasto – zamieszkiwali Anglicy, część północną nazywano strefą bazarową lub Czarnym Miastem. Aidan nie szczędził Katrinie informacji na temat Bombaju, ona jednak słuchała ich jednym uchem. Była wyczerpana podróżą i na domiar złego nieco wylękniona przed spotkaniem z rodziną Aidana. Wprawdzie jego brat odnosił się do niej życzliwie, ale w sposobie, w jaki taksował ją wzrokiem, dopatrywała się już przedsmaku tego, czego powinna się spodziewać.

Caleb był tak śpiący, że już zasypiał na stojąco. Katrina ostrożnie ułożyła sobie jego głowę na kolanach, a on skulił się jeszcze na siedzeniu w kłębek. Czułym gestem odgarnęła mu z czoła wilgotne od potu włosy. Na ulicach roiło się od przechodniów, krowy kręciły się tu i tam, ruch utrudniały wszędobylskie ryksze, a wszystko razem tworzyło barwną mozaikę dialektów i różnorakich języków, zagłuszaną przez ujadanie psów biegnących za powozami oraz rżenie koni.

Oba powozy minęły bramę wjazdową i podjechały do białego domu z kolumnami, okolonego przez werandę i balkony z balustradami z ciemnego drewna. Ten styl architektury był, jak Katrina zdążyła się już przekonać w drodze z dworca, charakterystyczny dla Bombaju.

Ciemne masywne drzwi otworzyły się na oścież, z domu i ze stajni wybiegła im na powitanie służba. Aidan pchnął drzwiczki powozu, wyskoczył na brukowany dziedziniec, podał rękę Katrinie, aby pomóc jej zejść na ziemię, i w końcu wyciągnął z powozu zaspanego jeszcze Caleba, który, oślepiony blaskiem słońca, zamrugał powiekami i przetarł je dłońmi. Twarz mu pałała i Katrina, zaniepokojona, przytknęła dłoń do jego policzka, nie wyczuła jednak żadnych symptomów gorączki.

Ralph wbiegł po szerokich schodach przed głównym wejściem i omal nie zderzył się z mężczyzną, który w tej samej chwili wyszedł z domu. Jak nie ulegało wątpliwości, że Ralph i Aidan są braćmi, tak nie można było nie rozpoznać w owym mężczyźnie ojca Aidana.

Katrina poczuła na ramieniu dotknięcie dłoni męża i podążyła za nim do domu, prowadząc syna za rękę. Siwy mężczyzna o oczach podobnych do oczu Aidana onieśmielał ją. Miał poważny, niemal surowy wyraz twarzy, choć drobne zmarszczki wokół oczu pozwalały przypuszczać, że nie jest mu obcy śmiech. Jednak w tym momencie jego oczy były zmrużone i ten rys jego mimiki przywodził jej na myśl Aidana. Tuż za nim stał Ralph w wyczekującej pozie. Spojrzał na Katrinę i skinął głową, jakby chciał jej dodać otuchy, po czym uśmiechnął się przelotnie do Aidana, nieco pobłażliwie, jak starszy brat, który nie potrafi jeszcze przestać czuwać nad młodszym.

– Ojcze. – Aidan wyciągnął rękę, którą starszy mężczyzna ujął skwapliwie i przez krótką chwilę wyraz powagi na jego twarzy ustąpił miejsca gorącej niemal do bólu miłości, kiedy nagłym ruchem przytulił Aidana, dość nieporadnie poklepał go po ramieniu i natychmiast cofnął się o krok, jakby ten nagły poryw uczuć wprawił go w zakłopotanie.

Aidan nie ujawnił swoich emocji. Objął Katrinę ramieniem i lekko wypchnął ją naprzód.

– Ojcze, niestety nie poznałeś jeszcze mojej żony. Czy mogę przedstawić? – Przeniósł wzrok na Katrinę. – Katrino, oto twój teść, Raymond Landor.

Uścisk dłoni Raymonda był ciepły i mocny, ale na tyle krótki, aby czynić zadość wymaganiom dobrego wychowania. Mężczyzna wpatrywał się w nią w milczeniu, ale zanim Katrina zdążyła się poczuć nieswojo, wróciły mu dobre maniery i skierował spojrzenie na Caleba.

– A ten młody człowiek jest zapewne twoim pasierbem? – zapytał, zwracając się do Aidana.

– Owszem.

Caleb patrzył na Raymonda, otwierając szeroko oczy.

– Naprawdę jesteś moim dziadkiem?

– Cóż, sądzę, że można to tak określić – odparł Raymond. Odwrócił się i szerokim gestem zaprosił wszystkich do domu.

Weszli do holu, gdzie w przeciwieństwie do oblanego słońcem dziedzińca panował tak nieprzenikniony mrok, że Katrina musiała odczekać dłuższą chwilę, nim cokolwiek dostrzegła. Było tu chłodniej niż na zewnątrz, ale również w domu kumulował się żar dnia.

W holu stały dwie kobiety, obie ciemnowłose, o rysach twarzy odrobinę podobnych do Aidana, lecz bardziej miękkich. Młodsza z nich miała twarz w kształcie serca, z dołeczkami w kącikach ust. Druga sprawiała wrażenie poważniejszej, jej oczy, dominujące na owalnej twarzy, były spokojne, z domieszką smutku. Aidan opowiedział przedtem Katrinie, że przed laty jego starsza siostra straciła swoje pierwsze dziecko. Mimo jej badawczego wzroku, Katrina uświadomiła sobie, że tamta budzi w niej współczucie. Ujęła mocniej dłoń Caleba, kiedy kobieta przeniosła spojrzenie na niego i uśmiechnęła się lekko. Na kilka sekund uśmiech złagodził jej rysy, ale wyraz powagi na powrót zagościł na twarzy, gdy spojrzała na Katrinę.

Aidan cmoknął obie kobiety w policzek, po czym przedstawił je Katrinie – najpierw Awę, starszą siostrę, a potem Jennifer, młodszą. Wszystko jak należy: chłodny uścisk dłoni, uprzejmy uśmiech i zapewnienie o tym, jak dużą przyjemność sprawia to spotkanie.

– Aidanie! – rozległ się w holu głośny okrzyk młodej kobiety, właśnie zbiegającej po schodach. Z dość ryzykownie, jak na damę, zadartą białą suknią i rozwianymi od pędu blond lokami rzuciła się w jego ramiona. – Nareszcie przyjechałeś!

Aidan roześmiał się, uniósł ją w górę i okręcił się w miejscu.

– A ja myślałem, że może już dorosłaś. Tymczasem widzę przed sobą tego samego niesfornego dzieciaka co dawniej.

Z udawanym oburzeniem wyrwała się z jego objęć.

– Mam już osiemnaście lat!

– Ale twoje zachowanie nie wskazuje na to – zganiła ją Awa.

Aidan, nadal obejmując siostrę ramieniem, zwrócił się do żony:

– Katrina, to czarujące dziewczę to moja najmłodsza siostrzyczka, Annie.

Młoda kobieta roześmiała się i wyciągnęła rękę.

– Jestem Annabelle. Nikt nie zwraca się już do mnie tym zdrobnieniem „Annie" prócz Aidana, ale on zagląda tu tak rzadko, że zapomniał, ile mam lat. – Jej głos, ciepły i niski, miał niemal zmysłowe brzmienie, co w połączeniu z jej delikatną, wręcz eteryczną urodą musiało działać na mężczyzn zniewalająco.

Aidan objął ją serdecznie.

– Czy znam tego nicponia, który ma zostać twoim mężem? – zapytał z udaną powagą.

Annabelle parsknęła śmiechem.

– Sądzisz, że ośmieliłby się poprosić o moją rękę, gdyby poznał cię przedtem?

Śmiech zebranych świadczył o tym, że był to żart, którego sens pojęli wszyscy prócz Katriny. Zakłopotana spuściła oczy.

Annabelle uklękła i próbowała przywabić do siebie Caleba, ale chłopiec przytulił się do matki i kurczowo wczepił obydwiema rączkami w jej spódnicę. Był zmęczony, rozdrażniony i tak liczna grupa nieznanych ludzi wcale mu się nie podobała. Wszelkie próby zbliżenia odrzucał więc z całą bezwzględnością, obserwując towarzystwo z nachmurzonym czołem.

Awa przejęła inicjatywę.

– Przypuszczam, że chcielibyście wypocząć i odświeżyć się trochę. Rani pokaże wam pokoje. Spotkamy się na kolacji. – Spojrzała na Katrinę i skinęła przyjaźnie głową. – Będą już wtedy także nasi mężowie, mój i Jennifer. Dla dzieci będzie to niestety zbyt późna pora, ale przyprowadzimy je jutro rano. Aidan nie zna jeszcze tych najmłodszych.

Czyżby ostatnie słowa kryły w sobie wymówkę? Katrina nie była tego pewna. A może tak jej się tylko zdawało, bo pod wpływem zakamuflowanej dezaprobaty, okazywanej jej przez całą rodzinę, stała się już przewrażliwiona? Parwati, dziewczyna, która przejściowo pełniła funkcję *ayah* Caleba, miała zająć się chłopcem, on jednak nie chciał puścić ręki matki i w końcu Katrina postanowiła, że sama się o niego zatroszczy. Jej *ayah*, Akhila, czekała już w sypialni przeznaczonej dla Aidana i Katriny, gdzie miała wypakować kufry.

Pokój był obszerny, o wysokich oknach z zamkniętymi okiennicami. Nad łożem z baldachimem wisiał *punkah*, wachlarz, wprawiany w ruch przez chudego chłopca, *punkahwallah*, za pomocą sznura, którego jeden koniec był uwiązany do jego nogi, a drugi do wachlarza. Katrina wyjęła chusteczkę i wytarła sobie pot z czoła. *Punkah* nie przynosił oczekiwanej ochłody.

– Mamy pokój w zachodnim skrzydle – wyjaśnił Aidan. – Tutaj jest jeszcze względnie chłodno.

– Chyba żartujesz?!

Aidan odesłał służbę, rozluźnił chustę na szyi, potem podszedł do Katriny, rozpiął haftki jej sukni i rozsznurował gorset.

– Nic dziwnego, że trudno ci oddychać.

– Niestety, nic na to nie można poradzić.

– Mogłabyś przynajmniej w domu nie nosić gorsetu – zaproponował.

– No tak, żeby twoja rodzina utwierdziła się w przekonaniu, że gdzie tylko się zjawię, znajdują też nieprawość i upadek moralny.

Aidan uniósł brwi.

– Sam przecież powiedziałeś, że... kierują się uprzedzeniami. – Katrina usiadła obok Caleba, który leżał już na łóżku, i zdjęła mu buty.

– Przekonamy się, jak będzie – mruknął wymijająco Aidan.

Katrina, nie patrząc na niego, kiwnęła głową. Zsunęła z nóg buty, zdjęła suknię i w halce położyła się obok Caleba. Chłopiec już zasypiał.

– Właściwie powinnam wziąć kąpiel, ale nie mam siły. A ty?

Aidan, wsparty pod boki, wydawał się nad czymś rozmyślać. Wpatrywał się przed siebie, marszcząc czoło, a potem, jakby pytanie dotarło do niego dopiero teraz, przeniósł wzrok na Katrinę.

– Nie potrafię spać w ciągu dnia.

– O której zazwyczaj jada się tu wieczerzę?

– Około siódmej. Obudzę cię pół godziny przedtem, wystarczy?

– Żeby wykąpać się i ubrać? Raczysz chyba żartować!

Uśmiechnął się lekko.

– Możesz spokojnie położyć się spać, obudzę cię wystarczająco wcześnie.

– Pójdziesz do ojca?

– Nie, nie teraz. Pewnie nie oszczędziłby mi uwag na temat mego trybu życia, a nie mam ochoty na takie nauki. Poczytam książkę.

Zamknęła oczy i poczuła narastające rozgoryczenie. Ta podróż nie przyniesie wiele dobrego, przeczuwała to już wcześniej, kiedy szykowali się do drogi. I odkąd tu przybyli, nie wydarzyło się nic, co pomogłoby rozwiać te obawy. Jakby odgadując dręczące ją myśli, Aidan delikatnie musnął wargami jej skronie i ten gest, podobnie jak dotyk ciepłej rączki Caleba, wtulonej ufnie w jej dłoń, dał jej ukojenie, zsyłając w końcu sen.

Kolacja przebiegła bez żadnych incydentów. Do stołu zasiedli również mężowie Awy i Jennifer. Rozmowy toczyły się na tematy dość ogólne, jak to zwykle bywa, kiedy ktoś z rodziny przyjeżdża z wizytą po długiej nieobecności. Żona Ralpha miała wrócić po ślubie Annabelle: pojechała z trzema córkami do swoich rodziców, aby odwiedzić chorą matkę.

Kiedy Awa po posiłku wstała od stołu, mężczyźni przeszli do palarni, zostawiając kobiety we własnym gronie. Aidan zerknął jeszcze w progu na Katrinę, ale wiedział, że nie musi się o nią martwić: w obecności Annabelle ani Awa, ani Jennifer nie zdobyłyby się na przesłuchiwanie jej.

W palarni mężczyźni zapalili cygara. Edward, mąż Awy, kierował działalnością jednego z towarzystw żeglugowych, był spokojnym, szanowanym mężczyzną tuż po czterdziestce, nieuwikłanym w plotki. Uchodził za rzetelnego człowieka interesu, wiernego małżonka i oddanego ojca. W przeciwieństwie do niego Andrew, mąż Jennifer, sprawiał na pierwszy rzut oka wrażenie fircyka i galanta, który nie przepuści żadnej okazji do zabawy ani żadnej kobiecie. Aidan wiedział jednak, że to pozory. Andrew nie był wprawdzie typem melancholika, ale osierocony we wczesnej młodości, wziął na siebie odpowiedzialność za przyszłość własną i swoich sióstr, wydał je bardzo korzystnie za mąż, pomnożył też olbrzymi majątek rodzinny dzięki zręcznym i trafnym posunięciom. W tej chwili znajdował po prostu upodobanie do ekstrawagancji w wyglądzie osobistym, czemu dawał wyraz, zapuszczając wąsik; Aidan nie znalazł dla niego innego określenia jak tylko: gogusiowaty. Ale przy stole Andrew gawędził z Katriną bardzo życzliwie i ze szczerym zainteresowaniem rozprawiał o herbacie, co wyraźnie nie podobało się Jennifer. Widocznie kierowała nią zazdrość.

– A zatem, porozmawiajmy – powiedział Raymond Landor i zasiadł w jednym z foteli ustawionych wokół niskiego stolika. Usiedli również pozostali mężczyźni, a Raymond zwrócił się do Aidana: – Zapewne możesz sobie wyobrazić, że nie byłem zachwycony, zostawszy teściem kobiety o tak niepewnej reputacji.

– Wyraziłeś już dostatecznie wyraźnie swoje zdanie w tej sprawie, rezygnując z przyjazdu na mój ślub. – Aidan przebiegł wzrokiem po obecnych. – Tak jak wy wszyscy.

Ralph odwzajemnił spojrzenie z obojętną miną, mąż Awy wzruszył ramionami i tylko Andrew wydawał się zakłopotany.

– Nie powinieneś przyjeżdżać tu razem z nią – odparł Raymond. – Ale nigdy nie miałeś wyczucia tego, co przystoi, a co nie.

Aidan z trudem panował nad sobą.

– Dlaczego nie zaznaczyłeś tego w zaproszeniu? – zapytał zimnym tonem. – W ogóle bym się tu nie zjawił.

– Nie bądź śmieszny. Wiesz, że takie sformułowanie zaproszenia jest niemożliwe. Ponadto, nie wierzę, żebyś mógł nie przyjechać na ślub siostry.

– Ona nie przyjechała na mój… co prawda dlatego, że nie pozwoliłeś jej na to.

– Istotnie, gdyż twoja żona nie jest dla niej odpowiednim towarzystwem. – Raymond pykał cygaro z płomienną zaciekłością, raz po raz wypuszczając z ust obłoczki białego dymu.

– Czego się obawiasz? – rzucił Aidan ironicznym tonem. – Że Katrina weźmie ją na bok i wprowadzi w tajniki cudzołóstwa?

Na twarz Raymonda wystąpiły wypieki.

– Nie tym tonem, Aidanie! Dobrze wiesz, jak dużą wagę przykładałem zawsze do towarzystwa, w jakim obracały się twoje siostry.

– A zatem powinniśmy przeprowadzić się do hotelu – odparował Aidan.

– I wywołać tym samym lawinę plotek? Nie ma mowy!

– Ojcze – wtrącił się do rozmowy Ralph. – Aidan przyjechał dopiero co. Przełóżmy tę rozmowę na inny wieczór.

Jego szwagrowie kiwnęli z aprobatą głowami.

Zanim jednak ojciec zabrał głos, Aidan podniósł się i zdusił wypalone do połowy cygaro w popielniczce.

– Nie przeszkadzajcie sobie, porozmawiajcie swobodnie, o czym tylko chcecie. Ja jednak was przeproszę, jestem naprawdę wyczerpany.

Wstał również Raymond.

– Zaczekaj, przynajmniej pożegnaj się z siostrami.

Z fotela podniosł się Ralph.

– Aidanie, to twój pierwszy wieczór z nami. Niech nie kończy się w taki sposób.

– Bardzo mi przykro. Ralph, ojcze. – Aidan skinął głową obu szwagrom, podszedł do drzwi i nie odwracając się, opuścił pokój.

– Szybko skończyliście – zdumiała się Awa, kiedy wrócił do salonu, umilkła jednak skonsternowana, widząc, że zjawił się sam.

– Pójdę już spać. To był długi dzień. – Skinął na żonę. – Katrino.

Siostry, życząc im w pośpiechu dobrej nocy, wyszły z salonu, zaintrygowane przebiegiem rozmowy w palarni.

– Pokłóciłeś się z ojcem? – zapytała Katrina, idąc z Aidanem po schodach na górę.

– Nie, nie nazwałbym tego kłótnią. Po prostu w kilku kwestiach dotyczących mojego życia ujawniły się różnice w naszych poglądach.

– Poszło o mnie, nieprawdaż?

Nie odpowiedział. Ich kroki rozbrzmiewały głośno na drewnianej podłodze korytarza. Niemal nigdzie nie widać było dywanów, istniała bowiem uzasadniona obawa, że w tym gorącym i wilgotnym powietrzu mogłyby spleśnieć.

– Aidanie, pytałam cię o coś.

– Tak, słyszałem, ale nie jestem teraz w nastroju do rozmów. Przełóżmy to na jutro, dobrze?

Na usta cisnęła jej się jakaś ostra odpowiedź, powstrzymała się jednak, zachowując milczenie. Zajrzała do pokoju Caleba, ale chłopiec już spał. Aidan zaniósł go do łóżka jeszcze przed kolacją, a według słów Parwati, Caleb zbudził się potem na moment i od razu z powrotem zasnął.

Katrina zamknęła za sobą drzwi sypialni, kiedy zakręciło jej się w głowie. Zachwiała się, zamknęła oczy i czym prędzej wsparła oburącz o komodę. Aidan momentalnie stanął przy niej i objął wpół, obrócił ją i rozpiął suknię, a potem gorset.

– Co za lekkomyślność! – ofuknął ją. – Sznurować się tak ciasno w tym klimacie!

– Inne kobiety jakoś to znoszą – mruknęła.

Początkowo chciała wezwać swoją *ayah*, ale zmieniła zdanie. Pragnęła teraz jak najszybciej znaleźć się w łóżku. Suknię miała już rozpiętą, kiedy więc przeszła do garderoby, po prostu zsunęła ją na podłogę. Następnie uwolniła się z halki, gorsetu, turniury i pończoch, po czym włożyła nocną koszulę.

Kiedy wróciła do sypialni, Aidan leżał już w łóżku. Położyła się, a on uniósł się, zgasił światło i zamknął baldachim wokół łóżka, po czym opadł znowu na poduszki. Katrina spodziewała się, że przyciągnie ją do siebie, tak jak zwykle, gdy kładli się do łóżka, a ponieważ tego nie uczynił, urażona, zaczęła się zastanawiać, czy może mieć do niej o coś żal. Po chwili przyczyna jego rzekomej oziębłości stała się dla niej jasna. Powietrze w i tak już dusznym pokoju gromadziło się pod baldachimem, potęgując zaduch, a prześcieradła, jeszcze niedawno świeże i gładkie w dotyku, były teraz lepkie, jakby nasiąkły wilgotnym powietrzem. Katrina przez pewien czas wierciła się niespokojnie z boku na bok, wreszcie otworzyła baldachim.

– Nie powinnaś tego robić, jeśli nie chcesz mieć w nocy nieproszonych gości – odezwał się Aidan, chociaż była przekonana, że już zasnął.

– Gości?

Aidan zapalił lampę.

– Spójrz w górę.

W pierwszej chwili nie wiedziała, co Aidan miał na myśli, ale potem dojrzała drobne czarne punkty poruszające się na baldachimie i wzdrygnęła się z odrazą.

– Czy to robaki?

– Tak. Chrząszcze, pająki, wszystko, co dostaje się do domu przez szczeliny w oknach. Nie sposób zabezpieczyć się przed nimi w pełni, ale przeważnie są nieszkodliwe.

– Wielki Boże, co za ohyda! – Katrina zamknęła ponownie baldachim, a kiedy Aidan zgasił lampę, westchnęła cicho.

Obudziła się z poczuciem, że nie spała nawet przez chwilę. Prześcieradła pod nią były skotłowane i przepocone, nocna koszula kleiła się do ciała swędzącego niemiłosiernie. Przetarła sobie obiema rękami twarz, przesunęła dłonie na kark, gdzie włosy pod zaplecionym warkoczem zawilgotniały podobnie jak na skroniach. Cztery tygodnie takiego snu jak tej nocy, a po powrocie do Ooty nie będzie nawet w stanie utrzymać się na nogach!

Aidan już wstał, ale to, że obudził się przed nią, nie było niczym nowym. Wystarczało mu widocznie mniej snu niż innym ludziom, których znała, i ta myśl, nie wiedzieć czemu, wprowadziła ją nagle w stan rozdrażnienia. Jeśli w Kalkucie było tak jak tutaj, nic dziwnego, że Nicolas omal nie oszalał.

Zadzwoniła na Akhilę i poleciła przygotować sobie kąpiel, a potem ubrała się z jej pomocą.

– *Sahib* Landor kazał przekazać, że czeka w pokoju śniadaniowym – powiedziała Akhila, sznurując gorset. – Właśnie przysłał służącą.

Katrina, przytrzymując się oburącz słupków łóżka, kiwnęła głową. Kiedy Akhila uporała się już z gorsetem i zapięła haftki sukni, Katrinie ponownie zakręciło się w głowie, ale szybko doszła do siebie. Aidan miał rację, w dłuższej perspektywie skutki jej lekkomyślności mogły się okazać opłakane, po prostu nie była przyzwyczajona do tutejszych upałów i źle je znosiła. Gdyby jednak miała zasznurować gorset luźniej niż do tej pory, musiałaby poszerzyć trochę suknię, a na to nie było już czasu. Poleciła *ayah* zająć się na razie pozostałymi sukniami i poszerzyć je, ale tylko minimalnie, tak żeby nikt się nie zorientował. W żadnym razie nie mogło dojść do utworzenia się zmarszczek w talii, nie mogło też powstać u innych wrażenie, że suknia jest źle dopasowana.

Kiedy weszła do pokoju śniadaniowego, Aidan stał przy kredensie i nalewał sobie kawę. Wyglądał na wypoczętego, na jego twarzy nie rysowała się najmniejsza oznaka wyczerpania. Z filiżanką w dłoni odwrócił się do niej i zatroskany ściągnął brwi.

– Słyszałem, jak przez całą noc przewracałaś się z boku na bok, ale nie sądziłem, że dziś rano będziesz się czuła aż tak źle – zauważył.

Katrina z trudem zwalczyła nagłe pragnienie wytrącenia mu tej filiżanki z ręki.

– Tobie też życzę takiego miłego dnia – mruknęła zgryźliwie. Wiedziała, że nie zachowuje się w tym momencie sprawiedliwie ani racjonalnie, ale czuła rozdrażnienie, a jej irytację podsycała jeszcze świadomość, że jemu najwidoczniej zmęczenie nie dało się tak we znaki jak jej. Zapewne upał oddziaływał na jej samopoczucie gorzej, niż sądziła.

Uśmiechnął się.

– Coś cię rozbawiło? – zapytała Katrina, biorąc talerz i podchodząc z nim do kredensu.

Rozejrzał się dokoła, upewnił, że są sami, odstawił filiżankę i oburącz objął Katrinę wpół. Odepchnęła jego zaborcze dłonie.

– Daj spokój – mruknęła szorstko. – Nie jestem w nastroju.

Najwyraźniej nie zamierzał dać za wygraną, bo wykorzystał chwilę, kiedy Katrina opuściła głowę, aby wybrać dżem do grzanki, i dotknął wargami jej karku. Zastygła w bezruchu, jej ciało przebiegł dreszcz.

– Aha, widzę właśnie, że nie jesteś w nastroju – szepnął jej Aidan do ucha i zaśmiał się cicho.

Katrina bez większego przekonania zdobyła się na gest obrony i w tej samej chwili w drzwiach rozległ się gromki głos jej teścia.

– Czyś ty już zupełnie zapomniał, Aidanie, co znaczy przyzwoitość?

Katrina w popłochu zaczęła odpychać jego ręce, ten jednak, nie ułatwiając sytuacji, wypuszczał ją z objęć drażniąco powoli.

– Jak mam rozumieć to pytanie, ojcze? – zapytał, unosząc brwi.

– Pod tym dachem mieszka twoja niezamężna siostra! Musisz oferować jej takie widowisko?

Aidan rozejrzał się wkoło.

– A gdzież ona się schowała? Za meblami? A może pod stołem?

– Zabraniam ci takiego zachowania poza twoim pokojem. – Raymond przeniósł wzrok na Katrinę. – A tobie nie pozwalam na tego rodzaju rozpustne zachowanie w obecności mojej najmłodszej córki.

– Dosyć! – Głos Aidana dygotał z gniewu.

Katrina odstawiła swój talerz i zwróciła się do wyjścia, ale Aidan chwycił ją za rękę.

– Nie będziesz uciekać przed kimkolwiek z mojej rodziny!

Patrzyła na niego skonsternowana, on zaś puścił ją, wziął jej talerz i jak popadło zaczął nakładać na tackę rozmaite potrawy: ser, porcję ryby i jaja, po czym zaniósł to na stół i przysunął Katrinie krzesło, na którym usiadła bez sprzeciwu – wszystko pod bacznym okiem milczącego teścia. Aidan stanął za jej plecami i położył dłonie na jej ramionach.

– Skoro moja małżonka nie jest tym domu mile widziana, to i dla mnie nie ma tu miejsca, ojcze.

– Nikt tego nie powiedział – uciął krótko Raymond i bez słowa zwrócił się do wyjścia.

*

Katrina oparła się o parapet i wyjrzała na ogród, czując pod dłońmi gładką powierzchnię marmuru. Rozgrzane powietrze kipiało wśród bujnej zieleni, podlewanej codziennie przez służbę. W oddali widniały lasy mangrowe, osnute mlecznymi oparami.

Zamknęła z powrotem okno i wytarła pot z czoła. Tego popołudnia była sama, Aidan pojechał z bratem odwiedzić przyjaciół. Przed wyjściem zaproponował jej, aby obejrzała cały dom i posiedziała trochę w ogrodzie lub w bibliotece. Skorzystała potem z tej rady i poszła do ogrodu, tam jednak upał był wyjątkowo nie do zniesienia, a do biblioteki nie śmiała wejść, obawiała się bowiem, że nie spodobałoby się to teściowi.

– Dobrze się czujesz?

Podniosła głowę i ujrzała Jennifer, która stała w progu i właśnie zamykała za sobą drzwi.

– Po prostu jest mi gorąco – odparła. – Poza tym nic mi nie dolega.

Jennifer skinęła głową i podeszła bliżej.

– Tam, skąd pochodzisz, przyzwyczaiłaś się do innego klimatu, nieprawdaż?

To pytanie zabrzmiało w uszach Katriny jak obelga, choć sama nie wiedziała dlaczego.

– Tak, to prawda, w górach jest chłodniej.

– Nie bywałaś w innych miejscach?

– Niekiedy jeździłam z ojcem do Madrasu.

Jennifer uśmiechnęła się.

– Istna podróż dookoła świata, co?

Z niemałą irytacją Katrina poczuła, jak krew uderza jej do głowy.

– Dobrze mi w domu. – Niczym starej pannie, która lęka się podróży, dodała w duchu i natychmiast wyczytała tę samą myśl z twarzy Jennifer. A przecież to nie było tak, że nie lubiła jeździć na północ, miała po prostu w swoim czasie pełne ręce roboty z porządkowaniem życia, a po rozwodzie ze Stephenem podróżowanie w ogóle nie wchodziło w rachubę.

– Nie byłaś jeszcze nigdy, jak przypuszczam, w Anglii? – zapytała Jennifer.

– Nie.

– Mój ojciec bardzo często podróżował z nami, nie tylko po Europie, ale też po Indiach. Zawsze nam powtarzał, że podróże kształcą.

Jej protekcjonalny ton irytował Katrinę, nie przychodziła jej jednak do głowy żadna rozsądna replika.

– Kiedy Caleb podrośnie – odparła po chwili – chciałabym zwiedzić z Aidanem inne regiony uprawy herbaty.

Jennifer zmierzyła ją zdumionym wzrokiem.

– A co twój syn ma z tym wspólnego? – zapytała.

– Nie mogłabym zostawić go samego na kilka miesięcy.

Jennifer parsknęła śmiechem.

– Dobry Boże! Jeśli uzależnisz się w ten sposób od dzieci, nigdy nie wyjedziesz z domu! Przecież on ma swoją *ayah*.

– To prawda, ma *ayah*. – Katrina poczuła znowu grunt pod nogami. – Ale jest moim synem i zasługuje na matkę, która nie zostawi go na tak długo samego.

– W porządku. – W oczach Jennifer zabłysło wyraźnie rozbawienie. – Jak widzę, tam u was podchodzi się do takich spraw trochę bardziej... prowincjonalnie?

– Jeśli myśleć prowincjonalnie znaczy dla ciebie nie zostawiać dzieci przez kilka miesięcy samych, to owszem, masz rację – odparła chłodno Katrina.

– Przecież możesz na ten czas zostawić chłopca u jego ojca. – Jennifer patrzyła na nią z niewinną miną, otwierając szeroko oczy. – Mówiąc między nami, chłopiec zasługuje również na to, aby mieć ojca.

Katrina zesztywniała.

– Za pozwoleniem, to już nie twoja sprawa.

– Doprawdy? Jesteśmy przecież tak jakby siostrami, czyż nie?

Katrina nie odpowiedziała. Utkwiła wzrok w ogrodzie.

– Skoro już tak sobie gawędzimy... powiedz... – mówiła dalej Jennifer – czy w tych pogłoskach na twój temat jest trochę prawdy?

– Jak mam zrozumieć to pytanie? – Katrina czuła, że nawet wypowiedzenie tych kilku słów kosztowało ją wiele trudu.

Na ustach Jennifer zaigrał uśmieszek, nachyliła się do przodu.

– Niejedna zamężna kobieta marzy czasem o jakimś romansie, a ty podobno miałaś ich kilka.

Katrina nabrała głęboko tchu.

– Przykro mi, że muszę cię rozczarować, ale nie miałam nawet jednego.

– Doprawdy? – Jennifer zerknęła na nią spod na wpół opuszczonych powiek. – Niestety, nie jestem w stanie ci uwierzyć, podobnie jak nie wierzą w to moje siostry, Ralph i mój ojciec.

Katrina otoczyła się ciasno ramionami. Nagle mimo upału przeszedł ją zimny dreszcz.

– Dla nas był to niemały szok, kiedy dowiedzieliśmy się o zamiarach Aidana – dodała Jennifer. Na jej trójkątnej twarzy malowała się zaduma, jakby sięgała właśnie pamięcią daleko wstecz. – Mam też wrażenie, że ojciec żałuje trochę, iż odmówił Aidanowi, kiedy ten poprosił o większą ilość pieniędzy. Ale oczywiście nie mógł spełnić tej prośby; to by oznaczało, że uległ szantażowi.

– Nie sądzę, aby Aidan zamierzał szantażować swojego ojca. – Katrina starała się uzbroić swój głos w przekonujące i stanowcze brzmienie.

Jennifer spojrzała na nią zdumiona.

– Aidan wiedział doskonale, że tego rodzaju związek wyprowadzi ojca z równowagi, jestem tego pewna. Powiadomienie nas o swoich planach matrymonialnych sprawiło mu z pewnością olbrzymią satysfakcję. – Nieznacznie opuściła powieki. – Mam nadzieję, że nie łudziłaś się, iż on jest w tobie zakochany? Przecież na krótko przed waszym ślubem poprosił ojca o pieniądze.

Oczywiście Katrina wiedziała o tym, ale słowa szwagierki dotknęły ja boleśnie.

– Aidan i ja zawarliśmy związek małżeński po długim i skrupulatnym namyśle – odparła powoli – i sądzę, że ani on, ani ja nie mamy powodów, aby żałować tej decyzji.

– Ależ oczywiście! – roześmiała się Jennifer. – Wierzę ci na słowo. Wiesz teraz o nim wszystko, zapewne więcej niż my, nieprawdaż? – Wyciągnęła wytworny srebrny zegarek kieszonkowy. – Zbliża się pora na herbatkę. Chyba nie powtórzysz Aidanowi naszej rozmowy? Tylko by się zdenerwował, a to zakłóciłoby niepotrzebnie przygotowania do ślubu Annabelle. Ona bardzo go lubi, wiesz… jak my wszyscy zresztą. Dlatego właśnie martwimy się troszkę o niego.

Katrina odwróciła się, zachowując milczenie.

– Zobaczymy się w salonie – rzuciła uprzejmie na pożegnanie Jennifer.

– Byłem już kiedyś w Darjeeling – powiedział mąż Jennifer, Andrew, popijając herbatę. Miał miły sposób bycia i Katrina, która początkowo uznała go za zarozumiałego fircyka, zdążyła się już do niego przekonać.

– Co pani sądzi o herbacie, jaką tu serwujemy? – zapytał.

– Przecież nie powie, że jej nie smakuje, nawet gdyby tak było – zauważyła Annabelle z kpiącym uśmiechem. Obok niej siedział jej narzeczony, nie odrywając od niej spojrzenia pełnego zachwytu i uwielbienia. Zjawiał się niemal codziennie i przestał się już nawet przejmować podejrzliwym wzrokiem Aidana.

– A jest pani w stanie rozpoznać herbatę? Ustalić jej gatunek? – Andrew nie potrafił ukryć swojej fascynacji tym tematem. Kilkakrotnie już przyznał, że wszystkie rodzaje herbaty smakują mu niemal tak samo, nie wyobrażał więc sobie, aby po samym smaku lub kolorze można było określić, z jakiego regionu ona pochodzi lub nawet, o jakiej porze roku odbył się zbiór.

Herbata była pierwszorzędnego gatunku, co w domu takim jak ten nie mogło dziwić; Katrina poznała się na niej natychmiast. Napar miał złocistobrązową barwę o nieco czerwonawym odcieniu i lekko orzechowym smaku oraz intensywny aromat.

– Darjeeling Second Flush? – Powiodła wzrokiem po obecnych.

– Zgadza się – przyznała Awa. – To ja ją kupiłam. Ojciec pije niemal wyłącznie ten gatunek.

Andrew nie ukrywał, że jest pod wrażeniem, za to jego żona najwyraźniej straciła humor. Katrina dostrzegła to od razu, kiedy zerknęła na nią przelotnie i poczuła iskierkę złośliwej satysfakcji.

Od czasu rozmowy z Jennifer nie miała jeszcze okazji być z Aidanem sam na sam, on jednak zdawał się wyczuwać, że w powietrzu wisi coś niedobrego; świadczyły o tym jego badawcze spojrzenia. Katrina zastanawiała się już nawet, czy nie opowiedzieć mu o wszystkim, rozmyśliła się jednak, nie chcąc popsuć do reszty spotkania z rodziną.

– A ty byłeś już w Darjeeling? – zapytał Andrew, zwracając się do Aidana.

– Zapytaj go lepiej, gdzie go jeszcze nie widziano – powiedział Ralph. – Mój braciszek już w szczenięcych latach był prawdziwym obieżyświatem.

– Tylko bez zazdrości – uśmiechnął się Aidan. – Zresztą te szalone lata należą już do przeszłości.

– No tak – westchnął Andrew z udanym żalem, podkręcając wąsa. – Tak to bywa, kiedy się zawita do portu o nazwie stadło małżeńskie. Człowiek urządza się po domowemu, łagodnieje, gnuśnieje...

– A zatem nabiera cech, których tobie brak – wtrąciła Annabelle, zyskując w odpowiedzi uśmiech szwagra.

– Wygląda jednak na to, że Aidan nie urządził się w swoim małżeństwie po domowemu – odezwała się zjadliwie Jennifer. – Słyszałam, że nadal lubisz podróżować. – Uniosła pytająco brwi, patrząc na brata.

– W porównaniu z tym, co było dawniej, podróżuję znacznie rzadziej, ale masz rację, nie stałem się jeszcze prawdziwym domatorem.

– Pozostają jeszcze określenia: łagodnieje i gnuśnieje.

Aidan roześmiał się serdecznie.

Spojrzenia wszystkich skierowały się na Katrinę, która znowu poczuła, że krew napływa jej do głowy.

– No cóż, taka odpowiedź wydaje mi się jednoznaczna – zauważył Aidan, na co Andrew i Ralph zareagowali głośnym wybuchem śmiechu, podczas gdy kobiety z zakłopotaniem spuściły głowy.

Jennifer nie zamierzała poprzestać na tym.

– A właściwie dlaczego tak dużo podróżujesz, Aidanie? Można by sądzić, że teraz już niejedno powinno trzymać cię w domu?

Spojrzał na Katrinę.

– Istotnie – odparł. – Dlatego właśnie tych podróży jest teraz znacznie mniej.

– Mimo to często nie ma cię w domu, nawet przez kilka miesięcy, jak słyszeliśmy – nie ustępowała Jennifer.

Zanim zdążył jej odpowiedzieć, do rozmowy wtrącił się Andrew:

– Próbowałaś już kiedyś pozbawić ptaka skrzydeł?

Odpowiedź najwyraźniej nie przypadła Jennifer do gustu, zachowała jednak milczenie. Rzuciła za to Katrinie chłodne spojrzenie, które ta zignorowała, natomiast Andrew zwrócił się ponownie do niej i Aidana, aby dowiedzieć się czegoś więcej o ich plantacji herbaty.

*

Wykorzystując pobyt w Bombaju, Aidan starał się pokazać Katrinie jak najwięcej, a zapał, z jakim pełnił funkcję przewodnika, świadczył niedwuznacznie, że mimo wszystko czuje się bardzo przywiązany do swego rodzinnego miasta. Bombaj składał się pierwotnie z siedmiu wysp i dopiero niedawno, jak dowiedziała się Katrina, wieloletnie prace, które polegały na połączeniu kilku wysp przybrzeżnych z lądem, przyniosły rezultat w postaci zwiększenia powierzchni miasta. Podczas gdy powstanie sipajów wstrząsnęło swego czasu całym krajem, większa część Bombaju nie odczuła jego skutków.

– Właściwie skorzystaliśmy również w znacznym stopniu na amerykańskiej wojnie secesyjnej – opowiadał żonie Aidan, spacerując z nią szeroką esplanadą. – Ponieważ ceny amerykańskiej bawełny drastycznie wzrosły w tamtym czasie, wzrósł też popyt na bawełnę z Indii. Dlatego podczas wojny secesyjnej wpłynęło do Bombaju mnóstwo pieniędzy, około siedemdziesięciu pięciu milionów szterlingów.

– Nic dziwnego, że ściąga tu tak wielu ludzi – zauważyła Katrina, machając energicznie wachlarzem. Znowu cierpiała na zawroty głowy, ale starała się nie dawać tego poznać po sobie, aby nie wyjść na marudę. Takie zachowanie zawsze budziło jej niechęć, sama zresztą nie narzekała na słabe zdrowie. Teraz jednak przez ten upał czuła się całymi dniami wyczerpana. Aidan dał za wygraną i przestał jej powtarzać, że z czasem będzie lepiej znosiła tutejszy klimat – tym bardziej że upłynęły już dwa tygodnie, odkąd przyjechali.

– Bombaj jest po Londynie największym miastem imperium – odparł Aidan.

Ale jego słowa tylko utwierdziły Katrinę w przekonaniu, że wizyta w Londynie byłaby dość wątpliwą przyjemnością.

Kiedy amerykańska wojna secesyjna dobiegła końca, handel bawełną, jak opowiadał Aidan, gwałtownie się skurczył, co przyniosło załamanie się największego banku w Indiach, Bank of Bomb.

– Straty okazały się na szczęście tylko przejściowe – wyjaśnił – ale w owym czasie wywołały naprawdę sporo zamieszania. Pamiętam to bardzo dobrze, chociaż nie mieszkałem już wtedy w Bombaju. – Wskazał ręką na budynek stojący z lewej strony. – Ten kasztel pochodzi z czasów, kiedy miastem władali Portugalczycy, ale poza tą budowlą nie zachowało się nic więcej z dawnych fortyfikacji.

Katrina usiłowała wybrazić sobie tamten wcześniejszy Bombaj. Wiedziała, jak znaczącą rolę odgrywało to miasto w początkowym okresie funkcjonowania Kompanii Wschodnioindyjskiej, ale mimo starań jej wyobraźnia nie zdołała przysłonić dzisiejszego obrazu miasta: brudnego, zgiełkliwego i przeludnionego. Tego wrażenia nie przyćmił nawet port, który ze względu na swą architekturę uchodził za jedyny w swoim rodzaju w Indiach.

– Dawniej były tu także mury obronne i fosa. – Aidan wskazał ręką w stronę portu. – Ale mury zburzono, a fosę zasypano. Zresztą okazała się niepotrzebna, bo ludzie zaczęli się osiedlać również poza murem obronnym.

Obok nich przeszła, kuśtykając, jakaś staruszka, tak nisko przygarbiona, że sprawiała wrażenie, jakby lada moment miała przewrócić się do przodu. Twarz miała naznaczoną przez słońce i wiatr, w kościstej dłoni dzierżyła laskę, splątane włosy opadały w nieładzie na ramiona, szare od brudu sari wisiało miejscami w strzępach. Co chwila przebiegały obok nich dzieci, wychudzone, o zogromniałych z głodu oczach, zbyt dojrzałych jak na ich wiek. Katrina wiedziała, co to bieda, można było zetknąć się z nią również w Ooty, nigdy jednak nie widziała jej w takim wymiarze jak tutaj. Ulice pełne były mężczyzn siedzących na brudnym, piaszczystym poboczu, starych i młodych, kalekich i wycieńczonych, którzy obojętnie, tępym wzrokiem, bez najmniejszych choćby śladów emocji, patrzyli przed siebie, trzymając dłonie nieruchomo na kolanach, machinalnie rysując coś palcami w piachu albo wyciągając ręce ku przechodniom, w nadziei na odruch łaski, którego jednak nikt im nie okazywał.

– Czy moglibyśmy pojechać kiedyś na bazar? – zapytała Katrina.

– Kiedy tylko będziesz miała chęć – obiecał szarmancko Aidan. – Prócz dzisiejszego dnia, bo zabrakłoby nam czasu.

Niechętnie wspominała ów wieczór spędzony w gronie rodziny Aidana. Wprawdzie nie doszło już potem do kolejnych przykrości, wszelako nie mogła oprzeć się wrażeniu, że pod warstwą zdawkowej uprzejmości coś aż kipi. Bez względu na to, co mówił jej teść, czuła się niepożądanym gościem. Jedynie Caleb wydawał się zadowolony, miał bowiem wreszcie rówieśników, z którymi mógł się bawić. Spośród sióstr Aidana Katrina polubiła tylko Annabelle, uznała jednak, że jest ona za młoda na partnerkę do rozmów, sama zresztą też czuła się wobec niej jak dostojna matrona.

Siostry Aidana odwiedzały ich prawie codziennie razem z dziećmi, dom tętnił życiem. Awa miała czterech synów: dziesięcioletnich bliźniaków oraz ośmio- i siedmiolatka. Syn Jennifer miał osiem lat, a córka sześć, była więc zaledwie o kilka miesięcy starsza od Caleba, który doszedł nawet do przekonania, że mógłby poślubić ją w przyszłości; wyznał to Katrinie pewnego wieczoru, tuż przed zaśnięciem. Ralph miał trzy córki, co jego żona uznała za okoliczność nawołującą do zadbania wreszcie o dziedzica rodu; wprawdzie nikt nie wywierał na niej tego typu presji, ale, jak ujął to Aidan, takie oczekiwanie wisiało w powietrzu. Choroba teściowej Ralpha mogła zatem nie być jedyną przyczyną nieobecności jego żony w Bombaju.

Było jednak coś, co bardzo cieszyło Katrinę: nareszcie mogła spędzać mnóstwo czasu z Aidanem. W domu zawsze było coś do zrobienia, tu natomiast oboje mogli po raz pierwszy spędzać całe dnie razem, odwiedzać znajomych, odbywać spacery lub chodzić do teatru. Któregoś wieczoru udali się na przechadzkę po terenie przyległym do portu i z prawdziwą przyjemnością wdychali woń morskiej bryzy, jakże odmienną od zapachu rozgrzanego wiatru, wiejącego w Utakamandzie całymi dniami prosto w twarz. Z promenady otwierała się rozległa panorama brzegu, porosłego w oddali palmami, widać było też sine zbocza Wzgórz Malabarskich.

– Co właściwie miała na myśli Annabelle, mówiąc, że gdyby jej narzeczony poznał cię wcześniej, nie poprosiłby o jej rękę?

Aidan zmarszczył czoło.

– Kiedy to powiedziała?

– Gdy przyjechaliśmy tutaj. Już dawno chciałam cię o to zapytać, ale stale wylatywało mi to z pamięci.

– Ach, już wiem. – Aidan roześmiał się. – W przeszłości udaremniłem kilkakrotnie zamążpójście moich sióstr.

Katrina patrzyła na niego zaskoczona.

– Tak po prostu?

– No, może nie było to takie zupełnie proste. Jennifer była wtedy zaręczona, a ja dowiedziałem się tego i owego o jej narzeczonym i uznałem, że nie mogę dopuścić do tego małżeństwa.

– Czy w takich sprawach decyzja nie należy do ojca?

– Ależ tak. I to właśnie on nie zgodził się na zawarcie małżeństwa, kiedy otworzyłem mu oczy na charakter narzeczonego Jennifer.

– A cóż on takiego zrobił? – zainteresowała się Katrina.

– Pobił kobiety w Czarnym Mieście, podobno miał też skłonność do małych dziewczynek. Kiedy dowiedziałem się, że zamierza poślubić Jennifer, kazałem go obserwować... znam przecież kilku tubylców z Czarnego Miasta... Wprawdzie nie mogliśmy mu niczego udowodnić, ale nie było to konieczne, żeby nie dopuścić do ślubu.

– A co ona na to?

Aidan wzruszył ramionami.

– Zaczęła płakać, krzyczała, szalała. Potem nie rozmawiała ze mną prawie przez rok. Była w nim bardzo zakochana, a wtedy nie słucha się głosu rozsądku.

– Ale w końcu przyznała ci rację?

– Zapewne tak. Potem Andrew poprosił o jej rękę i przyjęła oświadczyny.

Katrina zmarszczyła czoło.

– Może tamten mężczyzna zmieniłby się pod jej wpływem?

– O, święta naiwności! – Aidan odchylił głowę do tyłu i zaniósł się śmiechem. – Nie, moja droga, miłość nie jest lekiem na całe zło. Jeśli mężczyzna jest przed ślubem człowiekiem zepsutym, będzie taki również po ślubie.

Bez większego przekonania Katrina skinęła głową.

– Potem było jeszcze dwóch adoratorów Annabelle, ale tu sprawy nie przebiegały aż tak dramatycznie. Jeden z jej wielbicieli służył dawniej razem ze mną w wojsku, wiedziałem więc o nim dostatecznie wiele, drugi zaś miał dość... hmm... osobliwe upodobania. Początkowo Annabelle nie odrzucała żadnego z nich, ale też nie traktowała ich na tyle poważnie, aby mogło ją zmartwić zdecydowane „nie" ojca.

– A jej obecnego narzeczonego nie wziąłeś pod lupę?

– Nie, bo nikt mi nie powiedział, że stara się o rękę Annabelle. – Aidan ściągnął brwi. – Wygląda jednak na porządnego młodzieńca, choć nie rozumiem tego jego niedorzecznego lęku przede mną. Stale patrzy na mnie takim wzrokiem, jakby sądził, że lada chwila go zaatakuję. Chyba będę musiał odbyć poważną rozmowę z Annabelle. Kto wie, co ona nagadała mu na mój temat.

Katrina nabrała głęboko powietrza, na moment wstrzymała oddech i wypuściła powietrze.

– Jeśli chodzi o mój ślub ze Stephenem, nie zdołałbyś go udaremnić.

– Jako twój brat, zapewne nie, choć na twoim miejscu nie byłbym tego taki pewny – odparł Aidan i zniżył głos – ale jako mężczyzna, raczej tak.

Chociaż powiedział to żartobliwym tonem, jej serce zaczęło bić w irytująco szybkim rytmie. Podniosła wzrok, spojrzała w jego szare uśmiechnięte oczy i również zdobyła się na uśmiech. Co się ze mną dzieje, pomyślała. Przecież nic się nie zmieniło, wszystko jest jak dawniej, nieprawdaż?

Propozycja ojca, który późnym wieczorem wyraził chęć przeprowadzenia z nim rozmowy, wzbudziła w Aidanie nieufność. Poprosił Katrinę, aby poczekała na niego w sypialni, spodziewał się bowiem dość niemiłej wymiany zdań, wolał więc mieć potem trochę czasu, aby dojść trochę do siebie, zanim powie jej, o co chodzi.

Zaledwie otworzył drzwi gabinetu ojca, uświadomił sobie, że jego obawy nie były bezpodstawne: w pokoju prócz ojca znajdowali się także Ralph, Awa i Jennifer.

– Co to ma oznaczać? – rzucił szorstko. – Jakieś przesłuchanie?

– Martwimy się o ciebie – odparła Awa.

– Co ty powiesz. – Aidan zamknął drzwi i oparł się o nie plecami, krzyżując ręce na piersi.

Ojciec podszedł bliżej i przystanął kilka kroków przed nim.

– Nie usiądziesz? Nikt cię nie ugryzie.

– Nie. Powiedzcie, o co chodzi. Chcę mieć tę farsę jak najszybciej za sobą.

– Jesteś niesprawiedliwy – zauważyła Awa chłodnym tonem.

– Obserwowałem... obserwowaliśmy cię – poprawił się ojciec – a raczej ciebie i twoją żonę, którą bez naszej zgody uczyniłeś członkiem tej rodziny. Cóż, jeśli chodzi o jej maniery, nie można jej niczego zarzucić.

– Cieszy mnie, że tak to widzisz, ojcze. A zatem... życzę dobrej nocy.

– Nie odejdziesz, dopóki nie skończę – ostrzegł Raymond. – Cała ta sytuacja jest nie do zniesienia. Trudno, ta kobieta...

– Katrina – przerwał mu Aidan. – Ma na imię Katrina.

– ...została już twoją żoną – mówił dalej jego ojciec, ignorując uwagę Aidana. – Oczywiście rozwód nie wchodzi w rachubę. Nie tylko dla dobra naszej rodziny, ale również, ponieważ podejrzewam, że jej brat przedsięwziął odpowiednie kroki, aby temu zapobiec. Pierwsza sprawa, jaką chciałbym omówić, to jej dziecko.

Aidan podniósł wyżej głowę.

– Nie mieszaj w to Caleba. Z nas wszystkich on jeden nie ma nic wspólnego z zaistniałą sytuacją.

– Nie mam zamiaru obwiniać tego chłopca o cokolwiek. Wiem jednak, że jego ojciec... jego rzekomy ojciec... chciałby go odzyskać. Sądzę, że powinieneś uczynić zadość jego życzeniu.

– Ja zaś sądzę – odparł jedwabistym głosem Aidan – że posuwasz się za daleko.

– Bynajmniej. Wygląda bowiem na to, że zdecydowałeś się wieść życie niegodne mężczyzny. Nie masz własnych dzieci, mimo że jesteście małżeństwem od ponad półtora roku, a zamiast tego przejmujesz rolę ojca bękarta swojej żony.

– Przede wszystkim nigdy więcej nie nazywaj Caleba bękartem, bo tym samym stwierdzasz, że uważasz Katrinę za kobietę niemoralną. Po drugie, to wyłącznie nasza sprawa, czy będziemy mieli wspólne dzieci, a już na pewno nie będę roztrząsał tej kwestii w obecności mojego rodzeństwa. – Głos Aidana był spokojny i opanowany, jakkolwiek czuło się, że kipi w nim z trudem powstrzymywana furia.

– Twoje życie to również nasza sprawa – wtrąciła Awa.

– Jedynie częściowo.

Awa wsparła się pod boki.

– Zawsze postępowałeś w sposób nieodpowiedzialny, choćby włócząc się po świecie, a teraz na domiar złego zawarłeś związek małżeński, tym samym spowinowacając nas z kobietą o co najmniej wątpliwej reputacji...

– Za pozwoleniem, to już moja sprawa.

– Masz wysłuchać, co mam do powiedzenia, nie przerywając mi.

– Do diabła, Awa! – krzyknął Aidan. – Nie jesteś moją matką!

Umilkła, ale atak postanowiła kontynuować Jennifer.

– Ona flirtuje z moim mężem – zawołała, stając przed starszym bratem. – Robi to bezwstydnie, nawet w mojej obecności. A Andrew dał się złapać na ten lep!

– Jennifer, nie przebieraj miary, ostrzegam cię! Nawet moja cierpliwość ma granice!

– Nie, Aidan, to ty przebierasz miarę! Dobrze wiesz, że Andrew jest łasy na kobiety, jeśli zatem wprowadzasz do domu tego rodzaju kobietę...

– Dosyć, Jennifer – odezwał się Raymond. – Nie rzucaj oskarżeń, których nie potrafisz udowodnić.

Gniewnym gestem Jennifer odchyliła głowę do tyłu.

– Masz jej powiedzieć, Aidan, aby trzymała się z dala od mego męża!

Aidan pochwycił ją za ramiona i ścisnął boleśnie, aż syknęła.

– Jestem twoim starszym bratem – powiedział podejrzanie spokojnym głosem. – I będziesz odnosić się do mnie z szacunkiem, podobnie jak do mojej żony, zrozumiałaś? – Ponieważ nie odpowiedziała, zaczął nią potrząsać, dopóki nie wykrztusiła:

– Tak. – Dopiero wtedy puścił ją

– Usiądź, Jennifer – polecił Raymond. – A ty, Aidanie, uspokój się wreszcie. Chciałbym, aby sprawy zostały uregulowane i abyś o to zadbał. Oddaj dziecko ojcu i stwórz własną rodzinę. Dopóki nie pozbędziemy się tego kłopotu z pierwszym mężem Katriny, plotki nie ustaną. Przestań wreszcie postępować jak głupiec.

Aidan zesztywniał.

– Z całym szacunkiem, ojcze, ale nigdy więcej nie nazywaj mnie głupcem.

– Ojcze – wtrącił się Ralph – dajmy już spokój na dziś.

Raymond nie zwracał na niego uwagi.

– Aidanie, posłuchaj, mam dla ciebie propozycję.

– Wystarczy mi już to, czego wysłuchałem do tej pory. Twoje żądania są absolutnie nie do przyjęcia.

– Może zmienisz zdanie, kiedy wysłuchasz mnie do końca.

Spojrzał na niego sceptycznie.

– Sam powiedziałeś – kontynuował ojciec – że pod względem finansowym czujesz się przeze mnie poszkodowany. Pomyślałem sobie, że mógłbym podwyższyć kwotę należnych ci comiesięcznych wypłat, powiedzmy… dwukrotnie, jeśli spełnisz moje warunki. Ponadto otrzymałbyś jeden z moich dwóch domów w Londynie, nie musiałbyś zatem kłopotać się o dach nad głową, gdybyś pojechał z rodziną do Anglii. – Raymond spojrzał wyczekująco na syna. – I co ty na to?

– Popełniłem błąd, przyjeżdżając tutaj – odparł Aidan. – A teraz wybaczcie, na mnie już czas. – Odwrócił się i gwałtownie otworzył drzwi.

Awa dogoniła go, kiedy szybkim krokiem przechodził przez hol.

– Aidanie! – Przytrzymała go za rękaw. Z trudem opanował impuls, aby nie odepchnąć jej brutalnie.

– Nikt z nas nie ma złych intencji.

– Z pewnością nie, wiem o tym, ale życzliwe rady też mogą czasem wyrządzić krzywdę. Cóż to za propozycja?! Aby odbierać matce dziecko? I ty wspierasz jeszcze tak absurdalne żądanie? Właśnie ty?!

Awa przytrzymywała go nadal za rękaw.

– Ja… – gorączkowo szukała odpowiednich słów. – Chciałam tylko… Wiesz przecież, że zawsze czułam się za ciebie odpowiedzialna.

Aidan uwolnił rękę z jej uścisku.

– Miałem dwie matki. Dajmy już spokój. – Bez słowa odwrócił się i odszedł.

Było już sporo po północy, kiedy Aidan otworzył drzwi sypialni. W jego ubraniu utrzymywał się jeszcze dymno-słodkawy zapach fajek, którymi delektował się w przesyconym opium zaciszu jakiejś palarni. Katrina siedziała w fotelu, z otwartą książką w dłoni. Spojrzała na niego przenikliwie, mruknął tylko coś na powitanie i minął ją, kierując się do garderoby. Zdjął właśnie surdut, gdy usłyszał ciche stąpanie bosych stóp po deskach podłogi. Z zamkniętymi oczami i spuszczoną głową czekał na nieuniknione pytania i zarzuty. Dla dobra Katriny żywił gorącą nadzieję, że oceni właściwie poziom jego rozdrażnienia i gniew, który kipiał w nim teraz, grożąc niekontrolowanym ujściem nawet wobec niej, która przecież go nie wywołała. Nie chciał sprawić jej bólu, wiedział jednak, że chcąc nie chcąc, powie jej rzeczy, które zabolą, jeśli obrzuci go wymówkami.

Po chwili poczuł jej ramiona, obejmujące go wpół, poczuł, jak tuli się twarzą do jego pleców.

– Tak bardzo bym chciała, żebyś skończył z tym – szepnęła, podczas gdy jej dłoń wędrowała powoli do jego serca. – Mogłeś przecież przyjść do mnie, czekałam na ciebie.

– Ale... – zawahał się – nie byłbym wtedy zdolny do zabawiania cię rozmową.

Jej palce delikatnie odpinały guziki jego koszuli.

– Nie jesteś dla mnie kimś, kto ma bawić mnie rozmową. Jesteś moim mężem. – Przez cienki materiał dotknęła wargami jego łopatki, poczuła, jak napinają mu się mięśnie, a przez ciało przebiega krótki dygot. Pod czubkami palców jej lewej dłoni serce zabiło mu szybciej.

Zacisnął dłonie na jej rękach.

– Powinnaś położyć się spać. Moja rodzina dotknęła mnie dziś do żywego i obawiam się, że gdybym stracił panowanie nad sobą, mógłbym zachować się wobec ciebie niesprawiedliwie i grubiańsko.

Nie ruszając się z miejsca, Katrina uwolniła prawą dłoń i dotknęła dołka pod jego szyją.

– Nie prowokuj mnie, Katrino. Nie znasz mnie tak dobrze, jak sądzisz.

– Możliwe – szepnęła. – Ani ty mnie.

Coś się zmieniło, myślała Katrina, schodząc z Aidanem po schodach do pokoju śniadaniowego. Tego ranka nie zniknął z sypialni, korzystając z jej snu; kiedy otworzyła oczy, leżał obok niej, wsparty na łokciu i wpatrywał się w nią. Ale na czym polega ta zmiana, myślała. Czym różni się ta noc od poprzednich? Przecież odkąd przyjechali do Bombaju, nie była to ich pierwsza noc miłosna i z pewnością nie najłagodniejsza od czasu ślubu. Rano Aidan spoglądał na ślady swojej namiętności, odciśnięte na jej ciele. W jego wzroku widniało poczucie winy. Ostrzegałem cię, mówiły jego oczy. To nic, odparła bezgłośnie, przecież sama tego chciałam. Wtedy kiwnął głową na znak, że zrozumiał, a potem odsunął baldachim i wstał.

Kiedy stanęli w progu, rodzina siedziała jeszcze przy śniadaniu. U szczytu stołu miejsce zajmował Raymond, na prawo od niego siedział Ralph, obok którego miejsce, przeznaczone dla jego żony, było teraz puste. Na lewo od ojca siedziała Annabelle, a obok niej stały jeszcze dwa wolne krzesła – dla Aidana i Katriny.

Wszyscy podnieśli na nich wyczekujące spojrzenia, ale Aidan kiwnął tylko krótko głową, a Katrina mruknęła coś na powitanie. W obecności teścia czuła się dziwnie skrępowana. Aidan nie powiedział jej, co się wczoraj wydarzyło, domyślała się jednak, że musiało dojść do nieprzyjemnej kłótni, i bolało ją, że to ona jest tego przyczyną. Dostrzegł widocznie jej wahanie, bo objął ją ramieniem i popchnął delikatnie do pokoju. Następnie przysunął jej krzesło, a kiedy usiadła, stanął za nią.

– Ojcze, ostatniej nocy nosiłem się już z myślą, aby wyjechać jeszcze dziś, a przedtem doszłoby zapewne do bardzo przykrej sceny. To, że zmieniłem zamiar, zawdzięczacie mojej żonie.

Annabelle wpatrywała się w brata szeroko otwartymi oczami.

– Nie byłoby cię na moim ślubie?

– Z całego serca ubolewałbym z tego powodu, kochanie – odparł Aidan.

– Ale co ja takiego zrobiłam?

– Nic. Nic nie zrobiłaś, skarbie. – Aidan pogłaskał ją pieszczotliwie po twarzy.

– Nie wylewaj swojej złości na siostrę – odezwał się ojciec. – Jesteś zły na mnie i zapewne także na Awę i Jennifer… zgoda, co do niej, nawet cię rozumiem… Ale to jeszcze nie powód, żeby wyżywać się na Annabelle.

Aidan powstrzymał się od odpowiedzi. Podszedł do kredensu, aby przynieść śniadanie dla siebie i żony.

Katrina nie odrywała wzroku od stołu, czuła jednak na sobie spojrzenia obecnych i choć nie widziała ich oczu, mogła odczytać skryte w nich pytania. Wszyscy zdawali się zastanawiać, co takiego powiedziała Aidanowi, że zdołała uśmierzyć jego gniew, nikt jednak nie miał pojęcia, że do Aidana nie trafiłyby już żadne argumenty, a ona nie próbowała nawet z nim rozmawiać – to nie miałoby sensu. Od chwili, gdy Aidan dał za wygraną i zdecydował się przerwać tamy, zdawał się zainteresowany wyłącznie jej ciałem, którym pozwoliła mu zawładnąć, aby mógł znowu odzyskać panowanie nad sobą. Liczyła się z bólem, ale nie z żądzą tak intensywną, że na samo jej wspomnienie zbierało jej się na łzy. Skonsternowana, musiała teraz przyznać w duchu, że całkowicie ją to zaskoczyło.

Z zadumy wyrwał ją Aidan, stawiając tacę na stole. Sięgnęła po dzbanek z wytwornej porcelany, aby nalać herbaty sobie i jemu. Ale przecież Aidan pije z rana kawę, przypomniało jej się w porę. Przysunął sobie talerz i wziął grzankę. Jego ruchy były spokojne, w przeciwieństwie do jej dłoni, drżącej, gdy nalewała herbatę. Wydawało się, że za jego spokój ona płaci swoim i nagle doszła do przekonania, że nie zdoła zjednać go sobie trwale, o ile sama się w nim nie zatraci. W sercu poczuła zamęt, czym prędzej opuściła powieki. Takiego układu, pomyślała, nasza umowa nie przewidywała.

Po śniadaniu przeszła z Annabelle do ogrodu. Mimo wczesnej pory czuła już na plecach krople potu, a słońce nadal ogrzewało powietrze, przesycone wilgocią. Liście na drzewach miały ciemnozieloną barwę, a trawa przypominała kolorem szmaragdy. Za domem rozpościerał się ogród, dochodząc do muru, przed którym ustawiono bambusową pergolę jako podporę dla pnących róż.

– Dom ma już ponad sto pięćdziesiąt lat – wyjaśniła Annabelle. – Dawniej ta posiadłość była większa, a tam – wskazała na mur – znajdowało się podobno jezioro. Ale potem osuszono je, aby pozyskać teren, i teraz to wszystko należy do naszych sąsiadów.

Katrina wachlowała się, wodząc dokoła wzrokiem. Ogród nadal był rozległy, jeden z największych, jakie kiedykolwiek widziała. W jego tylnej części stał mały dom, nieco już zniszczony.

– Niedługo zostanie rozebrany – powiedziała Annabelle, widząc jej spojrzenie. – Groził już zawaleniem, kiedy byłam jeszcze dzieckiem. Nie wolno było tam chodzić, bo ojciec się bał, że stanie nam się coś złego. – Zerknęła na Katrinę i zmarszczyła czoło. – Źle się czujesz?

Katrina oparła się o pień drzewa.

– To tylko drobny zawrót głowy, przez ten upał. Za chwilę przejdzie.

Annabelle spojrzała na nią z poczuciem winy.

– Zapomniałam, że nie jesteś przyzwyczajona do naszego klimatu. Tam u was, w górach, jest chłodniej, nieprawdaż? No tak, istotnie, bywałam przecież często w Śimli. Wybacz mi, proszę, postąpiłam lekkomyślnie, prowadząc cię tu do ogrodu.

– Ależ nie, nie obwiniaj się. Myślałam, że już się przyzwyczaiłam.

Annabelle roześmiała się.

– Nikt nie przyzwyczaja się do tego klimatu w tak krótkim czasie. Nie wiesz nawet, jak wielu Anglików dostaje tu z tego powodu wrzodów od razu po przyjeździe i musi potem leżeć w łóżku!

Wróciły do domu i usiadły w salonie. Następna godzina upłynęła im na pogawędce o nowej „flocie połowowej", jak nazywano tu statki, przywożące z Anglii panny do wzięcia. Annabelle opowiadała ze szczegółami, jak odziane były te młode Angielki. Większość z nich przeszła podczas rejsu chorobę morską. Wycieńczone tutejszym upałem, miały nikłe szanse na znalezienie mężczyzny chętnego do ożenku, nie większe na pewno niż na jakiejś sali balowej w Anglii.

– Choć oczywiście także tutaj są mężczyźni, którym zależy na znalezieniu sobie żony – dodała dość kąśliwie.

Do salonu zajrzały Jennifer i Awa, które miały jeszcze zaplanować kilka szczegółów dotyczących samego wesela. Przywitały się z Katriną i poinformowały Annabelle, że wkrótce przyjdzie krawcowa.

– Bardzo się denerwuję tym wszystkim – wyznała dziewczyna – chociaż nad przygotowaniami czuwa już Awa.

– To normalne, zwłaszcza kiedy brakuje matki. Wiem coś o tym.

Annabelle spojrzała na nią z zainteresowaniem.

– No tak, słusznie, przecież ty też wcześnie straciłaś matkę. Dla mnie Awa była zawsze jak matka. Myślę, że czasem nie jest to dla niej takie łatwe, bo przecież sama ma dzieci. Ale pewnie przywykła już do tego. Jennifer opowiedziała mi kiedyś, że zanim jeszcze tata ożenił się z moją mamą, Awa zajmowała się nią i trochę również Aidanem.

– Mną zajmowała się moja *ayah* – odparła Katrina. – A teraz troszczy się o Caleba.

– Nasze nianie też są jeszcze z nami w domu. – Annabelle przeniosła wzrok na okno, potem spojrzała ponownie na Katrinę. – Ty i Awa… nie lubicie się zbytnio, nieprawdaż?

Katrina przygryzła wargę.

– Nie mam nic przeciw niej.

– Ona po prostu troszczy się o Aidana, to nie ma nic wspólnego z tobą.

– Doprawdy? – mruknęła sarkastycznie Katrina i natychmiast tego pożałowała, nie chciała bowiem zranić dziewczyny.

– Ona już taka jest. – Annabelle wzruszyła ramionami. – Kiedy straciła syna, byłam jeszcze bardzo mała. Wkrótce umarła też moja mama i od tej pory Awa miała na głowie nie tylko własne dzieci, ale również mnie.

– To okropny cios stracić dziecko.

– Jennifer opowiadała, że znaleźli go wtedy Ralph i Aidan. Chłopiec wybiegł z domu, a studnia nie była zakryta.

Katrina zamknęła oczy, wzdrygnęła się.

– Nie wiedziano już, gdzie go szukać, a potem Aidan wniósł go do domu… – W głosie Annabelle słychać było wzruszenie. – Ralph poszedł naprzód, aby jakoś przygotować Awę na tę wiadomość, a za nim po chwili zjawił się w domu Aidan z chłopcem na rękach. Jennifer mówiła potem, że krzyk i płacz Awy słychać było w całej okolicy. Ralph musiał ją mocno trzymać, bo zachowywała się, jakby postradała zmysły.

Serce Katriny ponownie wezbrało współczuciem dla szwagierki.

– Taki ogrom nieszczęścia potrafi chyba zrozumieć tylko ktoś, kto sam ma dzieci.

– Możliwe – szepnęła w zadumie Annabelle. – Ale na szczęście Awa urodziła potem bliźniaki, a w następnym roku Aleksandra. I te dzieci zastąpiły jej zapewne pierwszego syna.

– Nie da się zastąpić utraconego dziecka.

Ciszę przerwał donośny brzęk, po którym nastąpiły przerażone krzyki dzieci, wśród których Katrina rozpoznała głos Caleba. W jednej chwili zerwała się na równe nogi i wybiegła z salonu, niemal nieprzyzwoicie wysoko unosząc spódnicę, tak aby nie hamowała jej kroków.

– Coś ty narobił! – dobiegł ją jeszcze z holu krzyk Jennifer.

Kiedy przybiegła na miejsce, jej szwagierka trzymała właśnie Caleba za rękę, bijąc go po niej zamaszyście. Po raz pierwszy w życiu Katrina poczuła, jak ogarnia ją gniew, otulając jakby gęstą zasłoną czerwonej mgły. Skoczyła do przodu, gwałtownie odepchnęła Jennifer, niemal powalając ją na podłogę, uklękła pośród białych okruchów porcelany i przytuliła do siebie zapłakanego Caleba. Córka Jennifer stała kilka metrów dalej, zalękniona, machinalnie obgryzając sobie zaciśniętą kurczowo piąstkę.

– Jakim prawem bijesz moje dziecko? – krzyknęła do Jennifer Katrina.

– Bo dokazywał tu i w rezultacie stłukł wazę.

Katrina wstała, nie wypuszczając z objęć Caleba.

– To jeszcze nie upoważnia cię do podnoszenia na niego ręki!

– A zatem daj mu dobre wychowanie, aby przynajmniej nie zachowywał się jak bękart, skoro już nim jest.

– Jennifer! – Głos Aidana, który wszedł do holu, poprzedzając Ralpha i męża Jennifer, Andrew, był ostry jak brzytwa. Również Awa zbiegała już po schodach; zapewne i ona usłyszała krzyki.

– Co się tu dzieje? – zapytał Ralph.

– Twój pasierb stłukł wazę – odparła Jennifer, patrząc z niepokojem na Aidana, którego mina nie wróżyła dla niej nic dobrego.

Aidan wziął na ręce Caleba, pochlipującego jeszcze żałośnie.

– Musimy porozmawiać, Jennifer, ale nie tu i nie teraz. Najpierw przeprosisz Katrinę za to, że nazwałaś jej dziecko bękartem i tym samym zakwestionowałaś jej moralność w obecności całej rodziny.

Jennifer zacisnęła usta i opuściła głowę. Aiden odczekał chwilę, potem kojącym gestem pogłaskał Caleba po plecach i postawił go z powrotem na podłogę.

– W porządku. – Przykucnął przed chłopcem i łagodnie odgarnął mu włosy z czoła. – Caleb, rzeczywiście stłukłeś tę wazę?

– Razem ją stłukli, wujku – powiedział szczupły ciemnowłosy chłopiec, jeden z bliźniaków Awy, stojący do tej pory z boku. – Martha i on bawili się w berka i wtedy to się stało.

Aidan przeniósł wzrok na dziewczynkę, która wygięła już buzię w podkówkę, jakby miała wybuchnąć płaczem.

– Nic się takiego nie stało – pocieszył ją. – To tylko stara waza. Ale następnym razem bądźcie bardziej ostrożni. – Podniósł się i odesłał dzieci na górę.

– A teraz co do ciebie – powiedział, pochodząc do Jennifer. Zanim jeszcze zdążyła otworzyć usta, chwycił ją za rękę i pociągnął za sobą do sąsiedniego salonu. Andrew, z twarzą pociemniałą z gniewu, podążył za nimi. Katrina odprowadzała ich wzrokiem, bijąc się z myślami. Incydent, mający miejsce przed chwilą, ją również wytrącił z równowagi, teraz jednak zaczęła się zastanawiać, czy nie wyolbrzymiono jego wagi. To do niej należało wyjaśnienie tej sprawy! Dlaczego Jennifer musi się tłumaczyć przed Aidanem i swoim mężem? W jakiś niedorzeczny sposób poczuła wyrzuty sumienia.

– Nie jesteś winna – odezwała się do niej Awa. – Przynajmniej nie tak, jak sądzisz. – Odwróciła się i zaczęła wchodzić z powrotem na górę, a za nią poszła Annabelle, najwyraźniej przejęta rozwojem sytuacji.

Aidan wepchnął Jennifer do pokoju, a Andrew, idąc tuż za nimi, zatrzasnął za sobą drzwi. Jennifer zatoczyła się pod ścianę, ale natychmiast odzyskała równowagę i hardym gestem, który miał zatuszować jej obawę, uniosła wyżej głowę.

– Tym razem posunęłaś się zdecydowanie za daleko – powiedział Aidan. – Nie tylko wobec Caleba. – Wskazał ręką na szwagra. –

Bądź łaskawa powtórzyć w obecności Andrew swoje oskarżenia pod jego adresem.

Jennifer spojrzała na męża szeroko otwartymi oczami, milczała jednak.

– No, słucham – odezwał się Andrew zimnym tonem. Odczekał chwilę i nie doczekawszy się odpowiedzi, dodał: – Insynuujesz mi chęć popełnienia cudzołóstwa z żoną twego brata?

– Nie! – zaprzeczyła Jennifer. – Niczego ci nie insynuuję!

– Pozwól, że zacytuję twoje własne słowa – odezwał się Aidan uprzedzająco miłym tonem. – „Andrew dał się złapać na ten lep. Dobrze wiesz, że jest łasy na kobiety".

– To... – Jennifer głośno przełknęła ślinę. – Andrew, ja nie miałam... – Urwała, ale żaden z mężczyzn nie zamierzał pomóc jej wybrnąć z tej sytuacji. Obaj wpatrywali się w nią zimnym wzrokiem, czekając na dalsze wyjaśnienia.

Jej ramiona opadły bezsilnie.

– Nie miałam ciebie na myśli, Andrew. Po prostu byłam... wściekła.

– Na kogo? – zapytał Aidan.

Zamiast odpowiedzieć, ściągnęła brwi i skrzyżowała ręce na piersiach, co Aidan uznał za przejaw uporu.

– Twoja zazdrość – powiedział – to sprawa między tobą a Andrew i nic mnie ona nie obchodzi. Tego jednak, że pomawiasz Katrinę o cudzołóstwo, nie mogę ci wybaczyć ani zapomnieć. A twój ostatni postępek z Calebem tylko utwierdził mnie w przekonaniu, że nie można ci pobłażać. Dopóki nie wyjedziemy, chcę cię widywać tylko wtedy, gdy jest to niezbędne.

Spojrzała na niego zaskoczona.

– Aidan...

– Nie mamy już o czym mówić – przerwał jej i ruszył do wyjścia.

– Nigdy nie chodziło mi o to, aby wykluczyć ciebie z rodziny!

Nie odwracając się, odparł:

– I sądzisz, że to poprawia sytuację?

Kiedy wszedł do sypialni, Katrina leżała w łóżku. Uniosła się trochę, dał jej jednak znak, aby się położyła.

– Nie czujesz się dobrze?

– Trochę mi się kręci w głowie.

Aidan oparł się o słupek łóżka i popatrzył na nią badawczo.

– Znowu ten upał? – zapytał. – A może masz mi coś do powiedzenia?

– Nie byłam pewna... – Katrina zawahała się.

– Kiedy?

– Sądzę, że za jakieś siedem miesięcy.

W milczeniu podszedł do okna, otworzył okiennice i wyjrzał na ogród.

– Kiedy zamierzałaś mi o tym powiedzieć? – zapytał, nie patrząc na nią.

– W bardziej dogodnym momencie.

– A decyzja w tym względzie należy do ciebie?

– Tak.

Aidan zamknął okiennice gwałtowniej, niż to było konieczne.

– Wczoraj byłby najbardziej dogodny moment, nie sądzisz? – Odwrócił się raptownie. – Może to powstrzymałoby mnie przed potraktowaniem cię jak ladacznicy.

– Wcale mnie tak nie potraktowałeś – zaoponowała cicho Katrina.

– Owszem, właśnie tak. Jeśli kobieta, z którą przebywam, jest mi obojętna i liczą się przy niej wyłącznie moje potrzeby, postępuję z nią tak, jakbym miał do czynienia z ladacznicą.

Katrina usiadła na łóżku i podciągnęła kolana.

– Ja w każdym razie jestem zadowolona.

– Doprawdy? – Aidan uśmiechnł się kpiąco. – Moja droga, nawet gdyby było inaczej, nie dbałbym o to. – Kilkoma krokami przemierzył pokój i stanął ponownie przy łóżku, rytmicznie uderzając pięścia w słupek. – To oni – wskazał na drzwi – zasłużyli na mój gniew, nie ty, a jednak ty go zakosztowałaś ze wszystkimi tego konsekwencjami. Nigdy im tego nie wybaczę.

– A jednak wybaczysz – powiedziała łagodnie Katrina. – Wybaczysz, bo to twoja rodzina.

Aidan z wyraźną niechęcią potrząsnął głową i odwrócił się.

– Zostaniemy tu do ślubu Annie, potem moja noga nigdy więcej tu nie postanie, dopóki nie poproszą cię o wybaczenie.

– Czy rzeczywiście chodzi ci tylko o mnie, czy też stałam się jedynie pretekstem do wybuchu, na który zanosiło się już od dawna?

Aidan nie odpowiedział. Przez chwilę wpatrywał się w nią, po czym odwrócił się i wyszedł, z hukiem zatrzaskując za sobą drzwi.

*

Jeszcze tydzień, pomyślała Katrina. Jeden tydzień i wyjeżdżamy. Wiedziała, że Aidan bezpardonowo zataił przed rodziną, której towarzystwo znosił z trudem, wiadomość o jej odmiennym stanie. Awa nadal przychodziła codziennie, aby pomóc Annabelle, natomiast Jennifer pojawiała się tylko wtedy, gdy to było konieczne, i nawet wówczas starała się nie wchodzić Aidanowi w drogę. Annabelle nie kryła przygnębienia i któregoś dnia ze łzami w oczach zarzuciła rodzinie, że wywołuje konflikt z Aidanem, chcąc jej popsuć nastrój w dniu ślubu. Ojciec pocieszył ją, rzucając Aidanowi pełne wyrzutu spojrzenie.

Tego popołudnia Katrina została sama z rodziną, gdyż Aidan pojechał spotkać się z przyjacielem. Awa wybierała się z Annabelle na kolejną przymiarkę; obie zaproponowały wprawdzie Katrinie, aby dotrzymała im towarzystwa, ponieważ jednak wzrok Awy mówił wyraźnie, że wolałaby spędzić ten czas wyłącznie z siostrą, podziękowała za zaproszenie. I tak czułaby się wśród nich jak intruz. Tego rodzaju przygotowania do ślubu przeprowadzano zazwyczaj z matką lub z bliską krewną.

Katrina postanowiła wykorzystać ten czas, aby poszperać trochę w bibliotece, na co zdobyła się w końcu po długich wahaniach. Aidan kilkakrotnie zachęcał ją do tego, zapewniając, że nikt nie waży się zabronić jej dostępu do książek w domu jego ojca. A jednak czuła się teraz trochę nieswojo, stąpając po lśniącej posadzce i patrząc na rzędy książek na ciemnych półkach. Również tutaj na suficie zawieszono *punkah*, bez którego nie mogło się obyć, nie zdecydowała się jednak wezwać posługacza, aby wprawił go w ruch.

Wokół niskiego stołu stały fotele i ławy okryte bordowym aksamitem, suto marszczone zasłony chroniły przed słońcem, blask lamp gazowych migotał lekko. Od Aidana wiedziała już, że służba regularnie wyjmuje z regałów książki, aby odkurzyć je i sprawdzić, czy nie pojawiły się na nich plamy pleśni.

Czytając tytuły ksiąg, Katrina czubkami palców muskała ich skórzane grzbiety, czasem wyciągała z półki tę lub inną książkę, przeglądała ją i potem odstawiała na miejsce. Natknęła się między innymi na relację z wyprawy Richarda Francisa Burtona do regionu Nilgiri, *Goa and the Blue Mountains*. Znała już to dzieło, ponieważ znajdowało się ono również w jej księgozbiorze i w bibliotece brata, odziedziczonej po ojcu. Poczuła falę nostalgii, tęsknota za domem kazała jej wyjąć książkę i usiąść z nią na ławie. Richard Francis Burton zwiedzał region Gór Błękitnych jako człowiek chory, do tego w porze monsunowej, wartość jego spostrzeżeń nie mogła zatem być zbyt duża, a jednak Katrina lubiła do nich wracać.

Z niemałym wzruszeniem kartkowała teraz książkę, zatrzymując się na niektórych fragmentach, takich jak opis Ooty z punktu widzenia podróżnika, który patrzy na to miasto po raz pierwszy po przyjeździe z Coonoor. Jeszcze kilka dni i ona też znajdzie się w swoim domu.

– Jak widzę, znalazłaś sobie zajęcie?

Drgnęła, słysząc głos teścia, i omal nie upuściła książki na podłogę. Raymond podszedł do niej i kiedy chciał rzucić okiem na książkę, zamknęła ją. Odniosła nagle wrażenie, że gdyby zorientował się, co ją tak do głębi poruszyło przed chwilą, byłoby to naruszenie jej prywatności. Nie chciała dopuścić go do siebie tak blisko.

Raymond obracał książkę w dłoniach.

– To dość interesująca relacja z podróży. Aidan czytał ją często w swoim czasie. Już wtedy dręczyły mnie obawy, że będzie z niego taki sam obieżyświat jak z Burtona.

– Niektórzy widzą w nim tylko obieżyświata, inni natomiast dzięki jego opisom dowiadują się czegoś o wielu zakątkach świata, jakich pewnie nigdy nie ujrzą na własne oczy.

– No cóż… – Raymond spoglądał na książkę z zadumą. – Jeśli

o mnie chodzi, tego rodzaju lektura nigdy mi wiele nie dała. – Usiadł, podobnie jak Katrina. – Nie jesteś zbyt towarzyska, nieprawdaż? Mam w ogóle wrażenie, że spędzasz na czytaniu i rozmyślaniu więcej czasu niż jakakolwiek inna znana mi kobieta. Och, nie pomyśl przypadkiem, że mam coś przeciw kobietom, które lubią czytać... sam wielokrotnie zachęcałem moje córki do czytania i zadawania pytań. Zastanawiam się tylko, czy tak samo odsuwasz się od otoczenia u siebie w domu.

Katrin zmarszczyła czoło.

– Co to ma do rzeczy?

– Nie zrozum mnie źle, ale nadal nie wiem, a chciałbym wiedzieć, co Aidan ma z tego małżeństwa prócz możliwości urzeczywistnienia tego niedorzecznego pragnienia posiadania plantacji herbaty. Kobieta, która przedkłada książki nad swego męża, nie jest chyba w stanie utrzymać go przy sobie. Czy nie dlatego Aidan tak często opuszcza dom?

Poczuła, że ogarnia ją gniew.

– Sądzę, że jest to sprawa wyłącznie między Aidanem a mną, w każdym razie on z pewnością nie miał powodu, aby się uskarżać.

– Mężczyzna nie znika z domu bez powodu. – Raymond odłożył książkę na stolik i rozsiadł się wygodniej, zakładając nogę na nogę – jeszcze jeden gest, który w bolesny sposób przywiódł jej na myśl Aidana. Może właśnie dlatego obaj nie mogą się porozumieć, bo są za bardzo podobni do siebie, pomyślała Katrina, zdając sobie jednocześnie sprawę, że nigdy nie wypowiedziałaby tej refleksji na głos w obecności Aidana

– Może – odezwał się znowu Raymond – powinnaś zacząć oferować mu takie życie rodzinne, na jakie mężczyzna zasługuje.

Jej usta drżały. Zacisnęła je, prostując się na siedzeniu.

– Obawiam się, że nie jesteś w stanie sobie wyrobić obrazu na temat naszego wspólnego życia w domu. Jeśli zaś chodzi o Aidana, to podróżuje tak często, bo chciałby się dowiedzieć czegoś więcej o uprawie herbaty.

– W ten sposób się tłumaczy, czy tak? – W głosie jej teścia zabrzmiało autentyczne rozbawienie.

– Nie miałam nigdy powodu, aby mu nie wierzyć.

– Moje drogie dziecko, każesz mu odgrywać rolę ojca swojego... nie chcę powiedzieć: bękarta, a zatem: twego syna, którego pochodzenie budzi niemałe wątpliwości. Obecnie jego rzekomo biologiczny ojciec jest skłonny zabrać go do siebie, czemu z kolei ty się sprzeciwiasz. Jednocześnie nie dajesz, jak widać, dzieci Aidanowi. Jak to wytłumaczysz?

Gwałtownie wstała z miejsca.

– W ogóle nie zamierzam tego tłumaczyć, ponieważ nie powinno to nikogo obchodzić. A teraz przepraszam, ale muszę już iść.

– Za pozwoleniem! – grzmiący okrzyk Raymonda zatrzymał ją w pół kroku tak raptowanie, że uderzyła kolanem o stolik. Z bolesnym grymasem na twarzy odwróciła się do teścia.

– Nie jestem przyzwyczajony, aby moje dzieci, zięciowie lub synowe odchodzili tak po prostu, zanim im na to pozwolę.

– A ja nie jestem przyzwyczajona do takiego tonu. Nie zwracali się do mnie w ten sposób ani mój ojciec, ani brat.

– Widzisz we mnie jakiegoś potwora, tymczasem jestem tylko jednym z tych ojców, którzy troszczą się o każde ze swoich dzieci, w tym również o nieudanych synów, sprawiających kłopoty. Może nawet zwłaszcza o nich. Jako matka powinnaś mnie rozumieć.

Katrina ostrożnie przeniosła ciężar ciała na bolącą nogę.

– Owszem, potrafię wykazać wiele zrozumienia dla szczerej troski, ale z pewnością nie dla mieszania się w nasze życie. Nie zapytałeś nawet, czy w plotkach, które mój były mąż rozgłaszał na mój temat, jest cokolwiek z prawdy. Po prostu zakładasz z góry, że tak naprawdę było.

Jej słowa nie wywarły na teściu większego wrażenia.

– Przedstaw dowody na swoją niewinność, tak jak on udowodnił twą winę.

Katrina odwróciła się do niego raptownie tyłem.

– Nie potrafisz tego udowodnić, nieprawdaż? Co się zaś tyczy waszego życia rodzinnego, które w żaden sposób nie odpowiada przyjętym powszechnie normom... zapewne również na ten temat nic mi nie powiesz, czyż nie mam racji?

Katrina otoczyła się ramionami, zamrugała powiekami, powstrzymując łzy.

– To nie twoja sprawa – powtórzyła z trudem, łamiącym się głosem.

– Co ty powiesz. Akceptuję cię jako towarzystwo dla mojej najmłodszej córki, ponadto toleruję w moim domu. Sądzę zatem, że jest to jednak również moja sprawa.

Zanim Katrina zdołała odpowiedzieć, drzwi się otworzyły i do biblioteki weszła Awa. Chciała zapewne powiedzieć coś Katrinie, kiedy jej wzrok padł na ojca. Przeniosła spojrzenie ponownie na Katrinę, a między jej brwiami wyrosła pionowa zmarszczka.

– Ojcze, ustaliliśmy przecież: żadnych dyskusji przed ślubem!

– Tak się jakoś złożyło. – Raymond wstał, wygładził bonżurkę.

Z holu dobiegł ich wesoły głos Annabelle:

– Ona jest w bibliotece. – Potem ktoś, Katrina rozpoznała w nim Aidana, odparł coś cicho i zapewne dorzucił jakiś żart, na co Annabelle zareagowała śmiechem.

Awa, wyraźnie zaniepokojona, odwróciła się w stronę drzwi.

– Wcześnie wróciłeś – powiedziała i odsunęła się na bok, aby wpuścić Aidana.

Jego uśmiech znikł momentalnie, gdy ujrzał wzburzoną minę Katriny. Powoli przeniósł spojrzenie na ojca.

– Co tu się dzieje?

– Twoja żona i ja ucięliśmy sobie pogawędkę, to wszystko – odparł Raymond.

Aidan podszedł do Katriny, delikatnie ujął ją pod brodę i popatrzył na nią badawczo, następnie odwrócił się powoli do ojca, ale ten, nie czekając na zarzuty, zwrócił się do Katriny:

– Może wyjaśnij mu, że po prostu rozmawialiśmy. Nie chcesz chyba, żeby tuż przed ślubem doszło do jakiegoś skandalu?

Jego słowa i mina miały jednoznaczną wymowę, a Katrinie wystarczył jeden rzut oka na twarz Annabelle, aby pojąć, że za nic na świecie nie może popsuć jej tej wielkiej chwili. Odchrząknęła, aby odzyskać pełnię głosu.

– Wszystko w porządku, Aidan.

Opuścił rękę, jego oczy zwęziły się w szparki.

– Ach, już rozumiem. Najpierw dopieką ci do żywego, a potem apelują do sumienia, żebyś nic mi nie mówiła, czy tak?

Katrina nie mogła skłamać, ale też nie chciała się skarżyć, wiedziała zresztą, że to by tylko pogorszyło i tak napiętą już atmosferę. Widocznie jednak Aidanowi wystarczyło jej milczenie. Odwrócił się do ojca i Awy.

– Nie możecie zostawić jej wreszcie w spokoju?

– Twoja siostra nie miała z tą rozmową nic wspólnego – odparł Raymond. – Wręcz przeciwnie, prosiła, żebym ze względu na wesele Annabelle nie wszczynał już tego typu dyskusji.

Aidan podszedł do siostry.

– Przepraszam, byłem wobec ciebie niesprawiedliwy.

Awa jedynie kiwnęła głową. Sprawiała wrażenie autentycznie przygnębionej.

Aidan zwrócił się znowu do ojca.

– Zostaniemy tu jeszcze do ślubu Annie, ale potem wyjedziemy niezwłocznie i nigdy więcej nie przekroczę progu tego domu. – Podszedł do drzwi i skinął ręką na Katrinę. – Chodź.

Przez cały następny tydzień był szorstki i małomówny, nieprzystępny nawet dla Katriny. Nie próbowała do niego dotrzeć; skutecznie zniechęcał ją zimny błysk jego oczu. Ów chłód sprawiał także Annabelle wiele bólu i kładł się kamieniem na sercu, nie pozwalając cieszyć się w pełni coraz bliższym ślubem. Winą za to obarczano z kolei Aidana. Nawet Caleb odczuł zmianę nastroju i sam też stracił humor. Stał się za to nagle wobec Katriny niezwykle zaborczy, ustawicznie domagał się, aby go brała na ręce, co z jednej strony cieszyło ją, z drugiej jednak kazało dopatrywać się przyczyny tej przemiany w dystansie utrzymywanym przez Aidana.

Kiedy Annabelle ze swoim oblubieńcem opuścili uroczystość weselną, w drogę wyruszyli również Aidan i Katrina. Rodzina usiłowała nakłonić ich, aby pozostali przynajmniej do następnego ranka, nie dając tym samym żeru dla plotek, ale Aidan stanowczo ucinał wszelkie dyskusje na ten temat. Gdy wreszcie zajęli miejsca w powozie i ruszyli sprzed domu, Katrina odetchnęła z ulgą. Czuła, że spadł jej z piersi olbrzymi ciężar. I nawet długa podróż, jaką mieli przed sobą, nabrała nagle swoistego uroku.

17

UTAKAMAND, MARZEC 1877

Świeża i aromatyczna herbata Asam z pierwszego zbioru, delikatna, kwiatowa herbata Darjeeling o wyśmienitym zapachu, łagodna herbata cejlońska... Nozdrza Charlesa drgały lekko, kiedy z zamkniętymi oczami nachylał się nad poszczególnymi niewielkimi pojemnikami z nadesłanymi próbkami herbat. Kilka listków wysypał sobie na dłoń i ostrożnie owionął je oddechem, aby lepiej poczuć ich zapach, jakkolwiek wiedział, że aromat rozwinie się w pełni dopiero po sporządzeniu naparu. Każda dostawa napełniała go przedsmakiem radości. Podobnie jak poszukiwacz skarbów liczy na znalezienie rzadkiej perły, tak i Charles marzył o odkryciu herbaty różniącej się od innych i godnej zająć szczególne miejsce w oferowanym przez niego asortymencie, wyjątkowej drogiej herbaty, którą nie handlowałby nikt inny prócz niego.

Opuścił pomieszczenie degustacyjne i podszedł do regałów, w których herbata spoczywała w szufladach z pociemniałego już drewna, oznakowanych brązowymi tabliczkami. Regały i szuflady z prawej strony były jaśniejsze, bo dokupił je dopiero przed kilkoma laty w celu poszerzenia asortymentu. Stare odziedziczył po ojcu, jednym z pionierów uprawy herbaty w regionie Nilgiri.

Pierwsi plantatorzy musieli przedzierać się przez mroczną i wilgotną gęstwinę dżungli ku górom, szukając miejsca opisanego tak zachęcająco przez Sullivana. Początki były ciężkie, wymagały wielu pracowitych miesięcy i lat, mozolnego wydzierania ziemi bujnym lasom, a każdy plantator musiał potem oznaczyć i zagospodarować swoją parcelę. Większość z nich mieszkała tu samotnie, jeśli nie liczyć hinduskiej służby, czasem kryjąc się przed monsunowymi deszczami pod parasolem, niekiedy pod liśćmi palm, z których pleciono dachy. W porze monsunu mężczyzn zajętych pracą nękały ulewne deszcze, z powodu wysokiej wilgotności powietrza zamakały ich ubrania i koce w prowizorycznie skleconych chatach. Grząska ziemia parowała, a kto zdołał przetrzymać tygodnie bez jednej suchej nitki na ciele, temu doskwierało wiele innych plag, z których najmniej dokuczliwe były szczury, garnące się do chat w poszukiwania pokarmu i skrawka suchego miejsca.

Ta bezustanna walka z żywiołem zmuszała plantatorów do pracy przez siedem dni w tygodniu od świtu do zmroku – i tak na okrągło, do momentu, gdy w porze monsunu nadchodziła wreszcie chwila wetknięcia w ziemię pierwszych sadzonek jako zalążka nowej posiadłości. Lecz również potem musiano toczyć dalszą walkę, tym razem z dzikimi zwierzętami, które zapuszczały się chętnie na świeżo zagospodarowane pola, tratując lub wyjadając delikatne roślinki.

Po długich dniach ciężkiej pracy przy sadzeniu krzewów herbaty można było osuszyć naprędce ubranie nad ogniskiem, ale i wtedy pozostawało jeszcze wiele do zrobienia. Należało również oporządzić konie, tę czynność z wielką niechęcią pozostawiano hinduskim robotnikom. Czasem zmęczenie i choroby pokonywały plantatorów, a w tych niewielkich osadach musieli oni znać się na wszystkim, być lekarzami, prawnikami, buchalterami, sekretarkami, a także strażnikami tego, co sami wygospodarowali.

Charles myślał chwilami, że chciałby uczestniczyć w owych pionierskich poczynaniach plantatorów, potem znowu radował się na myśl, że dane mu było przejąć tak cenne dziedzictwo. Pragnął mieć syna, któremu mógłby opowiadać wszystkie te historie, tak aby ten z kolei, przechadzając się po polach herbacianych, wiedział dokładnie, co sam otrzymuje w spadku. Niemal wszyscy okoliczni plantatorzy herbaty przejmowali swoje uprawy w taki sam sposób, natomiast nowicjusze musieli żmudną pracą dorabiać się tego, co osiadli plantatorzy obejmowali w posiadanie już w dzieciństwie.

Aidan był właśnie jednym z takich debiutantów i Charles wątpił, aby miał on choćby mętne pojęcie o herbacie i nie traktował jej jak zwykłej garstki liści, zalewanej gorącą wodą.

Z pewnością również Aidan zdawał sobie sprawę z niedostatków swej wiedzy na ten temat; tylko w taki sposób Charles tłumaczył sobie fakt, że natychmiast po powrocie z Bombaju – dokąd oboje z Katriną wyjechali w samym środku najważniejszego zbioru – jego szwagier udał się ponownie na północ zapoznawać się z tamtejszymi metodami i warunkami uprawy herbaty. No, ale trudno, skoro musieli być na tym ślubie, rzeczywiście nie mieli innego wyjścia... Kiedy tylko pozwalały mu na to obowiązki, Charles doglądał zbiorów również w Wierzbowej Dróżce. Przy okazji musiał stwierdzić, że nad jakością herbaty oboje muszą jeszcze popracować, na razie pozostawiała ona wiele do życzenia. Proces produkcji nie przebiegał jak należy, na etapie suszenia dochodziło kilkakrotnie do strat spowodowanych zbyt długim czasem poddawania liści działaniu gorącego powietrza, ponadto selekcję nie zawsze przeprowadzano uważnie, przepuszczając pewną ilość starszych liści lub niezbyt rygorystycznie przestrzegając następnych etapów. To zaniedbania nie mogły nie odbić się ujemnie na jakości.

– Tu jesteś – zawołała za jego plecami Katrina i Charles drgnął gwałtownie.

– Dlaczego się tak skradasz? – zapytał z wyrzutem.

– Wcale się nie skradałam. – Katrina odgarnęła sobie z czoła kosmyk włosów. Trochę przytyła, ale z tym właśnie było jej do twarzy.

– Zapisałem tu wszystko, co musicie wiedzieć – powiedział Charles. – Tak jak uzgodniliśmy, zajmę się sprzedażą, ale ofertę musisz przygotować sama. Część zbiorów nie jest wiele warta. Twoi ludzie popełniali błędy, ponadto nie byli uważni podczas procesu więdnięcia. Wystarczył jeden dzień nieuwagi, aby część liści pokryła się pleśnią.

– Tak, słyszałam już o tym. – Katrina usiadła. – Ale ta podróż była konieczna.

– I oczywiście sprawiła ci wielką radość, nieprawdaż? – zakpił Charles.

– Nie spodziewałam się niczego innego. – Katrina westchnęła głęboko, siadając wygodniej. – Potrzebujemy lepszego nadzorcy. Ten, którego przejęłam po Marchu, jest niewiele wart.

– Mówiłem to już dwa lata temu.

– No tak, wiem.

– Chcesz, abym popytał o innego?

– Nie, dziękuję, sama znajdę kogoś odpowiedniego. Kiedyś wreszcie musimy się nauczyć radzić sobie bez twojej pomocy.

– W porządku. – Charles skinął na młodego Hindusa, który wszedł do pokoju z dzbankiem parującej wody, i przyglądał się, jak tamten napełnia wodą małe porcelanowe tygielki z próbkami herbaty.

– Aidan nie powinien zostawiać cię samej – odezwał się po chwili. – Zwłaszcza teraz, w twoim stanie.

– Mówił, że nie jedzie na długo.

Charles nie odpowiedział. Ponownie spojrzał na Hindusa, który odstawił dzbanek i czekał z zegarkiem w ręku. Po upływie pięciu minut odlał herbatę do małych filiżanek, za którymi ustawił poszczególne tygielki z liśćmi. Degustacja była czynnością, która wymagała dużej wprawy, a Charles poświęcił lata na doskonalenie swoich umiejętności.

– Chcesz spróbować? – zapytał z uśmiechem, kiedy do pomieszczenia wszedł degustator.

Pokręciła głową, nieco zakłopotana.

– Dobrze wiesz, że nigdy nie byłam w tym dobra. – Zarówno ojciec, jak i Charles, próbowali kiedyś przyswoić jej tę umiejętność, okazało się jednak, że brak jej po prostu talentu w tym kierunku, choć nauczyła się już degustować herbatę w taki sposób, aby nabrać wraz z nią jak najwięcej powietrza do ust. Dzięki temu lepiej rozwijał się aromat herbaty, a to pozwalało trafniej ocenić potem jej smak. Katrina potrafiła oczywiście odróżniać poszczególne gatunki herbaty, w przeciwieństwie do Charlesa nie umiała jednak identyfikować drobnych niuansów ich aromatów. Kiedy mężczyźni zajęli się pierwszymi próbkami, obróciła się tak, aby móc ich obserwować, tak jak miała to w zwyczaju dawniej, przyglądając się ojcu.

Wzrok Charlesa wędrował od jednej filiżanki do drugiej. Tu gatunki jasnej herbaty w kolorze delikatnej żółci, tam o barwie intensywnej czerwieni, w odcieniach miedzi. Pierwsza próbka ciemna, dymna – to dobry prognostyk.

Aidan stał na skraju plantacji, trzymając dłoń płasko nad roślinami, tak aby tylko z lekka dotykać ich czubków. Pośród krzewów herbaty rosły drzewa, okolone pnączami pieprzu czarnego, w dali rozciągał się sad z jabłoniami i brzoskwiniami, które stanowiły dodatkowe źródło dochodu. Krzewy herbaty przywodziły na myśl kobierzec zieleni, siegający doliny i opadający łagodnymi falami niżej, a jeszcze dalej z sinych welonów mgły wyłaniały się szczyty gór.

Aidan ponownie ogarnął wzrokiem krzewy herbaty, ostrożnie muskając dłońmi zielone listki, błyszczące z wierzchu i matowe od spodu, nachylił się nad młodymi pędami i jasnoróżowymi pączkami, pokrytymi białawym puszkiem. Nazwa pączków, *pekoe*, pochodziła, jak mu wyjaśniła Katrina, z Kantonu – słowo *Pak-Ho* oznaczało „puszek". Od lat marzył o własnej plantacji herbaty w regionie Nilgiri, teraz jednak wydawała się mu ona raczej własnością Katriny niż jego. Po prostu żyła nimi, tak jakby stanowiła z herbatą jedność, jakby przenikał ich ten sam duch; duch, którego on, Aidan, nie potrafił wyczuć. Może istotnie do tego, żeby zostać plantatorem z prawdziwego zdarzenia, potrzeba czegoś więcej niż tylko kawałek ziemi i delektowanie się co jakiś czas filiżanką bursztynowego płynu. Ziemię zdobył bez problemu, co do samej herbaty jednak nadal umykała mu uparcie.

Katrina zawsze potrafiła określić jakość i pochodzenie herbaty na podstawie jej smaku i aromatu, on natomiast nie zawsze umiał odróżnić choćby jednej od drugiej, co na dłuższą metę było bardzo irytujące. Kiedyś po degustacji przeprowadzonej u Charlesa Aidan usiłował powtórzyć całą procedurę dokładnie tak samo, jak uczynił to jego szwagier – oczywiście dopiero kiedy upewnił się przezornie, że nikt tego nie widzi. Efekt jego starań był jednak, niestety, dość mizerny, bo już przy pierwszej próbce zachłysnął się herbatą i porwał go tak gwałtowny atak kaszlu, że zalał się łzami.

W przyszłości dom i plantację miałby odziedziczyć jego syn,

jeśli w ogóle doczeka się syna. Właściwie było mu obojętne, czy Katrina powije najpierw chłopca czy dziewczynkę, ale skoro to rzeczywiście niezbędne, aby spłodzić dziedzica, byłoby nieźle uporać się z tą sprawą od razu na samym początku. Wyobraził sobie, jak by to było, mieć gromadkę dzieci, nie tylko jedno. Ta myśl wydała mu się nawet dość nęcąca. To prawda, zamierzał nie spieszyć się z dziećmi, ale Katrina mimo to zaszła w ciążę, kładąc tym samym podwaliny pod jego nowy, bardziej osiadły tryb życia. Dlaczego więc nie pójść od razu za ciosem, nie poprzestając na jednym dziecku?

Przykucnął, nabrał dłonią trochę ziemi i, zamyślony, rozkruszył ją między palcami. Niebawem miał się udać do Kalkuty, a także dostać zaległy od dawna awans. Nie wiedział jeszcze, jak oznajmić to Katrinie; prędzej czy później i tak by się o wszystkim dowiedziała, to pewne. Zapewne nie obejdzie się wtedy bez pytań z jej strony o jego zasługi, które przyczyniły się do awansu, ale mógłby też wtedy powiedzieć, że położył je w przeszłości, co zresztą nie byłoby kłamstwem.

Słysząc kroki, otrzepał piach z dłoni i wstał. Nicolas zbliżał się bez pośpiechu, uśmiechnięty, mrużąc oczy w słońcu, które świeciło mu prosto w twarz.

– Doszły mnie słuchy, że można ci już pogratulować – powiedział na powitanie.

Aidan spojrzał na niego zdumiony.

– Skąd wiesz, że mnie awansowano?

– O jakim awansie mówisz? Miałem na myśli twoje przyszłe rozkosze bycia ojcem!

– A skąd... Och, już wiem. Ashley? Katrina była u niej dziś przed południem.

Nicolas uśmiechnął się szeroko.

– Nie tryskasz entuzjazmem, ale to nic. Masz jeszcze czas. Dobrze, że mogłeś nabrać wprawy w zajmowaniu się dziećmi, bawiąc się z Calebem.

– Przecież się cieszę – odparł z wahaniem Aidan.

Nagły podmuch wiatru zwichrzył im włosy. Nicolas odgarnął je sobie z czoła.

– A w ogóle, co u ciebie? Wspomniałeś coś o awansie.

– Owszem, na kapitana.

– Zatem zrównałeś się wreszcie rangą z Maddoxem? – uśmiechnął się Nicolas.

– Skądże znowu! On jest już majorem, a Thackery'ego przenoszą do Bombaju.

– To znaczy, że niebawem się go pozbędziesz?

– Tak, ale zastanawiam się, czy Maddox to naprawdę ten lepszy wybór.

– A co będzie, jeśli sytuacja z Rosją zaostrzy się i dojdzie do wojny? Musiałbyś wyruszyć na front?

– Zapewne nie w pełni oficjalnie, a raczej w szpicy jako zwiadowca. – Aidan wzruszył ramionami. – Zobaczymy, co będzie. Jeśli coś się wydarzy, to celem stanie się zapewne Afganistan. W ten sposób Wielka Brytania mogłaby upiec dwie pieczenie przy jednym ogniu.

– I co wtedy powiesz Katrinie?

– Pomyślę o tym, kiedy nadejdzie pora. – Aidan zamyślił się, mrużąc trochę oczy. – Katrina musi najpierw wypocząć po naszym pobycie w Bombaju.

– A jak tam było?

Aidan zrobił wielkie oczy.

– Ashley nie powtórzyła ci tych rewelacji, kipiąc z wściekłości? Byłem pewien, że Katrina wszystko jej opowie.

– Wygląda na to, że jednak nie. Albo Ashley postanowiła zataić to przede mną… Chociaż… – Nicolas uśmiechnął się – gdyby coś było nie tak, jak powinno, zapewne poznałbym to po niej.

– Nie tak, jak powinno. Tak, tak właśnie było. Moja rodzina, prócz mego brata i najmłodszej siostry, zachowała się wobec Katriny skandalicznie.

– No cóż, powinieneś się z tym liczyć.

– Ale oczekiwałem od nich choćby minimum przyzwoitości i dobrych manier. Ponadto Katrina w ogóle nie czuła się w tym czasie najlepiej. – Aidan wsunął ręce do kieszeni, krocząc z Nicolasem powoli w stronę domu. – Nic nie mówiła, nie skarżyła się, ale ta sytuacja dotknęła ją bardzo boleśnie, to było widać.

– Długo nie będzie cię w domu tym razem? No wiesz, to ważne zwłaszcza teraz, kiedy Katrina jest w odmiennym stanie.

– Pewnie ze trzy miesiące. Wykorzystam ten czas, aby pojechać też do Darjeeling. Do tej pory wpadałem tam tylko na krótko i tylko po to, aby mówiąc Katrinie, że tam byłem, nie mijać się z prawdą.

– Na dłuższą metę ta sytuacja cię wykończy. Powinieneś zacząć myśleć o odejściu z armii.

Aidan z wahaniem kiwnął głową. Tak, oczywiście, pomyśli o tym, już teraz się zastanawia. Czyż opuszczając dom tym razem, w takim momencie, nie czuje sam, że przychodzi mu to z trudem? Ale odejść z armii nie może… jeszcze nie teraz.

*

– Nie rozumiem, dlaczego ostatnio robisz takie ceregiele – narzekał Ingram, przechadzając się z Gillian po bazarze. Wystawione na sprzedaż materiały trzepotały na wietrze, podczas gdy nieliczne promienie słońca przedzierały się niezdecydowanie między straganami, ożywiając kolory i stwarzając pozory ciepła, aby po chwili rozpłynąć się bez śladu.

– Dobrze wiesz, że mogłabym stracić posadę, gdybyś pokazywał się u mnie za często. Nawet jeśli moi gospodarze się czegoś domyślają, nie muszę im podsuwać dowodów pod sam nos. W końcu mogłaby na tym ucierpieć także ich reputacja.

Ingram wzruszył ramionami.

– Przecież to tylko oberżyści prowadzący herbaciarnię.

– Tak, wiem, nie należą do twojej klasy. – Gillian przystanęła przy straganie z towarami korzennymi, nie dlatego, żeby coś kupić, lecz raczej, aby przerwać rozmowę z Ingramem.

– Jak długo jeszcze zamierzasz się włóczyć po tym targowisku? – Powiódł wzrokiem dokoła, marszcząc z niesmakiem nos.

– Nie musiałeś tu ze mną przychodzić, skoro ci to nie odpowiada.

– Już i tak widujemy się ostatnio dość rzadko.

Spojrzała na niego z kpiącym uśmieszkiem.

– Chciałeś chyba powiedzieć, że zbyt rzadko wychodzisz na swoje.

– Mogę mieć każdą kobietę, na którą mam ochotę.

– Cóż więc cię powstrzymuje? – Gillian odwróciła się i ruszyła dalej spokojnym krokiem, choć najchętniej pobiegłaby co sił w nogach, jak najdalej od Ingrama. Już od dawna nosiła się z myślą, aby od niego odejść, za bardzo jednak przerażała ją perspektywa samotności, zwłaszcza że Ingram potrafił być jednak miły i wspaniale uprzyjemniać czas, jeśli oczywiście dopisywał mu humor.

– Niebawem wyjeżdżam na jakiś czas do Kalkuty – usłyszała po chwili jego głos.

– Po co?

– Po prostu, wypocząć trochę.

Parsknęła śmiechem.

– Wypocząć? Po czym?

– Wiesz przecież, że przejąłem interesy ojca. – Po jego twarzy przemknął cień. – A może pojedziesz ze mną?

Na moment wezbrała w jej sercu bolesna tęsknota za domem, ale natychmiast wzięła się w garść.

– Nie.

– Dlaczego nie? Kupię ci kilka nowych sukien, wynajmę dla nas jakiś pokój. Przedstawię cię jako... hm... moją siostrę i...

– Nie! – przerwała mu ostrzej, niż zamierzała. – Nie – powtórzyła ciszej.

– Widocznie wiedzie ci się zbyt dobrze, skoro odrzucasz tak korzystną propozycję! – Ingram nie ukrywał irytacji.

Gillian wahała się jeszcze przez moment.

– Moja rodzina mieszka w Kalkucie – przypomniała mu w końcu.

– Ach, rozumiem. Twój ojciec nie wie jeszcze o tym, że prowadzisz teraz dość... hm... swobodny tryb życia.

– Daj mi spokój, Ingramie. Nie pojadę z tobą i nie mam zamiaru uzasadniać tego postanowienia.

Tłok na bazarze gęstniał chwilami do tego stopnia, że oboje musieli przedzierać się do przodu jedno za drugim. Kiedy mijali stragan, przy którym stara kobieta piekła chleb, Gillian poczuła głód tak silny, że natychmiast ślina napłynęła jej do ust. Sprzedawano tu różności: smażoną rybę, kurę z ryżem, chlebki chapati z warzywnym farszem i lepkie ciasteczka. Ingram, który rzadko zwracał uwagę na inne potrzeby poza własnymi, tym razem dostrzegł widocznie pożądliwy wzrok Gillian, wyciągnął bowiem sakiewkę i kupił jej podwójną porcję chapati.

– Ostatnio coraz bardziej odsuwasz się ode mnie – powrócił do poprzedniego tematu.

– A ty zachowujesz się tak, jakbyś nie miał innych możliwości miłego spędzania czasu. – Gillian wgryzła się w chapati i po palcach pociekł jej ciepły sos. Farsz warzywny miał ostry, korzenny smak, Gillian z lubością wciągnęła w nozdrza jego woń, oblizała sobie palce. Ingram, wpatrując się w nią, odruchowo przełknął ślinę.

– Może wynajmiemy sobie pokój? – nalegał.

Gillian zastanawiała się właśnie, czy dla świętego spokoju nie powinna mimo wszystko wyrazić zgody, kiedy ujrzała Aidana. Szedł z żoną, w towarzystwie jakiegoś oficera i ładnej brunetki, którą Gillian widywała już kilkakrotnie u boku pani Landor. Za nimi podążał Charles Ramsay z kobietą, która wspierała się na jego ramieniu, robiąc przy tym minę, jakby przed chwilą napiła się octu.

Tamci dostrzegli już Ingrama, a ponieważ znali się wzajemnie, nie mogło obyć się bez przywitania. Gillian czym prędzej wsunęła sobie do ust ostatni kęs i wytarła dłonie chusteczką. Kiedy podeszli bliżej, zorientowała się, że to spotkanie nikomu nie jest na rękę, a ponieważ Ingram nie uznał za stosowne dokonać prezentacji, ona również zachowała się nadzwyczaj powściągliwie, odpowiadając cicho na chłodne wyrazy powitania.

Żona Aidana spoglądała na Ingrama z nieskrywaną odrazą, brunetka obrzuciła go jedynie przelotnym spojrzeniem, a w jej oczach dał się dostrzec wyraz pogardy wraz z przebłyskiem lęku, po czym momentalnie odwróciła wzrok. Gillian zerknęła na Ingrama; jego usta rozchyliły się właśnie w uśmiechu, w którym wyczytała złośliwość. Ale może należało go znać tak blisko jak ona, aby móc to zauważyć? Może też należało być po prostu kobietą?

Nikt inny nie okazywał Ingramowi niechęci, choć również mężczyźni nie wydawali się pałać do niego sympatią.

Spojrzenia obu kobiet skierowały się na Gillian, w ich oczach malowała się jawna niechęć. Uznały zapewne, że kobieta obcująca z mężczyzną, który molestował jedną z nich, musi być pod względem charakteru podobna do niego. Ona natomiast nie śmiała spojrzeć na Charlesa Ramsaya, czuła się teraz przy nim zbyt nieswojo, choć to, co mógł o niej pomyśleć, nie powinno mieć dla niej znaczenia.

– Co słychać, Gillian? – przerwał niezręczne milczenie Aidan i wzrok brunetki, której mina jednoznacznie dowodziła, że właśnie uwiarygadniają się jej od dawna snute przypuszczenia, momentalnie padł na niego. Również Charles Ramsay spojrzał na Aidana.

– Dobrze, dziękuję – wymamrotała Gillian.

– A jak się miewa pana narzeczona, mister Frazer? – zapytała z kolei żona Charlesa Ramsaya z jakimś kąśliwym uśmieszkiem, spoglądając przy tym na Gillian z miną, jakby miała przed sobą najgorsze męty społeczne.

– Znakomicie, dziękuję za łaskawą pamięć – odparł uprzejmie Ingram.

Gillian zerknęła ukradkiem na Charlesa, który spoglądał na Ingrama z mieszaniną niechęci i bolesnego wzburzenia. Zapewne pytanie zadane przez jego żonę poruszyło go niemile. Gillian odwróciła głowę i napotkała wzrok Aidana, który patrzył na nią z uniesionymi pytająco brwiami. Mężczyźni wymienili jeszcze kilka zdawkowych uprzejmości, po czym nastąpiło pożegnanie.

– Nie miałam pojęcia, że zadajesz się z mężatkami – powiedziała Gillian.

– Są często łatwiejsze do zdobycia niż panny, zwłaszcza gdy w małżeństwie coś zgrzyta.

– Ale tej czarnulki nie udało ci się chyba zdobyć?

– Ta szantrapa jeszcze mi za to zapłaci, że przez nią zrobiłem z siebie durnia!

Gillian przystanęła.

– Co zamierzasz? Rzucić się na nią?

– Nie bądź głupia. Uważasz mnie za bandytę?

– Zrobiłeś z siebie durnia, a ona ma za to zapłacić...?

– Nie twoja sprawa! – mruknął szorstko Ingram. – A teraz chodź wreszcie, mam dość tego włóczenia się po bazarze! – Chwycił ją za rękę i pociągnął za sobą. Przez chwilę szła potulnie, potykając się co krok, wreszcie się wyrwała.

– Co ty sobie wyobrażasz? – zawołała gniewnie. – Nie jestem twoją własnością, którą możesz poniewierać i szarpać do woli!

– Nie lubię być odtrącany, Gillian, a więc nie rób tu scen i chodź wreszcie.

Rozejrzała się ukradkiem, czując na sobie spojrzenia kilku przechodniów. Aby nie wzbudzać sensacji, dała za wygraną i ruszyła za Ingramem, przedzierając się z trudem pomiędzy kupującymi i nie patrząc już nawet na mijane stragany. Kiedy zostawili wreszcie bazar za sobą i wyszli na ulicę, Ingram ponownie ujął ją za rękę.

– Znam tu niewielki pensjonat, gdzie...

– Nie, Ingram! Słyszysz? Nie.

– Cóż to za fochy? Po co w takim razie kręciłem się z tobą po mieście przez cały dzień?!

– Od samego początku mowiłam ci, że nie chcę. A już na pewno nie wynajmę z tobą pokoiku na kilka godzin. Jeszcze któryś z klientów w herbaciarni rozpoznałby mnie potem.

Ingram puścił ją i podszedł do powozu. Kiedy chciała wsiąść za nim, nie pozwolił na to.

– Skoro, jak widać, nie odpowiada ci moje towarzystwo, nie męcz się dłużej – powiedział i zatrzasnął jej drzwiczki przed nosem. Gillian stała osłupiała. Zanim jeszcze zdecydowała otworzyć drzwiczki ponownie, powóz ruszył gwałtownie.

– Ty kanalio! – wykrztusiła przez zęby Gillian. Na przejście tej drogi pieszo potrzebowała co najmniej godziny i Ingram doskonale o tym wiedział. Pieniąc się z wściekłości, spoglądała za pojazdem, dopóki nie zniknął za zakrętem, wreszcie westchnęła ciężko i ruszyła w drogę powrotną do domu.

– Z pewnością nie był to najlepszy pomysł, ten spacer z twoją szwagierką po bazarze – uznał Aidan. Katrina siedziała przed toaletką i nakładała na twarz mleczko różane.

– Charles zaproponował, abyśmy wybrali się wszyscy razem na przechadzkę i w ten sposób unormowali wreszcie nasze relacje. – W tym celu zaproszono również osoby bezstronne, Nicolasa i Ashley.

– Sądzę, że miał raczej na myśli spacer po parku, ale nie chciał być nieuprzejmy.

Wzruszyła ramionami. Po spacerze pojechali jeszcze do Ashley na herbatkę, ale nawet to nie zdołało poprawić nastroju Cynthii. Dopiero kiedy kobiety zostały same w swoim gronie, a rozmowa zeszła na temat ciąży Katriny, jej bratowa ożywiła się nieco.

Odkąd wrócili do Ooty, Katrina lepiej znosiła swój stan. Na samą myśl o tym, że są kobiety, które muszą przechodzić cały okres ciąży i połogu w Bombaju, w tamtejszym klimacie, wstrząsał nią dreszcz. Pamiętała też, z jak wielką radością, mimo oczekujących ją trudów podróży, powitała moment powrotu do domu, zwłaszcza że atmosfera w domu barona Landora stała się naprawdę nie do wytrzymania. Wprawdzie nikt nie atakował jej tam wprost, ale okazywany jej chłód, rezerwa, z jaką się do niej odnoszono, a także te wszystkie rzeczy, które pozostawały niewypowiedziane, choć wisiały w powietrzu – to wszystko bolało ją bardziej, niż gdyby doszło do kłótni. Przed zarzutami mogłaby się jakoś bronić, ale nie przed kosymi spojrzeniami i niemą krytyką.

Aidan początkowo nie mówił wiele o sprzeczkach z rodziną i zachowywał milczenie, kiedy Katrina wypytywała o szczegóły. A ponieważ zdążyła się już przekonać, że domaganie się od niego odpowiedzi, gdy znajdował się w tak marnym nastroju, nie ma większego sensu, postanowiła zaczekać do dnia, kiedy sam zdecyduje się opowiedzieć jej o wszystkim. I rzeczywiście uczynił to w drodze powrotnej do Ooty, tak jakby mówienie przychodziło mu tym łatwiej, im bardziej oddalał się od Bombaju. Do Jennifer odzywał się wyłącznie wtedy, gdy było to absolutnie konieczne, mimo że ta dwoiła się i troiła, aby doprowadzić do pojednania. Pewnego dnia zalała się nawet łzami.

Katrina zaplotła warkocz i odwróciła się do Aidana, który siedział na łóżku, przeglądając jakąś książkę. Odchrząknęła cicho i niepewnie oblizała wargi.

– Nie krępuj się, pytaj – zachęcił ją Aidan, nie patrząc na nią.

Z pewnym zakłopotaniem zapytała:

– Naprawdę musisz wyjechać?

Aidan zawahał się, zamknął książkę i podniósł na nią wzrok.

– Tak – odparł krótko.

– Pomyślałam, że... To przecież nie jest chyba takie ważne, a ja nie chciałabym zostawać teraz sama.

– Przykro mi.

Jej twarz oblał rumieniec.

– To wszystko, co masz mi do powiedzenia?

– Wiesz nie od dzisiaj, że co jakiś czas jeżdżę na północ kraju.

– Nie mógłbyś zostać ze mną, przynajmniej teraz, kiedy spodziewam się dziecka?

– Nie będę tam długo.

Odwróciła się gwałtownie, napotkała jednak jego wzrok w lustrze.

– A jeśli cię poproszę, żebyś został? – zapytała cicho po dłuższej chwili milczenia.

– Nie rób tego, Katrino.

Na moment zamknęła oczy, potem odwróciła się do Aidana i spojrzała na niego.

– Czy naprawdę chodzi ci o obejrzenie plantacji herbacianych? A może po prostu twoja żądza podróżowania jest tak silna, że nie potrafisz z nią walczyć?

– Nigdy jeszcze nie przebywałem w jednym miejscu tak długo, jak tu przez ostatnie dwa lata.

– To nie jest odpowiedź na moje pytanie.

Aidan odłożył książkę i wstał.

– Nie zamierzam pozostawać tam długo. Musisz się tym zadowolić.

Katrina, urażona, odwróciła od niego wzrok. Z rękami splecionymi na piersiach stała bez ruchu, wpatrzona w świetlne refleksy rzucane na lśniącą posadzkę przez płomienie w kominku.

18

KALKUTA, KWIECIEŃ 1877

Niczym żółta smuga, wody Hugli przecinały tętniące życiem miasto, chlupiąc leniwie przy murach nabrzeża i spłukując z wypełnionych ludźmi brzegów różnego rodzaju śmieci, a także obmywając ciała tych, którzy dokonywali tam rytualnych ablucji. Nad moczarami solnymi, okalającymi lepianki w dzielnicy biedoty, unosiło się wilgotne powietrze. Zaledwie kilka metrów dalej wznosiły się białe domy Anglików. Oto Kalkuta, miasto pałaców, *Kalikshetra*, kraina bogini Kali. Statki stały na kotwicy, masywne cielska z plątaniną masztów, z oddali wyglądały jak niewielkie łódeczki. Biorąc swój początek w żyznej delcie Gangesu, rzeka Hugli przemierzała zachodni Bengal, dzięki czemu do Kalkuty i Haury można było dotrzeć drogą morską poprzez ujście Zatoki Bengalskiej.

Aidan miał na sobie niebieski mundur ósmego regimentu kawalerii Bengalu, teraz już z dystynkcjami kapitana, ozdobiony szkarłatnymi lamówkami i złotymi galonami. Ceremonia związana z awansem miała przebieg daleki od podniosłego, Aidan wymknął się stamtąd, gdy tylko nadarzyła się ku temu okazja. Teraz w towarzystwie Briana przechadzał się bulwarem nadrzecznym i podczas gdy Brian napawał się spojrzeniami młodych kobiet – nieżonaci oficerowie byli w cenie – Aidan oddawał się rozmyślaniom. Na wieczór zaprosił go ojciec Ashley, który nie wiadomo skąd dowiedział się o jego pobycie w mieście. Nie mógł mu odmówić i dlatego został zmuszony do przesunięcia planowanego wyjazdu o kilka dni.

Od roku 1772 Kalkuta była stolicą Indii Brytyjskich i najważniejszym po Londynie miastem imperium. O ile angielska część miasta przeżywała bujny rozkwit dzięki rozwojowi gospodarczemu, zwłaszcza w dziedzinie handlu tekstyliami i juty, o tyle Czarne Miasto, dzielnica zamieszkana przez ludność hinduską, popadała w coraz większą nędzę. Już pierwszego dnia pobytu w Kalkucie Aidan udał się tam z Randżan Khanem i niezmiernie trudne warunki, w jakich żyła miejscowa ludność etniczna, nie po raz pierwszy wywołały u niego prawdziwy szok. Zapewne dlatego właśnie Randżan wziął go ze sobą, gdyż jego krewny, którego odwiedzili, nie był nawet w stanie wyżywić się samemu, nie mówiąc już o poczęstunku dla gościa. Nie jestem tu właściwą osobą, rzekłby mu chętnie Aidan, nie mnie powinieneś prezentować tę skandaliczną sytuację, nie mnie masz przekonywać...

– Kapitan – odezwał się z ciężkim westchnieniem Brian, wyrywając go z zadumy. – A przecież już teraz jesteś tak nieznośnie apodyktyczny! Jeśli mam od tej pory stawać przed sądem wojskowym za każdym razem, gdy ci się sprzeciwię, to nie wiem, jak z tobą wytrzymam! – Skrzywił się pociesznie, a Aidan parsknął śmiechem.

Mijali właśnie jakąś młodą parę. Kobieta zerknęła na Aidana, a potem, przechodząc obok nich, obejrzała się za nim, co wyraźnie zirytowało jej towarzysza.

– Wiesz, postanowiłem wybrać się z tobą do Darjeeeling – powiedział Brian.

– Coś podobnego!

– Jeśli o ciebie chodzi, skończyłeś już z Sitą, nieprawdaż?

– Tak.

– Zatem nie masz nic przeciw temu, abym w Śimli...?

– Nie dbam o to, co ona robi. Powiem ci tylko tyle: nie weźmiesz jej potem ze sobą!

Brian westchnął.

– Nie martw się, ta sprawa z Gillian już się nie powtórzy. A skoro o tym mowa... Czy Gilly jest teraz w Kalkucie? – Rozejrzał się, jakby licząc na to, że ujrzy ją lada moment wychodzącą z któregoś domu.

– Nie. – Aidan zmarszczył czoło, wpatrując się w połyskliwą powierzchnię rzeki. – Słuchaj… czy ona była dziewicą, kiedy się nią zająłeś?

– Co to ma do rzeczy? Owszem, była dziewicą.

– Zgotowałeś jej okropny los, przyjacielu. Mówię poważnie. Można chyba powiedzieć, że zrujnowałeś jej życie.

Przez chwilę Brian sprawiał wrażenie zakłopotanego, potem jednak wzruszył ramionami.

– Przecież nie musiała ze mną wyjeżdżać.

– No cóż, czasem człowiek działa nierozsądnie, gdy jest zakochany, a ona, jak sądzę, była zakochana.

– No to co? Sam powiedz, która kobieta z dobrego domu poszłaby tak po prostu z obcym mężczyzną?

– O ile cię znam, użyłeś przedtem wszelkich dostępnych ci sztuczek, aby ją zdobyć. Może nawet obiecałeś, że się z nią ożenisz.

– A jeśli nawet, to co!? – wykrzyknął Brian, bardziej zapalczywie, niż mu w tej sytuacji wypadało.

Aidan podszedł do kei, oparł się oburącz o mur i skierował wzrok na przeciwległy brzeg.

– Gdyby ktoś postąpił w ten sposób z którąś z moich sióstr… – Urwał w pół zdania i potrząsnął lekko głową. – Urządziłbym go tak, że nigdy już więcej nie mógłby zrujnować życia żadnej innej kobiecie.

– Ojciec Gillian nie jest baronem, lecz kupcem.

– No tak, istotnie, czasem zapominam, że niektóre dziewczęta są mniej warte od innych.

– Co cię tak nagle napadło z tą dziewczyną? Nadal ci się naprzykrza?

– Nie, ale spotykam ją co jakiś czas i odnoszę wrażenie, że znalazła się już bardzo blisko dna.

Brian przylgnął plecami do kei i podparł się łokciami.

– Nie potrafię jej pomóc, nawet gdybym chciał. – Zamknął oczy i wystawił twarz na słońce.

– Takie to proste, co?

Przez kilka minut nic nie wskazywało na to, że Brian usłyszał te słowa. Wreszcie otworzył oczy i spojrzał na przyjaciela.

– Już dobrze, masz rację, to była porządna dziewczyna. Jeśli spotkam ją jeszcze kiedyś, poproszę o wybaczenie.

Do Great Eastern Hotel, wspaniałej budowli, którą określono mianem Perły Wschodu, wrócili w milczeniu. Naprzeciw hotelu, po drugiej stronie ulicy, stał Randżan Khan. Również był w mundurze, który po powstaniu sipajów został zmieniony i nie przypominał już umundurowania armii brytyjskiej: składały się nań turban zastępujący dotychczasowe czako, bufiaste pumpy zapinane pod kolanami, które wyparły obcisłe długie spodnie, oraz kurtka mundurowa w piaskowym kolorze. Nogi od kolan do kostek okrywały owijacze, natomiast na prawym przegubie ręki widniał emblemat przedstawiający lwy z tak zwanych kolumn Aśoki* oraz trzy szewrony, dystynkcje starszego sierżanta. Nowe mundury żołnierzy hinduskich sprawdzały się w tutejszym klimacie znacznie lepiej niż mundury Anglików.

Randżan, który na widok Aidana i Briana wyprężył się na baczność, miał posępną minę, jego twarzy nie rozjaśnił nawet cień uśmiechu.

– Kiedy dotarłem do koszar, właśnie stamtąd wyszedłeś, *sahib kapitan*. – Wydął wargi i Aidan nie po raz pierwszy zdał sobie sprawę, jak dotkliwym upokorzeniem dla Randżana musi być rola, jaką zobowiązany jest odgrywać, gdy są przy nich inni Anglicy. Jako Hindus niskiego pochodzenia nie miał nawet prawa wchodzić do hotelu i widocznie czekał na nich już jakiś czas, prażąc się w słońcu.

Wyciągnął rękę z kopertą.

– Właśnie nadeszło z Śimli.

Aidan, marszcząc czoło, złamał pieczęć i przebiegł oczyma list, następnie złożył go i wsunął do kieszeni. Maddox informował, że ich spotkanie odbędzie się w późniejszym terminie. To obalało pierwotne plany Aidana; przyszło mu na myśl, że może powinien w takim razie pojechać do Darjeeling teraz, a nie dopiero po na-

* Ta symbolika obecna jest również na godle Indii (przyp. tłum.).

radzie w Śimli. W przeciwnym razie mogłoby zabraknąć mu potem czasu, musiał przecież pamiętać też o połogu Katriny.

– Dziękuję, havildarze majorze Khan – powiedział. – Zobaczymy się jutro. – Pożegnał się przepisowo, kiwnął głową do Briana, który został jeszcze z Randżanem, po czym wszedł do hotelu.

W pokoju zdjął kurtkę i rzucił ją na fotel, a potem ułożył się wygodnie na sofie i na moment zamknął oczy. Od chwili wyjazdu z Ooty dręczyły go wyrzuty sumienia z powodu Katriny. Raz po raz w jego pamięci odżywał wyraz smutku widoczny na jej twarzy, kiedy powiedział, że nawet dla niej nie zrezygnuje z wyjazdu. Od tamtej pory zachowywała wobec niego dystans i nawet kiedy powiedział jej o rychłym awansie, jedynie kiwnęła głową.

Leżał tak przez pewien czas, wreszcie wstał i podszedł do stojącego pod oknem sekretarzyka. Z szuflady wyjął arkusz kremowobiałego papieru, wziął do ręki pióro, zastanawiał się przez chwilę, napisał nagłówek, zawahał się, dopisał jedno zdanie, potem jeszcze jedno i ponownie przerwał. Dopiero po namyśle pisanie zaczęło iść mu składniej. Pióro sunęło już po papierze nieprzerwanie, a kiedy dotarł do końca, przeczytał list po raz drugi. W swoich listach ograniczał się zazwyczaj do krótkich relacji z podróży i opisu miejsca, w którym się akurat zatrzymał. Złożył kartkę, zaadresował list i zapieczętował go, po czym zadzwonił na posłańca. Wolał wysłać list, zanim zmieni zdanie i go zniszczy.

19

Utakamand, maj 1877

Katrina rzuciła się do pracy z rzadko spotykaną zawziętością. Już przed wyjazdem Aidana starała się wypełniać jakimiś zajęciami każdą minutę dnia. Spędzając długie godziny w kantorze lub przy krzewach herbacianych, marzyła, aby Aidan z własnej woli zechciał przełamać ten chłodny dystans, jaki sama stworzyła. Ale obecna sytuacja zdawała się być mu na rękę; nie musiał dłużej wysłuchiwać jej nalegań i wymówek. Nie odnosił się do niej nieuprzejmie, to prawda, ale bez słowa protestu zaakceptował jej rezerwę. Kiedy wyjeżdżał, przytulił ją, pocałował i powiedział, aby uważała na siebie. Zaakceptowała to chłodne pożegnanie bez żadnych emocji, życzyła mu dobrej drogi, po czym wycofała się do domu.

Maj nie rozczarował aurą. Było słonecznie, w ciepłym powietrzu przesyconym zapachem eukaliptusa czuło się powiew świeżości, sugerujący obecność mroźnego tchnienia gór. Przed domami w terakotowym kolorze, o architekturze wzorowanej na drewnianych domkach szwajcarskich, bujnie rozkwitały kwiaty. W Ooty trwała pełnia głównego sezonu, o czym świadczyły też rzesze letników przybyłych z Madrasu. Katrina raczej rzadko decydowała się teraz na wycieczki, a ponieważ jej stan nie był już tajemnicą, nie musiała się ratować wymówkami. Nie uniknęła natomiast natrętnych wizyt, składanych przez kobiety, które nie szczędziły dobrych rad, nie bacząc na to, że nie była to już pierwsza ciąża Katriny.

Stojąc teraz na ścieżce oddzielającej pola herbaciane, Katrina doznała bolesnej goryczy, kiedy uświadomiła sobie, że rzekome uczucie bliskości między nią a Aidanem okazało się najwidoczniej jednostronne. Przyciskając dłoń do wydatnego już brzucha, doszła nagle do przekonania, że została wykorzystana. Co gorsza, przestała rozumieć Aidana. Z jednej strony te jego niekontrolowane wybuchy zazdrości, a z drugiej całkowity brak zainteresowania jej osobą. Doszło nawet do tego, że wyjechał z domu, zostawiając ją samą w odmiennym stanie! Obiecał, że na czas rozwiązania wróci, ale oczywiście wszelkie trudy pozostawały jej udziałem, podczas gdy on z niemałą przyjemnością odbywał podróż, której starał się nadać formalny charakter. No cóż, w przeszłości zawiodła się też na Stephenie, ale jego przynajmniej naprawdę kochała. Nie potrafiła natomiast dokładnie określić, co ją łączy z Aidanem. Wiedziała jedynie, że czuje się z nim związana, choć on zdaje się nie doznawać wobec niej takich samych emocji. Katrina zastanawiała się nawet, czy jemu w ogóle na niej zależy. Najpierw zawiódł ją Stephen, potem Aidan. Nie miała powodów do obaw, że ten ostatni zechce ją porzucić, ale jednak, będąc z nią, nie szukał autentycznego zbliżenia, nie czynił w tym celu nic, ograniczając się do nocnych objęć i sporadycznych czułości.

Położyła dłoń na pniu drzewa i ostrożnie musnęła chropowatą korę, następnie przywarła czołem do wierzchu dłoni i z zamkniętymi oczami próbowała zebrać myśli. Może jednak Ashley ma rację, nie ufając Aidanowi? Czyżby przed nią coś ukrywał?

– Skąd u ciebie ten smutek, Kat?

Drgnęła zaskoczona, ale raczej dlatego, że nie usłyszała kroków Stephena, nie zaś dlatego, że zjawił się właśnie on. Nie umiała sobie tego wytłumaczyć, ale odkąd doszły ją słuchy, że znowu przyjechał do Ooty, liczyła się z tym, że się tutaj zjawi. Wyprostowała się powoli.

– Po co przyszedłeś? – zapytała. Nie miała siły na nużące dyskusje. Caleb przebywał na szczęście u Charlesa, gdzie bawił się ze swoimi kuzynkami.

– Żeby się z tobą zobaczyć. – Czym prędzej uniósł obie dłonie. – Bez obawy, nie popełniam dwukrotnie tego samego błędu, a twój mąż w bardzo przekonujący sposób uświadomił mi, co mnie czeka, gdybym ponownie wykradł Caleba. Czy wiedziałaś, że groził mi bronią?

Skinęła głową.

– A od kiedy akceptujesz takie postępowanie?

– Dzięki niemu odzyskałam syna – odparła krótko.

Stephen ujął się pod boki i powiódł dokoła wzrokiem, nie komentując już jej słów.

– Masz tu ładną posiadłość – zauważył. – I pewnie interes kwitnie. To godne uznania, zwłaszcza biorąc pod uwagę, że większość obowiązków spada na ciebie. Pewnie czasem pomaga ci Charles?

Katrina zmierzyła go kosym spojrzeniem.

– Jak doskonale wiesz, mam męża.

– Oczywiście. Męża, którego nigdy nie ma w domu. – Opuścił wzrok na jej brzuch i uniósł brwi.

Zirytowana skrzyżowała ręce na piersiach.

– Czego ode mnie chcesz, Stephenie?

– Szczerze mówiąc, sam nie wiem. To była spontaniczna decyzja, żeby cię odwiedzić.

– Akurat teraz, kiedy Aidana nie ma w domu?

– Właśnie dlatego, że go nie ma. Nie chcę, żeby ktoś wyganiał mnie ze swojej posiadłości, dzierżąc strzelbę w dłoni. – Uśmiechnął się szyderczo. – I nie masz się czego obawiać. Tym razem nie wykradnę Caleba. Zaczekam, aż przyzna mi go sędzia.

– Boże, Stephenie! – zawołała Katrina. – Nie zostawisz nas wreszcie w spokoju?!

– Przykro mi, Kat, ale nie mogę. Wykorzystam każdą nadarzającą się możliwość, aby dopiąć celu. Oczywiście wolałbym uniknąć takich przymusowych kroków.

– Na to nie masz co liczyć.

– Gdybyś oddała mi go dobrowolnie, mogłabyś go czasem widywać. Wystarczy, że powiesz, jak często byś chciała. Raz w miesiącu? Dwa razy?

Z niedowierzaniem potrząsnęła głową.

– Powiedz jeszcze, ile twój brat wyłożył za to wszystko. – Stephen zatoczył ręką rozległy kąt.

– To nie powinno cię obchodzić.

– No cóż, po prostu przyszło mi na myśl, że kwota była chyba wyższa od tej, jakiej się wtedy domagałem.

Katrina wzruszyła ramionami.

– Przecież na tym by się nie skończyło, Stephenie. Twoje żądania nie miałyby końca, bo nie potrafisz gospodarzyć.

– U nas było nieco wytworniej niż tu, musisz to przyznać.

– I właśnie dlatego zabrakło nam pod koniec pieniędzy. A teraz dajemy sobie radę o tyle, że możemy z tego wyżyć. Nie wydajemy co tydzień przyjęć, jak to miałeś w zwyczaju. Aidan ma jednego konia, podczas gdy ty trzymałeś w stajni kilka wierzchowców pełnej krwi. I jeszcze ten twój wystawny styl życia... W mgnieniu oka roztrwoniłbyś cały majątek. A co potem?

Stephen spojrzał na nią w zadumie.

– Naprawdę sądzisz, że roztrwoniłbym cały majątek? Przecież oboje wiemy, że nie doszłoby do tego całego teatru, gdyby twój ojciec zachował się wtedy tak jak brat, ratując cię przed hańbą.

– Którą tyś mnie okrył.

Stephen milczał długo.

– Nie jestem z tego dumny – przyznał w końcu. – I kiedy tak patrzę na to wszystko, nachodzą mnie myśli, że moglibyśmy tworzyć teraz wspaniałą rodzinę.

– Proszę cię, Stephenie, nie mówmy już o tym. Z Aidanem jestem szczęśliwa, szczęśliwsza, niż mogłabym być przy tobie.

Roześmiał się.

– Wierzę ci na słowo.

Przeszedł ją nagle zimny dreszcz i gorączkowo potarła sobie ramiona.

– Powiedz szczerze, Kat: co on takiego ma do zrobienia, że zostawia cię tu samą? Jakie sprawy mogą być aż tak ważne, by zostawić dla nich brzemienną żonę w domu i wyjechać?

Odwróciła się od niego.

– Musisz przyznać, że nie jest to przyzwoite zachowanie – dodał Stephen.

– Podobnie jak obmawianie przed sądem własnej żony i publiczne ujawnianie rozmaitych intymnych szczegółów z ich prywatnego życia.

– Punkt dla ciebie. – Stephen oparł się o drzewo, przy którym niedawno stała Katrina. – A te szczegóły dobrze jeszcze zachowałem w pamięci. – Uśmiechnął się. – Bez względu na to, co się zdarzy, Kat, takich rzeczy się nie zapomina, nieprawdaż?

Zamknęła oczy.

– Dlaczego po prostu nie odejdziesz stąd i nie zostawisz mnie w spokoju?

– Ty też jeszcze o tym pamiętasz, czyż nie? – zapytał łagodnie Stephen.

W milczeniu potrząsnęła głową.

– Miłość – dodał – to chyba najpiękniejsza brama do pierwszego zrywu namiętności. A ja tę bramę przed tobą otworzyłem.

Obróciła się na pięcie i puściła pędem do domu, nie patrząc pod nogi. Kiedy uniosła trochę spódnicę, aby jeszcze przyśpieszyć kroku, potknęła się o coś i upadła jak długa. Przeszył ją ostry ból, jęknęła głośno.

W jednej chwili Stephen znalazł się przy niej, ukląkł i ujął jej rękę.

– Tak mi przykro! – szepnął z niekłamanym lękiem. – Nie chciałem tego!

Próbowała się wyrwać, ale jej ciało przeszyła kolejna fala bólu. Nakryła brzuch dłonią i jęknęła głucho. Dopiero gdy ból ustał, odetchnęła głęboko i spróbowała wstać.

– Zaniosę cię do domu.

– Nie dotykaj mnie! – krzyknęła, ale nie stawiała już oporu, kiedy pomógł jej się podnieść, bo czuła, jak silnie drżą jej kolana. Odsunęła się od niego. – Wynoś się stąd!

– Pozwól przynajmniej odprowadzić się do domu.

– Powiedziałam, żebyś sobie poszedł! – krzyknęła głosem, który nawet w jej uszach zabrzmiał niezwykle ostro.

Cofnął się o krok i pojednawczym gestem uniósł obie dłonie.

– Dobrze już, idź sama, skoro tak chcesz. Ale poczekam tu, dopóki nie dojdziesz do domu.

Odwróciła się bez słowa i postąpiła do przodu. Czując kolejną falę bólu, zacisnęła zęby, zanim jednak chwyciła za klamkę, ból odpłynął. Weszła do holu i ostrożnie stąpając po schodach, dotarła do swojego pokoju, skąd zadzwoniła po *ayah*. Kobieta zjawiła się po chwili, a służalczy wyraz jej twarzy natychmiast ustąpił miejsca zatroskaniu, kiedy ujrzała Katrinę siedzącą na łóżku, z pochyloną do przodu głową.

– Nie czuje się pani dobrze, *memsahib*?

– To tylko lekki skurcz, Akhilo, zaraz mi przejdzie. – Katrina nabrała głęboko powietrza i wstała, aby służąca rozpięła jej suknię.

– Za dużo pani pracuje, *memsahib*. Kobieta musi wypoczywać, kiedy spodziewa się dziecka.

– Postaram się, Akhilo, ale teraz pospiesz się, chciałabym się już położyć. – Katrina zamknęła oczy, odczekała, aż ból osiągnie swój punkt kulminacyjny, a potem odetchnęła z ulgą, kiedy zaczął odpływać.

Położyła się i zamknęła oczy, była jednak zbyt wzburzona, aby znaleźć spokój lub zasnąć. Ból wkrótce wrócił, z nie mniejszą siłą niż poprzednio, i Katrina zacisnęła zęby.

– Tylko nie to – wyszeptała. – Proszę, tylko nie to! – Łzy napłynęły jej do oczu i czym prędzej zadzwoniła ponownie po Akhilę, szarpiąc gwałtownie za sznur.

– Wezwij akuszerkę – poleciła, zaledwie dziewczyna stanęła w progu. – Niech się pośpieszy!

Z oczami szeroko rozwartymi ze strachu Akhila skinęła głową i wycofała się z pokoju.

Katrina usiadła, przycisnęła ręce do brzucha i zaczęła kołysać się do przodu i do tyłu, jakby w ten sposób mogła uśmierzyć ból.

– Tylko nie to – powtarzała niestrudzenie. – Błagam, tylko nie to!

Akuszerka, Hinduska w wieku Sarity, przybyła pół godziny później. Pomogła Katrinie już dawniej, przy porodzie Caleba i teraz emanował z niej spokój doświadczonej kobiety.

– Przewróciłam się – szepnęła Katrina – a teraz mam bóle, jakbym już rodziła..

Kobieta cmoknęła uspokajająco i dała Katrinie znak, aby położyła się wygodnie, a potem wprawnymi ruchami obmacała brzuch i przebadała ją.

– Myślisz, że stracę dziecko? – zapytała Katrina z lękiem.

Na pomarszczonej twarzy kobiety pojawił się uśmiech.

– Nie, *memsahib*, do porodu jeszcze daleko. Ale musi pani być bardziej ostrożna. Upadek w tym stanie zawsze może być niebezpieczny, na szczęście tu tylko otworzyły się trochę drogi rodne. Potrzebuje pani teraz spokoju. I proszę jak najwięcej leżeć.

– Sądzisz, że z dzieckiem jest wszystko w porządku?

Kobieta skinęła głową i przyłożyła dłoń do brzucha Katriny.

– Ono się rusza, nie czuje pani tego, *memsahib*?

Rzeczywiście, Katrina odczuła teraz ledwie uchwytne drgnienia, jakby lekkie trzepotanie skrzydełek motyla. Zamknęła oczy, odetchnęła głęboko z ulgą i w duchu zmówiła modlitwę dziękczynną. Akuszerka pozostała przy niej jeszcze jakiś czas, podała jej przepis na herbatki ziołowe pomocne w takich momentach, pogawędziła z nią trochę, a kiedy wyszła, Katrina ze wzrokiem wzniesionym na baldachim cofnęła się myślą do dzisiejszego spotkania ze Stephenem. Jej odczucia do niego kryły w sobie wspomnienia, były jednak wolne od jakichkolwiek namiętności, nawet nienawiści. Miała wrażenie, że rozpościerał się przed nią szeroki wachlarz emocji, obejmujący cały czas spędzony z pierwszym mężem – począwszy od zakochania, poprzez zaskoczenie i szok, kiedy Stephen odwrócił się od niej, aż do rozpaczy wywołanej procesem sądowym i pogłębionej jeszcze przez poczucie upokorzenia. A potem, jakby tego wszystkiego było mało, przyszła pora na przygniatający żal i smutek po śmierci ojca.

Czego on ode mnie chce, rozmyślała Katrina. I po co to grzebanie w przeszłości? Czy aby na pewno wyłącznie z powodu Caleba?

*

Z właściwą sobie ofiarnością Sarita zatroszczyła się o Katrinę, natomiast Calebem zajęła się Parwati. Sarita parzyła dla Katriny ziółka według przepisów, których nikt w domu nie znał prócz niej samej, wiele czasu spędzała, siedząc przy jej łóżku, i niestrudzenie snuła opowieści o swoich krajanach. Zdawało się, że przy Katrinie czuwa jej matka i ta bezustannie okazywana troskliwość doskonale wpływałaby na jej samopoczucie, gdyby nie wzburzenie wywołane wizytą Stephena, a także niepewność co do Aidana.

Sarita miała na sobie charakterystyczny dla jej ziomków ręcznie tkany szal, który przy każdym ruchu rozchylał się, odsłaniając tatuaż, tradycyjnie zdobiący kobiety z plemienia Todów. W dzieciństwie Katrina często przesuwała palcem po tym ornamencie, aby się przekonać, czy skóra różni się tam w dotyku od reszty ciała. Sarita tłumaczyła jej wtedy, że urodę kobiety określa się po tym, jak delikatne ma stopy, ujmowała jedną dłonią drobne stopy Katriny i łaskotała je drugą dłonią, po czym obie zanosiły się od śmiechu, tarzając się po podłodze.

– Ten mężczyzna mąci ci w głowie? – zapytała Sarita. Odstawiła tacę i wyprostowała się.

Katrina, wyrwana z zadumy, spojrzała na nią pytająco.

– Chodzi ci o Stephena?

– Nie. – Sarita uśmiechnęła się. – O twego męża. Ale widocznie twoje myśli zajmuje jednak teraz ten drugi.

Krew uderzyła Katrinie do głowy.

– Nie... może masz rację, ale to nie on sam mąci mi w głowie, lecz jego zachowanie. Nie rozumiem go.

– Nigdy go nie rozumiałaś. Już wtedy radziłam ci, abyś nie wychodzila za niego za mąż, bo wiem, że po kimś o takich oczach nie można się spodziewać niczego dobrego. – Sarita usiadła na brzegu łóżka. – Wtedy zmącił twoje serce. Czy teraz mąci ci zmysły?

Katrina potrząsnęła niepewnie głową.

– To raczej Aidan mąci mi zmysły... – Sięgnęła po kubek z herbatką ziołową, upiła łyk i skrzywiła się, czując na języku gorzki smak naparu

Ktos zapukał do drzwi i do sypialni weszła Parwati, prowadząc za ręką Caleba.

– On chciał do pani, *memsahib*.

– Dobrze, dziękuję, Parwati. – Katrina odstawiła kubek i pomogła chłopcu wdrapać się na łóżko.

– Kiedy będę mógł znowu pojeździć na koniu? – zapytał Caleb.

– Kiedy twój ojciec wróci do domu.

– A kiedy wróci?

Katrina westchnęła.

– Też chciałabym wiedzieć.

Chłopiec usiadł przed nią po turecku. Wsparty łokciami na kolanach i z dłońmi podłożonymi pod brodą, zdawał się rozmyślać nad czymś intensywnie.

– Wujek Charles powiedział, że jeśli ta przerwa w jazdach się przedłuży, będę musiał zacząć wszystko od nowa.

Katrina pogłaskała go po głowie i poprawiła niesforne włosy, które opadły mu na czoło. Caleb skończył właśnie sześć lat i tego lata miał zacząć uczyć się pod okiem guwernera. Jak ten czas leci, pomyślała z żalem, patrząc na syna. Nadal miał pulchne po dziecięcemu policzki, ale widać było, jak szybko się rozwija, a od ostatniego lata wystrzelił sporo w górę. Okres, gdy był jeszcze małym dzieckiem, przesłoniły sprawy związane z odejściem Stephena, a jej trudno było wtedy wczuć się należycie w rolę matki. Właściwy kontakt z synem nawiązała w zasadzie dopiero, kiedy opiekę nad nim przestał sprawować Charles. Może przeżywała zbyt emocjonalnie rozstanie ze Stephenem? W końcu otworzył jej oczy, kiedy zaczął się domagać opieki nad Calebem, i to pomogło jej uwolnić się wreszcie od tego koszmaru.

– Kto raz nauczy się jeździć konno, nigdy tego nie zapomni – pocieszyła syna.

Caleb nie wydawał się przekonany.

– Ale tak powiedział wujek Charles.

– Będziesz mógł pojeździć znowu, kiedy wróci ojciec, ale nie wcześniej. – Tylko ona wiedziała, ile nerwów kosztowały ją chwile, w których powierzała syna Aidanowi podczas nauki jazdy. Za nic na świecie nie oddałaby Caleba pod opiekę jakiegoś obcego instruktora.

Dopiero teraz przekonała się, jak męczące może być takie długie leżenie w łóżku. Czasem wstawała, aby trochę pochodzić, ale nie przedłużała spaceru, bo wezwany lekarz również zalecił leżenie. Pouczył ją, że już od tygodni powinna bardziej dbać o siebie, zapewnił też, że prędzej czy później bóle by wystąpiły tak czy siak, a upadek jedynie przyśpieszył ten moment. Jeśli więc chce utrzymać ciążę, ostrzegł lekarz, będzie odtąd musiała zadbać o całkowity spokój i odpoczynek.

– Mogę odwiedzić potem Daniela Holta? – zapytał Caleb. Chłopcy zżyli się ze sobą i często razem bawili. Katrina i Amelia zastanawiały się nawet, czy nie powinni się uczyć wspólnie. Takie rozwiązanie wydawało się sensowne również dlatego, że potem można było wysłać ich obu do Anglii, gdzie zostaliby umieszczeni w szkole z internatem.

– Dobrze, Sarita cię odwiezie – odparła Katrina.

Caleb zsunął się z łóżka na podłogę, wziął Saritę za rękę i pociągnął ją za sobą. Lubił ją znacznie bardziej niż Parwati. W progu minęli się ze służącą, która trzymała srebrną tacę z jakimś listem.

– Właśnie nadszedł, *memsahib* – poowiedziała.

Katrina podziękowała i odczytała nazwisko nadawcy. Na moment serce mocniej jej zabiło, ale potem pomyślała, że to pewnie znowu jedna z tych krótkich zdawkowych, typowych dla Aidana wieści. Tym większe było jej zdumienie, kiedy złamała pieczęć.

Moja droga Katrino,

choć wiem, że nie przepadasz za dużymi miastami, jestem pewien, że Kalkuta by ci się spodobała, zwłaszcza rankiem, kiedy wczesny blask słońca niczym welon sunie po Gangesie, a jego wody między ciemnymi jeszcze brzegami połyskują czerwienią przetykaną złotem. Dla tutejszych mieszkańców ta rzeka ma szczególne znaczenie, natomiast dla nas, Anglików, jest to zaledwie droga wodna, którą nasze towary dostarcza się do miasta. Powiedziałaś kiedyś, że Bombaj jest dla ciebie zbyt ruchliwy i hałaśliwy. Również tutaj ulice tętnią życiem do późna w nocy, ale w zależności od tego, gdzie się akurat przebywa, można odnaleźć w tym coś mistycznego.

Za dwa dni mam odwiedzić rodzinę Ashley, co oznacza, że mój wyjazd na północ opóźni się trochę. Nie mogłem odrzucić zaproszenia, ale mam nadzieję nadrobić potem to opóźnienie. Z Kalkuty do Śimli jedzie się pociągiem albo najpierw statkiem po Hugli, a potem szlakiem górskim. Latem wielu Anglików spędza ten najgorętszy okres w swoich rezydencjach letniskowych, podobnie jak mieszkańcy Madrasu. Śimla to urocza miejscowość, na pewno przypadłaby ci do gustu.

Jak się czujesz i jak dziecko? Mam nadzieję, że mój wyjazd nie zasmucił cię zbytnio – nie, chyba nie mogę mieć tej nadziei, bo widziałem, jak bardzo poczułaś się zraniona. Podróże zawsze były cząstką mnie samego, wydaje mi się, że nie potrafię zerwać z tym tak po prostu. Są sprawy, w których tkwi coś więcej, niż mogłoby się wydawać i trudno się od nich uwolnić. Dlatego proszę cię, abyś postarała się mnie zrozumieć. Odrzucić własne pasje to czasem niezwykle trudne, droga Katrino, sądzę nawet, że nigdy nie rozstanę się z nimi tak do końca. Ty zresztą też masz swoje i wcale nie oczekuję od ciebie, abyś ich zaniechała.

Pozdrów ode mnie Caleba i powiedz mu, żeby nie zaniedbywał swojego kuca.

Pozostając myślami przy Tobie –

Aidan (aktualnie kapitan Brytyjskiej Armii Indyjskiej)
Kalkuta, 20 kwietnia 1877

Katrina opuściła rękę z listem i opadła ponownie na poduszkę, rozkojarzona, wzburzona tą nieprzewidzianą otwartością i faktem, że jest w stanie usidlić ją i przekonać do siebie, nawet jeśli przebywa z dala od niej i chociaż ma prawo czuć do niego żal. Znowu ją zaskoczył, i to w chwili, kiedy już zaczęła wierzyć, że zdołała go przejrzeć.

– Dlaczego mi to robisz? – szepnęła cicho.

*

Gillian sama nie wiedziała, dlaczego zaproponowała, że pójdzie do kantoru Ramsaya, kiedy okazało się, że ktoś musi złożyć następne zamówienie na herbatę. To przecież bez sensu, łajała samą siebie w duchu, szukać kontaktu z człowiekiem, który jest żonaty. Zesztą ktoś taki jak on nie wydawał jej się dotąd pociągający, zazwyczaj gustowała raczej w typach bardziej zawadiackich, w mężczyznach o zuchwałym uroku, albo takich, którzy potrafili ją rozbawić. Charles Ramsay prezentował się wprawdzie dość interesująco, ale było w nim więcej z dystyngowanego dżentelmena niż z zawadiaki. Ale może, rozmyślała Gillian, właśnie ktoś taki byłby mi teraz potrzebny. Potrząsnęła głową, jakby mogła w ten sposób odegnać od siebie natrętne myśli, nie potrafiła jednak przestać wyobrażać sobie życia u boku kogoś takiego jak on. Czy potrafiłaby pomagać mu w kantorze? A gdyby czekała na niego w domu, czy po powrocie z biura byłby dla niej czuły? Ponownie potrząsnęła głową. Zachowuje się jak idiotka!

Po incydencie na bazarze Ingram przez kilka dni nie dawał o sobie znaku życia, co wcale jej nie martwiło. Potem jednak znów zastała go pod swoimi drzwiami. Wydawał się skruszony, ale choć nie dała mu się zwieść ani przez chwilę, uległa w końcu i wpuściła go do pokoju, tak jak jeszcze wiele razy potem. Na samo wspomnienie o tym oblewała się rumieńcem.

Wchodząc do kantoru, wciągnęła w nozdrza aromat herbaty zmieszany z zapachem starego drewna. Ścianę za ladą osłaniał regał z szufladkami z białej porcelany, w których trzymano herbatę. Błyszczące mosiężne tabliczki informowały o jej gatunku. Na prawo stały skrzynie z herbatą, nieco dalej wiodły na piętro drewniane schody. Deski podłogi poczerniały już ze starości i w wielu miejscach skrzypiały. Ciekawe, jak to jest, dorastać w poczuciu posiadania takiego majątku, zastanawiała się Gillian. Czy żona Aidana jako młoda dziewczyna bywała tu często? Siadała na tym wysokim krześle, częściowo skrytym w kącie, i oddawała się jakimś marzeniom? Ona sama – tego Gillian była pewna – tak by właśnie robiła.

Młody subiekt podszedł do niej; ten sam, który obsługiwał ją poprzednim razem niezbyt zręcznie. Ale dzisiaj Charlesa Ramsaya nie było w pobliżu, co stwierdziła z niemałym rozczarowaniem. Subiekt natomiast zaprezentował pod nieobecność pryncypała większą pewność siebie. Odwzajemniła jego słowa powitania z uśmiechem.

– To samo, co zwykle? – zapytał.

– Owszem. I jeszcze kilka nowych gatunków, które przyszły. Mam tu… – Z trudem wyszukała w kieszeni kartkę z zamówieniem, żałując, że nie uczyniła tego wcześniej, zanim weszła do środka. Na szczęście mężczyzna czekał cierpliwie, a kiedy wreszcie podała mu zmiętą karteczkę, wziął ją i bez słowa zniknął za drzwami magazynu.

Gillian wykorzystała ten czas, aby rozejrzeć się trochę. O tak wczesnej porze w kantorze było bardzo spokojnie i Gillian zastanawiała się, czy Charles Ramsay przyszedł już do pracy. Zażenowana kierunkiem, jaki obrały jej myśli, zagryzła wargę i zerknęła w stronę schodów. Postąpiła krok do przodu i zaciekawiona zerknęła w górę, ale prócz drewnianej balustrady otaczającej rodzaj galerii nie zdołała niczego dostrzec.

Odwróciła się i zamarła w bezruchu. W progu stała kobieta, która wydała jej się znajoma, upłynęło jednak kilka sekund, zanim Gillian rozpoznała w niej panią Ramsay. Kobieta patrzyła na nią z lekko przechyloną na bok głową.

– Panie Finch – zwróciła się do młodego subiekta, który właśnie wrócił z magazynu. – Czego sobie życzy ta kobieta?

Gillian stanęła w pąsach i również Finch wydawał się dość zakłopotany, przez chwilę zachował bowiem milczenie.

– Chodzi o zamówienie dla herbaciarni Marksów, pani Ramsay – wyjaśnił wreszcie.

Kobieta zmierzyła Gillian spojrzeniem od stóp do głów.

– Naprawdę? To nazwisko nic mi nie mówi.

– Państwo Marks są naszymi stałymi klientami, proszę pani – odparł Finch.

– No cóż, wystarczy spojrzeć na zatrudnianych tam ludzi, aby dojść do przekonania, że nie jest to miejsce, do którego warto zajść – uznała pani Ramsay. – I od kiedy to obsługuje się tu kobiety podejrzanej konduity?

Ognie wystąpiły na twarz Gillian, jakby ktoś wymierzył jej silny policzek. Chciała rzec coś na swoją obronę, lecz zabrakło jej słów.

– Ależ, proszę pani – wyręczył ją Finch. – Pan Ramsay ani razu nie...

– Bo dopiero niedawno ujrzeliśmy ją w towarzystwie mężczyzny, którego narzeczona jest naszą dobrą znajomą. Nie chcę, aby wzięto nas na języki. – Przeniosła wzrok na Gillian. – Niech pani przekaże… jak im tam… Marksom, aby następnym razem przysłali tu jakąś przyzwoitą pracownicę albo żeby pofatygowali się tu sami.

Schody zaskrzypiały głośno i po chwili pojawił się na nich Charles Ramsay. Zszedł na dół, skinieniem głowy powitał Gillian i skierował zimny wzrok na żonę.

– O co chodzi?

Zanim Cynthia zdążyła otworzyć usta, Gillian obróciła się i wybiegła z kantoru. Szła przed siebie, nie bacząc na ruch i w ostatniej chwili odskoczyła na bok przed nadjeżdżającym powozem. Woźnica ściągnął gwałtownie cugle i rzucił pod jej adresem jakąś mało pochlebną uwagę.

Przez jakiś czas błąkała się po ulicach bez celu, w końcu oparła się plecami o ścianę jakiegoś domu, zamknęła oczy i nabrała głęboko tchu, usiłując powstrzymać łzy i stłumić uczucie upokorzenia. Ucieczka z kantoru była postępkiem głupim, impulsywnym i nieprzemyślanym. Oczywiście nie mogła teraz wrócić do Marksów, nie załatwiwszy zamówienia, ale iść ponownie do kantoru… nie, na to się też nie zdobędzie. Dlaczego zachowała się w ten sposób wobec Charlesa Ramsaya? On na pewno załatwiłby całą sprawę jak należy. Przecież wbrew temu, co mówiła jego żona, wiedział już przedtem o jej znajomości z Ingramem i z pewnością nie miał złudzeń co do jej charakteru.

Poprawiła sobie włosy i zawróciła. Nie ma innej rady, nie może przecież tkwić tu na ulicy przez cały dzień. Z ciężkim sercem skierowała się do kantoru. Pan Finch, stojący za ladą, podniósł wzrok, kiedy weszła do środka. Zarumieniony, wskazał na jej listę z zamówieniem.

– Wszystko zostanie dostarczone, jak zwykle – powiedział.

Z górnego piętra dobiegały podniesione głosy i krzyki, trudno jednak było wyłowić z tego zgiełku poszczególne słowa. Gillian rzuciła okiem na schody i zwróciła spojrzenie na Fincha, który wzruszył ramionami i chciał właśnie coś powiedzieć, kiedy w górze trzasnęły drzwi, na schodach rozległy się śpieszne, gwałtowne kroki i po chwili na dół zbiegła Cynthia Ramsay, szeleszcząc suknią, minęła w pędzie Gillian i Fincha, nie zaszczycając ich nawet spojrzeniem, po czym z podniesioną dumnie głową wyszła na ulicę. Charles Ramsay, który zszedł za nią po schodach, odprowadzał ją posępnym wzrokiem, po czym spojrzał na Fincha również wpatrującego się w drzwi.

– Ma pan za mało pracy? – zapytał ostrym tonem.

Finch drgnął przerażony i czym prędzej sięgnął po księgę, w której przedtem zapisywał coś skrzętnie. Charles, nadal z chmurą na twarzy, zwrócił się do Gillian.

– Bardzo mi przykro z powodu nieporozumienia, do jakiego najwidoczniej doszło, panno McEwan.

– To... – Gillian odchrząknęła. – Nic się nie stało.

Charles skinął głową, życząc miłego dnia, po czym odwrócił się i zaczął wchodzić z powrotem na górę, Gillian natomiast ogarnęło głębokie rozczarowanie, uczucie w tym wypadku – o czym dobrze wiedziała – całkowicie niedorzeczne.

20

UTAKAMAND, SIERPIEŃ 1877

Przedwieczorne słońce starało się jeszcze rozjaśniać lśniące deski podłogi kremowożółtym blaskiem, jedwabne kotary przed otwartymi drzwiami balkonowymi szeleściły na wietrze. Od rana dzień był dość suchy i Katrina wykorzystała tę korzystną aurę na krótki spacer, po którym udała się na odpoczynek. Delikatny szelest jedwabiu działał usypiająco, z wolna spowijało ją ciepło promieni słonecznych, zakradających się do jej łóżka. Mimo zamkniętych oczu czuła upływ dnia po sposobie, w jaki promienie przesuwały się po jej twarzy, zaczynając od policzka, poprzez usta i nos, do powiek.

Kiedy jej drzemkę przerwało ciche skrzypnięcie drzwi, pokój tonął już w mroku. Katrina uniosła się na łokciu, starając się przeniknąć wzrokiem ciemności.

– Jesteś! – Żadne inne słowa nie przyszły jej na myśl.

– Bardzo trafna konkluzja – roześmiał się Aidan, podchodząc bliżej. Zapalił lampę gazową wiszącą na ścianie obok łóżka i przykręcił płomyk, aby światło nie raziło jej w oczy od razu po przebudzeniu. Nachylił się i objął ją czule.

– Jak tylko wszedłem do domu, Sarita powiedziała mi, że nie czujesz się najlepiej. Co ci dolega? – zapytał.

– Znoszę to wszystko trochę gorzej, niż się spodziewałam.

– Był już lekarz?

– Tak. Powiedział, że to przemęczenie.

Aidan usiadł na brzegu łóżka.

– I co ty na to? Rzeczywiście przeciążyłaś się pracą?

– Zapewne tak. Chociaż nie zdawałam sobie z tego sprawy. – Wzruszyła ramionami na znak, że nie zdarzyło się nic wielkiego. Miała nadzieję, że Aidan nie będzie zadawał więcej pytań. – Caleb trochę narzekał, bo nie pozwoliłam mu dosiadać konia pod twoją nieobecność – zmieniła temat. Po jego minie zorientowała się jednak, że uczyniła to za raptownie i za szybko. Lekko uniesiona brew, wyraz jego oczu, mówiący jednoznacznie, że jej manewr został zdemaskowany, a także zmarszczka na czole – te wszystkie oznaki uświadomiły jej, że z pewnością nie obejdzie się bez szczegółowych wyjaśnień.

– Kochanie – szepnął Aidan – mam pytać, o co chodzi, czy opowiesz mi sama?

– To naprawdę nic takiego. Tylko bóle, ale teraz prawie już minęły.

Zmrużył lekko oczy.

– Po prostu przewróciłam się – dodała, uprzedzając następne pytanie. – Przez własną nieuwagę.

Nachylił się, poczuła na sobie jego przenikliwe spojrzenie.

– Zakręciło ci się w głowie? – W jego głosie zabrzmiał ton niepokoju.

– Nie... – odparła z wahaniem. – Ja... – Westchnęła zrezygnowana. – No, dobrze, zresztą... i tak byś się pewnie dowiedział. Stephen był tutaj, a kiedy pobiegłam do domu, przewróciłam się.

Aidan przywodził teraz na myśl panterę szykującą się do ataku.

– Uciekałaś przed nim? A może cię popchnął? Mów wyraźniej.

Powiedział to dostatecznie szorstkim tonem, aby Katrina zdała sobie sprawę ze wzbierającego w nim gniewu.

– Nic mi nie zrobił – zapewniła śpiesznie. – Po prostu nie spodobało mi się, co powiedział, dlatego zostawiłam go i postanowiłam wrócić do domu. Wtedy się potknęłam.

– Mam wrażenie, że raczej uciekałaś. W przeciwnym razie nie chodziłabyś tak nieuważnie.

– Może istotnie uciekałam... Tak, na pewno uciekałam, bo nie chciałam dalej słuchać, co mówi.

– A o czym mówił?

Katrina skrzyżowała ręce na piersiach.

– A jak sądzisz? – zapytała cicho. Poczuła się nagle tak, jakby siedziała na ławie oskarżonych i chociaż nie miała sobie nic do zarzucenia, na nowo ogarnął ją ów lęk przed momentem, w którym odżyją wspomnienia, jakich już nie pragnęła i jakie dotąd udawało jej się wypierać.

Jej reakcja nie uszła zapewne uwagi Aidana, bo wyciągnął rękę i dotknął jej policzka. Odruchowo obróciła głowę w drugą stronę i przygryzła wargę.

– Caleb tęsknił za tobą – powiedziała nieoczekiwanie.

– Za chwilę pójdę do niego. – Jego dłoń zsunęła się niżej i spoczęła na wypukłości między szyją a ramieniem. Tętnica pod jego kciukiem zaczęła pulsować gwałtownie.

Dlaczego nie dotknie brzucha, zdumiała się Katrina. Nie sprawdzi, czy dziecko się rusza. Stephen robił to często… Natychmiast złajała siebie w duchu za takie myśli. Po co te porównania? Po cóż wspomnienia czasu, jaki spędzała ze Stephenem? Musi z tym skończyć!

– Czy twoja niechęć jest zwrócona przeciw mnie? – zapytał Aidan.

Nabrała głęboko tchu, chciała zaprzeczyć, zamiast tego jednak wyrzuciła z siebie:

– Dlaczego nie było cię przy mnie?

Momentalnie cofnął rękę.

– Już ci to wyjaśniłem.

– I sądzisz, że to wystarczy?

– Powiedzmy, że miałem taką nadzieję – odparł ostrożnie. Nie doczekawszy się odpowiedzi, podniósł się z widocznym wahaniem.

– Gdy pragnę ciebie, nie wystarcza mi list – powiedziała cicho, kiedy dochodził już do drzwi.

Odwrócił się powoli i poprzez mrok odszukał ją wzrokiem.

– Może tym listem dałem ci z siebie więcej, niż przypuszczasz.

Zanim zdobyła się na jakąś odpowiedź, odwrócił się ponownie i wyszedł.

*

Ashley nie potrafiła pojąć, dlaczego, w przeciwieństwie do Katriny, nie zdołała się wymówić od większości zobowiązań towarzyskich. Jej przyjaciółka wydała do tej pory tylko jedno duże przyjęcie i jeden wieczorek, kilka razy zaprosiła też na kolację w wybranym gronie. Ponadto ona i Aidan rzadko przyjmowali zaproszenia, nie częściej, niż wymagał tego dobry ton.

Wieczorem w klubie organizowano bal, na którym swą obecność zapowiedzieli wszyscy liczący się w Ooty. Nawet Katrina nie pozwoliłaby sobie na odrzucenie zaproszenia, ale tym razem usprawiedliwiał ją stan, w jakim się znajdowała. Tym samym również Aidan był zwolniony z tego obowiązku. Imprezy okazywały się czasem bardzo udane, tak też zapowiadało się i dziś. Ashley w swojej jedwabnej sukni o barwie nocnego nieba sunęła z wdziękiem po lśniącym parkiecie, w blasku lamp iskrzyły się brylanty zdobiące jej szyję i fryzurę. Nicolas był wprost olśniony jej zaraźliwą wesołością, Ashley od dłuższego czasu przejawiała ją nadzwyczaj rzadko. Udawało jej się nawet ignorować Ingrama Frazera, choć ten ścigał ją dwuznacznym, wręcz obleśnym wzrokiem. Początkowo wydawało jej się, że dostrzega w jego spojrzeniu cień jakiegoś zimnego wyrachowania, ale zignorowała i to. Postanowiła nie pokazywać się sama tam, gdzie spodziewała się jego obecności; nie znalazła innego wyjścia z tej sytuacji.

Amelia Holt, która przybyła na bal w towarzystwie swoich teściów, podeszła do niej, machając energicznie wachlarzem. Mimo otwartych okien, za którymi szumiała ulewa, w salach robiło się powoli duszno. Ze wszystkich gości właśnie Amelia zwracała uwagę brakiem humoru, jednak nie mogło to nikogo dziwić. Dzięki Katrinie Ashley poznała ją lepiej i obie łączyło teraz coś w rodzaju luźnej przyjaźni.

– Mam takie poczucie – wyznała Amelia, zerkając na teściów – jakbym grała na scenie główną rolę w jakiejś sztuce i bała się cały czas, że zapomnę tekstu.

Ashley pokiwała głową. Sama nie doświadczyła jeszcze wprawdzie takiego uczucia, ale mogła je sobie doskonale wyobrazić.

– Właściwie nie chciałam wcale przyjść – zwierzała się dalej Amelia – ale on – wskazała ukradkiem na teścia – uważa, że powinnam bywać częściej w towarzystwie. Uzgodniliśmy, że będę mogła zatrzymać Daniela, jeśli znajdę sobie odpowiedniego męża.

– Doprawdy? – Ashley nie ukrywała zaskoczenia. – A zatem tak dalece poszedł na ustępstwa?

– Tak, za namową mojej teściowej, od której wcale nie oczekiwałam wsparcia. Ale pewnie pamięta, jak sama się czuła, kiedy straciła syna, i chce mi tego oszczędzić. – Jej usta wykrzywiły się w bolesnym grymasie, jak zawsze, kiedy rozmowa schodziła na temat jej zmarłego męża. Ktokolwiek ją poślubi, pomyślała Ashley, będzie miał twardy orzech do zgryzienia, aby zmierzyć się z tą pamięcią.

Jej wzrok padł na Ingrama, który ponownie znalazł się w pobliżu i wpatrywał się w nią uporczywie. Tego wieczoru był szczególnie natrętny, przywodził na myśl orła, który krąży nad upatrzoną ofiarą. Nie szkodzi; najważniejsze to nie dać mu okazji. Nawet jeśli będzie musiała się udać do pokoju wypoczynkowego dla pań, pójdzie tam tylko w czyimś towarzystwie. Amelia zapytała o coś, ale Ashley nie dosłyszała jej słów i dopiero wyczekujący wzrok przyjaciółki wyrwał ją z zadumy.

– Wybacz, moja droga, co mówiłaś?

– Wydajesz się jakaś niespokojna – powiedziała Amelia. – Coś nie w porządku?

– Nie, to nic takiego, tylko lekka niedyspozycja.

Amelia przechyliła nieco głowę.

– Chyba nie jesteś znowu przy nadziei? – Po jej ustach przemknął porozumiewawczy uśmiech.

– Nie – zaprzeczyła Ashley.

– Dobry wieczór, moje panie. – Głos Ingrama, który rozległ się nagle za plecami Ashley, przyprawił ją o nieprzyjemny dreszcz.

– Dobry wieczór, mister Frazer – odparła uprzejmie Amelia. Ashley wymamrotała jakieś słowa powitania, unikając jego wzroku.

– Pani rodzice są niezwykle gościnni – powiedział Ingram, zwracając się do Ashley. – Wie pani, że będąc w Kalkucie, miałem zaszczyt złożyć im wizytę?

Spojrzała na niego z wahaniem.

– Pański ojciec zna się z moim, a zatem nic dziwnego, że rodzice pana zaprosili.

– Słusznie. – Ingram uśmiechnął się szerzej. – Pani już od dawna nie była w Kalkucie, chyba się nie mylę? O ile wiem, od czasu ślubu.

Ashley przytaknęła, zastanawiając się równocześnie, w jaki sposób uniknąć tej rozmowy.

– Podobało się panu w Kalkucie? – wtrąciła się Amelia. – Byłam tam tylko raz.

– Powiedzmy, że była to dla mnie bardzo pouczająca wizyta. – Ingram zwrócił się ponownie do Ashley, która wytrzymała jego spojrzenie, nie mrugnąwszy nawet okiem. – I przeleciała mi szybciej, niż się spodziewałem.

– Zapewne powinien się pan z tego cieszyć – odparła Ashley, wkładając w swój głos cały chłód, na jaki zdołała się zdobyć. Ściągnęła odruchowo ramiona, kiedy Ingram skierował wzrok na jej piersi i choć nie miała głęboko wydekoltowanej sukni, odniosła wrażenie, jakby stała przed nim obnażona. Czy przypomina sobie właśnie, jak położył dłoń na jej piersi? Na samą myśl o tym poczuła mdłości i na moment zamknęła oczy.

Amelia dotknęła jej ramienia.

– Kochanie, niedobrze się czujesz? – Zwróciła się do Ingrama: – Byłby pan łaskaw przynieść szklankę wody?

– Ależ naturalnie. – Ingram obrócił się na pięcie, podszedł do bufetu i wrócił, zanim jeszcze Ashley zdążyła odejść i wmieszać się w tłum.

Nie mogąc w tej sytuacji odmówić, wzięła szklankę i upiła drobny łyk. Istotnie, poczuła się trochę lepiej.

– Moja droga – odezwał się Ingram. – Nieomal jest mi pani żal.

Amelia zdumiona wytrzeszczyła oczy.

– Pański ton wydaje mi się niestosowny.

– Och, w istocie ma pani powód do oburzenia. – Ingram uśmiechnął się krzywo. – Jednak nie z mego powodu. Ciekawe, co pani teść sądzi o tym, że spędza pani czas w towarzystwie kobiety wątpliwego pochodzenia.

Zanim Amelia odpowiedziała, szklanka wysunęła się z dłoni Ashley i z głośnym brzękiem rozprysła się na kawałki, obryzgując wodą suknię Amelii i spodnie Ingrama. Oboje instynktownie od niej odskoczyli, co Ashley uznała potem za symboliczny zwiastun późniejszych wydarzeń.

Goście stojący w pobliżu spojrzeli w ich stronę, a jeden ze służących pośpiesznie zebrał odłamki szkła i zaczął wycierać podłogę. Amelia podeszła z powrotem do Ashley.

– Chodź, kochanie, pan Frazer najwidoczniej wypił za dużo – rzekła lodowatym tonem.

– Bynajmniej – odparł Ingram dostatecznie głośno, aby mogli go dosłyszeć wszyscy stojący obok nich.

Upuszczając szklankę, Ashley tylko pogorszyła sytuację, ale prawdopodobnie, powtarzała sobie teraz w duchu, Ingram i tak dopiąłby swego, nie w ten, to w inny sposób. Wpatrywała się w niego, czując, że są to jej ostatnie chwile w kręgach towarzyskich.

– Do tej pory byłem przekonany – odezwał się głośno Ingram – że wstęp do tego klubu jest zastrzeżony wyłącznie dla członków, których pochodzenie nie budzi żadnych wątpliwości.

Orkiestra grała nieprzerwanie, na parkiecie tańczyło nadal kilka par, ale krąg osób wokół Ingrama gęstniał z każdą chwilę. Na razie jednak nikt nie wiedział jeszcze, kogo dotyczą jego słowa.

– Mister Holt – zwrócił się Ingram do stojącego nieopodal wysokiego mężczyzny – czy aprobuje pan zachowanie swojej synowej, która spędza czas w towarzystwie kobiety podejrzanego pochodzenia?

– O czym pan mówi? – zapytał któryś z gości, zanim jeszcze zabrał głos Holt.

– Ingram! – zawołał starszy Frazer. – No co ty sobie pozwalasz?!

– Przykro mi, ojcze – odparł Ingram – ale skoro płacę tyle pieniędzy za członkostwo w klubie, chciałbym mieć gwarancję, że wszyscy członkowie pochodzą ze stosownych kręgów.

Do Ashley podszedł już Nicolas.

– O czym gada ten błazen? – zapytał szeptem.

– Może pani Allenger-Brown chciałaby powiedzieć coś na ten

temat? – Ingram spojrzał na Ashley i wzrok wszystkich skierował się na nią. Nicolas zastygł w bezruchu.

– Milczy pani? – dodał Ingram.

– Niechże pan przejdzie wreszcie do rzeczy! – zniecierpliwił się Holt.

– Byłem otóż niedawno w Kalkucie – rzekł Ingram – i ku mojemu przerażeniu musiałem stwierdzić z wielkim ubolewaniem, że ta kobieta, która utrzymuje przyjacielskie kontakty z moją narzeczoną, a także przebywa w naszym towarzystwie, jest córką portugalskiej nierządnicy.

Nie dokończył jeszcze ostatniego słowa, kiedy Nicolas rzucił się na niego i celnym ciosem pięścią złamał mu nos. Ingram runął na podłogę i przycisnął dłoń do twarzy. Spomiędzy palców ciekła mu krew, jego mina wyrażała lęk. Najwyraźniej nie liczył się z taką reakcją.

– Natychmiast przeprosi pan moją małżonkę – zażądał Nicolas, kładąc dłoń na głowni szabli wiszącej u jego boku.

– Czy ma pan dowody na poparcie tego nieprawdopodobnego oskarżenia? – zawołała jakaś kobieta, którą inni natychmiast uciszyli sykaniem.

– W tej chwili przeproś małżonkę kapitana Allenger-Browna! – polecił synowi Frazer.

Do przodu wystąpił prezes klubu.

– Nie możemy tu tolerować tak niestosownego zachowania – orzekł, zwracając się do Ingrama, który powoli podnosił się z podłogi. – Jestem zmuszony wezwać pana do przeproszenia pani Allenger-Brown i następnie opuszczenia klubu.

Ingram wpił w Ashley wzrok ziejący nienawiścią.

– Ja miałbym ją przepraszać? Ale za co? Powiedziałem przecież prawdę! Wystarczy na nią spojrzeć! Niech tylko spróbuje zaprzeczyć! Nawet wtedy mogę udowodnić, że mówiłem prawdę!

Nicolas postąpił krok do przodu, ale zanim doszedł do Ingrama, powstrzymało go dwóch mężczyzn.

– Moja małżonka – wycedził przez zaciśnięte zęby – nie będzie niczemu zaprzeczać! Tak niesłychaną obelgę można zmazać jedynie w sposób, na który prawo, niestety, nie zezwala. Mimo to nie obejdzie się bez reperkusji, nie pozwolę bowiem kalać godności i dobrego imienia mojej żony!

– Niech pan ją zapyta! – nalegał Ingram. – Śmiało, niechże ją pan pyta!

Ashley stała jak skamieniała, napięcie, jakie odczuwała całym ciałem, sprawiało jej ból, palce zacisnęły się kurczowo, mnąc jedwab spódnicy. Kątem oka dostrzegła Cynthię, która przesunęła się do przodu, chłonąc wzrokiem całą scenę. Nicolas podszedł do żony, położył dłoń na jej ramieniu i odwrócił się.

– Ta sprawa nie zakończy się w ten sposób! – ostrzegł, po czym wyprowadził Ashley z sali.

– Niech ją pan zapyta! – zawołał za nim Ingram.

Przez całą drogę Nicolas siedział obok Ashley w milczeniu, niemal trupio blady. Deszcz bębnił o dach powozu, koła turkotały jednostajnie, końskie kopyta plaskały w błocie i wynurzały się z niego z cichym mlaśnięciem, ale Ashley nie słyszała tych odgłosów – zagłuszał je wszystkie szum krwi w jej uszach.

W domu zdjęła pelerynę i odwróciła się do Nicolasa, a on skierował się do jej prywatnego saloniku, dając znak, aby udała się za nim.

– Nie czujesz oburzenia, Ashley? – zapytał rozdygotanym głosem, nietypowym dla niego, ale tym wyraźniej zdradzającym stan ducha, w jakim się znajdował. – Żadnego zmieszania? Gniewu? Cały czas jedynie ta niema apatia?

Spoglądała na niego, milcząc i czując szybkie, gwałtowne uderzenia serca.

– Wyglądało to tak, jakby... – Nicolas zawahał się, najwyraźniej nie mógł znaleźć słów. – Tam, w klubie, miałem chęć zabić Ingrama Frazera za to niesłychanie obelżywe oskarżenie. Ale w drodze powrotnej... znam cię zbyt dobrze, Ashley.

Milczała.

– Do diabła! – krzyknął Nicolas. – Porozmawiaj ze mną!

– Co... – Jej głos załamał się, zduszony przez kipiące w niej emocje.

– Czy być może, że w tym, co ten drań powiedział, w tych słowach, tak niepojętych, że boję się je nawet powtórzyć, jest choćby źdźbło prawdy?

Po kilku daremnych próbach wydobycia z siebie głosu Ashley ograniczyła się do kiwnięcia głową; uczyniła to niemal niedostrzegalnie.

Nicolas wpatrywał się w nią z niedowierzaniem.

– A konkretnie co z jego słów jest prawdą? – zapytał głosem niewiele mocniejszym od szeptu.

– Wszystko – odparła cicho Ashley.

W saloniku zaległa głucha cisza. Nicolas sprawiał wrażenie, jakby jego świat nagle się zawalił. Odwrócił się, szybkim krokiem przeszedł przez pokój, po czym wrócił do Ashley.

– Kim ty jesteś, na Boga?!

Zamknęła oczy, starając się wziąć w garść, wreszcie zdołała spojrzeć na niego.

– Mój ojciec miał romans z pewną Portugalką... kobietą o wątpliwej reputacji.

– Z nierządnicą?

– Sprzedawała się mężczyznom za pieniądze... Tak, sądzę, że można ją tak nazwać. Ojciec był już wtedy zaręczony z moją... z jedyną kobietą, którą uznawałam i zawsze będę uznawać za matkę. Kiedy przyszłam na świat, wziął mnie do siebie, a Portugalka wyjechała do innego miasta. Ojciec wyposażył ją hojnie, dał tyle pieniędzy, ile potrzebowała, aby móc dobrze żyć... Kilka lat temu zmarła.

– Od kiedy wiesz o tym wszystkim? – Początkową bezsilność w jego głosie zastąpił teraz ten rodzaj chłodu, za którym kłębiły się silne emocje, jako że głębsza rana byłaby już nie do zniesienia.

– Ojciec opowiedział mi o wszystkim na krótko przed naszym wyjazdem z Kalkuty.

Nicolas zacisnął usta i spojrzał na nią wzrokiem, z jakim nigdy się jeszcze nie zetknęła. Przeszedł ją zimny dreszcz, odruchowo zasłoniła się szczelnie ramionami.

– Tak – wyszeptał Nicolas, prawie z namysłem. – Teraz to wszystko nabiera sensu. – Gwałtownie ujął głownię szabli, zacisnął na niej dłoń z taką siłą, że jego zbielałe knykcie nabrzmiały. –

Przez ponad dwa lata oszukiwałaś mnie, Ashley. – Jego głos był spokojny i nieporuszony, niczym zamarznięta tafla jeziora. – Co sobie przy tym myśleliście, ty i twoja rodzina?

– Nicolas, ja...

W tym momencie jego opanowanie prysło. Błyskawicznym ruchem wzniósł szablę i zmiótł nią ze stolika tacę wraz z karafką i kieliszkami.

– Zrobiliście ze mnie durnia! – ryknął ochryple. – Czy wiesz, jak szybko się to rozniesie po mieście? Jutro nie będzie jednego człowieka, który by o tym nie wiedział! Czy zdajesz sobie sprawę, że Ingram może naprawdę dysponować dowodami, tak jak twierdzi?!

Kiedy taca uderzyła o podłogę, Ashley wzdrygnęła się przerażona. Przez jedną absurdalną chwilę sądziła nawet, że Nicolas zaatakuje ją bronią.

Następny cios szablą ugodził jednak dwa wazony, które podzieliły los tacy.

– Co sobie, do diabła, myśleliście?

– Nie można było inaczej, Nicolas, uwierz mi – wykrztusiła Ashley.

Uderzył szablą w stolik, przewracając go i zostawiając na jego blacie głęboki karb.

– Mogłaś okazać mi więcej zaufania. Przysiągłem ci przecież, że będziesz miała we mnie pełne oparcie, że zawsze możesz na mnie liczyć! A ty co? Myślałaś, że bym cię opuścił?

Z wahaniem kiwnęła głową.

– Wspaniale! – Nicolas cisnął szablę w kąt pokoju i przetarł sobie dłońmi twarz. Cały gniew jakby z niego raptem wyparował. Kiedy spojrzał na Ashley ponownie, jego oczy wydawały się zasnute mgłą. – Tak traktujesz moje przysięgi? Po tym wszystkim, co było między nami? Przeklinam dzień, w którym cię pokochałem, przeklinam dzień, w którym cię poślubiłem, razem z tym stekiem kłamstw wokół ciebie!

Postąpiła krok ku niemu, on jednak uniósł obie dłonie, jakby zamierzał odepchnąć ją od siebie. Bez słowa odwrócił się, jednym szarpnięciem otworzył drzwi, a potem zatrzasnął je za sobą z hukiem.

*

Deszcz szumiał w koronach drzew na drodze przed domem, niebo nad plantacją herbaty zasnuwały chmury, od gór wiał chłodny wiatr, a w powietrzu unosił się zapach wilgotnej ziemi. Unikając rozmiękłych, nazbyt błotnistych ścieżek, Katrina udała się na spacer. Mimo narzuconej peleryny zdążyła już przemoknąć do nitki, ale nie wracała jeszcze; radowała się świeżym powietrzem. Stałe przesiadywanie w domu nużyło ją, dlatego nawet pora monsunowych deszczy nie zniechęciła jej do krótkich, częstych przechadzek. Zwłaszcza teraz, kiedy była niemal przykuta do łóżka, takie momenty szczególnie ceniła.

Skręciwszy na powrót do domu, dostrzegła Aidana. Szedł od strony plantacji herbacianych i w pierwszej chwili jej nie zauważył, potem jednak przystanął i zaczekał na nią. Odkąd wrócił do Ooty, była kapryśna i nieznośna. Zdawała sobie z tego sprawę i świadomość ta zaczęła jej już ciążyć na sumieniu, ale on z pełną wyrozumiałością tolerował jej humory i nie kłócił się z nią. Katrina doszła w końcu do przekonania, że w jego oczach jej zachowanie wywołuje typowa dla kobiet brzemiennych zmienność nastroju.

– Sądziłem, że powinnaś więcej wypoczywać – powitał ją, daremnie usiłując wytrzeć sobie oczy, zalewane deszczem.

– Trochę ruchu mi nie zaszkodzi, a przez to leżenie tylko tracę nerwy. Zresztą lubię deszcz. – Woda ściekała z kaptura peleryny, który narzuciła sobie na głowę, suknia kleiła się już do ciała. Do domu doszli niespiesznym krokiem, a mimo to Katrina, wchodząc po schodkach, oddychała ciężko, jakby przemaszerowała całą milę.

Aidan spojrzał na nią bacznym wzrokiem.

– Nie przemęczasz się zbytnio?

– Nie – odparła Katrina, zadyszana. – Przy Calebie czułam się jeszcze gorzej.

– Trudno w to uwierzyć.

Rzuciła mu mściwe spojrzenie, ale on odpowiedział jedynie grymasem, który zdawał się kryć lekką kpinę. Zdjęła pelerynę, a Aidan przeczesał sobie rękoma mokre włosy, po czym weszli na piętro i do jej pokoju przebrać się.

Wydatny już brzuch peszył Katrinę, czuła się jak wieloryb wyrzucony na brzeg. Czym prędzej zamknęła drzwi swojej garderoby, a *ayah* pomogła jej oswobodzić się z mokrych rzeczy i włożyć świeże ubranie. Ta nagła wstydliwość, przejawiana od czasu jego powrotu do Ooty, była dla Aidana czymś mało zrozumiałym, ale pogodził się i z tym.

Kiedy Katrina wróciła do sypialni, zastała tam Aidana; nie poszedł jeszcze do swego pokoju. Zamyślony, z rękami założonymi do tyłu, wyglądał przez okno. Słysząc skrzypnięcie drzwi, obrócił się do niej.

– Napijemy się herbaty? – zapytał. – Chciałbym z tobą porozmawiać.

Spojrzała na niego zaniepokojona i skinęła głową.

– Nie obawiaj się – powiedział Aidan. – To nic takiego, musimy jedynie omówić kilka spraw na przyszłość.

W bibliotece ogień płonął w kominku, nie z powodu chłodu, raczej dla stworzenia przytulnej atmosfery w te ponure deszczowe popołudnia. Aidan przyniósł plik dokumentów i położył je na stoliku, a Katrina dość niezdarnie opadła na jeden z ustawionych wokół niego foteli.

– Chodzi o to – kontynuował Aidan, kiedy pokojówka podała herbatę i wyszła z biblioteki – że zacząłem się zastanawiać nad kwestią spadku dla Caleba. – Sięgnął po dokumenty. – Zapewne wiesz, że plantacja, jeśli urodzi się syn, przypadnie w udziale właśnie jemu.

– Nigdy nie sądziłam, że będzie inaczej.

Aidan uśmiechnął się.

– Ale nie o tym chciałem mówić. Oboje nie wiemy, czy Stephenowi nie przyjdzie do głowy wydziedziczyć Caleba. Właściwie to on jest głównym spadkobiercą Stephena, jeśli oczywiście chcesz, aby otrzymał tę schedę.

Katrina zawahała się.

– O tym już niech zadecyduje Caleb.

– Na wszelki wypadek, aby nie pozostał niezabezpieczony, założyłem mu wczoraj konto bankowe, na które wpłaciłem tysiąc funtów szterlingów. Co roku wpłynie tam określona kwota, tym większa, im lepiej wypadnie zbiór herbaty i jej sprzedaż. – Spojrzał na Katrinę, jakby oczekując jej aprobaty. Kiwnęła głową.

– Będzie to trwało do czasu uzyskania przez niego pełnoletniości – ciągnął Aidan – nawet gdyby w tym czasie spotkało mnie coś złego. W takim wypadku przejdzie to powierniczo na ciebie.

Katrina wzdrygnęła się.

– Należy rozważyć zawczasu wszelkie ewentualności – dodał Aidan.

– Wiem. – Katrina przełknęła ślinę. – Ale na samą myśl o tym przechodzą mnie ciarki. – Sięgnęła po dokumenty, przeczytała je i odłożyła z powrotem. – Jestem ci wdzięczna. – Nieoczekiwanie pamięć podsunęła jej niedawną rozmowę ze Stephenem i znowu odezwały się w niej wyrzuty sumienia. Nieco ociężale podniosła się z fotela i podeszła do kominka.

– Gdybym tylko wiedział, co cię nurtuje! – Aidan wstał i stanął za nią. Delikatnie, jakby w obawie, że mogłaby się od niego odsunąć, objął ją. – Czy naprawdę tylko kwestia moich podróży?

Nerwowo zatarła ręce, wpatrując się w refleksy świetlne na swojej spódnicy, rzucane przez płomienie. Dziecko poruszyło się gwałtownie i Katrina natychmiast przyłożyła dłoń do brzucha, w miejscu, gdzie poczuła kopnięcie.

– Nie, nie chodzi o twoje podróże – usłyszała własny głos.

Aidan milczał. Nie wypuszczając jej z objęć, czekał.

– Ja... – Urwała, szukając w myślach odpowiednich słów.

Delikatnie pogłaskał ją po szyi.

– Cóż to takiego, że tak trudno ci powiedzieć? – zapytał cicho.

Zaczerpnęła głęboko tchu.

– Czy zdarzało ci się wracać pamięcią?

– Do czego?

– Do kobiet, z którymi byłeś przede mną? – Nareszcie wyrzuciła to z siebie.

Aidan odwrócił ją twarzą ku sobie, spojrzał na nią zdumiony.

– Chyba nie przypuszczasz, że te podróże...

– Nie – przerwała mu gwałtownie. – Nie mam tu na myśli ciebie, ale samą siebie. Chciałam się tylko dowiedzieć...

– Wydaje mi się, że już pojmuję – mruknął Aidan.

Utkwiła w jego twarzy badawczy wzrok, szukając w niej oznak irytacji lub nieufności.

– Cały czas chodzi ci, jak rozumiem, o Stephena Alardyce'a, nieprawdaż?

– Tak.

Zmarszczył czoło, jakby nagle popadł w głęboką zadumę.

– On stale mówi o tym, jak między nami było – zaczęła wyjaśniać Katrina. – I o tym, jak wszystko mogłoby się potoczyć, gdyby mój brat dał mu wtedy pieniądze stosownie do mego wiana...

– A jak by się mogło potoczyć? – zapytał cicho Aidan.

– Sądzę, że wszystko zakończyłoby się tak samo, tylko że parę lat później. – Katrina poczuła łzy cisnące się jej do oczu i zamrugała odruchowo.

– Chciałabyś, aby tamten okres wrócił, tyle że z innym zakończeniem?

Przez chwilę zawahała się, po czym potrząsnęła głową.

– Skąd więc to twoje przygnębienie? – Aidan ponownie przesunął dłonią na jej szyi wyżej i czubkami palców dotknął włosów.

– To dlatego, że przypominam sobie momenty, o których nie chcę już myśleć. Stephen wyrządził mi tyle złego... O tym właśnie powinnam pamiętać, a nie... – Jej głos załamał się.

– A nie o tych innych chwilach, przyjemnych? – Spojrzał na nią uważnie. – Wspomnienia są częścią nas samych, Katrino. Im usilniej bronisz się przed nimi, tym uporczywiej wracają. A zresztą, nie zapomina się tak łatwo swojej pierwszej miłości. – Uśmiechnął się blado. – Uwierz mi, wiem, co mówię.

Wraz z falą ulgi, jaką przyniosły jego słowa, Katrina poczuła też żądło zazdrości. Widocznie Aidan dostrzegł to, bo uśmiechnął się rozbawiony i przyciągnął ją do siebie, wtulając policzek w jej włosy.

– Dlaczego nie było cię tu, kiedy miałam dwadzieścia lat – szepnęła, z głową na jego ramieniu.

Roześmiał się cicho, ale żywiołowo, całym sobą.

– Siedem lat temu byłby ze mnie bardzo marny mąż, kochanie.

Drzwi rozwarły się nieoczekiwanie, z takim impetem, że oboje przerażeni odskoczyli od siebie. W progu stanęła Ashley, odziana w wieczorową suknię z granatowego jedwabiu, z włosami w nieładzie, ociekająca wodą. Krótkim ruchem ręki Aidan uciszył zdenerwowanego *chuprassi*, który wbiegł do pokoju za Ashley, protestując przeciw takiemu wtargnięciu do domu. Katrina chciała podejść do przyjaciółki, ona jednak, ignorując ją, zwróciła się do Aidana.

– Wiesz może, gdzie jest Nicolas? – zawołała. Jej oczy były zaczerwienione.

– Co się stało? – zapytał Aidan.

– Jeszcze nie doszły was słuchy? – Nieoczekiwanie Ashley rozpłakała się. – On już wie, Aidanie, rozmawiał z moją matką. Ingram wywiedział się wszystkiego i wczoraj wieczorem rozgłosił to publicznie w klubie. Nicolas wpadł w szał, w salonie porozbijał wszystko szablą, a potem gdzieś znikł. – Ukryła twarz w dłoniach i znowu zaszlochała.

– Dobry Boże! – Aidan chwycił się za głowę, a Katrina z wahaniem podeszła do przyjaciółki; wiedziała, że człowiek zdjęty rozpaczą nie zawsze oczekuje od innych słów otuchy. Była ponadto zaskoczona istnieniem jakiegoś sekretu, który Ashley i Aidan dzielili z sobą najwidoczniej.

– Sądzę, że wiem, gdzie mógłbym go znaleźć – powiedział Aidan. – Ashley, zostań tu, odszukam go i z nim porozmawiam.

– Poczekam na niego w domu, muszę tam być, kiedy wróci.

– Nie. – Ton jego głosu nie dopuszczał sprzeciwu. – Katrino, zajmij się nią.

Ashley opuściła ręce, wydawało się, że zaraz wybuchnie gniewem, ale właśnie w tym momencie rozszlochała się na nowo. Katrina dotknęła jej ramienia.

– Chodźmy, musisz się przebrać w coś suchego. Z pewnością nie jest ci teraz potrzebne przeziębienie.

Aidan spojrzał na nią z uznaniem i jednocześnie z wdzięcznością – z pewnością zdawał sobie sprawę, że nie obejdzie się już bez poważnej rozmowy na temat owej tajemnicy.

Na południowy zachód od jeziora Ooty wznosił się pałac Fernhill, letnia rezydencja maharadży Majsuru. Taflę jeziora mąciły grube krople deszczu, skarpę porastała soczysta, ciemnozielona trawa, brzeg zdobiły bujne paprocie. Nieco dalej znajdowała się górska willa nizama Hajdarabadu, miejscowego władcy. Pałac Fernhill, który ze swoimi żelaznymi balustradami, przyozdobionymi zawiłymi ornamentami, oraz z bogato rzeźbionymi krokwiami przypominał drewniane domki szwajcarskie, otaczały świerki i cedry. Drewniane elementy rezydencji lśniły od wody, na okolicznych drogach, rozmiękłych już i grząskich, widniały liczne ślady kół powozów.

Aidan przezornie ściągnął cugle; Granat mógłby się poślizgnąć, należało zwolnić i zachować ostrożność. Jakiś czas jechał jeszcze prosto przed siebie, potem skręcił nad jezioro. Domyślał się, że tam właśnie zastanie Nicolasa, i miał nadzieję, że się nie myli, ale na widok jego szarego munduru nawymyślał mu w duchu od idiotów.

Nicolas siedział na brzegu na niedużym głazie, krople deszczu ściekały mu z głowy, zalewały oczy i brodę, a także cały mundur, którego lamówki, od roku 1876 już nie brązowe, lecz szkarłatne, teraz, namoknięte, wydawały się niemal czarne.

Słysząc kroki, podniósł wzrok.

– Powiedz, że nie siedzisz tu tak od wczorajszego wieczoru! – Ostatnie metry Aidan przeszedł pieszo, prowadząc Granata za cugle.

Nicolas milczał przez chwilę, wreszcie potrząsnął głową.

– Włóczyłem się najpierw trochę po okolicy, a kiedy odstawiłem konia, poszedłem do herbaciarni. Potem zjawiłem się tutaj.

Aidan zarzucił cugle na konar drzewa, stanął obok przyjaciela i skierował wzrok na jezioro.

– Ashley jest u nas. – Nie doczekawszy się odpowiedzi, spojrzał na Nicolasa. – Umiera z niepokoju.

Nicolas wstał, stanął tuż nad wodą i wsparł się pod boki.

– Przez cały czas czułem, że z nią jest coś nie tak, ale... – Umilkł i odwrócił się do Aidana. – Zastanawiałem się, co może oznaczać ten dystans, jaki zachowywała wobec mnie, dlaczego... tak skrzętnie starała się nie zajść w ciążę... Myślała, że niczego nie widzę. Na Boga, Aidan, podejrzewałem już nawet, że ona mnie zdradza. – Deszcz trochę osłabł i Nicolas wzniósł oczy ku niebu, jakby spodziewał się tam znaleźć odpowiedzi na dręczące go rozterki, po czym zwrócił spojrzenie na przyjaciela. – Ja… Ona stale odnosiła się do ciebie z jakąś niepojętą dla mnie niechęcią, w końcu przyszło mi na myśl, że zdradza mnie z tobą, a ta jej niechęć to tylko pozory, mające mnie zmylić. – Widać było, jak wiele kosztuje go to wyznanie.

Gdyby sytuacja nie była tak dramatyczna, Aidan parsknąłby śmiechem, tak absurdalny wydał mu się pomysł Nicolasa.

– Jej niechęć wobec mnie nie jest wcale taka niepojęta.

Nicolas spojrzał na niego zdumiony.

– Pewien znajomy jej ojca, przyrzekłem mu pełną dyskrecję, miał wcześniej romans z tą samą kobietą, która później wydała Ashley na świat. Kiedy ojciec Ashley odszedł od niej, ów mężczyzna zaproponował jej, że zadba o nią. Kochał ją. Jak mi wyznał, żywił nawet nadzieję, że dziewczynka jest jego córką, ale ta kobieta była już brzemienna, a po sześciu miesiącach od czasu, gdy opuścił ją twój teść, powiła Ashley. Wiesz… – Aidan wzruszył ramionami – …właściwie ów człowiek nie miał żadnego powodu, aby opowiedzieć mi to wszystko, jako że ta kobieta nie żyje już od paru lat, a dziewczynka od samego początku wychowywała się u ojca. Ale ten znajomy miał do Ashley wielką słabość, zapewne dlatego, że to wykapana matka. Kiedy się dowiedział, że zamierzasz ją poślubić, opowiedział mi o wszystkim. Uważał, że jej ojciec nie powinien oddawać jej komuś, kto nic nie wie o jej pochodzeniu, gdyż ta kwestia po wyjściu na jaw stałaby się zgubą dla dziewczyny, a tak istniałaby przynajmniej gwarancja, że mąż nawet w takiej sytuacji stanie lojalnie u jej boku.

Nicolas słuchał go w milczeniu, jego mokra od deszczu twarz była trupio blada.

– A więc przez cały czas o wszystkim wiedziałeś?! – wybuchnął wreszcie. – Ty i Ashley…

– Nie! – przerwał mu Aidan. – Nie knuliśmy niczego przeciw tobie, jeśli to masz na myśli.

– Doprawdy? A zatem jak to określisz?

– To nie takie proste – wyjaśniał z namysłem Aidan. – Ten człowiek wyjawił mi prawdę, powodowany osobistą troską. Obaj znamy się od dawna, bywał częstym gościem w domu mego ojca. Musiałem mu zresztą przysiąc, że nie pisnę ci o tym ani słowa.

– Ładny z ciebie przyjaciel, nie ma co! – mruknął z goryczą Nicolas.

– Nie mogłem inaczej. Jakby to wyglądało, gdybyś dowiedział się wszystkiego ode mnie? Przecież Ashley jest twoją żoną i takie informacje nie powinny być rozgłaszane za jej plecami, to by ją mogło nawet zniszczyć. Wydaje mi się, że w tamtym momencie nie miała o tym zielonego pojęcia.

– A jak to się stało, że ty i Ashley dzieliliście jednak tę tajemnicę? Opowiedziałeś jej, co o niej wiesz? Dlatego cię nie znosi?

Aidan potrząsnął głową.

– Odbyłem rozmowę z jej ojcem... oczywiście mówiąc tylko ogródkami. Powiedziałem mu, że skoro żenisz się z jego córką, powinien być wobec ciebie uczciwy. Ale udał, że nie wie, o co mi chodzi. Mógłbym mówić bardziej otwarcie, nie owijając w bawełnę, ale nie mogłem przecież oświadczyć, że wiem, iż jego jedyna córka jest dzieckiem nierządnicy. Nie było zresztą takiej potrzeby. I tak doskonale wiedział, jaki jest sens moich słów.

Nicolas nie odezwał się nawet słowem. Jak odrętwiały, wpatrywał się w pomarszczoną od deszczu powierzchnię wody.

– Jak przypuszczam – mówił dalej Aidan – potem wyznał jej wszystko i ostrzegł, że znam prawdę. Niezależnie od tego, że Ashley mogła mnie po prostu od początku nie darzyć sympatią, zaczęła się też trochę lękać, że mógłbym wyjawić komuś jej tajemnicę. Ale gdybym miał taki zamiar, uczyniłbym to już dawno temu.

Nicolas wyciągnął z kieszeni mokrą chustkę i kichnął w nią. Wcale mnie nie zdziwi, jeśli nabawi się jakiegoś przeziębienia, pomyślał Aidan. Sam już odczuwał chłód, mimo że tkwił tu od niedawna.

– Nie sądzę, żebyś potrafił sobie wyobrazić, co teraz czuję – odezwał się Nicolas. – Początkowo byłem tak wściekły na Ingrama Frazera, że straciłem panowanie nad sobą. Kiedy jednak uświadomiłem sobie, że to, co powiedział, może być prawdą... Wiesz, Ashley zachowywała się potem tak dziwnie...

– Potępiasz ją za jej pochodzenie?

– Nie, oczywiście, że nie. Ale powinna była wyznać mi prawdę. Przez dwa lata zachodziłem w głowę, jaka jest przyczyna, że tak się ode mnie odsuwa, aż tu nagle dowiaduję się wszystkiego... w taki sposób...

– Nie miała odwagi wyznać ci prawdy.

Nicolas szarpnął się gwałtownie.

– Na Boga, Aidan, czy wiesz, jak szaleńczo ją kocham? Z pewnością nie mogło to ujść jej uwagi! A mimo to nie miała do mnie zaufania...?

– Katrina też była początkowo przekonana, że Stephen Alardyce ją kocha.

– Chyba nie zamierzasz mnie z nim porównywać?

– Oczywiście, że nie. Ale w naszym społeczeństwie kobiety żyją z inną świadomością niż my, mężczyźni. Muszą zważać na siebie znacznie pilniej, a jeśli już im się zdarzy potknięcie, upadek jest bardzo bolesny i zazwyczaj nieodwracalny. Czy ty, będąc w podobnej sytuacji, podjąłbyś się z własnej woli takiego ryzyka?

– Nie opuściłbym Ashley – powtórzył nieustępliwie Nicolas.

– Tak, wiem, ale zastanów się nad ciężarem takiego wyznania. Masz prawo być wściekły na jej ojca, ale nie na nią. Pamiętaj, że musiała żyć ponad dwa lata z tą tajemnicą, lękając się cały czas, że się dowiesz.

Nicolas wetchnął.

– W każdym razie pojmuję już, dlaczego twierdziła stale, że coś ukrywasz. Zapewne chciała w ten sposób odwrócić uwagę od siebie. – Odwrócił się, skierował wzrok w dal, w stronę, gdzie stał Granat, tylko częściowo osłonięty przed deszczem dachem z listowia. – Powiedziałem jej bardzo brzydkie rzeczy, Aidanie, a nawet napędziłem strachu.

– W porywie gniewu wszystkim nam zdarza się robić coś nieprzemyślanego.

– Ja... chciałem sprawić jej ból... Mówiłem tak nie tylko w porywie wściekłości.

– Masz przed sobą całą noc na naprawienie tego błędu – mruknął Aidan, spoglądając na mroczniejące niebo. – A potem będziesz się musiał zastanowić, co dalej. Wieść o sprawie rozniesie się lotem błyskawicy i dla wszystkich musi być jasne, że prawość twojej małżonki nie ulega kwestii, że sam w nią nie wątpisz.

Nicolas zwiesił głowę. Sprawiał teraz wrażenie, jakby nagle ogarnęło go straszliwe znużenie. Podkrążone oczy odznaczały się popielatą szarością na jego bladej twarzy. W milczeniu odwrócił się i ruszył przed siebie drogą, jaką przedtem przemierzył jego przyjaciel. Aidan podążył za nim, odwiązał cugle Granata i wspólnie poszli po wierzchowca Nicolasa, aby wrócić do domu.

Mimo że Ashley wolałaby zostać sama, rozmowa z Katriną przyniosła jej ulgę; zapewne wiedziała, że jej przyjaciółka nie jest zaszokowana ani jej nie potępia. Była chyba jedyną osobą, która na własnej skórze doświadczyła tego, co Ashley miała jeszcze przed sobą. Nie musiała też wyjawiać Katrinie roli Ingrama w całej tej sprawie, co z kolei wydawało się konieczne podczas rozmowy z Nicolasem.

Ashley, w sukni, która dla niej była nieco zbyt obszerna, i z włosami upiętymi w prosty kok, siedziała w bibliotece przed kominkiem, wpatrzona w płomienie, z włosami upiętymi w prosty kok. Na szczęście po wysłuchaniu całej historii Katrina nie męczyła jej już dodatkowymi pytaniami, po prostu pozostała przy niej, taka milcząca obecność przyjaciółki cieszyła Ashley. Zapadał już zmrok, kiedy drzwi wejściowe do domu skrzypnęły. Usłyszała męski głos, a potem zbliżające się kroki. Zerwała się na równe nogi.

– Znalazłeś go? – zapytała bez tchu, kiedy Aidan wszedł do biblioteki. Był przemoczony do nitki, woda ściekała mu z włosów i ubrania.

– Owszem. Jest teraz w drodze do domu.

– Czy on… co…

– Lepiej porozmawiaj z nim sama. – Jakby chcąc złagodzić ton swoich słów, dodał: – Nie obawiaj się.

Opadły ją nagle wyrzuty sumienia, zbyt często była dla niego szorstka. Miała chęć powiedzieć mu coś miłego, ale w końcu ograniczyła się do kiwnięcia głową.

– Twój powóz czeka – mówił dalej Aidan. – Możesz oczywiście zostać u nas, jeśli chcesz, sądzę jednak, że powinniście oboje rozmówić się jak najprędzej.

– Ja też tak myślę. – Ashley wzięła głęboki oddech. – Dziękuję ci, Aidanie.

– Odprowadzę cię do wyjścia – zaoferowała się Katrina. – A ty – dodała, zwracając się do męża – przebierz się w coś suchego.

Uśmiechnął się kpiąco.

– Co ty powiesz!

Po pośpiesznym pożegnaniu Ashley wsiadła do powozu i zatrzasnęła za sobą drzwiczki. Z zamkniętymi oczyma wsłuchiwała się w tętent kopyt, turkot kół i odgłos deszczu bębniącego o dach. Machinalnie przesuwała dłonią po materiale obcej sukni, zastanawiając się, co powiedziałby Nicolas, widząc ją teraz. Od dawna była świadoma, jak dużym kapitałem jest jej uroda, ale w tej chwili wszystko nazbyt się skomplikowało, aby oczekiwać, że to wystarczy do zjednania Nicolasa. Nie pokazałaby mu się również w tej granatowej sukni, którą miała na sobie wczorajszego wieczoru; byłoby to coś w rodzaju błagania o litość, jakby demonstrowanie własnej desperacji. Katrina powiedziała, że każe uprać jej wieczorową suknię i odesłać, ale Ashley wątpiła, że włoży ją jeszcze kiedykolwiek w przyszłości. Z ironią i goryczą uświadomiła sobie nagle, że zapewne i tak nie będzie miała okazji do włożenia nie tylko tej, ale i innej wieczorowej toalety. Jeśli sprawa jej pochodzenia obiegnie wszystkich i znajdzie u nich wiarę – a znajdzie na pewno – stanie się pariasem, osobą wykluczoną z towarzystwa. Nikt nie zechce utrzymywać z nią kontaktów, nie mówiąc już o zaproszeniach na przyjęcia lub bale.

Serce jej podskoczyło do gardła, kiedy powóz zajechał na dziedziniec przed domem. Zawahała się, zaczerpnęła głęboko tchu, otworzyła drzwiczki i wysiadła. Omal nie zaplątała się w fałdach przydługiej spódnicy, udało jej się jednak odzyskać równowagę, zanim jeden ze służących pośpieszył z pomocą, po czym uniosła trochę wyżej dół sukni, żeby nie zamoczyć jej ani nie zabłocić.

W domu powitał ją *chuprassi*.

– *Sahib* w domu? – zapytała.

– Tak, *memsahib*, przyjechał kilka minut temu.

Podziękowała skinieniem głowy i skierowała się najpierw do pokoju Robina. Chłopiec leżał już w łóżku, ale jeszcze nie spał. Ze swoimi ciemnoblond włosami, jasną karnacją i ciemnymi oczami wyglądał prześlicznie. Ashley przywitała się z *ayah* i kucnęła obok łóżka, aby znaleźć się na równi z synkiem. Pogłaskała go po policzku, a kiedy uśmiechnął się, jej serce ścisnął smutek. Jeśli Nicolas odejdzie od niej, Robin zostanie przyznany właśnie jemu; co do tego nie miała złudzeń. Tylko że... Równie dobrze Nicolas mógłby kazać wydrzeć jej serce. I on to wiedział!

Ostrożnie wzięła synka na ręce i wstała, pocałowała go i potarła policzkiem o jego jedwabiste włosy. Co będzie, jeśli Nicolas kierując się uczuciem, zostanie przy niej, ale po kilku miesiącach dojdzie do przekonania, że nie potrafi dłużej tolerować sytuacji, w której jego rodzina jest wykluczona ze społeczeństwa, zwłaszcza że musi przecież myśleć o przyszłości syna! Znowu poczuła łzy cisnące się jej pod powieki i zamrugała oczami. Jakiś czas jeszcze kręciła się po pokoju z Robinem na rękach, przemawiając do niego szeptem, w końcu położyła go do łóżeczka. Nie mogła odwlekać dłużej rozmowy z Nicolasem, choć na samą myśl o niej czuła, że zaczyna jej brakować tchu.

W sypialni nie zastała nikogo, ale ogień w kominku i zapalone lampy świadczyły o tym, że niedawno ktoś tu był. Kiedy weszła i zamknęła za sobą cicho drzwi, z łazienki dobiegło ją przytłumione pluskanie wody. Zadzwoniła na *ayah*, która zjawiła się w mgnieniu oka, z jej pomocą śpiesznie ściągnęła suknię i wilgotną jeszcze halkę, po czym włożyła skromną jasną suknię, poprawiła ją na sobie i wróciła do sypialni. Tam opadła na fotel przed kominkiem, czekając w napięciu. Przez całą ostatnią noc nie zmrużyła oka i teraz prócz emocji dawało też o sobie znać nieprzeparte zmęczenie.

Poderwała się pośpiesznie, kiedy drzwi łazienki otwarły się i do pokoju wszedł Nicolas, boso, w szlafroku i z mokrymi włosami. Spojrzał na nią w milczeniu, z namysłem, ale bez tego gniewnego wyrazu twarzy, jaki widziała u niego w nocy. Nie wiedziała jednak, co oznacza ten spokój, czy jest zwiastunem czegoś dobrego, czy złego. Przyszło jej na myśl, że może by nawet wolała wybuch furii. Z wahaniem podeszła bliżej, przystanęła jednak obok łóżka, z dłonią na słupku, jakby potrzebowała takiego oparcia.

– I co teraz? – zapytała, aby przełamać wreszcie to ciążące milczenie. Jej głos zabrzmiał niepewnie, niemal zbyt słabo, aby mógł dotrzeć do uszu.

Nicolas podszedł do niej, ujął oburącz jej twarz, a potem zanurzył dłoń we włosach, machinalnie burząc fryzurę i wyłuskując z niej szpilki, które z cichym brzękiem wypadały na podłogę. W jego oczach malowała się głęboka rozterka, jakiej Ashley nigdy jeszcze nie widziała. Bujna fala włosów nakryła jej plecy, a Nicolas pochwycił je teraz drugą dłonią i pociągnął za nie trochę za mocno, zmuszając ją do podniesienia głowy.

Stał teraz tak blisko, że czuła ciepło jego ciała. Serce waliło jej jak młotem, miała wrażenie, że za moment zabraknie jej tchu.

– I co mam z tobą zrobić? – wyszeptał.

Otworzyła szeroko oczy, ale zanim zdążyła coś powiedzieć, puścił ją i cofnął się o krok.

– Wybacz, nie chciałem ci sprawić bólu.

Opuściła głowę, a jej włosy niczym gęsta zasłona opadły do przodu; czarne włosy, które przyczyniły się do rozpętania tej burzy wokół niej. Pochwyciła jeden z kosmyków, patrząc na niego tak, jakby widziała po raz pierwszy.

– Opowiadaj – poprosił Nicolas.

– Przecież już mówiłam.

– Chciałbym, żebyś opowiedziała mi to, o czym jeszcze nie wiem.

Odgarnęła włosy do tyłu i przesunęła dłońmi po spódnicy. Dotyk gładkiej bawełny okazał się dziwnie kojący.

– Ojciec wyjawił mi wszystko – zaczęła – zanim wyjechaliśmy do Kalkuty.

– W jakim celu? Po tak długim czasie?

– Twierdził, że od dawna jest przekonany, iż Aidan zna całą prawdę i dlatego mnie pozostawia decyzję, czy zdemaskować się przed tobą. – Roześmiała się, ale ten śmiech, szorstki i gorzki, nawet w jej uszach zabrzmiał nieprzyjemnie i fałszywie. Zauważyła, że skinął głową, tak jakby uzyskał właśnie od niej potwierdzenie czegoś, o czym już przedtem usłyszał.

– I dlatego nie cierpiałaś Aidana?

– Nie, nie tylko dlatego. Nigdy za nim nie przepadałam, wydaje się taki chłodny i wyniosły. Nadal jestem zdania, że on skrywa jakieś tajemnice. Cokolwiek to jednak jest, społeczeństwo okaże się wobec niego wyrozumiałe, bo jest mężczyzną. Tak, to prawda, miałam mu za złe, że zna mój sekret i wystarczy jedno jego słowo, żebym była zgubiona. Pomyślałam więc, że jeśli uda mi się podać w wątpliwość jego wiarygodność… – Wzruszyła bezradnie ramionami.

Nicolas nie spuszczał z niej wzroku.

– Jest tu coś, czego nie rozumiem. Dlaczego Ingram Frazer ujawnił teraz tę sprawę? Dlaczego zadał sobie tyle trudu, aby zdradzić tak dobrze strzeżoną tajemnicę i upokorzyć cię publicznie?

Tego właśnie pytania bała się najbardziej. Zamknęła oczy, gorączkowo szukając odpowiednich słów.

– On… – Otworzyła oczy, ale omijała Nicolasa wzrokiem. – On chciał, żebym została jego kochanką, a kiedy… ponieważ nie zgodziłam się, powiedział, że jeszcze tego pożałuję.

– Chciał, żeby… Co takiego?! – Głos Nicolasa był cichy, a jednak zabrzmiała w nim jakaś złowieszcza nuta, na której dźwięk Ashley przeszły ciarki. Nicolas pochwycił ją oburącz za ramiona i ścisnął tak mocno, że wzdrygnęła się.

– Ooo… to boli!

– Co to znaczy: chciał, żebyś została jego kochanką? Zalecał się do ciebie?

– Można… można to tak określić. – Próbowała ostrożnie uwolnić się z uścisku i tym razem Nicolas opuścił ręce.

– Dobry Boże, Ashley… – wymamrotał bezradnie, po czym spojrzał na nią z pewnym niedowierzaniem, jakby widział ją po raz pierwszy.

– I coś takiego zatajasz przede mną? Dlaczego? Czyżbyś i wtedy się bała, że cię opuszczę?

Potrząsnęła głową.

– A zatem dlaczego, do diabła?!

Gwałtownie odskoczyła do tyłu.

– Nie krzycz na mnie! – zawołała i z oczu popłynęły jej łzy. – Groził mi, ostrzegł, żebym ci nie mówiła! Chciałam ci powiedzieć, ale on… – Jej głos załamał się i resztę słów zastąpiło rozpaczliwe łkanie. – Powiedział, że jeśli ci powiem, on przedstawi to wszystkim tak, jakbyśmy mieli ze sobą romans, na który się zgodziłam. Wiesz chyba, jak to bywa. Nawet gdybyś ty mi uwierzył, nie uwierzyliby mi inni i byłabym zgubiona, tak jak niegdyś Katrina. – Usiadła na łóżku, zwiesiła głowę i znowu wybuchnęła płaczem.

Nicolas milczał i tylko przeszywał ją wzrokiem. W końcu podszedł do niej, dotknął jej włosów i położył dłoń na głowie; gest, który w swojej niezdarności miał coś kojącego.

– Żadne z nas nie spało tej nocy – przerwał milczenie, które mącił jedynie jej szloch. – Oboje potrzebujemy teraz wypoczynku. – Cofnął się o krok i natychmiast pomyślała z lękiem, że postanowił wyjść, jednak dodał: – Chodź, pomogę ci.

Wyciągnął do niej rękę, którą ujęła z wahaniem, a kiedy podniosła się, obrócił ją i rozpiął jej suknię, po czym rozsznurował gorset.

– Zajrzę do Robina – powiedział i wyszedł z pokoju.

Powoli, jakby każdy ruch kosztował ją wiele wysiłku, Ashley zsunęła z ramion suknię, zrzuciła ją na podłogę, to samo uczyniła z halką, gorsetem i pończochami, następnie sięgnęła po koszulę nocną, ułożoną porządnie w nogach łóżka, i narzuciła ją na siebie. Śliski jedwab kojąco musnął jej ciało. Odchyliła koc i usiadła na brzegu łóżka.

Kilka minut później do pokoju wrócił Nicolas. Dopiero teraz zwróciła uwagę na jego oczy, dziwnie błyszczące, jak w gorączce.

– Powinniśmy iść już spać – oświadczył.

– Nie wiem, czy zdołam zasnąć.

Lampa gazowa zasyczała, kiedy Nicolas zakręcił ją, gasząc płomyk, następnie położył się. Ashley niezdecydowanie odwróciła się do niego.

– Chodź – rzekł, wyciągając ku niej rękę.

Zgasiła lampę po swojej stronie i w całkowitej ciemności odnalazła swoje miejsce w jego ramionach.

Milcząc, pogłaskał ją po głowie. Przytuliła się do niego i mimo ogromnej ulgi, jaką odczuła, wstrząsnął nią ponownie szloch. Zagryzła usta, aby powstrzymać płacz.

– Ćśśś... – szeptał cicho Nicolas, owiewając jej ucho ciepłym oddechem. – Nie płacz już, kochanie. – Przyciągnął ją mocniej do siebie.

– A jeśli chodzi o Ingrama Frazera... – zapytał ponownie, kiedy już ustało jej łkanie – ...czy on... czy był wobec ciebie natrętny?

– Tak – odparła po krótkiej chwili milczenia.

– Próbował cię dotykać?

Tym razem milczała dłużej.

– Tak – powiedziała w końcu.

Czuła napięcie, które nie opuszczało go ani na chwilę.

– Kiedy to było?

– W ubiegłym roku, kiedy zaprosili nas jego rodzice.

– Teraz pojmuję już to i owo – szepnął. – Ale skąd ten jego pomysł, żeby szperać w twojej przeszłości?

– Podejrzewał, że jestem Euroazjatką, i chciał wykorzystać to do szantażu. Angielki nie mają takich czarnych włosów, mówił.

Nicolas ujął kosmyk jej włosów; czuła, jak pociera go palcami. Potem objął ją ponownie i bez słowa przytulił do siebie. Jego oddech muskał jej policzek i chociaż jeszcze przed chwilę sądziła, że nie zaśnie, z wolna poczęła ją ogarniać nieprzejrzana, bezdenna ciemność.

21

Utakamand, wrzesień 1877

Wrzesień przyniósł Nicolasowi kilka dość przykrych wydarzeń, u Aidana natomiast nastąpił doniosły zwrot w jego życiu, o przełomowym wręcz znaczeniu, którego nie pojął od razu: Katrina wydała na świat jego córkę Marianę.

Poród przebiegł bez komplikacji i nie trwał długo. Dzięki swoim licznym podróżom i kontaktom z członkami miejscowych plemion górskich Aidan wiedział, jak długo mniej więcej trwa poród i jakie mogą wystąpić przy nim problemy. Niemałą zasługę miał tu z pewnością fakt, że jego siostry powiły swoje pierwsze dzieci podczas jego bytności w Bombaju. Oczywiście nie asystował jeszcze nigdy przy żadnym porodzie i także dla Katriny nie uczynił wyjątku. Pierwsze bóle wystąpiły wieczorem. Po wygaśnięciu ich pierwszej fali Katrina wstała od stołu, spokojnie poprosiła Aidana, aby kazał wezwać akuszerkę, po czym przeszła do swego pokoju. Szła skulona i dopiero potem Aidan uświadomił sobie, że w pierwszym momencie był bardziej przerażony niż ona. Wiedział wprawdzie, że nikt nie zapewniłby jej lepszej opieki niż właśnie Sarita i owa akuszerka, a jednak nie potrafił się wyzbyć lęku. Postanowił zająć się pracą, aby skierować myśli w inną stronę, jednak nie zdołał się na niczym skupić. Mimo że służąca informowała go co jakiś czas, że wszystko w porządku, podświadomie nadal odczuwał niepokój. Poród trwał cztery godziny i o ile w tym czasie w ogóle nie słyszał Katriny, pod koniec jej krzyki rozbrzmiewały w całym domu.

Po szczęśliwym finale upłynęła jeszcze niemal godzina, zanim pozwolono mu do niej wejść. Było tuż po północy, dom otulała bezksiężycowa, przesiąknięta ulewą ciemność. Aidan wszedł do sypialni i jego wzrok padł najpierw na Katrinę, która, choć zupełnie wycieńczona, uśmiechała się radośnie, a w jej oczach promieniało szczęście. Miała na sobie czystą koszulę nocną, jej włosy, na czole i skroniach wilgotne jeszcze od potu, splecione były w warkocz. Pościel już zmieniono, uprzątnięto też przed jego przyjściem wszystko, co mogło świadczyć o odbytym tu porodzie.

Aidan podszedł bliżej i ostrożnie usiadł na brzegu łóżka.

– Jak się czujesz?

– Dobrze. – Jej uśmiech nie zatuszował zmęczenia na bladej twarzy, sprawiała jednak wrażenie tak szczęśliwej jak nigdy przedtem. – To dziewczynka.

Do łóżka podeszła Sarita i podała Katrinie białe zawiniątko, z którego wynurzała się różowa twarzyczka zwieńczona czarnymi włoskami. Uśmiechnął się, mając nadzieję, że wygląda na zachwyconego.

– Czyż nie jest słodka? – szepnęła Katrina, wpatrując się w maleństwo z czułością.

Wymamrotał coś niezrozumiale.

– Sarita uważa, że jest do ciebie podobna, ale w tym nie ma nic niezwykłego, bo dzieci zazwyczaj są z początku podobne do ojców.

To dość wątpliwy komplement, uznał w duchu. Nie chcąc rozczarować Katriny, nachylił się i dotknął palcem policzka dziecka. Daremnie doszukiwał się w sobie jakiegoś porywu czułości, tkliwości czy czegoś w tym rodzaju. Co z niego za ojciec? Czuł po prostu ulgę, że Katrina jakoś zniosła ten poród, cieszył się, bo wyglądała na szczęśliwą, ale dziecko pozostawało dlań istotą nie mniej obcą niż przed porodem. Już większe przywiązanie czuł w tej chwili do Caleba. Nicolas opisywał mu kiedyś swoje pierwsze chwile z synem jako moment wielkiego szczęścia, ale nie odczuwał niczego takiego.

– Zamyśliłeś się, jak widzę – zauważyła Katrina.

Natychmiast poczuł wyrzuty sumienia.

– To wszystko jest dla mnie czymś nowym – odparł wymijająco.

– Chcesz ją potrzymać?

Nie miał nic przeciw temu. Może, kiedy weźmie ją na ręce, zbudzi się w nim instynkt ojcowski? Ostrożnie ujął dziecko i spojrzał na drobną pomarszczoną twarzyczkę. Dziewczynka miała zaciśnięte oczy, brwi tak nikłe jak ślad po muśnięciu piórem, nosek tworzył drobną krągłą wypukłość, a usta przypominały czerwony pączek kwiatu. Jest doskonała, pomyślał Aidan. I żaden ojciec z prawdziwego zdarzenia nie odnosiłby się do takiego dziecka równie obojętnie jak ja. Widocznie za długo byłem sam.

– Mariana – powiedział cicho. Takie imię uzgodnili wspólniez Katriną. Imię jego matki. Malutka Mariano, pomyślał znowu, kiedyś twój ojciec będzie cię kochał nade wszystko na świecie, a zatem wybacz mu teraz, że jesteś jeszcze dla niego kimś obcym.

Podał dziewczynkę z powrotem Katrinie.

– Czy chciałabyś, abym na czas połogu przeniósł się do drugiego pokoju? – zapytał, przechodząc do tematów praktycznych.

Spojrzała na niego niepewnie.

– Jeśli tak wolisz... Chyba taki jest zwyczaj.

Przyszło mu na myśl, że pewnie ją zranił.

– Pomyślałem tylko, że może potrzebujesz spokoju. – Uśmiechnął się. – Wedle innego zwyczaju mężczyzna musi wyprowadzić się z pokoju, kiedy jego żona jest brzemienna, ja jednak tego nie zrobiłem. – Nakrył dłonią jej chłodne palce. – Postąpię tak, jak chcesz.

– Mógłbyś zostać?

Ostrożnie, aby nie przygnieść dziecka, nachylił się i pocałował ją w policzek.

– Powinnaś się trochę przespać – powiedział i pociągnął za sznurek dzwonka. – Mała jest pod dobrą opieką.

– Ciekawe, co powie Caleb. Gdzie on jest? Śpi?

– Kazałem go zawieźć do Charlesa, bo nie wiedziałem, jak przebiegnie poród. Jutro po niego poślę.

Przez chwilę wyglądała na rozczarowaną, ale potem skinęła głową.

– Tak, to chyba było najlepsze rozwiązanie.

Obok Sarity zjawiła się już także mamka i Aidan wstał, pozwalając, aby odebrała dziecko z rąk Katriny. Przez chwilę przyglądał się, jak Sarita poprawia pościel, a potem wraz z mamką opuszcza pokój, następnie usiadł znowu na łóżku i ujął dłoń Katriny, aby ogrzać ją swoimi dłońmi. Uśmiechnęła się, nie otwierając oczu.

Wielogodzinne przesiadywanie nad jeziorem w strugach deszczu skończyło się dla Nicolasa przeziębieniem, które przykuło go do łóżka na niemal trzy tygodnie. Oboje z Ashley odetchnęli właściwie z ulgą, gdyż choroba zdjęła z nich obowiązek utrzymywania kontaktów towarzyskich. Początkowo żywił jeszcze niedorzeczną nadzieję, że wszystko może obróci się na dobre, jednak fakt, że znajomi nagle przestali ich odwiedzać, dał mu wiele do myślenia, a przede wszystkim przedsmak tego, co mogło ich czekać. Kiedy choroba trochę ustąpiła, Nicolas odbył dość nieprzyjemną rozmowę ze swoim przełożonym.

– Nie zajął pan żadnego stanowiska wobec zarzutów pod adresem pańskiej żony, kapitanie Allenger-Brown? – zwrócił się z pytaniem major Pratchet, skubiąc nerwowo wąsy.

– Nie zamierzamy reagować na tego rodzaju skandaliczne oszczerstwa, sir – odparł Nicolas. – Ani ja, ani moja małżonka. – Z rękami założonymi do tyłu spoglądał na swego przełożonego, który szybkim krokiem przemierzał pokój tam i z powrotem, prężąc się przy tym, jakby chciał w ten sposób dodać powagi swojej niepozornej postaci. Słysząc odpowiedź Nicolasa, zatrzymał się jak wryty.

– Ludzie wyciągną z tego wniosek, że te oskarżenia nie są bezpodstawne. – Uniósł brwi. – Czy tak właśnie jest, kapitanie Allenger-Brown?

Nicolas na moment opuścił wzrok.

– Mam nadzieję, że nie zamyśla pan… hm… naginać prawdy, kapitanie. Takie próby zawsze w końcu wychodzą na jaw.

– Chce mnie pan nazwać kłamcą, sir? Zanim jeszcze udzieliłem odpowiedzi?

Pratchet uśmiechnął się ironicznie.

– Ależ skąd!

Nicolas ostrożnie dobierał słowa.

– Prawdą jest, że mój teść jeszcze przed przyjściem na świat mojej żony dopuścił się zachowań, które nie były właściwe.

– A zatem mister Frazer powiedział prawdę.

Poczuł, jak napinają mu się mięśnie szczęki; zdobył się jedynie na kiwnięcie głową.

– Sprawa jest godna ubolewania. – Pratchet westchnął ciężko. – Widzi pan, ja osobiście nie dbam o to i dla nas wszystkich nie ma to znaczenia. Dopóki taka rzecz nie zostanie upubliczniona, nikt się nią nie interesuje. A występ pana Frazera uważam za nader niefortunny. Gdyby był moim synem, jeszcze tego samego wieczoru złoiłbym mu solidnie skórę, tak że odechciałoby mu się jakichkolwiek plotek. Niestety, jednak nie o to chodzi. – Westchnął ponownie. – Niezmiernie mi przykro, ale jeśli mogę udzielić panu rady, to tylko takiej: niech pan przeprowadzi rozwód, chyba że nie zależy panu na karierze i następnych awansach.

– Jak mam to rozumieć, sir? – zapytał Nicolas lodowatym tonem.

– Wie pan przecież, jak to jest. Ludzie są zapraszani, utrzymują kontakty towarzyskie, pan natomiast albo przestanie być zapraszany, albo też ludzie dadzą mu do zrozumienia, żeby zjawiał się bez żony. A co będzie, gdy zechce pan w końcu zacząć zapraszać do siebie, co na dłuższą metę jest przecież nieuniknione? Pańska żona nie może pełnić honorów pani domu, podejmując małżonki szanowanych i wysokich rangą oficerów.

– Rozwód nie wchodzi w rachubę, sir.

Pratchet pokręcił głową, jakby miał przed sobą jakiegoś nierozumnego dzieciaka.

– Kapitanie Allenger-Brown, w obliczu tak skandalicznych faktów każdy sędzia bez najmniejszej zwłoki orzeknie rozwód. Nikt nie może żądać, aby żył pan nadal z kobietą zrodzoną ze związku jej ojca z nierządnicą.

– Moja żona nie ponosi tu chyba żadnej winy, sir.

– Oczywiście, że nie. Jednak w zaistniałej sytuacji powinien pan przede wszystkim pomyśleć o swojej przyszłości. I również o przyszłości pańskiego syna. Niech pan sobie wyobrazi, że rodzi się panu córka.

Nicolas zacisnął zęby i kilka razy odetchnął głęboko, zanim odpowiedział.

– Czy istnieje jakieś nieznany mi przepis, który określa, z jaką kobietą może się żenić oficer armii brytyjskiej?

– Oczywiście, że nie istnieje. Ale powinien to regulować zdrowy rozsądek. Pańska żona z pewnością będzie mogła bez trudu wyjść ponownie za mąż. W tym kraju żyje wielu Euroazjatów, a pańska żona to istotnie piękna istota.

– Sir!

– Bez urazy, kapitanie. – Pratchet odwrócił się i podszedł do biurka. – Nie mam w tej sprawie nic więcej do powiedzenia. Niech pan robi to, co uważa za słuszne, ale proszę potem nie mówić, że nie został ostrzeżony. Może pan odmaszerować, kapitanie.

Wizyta w klubie, do której złożenia Nicolas został zaproszony pisemnie – co gorsza, list z zaproszeniem otrzymał tuż po rozmowie z majorem Pratchetem – miała nieco mniej przyjemny przebieg. Najpierw kazano mu czekać i przez kilka minut Nicolas stał, w końcu usiadł. Bębniąc palcami po poręczy fotela, rozglądał się dokoła. Na jednej ze ścian wisiał portret Johna Sullivana, ukazujący go w fotelu, z powagą malującą się na pociągłej twarzy o regularnych rysach, z dłonią na stercie książek leżących na stole. Za jego plecami można było dostrzec osnute mgłą jego ukochane Błękitne Wzgórza Nilgiri.

Wreszcie do pokoju weszli członkowie komisji odpowiedzialnej za dobór członków klubu. Rozmowa była krótka i bardzo nieprzyjemna. Najpierw Nicolas dowiedział się, że jego żona została pozbawiona członkostwa w klubie.

– Powinien pan zrozumieć – usłyszał – że musimy dbać o naszą renomę i reputację. A obowiązujące tu zasady mówią jednoznacznie, że na członkach klubu nie mogą ciążyć jakiekolwiek podejrzenia.

Jego samego, jak go zapewniono, to wykluczenie oczywiście nie dotyczy, jest przecież oficerem Korony.

Chciał złożyć protest, ale po twarzach rozmówców poznał, że nie miałoby to najmniejszego sensu. Zasady, którym podlegali członkowie klubu, były mu oczywiście znane. Czekało go teraz niełatwe zadanie przekazania w domu tej wiadomości Ashley, choć nie miał pojęcia, jak to zrobić. Rozmowę z majorem postanowił zataić, wiedział, że w głębi duszy jego żona, choć przestała o tym mówić, nadal obawia się, że mógłby ją opuścić. Miałby więc jeszcze dolewać oliwy do ognia, wyznając jej, iż tylko w ten sposób, jak się właśnie dowiedział, jest w stanie uratować swoją karierę?

Wychodząc z klubu, dostrzegł Aidana rozmawiającego z kimś przy barze. Pomachał mu ręką, na co ten momentalnie pożegnał się z rozmówcą i podszedł do niego.

– Gratulacje z powodu urodzin córki – rzekł Nicolas z wymuszonym uśmiechem. – Niestety, nie udało nam się dotąd was odwiedzić. Byłem chory.

– Tak, słyszałem o tym.

– No cóż... – Nicolas wzruszył ramionami.

– Chodź, zapraszam cię na lunch.

Nicolas zawahał się, ale po chwili ruszył za przyjacielem do jednego z pomieszczeń klubowych. Nie był głodny, ale nie chcąc sprawić przykrości Aidanowi, zamówił coś drobnego.

– Chciałem cię odwiedzić – powiedział Aidan po złożeniu zamówienia – ale nie wiedziałem, czy Ashley jest już na to gotowa.

– Ashley przesiaduje cały czas w domu i nikt jej nie odwiedza. Zawsze będziecie u nas mile widziani.

– W to nie wątpię – odparł Aidan. – Ale sytuacja skomplikowała się i sądzę, że również w przyszłości nie zmieni się na lepsze. Myślę, że Ashley potrzebuje trochę czasu, aby do siebie dojść.

– Nie pojawiła się też u nas Amelia Holt. Zapewne i ona czuje się jeszcze nieswojo... – Nicolas ujął widelec i machinalnie obracał go w dłoni. Gładkie srebro odbijało blask lamp gazowych. – Dziś rano Pratchet wyjaśniał mi, jakie korzyści mogę odnieść, rozwodząc się z Ashley. A przed chwilą dowiedziałem się, że pozbawiono ją prawa wstępu do tego klubu. – Odłożył widelec, jakby dopiero teraz dotarło to do jego świadomości. – Właściwie i mnie nie powinno tu być.

– Członkostwa w klubie pozbawiono też Ingrama Frazera – powiedział Aidan. Nicolas, który podnosił się już z krzesła, zastygł w bezruchu. – Jak słyszałem – mówił dalej Aidan – nazajutrz po jego haniebnym występie wezwano go tu i poproszono, aby na przyszłość omijał to miejsce szerokim łukiem.

Energicznym ruchem Nicolas przysunął krzesło do stołu.

– To chyba nie poprawia naszej sytuacji.

– Chyba nie, ale dobrze jest wiedzieć, że jego postępek nie uszedł mu na sucho. A ojciec jego narzeczonej zastanawia się nad zerwaniem zaręczyn. Jak powiedział, jego jedyna córka i dziedziczka pokaźnej fortuny nie może poślubić kogoś, kto zachowuje się publicznie jak zwykły cham.

Kelner pojawił się z zamówionymi potrawami.

– Czym mogę jeszcze służyć, kapitanie? – spytał uprzejmie, widząc, że Nicolas nie siada.

– Brakuje mi tylko świeżego powietrza, abym miał czym oddychać – odparł szorstko.

Kelner spojrzał na niego zdezorientowany i Aidan podziękował mu skinieniem ręki.

– Sądzisz, że to coś zmieni, jeśli opuścisz teraz klub w jakimś spektakularnym stylu? – zapytał Aidan.

– Nie zamierzam siedzieć tu spokojnie i jeść w najlepsze, skoro moja żona nie jest tu mile widziana!

Aidan odchylił się do tyłu.

– Rozumiem cię, ale mimo to uważam, że zrobisz dobrze, zachowując się nadal jakby nigdy nic. Nie pomożesz Ashley, izolując się teraz od swojego środowiska. Rozejrzyj się dobrze. Ci ludzie obserwują każdy twój ruch i wieczorem będą mieli temat do plotek. Ale jeśli zachowasz spokój i nie dasz się sprowokować, pomieszasz im szyki.

Nicolas powiódł wzrokiem po najbliższych stolikach; ludzie siedzący przy nich czym prędzej spuścili oczy. Poczuł gniew, najchętniej jednym ruchem ręki zmiótłby wszystko ze stolika. Usiadł, zgrzytając zębami.

– A właściwie dlaczego on to zrobił? – zapytał Aidan, nadziewając na widelec soczysty kawałek wołowiny.

– Kogo masz na myśli? – Nicolas z ponurą miną grzebał w swoim talerzu.

– Ingrama Frazera. Dlaczego upatrzył sobie akurat Ashley?

Nicolas zawahał się, dźgał teraz mięso wolniej, jakby z namysłem, wreszcie podniósł wzrok.

– On... hm... chciał, żeby Ashley została jego kochanką, i zrobił się natarczywy. A ponieważ nie zgodziła się na to, postanowił się widocznie zemścić. – Gwałtownie, z furią uderzył widelcem o talerz, ściągając na siebie spojrzenia ludzi siedzących przy sąsiednim stoliku. Niespeszony tym, rzucił im ostre spojrzenie i dodał ciszej: – Kiedy Ashley opowiedziała mi o tym, miałem chęć go zabić. I nadal mam.

Aidan kiwnął głową.

– Doskonale cię rozumiem.

– Zastanawiam się – mówił dalej Nicolas – co on by zrobił, gdyby nie czarne włosy Ashley, bo przecież tylko z ich powodu uznał ją za Euroazjatkę i właśnie to postanowił wykorzystać jako środek szantażu.

– Znalazłby coś innego. Na przykład, że zatańczyła o jeden raz za dużo z jakimś obcym mężczyzną albo że zobaczył ją w jakimś nieodpowiednim miejscu... Jak dobrze wiesz, lista uchybień, jakie ktoś o złej woli mógłby przypisać kobietom, nie ma końca. To nic trudnego zrujnować ich reputację.

Nicolas zmiął serwetkę i zacisnął drugą dłoń w pięść. W milczeniu przyglądał się, jak Aidan kończy swój posiłek i odkłada sztućce, następnie raptownym ruchem odsunął swoje krzesło.

– Chyba wystarczy tych dobrych manier – powiedział. – Wybacz, na mnie już czas. – Nie czekając na odpowiedź, wstał i ruszył do wyjścia.

– Czy twój brat czuje się bardzo nieszczęśliwy w małżeństwie? – zapytał Aidan. Siedział na podłodze, oparty plecami o fotel i bawił się włosami Katriny, która z głową na jego kolanach leżała przed kominkiem.

– Zauważyłeś to dopiero teraz?

– Nie, już wcześniej odniosłem wrażenie, że nie układa mu się najlepiej, ale nie zdawałem sobie sprawy, jak bardzo jest nieszczęśliwy. – Aidan rozplótł warkocz i włosy Katriny, niczym rozwinięty szeroko wachlarz, okryły mu nogi. – W jego życiu nie istnieje nic prócz herbaty.

– Tak było zawsze, zanim się jeszcze ożenił. Zresztą mój ojciec był taki sam. Szkoda, że nie poślubił kobiety, której rodzina miałaby coś wspólnego z uprawą herbaty lub handlem. Tymczasem kiedy Charles poznał się z Cynthią, jej rodzice mieszkali w Indiach od niedawna. Oboje, ona i Charles, stanowili dość dobrą partię i pewnie dlatego uznali, że pasują do siebie.

– A więc sam ponosi winę?

– W początkowym okresie Cynthia była nawet miła – powiedziała Katrina. Ujęła dłoń Aidana i odruchowo ją pogłaskała. – Ale dla Charlesa lepsza byłaby kobieta nastawiona bardziej praktycznie do życia, kobieta, która choć trochę zna się na tym, co on lubi, a nawet zdolna dzielić z nim tę pasję. Kiedy Charles zaczyna opowiadać o herbacie, Cynthia tylko wywraca oczyma, a to drażni nawet mnie. Z drugiej strony Charlesa nie interesuje w ogóle to, co pochłania Cynthię.

– Co na przykład?

Katrina zastanowiła się, mrużąc oczy.

– Hm... nic mi teraz nie przychodzi do głowy, ale ona z pewnością ma jakieś zainteresowania.

Aidan roześmiał się.

– Stephen napisał do mnie – zmieniła raptownie temat Katrina. – List przyszedł dzisiaj... Nie zawiera nic złego – dodała pośpiesznie. – Gratulacje z powodu narodzin naszej córeczki i przeprosiny za jego zachowanie wtedy, gdy nie było cię w domu. – Pomiędzy jej brwiami zarysowała się pionowa zmarszczka.

– Cóż więc cię trapi?

– Bo... wiesz, Aidan, nie rozumiem go. – Spojrzała na niego bezradnie. – Nie wiem, dlaczego jest taki... Kiedy był tutaj, stawał na głowie, żeby przypomnieć mi nasze dawne dobre czasy, a teraz jeszcze ten list, napisany w taki sposób, jak byśmy się rozstali w najlepszej komitywie.

Aidanowi nie podobał się kontakt, jaki Stephen Alardyce utrzymywał ze swoją byłą żoną.

– Może po prostu zmienił taktykę? – wysunął przypuszczenie. – Albo zaczął sobie uświadamiać, co utracił.

– W to nie uwierzę.

– No cóż, w gruncie rzeczy miał wtedy to, czego teraz mu brak: kobietę, która dała mu dziedzica. Jeśli w dodatku pomyśli sobie, że przed naszym ślubem twój brat dał ci ostatecznie w posagu większą kwotę niż ta, jakiej niegdyś sam się domagał, musi dojść do wniosku, że zadał sobie wiele trudu, a mimo wszystko przegrał. Trudno w takiej sytuacji odczuwać satysfakcję.

– Nie myślałam o tym w taki sposób. – Katrina odwróciła głowę i skierowała wzrok na płomienie. Od rozwiązania upłynęły już dwa tygodnie i choć zdążyła trochę zeszczupleć, nadal była bardziej zaokrąglona niż przed ciążą, co zrodziło jej obawę, że niedługo będzie gruba jak beczka. Aidan uważał, że właśnie z taką figurą wygląda korzystniej, ale przezornie wolał nie wypowiadać przy niej tej opinii.

Katrina wyprostowała się i potrząsnęła głową, odgarniając włosy do tyłu.

– Pójdę się trochę przejść po ogrodzie.

– Powinnaś wypoczywać – zaoponował Aidan.

Spojrzała na niego z nieco kpiącym uśmiechem.

– Kochanie, nie jestem przecież chora. Połóg nie oznacza, że nie wolno robić nic, tylko polegiwać. Zresztą nie podejmuję żadnego wysiłku.

– Zgoda – orzekł wspaniałomyślnie Aidan. Wstał i podał jej rękę, pomagając dźwignąć się z podłogi. – Ale ma to być naprawdę krótki spacer.

– Aidan…

Pojednawczym gestem uniósł obie dłonie.

– Nawiasem mówiąc, nie przechodzę tego wszystkiego po raz pierwszy.

– Ale ja tak.

Parsknęła śmiechem.

– W takim razie kładź się do łóżka. – Nieoczekiwanie spoważniała. – Muszę odwiedzić Ashley, jak najszybciej.

– Spotkałem Nicolasa. Ashley wyjeżdża niebawem do Kalkuty, do ojca.

– Coś takiego! I mówisz mi o tym dopiero teraz?

– I tak nie mogłabyś jej teraz odwiedzić.

– No wiesz... – Katrina impulsywnie odwróciła się w drugą stronę.

– Przecież wiesz, że jesteś jeszcze osłabiona i tym łatwiej mogłabyś się nabawić choroby. Naprawdę chciałabyś pojechać teraz do Ashley, wsiąść do powozu i wytrząść się w nim na wyboistej drodze?

– Nie, ale... już sama nie wiem...

– Mogłabyś do niej napisać.

– To zbyt oficjalne.

– Zaprosiłem ją i Nicolasa do nas. Może odwiedzą nas niebawem.

Nic nie odpowiedziała. Westchnęła, po czym zadzwoniła na *ayah*, chcąc przebrać się do spaceru. Aidan opuścił sypialnię i zanim doszedł do schodów, uświadomił sobie, że od rana nie zajrzał jeszcze do córki. Ciekawe, czy Katrina zwróciła uwagę na ten brak zainteresowania z jego strony. Sama nie potrafiła się nacieszyć Marianą i najchętniej nie odstępowałaby jej na krok.

Ostrożnie uchylił drzwi do sypialni dziecka. Pokój został urządzony w tonacji kremowej i różowej, w powietrzu unosił się zapach pudru i lawendy. Niemal na palcach podszedł do kołyski. Mamki nie było w pokoju, co oznaczało chyba, że Mariana śpi. W żadnym razie nie chciał jej budzić i narazić się na płacz dziecka, czułby się bezradny.

Okazało się jednak, że mała nie śpi. Leżała spokojnie, ssąc piąstkę i poruszając nóżkami pod kocykiem. Aidan nachylił się nad kołyską i popatrzył na córkę. Płomienie w kominku trzaskały cicho, odgarnął nieco koc, uznając, że dziecku może być za gorąco. Odruchowo dotknął jej dłonią. Pod palcami poczuł, jak bije jej serce, i nagle uświadomił sobie przyspieszone bicie własnego serca. Wydawała się taka bezbronna, taka krucha! Coś ścisnęło mu pierś. Ostrożnie uniósł dziecko, dotknął ustami miękkich włosów, a potem czoła i czubkiem palca pogłaskał jej policzek. Dziewczynka pachniała pudrem i nowo narodzonym niemowlęciem. Nieoczekiwanie pochwyciła go za palec i przytrzymała.

– No widzisz, moja maleńka – szepnął. – Mówiłem przecież, że nie będziemy dla siebie długo obcy!

*

Chociaż Ashley postanowiła nie przyjmować na razie żadnych gości – o ile w ogóle tacy mieliby się do niej zabłąkać – nie mogła się zdecydować na odprawienie Elizabeth Falk. Kiedy *chuprassi* ją zaanonsował, Ashley domyśliła się natychmiast, że dziewczyna przybyła tu wbrew woli rodziców. Tym bardziej więc nie mogła jej nie przyjąć.

I rzeczywiście, kiedy Elizabeth weszła do salonu, jej twarz była mokra od łez.

– Och, pani Allenger-Brown, ja po prostu musiałam panią zobaczyć! Wprawdzie ojciec nie pozwolił mi na to, ale powiedziałam, że jadę odwiedzić swoją przyjaciółkę. Chyba nie jest to kłamstwem, nieprawdaż, mogę się za taką uważać? – Powiedziała to cicho, z wyraźną nadzieją w głosie.

– Przede wszystkim proszę spocząć. – Ashley wskazała ręką na fotel i sama usiadła obok, następnie zadzwoniła na służbę i kazała przynieść poczęstunek dla gościa.

– Papa mówi, że nie wolno mi teraz utrzymywać z panią żadnego kontaktu. Ale ja... – Duże łagodne oczy Elizabeth wypełniły się łzami. – Przecież sam powiedział mi kiedyś, że przyjaciół nie zostawia się w biedzie.

Ashley poczuła nagle wyrzuty sumienia; nigdy nie traktowała tej dziewczyny zbyt poważnie.

– Bardzo się cieszę z tej wizyty, ale nie powinna pani tak ryzykować. Ojciec mógłby rozgniewać się nie na żarty!

– Nie dbam o to! – zawołała Elizabeth, choć jej łamiący się głos zadawał kłam tym słowom. Najwyraźniej lękiem napełniała ją już jej własna śmiała decyzja.

Do salonu weszła indyjska służąca, pchając przed sobą stolik na kółkach. Usłużnie nalała do dwóch filiżanek z wytwornej porcelany herbatę w kolorze ciemnej miedzi, a na stoliku pomocniczym ustawiła czarę z ciasteczkami. Kiedy wyszła, Ashley sięgnęła po swoją filiżankę i przytknęła ją do ust, aby wciągnąć aromat herbaty. Jedynym gatunkiem, który naprawdę lubiła, była Assam Second Flush o intensywnym słodowym smaku. Ponieważ jeszcze nie ostygła, ostrożnie upiła tylko drobny łyczek.

– Uważa pani, że postąpiłam niewłaściwie? – Elizabeth spojrzała na nią spod załzawionych rzęs. – Czy jestem według pani zakłamana i przebiegła?

Dobry Boże, pomyślała Ashley, skąd u niej takie słowa?

– Nie, oczywiście, że nie – odparła.

Elizabeth osuszyła sobie oczy – co zakrawało na syzyfową pracę, gdyż jej łzy zdawały się wypływać z jakiegoś bezdennego źródła.

– Papa unieważnił moje zaręczyny z Ingramem. – Pociągnęła nosem i natychmiast przytknęła do niego chusteczkę, jakby uświadomiła sobie, że takie zachowanie nie przystoi damie. – I tak nie chcę już zostać jego żoną. Podobno zdradzał mnie z jakąś kobietą.

Tylko z jedną? Ashley upiła następny łyk herbaty i odstawiła filiżankę.

– Papa właściwie nie ma nic przeciwko pani – zapewniła Elizabeth. – Powiedział, że bardzo ceni pani męża, ale jest zdania, że kto chce znaleźć dobrą partię, musi dbać o właściwe towarzystwo.

Ashley zmusiła się do uśmiechu.

– Tak powiadają.

– Jest pani jedyną przyjaciółką, która odnosiła się do mnie naprawdę życzliwie – wyrzuciła z siebie Elizabeth. – Co mam teraz robić, skoro nie może już pani utrzymywać ze mną kontaktów towarzyskich?

– Ależ Elizabeth, ma pani przecież mnóstwo innych przyjaciółek. – Ta rozmowa stawała się zbyt męcząca. Mimo iż dziewczyna budziła w niej współczucie, czuła, że z wolna narasta w niej rozdrażnienie. Czy ktoś ją zapytał, jak ona się czuje, wiedząc, że wszyscy jej unikają? Że ojcowie i mężowie zakazują z nią kontaktów swoim córkom i żonom! Nigdy nie przywiązywała większej wagi do bywania na salonach, teraz jednak zrozumiała, że mogła sobie na to pozwolić, bo uważała je po prostu za coś oczywistego. Czym innym było nie mieć chęci pójść na bal, czym innym zaś – nie mieć prawa tam iść. Uświadomiła sobie, że dawno już powinna była odwiedzić Katrinę i jej dziecko. A jednak nie potrafiła odnaleźć w sobie nic prócz skruchy za to zaniedbanie.

Z zadumy wyrwał ją brzęk filiżanki, odstawianej może zbyt gwałtownie przez Elizabeth.

– Powinnam już iść. Muszę jeszcze złożyć kilka wizyt. Papa zapyta z pewnością, u kogo byłam tak długo, a jeśli wymienię mu kilka imion, przestanie go interesować, ile czasu spędziłam u każdej z nich. – Mimo że do oczu ponownie napłynęły jej łzy, zdobyła się na heroiczny uśmiech.

Ashley osobiście odprowadziła ją do wyjścia.

– Bardzo dziękuję za wizytę, Elizabeth.

– Och, będę się starała odwiedzać panią tak często, jak to tylko możliwe – zapewniła dziewczyna. – Teraz już wiem, jak do państwa dojechać.

Ashley wiedziała jednak, że Elizabeth nie odwiedzi jej już nigdy więcej. Byłoby dziwne, gdyby nikt w okolicy nie zauważył wizyty młodej dziedziczki Falków i nie doniósł o tym jej ojcu. To zaś musiało niechybnie zakończyć się dla dziewczyny piekielną awanturą po powrocie do domu. I rzeczywiście – jeszcze tego samego wieczoru Nicolas przyniósł wiadomość potwierdzającą jej domysły.

22

Utakamand, grudzień 1877

– Wiesz, co najbardziej drażni mnie w naszym związku? – zawołał z irytacją Ingram. – Że stale mam z tobą mnóstwo zachodu! Jakby brakowało mi innych kłopotów!

Gillian beznamiętnie wzruszyła ramionami. Dzisiejszy wieczór chciała właściwie spędzić sama, ale nieoczekiwanie zjawił się Ingram. Żeby nie wyglądało to, że znowu nagięła się do jego woli, sięgnęła natychmiast po swoją stolę i nie dając mu przestąpić progu, wyszła czym prędzej na schody, twierdząc, że ma chęć na spacer. Teraz żałowała już tej pochopnej decyzji. Grudzień był zimny, temperatura, jak ją oceniała, musiała spaść do zera. I jakby mało było jeszcze tego włóczenia się po ulicach, ze szczękającymi z zimna zębami, musiała też wysłuchiwać niekończących się narzekań Ingrama. A przecież w tej chwili nie czuła się wcale lepiej niż on! I w końcu sam jest sobie winien. Najbardziej jednak irytował ją fakt, że właściwie znosił to wszystko bez żadnego uszczerbku… no, może cierpiała na tym trochę jego duma. Nawet ten złamany nos, co nadal rzucało się w oczy, nie odbierał mu uroku, przeciwnie: nadawał mu bardziej zawadiacki wygląd.

– Jak długo jeszcze zamierzasz kręcić się po tych uliczkach? – Ingram, chroniąc się przed mrozem, postawił kołnierz płaszcza. – Żałuję, że cię w ogóle odwiedziłem. Chciałem po prostu spędzić miło czas, ale niestety zapomniałem już, że spotkania z tobą nie są ani trochę tak miłe i wesołe, żeby czerpać z nich jakąkolwiek przyjemność.

– Nie jestem twoim osobistym komikiem, nie muszę cię zabawiać! – żachnęła się Gillian. – Jeśli uważasz, że moje towarzystwo tak bardzo cię nuży, możesz w każdej chwili znaleźć sobie inną kochanicę.

– Ach, co ty powiesz! Wyobraź sobie, że już sam wpadłem na ten pomysł. Naprawdę ci się wydaje, że mógłbym zadręczać się tygodniami, zanimbym wyszedł u ciebie na swoje?

– Więc idź sobie do jednej z tych swoich… wywłok i zostaw mnie w spokoju!

– Chętnie bym tak właśnie zrobił, tyle że akurat dziś żadna z nich nie ma czasu. Gdyby nie to, z pewnością nie znalazłbym się pod twymi drzwiami!

– Z ciebie to jednak drań! – fuknęła gniewnie Gillian.

Ale Ingram wyglądał na zadowolonego ze swego przytyku, bo zamiast odpowiedzieć, pozwolił sobie na uśmieszek. Gillian otuliła się szczelniej stolą i objęła ramionami.

– Zimno? – wyzłośliwiał się z satysfakcją. – To nie był mój pomysł, żeby kręcić się po ulicach w taki ziąb.

Gillian gorączkowo szukała w myślach sposobu na pozbycie się natręta i powrót do domu. Jeśli pozwoli mu dotrzymać sobie towarzystwa, dopnie w końcu swego i pójdzie do niej; już nie raz przekonała się, jak kończy się taka gra.

Ingram skręcił do gospody prowadzonej przez pewnego Anglika.

– Może zastanę tam kogoś z przyjaciół. Wieczór spędzony tylko z tobą nie wydaje mi się zbyt pociągający, może okaże się przyjemniejszy w większym towarzystwie. – Widząc jej wahanie, uśmiechnął się. – Jeśli nie masz ochoty i wolałabyś, żebyśmy poszli do domu, śmiało. To ostatnie byłoby mi nawet na rękę.

Potrząsnęła głową. Wprawdzie wieczór w gospodzie nie był szczytem jej marzeń, uznała jednak, że lepsze to, niż wracać do domu razem z Ingramem. Może zresztą uda jej się potem czmychnąć stamtąd niepostrzeżenie, kiedy zacznie pić ze swymi znajomymi.

W gospodzie panował ożywiony ruch. Ingram minął bar i podszedł do stolika okupowanego przez grupę krzykliwie odzianych młodzieńców, których Gillian na pierwszy rzut oka określiła w duchu mianem fircykowatych. Powiodła dokoła wzrokiem. Niemal sami mężczyźni. Nieliczne kobiety, które zabłąkały się tu, wyglądały na takie, co to poszukują towarzystwa na jedną noc – nie były to wprawdzie ulicznice, ale też nie damy, z jakimi można się pokazać na salonach.

Mężczyźni przy stoliku powitali Ingrama gromkimi okrzykami, ich radość wywołała zapewne również obecność Gillian; kobieta w męskim gronie zawsze ożywia atmosferę. Wszyscy odnosili się do niej z owym specyficznym ugrzecznieniem, typowym dla kogoś, kto umizguje się do kobiety w celu zdobycia jej względów na chwilę. Usiadła na krześle, w milczeniu tolerując ich głodne spojrzenia. Jeden z kompanów Ingrama przechylił się ku niej przesadnie blisko i zapytał, czego się napije. Potrząsnęła przecząco głową, co nie powstrzymało Ingrama przed złożeniem zamówienia. Postanowiła nie tknąć trunku: jeśli sądzi, że zdoła ją spić, to jest w błędzie.

Zebrani grali w karty i wspaniałomyślnie dopuścili Ingrama do udziału w partii. Stawki rosły, na stole piętrzyły się stosy monet, a Gillian, niebiorąca udziału w grze, odchyliła się do tyłu, przyglądając się graczom. Ingram rzucił na stół kilka monet, śmiejąc się, sprawiał wrażenie zadowolonego, ale Gillian widziała, że jest w podłym nastroju. Nie znosił odmowy, a to, że siedział tu teraz wyłącznie dlatego, że nie zgodziła się przyjąć go u siebie, irytowało go tym bardziej. Kelner podał trunki, ale Gillian mimo nalegań Ingrama jedynie potrząsnęła głową i nawet nie wzięła kieliszka do ręki. Zirytowany, wrócił do gry.

Do izby weszli następni klienci, ale uwagę Gillian przykuł tylko jeden z nich: Aidan, w towarzystwie jakiegoś oficera o jasnych włosach i dwóch innych młodych mężczyzn. Czując na sobie czyjś wzrok, spojrzał na nią, skinął głową na powitanie i zajął się rozmową z tamtymi. Towarzyszący mu oficer również spojrzał w jej stronę, dostrzegł Ingrama i w jednej chwili zamarł. Wśród przybyłych wywiązała się cicha, acz burzliwa dyskusja, która nie uszła uwagi pozostałych gości. Ten i ów zaczął zerkać w ich stronę. Oficer był najwyraźniej zdenerwowany, chciał chyba wyjść z gospody, powstrzymali go jednak jego towarzysze. Ostatecznie cała czwórka usiadła przy stoliku, ale twarz oficera nie rozchmurzyła się nawet na moment, najwidoczniej ostatkiem sił panował nad sobą, aby nie zerwać się z miejsca i nie wybiec na zewnątrz.

– Nie tracisz czasu, jak widzę. Badasz sytuację, co? – zapytał Ingram i jego przyjaciele podnieśli oczy. – Ci, na których patrzysz, są żonaci.

Nie zaszczycając go odpowiedzią, spojrzała w inną stronę, ale po chwili znów zerknęła na Aidana, który również obrócił na nią wzrok – albo dlatego, że usłyszał słowa Ingrama, albo też poczuł jej spojrzenie.

Gillian nie zwracała najmniejszej uwagi na to, co działo się przy jej stoliku: ani na grę, ani na rozmowy i głośne śmiechy mężczyzn. Jej milczenie ich natomiast intrygowało coraz bardziej. W pewnym momencie poczuła na udzie rękę sąsiada i bez namysłu odepchnęła ją energicznie, jakby miała do czynienia z jakimś natrętnym insektem.

– Zbyt towarzyska ta twoja przyjaciółka nie jest – poskarżył się mężczyzna do Ingrama.

Wzruszył jedynie ramionami, ale między jego brwiami zarysowała się głęboka zmarszczka, utrzymująca się nawet podczas jego dość nieporadnego chwilami uśmiechu.

Znowu napotkała spojrzenie Aidana; przesłanie widoczne w jego oczach było całkowicie jednoznaczne. Zignorowała je. Nie musiał jej przecież dawać do zrozumienia, jak bardzo to wszystko uwłacza jej godności. Sama o tym wiedziała. Zdawała też sobie sprawę, że dawno temu powinna była stąd wyjść.

– Podwyższam stawkę – zawołał Ingram. – Ale zamiast pieniędzy będzie nią noc z moją kochanką.

Jego kompani wydali okrzyk radości, a Gillian odwróciła się do Ingrama i oburzona otworzyła usta, nie zdobyła się jednak na słowo protestu. Niemal w tej samej chwili Aidan zerwał się z miejsca i w dwóch susach znalazł się przy jej stoliku.

– Wstań! – Pochwycił ją za rękę i widać było, że ledwie nad sobą panuje.

Gillian była tak zaskoczona, że posłuchała bez oporu.

– Ach, chyba już wiem, skąd u ciebie ta niechęć do mnie – odezwał się Ingram z szyderczym uśmiechem. – Zajęłaś się teraz swoją profesją na całego? I to z żonatymi mężczyznami?

Aidan zbył te słowa milczeniem, ale spojrzenie, jakie rzucił Ingramowi, zmroziło nawet Gillian i choć z twarzy Ingrama nie znikał uśmiech, widać było, że stracił rezon i tylko nadrabia miną.

Aidan bez słowa odwrócił się i wyprowadził Gillian do sąsiedniej izby. Dopiero tam ją puścił, zamknął za sobą drzwi, sięgnął do kieszeni surduta i wyjął sakiewkę, którą cisnął na komodę.

– To wystarczy na drogę powrotną do Kalkuty – powiedział szorstko. – A teraz wyświadcz przysługę sobie samej i idź do domu.

Zamiast wziąć pieniądze, cofnęła się i oparła plecami o ścianę.

– Tłumaczyłam ci już wiele razy, dlaczego nie mogę tam wrócić.

– Nie bądź głupia, Gilly. To… – wskazał ręką na izbę, z której dobiegał gwar – nie może być dla ciebie rozwiązanie. Żadna kobieta nie powinna dawać się poniżać w taki sposób i naprawdę nie mogę zrozumieć, dlaczego na to pozwalasz.

– Ja zaś nie mogę rozumieć, dlaczego się tak unosisz. Dotychczas jakoś nie bardzo cię obchodziło, co się ze mną stanie!

Z niechęcią potrząsnął głową.

– Skąd u ciebie ten upór? Chyba nie zamierzasz wrócić do Ingrama i tych jego kompanów?!

– Dam sobie radę.

– Już to widzę. Właśnie doszło do tego, że stałaś się stawką w grze.

– Naprawdę myślisz, że poszłabym do łóżka z którymś z tych typów?

– Jesteś rzeczywiście taka naiwna? Sądzisz, że gdyby sprawy zaszły tak daleko i któryś z nich po kilku kieliszkach rzeczywiście nabrał na ciebie ochotę, pytałby cię o zgodę? Siedzisz w gospodzie z grupą podpitych mężczyzn. Gdyby któryś z nich użył wobec ciebie przemocy, wszyscy uznaliby potem, że sama tego chciałaś. Nikt nie stanąłby w twojej obronie.

Przez moment Gillian ssała w zadumie wewnętrzną stronę policzka, wreszcie odparła:

– Ja... nie potrzebuję twojej pomocy. Dałabym sobie radę, jak do tej pory.

– Chyba jednak nie chcesz do nich wrócić?

– A jeśli nawet, to co?

– Na Boga, Gillian, nie widzisz sama, co to za człowiek? On zniszczył żonę mojego przyjaciela.

Gillian zamrugała powiekami.

– A Brian zniszczył mnie. Czy z tego powodu przestałeś się z nim przyjaźnić?

– To nie to samo. – W głosie Aidana poczucie bezsilności mieszało się z irytacją. – Brian od dawna jest moim najlepszym przyjacielem, natomiast ty dla Ingrama Frazera jesteś tylko materacem na jego łóżku! A teraz chce jeszcze uczynić z ciebie stawkę w grze. I co dalej? Chcesz skończyć jako kobieta nierządna?

Gillian, rozzłoszczona, postąpiła krok do przodu.

– To chyba nie jest jeszcze najgorszy los, skoro nawet mężczyzna twego pokroju decyduje się poślubić kobietę o takiej właśnie reputacji!

Niemal w tej samej chwili Aidan wymierzył jej policzek, niezbyt wprawdzie silny, ale Gillian, raczej pod wpływem lęku niż bólu, cofnęła się z lekko rozchylonymi ustami.

Nie patrzył już na nią. Chwycił sakiewkę, wetknął ją sobie do kieszeni i ze słowami: – Idź do diabła! – odwrócił się i wypadł drugimi drzwiami wprost na ulicę.

Gillian stała jeszcze przez chwilę, cała rozdygotana, po czym podeszła do schodków i usiadła na stopniu. Z twarzą w dłoniach trwała tak, dopóki jej serce nie odzyskało właściwego rytmu. Opuściła wtedy ręce i skierowała wzrok na drzwi gospody. Gdy poczuła, że drętwieją jej nogi, wstała, otrzepała spódnicę, poprawiła sobie włosy, podeszła do drzwi i weszła do środka.

Spojrzenia obecnych zwróciły się w jej stronę. Ingram i jego kompani nie kryli zaskoczenia pojawieniem się dziewczyny w gospodzie; ich zdumienie podsycał jeszcze fakt, że wróciła bez Aidana. Ze spuszczonymi oczami, ciężkim krokiem, podeszła do krzesła, na którym przedtem siedziała, i sięgnęła po stolę. Ingram uśmiechnął się szyderczo.

– Sama? Czyżbyś wymęczyła go tak bardzo, że musi teraz odzyskać siły?

Gillian gwałtownym ruchem zarzuciła sobie stolę na ramiona.

– Nic dziwnego, Ingramie, że przestano cię tolerować w lepszym towarzystwie, bo masz maniery nie lepsze od swoich sprawności kochanka.

Mężczyźni przy stoliku zarechotali, natomiast Ingram skoczył na równe nogi i wymierzył jej siarczysty policzek – już drugi tego wieczoru. W przeciwieństwie do Aidana Ingram uderzył ją jednak tak silnie, że dziewczyna zatoczyła się, spróbowała przytrzymać się poręczy krzesła, po czym razem z nim runęła na podłogę.

Mężczyźni z sąsiedniego stolika zerwali się z miejsc i również kilku kompanów Ingrama otrzeźwiało momentalnie.

– No, no, spokojnie! – mruknął jeden z nich, podczas gdy oficer, który wszedł tu przedtem z Aidanem, chwycił Gillian za rękę i pomógł jej wstać. Policzek piekł ją dotkliwie, w głowie czuła monotonne dudnienie.

Oficer spojrzał na Ingrama, następnie skinął na oberżystę, który czerwony na twarzy przybiegł z drugiego końca sali.

– Jak to możliwe – zapytał oficer złowieszczym tonem – że toleruje się tu obecność człowieka, który bez żenady bije kobietę na oczach innych klientów?!

Ingram przeszywał oficera wzrokiem.

– Ta kobieta, zresztą nader podejrzanej konduity, obraziła mnie. Trudno jednak, aby pojął to człowiek, który sam żyje z kobietą niecieszącą się dobrą opinią, nieprawdaż, kapitanie Allenger-Brown?

Oficer szarpnął się, jakby zamierzał nauczyć tamtego rozumu, ale jego przyjaciele powstrzymali go, a karczmarz wezwał Ingrama do opuszczenia gospody.

– Dlaczegóż to?! – zakrzyknął rozwścieczony. – Bo pokazałem tej dziewce, gdzie jej miejsce?

Ale karczmarz nie ustępował i w końcu Ingram, nie doczekawszy się nawet wsparcia ze strony kompanów, sięgnął po płaszcz i wypadł na zewnątrz, zgrzytając zębami. W progu omal nie zderzył się z Aidanem, który właśnie wrócił do gospody.

Gillian wymamrotała coś, co zabrzmiało jak przeprosiny, i równie śpiesznym krokiem opuściła izbę. Mijając Aidana, zerknęła na niego, jednak nie zaszczycił jej już nawet spojrzeniem. Na ulicy oparła się plecami o ścianę domu i odetchnęła głęboko. Dlaczego zawsze musi okazywać słabość? Dlaczego nie zdobyła się na to, aby powiedzieć Ingramowi wprost, że nie chce go widzieć? Dlaczego nie zamknęła mu drzwi przed nosem? Skąd u niej za każdym razem to gorączkowe poszukiwanie kompromisu za wszelką cenę?

Z wahaniem ruszyła przed siebie w stronę domu. Dopiero teraz przyszło jej na myśl, że Ingram może chcieć zemścić się za doznane upokorzenie. Czy aby nie zaczaił się w jakimś ciemnym zaułku, by rzucić się na nią w najmniej spodziewanym momencie i ukarać tak, jak według niego na to zasługiwała? Zwolniła, szła teraz ostrożnie noga za nogą, nasłuchując wszelkich podejrzanych odgłosów. Nikt jednak nie próbował jej wciągnąć w mroczne alejki, nikt nie wysunął nagle ręki, aby zatkać jej usta. Jedynym odgłosem, który mącił głuchą ciszę tej mroźnej nocy, był stukot jej butów po bruku.

Energiczne stukanie do drzwi wyrwało Gillian ze snu. Oszołomiona zamrugała kilkakrotnie oczami i odgarnęła z twarzy zmierzwione włosy. Dla niej był to dzień wolny od pracy i chciała porządnie się wyspać, bo padała z nóg; ostatni wieczór i cała ta historia z Ingramem kosztowały ją tyle nerwów, że spała bardzo źle. Stukanie powtórzyło się i chcąc nie chcąc, niechętnie spuściła nogi na podłogę, sięgnęła po szlafrok i podeszła do drzwi.

– Pani Marks! – bąknęła zdumiona na widok gospodyni, ta bowiem nigdy nie odwiedzała jej w pokoju. – Dzień dobry. Czy coś się stało?

Starsza pani wydawała się nieco zażenowana.

– Panno McEwan, dziś rano doszły mnie niepokojące słuchy na pani temat. Z przykrością muszę zakomunikować, że w zaistniałej sytuacji nie mogę dłużej dawać pani zatrudnienia ani wynajmować pokoju w moim domu.

Senność Gillian ulotniła się w jednej chwili.

– Ale... ja... nic nie rozumiem, proszę pani. Nie zrobiłam przecież nic złego.

– Mimo tak wczesnej pory wieść o wydarzeniach z ostatniego wieczoru rozeszła się po całym mieście. Nie wtrącałam się w pani sprawy, dopóki zachowywała się pani dyskretnie i nie oddawała jawnej rozpuście. To jednak, co wydarzyło się ostatniego wieczoru, skłoniło mnie i pana Marksa do podjęcia stanowczej decyzji: dla dobra naszej reputacji nie możemy dłużej wynajmować pani tego pokoju ani dawać jej zatrudnienia.

Zimny dreszcz wstrząsnął Gillian.

– Ależ, proszę pani, naprawdę nie zrobiłam nic złego!

– Czyżby, panno McEwan? Zgodziła się pani, aby grupa mężczyzn zagrała o nią w karty, wszystko wskazuje też na to, że ma pani romans z żonatym mężczyzną, który na domiar złego jest szwagrem naszego głównego dostawcy herbaty, ponadto przez panią doszło nieomal do bójki w miejscu publicznym.

Gillian patrzyła na nią zdumiona.

– Ale... to wcale nie było tak!

– Może nie, może tak. Załóżmy nawet, że pani uwierzę... Cóż z tego, skoro inni nie wierzą. A my prowadzimy tu interes, opinia klientów jest bardzo ważna, nie możemy pozwolić sobie na żaden skandal.

Przed oczami Gillian wszystko zamigotało, czym prędzej wsparła się ręką o framugę.

– Ja... wcale nie mam romansu z Aidanem Landorem i nie zgodziłam się być stawką w tej grze. Człowiek, z którym byłam w tej gospodzie, uderzył mnie i od razu stamtąd potem wyszłam. – Gadam bez ładu i składu, pomyślała.

Twarz pani Marks złagodniała.

– Ach, dziecko, dlaczego nie uważała pani lepiej na siebie? Przecież wie pani, jak to jest: jeśli już raz zaczną się plotki, nie można ich powstrzymać. – Westchnęła ciężko. – Przykro mi, ale nie może pani u nas dłużej pracować.

– Czy muszę... – Gillian nabrała głęboko tchu, aby wziąć się w garść. – Czy muszę wyprowadzić się od razu? Nie mam się gdzie podziać!

– Może pani zostać tu jeszcze kilka dni, ale gdy tylko znajdziemy kogoś do pracy na pani miejsce, ten pokój będzie nam potrzebny.

Pani Marks patrzyła przez chwilę z miną wyrażającą współczucie i wyszła, zamykając za sobą drzwi. Gillian podeszła do łóżka, opadła na nie i nakryła oczy dłonią, dygocząc niepowstrzymanie. Co ją podkusiło, żeby iść z Ingramem do tamtej gospody? Dlaczego nie odprawiła go z kwitkiem, kiedy zjawił się pod jej drzwiami? Przecież nie wdarłby się tu siłą! A ona stale go wpuszczała! Teraz ma za swoje, za własną lekkomyślność i ten głupi lęk przed samotnością!

Raptownie poderwała się i usiadła, spuszczając nogi z łóżka. Teraz wreszcie zerwała z nim, zrobiła to, do czego stale brakowało jej siły. Zerwała z nim akurat teraz, gdy jego pomoc finansowa przydałaby się bardziej niż kiedykolwiek przedtem. Kurczowo splotła dłonie, zachodząc w głowę, co robić.

– Dobry Boże, oczywiście, że nie mam z tą kobietą żadnego romansu! – obruszył się Aidan. Stał w swoim gabinecie, patrząc na Katrinę, która wzburzona przemierzała pokój szybkim krokiem, od ściany, do ściany.

– Mówi o tym już całe miasto! – Zatrzymała się w miejscu. – Co ci przyszło do głowy, żeby odciągać tę kobietę od stołu i znikać z nią potem na pół godziny?!

– Rozmawiałem z nią tylko przez chwilę, a potem kręciłem się trochę po ulicy, bo byłem na nią wściekły.

– Zachowałeś się jak zazdrosny kochanek!

– Chciałem tylko jej pomóc. – Ach, gdyby mógł teraz przekonać Katrinę, że żałuje tego z całego serca!

Patrzyła na niego z niedowierzaniem.

– Pomóc? Ona oferuje się być stawką w grze, ty zrywasz się ze swojego miejsca i ciągnąc ją za sobą, wybiegasz z gospody. Takie zachowanie nazywasz udzielaniem pomocy? – Jej głos przerodził się niemal w krzyk.

– To nie ona się zaoferowała być stawką w grze, lecz Ingram Frazer zaproponował, aby o nią zagrali.

– Co za różnica? Ważne, że kłócisz się o kobietę z człowiekiem, który wyrządził Ashley tyle zła!

Aidan uderzył pięścią w stół z taką siłą, że Katrina wzdrygnęła się przerażona.

– Mówię po raz ostatni: nie mam i nie miałem z Gillian żadnego romansu, nie byłem i nie jestem o nią zazdrosny i nie dbam o to, z kim ona się łajdaczy – oświadczył, nie siląc się na gładkie słówka. – Ale zachowanie Ingrama uznałem za tak karygodne, że musiałem zareagować. Chciałem też dać jej trochę pieniędzy, żeby mogła opłacić podróż do rodziców. Po tym, jak postąpił z nią Brian, ona jest jakby... zagubiona.

– Nawet Nicolas był zaskoczony twoim zachowaniem.

– Nie wierzę, że rozmawiałaś z nim na ten temat!

– Przecież ciebie tu nie było!

– I co w tym dziwnego? Codziennie rano wychodzę z domu. To nie powód, żeby od razu lecieć do Nicolasa i pytać go, czy w tych pogłoskach jest coś z prawdy. – Plotki dotarły do Aidana podczas jego codziennej przejażdżki nad jezioro; jeden z jego znajomych opowiedział mu o tym, mrugając przy tym porozumiewawczo, i Aidan zrozumiał w końcu, dlaczego kobiety, które spotykał tego ranka, spoglądały na niego z wyraźną dezaprobatą, a mężczyźni z rozbawieniem.

– Ty też nie siedziałbyś w domu z założonymi rękami, gdyby doszły cię podobne słuchy o mnie i jakimś mężczyźnie – broniła się Katrina zduszonym głosem. – Uniosłeś się zazdrością już wtedy, gdy po prostu zamieniłam na przyjęciu kilka słów z kapitanem Maddoxem.

Aidan nie wspominał chętnie tamtego wieczoru.

– Zresztą – mówiła dalej Katrina – niezależnie od tego, ile w tych pogłoskach jest prawdy, znowu ja jestem tą osobą, na którą spadnie całe odium. Ciebie ten czy ów poklepie po prostu po ramieniu. Dla was, mężczyzn, to tylko zabawa, tak strasznie nudzicie się u boku swoich żon!

Aidan przetarł oczy. Jakże żałował, że wdał się w tę całą awanturę! Tego mu tylko brakowało! Zwłaszcza teraz, kiedy lada moment miał poinformować Katrinę, że niebawem znowu wyjeżdża. Stosowną wiadomość otrzymał przed kilkoma dniami. Powołanie nie zaskoczyło go, wiedział przecież doskonale o rosnącym napięciu między Rosją, Anglią i Afganistanem.

Ktoś zadzwonił do drzwi i wkrótce z holu dobiegły go głosy. Jeden z nich należał do Charlesa. Aidan westchnął. Widocznie los nie oszczędzi mu dzisiaj niczego.

Charles wszedł do gabinetu, zanim jeszcze zdołał go zapowiedzieć *chuprassi*.

– Co ty sobie, do diabła, myślisz, Aidanie?! – krzyknął na szwagra już od progu.

– O to samo mógłbym ciebie zapytać – odparł chłodno Aidan. – Jesteś w moim domu!

Na twarz Charlesa wystąpiły rumieńce.

– Oszczędź sobie tego wyniosłego tonu. Jak śmiesz zdradzać moją siostrę z kochanicą Ingrama Frazera?

– Nie muszę ci się z niczego tłumaczyć.

– A więc to jednak prawda!

– Do diaska, nie! To nieprawda.

– Wszyscy już trąbią o tym na mieście, Aidan, wszyscy. I każdy twierdzi, że można się było tego spodziewać. Ludzi dziwi jedynie, że stało się to tak późno. – Charles zwrócił się do Katriny. – Przykro mi, moja droga, ale istotnie zawsze trafiają ci się nieodpowiedni mężczyźni.

– Dość tego! – zawołał Aidan. – W tej chwili opuść mój dom!

– Przestańcie obaj! – krzyknęła Katrina.

– Nie wtrącaj się – ofuknął ją Charles.

– Nie masz prawa uciszać mojej żony w naszym domu – zaprotestował Aidan.

– Nie udawaj tu troskliwego małżonka. Po tej historii z ostatniego wieczoru to brzmi doprawdy absurdalnie.

– Charles, mówię ci po raz ostatni: nie zdradziłem Katriny. A gdyby nawet, nie byłaby to twoja sprawa.

Ponownie odezwał dzwonek u drzwi. Może to Nicolas, pomyślał

z nadzieją Aidan. Przydałoby się jakieś wsparcie. Usłyszał ciche głosy, a potem kroki. Drzwi się otwarły.

– Jakaś *memsahib* chciałaby…

Do pokoju, niemal odpychając *chuprassi* na bok, wsunęła się Gillian.

– Aidan, musisz mi pomóc, ja… – Urwała zaskoczona i otworzyła szeroko oczy, widząc wyraz niedowierzania w spojrzeniu Katriny i zmieszanie oraz gniew na twarzy Charlesa. – Przepraszam, myślałam, że jesteś sam.

Tego było już za wiele.

– Wynoś się! – ryknął Aidan.

– To przez ciebie mam teraz kłopoty – broniła się desperacko Gillian. – Z Ingramem dałabym sobie radę sama. Tylko dlatego, że musiałeś się wmieszać, wylądowałam w końcu na ulicy!

Aidan podszedł do niej, chwycił ją za ramię i zaciągnął do drzwi, po czym pchnął z taką siłą, że zatoczyła się do holu, tam zaś zaczepiła spódnicą o obcas i upadła na podłogę

– Aidan! – Charles, oburzony, pobiegł do holu, aby pomóc jej wstać. – Nie sądzę, aby jedynie ona była tu winna.

Ale Aidan, wykorzystując sytuację, zatrzasnął drzwi i przekręcił klucz w zamku. Następnie oparł się plecami o drzwi i zamknął oczy. Gorzej niż tego przedpołudnia nie mogło być nawet w domu wariatów.

Charles zaczął dobijać się do drzwi.

– Otwórz natychmiast!

– Chciałbyś – mruknął Aidan. Spojrzał na Katrinę, która siedziała na krześle z twarzą skrytą w dłoniach. Po chwili podniosła głowę i spojrzała na niego.

– Sądzę, że należą mi się jakieś wyjaśnienia.

Podczas gdy Charles, rozwścieczony, uporczywie stukał do drzwi, Gillian stała w holu, bezradnie mnąc w dłoniach materiał spódnicy. W końcu dał za wygraną, obrócił się do niej i odchrząknął.

– Drażliwa sytuacja – mruknął.

Gillian zdobyła się jedynie na niepewne:

– Tak.

Zza drzwi dobiegały ich podniesione głosy, nie byli jednak w stanie wyłowić poszczególnych słów. Gillian czuła się nieswojo. Unikając wzroku Charlesa, spuściła oczy.

– Co tam się właściwie wydarzylo? –zapytał.

– Nic, o czym warto by mówić.

– Może jednak trochę jaśniej? – Głos Charlesa zdradzał rosnące zniecierpliwienie. – Z naszego krótkiego spotkania na bazarze mogę chyba wnioskować, że łączy go z panią znajomość o osobistym charakterze?

– Tak.

– A dalej?

Nie mogła mu powiedzieć o swoim pierwszym kochanku.

– Nie miałam z nim romansu – szepnęła.

Przeszywał ją wzrokiem, mrużąc oczy.

– Na pewno?

– Z pewnością pamiętałabym o tym, gdyby było inaczej – odparła zapalczywie.

– Dlaczego pani tu przyszła? Nie zdawała pani sobie sprawy, w jak nieprzyjemnej sytuacji stawia pani moją siostrę?

– Przedtem Aidan Landor postawił mnie w niezręcznej sytuacji. Przez niego straciłam dach nad głową i pracę. Tylko dlatego, że postanowił wtrącić się w nie swoje sprawy. – Gillian westchnęła. – Choć, z drugiej strony, wiem, że chciał jak najlepiej.

– Chciałbym wiedzieć, dlaczego ani pani, ani Aidan nie chcecie wyznać, co wydarzyło się wczorajszego wieczoru.

Gillian przygryzła wargę i opuściła głowę, wpatrując się w delikatny deseń marmurowej posadzki. Czuła, jak narasta w niej gorycz. Wreszcie uniosła głowę i spojrzała na Charlesa. W kilku krótkich zdaniach opisała wszystko, zaczynając od momentu, w którym Ingram stanął pod jej drzwiami, a kończąc na porannej nieprzyjemnej rozmowie z gospodynią.

– Skoro tak bardzo mierzi panią towarzystwo Ingrama Frazera – zauważył Charles – to dlaczego po prostu nie odesłała go pani do diabła? Po co te całe… ceregiele?

Jak miała mu na to odpowiedzieć? Przecież sama nie umiała sobie tego wytłumaczyć!

– A zatem nic panią nie łączy z Aidanem? I właściwie on wyratował panią z kompromitującej sytuacji, a teraz zarzuca mu pani, że przez niego straciła dach nad głową? Czy to nie brzmi niedorzecznie?

– Nikt by się nie zorientował, o co chodzi, gdyby nie ściągnął na nas uwagi ich wszystkich, kiedy zabrał mnie od stolika. Ja... po prostu sama bym stamtąd wyszła.

Widać było, że Charles jej nie wierzy.

– Może pan tego nie zrozumie – dodała śpiesznie, jakby próbując się usprawiedliwić – ale to, co mówiono przy moim stoliku, nie miało znaczenia, póki inni tego nie słyszeli. A nawet gdyby ktoś coś dosłyszał, pewnie szybko by o tym zapomniał, gdybym po prostu zaraz wyszła.

– Aż dziw, że w ogóle pani siedziała w grupie pijanych mężczyzn.

– To właśnie starałam się przed chwilą wytłumaczyć.

– Tak czy inaczej, chyba jednak pan Landor istotnie chciał ocalić resztki pani godności.

– Wolałabym, aby tego nie robił.

Charles wpił w nią wzrok.

– Czy dlatego, że nie ma tam już czego ratować?

Jej twarz okrył cień, kiedy odwróciła się w drugą stronę. Takie słowa w jego ustach zabolały ją bardziej niż najbardziej dotkliwe upokorzenia, jakich kiedykolwiek doznała od Ingrama lub Briana.

– Proszę mi wybaczyć – dodał natychmiast Charles. – To było grubiańskie i nietaktowne z mojej strony.

Milczała. Nie patrząc na niego, wygładzała palcami spódnicę w miejscach, gdzie przedtem ją mięła. W myśli wytykała sobie to niedorzeczne poczucie rozczarowania. Była bezdomna, straciła pracę i niemal nie miała pieniędzy. Jakież więc znaczenie mógł mieć fakt, że w oczach kogoś takiego jak Charles Ramsay wyzbyła się już nawet resztek godności.

Charles odchrząknął.

– Z mojegu punktu widzenia ta sprawa przedstawia się inaczej niż z pani perspektywy.

– A mój punkt widzenia nie różni się zbytnio od punktu widzenia kobiety z pańskich kręgów – odparła łagodnie Gillian. –

W obu wypadkach należy za wszelką cenę unikać głośnego skandalu.

– Jestem przekonany, że pan Landor nie miał złych intencji.

– W to nie wątpię. Ale jednak.... – Gillian zawiesiła głos i zamyślona spojrzała na drzwi gabinetu, za którymi trwała jeszcze ożywiona wymiana zdań. – Wiem, że przywiodła mnie tu moja naiwność – odezwała się po chwili. – Postąpiłam też nierozsądnie, zadając się z Ingramem Frazerem. Ale przedtem nie wiedziałam, co to samotność, a potem stale panowała wokół mnie cisza. Czy wie pan, jak może ciążyć cisza? Wręcz przygniata człowieka i tamuje oddech. – Cóż to za niestworzone rzeczy wygaduję, przyszło jej do głowy. Gadatliwe kobiety, które paplają trzy po trzy – dla mężczyzn nie ma nic gorszego, tym bardziej gdy celem tej gadaniny jest jedynie litość!

– Czy mogę panią dokądś odwieźć, panno McEwan? – zapytał Charles.

Spojrzała nań badawczo, ale jego twarz nie wyrażała nic prócz uprzejmości.

– Nie, dziękuję – odparła cicho.

Skinął głową i wskazał na drzwi wyjściowe.

– Proszę, pani pierwsza.

Gillian odwróciła się i ponownie zerknęła niezdecydowanie na drzwi gabinetu. Tu zapewne nie miała już czego szukać, szkoda czasu. Skoro Aidan odmówił pomocy, nie było nikogo innego, do kogo mogłaby się zwrócić.

– Panno McEwan? – W głosie Charlesa wyczuła zniecierpliwienie.

W poczuciu winy odwróciła się, przemaszerowała przez hol i wyszła z domu.

Charles wyszedł za nią.

– Na pewno nie chce pani, abym ją odwiózł? – zapytał Charles, ponawiając ofertę. Jednak Gillian odmówiła i tym razem.

– A zatem życzę pani, aby wszystko obróciło się na lepsze – powiedział i wsiadł do swojej eleganckiej czarnej dwukonki.

Przez parę chwil Gillian patrzyła, jak powóz oddala się, malejąc na drodze, następnie wolnym krokiem ruszyła tą samą drogą pieszo.

*

O tej porze roku zmrok zapadał w górach wcześnie. Welony mgły, mieniące się w wielu kolorach i odcieniach, od delikatnego różu po ołowianą szarość, powlekały odległe wierzchołki, oddech tworzył wokół ust białe obłoczki. Zanosiło się na mróz, Katrina znała już te symptomy. Stała na skraju plantacji, obserwując pracowników, którzy dla ochrony przed chłodem okrywali krzewy herbaty liśćmi paproci. Powinni zająć się tym wcześniej, pomyślała Katrina. Nie dotarli jeszcze do połowy plantacji. W przeciwieństwie do upraw na północy, gdzie rośliny dość dobrze znosiły mróz, na południu mróz oznaczał koniec zbiorów. A strata połowy zbiorów w szczycie sezonu stanowiłaby tak dotkliwy cios finansowy, że jego skutki byłyby odczuwalne jeszcze bardzo długo.

Od czasu, gdy Ashley wyjechała do Kalkuty, Katrina nie otrzymała od niej żadnych wieści. Przedtem nie doszło między nimi do spotkania i prócz kilku zdań, w których przyjaciółka złożyła jej gratulacje z okazji przyjścia na świat Mariany i pytała o zdrowie, Katrina nie dostała już od niej innych listów. Usiłowała wprawdzie ze swojej stony ożywić ich kontakty, ale nie wiedziała zbyt dobrze, jak ująć w słowa to, co chciałaby powiedzieć. Ponowiła więc zaproszenie, na które odpowiedział Nicolas, informując, że Ashley już wyjechała. Oczywiście Katrina rozumiała sytuację, w jakiej obecnie znajdowała się jej przyjaciółka, mimo to poczuła się dotknięta.

Usłyszała za sobą kroki, nie obejrzała się jednak, nadal obserwując pracowników.

– Może chodź już do domu – zaproponował Aidan, kładąc dłonie na jej ramionach.

Potrząsnęła głową.

– Najpierw muszę się upewnić, że wszystkie rośliny zostały zabezpieczone przed mrozem.

– Sądzisz, że zrobią to szybciej, jeśli będziesz tak tu stała?

– Nie, oczywiście, że nie, ale dzięki temu zachowam czyste sumienie... Mam to po ojcu. – Jej relacje z Aidanem, mimo wyjaśnień, jakie złożył, nadal nie przedstawiały się najlepiej, chociaż starał się ze wszystkich sił doprowadzić do pełnego pojednania. I nie chodziło nawet o to, że mu nie wierzyła. Po prostu miała za złe plotki, które krążyły na ich temat, jakkolwiek rozsądek podpowiadał jej, że Aidan niewiele może na to poradzić. W gruncie rzeczy nie miałaby nic przeciwko temu, żeby w końcu się z nim pogodzić, ale ten nastrój pojednania zepsuł znowu gość, który odwiedził go dziś przed południem. Sarita doniosła jej o tym, kiedy Katrina wróciła od Charlesa. Teraz poczuła na karku ciepłe tchnienie Aidana.

– Dlaczego nie powiedziałeś mi, kto odwiedził cię dziś rano? – zapytała.

Nie zmienił pozycji, nadal się nad nią nachylał, a jednak nie czuła już jego oddechu. Wstrzymał go na moment i natychmiast między jego twarz i jej szyję wtargnął mroźny ziąb. Potem Aidan odetchnął głęboko i wyprostował się.

– Bo to nie miało żadnego znaczenia – odparł.

Odsunęła się od niego, zmuszając, aby zdjął dłonie z jej ramion, i obróciła się do niego.

– Ach, tak? To może wytłumaczysz mi, czego ona od ciebie chce? Po co nachodzi cię w naszym domu?

– Ma poważny kłopot.

Katrina rzuciła mu spłoszone spojrzenie.

– Nie – zapewnił ją czym prędzej. – To nie tego rodzaju kłopot. Po prostu straciła pracę i mieszkanie przez te plotki i chciała, abym jej pomógł.

– Dlaczego ty? Przecież nic was nie łączy.

– Twierdzi, że wpadła w te kłopoty przeze mnie. W pewnym sensie ma zresztą rację, bo tą interwencją ściągnąłem na nią uwagę innych ludzi

– Ach, czy mam zatem rozumieć, że obiecałeś jej pomóc?

Powiał lekki wiatr i Katrina potarła ramiona, dygocąc z zimna. Nie bacząc na to, obserwowała Aidana, którego twarz nie zdradzała teraz żadnego zakłopotania, nic poza zniecierpliwieniem.

– Jej chodziło tylko o pieniądze – odparł.

– Nie chcę, aby spotykała się z tobą, zwłaszcza tutaj. Nie rozumiesz, jak nas wezmą na języki, skoro jest tak bezczelna, że nachodzi cię w domu, kiedy mnie akurat nie ma?

Aidan wzruszył ramionami.

– To się już więcej nie powtórzy, zapowiedziałem jej to wyraźnie. Zresztą nie wiem, dlaczego jesteś z tego powodu na mnie zła. W końcu ja jej tu nie zapraszałem.

Skąd u mężczyzn ta umiejętność przekręcania wszystkiego do góry nogami w taki sposób, że ostatecznie traci się grunt i nabiera przekonania, że to jemu należą się przeprosiny?!

– Przyjąłeś ją tutaj i spędziła z tobą prawie pół godziny.

– Jak widzę, kazałaś sobie złożyć bardzo szczegółowy raport na mój temat.

Katrina przeniosła wzrok na plantację. Pracownicy okryli już więcej niż połowę upraw.

– Gdybym to ja – podjęła temat na nowo – stała się tematem plotek z powodu jakiegoś mężczyzny i potem przyjęłabym go w domu, na pewno nie zadowoliłbyś się tłumaczeniem, że „chodziło mu tylko o pieniądze".

– Nie – przyznał Aidan. – Z całą pewnością nie.

Uchyliła się gwałtownie. Aidan dotknął jej ramienia, ale cofnął dłoń, widząc, że Katrina nie zamierza się do niego odwrócić.

– Nie dałem jej pieniędzy – rzekł – a kiedy przekonała się, że nie będę z nią rozmawiał, poszła sobie.

Katrina skinęła głową.

– A jeśli chodzi o ludzi... – Aidan odchrząknął. – Przecież wiesz, jak to jest. Takie plotki utrzymują się najwyżej kilka tygodni i jeśli ludzie przekonają się, że między nami nie ma żadnego konfliktu, znudzą się tym tematem.

– Zapewne tak będzie – mruknęła Katrina, nie odrywając wzroku od krzewów herbaty. Stała bez ruchu, ściągając ramiona kurczowo, aż do bólu. Po chwili usłyszała ciche westchnienie Aidana, następnie jego oddalające się stopniowo kroki.

23

UTAKAMAND, KWIECIEŃ 1878

Roztańczone promienie słońca migotały na tafli jeziora Ooty, zlewając się ze sobą za każdym razem, gdy powiew wiatru marszczył powierzchnię wody. Gałęzie płaczących wierzb niemal muskały lśniącą toń, szmaragdowozielona trawa rozciągała się aż po brzeg, przy którym cumowały łodzie wycieczkowe. Był początek kwietnia, z Madrasu zjeżdżali już pierwsi letnicy.

Nicolas nie cierpiał publicznych imprez organizowanych nad jeziorem, tych szumnych pikników, wspólnych przejażdżek łodziami ani dorocznych polowań, ale przywiodło go tu nieznane mu przedtem uczucie samotności. Nie mógł wprawdzie unikać całkiem tego rodzaju spotkań, ale dawniej towarzyszyła mu w takich momentach Ashley. Te popołudniowe godziny straszliwej nudy wynagradzał mu wówczas z nawiązką jej widok, kiedy z niezrównanym wdziękiem przechadzała się w tłumie, w białej sukni tworzącej wraz z jasną karnacją uroczy kontrast z czarnymi włosami, ze zgrabną parasolką, którą obracała w dłoniach obleczonych rękawiczkami. Teraz jednak owe odziane w biel kobiety wydawały mu się bezbarwne; zwiewne istoty, niemal zbyt szczupłe, o łabędzich szyjach. Niektóre z nich paradowały grupkami, inne w pojedynkę dreptały niepewnie po pomoście.

Mężczyźni siedzieli w łodziach, wyciągali pomocne dłonie do swoich sióstr, kuzynek, żon i narzeczonych, które wsiadały z lekko podkasanymi spódnicami, pilnując, aby nie pokazać nóg powyżej kostek. W jednej z łodzi obok młodej dziewczyny siedział młodzian, który sądząc po wyglądzie, dopiero co ukończył szkołę. W pewnym momencie wstał i rozkołysał łódź tak silnie, że dziewczyna zapiszczała przelękniona. Korpulentna kobieta stojąca na brzegu, zapewne matka tych młodych, krzyknęła coś gniewnie, co na młodzieńcu nie zrobiło większego wrażenia.

Nicolas odwrócił się. Ashley lubiła przejażdżki łodzią i choć nie przepadał za wiosłowaniem, nigdy nie zdobył się na to, by odmawiać jej tej przyjemności.

W pobliżu zauważył kilku znajomych i kiwnął im głową na powitanie. Dostrzegł też Aidana, który rozmawiał o czymś ze szwagrem, ale nie wyglądało na to, aby była to miła pogawędka. Charles Ramsay mówił coś nieprzerwanie i z przejęciem, natomiast Aidan jedynie kiwał głową, sporadycznie wtrącając jakieś słowo.

W odległości zaledwie kilku metrów od siebie Nicolas dojrzał Cynthię Ramsay. Stała plecami do niego i najwyraźniej podekscytowana gawędziła z przyjaciółkami.

– Już dawno miałam wrażenie, że ona coś ukrywa – zwierzała się swoim rozmówczyniom. – A teraz okazuje się, że zniknęła razem z dzieckiem.

– Odkąd się tu zjawiła, puszyła się nieprzerwanie, jakby uważała się za kogoś lepszego od nas – dodała jedna z kobiet.

– Sądzę raczej, że to on wyrzucił ją z domu razem z dzieckiem – wtrąciła szczupła brunetka.

– Doszły mnie słuchy – uśmiech Cynthii dał się wręcz słyszeć – że nie chce się z nią rozstać. I pomyśleć tylko – zniżyła głos – że ona jest córką ladacznicy. Jej mąż ma już swoje powody, aby ją przy sobie zatrzymać.

Kobiety zachichotały.

– Madam! – W jednej chwili śmiechy umilkły, a Cynthia odwróciła się wystraszona. – Czy ma mi pani coś do powiedzenia? – zawołał Nicolas.

Charles Ramsay spojrzał w ich stronę, podobnie jak kilka osób stojących w pobliżu. Aidan szybkim krokiem podszedł do Nicolasa. Zerknął na Cynthię i zapytał:

– Chyba czegoś ci brak! Taktu, przyzwoitości czy rozumu?

Ta wpatrywała się w niego z otwartymi ustami, on zaś dał przyjacielowi znak, aby odeszli na bok.

– Nicolas... – zaczął, schodząc z nim na brzeg – jak na oficera Korony, zdecydowanie za mało w tobie sztuki dyplomacji i powściągliwości.

– Obraźliwie wyrażała się o Ashley.

– Wierzę ci i z pewnością nie uczyniła tego po raz pierwszy. Ale niczego nie osiągniesz takimi wybuchami.

– I ty to mówisz? – Nicolas odwrócił się i spojrzał na Cynthię, która nadal wiodła za nim wzrokiem. – Ująłeś się za obcą ci kobietą, ja bronię tylko własnej żony!

– Nie zaczynaj znowu.

Nicolas skrzyżował ręce na piersi, spoglądając na jezioro.

– Nadal żadnych wieści? – zapytał cicho Aidan.

– Tylko to, co zwykle. Krótki list w odpowiedzi na moje pytanie, kiedy wróci. Ona i Robin czują się dobrze. I to wszystko. Aidan, jej nie ma już od pięciu miesięcy.

– Na pewno potrzebuje spokoju.

– Doprawdy? A ja? Co ze mną? Ciągle tylko słyszę jakieś aluzje. Pratchet zapytał mnie niedawno, czy przełamałem się wreszcie na tyle, aby wystąpić o rozwód z Ashley. Niektóre panie nie wahają się dawać mi do zrozumienia, że nawet po rozwodzie uważałyby mnie za dobrą partię dla ich córek. – Odwrócił się i wokół ust Aidana dostrzegł podejrzany grymas. – Zabawne, co?

– Po prostu wyobraziłem sobie, jak niektóre matki prześladują cię swoimi względami.

– Ponad pięć miesięcy niepewności! Teraz już wiem, jak musi się czuć Katrina, kiedy wyjeżdżasz z domu. – Nicolas nie mógł sobie odmówić przyjemności drobnego przytyku pod adresem przyjaciela.

Z twarzy Aidana znikł kpiący uśmieszek; zastąpił go teraz wyraz zadumy i troski.

– Nie wie jeszcze, że niebawem znów będę musiał wyjechać.

– Żartujesz chyba?

– Niestety, nie. Nie miałem kiedy powiedzieć.

Nieopodal, gdzieś na jeziorze, rozbrzmiewały wybuchy śmiechu, wesołe głosy mieszały się z cichym pluskiem wody.

– Zapewne wiesz, że tym razem, jeśli dojdzie do wojny, nie będziesz mógł wrócić tak prędko?

– Spodziewam się. – Aidan wsunął ręce do kieszeni. – Może jednak powinienem zrezygnować z dalszej służby w wojsku...

– Tylko że nie mogłeś się na to zdobyć, czy tak?

Aidan potrząsnął głową, wpatrzony w roziskrzone fale

– Przykro mi, nie potrafię dać ci rady – mruknął Nicolas. – W każdym razie musisz coś postanowić, najwyższa pora zmienić obecny stan rzeczy. – Wiedział o tym już wcześniej, zanim Aidan się ożenił. Czy jednak można go było utrzymać w jednym miejscu, skłonić do rezygnacji z podróży po kraju, który tak bardzo umiłował? Równie dobrze można by żądać od niego, aby przestał oddychać. – Nie mam pojęcia, czy istnieje jakieś rozsądne rozwiązanie, ale nie możesz stale wyjeżdżać z domu, zostawiając ją samą ze wszystkimi problemami, a ma ich niemało: plantacja herbaty, były mąż... Tak nie można, Aidanie. Wziąłeś na siebie pewną odpowiedzialność.

– Przecież wiem.

– Masz udane małżeństwo. Naprawdę jesteś gotów zaryzykować to wszystko?

– Nie sądzę, aby Katrina mogła mnie opuścić.

Nicolas pokręcił głową.

– Jesteś tak pewny siebie, przyjacielu, że nie przychodzi ci do głowy, iż ona wcale nie musi cię opuszczać, żebyś ją utracił. – Pomyślał nagle o żonie. Ale przecież on jej nie stracił. To Ashley przez cały czas lękała się, że ją zostawi. Czy w takiej sytuacji mogłaby ni stąd, ni zowąd podjąć decyzję o odejściu? To by nie miało sensu! Nicolas zbierał myśli, pocierając dwoma palcami nasadę nosa. A może bała się, że zechce w końcu odebrać jej Robina i dlatego wzięła dziecko i wyjechała? Nieoczekiwanie ogarnęła go wściekłość: na Ashley, na własną bezsilność, a także na jej ojca, który był źródłem wszystkich tych kłopotów.

– Kiedy jedziesz do Kalkuty? – zapytał Aidana.

– Za trzy tygodnie. Dlaczego pytasz?

– Mógłbyś wziąć list dla Ashley?

– Oczywiście, ale…

– I powiedz jej, że ma zrobić to, o co proszę ją w tym liście.

Aidan uniósł jedną brew.

– To znaczy?

– Ma natychmiast wracać do domu albo sam po nią przyjadę i ją tu sprowadzę.

– Może się mylę, ale chyba nie jest to właściwy sposób na…

– Nie dbam o to, rozumiesz? W tej chwili jest to dla mnie jedyna droga, a więc wyświadcz mi tę przysługę.

Aidan kiwnął głową, ale nie wydawał się przekonany. Nicolas nie przejmował się jego wątpliwościami. Czekał już dostatecznie długo.

*

Znajomy ojca powiedział kiedyś Katrinie, gdy była jeszcze małym dzieckiem, że Nilgiri to region tak piękny jak południe Francji w porze złotej jesieni lub jak północ Persji wiosną. Sięgając teraz oczyma w dal, Katrina mogła jedynie w pełni poprzeć tę opinię. Rozpościerał się przed nią krajobraz, w którym zieleń i ziemia o barwie czerwonej terakoty splatały się ze sobą, ocienione gigantycznymi eukaliptusami. Niektórzy podróżni twierdzili, że to nie Indie, lecz niewielki skrawek Anglii, azyl dla udręczonych upałami Europejczyków, dla żołnierzy wysyłanych tu do szpitala pod wezwaniem świętego Bartłomieja, aby mogli wyleczyć się z chorób wywoływanych tym diabelskim klimatem. Taka postawa wynikała zdaniem Katriny z typowej dla Anglików arogancji, z jaką rościli sobie prawo do wszystkiego, co napotykali na swej drodze. Nilgiri stanowiły widocznie odbicie istniejącego w ich marzeniach obrazu Anglii, krainy pełnej dzikich zwierząt, z powietrzem pachnącym eukaliptusami oraz odczuwalnym nawet w porze letniej rześkim chłodem, a także z rankami, które mimo wszystko przywodziły na myśl Indie, Indie tak dobrze znane Katrinie, ze szlakami wiodącymi przez kotliny, wzdłuż rzek z widokiem na postrzępione sylwetki wierzchołków górskich. To wszystko mogło z pewnością budzić zazdrość przyjezdnych i skłaniać ich do wmawiania sobie, że u nich jest tak samo pięknie.

Za plecami słyszała wesołe glosy Caleba i Daniela Holta. Odwróciła się i ujrzała Amelię, która trzymając obu chłopców za ręce, kręciła się z nimi w kółko, tak szybko, że w końcu straciła równowagę. Chłopcy, pokrzykując z radości, również padli z nią w trawę i kontynuowali zabawę, tarzając się z zapałem. Amelia wstała i śmiejąc się, otrzepała na sobie spódnicę. Zawsze, czy to na spacerze, czy w domu, widać było po niej, jak radosną i pełną życia osobą musiała być, zanim owdowiała.

Ostatnio Katrina zaczęła odbywać częste spacery z Calebem, chłopiec żalił się bowiem, że odkąd urodziła się Mariana, nikt go już nie kocha. Każdy, kto przychodził z wizytą, chciał popatrzeć na niemowlę i przynosił prezenty, co oczywiście nie uchodziło uwagi Caleba. Humor poprawiał mu nieco Aidan, który zabierał go ze sobą czasem na przejażdżkę konną. Kiedyś pozwolił mu nawet pojechać na kucu, przywiązanym długą linką do siodła Granata. Caleb lubił porównywać się z Danielem i szczycił się tym, że jeszcze przed rozpoczęciem nauki potrafił napisać trzy wyrazy: swoje imię, „mama" i „kuc". Daniel wypadał pod tym względem gorzej: potrafił napisać jedynie własne imię.

– Masz jakieś wieści o Ashley? – zapytała Amelia.

Katrina potrząsnęła głową.

– Nawet Nicolas nie dostaje od niej regularnie wiadomości, czasem tylko krótki list z kilkoma zdaniami.

– Powinnam była ją odwiedzić. – Amelię dręczyły wyrzuty sumienia. – Ale mój teść... wiesz chyba... Dał mi wyraźnie do zrozumienia, że nie życzy sobie tego, a kiedy w końcu udało mi się przekonać go do zmiany zdania, Ashley wyjechała. Mam tylko nadzieję, że nie obraziła się na mnie.

– Oczywiście, że nie. Dla niej liczy się przede wszystkim Robin, jestem pewna, że zrozumie, dlaczego jej nie odwiedziłaś.

Amelia nie wyglądała na przekonaną, ale zamiast drążyć temat, wyciągnęła z powozu, którym tu przyjechali, koc i rozłożyła go na ziemi. Łąka, otoczona drzewami, dochodziła aż do niewielkiego urwiska, skąd roztaczał się widok na dolinę poprzecinaną potokami.

Dąsy na dłuższą metę stawały się bardzo męczące; Katrina jakiś czas temu doszła do tego wniosku i dlatego zaaprobowała w końcu, choć z pewnym wahaniem, pojednawcze kroki Aidana. Jego relacje z Charlesem nadal nie przedstawiały się najlepiej, a fakt, że obaj i tak nie przepadali za sobą, nie sprzyjał puszczeniu uprzednich niesnasek w niepamięć. Na razie Katrina zrezygnowała z zapraszania brata z Cynthią, a tamci odwzajemniali się tym samym. Jeśli należało omówić jakieś sprawy związane ze sprzedażą herbaty, Charles załatwiał to z nią w bezpośredniej rozmowie albo wysyłał do Aidana list utrzymany w ściśle oficjalnym tonie.

Wspinając się na górę nieco wyżej, można było dojść do wioski zamieszkanej przez Todów, macierzyste plemię Sarity. Dawna mamka Katriny przebywała tam od dwóch dni, gdyż zmarł jeden z jej krewnych. Katrina dobrze go znała, gdy była jeszcze dzieckiem, a Sarita zabierała ją, odwiedzając rodzinę. Ponieważ jednak nie wolno jej było wziąć udziału w ceremonii pogrzebowej, postanowiła przyjrzeć się jej z daleka.

Były dwa rodzaje pogrzebów. Pierwszy z nich, zwany pogrzebem zielonym, *hase kêdu*, odbywano w terminie jednego do dwóch dni od momentu śmierci. Drugi pogrzeb, tak zwany suchy, *bara kêdu*, stanowił przede wszystkim złożenie hołdu pamięci zmarłego i odbywał się zazwyczaj dwa do trzech miesięcy później. Jednak w ostatnich latach, ze względu na wprowadzone przez władze Madrasu ograniczenia co do bicia bydła, *bara kêdu* organizowano znacznie rzadziej, ludzie czekali z tym do odpowiedniego momentu, aby urządzić pogrzeb zbiorowy; suchy pogrzeb odbywał się nieraz dopiero po upływie roku od zgonu delikwenta.

Katrina upewniła się, czy *ayah* Daniela opiekuje się należycie również Calebem, następnie powiedziała Amelii, że na nią już czas. Jej przyjaciółka odpoczywała na kocu, zaopatrzona w książkę i otwarty koszyk piknikowy.

Droga wiodąca łagodnie pod górę była dość łatwa, ale ciasno zasznurowana suknia zmuszała Katrinę do przystawania co jakiś czas dla złapania oddechu.

U Todów panował zwyczaj, zgodnie z którym człowieka ciężko chorego, stojącego nad grobem, strojono we wszystkie jego klejnoty i biżuterię, które nosił odtąd aż do śmierci. Czasami się zdarzało, że taka osoba powracała jednak do zdrowia i wówczas z dumą demonstrowała na sobie te kosztowności. Krewny Sarity długo chorował, a kiedy w końcu zaczął się zbliżać kres jego żywota, podali mu do picia mleko. Nie wznoszono żadnych modłów. Ciało okryto szatą, której kieszenie wypełniono prowiantem i drobnymi szczapami drewna – przygotowując go w ten sposób do ostatniej podróży.

Katrina właściwie nie miała powodu, aby uczestniczyć w uroczystości pogrzebowej. Odkąd wyrosła z wieku dziecięcego, krewny Sarity przestał się nią zajmować. A jednak chwile, kiedy nosił ją na rękach i uczył słów w swoim języku, mocno utrwaliły się w jej pamięci, nie chciała rezygnować z towarzyszenia mu w jego ostatniej drodze.

Pół godziny później dostrzegła wioskę. Podeszła tak blisko, aby móc wszystko widzieć i jednocześnie samej nie ściągać na siebie ich uwagi. Nie chciała zakłócać przebiegu ceremonii. Zmęczona, przysiadła na płaskim występie skalnym i sięgnęła wzrokiem w dół, na wioskę.

Pół godziny później ciało zmarłego wyniesiono z chaty i ostrożnie ułożono na noszach. Następnie pożegnała się z nim cała rodzina; w ceremonii pogrzebowej brali udział starsi i młodzi. Ziemię usłano gałązkami i liśćmi, drzwi chaty zamknięto dokładnie, następnie czterej mężczyźni unieśli nosze i ruszyli w stronę *kêdu mand*, miejsca pochówku. Zagnano tam też kilka wołów, oddzielonych przedtem od stada. Aby obejrzeć całą ceremonię, Katrina wstała i niepostrzeżenie zdążała w bezpiecznej odległości za orszakiem.

Mężczyźni kroczyli wolnym krokiem, dźwigając nosze z ciałem zmarłego na ramionach, kobiety szły za nimi razem z dziećmi, trzymając je pod swoimi okryciami. Rześki wiatr zginał źdźbła trawy, które w ostrym blasku słońca przybierały niemal zbyt jaskrawy odcień zieleni, tarmosił bujne, kręcone włosy kobiet i wzdymał okrycia mężczyzn. Woły odłączone od stada niepokoiły się, jakby wiedziały, co je czeka.

Kêdu mand składało się z prostej chaty i ogrodzenia dla bydła. W chacie kobiety przygotowywały posiłek, podczas gdy reszta krewnych zgromadziła się wokół zmarłego. Wykopano dół i rozpalono ogień, uznawany przez Todów za święty. Następnie oddano ciało na pastwę płomieni i wybrano dwie krowy, które kilku mężczyzn odprowadziło na bok. Katrina oglądała tego rodzaju rytuał nie po raz pierwszy, mimo to widok ciała zmarłego, trawionego przez płomienie, przyprawiał ją o mdłości. Mężczyźni trzymali obie krowy za rogi i karki, a kiedy jeden z nich wzniósł do góry topór, Katrina odwróciła się czym prędzej w drugą stronę. Nie musiała na to patrzeć, aby wiedzieć, co się za chwilę stanie: mężczyźni, kobiety i dzieci obstąpią ucięte łby krów i będą je całować. Następnie prochy zostaną złożone do ziemi, miejsce pochówku nakryje się kamieniem i od tej pory nikt już nie wypowie imienia zmarłego na głos.

Przysiadła na ziemi w miejscu osłoniętym skałami. Wiatr wiejący w jej stronę niósł ze sobą gryzący zapach ognia, ostry żwir na ziemi żgał jej dłonie, ona jednak trwała w bezruchu, z głową odchyloną do tyłu i zamkniętymi oczami. Zmarły był tylko nieznacznie starszy od Sarity i nagle wyobraźnia podsunęła jej obraz Sarity niesionej na noszach i następnie trawionej przez płomienie. Potem jej imię byłoby już na zawsze wymazane z ludzkiej pamięci. Katrina wzdrygnęła się. Nigdy dotąd nie myślała o tym, że nie będzie żadnego grobu jej mamki, przy którym mogłaby ją wspominać. Uświadomiła sobie nagle, że lepiej rozumie już Amelię i stratę, jaką tamta poniosła. Dzisiejsza ceremonia skierowała jej myśli również ku ostatniemu pogrzebowi, w jakim uczestniczyła – pogrzebowi jej ojca.

Nie wiedziała nawet, ile czasu upłynęło, odkąd tu usiadła, gdy znajomy głos wyrwał ją z zadumy.

– Tak właśnie czułam, że cię tu znajdę – powiedziała Sarita.

Katrina czym prędzej zmieniła pozycję na bardziej stosowną dla damy, następnie wstała, poprawiła suknię i otrzepała dłonie.

– Płakałaś? Dlaczego? – zapytała Sarita. – Nie byliście sobie tacy bliscy.

– Przypomniał mi się mój ojciec.

Sarita rzuciła jej badawcze spojrzenie. Wyglądało na to, że dostrzegła w niej coś, co ją usatysfakcjonowało, co jednak wolała zachować tylko dla siebie. Obie kobiety w milczeniu udały się w drogę powrotną do Amelii.

Katrina wpatrywała się w górę baldachimu, słuchając spokojnego oddechu Aidana. Głowę złożył na jej ramieniu, włosy muskały jej policzek. Jego pierś unosiła się miarowo i opadała, w tym samym rytmie jej szyję owiewało jego tchnienie. Czubkami palców dotknęła jego włosów, po czym z wahaniem uniosła drugą ręką, aby pogłaskać go po policzku. Delikatnie przesunęła ją niżej, na szyję, następnie na ramię, obrysowała kontury żeber, ich wypukłości i wgłębienia. Niedługo miną trzy lata, odkąd się pobrali; tyle samo trwało jej małżeństwo ze Stephenem.

Wodząc palcami po jego plecach, zdała sobie w pewnym momencie sprawę, że oddech Aidana się zmienił, i obróciła głowę, aby móc dojrzeć jego twarz. Miał teraz otwarte oczy i obserwował ją, tak jak i ona jego. Powoli uniósł się trochę, pochylił i ją pocałował. Katrina ujęła oburącz jego twarz, przyciągnęła go do siebie, a kiedy odsunął trochę głowę, dotknęła jego powiek, brwi i skroni. Patrząc mu w oczy, których zwieńczona ciemnymi rzęsami szarość stała jej się tak droga, odniosła nagle wrażenie, że coś się zmieniło. Pod jego spojrzeniem sama nieoczekiwanie poczuła się słaba i krucha, a poczucie ich bliskiej więzi zdawało się wychodzić daleko poza sferę cielesną. Jego oczy nie skrywały niczego, ujawniały emocje, początkowo przeszywały ją badawczym wzrokiem, potem pojawił się w nich wyraz zdumienia, jakby na widok rzeczy, które zaskakują i na które trudno o odpowiedź. Raptem opuścił powieki i czar chwili prysł.

– Niedługo udaję się na północ – powiedział.

Nadal ją obejmował, leżąc tuż przy niej, a jednak przeszedł ją nagle zimny dreszcz.

– Przecież byłeś tam niedawno.

– Od tamtej pory upłynęło już prawie osiem miesięcy. – Musiał wyczuć jej napięcie, bo delikatnie potarł dłońmi jej ramiona.

Spoglądała na niego szeroko otwartymi oczami.

– Naprawdę to takie trudne dla ciebie wytrzymać w tym domu?

I znowu ta nieprzenikniona mina na jego twarzy, jak zawsze, kiedy nie chciał jej odpowiedzieć, to ostrożne zamykanie się w sobie.

– Jedno z drugim nie ma nic wspólnego.

– Doprawdy? – Katrina usiadła na łóżku, tym samym odsuwając się od niego. – A gdybym powiedziała, że nie chcę, abyś tam jechał?

– Nie będę tam sam, w Kalkucie spotykam się z przyjacielem. To nie wchodzi w rachubę, żebym się teraz wycofał.

– Ach, rozumiem. Widocznie nie wchodziło też w rachubę porozmawiać ze mną, zanim jeszcze umówiłeś się z przyjacielem.

Nie odpowiedział.

– Byłeś już w Darjeeling i w wielu innych rejonach upraw, rozmawiałeś z wieloma kupcami, którzy handlują herbatą... Nie wystarczy tych podróży?

– Nigdy nie będę mógł zrezygnować z nich całkowicie.

– Kiedy braliśmy ślub, powiedziałeś, że koniec z włóczeniem się po kraju.

– Po pierwsze – odparł zimno Aidan – ja nie włóczę się po kraju. A po drugie, nie pamiętam, abym składał taką obietnicę.

Katrina owinęła się szczelnie kocem i podciągnęła nogi.

– Uznałam, że to oczywiste i samo przez się zrozumiałe. W porządku, może ja i Caleb nie jesteśmy dla ciebie pełnowartościową rodziną, ale jest jeszcze Mariana! Czy ona dla ciebie nic nie znaczy...? Bo jest dziewczynką, a nie chłopcem?

– Wiesz dobrze, że ty i Caleb jesteście dla mnie rodziną, a gdybyś nawet urodziła mi syna, nie kochałbym go bardziej niż Marianę.

Jej spojrzenie padło na bliznę na jego prawym ramieniu. Jeszcze przed godziną dotykała tego miejsca ustami. Nagle uświadomiła sobie, jak bardzo się cieszy, że Aidan właśnie wtedy przerwał kontakt wzrokowy. Gdyby nie to, mogłaby się zdradzić przed nim jakimś gestem lub słowem, ujawnić, co czuje. Uzyskała wprawdzie to, co przewidywały ich uzgodnienia przed ślubem: jego nazwisko wraz z bezpieczeństwem, jakie ono dawało, dom dla Caleba, który dzięki temu – taką miała nadzieję – znajdzie się poza zasięgiem Stephena, a także wolność dla siebie. Ale nagle zrozumiała, że to wszystko za mało – przynajmniej dla niej. Aidan wydawał się zadowolony z tego, co osiągnął: miał plantację herbaty, kobietę, z którą dzielił łoże, mógł też wyjeżdżać i wracać do domu, kiedy chciał.

Spojrzała na niego z takim chłodem, na jaki tylko było ją stać.

– A zatem jedź sobie – powiedziała. – Przestało mnie to już obchodzić.

Przez krótki moment miała wrażenie, że dostrzegła na jego twarzy zdumienie, odwróciła się jednak, zanim dotarł do niej w pełni sens tej reakcji.

24

UTAKAMAND, MAJ 1878

Gillian znalazła dach nad głową w tej samej gospodzie, w której mieszkała niegdyś razem z Brianem. Wbrew obawom, jakie żywiła, nie miała tym razem z gospodynią żadnego problemu: kobieta jej już nie pamiętała albo też uznała, że dopóki otrzymuje należną zapłatę, nie dba o to, komu wynajmuje pokoje. Zresztą gospoda znajdowała się teraz w znacznie gorszym stanie niż przed trzema laty.

Pieniądze, które Gillian zdołała odłożyć, kończyły się. Nieliczne prezenty otrzymane od Ingrama posprzedawała, nie dostała jednak za nie zbyt wiele. W dotychczas zajmowanym pokoju mogła zostać jeszcze przez miesiąc, potem jednak państwo Marks znaleźli kogoś na jej miejsce, musiała się więc wyprowadzić. Aby zapłacić za czynsz, zaczęła oszczędzać na jedzeniu i w efekcie przez trzy ostatnie miesiące bardzo schudła. Zawsze była szczupła, teraz jednak ubranie wprost wisiało na niej, a kiedy z rana przeglądała się w zniszczonym podręcznym lusterku, widziała w swoim odbiciu małego zabiedzonego ptaszka, który zabłąkał się w obce sobie regiony.

Kiedy późnym popołudniem wracała do domu, dygotała z zimna, mimo że był ciepły dzień majowy. Okryła się szczelnie stolą. Coraz dotkliwiej dawało jej się we znaki zmęczenie. Poszukiwania pracy spełzły na niczym. Spotkała jednego ze znajomych Ingrama, z którymi siedziała przy stoliku w gospodzie owego pamiętnego wieczoru, a kiedy ten dowiedział się, w jakiej znalazła się sytacji, zaoferował jej trochę pieniędzy w zamian za określone usługi. Gillian natychmiast odrzuciła tę propozycję. Wolałaby już głodować. Choć z drugiej strony, pomyślała potem, różnie to bywa z poczuciem dumy i z głodem. Nie wiedziała, jak bardzo okazałaby się odporna na głód, gdyby naprawdę przyszło jej nie jeść przez kilka dni.

Ze wzrokiem utkwionym w trotuarze zbliżała się do gospody. Mijały ją furmanki, terkocząc po bruku, konie parskały, gdzieś za nią kłócili się dwaj mężczyźni, jakieś dziecko chlipało. Gillian wiedziała, że naprzeciw gospody znajduje się kantor Charlesa Ramsaya, a ponieważ wolała, aby jej nie widział w takim stanie, każdorazowo, przed wyjściem na ulicę, sprawdzała, czy go tam nie ma, wracając zaś, przystawała na moment i śpiesznym krokiem pokonywała ostatnie metry dzielące ją od jej drzwi po upewnieniu się, że Charles nie stoi przed kantorem.

Tego dnia jednak zapomniała o tych środkach ostrożności i zauważyła czarną dwukonkę dopiero, kiedy się z nią zrównała. Wyrwana ze swoich ponurych rozmyślań, podniosła wzrok, słysząc swoje imię, a kiedy ujrzała przed sobą Charlesa Ramsaya, najchętniej zapadłaby się pod ziemię, świadoma swego wynędzniałego wyglądu i zbyt obszernej sukni z poszarzałym rąbkiem, ubrudzonym od ulicznego kurzu.

Charles kazał stangretowi zatrzymać się i obrzucił ją badawczym spojrzeniem.

– Mister Ramsay – powiedziała cicho. – Jak się pan miewa?

– Ja miewam się dobrze, czego jednak, jak widzę, nie można niestety powiedzieć o pani. – Wysiadł i polecił stangretowi podjechać przed drzwi kantoru. – Jak pani sobie radzi?

Gillian wzruszyła ramionami, ale zachowała milczenie. Nie chciała ani narzekać, ani kłamać.

– Gdzie pani teraz mieszka?

– Tu, w tej gospodzie. – Gillian objęła się oburącz, kurczowo zaciskając dłonie.

Przez krótki moment w jego spojrzeniu zapłonęła wyraźnie iskierka współczucia, szybko jednak zapanował nad sobą.

– Nigdy tu jeszcze pani nie widziałem, a przecież mieszka pani naprzeciw mnie.

– Ja... – Gillian odchrząknęła. – W ciągu dnia zazwyczaj chodzę po mieście i szukam pracy.

– Czy trafnie wnioskuję z tonu pani głosu, że te poszukiwania, jak dotąd, nie przyniosły rezultatu?

Spojrzała na niego, szukając na twarzy śladów złośliwości lub lekceważenia, odnalazła na niej jednak tylko wyraz beznamiętnego ubolewania. Odruchowo zwilżyła wargi językiem.

– Istotnie, nie znalazłam do tej pory żadnego zatrudnienia.

Jakiś pies, mijając ich, obwąchał rynsztok, spojrzał na nią przelotnie i podreptał dalej.

– Dlaczego pan pyta? – zapytała Gillian.

– No cóż, mój szwagier, choć miał dobre intencje, w pewnym sensie przyczynił się do tego, że straciła pani nie tylko dach nad głową, ale też pracę. I chyba słusznie zakładam, że nie zaoferował pani jakiejkolwiek pomocy, nieprawdaż? – Za odpowiedź wystarczyło mu jej milczenie. – W tej sytuacji czuję się trochę... hm... zobowiązany.

Gillian przygryzła wargę.

– Zupełnie niepotrzebnie. Ja... powinnam była być mniej łatwowierna.

Zbyt taktowny, aby skomentować tę uwagę, Charles milczał przez chwilę.

– Tak czy inaczej – podjął niebawem temat – jeśli pani chce, mógłbym popytać tu i tam. O ile wiem, w szpitalu pod wezwaniem świętego Bartłomieja stale odczuwają brak pielęgniarek.

– To bardzo... ale ja nie mam żadnego doświadczenia w pielęgnowaniu chorych.

Charles uśmiechnął się przelotnie.

– To samo mógłbym powiedzieć o niejednej z zatrudnionych tam pielęgniarek. – Obrzucił ją bacznym wzrokiem. – Oczywiście praca nie należy do najczystszych, miałaby tam pani do czynienia z najprzeróżniejszymi rodzajami chorób.

Gillian wiedziała, że nie wypada odrzucić tej propozycji, nawet jeśli sama myśl o jątrzących się ranach i zapachu chorób wywołuje w niej mdłości. Rozsądek podpowiadał jej wszakże, że nie ma wielkiego wyboru, a właściwie – nie ma żadnego. Ale dlaczego on chce jej pomóc? Czy aby na pewno ze względu na Aidana? A może sprawia tak żałosne wrażenie, że po prostu się nad nią lituje? Skłoniła głowę.

– Jestem panu bardzo wdzięczna – szepnęła.

– Jutro rano prześlę pani krótką wiadomość. – I jakby coś przyszło mu dopiero teraz do głowy, dodał: – Umie pani czytać, nieprawdaż?

Stanęła w pąsach.

– Oczywiście.

– Doskonale, a więc proszę czekać na wiadomość. – Charles pożegnał się krótko i przeszedł przez ulicę do swojego kantoru.

Gillian ponownie owinęła się szczelniej stolą. Nagle z pełną wyrazistością zdała sobie sprawę z tego, do jakiej klasy społecznej należy. Istniały kobiety, które tuszowały ten mankament urodą, dowcipem i inteligencją – zaletami, jakich ona nie posiadała. Ogarnęło ją głębokie zniechęcenie. W obecności Charlesa Ramsaya z tą jego nieskazitelną elegancją i wytwornym sposobem wysławiania się uświadamiała sobie szczególnie boleśnie własną ułomność.

*

Następnego popołudnia, zanim jeszcze Charles wyszedł do kantoru – do domu wpadł na krótko, aby coś zjeść – zajrzał do pokoju zabaw dla dzieci, co nie zdarzało mu się często. Przed południem był w szpitalu pod wezwaniem świętego Bartłomieja, gdzie bardzo przychylnie przyjęto jego propozycję, jako że potrzebowano tam pilnie każdej pomocnej dłoni. Charles natychmiast wysłał do Gillian jednego ze swoich subiektów z odpowiednią wiadomością.

Kiedy wszedł do pokoju zabaw, obie *ayah* i guwernantka podniosły na niego nieco zdumiony wzrok. Charles skinął im głową na powitanie i zbliżył się do stolika, przy którym jego dziewięcioletnia córka kolorowała mapę. Czerwony inkaust, którym obrysowywała linie, nie zasechł jeszcze i dziewczynka w pośpiechu, z jakim chciała pokazać ojcu swoje dzieło, zamazała róg mapy.

– To jest Londyn – powiedziała z powagą i spojrzała na niego wyczekująco.

Charles popatrzył na mapę, po czym pogłaskał małą po włosach, starannie uczesanych z przedziałkiem i zaplecionych w dwa warkocze.

– To twoje zadanie do odrobienia? – zapytał.

– Tak – zaszczebiotała za nim jego sześcioletnia córeczka. – Jessamyn robi je za wolno, ja ze swoim poradziłam sobie szybciej.

– Tylko dlatego, że twoje było dziecinnie łatwe – broniła się starsza siostra.

– Nie kłóćcie się, dzieci – przerwała im guwernantka i obydwie dziewczynki umilkły posłusznie.

Charles na moment położył dłoń na drobnym ramieniu swojej najstarszej córki, następnie odwrócił się do sześciolatki, siedzącej na podłodze i bawiącej się lalkami.

– Spójrz, papo – zawołała dziewczynka, unosząc wyżej lalkę z porcelanową główką. – Mama podarowała mi ją wczoraj, powiedziała, że to lalka z Paryża.

Charles uśmiechnął się, a dziewczynka, zachęcona jego reakcją, wymieniła mu imiona wszystkich lalek leżących obok niej. Jej włosy, podobnie jak u jej starszej siostry, były uczesane z przedziałkiem i zaplecione w dwa warkocze. Czasem Caleb bawił się razem z nią i chociaż oboje byli prawie rówieśnikami, nie udawało im się znaleźć wspólnego języka. Wydawało się zresztą, że Cynthia nie jest zachwycona ich kontaktem.

Charles przeniósł wzrok na swą najmłodszą córkę, która skończyła już dwa lata i trzy miesiące i stała teraz w drugim końcu pokoju, próbując dosiąść konia na biegunach. Jedna z *ayah* wstała i posadziła ją na koniku, a potem przytrzymywała przezornie, dopóki dziewczynka nie przestała się na nim bujać. Ten pokój, pomyślał Charles z rosnącą trwogą, to siedlisko nudy i tak właśnie wychowywane są moje dzieci. Nie miał żadnego wpływu na ich rozwój, Cynthia od samego początku odizolowała go od tych spraw, on natomiast nigdy nie usiłował tego zmienić.

Patrząc teraz na córki, uświadomił sobie, jak blade są jego uczucia do dzieci. Darzył je wprawdzie ojcowską miłością, ale na tym kończyła się ich więź. Przez krótką chwilę wyobraził sobie, co może z nich wyrosnąć za dziesięć lat: kolejne młode kobiety, które będą nużyć towarzystwo albo znosić w nim nudy. Może jednak powinien przeciwstawić się Cynthii i bardziej zatroszczyć się o dziewczynki? Ale wychowywanie, zwłaszcza gdy chodzi o córki, to przecież rola kobiet, matek, czyż nie? Nieoczekiwanie przypomniał mu się ojciec, który godzinami przechadzał się z Katriną po plantacji herbaty. Czy to on rozbudził zainteresowanie córki herbatą? A może Katrina sama przyszła z tym do ojca? Mimo najlepszych chęci Charles nie potrafił teraz określić z całą pewnością, jak to naprawdę było.

Najmłodsza dziewczynka wciąż bujała się na koniku. Ciekawe, jak by zareagowała, gdyby teraz po prostu podszedł do niej, ujął za rękę i zaprowadził na plantację? Albo gdyby na taką przechadzkę zabrał najstarszą córkę? A gdyby jej się to spodobało, czy jej siostry nie poczułyby się odsunięte na bok?

Sam nie wiedział, dlaczego tak nagle zaczął zaprzątać sobie tym głowę. Może dlatego, że widok Gillian McEwan, którą spotkał poprzedniego dnia, uświadomił mu, jak słabą i bezbronną istotą jest w tym społeczeństwie kobieta. Nie ustrzegła się przed tym nawet Katrina, mimo że jej pozycja miała solidne podstawy chroniące ją: dobre wychowanie, szanowaną rodzinę i nawet pozornie nieskazitelne małżeństwo. Co by było, zastanawiał się Charles, gdyby jedna z jego córek popadła w kłopoty, on zaś byłby dla niej kimś obcym, kimś, kogo nie darzyłaby zaufaniem? Katrina znalazła przynajmniej oparcie w swoim ojcu. A jak by zareagował on sam, gdyby podobny problem dotknął którejś z jego córek? Przecież obszedł się bardzo nieżyczliwie z Katriną, gdy tylko padło na nią podejrzenie o niestosowne zachowanie w miejscu publicznym. Tylko że jego również obowiązywały pewne konwenanse i nie mógł tak po prostu machnąć na nie ręką. Ponownie spojrzał na córki. Znajdowały się na najlepszej drodze, aby upodobnić się w przyszłości do swojej matki, on zaś nie dostrzegał żadnej możliwości, aby coś tu zmienić.

Kiedy wyszedł na korytarz i zamknął za sobą drzwi, ujrzał Cynthię. Szła, obejmując dłońmi brzuch, który do tej pory nie sugerował wcale, jakoby była znowu brzemienna. O jej odmiennym stanie mogła świadczyć jedynie konsekwencja, z jaką zamykała przed nim ostatnio drzwi do sypialni. Teraz przystanęła i spoglądała na niego ze zdumieniem.

– Nie mówiłeś mi, że zamierzasz iść do dziewczynek.

– Nie wiedziałem, że muszę się przedtem anonsować, jeśli chcę do nich zajrzeć.

– Nie musisz od razu się unosić. Po co do nich poszedłeś?

Wezbrał w nim gniew połączony z niechęcią.

– Muszę mieć jakiś powód, żeby zobaczyć się ze swoimi dziećmi?

– Nie, ale...

– A zatem wszystko w porządku. Czym właściwie one zajmują się przez cały dzień, gdy się akurat nie uczą ani nie bawią w pokoju?

Patrzyła na niego wyraźnie zbita z tropu.

– Raz dziennie wychodzą z guwernantką na półgodzinny spacer.

– A poza tym?

– O co chodzi, Charles? – zapytała Cynthia szorstkim tonem. – Uznałeś nagle, że nie nadaję się do wychowywania moich własnych dzieci?

„Moich własnych dzieci". Dopiero teraz wyczuł te subtelne niuanse w kwestii córek, jakie przedtem uchodziły jego uwagi.

– Czy uczą się jeździć konno? – zapytał.

– Na to jest jeszcze zbyt wcześnie.

– Jestem innego zdania. Dama powinna umieć jeździć konno. Im wcześniej zacznie, tym pewniej trzyma się potem w siodle. Jutro rozejrzę się za odpowiednim instruktorem, który codziennie będzie odbywał z nimi godzinną naukę jazdy.

Na jej twarz wystąpiły wypieki; niegdyś uważał, że dodają jej one uroku, teraz jednak wydawały mu się wręcz odpychające.

– Dziewczynki należy przede wszystkim oswajać z obowiązkami będącymi podstawą ogłady towarzyskiej – zaoponowała porywczo Cyntha.

– Proszę bardzo, nie mam nic przeciw temu. Mówiłem jedynie o nauce trwającej zaledwie jedną godzinę dziennie, nieprawdaż?

– A jeśli będą się bały koni?

– Dlaczego miałyby się ich bać? Czyżby wydarzyło się coś, o czym nie wiem?

– Oczywiście, że nie! – Spojrzała na drzwi do pokoju, w którym bawiły się dziewczynki. Widać było, że wręcz kipi z furii.

– Jeśli zechcesz wykorzystać najbliższe dni na wpajanie dzieciom lęku przed jazdą konną, dowiem się o tym, Cynthio, i wtedy gorzko tego pożałujesz.

– Grozisz mi?

– Nazywaj to, jak chcesz. – Charles wzruszył ramionami i odwrócił się.

– Co w ciebie wstąpiło? – krzyknęła Cynthia. – Żeby tak mnie denerwować i to wtedy, kiedy jestem w odmiennym stanie!

Spojrzał obojętnie na jej brzuch.

– Niewątpliwie czujesz się dostatecznie dobrze, aby w towarzystwie rozdzielać ciosy, z pewnością zatem starczy ci sił również na to, żeby choć raz samej przyjąć cios. – Odwrócił się i odszedł.

Idąc do powozu, przypomniał sobie Gillian McEwan. Ta kobieta emanowała swoistą zmysłowością, ale nie w tym utartym sensie. Jej figura była raczej szczupła niż bujna, a strojów, które nosiła, nie można było zaliczyć do uroczych, z pewnością też nie odpowiadały żadnym znanym mu kanonom mody. Tym, co przykuwało jego uwagę, były jej usta, a także sposób, w jaki opuszczała powieki, gdy się do niej zwracał. I w żadnym wypadku nie wyglądało to na wyrachowanie. Kierowała nią nieśmiałość, coś, co nie szło w parze ze stylem życia, jaki wiodła. Cynthia też miała w zwyczaju spuszczać oczy, ale wtedy, gdy opowiadała o czymś bardzo skandalicznym i chciała sprawić wrażenie, jakby ta sprawa mierziła ją szczególnie mocno. Charles od dawna nie cierpiał tego gestu, tym bardziej więc dziwiło go, że nagle zaczął go urzekać swą naturalnością.

Zamyślony wsiadł do powozu i jeszcze raz zerknął na dom. Od dłuższego czasu nie budził w nim poczucia satysfakcji. Widocznie nie tylko Katrina trafiła na nieodpowiednią osobę do małżeństwa.

*

Kiedy Aidan wyniósł bagaż podróżny, Katrina zrozumiała, że nie rzucał słów na wiatr. Zwykle urządzał to w ten sposób, że wysyłał bagaż do Kalkuty, a sam wyruszał w drogę konno, następnie odbierał go osobiście w przechowalni bagażu.

W dzień wyjazdu Katrina unikała spotkania z mężem. Nie chciała go widzieć ani z nim rozmawiać; czuła się zbyt dotknięta, że mimo jej sprzeciwu nie zrezygnował z podróży. Ponadto dręczyły ją jakieś złe przeczucia, ale kiedy poprzedniego wieczoru wspomniała o swoich obawach, Aidan zbył je zdawkowymi słowami. Odkąd poinformował ją, że niedługo znów wyjeżdża, odnosiła się do niego dość chłodno, co najwyraźniej uraziło jego dumę.

Siedziała teraz w swoim biurze, wpatrując się niewidzącym wzrokiem w księgi rachunkowe, podczas gdy Aidan rozmawiał o czymś w holu z *khansaną*. Niebawem usłyszała jego kroki, a potem głos, jeszcze przed chwilą ostry i energiczny, a teraz tak łagodny i cichy, że z trudem wyławiała uchem strzępy słów. Wstała i przeszła do holu, gdzie ujrzała Aidana z Marianą na ręce. Był już gotów do wyjścia i widocznie kazał przynieść sobie córkę, aby się z nią pożegnać. Katrina bez słowa minęła go i udała się do salonu.

Po chwili wszedł tam za nią Aidan.

– Czy to nie pora na kres tych dąsów? – zapytał.

– Trzeba było nie doprowadzać do tego; z twojej strony wystarczyłoby naprawdę niewiele.

Westchnął ciężko.

– Chyba nie chcesz zaczynać naszej dyskusji od nowa?

– Nie, bynajmniej. Ale spodziewałam się po prostu, że uwzględnisz mój pogląd w tej sprawie.

– Mówiłem już, że ta podróż była zaplanowana od dawna.

Pozostawiając to bez odpowiedzi, odwróciła się do niego plecami i skrzyżowała ręce na piersiach.

– Kiedy wrócę, zostanę już na dłużej – zapewnił Aidan.

– Co za wspaniałomyślna deklaracja!

Usłyszała jego kroki, kiedy podszedł bliżej, a potem poczuła na ramionach ciepły dotyk jego dłoni.

– Nie bądź na mnie zła – szepnął.

Nie doczekawszy się odpowiedzi, puścił ją.

– Muszę już iść.

Kiwnęła głową.

– Katrino, upłynie teraz sporo czasu, zanim się znowu zobaczymy. Może przynajmniej pożegnasz się ze mną?

Milczała niewzruszenie, nie ulegając pokusie, aby się do niego odwrócić. Stał za nią jeszcze parę sekund, wreszcie odszedł. Słyszała jego szybko oddalające się kroki. A potem rozległ się trzask zamykanych drzwi.

Katrina skryła głowę w ramionach i zamknęła oczy. Coś zapiekło ją pod powiekami, łzy pociekły na policzki. Najchętniej pobiegłaby za Aidanem i rzuciła mu się w ramiona, błagając, aby nie wyjeżdżał, wiedziała jednak, że nie miało to sensu. Zza okna dobiegło ją stąpanie konia. Z wahaniem podeszła bliżej, aby wyjrzeć na dziedziniec. Aidan, dzierżąc cugle, dosiadał właśnie Granata. Wiedział, że Katrina może go widzieć z okna, nie odwrócił się jednak. Zamienił jeszcze kilka słów ze stajennym, a potem ruszył drogą przed siebie. Niebawem zniknął jej z oczu i Katrina uświadomiła sobie nagle, że nie powinna pozwolić mu odchodzić bez pożegnania.

25

Kalkuta, czerwiec 1878

Spienione fale rozdzielały się przed dziobem statku, który płynął po Hugli wzdłuż brzegu rojącego się od ludzi. Z wody do świątyń wiodły *ghaty*, schody, a przy nich, pod wysokimi murami do połowy pozbawionymi okien, stały na cumach smukłe, długie łodzie. Blask przedwieczornego słońca załamywał się na pomarszczonej powierzchni rzeki, tworząc czerwonozłote błyski.

Ashley stała przy sterburcie, muskając palcami gładkie drewno relingu i popatrując na wodę. Drobne kropelki, wzbijane przez dziób statku, osiadały na rzęsach i włosach, twarz chroniło przed palącym słońcem szerokie rondo kapelusza. Po pewnym czasie ostrożnie przetarła sobie oczy dłonią obleczoną w rękawiczkę, zamrugała kilkakrotnie, aby pozbyć się resztek wilgoci, po czym udała się na spacer po pokładzie. Statek był własnością przyjaciela jej ojca, dawała się czasem nakłonić na krótką przejażdżkę po rzece w towarzystwie ojca, Robina i jego *ayah*. Dołączyłaby do nich również jej matka, gdyby nie lęk przed chorobą morską, którą wywoływały u niej najmniejsze nawet wstrząsy lub kolebanie.

W pewnej chwili Ashley zauważyła Robina. Biegał na swoich pulchnych nóżkach po pokładzie, a za nim biegła jego *ayah*, pilnując, aby chłopczyk nie ubrudził białego marynarskiego ubranka z niebieskim kołnierzem. Ashley uśmiechnęła się, patrząc na synka, jej serce ścisnęło się lekko. Był tak bardzo do niej podobny! Jedynie blond włosy miał po Nicolasie, a jednak często wystarczał sam jego widok, aby zaczynała rozmyślać o mężu; wtedy nierzadko odzywały się w niej wyrzuty sumienia.

Jego ostatni list miał w przeciwieństwie do poprzednich charakter polecenia, jakże odmienny od łagodnego tonu dotychczasowej korespondencji. Na domiar złego Nicolas ustami Aidana przekazał jej prośbę, aby raczyła uczynić zadość jego życzeniu wyrażonemu w liście – przy czym nie wątpiła nawet przez chwilę, że Aidan sformułował tę prośbę nieco łagodniej, wiedziała też, jak bardzo Nicolas musi cierpieć z powodu jej nieobecności, skoro zdecydował się na tak ostry krok. Mimo to zwlekała z podjęciem decyzji o powrocie. Zdawała sobie sprawę, że również tutaj może się dostać na języki, jednak w Ooty to wszystko wyglądało znacznie gorzej. W Kalkucie ludzi przynajmniej powstrzymywał respekt przed jej ojcem.

Jej bracia nie posiadali się z wściekłości i najchętniej własnoręcznie skręciliby kark Ingramowi Frazerowi, natomiast ojciec robił sobie gorzkie wyrzuty. Jedynie matka Ashley zachowała spokój, chociaż przyczyna całego zamieszania, w rezultacie którego córka wróciła pod rodzinny dach, bardzo ją trapiła.

Na pokład wyszedł też Angus Morgan i otarł sobie czoło chusteczką, którą następnie, niedbale złożoną, na powrót wetknął do kieszeni. Był to szczupły mężczyzna, o całkowicie już siwych włosach, przerzedzających się na skroniach. W widoczny sposób doskwierał mu upał, mimo to poruszał się z jakąś wytworną lekkością, jakby zdawał sobie sprawę, że mężczyzna o jego pozycji społecznej nie może okazywać słabości.

Ashley zatrzymała się przy relingu, czekając na niego.

– Kiedy przybijemy do brzegu, papo?

– Kiedy tylko zechcesz, moje dziecko. Nudzisz się tu?

– Jeden dzień nie różni się od drugiego. Myślę, że jak na mnie, za mało tu życia.

– Powinnaś wrócić do męża.

Spoglądała w milczeniu na przesuwający się za burtą brzeg. Jakiś *sadhu** w opasce na biodra siedział na najniższym stopniu

* Wędrowny asceta w Indiach, ściśle przestrzegający zasad religii (przyp.tłum.).

schodów i wpatrywał się w wody Gangesu, nie zwracając najmniejszej uwagi na rozgardiasz panujący za jego plecami.

– A Nicolas nie mógłby przenieść się tutaj? – zapytał Angus.

– Dobrze wiesz, że to niemożliwe.

– A gdyby chodziło o inną miejscowość letniskową?

Oparła obie dłonie płasko na relingu.

– Tato, nawet gdybyśmy pojechali do Anglii lub do Afryki, do jakiegokolwiek zakątka naszego imperium, wcześniej czy później ta historia dopadłaby nas i tam.

– Ja… tak mi przykro!

Nie mogąc znieść widoku ojca, tak bardzo teraz przybitego, choć do tej pory znała go jako człowieka twardego, o imponującej osobowości, wyciągnęła rękę i nakryła nią jego dłoń.

– Wszystko się jakoś ułoży – szepnęła.

– John Frazer pisał do mnie kilkakrotnie, przepraszając za zachowanie swego syna – rzekł Angus, choć mówił jej już o tym nieraz. – Znamy się od tak dawna, nigdy bym nie przypuszczał…

– Wiem. – Zmusiła się do uśmiechu. – Nie myśl już o tym, nie zadręczaj się.

Ale po jego pooranym zmarszczkami czole zorientowała się, że jest daleki od tego, aby nie trapić się obecną sytuacją. Odkąd przyjechała do Kalkuty, miała wrażenie, jakby ojciec z dnia na dzień kurczył się coraz bardziej, gdyż postawa, jaką sobie narzucił, coraz mocniej wyczerpywała jego siły.

– Początkowo byłaś na mnie bardzo zagniewana, Ashley, wiem o tym.

– Tak, byłam zagniewana, bo powiedziałeś mi o wszystkim w nieodpowiednim momencie, wobec czego musiałam rozpoczynać życie małżeńskie od tajemnicy. A czułam się bardzo źle, ukrywając to przed Nicolasem. Zorientował się, że coś jest nie w porządku i… – Umilkła. To, że zrobiła wszystko, aby nie zajść w ciążę, było zbyt osobiste i intymne, aby opowiedzieć o tym ojcu.

Angus milczał. Oboje często poruszali ostatnio ten temat, powtarzając za każdym razem to samo, jednak mimo jej zapewnień, że nie jest już na niego zagniewana i nie żywi doń urazy, sumienie gryzło go nieprzerwanie. Wciąż nie był w stanie się uspokoić.

– Wracajmy już, tato – poprosiła Ashley.

Wyglądało na to, że przyjął jej prośbę z ulgą. Dotknął przelotnie dłonią jej policzka, po czym udał się do kapitana, aby wydać mu dyspozycję.

Aidan stał na przystani, czekając już co najmniej od godziny na powrót statku. Było mu gorąco, ludzie kłębili się wokół niego i rozpychali na prawo i lewo, w pewnym momencie omal nie zepchnęli go do mętnej wody, która rytmicznie uderzała z pluskiem o ścianę nabrzeża. Z rosnącym rozdrażnieniem obserwował statek, który stawał właśnie na kotwicy, mrużąc oczy, usiłował dostrzec, czy to na pewno statek przyjaciela Angusa Morgana, którym Ashley często odbywała przejażdżki po rzece. Na wodę spuszczono bączki, które szybko zbliżyły się do nabrzeża, i wtedy dostrzegł w nich Ashley, Angusa, Robina i jego *ayah*. Robin wiercił się niespokojnie w łodzi i dorośli musieli kilkakrotnie przytrzymywać go mocno, aby nie wypadł za burtę.

Przecisnął się przez tłum i stanął na pomoście. Młody marynarz rzucił linę na brzeg, gdzie ktoś ją pochwycił i przymocował do cumownicy. Angus Morgan wysiadł z łodzi pierwszy, następnie pomógł wyjść najpierw córce, a potem wnuczkowi. Ashley poprawiła na sobie jasną suknię i kapelusz i chciała właśnie przejść pomostem na ląd, kiedy dostrzegła Aidana i na moment zastygła w bezruchu.

– Dzień dobry, Ashley – powiedział Aidan, po czym powitał Morgana, który odwzajemnił pozdrowienie dość ozięble.

– Co pana sprowadza w te strony, kapitanie Landor? – zapytał. – Ktoś mógłby odnieść wrażenie, że czekał pan na nas.

– Bo tak w istocie jest. Chciałbym zamienić parę słów z panią Allenger-Brown. – Aidan przeniósł wzrok na Ashley i podał jej ramię.

Z wahaniem i nieskrywanym niepokojem wsparła się na nim, pozwalając, aby poprowadził ją na ląd.

– Poczekać na ciebie w powozie? – zapytał córkę Angus.

– Odwiozę ją do domu – zaoferował się Aidan.

W odpowiedzi na pytające spojrzenie ojca Ashley kiwnęła głową.

Na ulicach roiło się od ryksz, kilka wychudzonych kóz przemykało środkiem drogi, za nimi biegł jakiś wyrostek, któremu najwyraźniej nie udało się utrzymać zwierząt w zwartym stadzie. Pełno było żebraków, kobiet w barwnych sari, służby w jasnych szatach, która załatwiała sprawunki dla swoich panów, a także powozów zamożnych Anglików. Upał niczym szklany klosz wisiał nad miastem i Aidanowi przyszło na myśl, że każdy, kto ma choć odrobinę rozsądku, powinien wykorzystać tę letnią porę, aby przenieść się do letniej rezydencji w Śimli.

Kiedy zostawili wreszcie tę nieprzejrzaną ciżbę za sobą, Ashley puściła ramię Aidana i spojrzała na niego wyczekująco.

– Otrzymałem wiadomość od Nicolasa – powiedział. – Mam ci przypomnieć o jego liście.

W jej oczach zabłysła furia połączona z niedowierzaniem, ale w następnej chwili te emocje zniknęły i zastąpił je nieprzenikniony wyraz.

– Możesz mi wyjaśnić, dlaczego Nicolas uznał za stosowne zaprzątać ci głowę naszymi rodzinnymi sprawami?

– No cóż, zapewne z tego samego powodu, który kazał Katrinie zaprzątać ci głowę moimi rodzinnymi sprawami.

– Uczyniła to wtedy, gdyż nie wiedziała, gdzie się podziewasz, i poczuła się bezsilna.

– Ach, tak? A czym twoim zdaniem ta sytuacja różni się od tamtej?

– Tym, że Nicolas wie, gdzie jestem. W każdej chwili może do mnie napisać.

Aidan spojrzał na nią z udawanym zdumieniem.

– Z twoich słów wnioskuję, że już mu odpisałaś. List zapewne znajduje się w drodze?

– To nie powinno cię obchodzić – fuknęła Ashley. Jej mina zdradzała wyraźne, że nawet jeszcze nie napisała do Nicolasa.

– Ashley, ja jedynie przekazałem wiadomość. Co ty z tym zrobisz, to już twoja sprawa. W każdym razie radziłbym ci nie przeciągać struny i wracać do domu.

– I kto to mówi? Przecież sam wyjechałeś z domu, kiedy Katrina była brzemienna, a teraz znowu zostawiłeś ją samą, chociaż twoja córka nie skończyła jeszcze nawet roku.

Aidan wsparł się pod boki.

– Akurat w tej chwili nie chodzi o mnie. To nie moje małżeństwo jest bliskie rozpadu.

Momentalnie krew odpłynęła jej z twarzy.

– O czym ty mówisz?

Nie zamierzał sprawiać jej bólu, waląc prosto z mostu, ale z drugiej strony nie widział lepszego sposobu nakłonienia jej do powrotu.

– Już teraz ludzie snują rozmaite domysły, czy wasze małżeństwo jeszcze trwa. Niektórzy sądzą, że opuściłaś Nicolasa, inni zaś są przekonani, że to on się ciebie wyrzekł. Ciebie i Robina. Oblegają go matki, które widzą w nim dobrą partię dla swoich córek.

Wargi Ashley dygotały.

– Nie napisał mi o tym ani słowa.

– To nie w jego zwyczaju wywierać na ciebie presję w taki sposób. Dlatego ja go w tym wyręczam.

– Sądzisz... – Przełknęła ślinę. – Sądzisz, że chce mnie opuścić?

– Czy w takim razie prosiłby cię w liście, abyś wróciła?

Stali teraz w pobliżu świątyni Ganeśy, skąd wiatr przynosił woń kadzideł i cichą muzykę, niemal zagłuszaną przez uliczny zgiełk. Ludzie wchodzili po schodach na górę i przed wejściem do świątyni zdejmowali obuwie. Przedwieczorny blask z wolna ustępował przed zmierzchem, niebo przybierało kolor jasnego granatu, wygaszając kalejdoskop barw zachodu słońca. Z miejscowych minaretów muezini wzywali wiernych do modlitwy.

– Odprowadź mnie do domu – poprosiła matowym, ledwie słyszalnym głosem.

Ponownie podał jej ramię i tym razem wsparła się na nim bez chwili wahania.

*

Ściany poczekalni przed gabinetem majora Maddoxa były utrzymane w jasnokremowej kolorystyce, ciemne politurowane meble lśniły jak jedwab. Obrazy wiszące na ścianach prezentowały wielkie bitwy, kotary chroniły przed blaskiem słońca, wokół małego stolika ustawiono fotele wyściełane czerwonym aksamitem, a parkiet o barwie plastra miodu wyglądał tak, jakby dopiero parę godzin temu pokryto go warstwą wosku.

Brian, z rękami założonymi do tyłu, stał przed obrazem przedstawiającym bitwę pod Waterloo. Nie odwracając się do Aidana, który właśnie wszedł do przedpokoju, zapytał:

– Jak sądzisz, czy jeden z nas osiągnie kiedyś sławę, jaką cieszył się na przykład generał Wellington?

– Szczerze mówiąc, nigdy nie przyświecał mi taki cel – odparł Aidan, podchodząc bliżej.

– Jeśli dojdzie do wojny z Afganistanem, będzie to doskonała okazja do wykazania się męstwem. – Brian zacisnął pięść. – Dla armii oznacza to pierwszą prawdziwą walkę od czasu powstania.

Po powstaniu sipajów, które trwało od 1856 do 1858 roku i przypieczętowało koniec istnienia Brytyjskiej Kompanii Wschodnioindyjskiej, Brytyjska Armia Indyjska została w 1861 roku podporządkowana władzy Korony Brytyjskiej jako Żołnierze Królowej.

Dopiero teraz Brian odwrócił się i spojrzał na przyjaciela.

– Czy kobieta, z którą rozmawiałeś wczoraj wieczorem, to żona Nicolasa Allenger-Browna?

Zamiast odpowiedzieć, Aidan uniósł pytająco brwi.

– Byłem obok nabrzeża, kiedy przechodziłeś tamtędy w jej towarzystwie. Nie zatrzymałem się, bo miałem umówione spotkanie i byłem już trochę spóźniony. – Brian podszedł do fotela, opadł na niego i wyciągnął daleko nogi. – Czy to prawda, że Nicolas odesłał ją do jej rodziców?

– Nie.

– Tak mówią ludzie.

– Ludzie plotą trzy po trzy, jak to często bywa. Potrzebowała trochę spokoju, to wszystko.

Brian uniósł ramiona.

– Fatalna historia. Mimo to dziwiłbym się, gdyby ją opuścił –

jest na to zbyt piękna. Zresztą dorastała w normalnej rodzinie, przy obojgu rodzicach, w idealnych warunkach.

– Sądzę, że Nicolas nie opuści jej po prostu dlatego, że ją kocha.

Po twarzy Briana przemknął lekki uśmiech.

– No cóż, jest naprawdę olśniewająca.

Aidan kiwnął głową, wskazując podbródkiem na gabinet Maddoxa, z którego przez cały czas dobiegały głosy.

– Co się tam dzieje?

– Któryś z kadetów dał się przyłapać akurat Maddoxowi, kiedy zamierzał wykonać rundę na grzbiecie jego konia. Wiesz chyba, jak...

– Biedaczysko! Ale gdyby ktoś próbował zrobić to samo z moim Granatem, zapewne też bym wyszedł z siebie, a Maddox, jak wiadomo, potrafi być w takich momentach bardzo nieprzyjemny.

– To prawda. Pamiętasz chybą tę sprawę, kiedy nie dopuściliśmy do spalenia wdowy. Już wtedy mnie dziwiło, że Thackery podchodzi do tego z takim spokojem. Ale pewnie nie chciał rozdrażniać Maddoxa, bo wiedział, co mi grozi z jego strony. – Brian skrzywił się pociesznie. – Ostatnio czułem się tak jak karcony dzieciak, kiedy ojciec za jakieś przewinienie groził mi chłostą.

Drzwi do gabinetu otworzyły się i wyszedł stamtąd tyłem jakiś młody mężczyzna.

– A teraz niech mi pan wreszcie zejdzie z oczu – rozległ się zimny, władczy głos Maddoxa.

– Tak jest, sir. Proszę o wybaczenie.

– I dopóki ma się przed sobą oficera wyższego stopniem, stoi się na baczność!

Kadet wyprężył się gwałtownie.

– Oczywiście, sir, bardzo przepraszam...

– Po raz ostatni: odmaszerować!

Kadet zamknął drzwi i odwrócił się. Jego twarz była biała jak papier i mokra od potu. Dopiero teraz zorientował się, że nie jest tu sam, śpiesznie rzucił okiem na dystynkcje Aidana i Briana i natychmiast ponowił próbę przyjęcia postawy zasadniczej, niestety z żałosnym skutkiem. Zasalutował więc jedynie, żegnając się słowami:

– Do usług, panowie.

Brian skrzywił twarz w uśmiechu.

Drzwi gabinetu Maddoxa otworzyły się po raz drugi, ale tym razem w progu stanął major.

– Och, kapitan Landor, podporucznik Casey! A ja sądziłem już, że będę musiał po was posłać. Już dobrze, mniejsza o te formalności, wejdźcie, panowie.

Pokój, do którego weszli, mieścił się od zachodu, nie był zatem wystawiony na działanie promieni słonecznych. Ściany zdobiły portrety sławnych generałów, lewą stronę zajmowały regały z książkami w skórzanej oprawie. Duży stół pod ścianą na prawo zaściełały mapy, tuż obok na mniejszym stole znajdowały się przyrządy miernicze. Krzesła obite ciemnym aksamitem były odsunięte od stołów, jakby w trosce o wygodne i jak najszybsze przejście od jednej mapy do drugiej. Pośrodku pokoju stało biurko Maddoxa, również pokryte rozmaitymi dokumentami, które zasłaniały intarsję blatu i pozwalały dojrzeć jedynie jej wąski skrawek. *Punkah* pod sufitem kręcił się powoli, tak jakby chłopiec, do którego palca u nogi był przywiązany sznur wachlarza, zdążył się już zmęczyć.

Maddox zajął miejsce za biurkiem i ruchem ręki zaoferował Aidanowi i Brianowi krzesła za stołem.

– Jak zapewne panowie wiedzą – zaczął – Rosja znowu przysparza nam trosk. – Imperium carów odniosło na przełomie lat 1877–1878 zwycięstwo w wojnie z Turcją i ponownie zwróciło uwagę na Azję Środkową, gdzie już od 1867 należał do niego region zwany Turkiestanem Zachodnim. – Według moich źródeł do Kabulu wysłano już posła.

– Czy taka sytuacja nie doprowadzi do zatargu dyplomatycznego z Szer Ali?* – zapytał Aidan. Nie znał przywódcy Afgańczyków na tyle dobrze, aby móc go ocenić, wiedział jednak, że Brytyjczycy nie uzyskali dotąd zgody na założenie choćby jednej bazy w Kan-

* Emir Afganistanu w latach 1863–1866 i 1868–1879 (przyp. tłum.).

daharze i że stosunki między Anglią a przywódcą afgańskim ulegają stałemu pogorszeniu.

– To nie nasza sprawa – odparł Maddox. – Ale, jak panom wiadomo, Afganistan od lat wymyka się Brytyjczykom. Byłoby to nader niefortunne, gdyby Rosja zdołała się tam usadowić.

Takiej postawy, pomyślał Aidan, Anglia nie może darować Afgańczykom: tego stałego wzbraniania się przed ugięciem karku pod jarzmo brytyjskie. A teraz Szer Ali znajdzie się między dwoma – jak zapewniały go obie strony – przyjaciółmi. Kąciki ust Aidana drgnęły w lekkim uśmiechu. Kto ma takich przyjaciół, istotnie nie potrzebuje już wrogów.

– Kapitanie Landor, jeśli dostrzega pan w tej całej sprawie jakiś akcent humorystyczny, który dla mnie pozostaje niejasny, chętnie bym go poznał – odezwał się chłodno Maddox.

– Na czym dokładnie ma polegać nasze zadanie, sir? – zapytał Brian, zapewne dla ratowania sytuacji i sprowadzenia narady z powrotem na właściwy temat.

– Pan, podporuczniku, wyruszy z havildarem majorem Khanem z trzeciego regimentu piechoty do Peszawaru i poczeka tam na dalsze rozkazy. Natomiast pan, kapitanie Landor – ton głosu Maddoxa nie wróżył nic dobrego – uda się pojutrze w okolice Przełęczy Chajberskiej w celu prowadzenia obserwacji dokonywanych tam ruchów, zwłaszcza oddziałów rosyjskich. Następnie pojedzie pan do Kabulu, ale dopiero po otrzymaniu ode mnie stosownego rozkazu.

– Rozumiem, sir, że mam tam jechać sam?

– Czyżby wywnioskował pan z moich słów coś innego, kapitanie?

– Nie, sir.

Maddox skinął głową.

– To by było wszystko, panowie. – Wstał na znak, że mogą odejść.

– Ach, przy okazji, kapitanie Landor, jak się miewa pańska urocza małżonka?

– Bardzo dobrze, sir, dziękuję – odparł sztywno Aidan.

– Jak słyszałem, niedawno został pan ojcem?

– To prawda, sir.

Maddox uśmiechnął się szeroko.

– Moje gratulacje. To syn?

– Córka, sir.

– No cóż, nie wszystko udaje się od razu za pierwszym razem, nieprawdaż?

Aidan z trudem zachowywał spokój.

– Uważam swoją córkę za bardzo udane dziecko, sir.

– Jestem skłonny w to uwierzyć, zważywszy na jej zachwycającą matkę. Niech pan przekaże jej moje gorące pozdrowienia po powrocie do domu. – Kiedykolwiek to będzie: te słowa, choć niewypowiedziane, zdawały się wisieć w powietrzu.

– Oczywiście, sir.

– To wszystko. Odmaszerować.

Aidan i Brian stanęli na baczność, po czym opuścili pokój.

– Nie wierzę! – szepnął Brian, zaledwie drzwi się za nimi zamknęły. – Jesteś zazdrosny o Maddoxa?!

– Nie gadaj bzdur.

– Przyjacielu, znam cię nie od dziś – uśmiechnął się Brian.

– A zatem wiesz chyba, kiedy powinieneś się zamknąć.

Brian wzruszył ramionami, ale uśmiech nie znikał z jego twarzy.

– Daj spokój tym bzdurom – ofuknął go Aidan. – Mamy mnóstwo spraw do załatwienia.

– Weźmiesz ze sobą Granata?

– Z pewnością miałoby to sens, bo potem mam jechać do Kabulu. – Aidan zamyślił się. – Ale z drugiej strony rzucałby się za bardzo w oczy, poza tym z takim koniem w górach stanowiłbym doskonały cel dla bandytów. – Gdyby i on miał jechać do Peszawaru, a potem do Kabulu w misji, na co wszystko wskazywało, dyplomatycznej, mógłby zabrać konia, występowałby bowiem jako brytyjski oficer.

– Miejmy nadzieję, że sprawa nie potrwa długo – mruknął Brian.

Kiedy pół godziny później Aidan znalazł się w swoim pokoju hotelowym, zobaczył list leżący na srebrnej tacy. Jego nazwisko było wypisane starannie zgrabnymi literami, najprawdopodobniej kobiecą ręką. Nie był to jednak list od Katriny, jej charakter pisma był bardziej zamaszysty i mniej zaokrąglony.

Złamał pieczęć i rozłożył kartkę. Ashley informowała go zwięźle, że niebawem zamierza wrócić do Ooty, pytała też, czy chciałby przekazać coś za jej pośrednictwem Katrinie. W pierwszej chwili Aidan pomyślał o wysłaniu jakiegoś upominku lub przynajmniej listu, ale pamięć podsunęła mu natychmiast obraz żony odwróconej do niego plecami i wzbraniającej się pożegnania. To, że była zagniewana, mógł jeszcze zrozumieć, jednak takie zachowanie uważał za niedopuszczalne. Odłożył list na biurko. Jeszcze czas, by nań odpowiedzieć.

26

UTAKAMAND, SIERPIEŃ 1878

Gillian nie mogła jakoś przekonać się do pracy w szpitalu. Unoszący się tam zapach przyprawiał ją ustawicznie o mdłości, podobnie reagowała na widok jątrzących się ran i wrzodów. Pacjentów przyjmowano na oddzielne oddziały: osobno Europejczyków, osobno krajowców, z tym że sale dla tych ostatnich były znacznie mniejsze, a przez to bardziej zatłoczone. Oficerowie kierowani na kurację przez wojsko mieli zapewnioną bezpłatną opiekę lekarską, podobnie jak ich rodziny. Był jeszcze oddział zakaźny i kuchnia. Za budynkiem szpitalnym mieściły się nad brzegiem jeziora pomieszczenia przeznaczone do prania pościeli. Pierwotnie leczenie rekonwalescencyjne dla chorych żołnierzy zorganizowano na południowych peryferiach miasta, ale w roku 1867 założono w dawnym więzieniu szpital pod wezwaniem świętego Bartłomieja. Ostateczną nazwę otrzymał on dopiero w 1874 roku.

Gillian, jako świeżo zatrudnioną, nie obarczano obowiązkiem zmiany opatrunków lub myciem chorych – co zresztą bardzo ją cieszyło – miała natomiast zmywać podłogi i dbać o czystość w szpitalu. Początkowo sądziła, że wyszła na tym bardzo dobrze, kiedy jednak przekonała się, że chodzi tu między innymi o szorowanie podłóg, wycieranie wymiocin, opróżnianie nocników i zmianę zanieczyszczonej pościeli, opadły ją wątpliwości, czy aby na pewno trafiła tak korzystnie. Tylko że właściwie nie miała przecież wyboru. Była tu nowa, musiała zatem słuchać poleceń innych, nawet gdyby zachciało im się traktować ją jak popychadło, a przede wszystkim starać się robić dobre wrażenie na damach z Komitetu Kobiet, one bowiem wnosiły znaczący wkład w rozwój szpitala i miały pieczę nad finansami. Pomijając jednak to, nie mogła narzekać, zostawiano ją w spokoju. Nikt nie robił aluzji do jej nadszarpniętej reputacji. Obowiązywały ścisłe reguły, zakazujące pogaduszek z pacjentami i personelem męskim, który składał się głównie z lekarzy, ale ponieważ Gillian i tak nie kwapiła się do zawierania nowych znajomości z mężczyznami, ten warunek nie był dla niej kłopotliwy. Pielęgniarki, ogólnie biorąc, odnosiły się do niej życzliwie, choć nie było mowy o relacjach choćby zbliżonych do przyjacielskich.

Wieczorami, po pracy, bolały ją ramiona, ręce i plecy. Dół jej szarego fartucha już po południu bywał przemoknięty na wskroś, natomiast włosy, które musiała tak mocno wiązać do tyłu i spinać, aby nawet jeden kosmyk nie opadał na twarz, powodowały bóle głowy. Często tęskniła za okresem, gdy pracowała w herbaciarni, a wtedy przeklinała w duchu własną głupotę, która wpędziła ją w obecną sytuację. Ustawicznie zadawała sobie pytanie, dlaczego nie zerwała z Ingramem, nie usunęła go raz na zawsze ze swego życia. Teraz ponosiła konsekwencje własnej niefrasobliwości, gdy tymczasem on znowu spadł na cztery łapy, tak jak po tej sprawie z żoną przyjaciela Aidana. Miał wprawdzie kilka drobnych nieprzyjemności, to prawda, ale czy można je w ogóle porównywać z krzywdą, jaką wyrządził innym?

Po skończonej pracy przebierała się i myła co nieco zimną wodą, rozpuszczała włosy, aby upiąć je nieco luźniej, po czym wracała do domu. Tego wieczoru zamierzała obliczyć, ile pieniędzy zdoła odłożyć, jeśli nadal pozostanie w gospodzie. Zajmowany przez nią pokój był lichawy, ale tani, a obecnie Gillian nie wymagała wiele: czuła się szczęśliwa, że wieczorem może się wygodnie ułożyć na łóżku. W myślach pocieszała się, że mieszkając w ładniejszym pokoju, nie miałaby innych korzyści. Chwilami wspominała jednak tęsknie poprzednie mieszkanie, małe, ale przytulne.

Pod wieczór deszcz osłabł nieco, mimo to Gillian dla osłony przed wilgocią włożyła stolę, przytrzymując ją dłonią tuż pod brodą. Wzmagał się ziąb i już po kilku krokach zaczęła dygotać z zimna.

Kiedy skręciła w swoją ulicę, dojrzała z dala światła gospody, z tej odległości sprawiającej wrażenie niemal przytulnej. Przypomniała sobie nagle tamten wieczór, kiedy przyjechała tu z Brianem i Aidanem. Podróż była męcząca, ona jednak, dla której ta przygoda była czymś absolutnie nowym i nieznanym, była wszystkim zachwycona. Kiedy stojąc u boku Briana, spoglądała wtedy na odległe zarysy Błękitnych Gór, w swojej naiwności była pewna, że będzie czuć się tu szczęśliwa. Nie przeszkadzał jej nawet nędzny wygląd gospody, w przeciwieństwie do Aidana, który rozglądał się na wszystkie strony, kręcąc nosem, jakby znalazł się na jakimś wysypisku śmieci. Nie bardzo mogła pojąć, dlaczego on i Brian wybrali właśnie tę kwaterę, widać było bowiem, że mają dostatecznie dużo pieniędzy, aby znaleźć coś lepszego. Co prawda, w drodze nocowali często pod namiotem lub w bardzo skromnych gospodach – jeszcze jeden z elementów tej przygody – ale przecież Ooty wydawało się celem ich podróży. Owego pierwszego wieczoru Brian wziął ją od razu do swego pokoju i w ciągu następnych dni nie widziała w ogóle Aidana, aż do tego ranka, kiedy po wyjeździe Briana natknęła się na schodach na Aidana.

Zadumana, nie od razu zorientowała się, że ktoś do niej mówi. Zdziwiona, podniosła wzrok. Znajdowała się w odległości kilku zaledwie kroków od kantoru Ramsaya, a Charles Ramsay, którego nie spodziewała się spotkać o tej porze i w taką pogodę, stał w progu swego sklepu, popatrując na ulicę.

– Jak się pani miewa? – zapytał.

Przetarła dłonią oczy, zalewane strugami deszczu.

– Dobrze, dziękuję. – Stała przed nim niezdecydowana, nie wiedząc, czy chciał po prostu przywitać się z nią w przelocie, czy może jednak porozmawiać przez chwilę. Czy z jej strony będzie to nieuprzejme, jeśli przejdzie teraz dalej? A jeśli zatrzyma się przy nim, to czy on nie uzna tego za natarczywość?

– Co pani porabia w taką pogodę poza domem?

– Wracam z pracy.

Na jego twarzy odmalowało się zdumienie. A cóż on sobie wyobrażał, pomyślała Gillian. Że niby ile trwa dzień pracy kobiety, nienależącej do jego sfery?

– Czeka tu pan na kogoś? – Zaledwie przeszło jej to przez usta, już pożałowała tego pytania. Z pewnością uzna ją teraz za zbyt wścibską!

Ale on wyjaśnił ochoczo:

– Lubię deszcz.

Za jego plecami matowy snop światła z okien padał na ulicę i Gillian mogła sobie bez trudu wyobrazić, jak przytulne wrażenie sprawia w tym ciepłym świetle ciemne drewno mebli z porcelanowymi szufladkami i mosiężnymi tabliczkami w połączeniu ze skórzanymi obiciami.

Charles spojrzał nagle na nią z taką miną, jakby dopiero teraz uświadomił sobie, że sam stoi w suchym miejscu pod dachem, podczas gdy ona moknie na deszczu. Odchrząknął zmieszany.

– Zdaje się, że jest pani zmęczona. Nie chciałbym jej wstrzymywać.

– Wcale mnie pan nie wstrzymuje – odparła Gillian, nieco zbyt śpiesznie. Zerknęła na drugą stronę ulicy, na gospodę, której światła jakoś przestały się jej kojarzyć z przytulnym mieszkaniem.

– Może ma pani chęć wstąpić na filiżankę herbaty? Wiem, że oficjalna pora na to już minęła – uśmiechnął się – ale przynajmniej mogłaby się pani trochę rozgrzać, a tam, jak sądzę… – kiwnął głową w stronę gospody – nie może pani liczyć na coś gorącego.

Spojrzała na niego zaskoczona.

– W żadnym wypadku nie chciałbym być natrętny – dodał natychmiast Charles, widocznie fałszywie interpretując jej minę. – Jeśli woli pani iść do siebie, w pełni to zrozumiem.

– Nie – wybąkała Gillian. – Ja… Herbata to wspaniały pomysł, chętnie.

Rozejrzała się ukradkiem, czy aby nikt jej nie obserwuje, następnie weszła do kantoru. Charles odstąpił o krok, aby ją przepuścić, a ona zsunęła z głowy stolę i powiodła dokoła wzrokiem. Tak właśnie wyobrażała sobie wnętrze kantoru w wieczornym półmroku. Światło kładło się ciepłym blaskiem na politurowanej ladzie, porcelanowych szufladkach z mosiężnymi tabliczkami oraz na masywnych meblach i ginęło w tylnej części pomieszczenia, pochłaniane przez cień.

Wskazał dłonią kierunek. W miarę zbliżania się do schodów czuła coraz intensywniejszy aromat herbaty, który zdawał się wypierać zapach drewna. Zaczęła wchodzić na górę, słysząc za sobą kroki Charlesa, i nagle uświadomiła sobie zażenowana, że dół jej sukni, cały przemoknięty, przywiera w mało elegancki sposób do kostek. Starając się nadrabiać miną, wyprostowała ramiona i tak doszła na górę.

Na podeście przystanęła i poczekała na Charlesa, a on minął ją i otworzył drzwi prowadzące do przestronnego pokoju. Naprzeciw wejścia znajdowało się szerokie okno. Na umeblowanie składały się dwie szafy przepięknej roboty, regały wypełnione segregatorami, książkami i dokumentami, a także regał pełen rozmaitych pojemników na herbatę i pudełek, przeznaczonych zapewne na ciasteczka. Dominującym meblem było obszerne biurko, za którym stał duży skórzany fotel. Przed biurkiem ustawiono jeszcze dwa krzesła i na tym kończyły się tu miejsca do siedzenia. Na małym, pięknie intarsjowanym stoliku leżała taca z białym porcelanowym dzbankiem na herbatę i filiżanką, która sprawiała wrażenie tak delikatnej i kruchej, jakby przy najmniejszym dotknięciu miała się rozprysnąć na setki drobnych kawałeczków. Na pobliskim regale stało jeszcze kilka filiżanek, a także cukierniczka i dzbanuszek na mleko.

Charles wziął od Gillian stolę i przewiesił ją przez poręcz krzesła, wskazując jej jednocześnie drugie krzesło. Kiedy odwrócił się, aby sięgnąć do regału po jeszcze jedną filiżankę, Gillian, korzystając z momentu, spróbowała doprowadzić do ładu rozwichrzone włosy, ale po chwili dała za wygraną; wiedziała, że wygląda teraz zbyt okropnie, aby móc poprawić to w tak krótkim czasie.

W pokoju rozchodziło się błogie ciepło i Gillian dopiero teraz spostrzegła piec stojący w kącie. Charles przelał trochę wody z dużego dzbanka do mniejszego, który następnie postawił na piecu, sięgnął po jeden z pojemników na herbatę i przesypał listki do kamionkowego czajniczka.

Poczuła się trochę nieswojo w roli obsługiwanej. Zerwała się z miejsca.

– Może ja to zrobię?

Odwrócił się do niej, unosząc brwi.

– Nie dowierza pani moim umiejętnościom?

– Ależ tak, oczywiście! – zapewniła śpiesznie i zmieszana stanęła od razu w pąsach. Potem spostrzegła jego uśmiech i zorientowała się, że tylko sobie zażartował. Z wahaniem usiadła znów na krześle i skierowała uwagę na biurko. Na blacie leżała otwarta książka pełna liczb, na pliku listów spoczywał ciężki mosiężny przycisk w kształcie trójmasztowca, obok poniewierały się luzem jakieś kartki. Na skraju biurka stał globus, pochodzący z – Gillian nachyliła się, aby przeczytać napis – Portugalii.

– Należał do mojego ojca.

Drgnęła spłoszona, jakby ktoś przyłapał ją na jakiejś niedozwolonej czynności.

– Może go pani spokojnie obejrzeć. Nie widziałem nigdzie ładniejszego. Ojciec przywiózł go z jakiejś podróży, zanim jeszcze osiedlił się w regionie Nilgiri.

Nachyliła się ponownie, patrząc z zaciekawieniem na lśniącą powierzchnię modelu kuli ziemskiej. Mimo woli wyobraziła sobie, jak by to było móc swobodnie podróżować po świecie, z jednego zakątka do drugiego. Z zadumy wyrwał ją dopiero odgłos gotującej się wody. Odwróciła się. Charles nalewał właśnie wodę do kamionkowego dzbanka.

– Kiedy pracowałam w herbaciarni, nauczyłam się tam zaparzać herbatę – powiedziała nie tylko po to, aby przerwać milczenie, ale również dlatego, że była przekonana, że temat herbaty może go zainteresować.

– Lubiła pani tę pracę?

Kiwnęła głową.

– Tak, nawet bardzo. Z pewnością nie odeszłam stamtąd z własnej woli. – Umilkła, gdyż miast mówić o herbacie, zeszła na temat swojej obecnej, jakże żałosnej sytuacji, a nie to przecież było jej zamiarem.

Charles zerknął na zegar, po czym przelał wywar przez sitko do porcelanowego dzbanuszka, ustawił wszystko na tacy i przeniósł ją na biurko. Następnie wrócił na swoje miejsce za biurkiem, zamknął książkę rachunkową i odsunął ją na bok, a Gillian nalała herbatę, najpierw jemu, potem sobie. Kiedy zapytała, czy ma podać mu cukier lub mleko, podziękował, posłodziła więc słabo tylko swoją herbatę. Charles ujął drugą filiżankę i rozsiadł się wygodnie.

Złotożółta herbata o delikatnym, świeżym aromacie i łagodnym smaku była jeszcze bardzo gorąca i Gillian popijała ją drobnymi łykami. W wilgotnej sukni nie czuła się dobrze, a ponieważ serce biło jej szybciej niż zwykle, nie potrafiła się oprzeć wrażeniu, że zapięty kołnierzyk odcina jej dopływ powietrza. Nie mogła jednak odpiąć nawet jednego guzika, to nie wchodziło w rachubę. Na domiar złego kilka niesfornych kosmyków opadło na twarz i natrętnie łaskotało po policzkach. Była przekonana, że wygląda okropnie, i chociaż powtarzała sobie w duchu, że nie powinno to mieć dla niej znaczenia, zwłaszcza że i tak nic na to nie poradzi, ta sytuacja bardzo ją deprymowała.

– Jak tu ładnie – powiedziała, wodząc wzrokiem po całym pokoju.

Charles uśmiechnął się szeroko, w jego oczach zatańczyły iskierki autentycznego rozbawienia.

– Tutaj? Jest pani pierwszą kobietą, która mówi coś takiego.

Upiła następny łyczek, aby zatuszować zakłopotanie.

– Według mnie ten pokój ma w sobie... – zastanawiała się, szukając właściwego słowa – ciepło, tak jakby urządzali go ludzie, którzy kochają to, czym się zajmują.

Na jego twarzy odmalowało się przelotne zaskoczenie.

– Bo tak w istocie było. – Obserwował ją, kiedy znowu upiła trochę herbaty. – Smakuje pani? To herbata z mojej plantacji.

– Znakomita. Muszę przyznać, że nie znałam przedtem mężczyzny, który potrafiłby parzyć herbatę.

Charles roześmiał się donośnie.

– A zatem nie poznała pani jeszcze właściwych osób. – Dolał herbaty jej i sobie. – Pochodzi pani z Kalkuty, o ile dobrze pamiętam?

– Tak. – W jej pamięci odżyło ich spotkanie nad jeziorem, a potem następne, w domu Aidana. To ostatnie spotęgowało teraz jej zakłopotanie i mimo woli zaczęła się zastanawiać, czy Charles nadal sądzi o niej, że była jedną z kochanic Aidana. No cóż, prawda o niej nie świadczyła dużo pochlebniej. – Ja... sprowadził mnie tu stamtąd cały splot rozmaitych okoliczności.

– Tak właśnie bywa często w życiu – odparł. – Splot okoliczności, który wiedzie nas nie wiadomo dokąd. – Odstawił filiżankę i odchylił się do tyłu. – Nie ma tu pani łatwego życia. Naprawdę podoba się pani w Ooty aż tak bardzo, że jest gotowa zrezygnować dla niego z wygód życia pod dachem rodziców?

Odruchowo uniosła rękę do kołnierzyka, ale w ostatniej chwili powstrzymała się od rozpięcia górnego guzika i tylko przebierała przy nim machinalnie przez chwilę palcami. Zanim jeszcze zdobyła się na odpowiedź, Charles dodał:

– Jeśli moje pytanie było zbyt osobiste...

– Nie – zaprzeczyła gwałtownie. – Nie... Ojciec zapowiedział mi, żebym nie ważyła się wracać do domu.

Charles z niedowierzaniem zmarszczył czoło.

– Ojciec inaczej oceniał mężczyznę, z którym wyjechałam... przyjaciela Aidana... niż ja. Niestety, okazało się, że to on miał rację. – Puściła guzik i nerwowo zaczęła poprawiać na sobie wilgotną suknię. – Naprawdę wierzyłam, że się ze mną ożeni...

Wyraz konsternacji i współczucia przemknął po twarzy Charlesa.

– Aidan wpadł w gniew, kiedy dołączył do nas i mnie zobaczył. Dał mi bardzo wyraźnie do zrozumienia, że powinnam wracać do domu, gdyż tam jest moje miejsce. Obaj wiele razy kłócili się z tego powodu. – Gillian wzruszyła ramionami, jakby uznała, że nie jest to temat godny uwagi. Jeszcze jeden, jakże częsty przypadek, typowy dla losów wielu młodych kobiet, na tyle głupich, by dać się złapać na lep czułych słówek. Ona właśnie należała do takich kobiet!

Zmusiła się do uśmiechu.

– Ma pan dzieci? – zapytała, aby przerwać kłopotliwe milczenie.

Charles jakby odetchnął z ulgą.

– Tak, mam trzy córki, czwarte dziecko jest w drodze.

Gillian pomyślała o jego żonie; wydała jej się kobietą apodyktyczną i zimną. Ale wydanie dziecka na świat nie wymaga przecież wielkiej namiętności. Mimo woli zadała sobie w duchu pytanie, czy Charles czuje się rozczarowany, że do tej pory nie zdołał spłodzić dziedzica. Ponieważ znowu zaległo między nimi milczenie, odstawiła filiżankę i podniosła się z krzesła.

– Powinnam już iść.

Charles nie próbował jej zatrzymać. Również wstał i pożegnał się z nią w progu, a Gillian, wychodząc na deszcz, ponownie naciągnęła sobie stolę na głowę. Usłyszała jeszcze trzask zamykanych za sobą drzwi i ten dźwięk wywołał w niej – choć sama nie potrafiła wytłumaczyć dlaczego – poczucie głębokiego przygnębienia.

– Jeszcze trochę herbaty, kapitanie Allenger-Brown? – Pani Webberly pochyliła nieco do przodu swą korpulentną postać, co naraziło górną część jej sukni na poważną próbę obciążenia, i sięgnęła po dzbanek. Zanim jeszcze Nicolas zdołał odmówić, parujący strumień herbaty Asam – tej samej, za jaką nigdy nie przepadał – trafił do jego filiżanki. Z trudem tłumiąc westchnienie, posłodził szczodrze herbatę i dolał trochę mleka. Szczerze żałował, że przyjął to zaproszenie, ale pani Webberly po prostu nie dała się odprawić z kwitkiem.

Siedział zatem teraz w jej nader gustownie urządzonym salonie, rzucony na pastwę spojrzeń jej trzech – musiał przyznać – bardzo uroczych córek i musiał wysłuchiwać zapewnień o ich gorącym pragnieniu powrotu do Anglii – choć również tutaj można z powodzeniem wytrzymać, jak śpiesznie wtrąciła najstarsza z sióstr. Widocznie przypomniała sobie o swej roli pretendentki – i to także potęgowało u Nicolasa uczucie dyskomfortu. Miał szczerą nadzieję, że jego wizyta w porze popołudniowej herbatki nie zostanie odczytana jako aprobata dla tego rodzaju starań. Nie mógł przecież przewidzieć, że okaże się jedynym gościem. Ojciec i starszy brat trzech panien opuścili dom pod jakimś błahym pretekstem krótko po jego przyjściu, ale brat zdążył jeszcze rzucić mu spojrzenie pełne współczucia i wydawał się przy tym szczerze zakłopotany.

Analizując w myślach stosowne sygnały, usiłował ostrożnie wysondować, jak długo jeszcze pani Webberly zamierza go tu trzymać. To, że nalano mu świeżej herbaty i podsunięto bliżej ciasteczka, oznaczało, że powinien liczyć się jeszcze co najmniej z pełnym kwadransem w ich towarzystwie.

– Lubi pan polowania? – zapytała pani Webberly. – Moja Eliza – tu zwróciła promienne spojrzenie na najstarszą córkę – już w Anglii brała udział w polowaniach na lisy.

– Nie uznaję polowań urządzanych nie z potrzeby, lecz dla czystej przyjemności – odparł Nicolas. Nieoczekiwanie stanęła mu przed oczami Ashley w swoim ciemnym stroju myśliwskim. Także nie cierpiała polowań, zgodziła się jedynie pozować do fotografii, która wisiała teraz na ścianie w jego gabinecie.

– Doprawdy? – Pani Webberly wyglądała na zdumioną. – A jakie rozrywki lubi pan najbardziej?

Aha, zmiana strategii, pomyślał Nicolas. Miał zatem zdradzić teraz swoje zainteresowania, a pani Webberly zapewni go potem, że akurat Eliza podziela je wszystkie. Dla świętego spokoju wymienił kilka rutynowych czynności, które wprawdzie nie budziły jego entuzjazmu, ale też nie wywoływały szczególnej niechęci. Ciekawe, czy Aidan zdołał nakłonić Ashley do powrotu, pomyślał. Nie czuł się najlepiej, wysyłając ten ostatni list, ale nie mógł dłużej czekać. Dlaczego nie zdobyła się choćby na krótką odpowiedź? Następnym krokiem byłoby – Nicolas nawet przez moment nie zamierzał posunąć się tak daleko – sprowadzenie Robina do domu. Bez syna Ashley nie zostałaby w Kalkucie ani jednego dnia. Nicolas nie miał zamiaru zmuszać jej w ten sposób do powrotu, ale nie chciał też przedłużać ich rozłąki. Jeśli Ashley istotnie musiała zmienić otoczenie, co doskonale rozumiał, to przecież mogli się przenieść razem na jakiś czas do innego miasta!

Eliza zwróciła się bezpośrednio do niego i zapytała cicho, w jakiej części Anglii mieszka jego rodzina. Odniósł wrażenie, że wszystko w niej ma kolor mahoniu: włosy, oczy i brwi, do tego ta jasna karnacja, podkreślona umiejętnie przez suknię w ciepłych barwach jesieni. Śliczny dzieciak, myślał Nicolas, odpowiadając na jej pytania.

Tak nagle, jakby czekała na umówione hasło, pani Webberly podniosła się z krzesła, a na dany przez nią znak wstały również obie młodsze córki.

– Z pewnością chciałby pan jeszcze trochę pogawędzić. Mnie niestety wzywają obowiązki gospodyni, a dziewczęta muszą poćwiczyć na fortepianie. – Uśmiechnęła się i rzuciła Elizie przenikliwe, wymowne spojrzenie.

Nicolas zrezygnował z dalszych prób eleganckiego wywinięcia się z pułapki. Sytuacja zaszła za daleko.

– Madam – odezwał się lodowatym tonem i także podniósł się ze swego krzesła. – Czyżby uszło pani uwagi, że jestem żonatym mężczyzną? Czy aby nie uchybia to względom przyzwoitości, jeśli pozwala pani przebywać córce sam na sam ze mną, mimo iż nie ulega wątpliwości, że nie zamierzam ubiegać się o jej rękę? Chyba że chce ją pani sprowadzić na złą drogę!

Eliza spłonęła rumieńcem i natychmiast zrobiło mu się jej żal, gdyż w istocie była najmniej odpowiedzialna za zaistniałą sytuację. Pani Webberly otworzyła usta, ale nie zdołała wykrztusić nawet słowa.

– Będę zmuszony poinformować o tym incydencie pani małżonka – dodał Nicolas, umyślnie sprawiając wrażenie, jakby nie zdawał sobie sprawy z motywów jej działania. – W końcu to on odpowiada za to, że jego córki wychowują się w fałszywym wyobrażeniu tego, co przystoi damie, a co nie.

– Ależ… to niesłychane! – obruszyła się pani Webberly, biała na twarzy jak papier. – Przecież ja nie…

Nicolas nie pozwolił jej dokończyć.

– Życzę miłego dnia, madam. – Skinął głową dziewczętom. – Moje panie.

Siedząc już w powozie, westchnął głęboko. W sensie towarzyskim była to prawdziwa katastrofa. Wściekły z powodu żenującej sytuacji, w jaką dał się wmanewrować, był skłonny obwiniać teraz o wszystko Ashley. Żadna kobieta nie ma prawa opuszczać męża niemal na rok i pozostawiać go w takiej niepewności.

Kiedy dojechał do domu i wszedł do holu, znajdował się już w tak podłym nastroju, że omal nie zwymyślał służącego, który wybiegł mu na spotkanie.

– *Memsahib* wróciła, kapitan *sahib*.

Nicolas stanął jak wryty.

– Co takiego? Kiedy wróciła?

– Godzinę temu, kapitan *sahib*.

Nicolas skinął głową i pośpieszył do sypialni; spodziewał się zastać ją po tak męczącej podróży właśnie tam. Gwałtownie pchnął drzwi i Ashley, która siedziała przy sekretarzyku, zerwała się przerażona na równe nogi, nieomal przewracając krzeslo. Zdążyła się już przebrać i zamiast kostiumu podróżnego, miała na sobie beżową suknię na popołudnie, o suto marszczonej spódnicy z soczystobrązowym podszyciem. Mimo woli Nicolas przypomniał sobie Elizę i na nowo wezbrał w nim gniew.

– Pani domu raczyła wrócić?

Otworzyła oczy nieco szerzej. Wyglądała na zmęczoną, wyzutą z sił.

– Nicolasie, wiem, że jesteś zagniewany, ale ja...

– Zagniewany to nie jest odpowiednie określenie stanu, w jakim się teraz znajduję, moja droga. Jak przypuszczam, otrzymałaś kilka miesięcy temu mój list, nieprawdaż?

– Aidan mi go przekazał.

– Ale oczywiście nie uznałaś za stosowne dostosować się do mego życzenia?

– Ja... potrzebowałam trochę czasu, Nicolasie. Po twoim liście do Aidana na początku czerwca zaczęłam szykować się do podróży, ale aż do połowy lipca nic z tego nie wyszło. Wiesz, że jeśli wybieram się w tak daleką drogę, nie mogę jechać sama, lecz w grupie podróżnych.

– Wyjechałaś stąd we wrześniu ubiegłego roku, a teraz mamy sierpień. Niemal cały rok bez żadnych wiadomości. Jak to wytłumaczysz?

– Pisałam do ciebie.

– No tak, rzeczywiście. Raz na jakiś czas przychodziło kilka krótkich słów o tym, jak się oboje czujecie, ty i Robin. A właśnie, gdzie on jest?

– Śpi. Podróż była naprawdę bardzo męcząca.

Nie tylko dla niego, pomyślał Nicolas, patrząc na żonę. Ashley była uderzająco blada, a w matowym świetle, wpadającym tu z zewnątrz, jej skóra na twarzy wydawała się przezroczysta.

– Zapewne urósł sporo w tym czasie, czy tak? Nie wystarczyło ci, że wyjechałaś z domu, musiałaś jeszcze pozbawić mnie na tak długi okres kontaktu z moim synem!

– Nie mogłam przecież zostawić go tutaj – broniła się bez przekonania.

– Mogłaś po prostu wrócić wcześniej do domu, ale już dobrze, zostawmy to, bo chyba kręcimy się w kółko. – Kiwnął głową, wskazując na łóżko. – Kładź się spać. Wyglądasz na zmęczoną.

Zawahała się.

– Może lepiej porozmawiajmy, Nicolasie. Odpocząć mogę później. Umyślnie nie kładłam się spać, bo czekałam na ciebie. Byłeś w klubie?

– Nie. – Pod wpływem nagłego impulsu, chcąc sprawić jej ból, dodał: – Zostałem zaproszony przez panią Webberly, która chciała mnie wyswatać ze swoją najstarszą córką. Ponieważ nie było cię tu tak długo, uznała, podobnie zresztą jak wiele innych osób w tym mieście, że rozstaliśmy się na zawsze. – Pożałował natychmiast tych słów, kiedy Ashley zachwiała się, jakby traciła przytomność. Odruchowo postąpił krok w jej stronę, ale wzięła się już w garść.

– Połóż się – poradził jej ponownie. – Porozmawiać możemy też trochę później. – Spostrzegł, jak szybko pulsuje jej żyła na szyi, i po chwili wahania podszedł bliżej, zdjął cienki szalik, który przytrzymywał jej włosy na karku i ujął palcami miękkie, jedwabiste w dotyku kosmyki. – Musisz odpocząć – powtórzył. – Nie przejmuj się, nigdzie przecież nie odchodzę.

– Czy… – odchrząknęła. – Czy brałeś pod uwagę taką ewentualność, aby poślubić inną kobietę?

– Czy w takim wypadku napisałbym, że masz wracać do

domu? – Puścił ją. – Nie zadręczaj się, nawet mi to na myśl nie przyszło, że mógłbym od ciebie odejść.

Odgarnęła włosy do tyłu.

– Nie chciałam cię zranić, ale nie mogłam tu dłużej wytrzymać. Te ukradkowe spojrzenia, szepty za moimi plecami…

– Teraz będzie jeszcze gorzej, ludzie mieli powód do plotek, wiesz, jak to jest.

Ashley spuściła oczy, jakby ciążyły jej powieki.

– Może mi nie uwierzysz, ale tęskniłam za tobą.

– Ja za tobą też – odparł Nicolas, wychodząc z pokoju.

*

Katrina zamknęła księgi rachunkowe i z zamkniętymi oczami odchyliła się na krześle do tyłu, wsłuchując w jednostajny szum deszczu. Żadnej wieści od Aidana, nie przysłał jej nawet kilku słów w liście. Zgoda, mógł się poczuć urażony, rzeczywiście nie chciała się z nim pożegnać, ale czyż nie miała więcej powodów do gniewu? Zgarnęła dokumenty na stos i wstała.

Dobrze chociaż, że w tym momencie nie musi się przejmować Stephenem. Wymiana listów między ich prawnikami trwała w najlepsze, a sędzia, który prowadził ich sprawę, dał Stephenowi jednoznacznie do zrozumienia, jak bardzo go dziwi, że tak energicznie walczy o dziecko, którego pochodzenie, jak wynika z dokumentów, budziło w nim uprzednio w pełni uzasadnione wątpliwości. Jak mister Alardyce mógłby to wytłumaczyć? Czyżby te wątpliwości tak naprawdę w ogóle nie istniały? Czy mister Alardyce chciałby wyznać, że podczas tamtej rozprawy świadomie wprowadzał sędziego w błąd? Prawnik pokazał jej kopię tego pisma. Doskonale wyobrażała sobie jego kpiący uśmiech, niegdyś bliskiego przyjaciela ojca, w chwili, gdy otrzymał list.

Katrina odczuwała nie tyle złośliwą satysfakcję, ile raczej dużą ulgę. W swoim czasie Stephen odizolował się od Caleba, aby podkreślić fakt jej niewierności – bo jakiż ojciec zrezygnowałby w normalnych warunkach z syna – a teraz właśnie ten fakt przemawiał przeciwko niemu. W tamtym czasie przywiązywał większą wagę do zdobycia pokaźniejszego majątku, nie przypuszczał, że jego druga żona nie będzie mogła dać mu dzieci.

Kiedy Katrina weszła do pokoju lekcyjnego Caleba, chłopiec siedział przy biurku i notował coś w zeszycie. W marcu skończył siedem lat i wyraźnie urósł, ale jego policzki, choć już mniej pulchne, nadal wydawały się pucołowate jak u małego dziecka. Kuc znajdował się na razie w stajni u Charlesa, bo instruktor jazdy konnej uczył również jego kuzynki. Katrina początkowo sprzeciwiała się tej nauce, ale Charles zdołał ją przekonać, że zbyt kurczowo trzyma syna pod kloszem. Wytłumaczył też, że przecież nie powierzyłby własnych córek instruktorowi niegodnemu zaufania. Z ciężkim sercem w końcu ustąpiła, a Caleb nie posiadał się z radości, mogąc codziennie jeździć konno przez godzinę, tym bardziej że poczynił już znaczne postępy. Jego kuzynki dopiero stawiały pierwsze kroki: najstarsza trzymała się już wprawdzie nieźle w siodle, ale młodsza przeżywała na grzbiecie konia prawdziwe katusze.

– Cieszysz się, że jutro pójdziesz do wujka Charlesa? – zapytała Katrina.

– Tak. – Caleb, jakby niezdecydowanie, wzruszył ramionami i Katrina przysunęła sobie krzesło, aby usiąść obok niego.

– Coś cię trapi?

Chłopiec zdawał się zastanawiać, czy ma odpowiedzieć na to pytanie, wreszcie wyznał:

– Jessamyn powiedziała, że papa jest tylko ojcem Mariany, a nie moim.

Będę musiała porozmawiać z Charlesem na temat jego córek, pomyślała Katrina. Może dziewczynka nie chciała Caleba zranić, ale jeśli powodowała nią złośliwość, Charles musi zwrócić większą uwagę na styl jej wychowania. Pogłaskała syna po głowie.

– Przecież wytłumaczyłam ci już, że masz teraz dwóch ojców, pamiętasz?

Chłopiec kiwnął głową.

Katrina zastanawiała się gorączkowo, w jaki sposób wyjaśnić mu tę sytuację.

– Wtedy, gdy przyszedłeś na świat, twój pierwszy ojciec żył razem ze mną, tak jak teraz twój drugi ojciec żyje ze mną, kiedy na świat przyszła Mariana. Zatem obecnie jest on pierwszym ojcem Mariany, a twoim drugim.

Caleb patrzył na nią zdezorientowany.

Dobry Boże, pomyślała Katrina i zrezygnowana uciekła się do łatwiejszego wyjaśnienia.

– Jessamyn tylko drażniła się z tobą.

– A papa nie kocha Mariany bardziej niż mnie?

– Oczywiście, że nie – odparła Katrina, mając nadzieję, że naprawdę tak jest.

Odpowiedź uspokoiła go widocznie, bo zmarszczka między brwiami znikła, a w policzkach znowu pojawiły się dołeczki. Katrina, uradowana, przyciągnęła go do siebie i pocałowała, na co przystał bez entuzjazmu, przecież uczył się już i nie był małym dzieckiem.

Po wyjściu od syna Katrina omówiła z kucharzem kwestie posiłków, przekazała *khansanie*, jakie produkty trzeba zakupić, tak aby mógł wysłać kogoś do odpowiednich kupców, po czym zapytała o dziecko, które żona ogrodnika urodziła przed kilkoma dniami.

Nieco później, kiedy stała przy oknie, przyglądając się, jak zatrudnione tu kobiety w barwnych sari, mokrych od deszczu i klejących się do ciała, zbierają z krzaków listki herbaty, do pokoju wszedł *chuprassi*, anonsując gościa czekającego w salonie dla pań.

– *Memsahib* kapitana *sahiba* Allenger-Browna.

Katrina, zdumiona, zbiegła na dół do holu. Nie spodziewała się wizyty Ashley, nie wiedziała nawet o jej powrocie do Ooty. Szybkim krokiem przeszła przez hol i przyległy korytarz do salonu dla pań, usytuowanego w tylnej części domu i przeznaczonego wyłącznie dla przyjaciół rodziny.

Ashley nie usiadła. Czekała, stojąc, jakby nie wiedziała, czy Katrina ją przyjmie. W kremowej sukni z akcentami błękitu wyglądała olśniewająco, mimo nietypowej dla niej bladości.

– Usiądź, proszę – powiedziała Katrina po krótkim powitaniu. Zadzwoniła na służbę. – Od kiedy jesteś w Ooty?

– Od dwóch dni.

Do pokoju wszedł służący, młody Hindus odziany w biel. Katrina poleciła mu przynieść herbatę i pieczywo, następnie usiadła i ułożyła starannie fałdy spódnicy.

– Jesteś na mnie zagniewana? – zapytała Ashley.

– Nie. Rozumiem, że musiałaś wyjechać.

– Ale nie rozumiesz, dlaczego się z tobą nie kontaktowałam, czy tak?

Katrina wzruszyła lekko ramionami.

– Nawet mój kontakt z Nicolasem był bardzo sporadyczny. Musiałam odpocząć od wszystkich. – Ashley sprawiała teraz wrażenie przygnębionej. – Ale Nicolas też tego nie pojmował.

– W gruncie rzeczy rozumiem cię, Ashley, przecież znalazłam się kiedyś w podobnej sytuacji, tyle że nie miałam wtedy przyjaciół, na których wsparcie mogłabym liczyć. Wydaje mi się, że gdyby istniała taka możliwość, pewnie też bym uciekła z Ooty.

Nagły poryw wiatru zabębnił o szyby kroplami deszczu, ołowiane chmury, które łapczywie wchłaniały resztki dnia, pogrążały pokój w półmroku. Katrina wstała, zapaliła lampy gazowe i zwiększyła płomyki. Ponownie zjawił się służący ze stolikiem na kółkach, na którym stały dzbanek z herbatą i filiżanki, cukierniczka i dzbanuszek na mleko z białej miśnieńskiej porcelany z dekoracją kwiatową, a także talerz z małymi, misternie ułożonymi kanapkami. Katrina nalała herbaty sobie i Ashley, podała filiżankę przyjaciółce, po czym usiadła.

– Ty i Aidan jesteście skłóceni, nieprawdaż? – zapytała Ashley, patrząc na nią badawczym wzrokiem.

– Skąd wiesz?

– Trudno tego nie dostrzec.

Katrina machinalnie mieszała herbatę.

– Byłam na niego wściekła, bo po prostu wyjechał, ignorując mój sprzeciw, nawet się z nim nie pożegnałam. To go z pewnością zirytowało.

Ashley nie ukrywała zdumienia.

– Nie pożegnałaś się z nim? Ja bym się na coś takiego nie zdobyła. Dlaczego do niego nie napisałaś? Jeszcze do końca czerwca pozostawał w Kalkucie.

– Jeśli mam być szczera, to teraz, gdy o tym myślę, nie jest mi z tym najlepiej, ale żeby do niego napisać…

– Nie pozwala ci na to duma – dokończyła za nią Ashley. – Ale to prawda, on istotnie jest zagniewany, bo kiedy go zapytałam, czy mam ci coś przekazać, zaprzeczył.

Ta wiadomość przygnębiła Katrinę, chociaż znając Aidana, mogła się spodziewać, że nie zapomni tak łatwo momentu wyjazdu z domu.

– Powiadasz, że do końca czerwca przebywał w Kalkucie… Wiesz może, dokąd się potem udał?

– Nie mam najmniejszego pojęcia. W Kalkucie był też Brian Casey. Może wyjechali gdzieś razem.

Nieco zbyt gwałtownie Katrina odstawiła filiżankę na stolik. W gruncie rzeczy nie miało znaczenia, dokąd pojechał, tak czy owak nie wróci wcześniej, niż zaplanował. Świadomość tego, że również w następnych latach Aidan będzie odbywał swoje podróże, doprowadzała ją niemal do rozpaczy. Zapewne nigdy nie uda jej się wyperswadować mu tych wyjazdów, już teraz doskonale wiedział, że nie zachwyca jej jego częsta nieobecność w domu, a mimo to nie zamierzał się zmienić.

– A jak z tobą i Nicolasem? – zapytała, aby porozmawiać o czymś innym.

Na twarz Ashley wystąpiły słabe rumieńce, maskując jej dotychczasową bladość.

– Próbowałam wyjaśnić mu wszystko. Był na mnie zły, obawiam się, że nadal jest, choć w pewnym sensie cieszy się oczywiście, że znów jestem w domu. – Ciepłe światło lamp gazowych zapaliło błyski na jej ciemnych włosach, kiedy opuściła głowę. – Ale nadal nie znajduje wytłumaczenia dla mojej długiej nieobecności.

– Wiesz, miałam wyrzuty sumienia, że nie odwiedziłam cię po tamtej historii. Kiedy Aidan powiedział mi, że wyjeżdżasz, chciałam się z tobą spotkać, niestety, byłam tuż po rozwiązaniu i nie mogłam opuszczać domu.

– To raczej ja powinnam mieć nieczyste sumienie, nie widziałam jeszcze nawet twojej córeczki i wyjechałam, nie pożegnawszy się z tobą. – Ashley siedziała sztywno, najwyraźniej poddając się emocjom. – Ale, jak już mówiłam, chciałam być w tamtym momencie sama, pragnęłam, aby wszyscy zaakceptowali mój stan ducha, tak żebym nie musiała się stale tłumaczyć. Wszyscy, którzy są mi bliscy, wiedzą, jaką krzywdę mi wyrządził Ingram Frazer, a mimo to muszę ustawicznie wyjaśniać, dlaczego postępuję tak, a nie inaczej.

Katrina położyła jej dłoń na ramieniu, aby dodać otuchy.

– Wszystko będzie dobrze, Nicolas potrzebuje po prostu trochę czasu. Czuł się bezsilny, żaden mężczyzna nie znosi tego łatwo.

Ashley uniosła głowę, spojrzała na przyjaciółkę z nieco wymuszonym uśmiechem.

– Nie widziałam jeszcze twojej córeczki.

Uradowana zmianą tematu, Katrina wstała i razem przeszły do pokoju dziecinnego. Sarita bawiła się z Marianą na podłodze. Na widok matki malutka wstała i niezdarnym jeszcze, chybotliwym krokiem podbiegła do niej. Ashley przykucnęła i pochwyciła ją w ramiona.

– Widać od razu, że to córka Aidana – powiedziała. – Przynajmniej, sądząc po oczach i włosach. Bo co do twarzy, to trudno określić. – Zmierzyła dziewczynkę uważnym spojrzeniem. – Ale jeśli mam być szczera, nie robiłabym ci wiele nadziei, że wdała się w ciebie – dodała kpiącym tonem.

Z sąsiedniego pokoju przyszedł Caleb; widocznie usłyszał głosy.

– Dzień dobry, ciociu Ashley – powiedział.

– Dzień dobry, Calebie. – Wstała i podeszła do niego. – Aleś ty urósł!

Chłopiec zarumienił się z radości.

– Umiem już czytać, pisać i rachować.

– Naprawdę? – Ashley nachyliła się, aby spojrzeć mu w oczy. – Zejdź na dół, zostawiłam tam dla ciebie w holu pudełko z mlecznymi karmelkami.

Caleb otworzył szeroko oczy, spojrzał najpierw na nią, potem na matkę, która kiwnęła potakująco głową, zatrzymała go jednak, kiedy chciał już wybiec z pokoju:

– Nie zapomniałeś o czymś?

Przystanął, ale tylko na chwilę.

– Dziękuję, ciociu Ashley.

– Nie zjedz wszystkich karmelków naraz! – zawołała za nim Katrina.

Ashley spojrzała w zadumie na Marianę i zamknęła na moment oczy, jakby chciała odegnać od siebie jakieś przykre myśli. Sprawiała teraz wrażenie tak nieszczęśliwej, że Katrina najchętniej pobiegłaby od razu do Nicolasa, aby powiedzieć mu bez ogródek, że powinien zatroszczyć się o żonę, zamiast dręczyć ją jeszcze wyrzutami.

– Pojadę już do domu – odezwała się Ashley. – Odwiedź mnie, proszę, któregoś dnia. Możesz przywieźć ze sobą Marianę, Robin na pewno ucieszy się z jej towarzystwa.

Katrina przyrzekła, że przyjedzie tak szybko, jak tylko to będzie możliwe, i odprowadziła przyjaciółkę do drzwi. Służący z parasolem towarzyszył jej aż do powozu. Kiedy dwukonka ruszyła z miejsca, spod kół trysnęły woda i błoto, ale w oddali zasłona z chmur przerzedziła się trochę, zwiastując bliski koniec monsunu.

27

Przełęcz Chajberska, wrzesień 1878

W lipcu 1878 roku Rosjanie dopięli swego: tak jak przewidywał to Maddox, udało im się umieścić w Kabulu swego wysłannika. W dniu 14 sierpnia Brytyjczycy zażądali, aby Szer Ali zaakceptował również obecność posłów angielskich.

Aidan tkwił na swoim posterunku w jaskini, pilnie obserwując okolicę. Nastał wrzesień, dla niego był to już trzeci miesiąc spędzony na przełęczy. Jego mała Mariana kończyła właśnie pierwszy rok życia i na samą myśl o tym Aidan odczuwał bolesne ukłucie żalu, że nie mógł być teraz przy małej. Zanim kilka dni wcześniej dołączył do niego Szarif, siedział tu sam, jeśli nie liczyć łączników, którzy raz na jakiś czas przekazywali mu wieści od Maddoxa, a także przejeżdżających tędy sporadycznie kupców. Szarif nie miał tym razem pełnić funkcji przewodnika; Aidan przypuszczał, że przybył tu jedynie w celu dotrzymania mu towarzystwa i przekonania się na własne oczy, co się dzieje w terenie. Zacięte zmagania Anglików i Rosjan zupełnie mu się nie podobały; był przeświadczony, podobnie jak Aidan, że jeśli dojdzie do wojny, nie wyniknie ona z różnicy zdań pomiędzy Anglią a Afganistanem, lecz że u jej podłoża legnie przede wszystkim rywalizacja z Rosją.

Na wieść o pierwszym kroku Rosjan lord Lytton, wicekról Indii, postanowił natychmiast wysłać swojego posła. Dzięki otrzymywanym meldunkom Aidan wiedział, że generał Neville Chamberlain otrzymał w tym miesiącu misję wynegocjowania z emirem Afganistanu zgody na przyjęcie w Kabulu reprezentantów Korony.

Szarif przyjechał na jednym z tych karych koni pełnej krwi, jakimi handlowali jego krajanie, po czym uwiązał go obok wierzchowca Aidana, pośród gęstych zarośli osłaniających wejście do jaskini. Aidan ucieszył się z jego towarzystwa. Lubił wprawdzie samotność, ale w ostatnich tygodniach odczuwał ją chwilami zbyt boleśnie.

– Myślisz, że dojdzie do starć? – spytał Szarif, siadając obok Aidana na występie skalnym przed jaskinią. – Zamierzacie wywrzeć presję na Szer Alego, aby opowiedział się za jedną ze stron, Rosją albo Anglią, i zmusicie go tym samym do wyruszenia na wojnę z Rosją lub z Anglią?

– Nie wiem, ale obawiam się, że wszystko zmierza właśnie ku takiemu rozwiązaniu.

Aidan powiódł wzrokiem po gołym, skalistym krajobrazie, którego szarość tylko miejscami przełamywał skrawek zieleni. Zimny wiatr zwiastował surową zimę, typową dla tych górskich regionów. Aidan owinął się szczelniej opończą.

– Jeśli do tego dojdzie, upłynie zapewne mnóstwo czasu, zanim się znowu spotkamy – mruknął z zadumą Szarif.

Odkąd Aidana zaczęto wysyłać w te strony, Szarif każdorazowo oddawał mu nieocenione usługi jako przewodnik. Poznał już jego plemię i nauczył się je cenić, jego członkowie jednak nie wiedzieli, że Aidan jest Anglikiem, a nie kupcem z Indii. Nikt z tych ludzi nie miał też pojęcia o prawdziwej działalności Szarifa. Czasem, tak jak na przykład teraz, Aidan zastanawiał się, po której właściwie stronie stoi Szarif, nie umiał sobie bowiem wyobrazić, aby ów dumny młody człowiek zdecydował się wysługiwać Koronie. Pomagał wprawdzie aktywnie Brytyjczykom, przeprowadzając ich żołnierzy przez góry, ale jednocześnie zdobywał wiedzę o ich ruchach, a Aidan nie wątpił, że w razie potrzeby Szarif bez namysłu stanie po stronie swoich współplemieńców. Najlepszym dowodem na to była obecna sytuacja: ze względu na realną groźbę wybuchu wojny Szarif odrzucił propozycję ponownego wystąpienia w roli przewodnika Anglików.

– Dołączysz potem do żołnierzy? – zapytał.

Aidan wzruszył ramionami.

– Jeśli otrzymam taki rozkaz, nie będę miał innego wyjścia.

– To nie jest twój świat, powinieneś już dużo wcześniej pożegnać się z wojskiem. Czym innym jest żyć w górach, czym innym zaś brać czynny udział w przygotowaniach do wojny. Nie nadajesz się do tego; zbyt dużym szacunkiem darzysz żyjące tu plemiona.

Istotnie, sama myśl o tym, że mógłby z bronią w ręku atakować Afgańczyków w ich własnym kraju, od tygodni spędzała Aidanowi sen z powiek. Ciągle jeszcze chwytał się kurczowo nadziei, że do wojny z Afganistanem nie dojdzie. I nie chodziło o to, że nie był gotów służyć ojczyźnie. Przeciwnie. Gdyby Anglia i Rosja wypowiedziały sobie wojnę, bez wahania spełniłby swój obowiązek i uczynił to, czego od niego oczekiwano. Afganistan był jednak krajem postronnym, któremu miano po prostu za złe, że tak niezłomnie opiera się ingerencji Brytyjczyków w swoje sprawy.

– Byłem przekonany, że znalazłeś wreszcie na południu swą ojczyznę – odezwał się znowu Szarif. – Czy naprawdę ani twój nowy dom, ani żona nie są w stanie utrzymać cię na miejscu? Masz już przecież nawet własne dziecko!

– Rozstaliśmy się skłóceni. Żona była na mnie zagniewana, że znowu ją zostawiam samą. Nawet nie chciała się ze mną pożegnać.

Szarif zmarszczył czoło, ale zachował milczenie.

– Początkowo było to tylko małżeństwo z rozsądku – dodał Aidan. – Coś się jednak potem zmieniło. Myślę, że ona mnie pokochała.

Kąciki ust Szarifa drgnęły w nikłym uśmiechu.

– Twoje słowa zabrzmiały tak, jakbyś sam w to nie wierzył. A przecież zdarzało się już, że jakaś kobieta była w tobie zakochana.

– Sądzę, że nie jestem tego wart. Nigdy przedtem nie odczuwałem tego w taki sposób.

Szarif roześmiał się.

– To brzmi tak, jakbyś i ty się zakochał.

Aidan, pogrążony w posępnej zadumie, spoglądał na drogę łączącą Afganistan z Pakistanem. Ciekawe, czy Brian jest jeszcze w Peszawarze, pomyślał.

– Naprawdę chcesz to wszystko dalej ciągnąć, Girilal? – zapytał Szarif; jak zwykle, gdy zwracał się do niego, nie użył jego angielskiego imienia.

Aidan nie wiedział, co odpowiedzieć. Ciężko byłoby pożegnać się na zawsze z tym, co robił do tej pory. Z drugiej jednak strony zdawał sobie sprawę, że nie może wiecznie utrzymywać Katriny w przekonaniu, że jej uczucia nie mają dla niego znaczenia.

– Nawet nie pożegnaliście się oboje jak należy. Myślę, że dla dwojga ludzi będących małżeństwem nie ma nic gorszego, niż rozstać się w gniewie.

– To ona nie chciała się ze mną pożegnać, nie zapominaj o tym! – Mimo tych słów Aidan czuł, że jego przyjaciel ma właściwie rację. Żałował teraz, że kiedy mógł napisać do Katriny, nie skorzystał z okazji. Wtedy było to możliwe. Teraz będzie musiał czekać, aż znowu się znajdzie w mieście. Mógł oczywiście przekazać list do żony pierwszemu lepszemu napotkanemu żołnierzowi, nie wiedział jednak, czy tamten rzeczywiście wysłałby go pod wskazany adres, zwłaszcza że w razie wybuchu wojny miałby inne kłopoty na głowie.

Szarif oparł się plecami o skałę.

– Z zagniewaną żoną należy się jak najprędzej pojednać, w przeciwnym razie powrót do domu może nie wypaść zbyt miło. – Rzucił Aidanowi badawcze spojrzenie. – Każdy mężczyzna ma swoją dumę, Girilal, ale nie powinien okazywać jej ludziom, którzy go potrzebują.

Kątem oka Aidan złowił jakieś poruszenie i odwrócił się zaniepokojony, spoglądając bacznie w tamtą stroną, nie dostrzegł jednak nikogo. Również Szarif wytężył wzrok.

– Widziałeś kogoś?

– Tylko przez chwilę, ale nie jestem pewien...

– Już od jakiegoś czasu mam wrażenie, że nie jesteśmy tu sami.

Aidan ściągnął brwi.

– A już myślałem, że to złudzenie. – Wstał i ze sztyletem w dłoni ruszył w kierunku domniemanego ruchu. Teraz jednak panowała wokół głucha cisza; żadnego szelestu, żadnego chrzęstu kamieni potrąconych nieopatrznie przez kogoś, kto rzuciłby się do ucieczki. Daremnie Aidan przeszukiwał wzrokiem cały pobliski teren.

– Może jednak ci się zdawało?

Aidan wzruszył ramionami, zachował jednak czujność.

– Może to jakieś zwierzę – rozmyślał na głos Szarif.

– Może.

Aidan ponownie zlustrował teren, który wydał mu się podejrzany, ale nic nie zakłócało teraz głuchej ciszy. W milczeniu sięgnął wzrokiem w głąb doliny.

*

Londyn w żadnym razie nie miał zamiaru dopuścić do tego, aby Przełęcz Chajberska znalazła się w innych rękach niż brytyjskie. Łatwo więc było przewidzieć, że na gwałt zostaną podjęte wszelkie możliwe kroki, aby zająć i zabezpieczyć tę ważną strategicznie drogę. Na początku października paru oficerów z Corps of Guides* przekazało Aidanowi informacje co do dotychczasowego przebiegu rokowań. Zdążali oni właśnie do Kabulu i zdecydowali się zatrzymać na krótki postój. Dla niewtajemniczonych musiało to wyglądać tak, jakby jakiś Pasztun i kupiec hinduski gościli w obozowisku przejeżdżających tędy żołnierzy.

Po fiasku misji w Kabulu, która z rozkazu lorda Lyttona miała nakłonić emira Afganistanu do zaaprobowania obecności wysłanników brytyjskich, generał Neville Chamberlain doczekał się niechlubnego odwołania.

– Władze w Kabulu nie tylko nie zgodziły się przyjąć delegacji brytyjskiej – opowiadał podporucznik Winston Hazard – ale wręcz zagroziły użyciem siły, gdyby usiłowała ona zignorować wolę emira. Poselstwo dotarło nie dalej niż do północnego wylotu przełęczy.

---

* Corps of Guides – jeden z regimentów Brytyjskiej Armii Indyjskiej, składający się częściowo z piechoty, a częściowo z kawalerii; brał udział w walkach na terenie Indii i Afganistanu w latach 1846–1922 (przyp. tłum.).

– Kiedy to się stało? – zapytał Aidan.

– Dwudziestego pierwszego – odparł inny z oficerów.

A więc zaledwie kilka dni temu! Aidan zmarszczył czoło.

– I co robi teraz Lytton?

– Wypowiedział Afgańczykom wojnę. Zgromadzono już czterdzieści tysięcy żołnierzy, którzy mają wkroczyć na teren Afganistanu z trzech stron.

Szarif, stojący obok Aidana, drgnął. Jego poruszenie nie uszło uwagi oficerów, podporucznik Hazard obrzucił go bacznym spojrzeniem. Fakt, że ten Pasztun znajdował się w towarzystwie Aidana, nakazywał go darzyć zaufaniem, ale jednak ograniczonym.

Oficerowie pozostali jeszcze jakiś czas przy ognisku, zanim wyruszyli w dalszą drogę. Sformowany przez podporucznika Harry'ego Lumsdena w grudniu 1846 roku Corps of Guides stanowił elitarną jednostkę armii brytyjskiej, działającą na terenie imperium brytyjsko-indyjskim. Jej skład obejmował oddział kawalerii i dwie kompanie piechoty, łącznie trzystu żołnierzy. Jednostka ze względu na odwagę i waleczność cieszyła się już wyjątkową sławą, wywołując zazdrość innych oddziałów. Brian od dawna marzył o wstąpieniu do tego regimentu. Może teraz, w związku z wybuchem wojny, nadarzy się ku temu okazja.

Siedząc po turecku, Szarif wsparł ręce na kolanach i skrył twarz w dłoniach. Taką pozycję przyjmował zawsze, gdy oddawał się rozmyślaniom i nie chciał z nikim rozmawiać. Aidan nie miał nic przeciw temu; sam nie był w nastroju do pogaduszek. Wszystko przemawiało za tym, że jest tylko kwestią czasu, kiedy Maddox wyśle go do Kabulu. Przez chwilę rozważał ten problem w myślach, w końcu jednak zwrócił się do Szarifa, tkwiącego wciąż w tej samej pozycji.

– Jaki jest Kabul? – zapytał, przerywając ciszę.

Upłynęło kilka sekund, zanim Szarif uniósł głowę i spojrzał na niego.

– Liście na drzewach przybierają teraz jesienne barwy, wszędzie widać kolory złoty i czerwony, we wszystkich ich odcieniach. W ogrodzie kuzyna mojej matki rosną wierzby płaczące, drzewa orzechowe i cedry. Trawa jest usłana liśćmi; wygląda to jak dywan w złoto-brązowe cętki. Zimą robi się przeraźliwie zimno, tak jak tutaj, w górach. Choć miasto pod śnieżną powłoką wygląda przepięknie, unikam go w tym okresie. Nie wiem dlaczego, ale jakoś nie mogę się oprzeć wrażeniu, że trudniej ogrzać domy niż nasze namioty. W domu jest duże pomieszczenie, w którym stoi coś na kształt stołu. Jest ono ogrzewane, a na stole leży koc, którym wszyscy nakrywają sobie nogi, kiedy siedzą razem. Tylko w ten sposób daje się znieść ziąb niosący się od ścian. – Szarif uśmiechnął się. – Ale gdybyś chciał ujrzeć Kabul pod białą powłoką, nie musisz wcale przyjeżdżać tam zimą. Wystarczy przełożyć przyjazd na przyjemniejszą porę roku: wiosnę, kiedy kwitną migdałowce.

Aidan wiedział, że takie rozumowanie jest niedorzeczne, ale wolałby usłyszeć, że w Kabulu roi się od krwiożerczych barbarzyńców, których należy przywołać do porządku. To by znacznie ułatwiło całą sprawę. Dobry Boże, pomyślał, dlaczego nie odszedłem z armii, póki było to możliwe?!

Aidan nie wiedział, czy Szarif śpi, czy tylko udaje, w każdym razie oddychał płytko i równomiernie. W jaskini panowały nieprzeniknione ciemności, nie docierała tu ani odrobina księżycowego blasku. Aidan wybił się już ze snu; początkowo wiercił się na swoim posłaniu, obracając się z boku na bok, aż wreszcie znieruchomiał. Leżał teraz z dłońmi podłożonymi pod głowę, wpatrując się w mrok i rozmyślając. Nigdy przedtem nie pragnął tak gorąco mieć Katriny u swego boku. Ostatnio myślał o niej bardzo często, wyobrażając sobie, że opowiada jej o wszystkim, co go zajmuje i spędza sen z powiek. Zaskakiwało go to pragnienie, a teraz jeszcze doszło do tego to nieznośne pragnienie, aby była tu przy nim, teraz, zaraz. Rzecz jasna, Katrina nie rozwiązałaby jego problemu, ale przynajmniej by go wysłuchała, a potem kochaliby się aż do rana, do wschodu słońca nad górami.

Przed jego wyjazdem z domu nie układało im się najlepiej i choć Katrina nigdy nie zamknęła przed nim drzwi sypialni, nie była też zbyt wylewna ani aktywna, nieraz odnosił wrażenie, iż jedynie pozwala mu się cieszyć swoim ciałem, tolerując to w milczeniu. Nie dawało mu to zbytniej satysfakcji. Z takim zachowaniem kobiety nie zetknął się nigdy przedtem, a przepaść, jaka otwarła się przed nimi z chwilą jego wyjazdu, tylko się przez to pogłębiła. Nawet teraz, gdy o tym myślał, wzbierał w nim gniew.

W jakimś momencie musiał jednak przysnąć, bo zbudziło go parskanie i stąpanie koni. Do jaskini wdarł się blady promień światła i w pierwszej chwili Aidan zamrugał kilkakrotnie, aby się oswoić. Tam, gdzie leżał Szarif, nagle coś zaszeleściło i rozległ się zduszony jęk. Aidan błyskawicznie zerwał się na równe nogi, szukając po omacku sztyletu, ale w tym samym momencie ktoś rzucił się na niego, Szarif zaś umilkł. Szarpnął się jeszcze, aby odzyskać swobodę ruchów i chwycić za sztylet, gdy wtem coś twardego trafiło go z całej siły w głowę.

Poranny blask rozlewał się nad górami mlecznoniebieskawą falą, kiedy Aidan otworzył oczy. Leżał na brzuchu przytroczony do grzbietu muła, a każdy kolejny gwałtowny krok zwierzęcia potęgował ból pulsujący w jego głowie. W ustach tkwił cuchnący stęchlizną knebel, ręce miał związane na plecach. Ostrożnie uniósł głowę i rozejrzał się dokoła. Ten nieprzemyślany ruch wywołał tak gwałtowny napad bólu, że dusząc jęk, wgryzł się mocno w knebel. Przynajmniej jednak dojrzał Szarifa, wiedział już, że ten, choć nie był w lepszej sytuacji, na szczęście jednak żył.

Eskortowała ich grupa mężczyzn na koniach, dwaj z nich przywiązali sznurami obydwa muły do swoich siodeł. Żaden nie odezwał się jeszcze nawet słowem, Aidan nie potrafił więc orzec, w czyich rękach się znaleźli. Nie mogli to być Afgańczycy, bo wygląd Szarifa nie pozostawiał wątpliwości, że to Pasztun. Po cóż zresztą Afgańczycy mieliby ich porywać? Szarifa uznaliby przecież za jednego ze swoich, a jego za hinduskiego kupca. Nie wyglądali na ludzi zaangażowanych w politykę.

Jechali szlakiem, którego Aidan nigdy przedtem nie widział. Przeprawiali się przez kilka potoków górskich; woda pryskająca spod kopyt końskich zalewała mu twarz. Droga wiodła piargami i wąskimi kamienistymi ścieżkami, mijając głębokie parowy. W końcu rozległy się czyjeś głosy i Aidan, obróciwszy lekko głowę, zorientował się, że dojeżdżają do obozowiska. Kiedy się zbliżyli, rozpoznał język hindustani. Wystarczyło mu jedno spojrzenie, aby wiedzieć, w czyich rękach się znaleźli. Nie byli to żadni bojownicy o jakichś zapatrywaniach politycznych, lecz zwykli bandyci. Przełęcz Chajberska leżała daleko za nimi, oni zaś byli znowu na terenie Indii.

Z jednego z namiotów wyszedł im na spotkanie brodaty mężczyzna w futrzanej opończy.

– Gdzieście się podziewali tak długo? – Spojrzał Aidana i Szarifa. – I co to za jedni? Od kiedy to sprowadzamy do obozu jeńców?

Mężczyzna przewodzący grupie jeźdźców zeskoczył z konia i odprowadził brodacza na bok. Obaj rozmawiali o czymś cicho, z niezwykłym ożywieniem. Aidan wytężył słuch, nie dosłyszał jednak ani słowa. Ktoś pochwycił go za ramiona i brutalnie ściągnął z grzbietu muła; twarde zderzenie z ziemią wywołało nowy atak bólu, którzy przeszył mu głowę. Kątem oka dojrzał jeszcze, że identyczny los spotkał Szarifa, a jego jęk świadczył, że nie potraktowano go wcale łagodniej.

Zwierzęta odprowadzono na bok, jeńcy leżeli związani na ziemi, pozornie nie przyciągając niczyjej uwagi. Jedynie czasem ten i ów rzucał im zaciekawione spojrzenia, reszta jednak gawędziła, wymieniając wieści. Gdyby Aidan nie wiedział, z kim ma do czynienia, mógłby uznać ich za zwykłe plemię nomadów.

Tamci dwaj skończyli już dyskusję i podeszli do Aidana, który nie mogąc się ruszyć, podniósł jedynie wzrok. Czuł się przy tym bezsilny.

– Jesteś Anglikiem? – zapytał brodacz w języku urdu.

Aidan milczał, udając, że nie rozumie.

– Anglik? – zapytał ponownie mężczyzna, tym razem skrzeczącym angielskim.

Ponieważ pytanie świadczyło o tym, że nie biorą go tu za hinduskiego kupca, za jakiego chciał uchodzić, Aidan uznał, że nie musi odpowiadać. Zaniepokoiło go tylko, że zdołali go nie tylko zdekonspirować, ale i uznali, że warto go tu przywieźć. No cóż, trudno. W każdym razie nie uzyskają od niego żadnych dalszych informacji.

Mężczyzna, który przewodził grupie porywaczy, kopnął go z całej siły w żebra. Aidan stęknął i zwinął się z bólu, wciąż jednak milczał.

– Jesteś pewien, że się nie mylisz? – rzekł brodacz.

– Tak, choć zorientowałem się przez przypadek. Rozmawiał z angielskimi żołnierzami. Po angielsku. Widać było, że jest jednym z nich.

– Dlaczego mnie śledziliście? – zapytał Aidan płynnie w języku hindustani, nie oczekując nawet odpowiedzi.

Mężczyzna spojrzał na niego.

– Nie śledziliśmy cię. Mieliśmy cię po prostu obrabować i zabić, tak samo jak jego. – Ruchem głowy wskazał na Szarifa. – Twoje szczęście, że tego dnia przejeżdżał tamtędy oddział brytyjskich żołnierzy i okazało się, że nie jesteś tym, za kogo się podajesz. Za to on – ponownie wskazał wzrokim na Szarifa – nie jest chyba Anglikiem, a mimo to związał się z wami. Szpieg i zdrajca swego narodu. – Mężczyzna uśmiechnął się szyderczo.

– Jak się nazywasz? – rzucił brodacz.

Aidan milczał.

– Twoja ranga w wojsku?

Obaj mężczyźni wymienili spojrzenia i tym razem brodacz kopnął tak mocno, że przez moment Aidanowi zabrakło tchu, a świat przed oczami pogrążył się w mroku. Po chwili powtórzył pytanie. Nie doczekawszy się odpowiedzi, drugi z mężczyzn stanął za Aidanem, chwycił go pod pachy i poderwał do góry, trzymając mocno. Brodacz podszedł i rozpiął mu opończę, kurtkę i wełniane koszule. Ten zaś wzdrygnął się, ale nie z zimna, lecz pod dotykiem noża przytkniętym mu do żeber, tuż poniżej serca.

– Nazwisko i ranga.

Nie odpowiedział, czując, jak brodacz przesuwa ostrzem po skórze, nacinając ją na szerokość dłoni. Zacisnął tylko zęby, ale nie przerwał milczenia. Tamten zaś ponownie przyłożył nóż do ciała, w to samo miejsce, i ciął ostrzem po ranie. Aidan zadygotał i na moment zamknął oczy. Wszystko powtórzyło się jeszcze dwa razy, po czym brodacz porzucił go i podszedł do Szarifa, klęknął i przytknął mu nóż do gardła.

– Ten tutaj i tak już nie jest nam potrzebny. – Spojrzał na Szarifa. – Chyba że powiesz nam to, co chcemy wiedzieć.

Szarif milczał, skierował jednak nad ramieniem tamtego wymowne spojrzenie na towarzysza. Aidan gotów był znosić ból, a nawet oddać życie, ale to, co się tu działo, zaczynało wymykać się spod kontroli. Nikt nie mógł od niego oczekiwać, że pozwoli umrzeć Szarifowi.

– Nie! – zakrzyknął.

Brodacz, nie odejmując noża od szyi Szarifa, spojrzał na Aidana.

– No więc?

– Puść go, a powiem wam, co chcecie wiedzieć.

Mężczyzna podszedł ponownie do Aidana, trzymając w dłoni nóż.

– Kapitan Aidan Landor, ósmy regiment kawalerii bengalskiej.

W gęstwinie ciemnej brody zabłysły zęby.

– Nie trzeba było tak od razu? – Kiwnął głową, wskazując na Szarifa. – A ten?

Gorączkowo zbierał myśli.

– Jest moim przewodnikiem przez góry.

– A więc to zdrajca własnego kraju.

– Nie! – zaprotestował żarliwie Szarif.

Mężczyzna nie zwracał na niego uwagi.

– Ile jesteś wart dla swego regimentu?

Aidan milczał. Tym razem nie wiedział, co powiedzieć.

– Anglicy uwięzili kilku naszych ludzi, w tym dwóch moich braci. Wszystkim im grozi kara śmierci, bo okazali się na tyle głupi, że napadli i zabili kilku angielskich żołnierzy.

Aidan słyszał już o tym wydarzeniu.

– W tej sprawie nic nie mogę zdziałać – powiedział.

– Ty nie, ale ja mogę cię za nich wymienić.

Aidan omal nie parsknął śmiechem. Taka wymiana nie wchodziła w rachubę, nikt by na to nie wyraził zgody.

– Moi ludzie i okup to cena za to, żebyśmy cię puścili wolno. Wasz kraj prowadzi wojnę, a więc oficerowie będą z pewnością potrzebni. – Wskazał na Szarifa. – Za niego z pewnością nie dostaniemy ani grosza, spróbujemy go sprzedać jego rodakom. Zapewne zechcą dostać w swoje ręce zdrajcę i szpiega.

Aidan dostrzegł nagłą bladość twarzy przyjaciela. To oznaczałoby dla niego nie tylko hańbę, ale i wyrok śmierci.

– Dam za niego więcej niż Afgańczycy – powiedział. – Gdy tylko znajdę się na wolności, wyślę pieniądze.

Brodacz obrzucił go badawczym spojrzeniem, ale nie odpowiedział. Aidan nie wątpił, że zdoła odzyskać wolność. Z pewnością te absurdalne żądania porywaczy zostaną odrzucone, ale jakiś sposób się znajdzie. Martwił się nie tyle o siebie, ile raczej o swego towarzysza, który nadal leżał na ziemi jak martwy.

– Dobrze – odrzekł w końcu brodacz. Przeniósł wzrok na mężczyznę stojącego za Aidanem. – Zaprowadź ich tam. – Wskazał na niewielki namiot rozpięty kilka metrów dalej.

Leżąc już na ziemi, Aidan spostrzegł, że na wysokości rany jego koszula nasiąkła krwią, a czerwona plama rozrosła się w dół brzucha, sięgając do paska u spodni. Szarif usiadł i spojrzał na niego. Obaj mieli nadal ręce skrępowane na plecach, co pozwalało sądzić, że wyjście z namiotu nie jest strzeżone.

– To wygląda bardzo nieciekawie, Girilal – mruknął Szarif, nie wyjaśniając przy tym, co ma na myśli: ranę Aidana, sytuację, w jakiej się znaleźli, czy też jedno i drugie.

28

Utakamand, styczeń 1879

Jeszcze nad ranem mgła otuliła góry i również na ustach czuć było jej wilgotny posmak. Katrina wstała wcześnie i wyszła na balkon. Odziana jedynie w nocną koszulę i zwiewną podomkę, stała tak, dygocąc z rannego chłodu. Mglisty welon, zasnuwający góry, z wolna przybierał czerwone zabarwienie.

– I znów przywdział młody dzionek swą szatę poranną z lśniącego brokatu – zacytowała cicho Katrina. Jej ojciec lubił perską poezję miłosną.

Po południu odwiozła Caleba do Charlesa na naukę jazdy konnej. Stojąc na najniższej belce ogrodzenia, mały przyglądał się obu kuzynkom; starsza radziła sobie już z kucem całkiem nieźle, młodsza natomiast nauczyła się zaledwie trzymać prosto w siodle, ale już przy jeździe kłusem jej umiejętności okazywały się mniej niż zadowalające.

Do Katriny i Caleba podszedł Charles. Widząc go, dziewczynka ponowiła starania o lepszą postawę na koniu, jednak jej wysiłki spełzły na niczym.

– Jazda konna nie sprawia jej zbytniej uciechy – zauważyła Katrina.

– Tak, widzę. Ale jeszcze się nauczy.

– Sądzisz, że przymuszanie jej do jazdy to właściwe postępowanie?

– Dama musi umieć jeździć konno, a jeśli teraz ustąpię, nigdy nie opanuje tej umiejętności. Nie chodzi o to, żeby była wspaniałą amazonką, ale powinna umieć jeździć na tyle, na ile wymaga tego normalne życie w Ooty.

– Ja potrafię już dobrze jeździć, wujku – wtrącił się do rozmowy Caleb.

Charles pieszczotliwie zmierzwił mu włosy.

– Tak, wiem.

– Nawet galopem – poinformował chłopiec matkę, która natychmiast struchlała.

– A jak ci się wydawało? – zapytał Charles, widząc jej minę. – Że do końca życia będzie jeździł tylko stępa i kłusem?

– Mógłby przynajmniej jeździć spokojniej, dopóki trochę nie podrośnie.

– Zaufaj instruktorowi, Katrino, tak jak i ja mu zaufałem, powierzając swoje córki. – Charles spojrzał na Caleba: – Może powinieneś się trochę zająć swoim kucem?

Caleb posłusznie zeskoczył z belki na ziemię i pobiegł do stajni.

– Masz jakieś wieści od Aidana?

Katrina potrząsnęła głową.

– Żadnych. Sama też do niego nie piszę.

Na jego twarzy pojawił się wyraz poirytowania, ale Katrina nie wiedziała, czego dotyczy ta złość: tego, że Aidan nie dał znaku życia o sobie, czy że ona do niego nie napisała. Nagły krzyk ściągnął ich uwagę na plac do jazdy. Emma, młodsza z córek Charlesa, spadła właśnie z konia i płakała, siedząc na ziemi. Cynthia, która widocznie widziała wszystko z okna, już biegła w jej stronę, co z uwagi na jej obecną figurę – krótko przed rozwiązaniem – stanowiło nie lada wyczyn.

Instruktor pomógł dziewczynce wstać i polecił dosiąść konia. Charles, który w milczeniu obserwował całą scenę, spojrzał na żonę, całą rozgorączkowaną.

– Mówiłam, że to się może tak skończyć! – zawołała piskliwie.

– Opanuj się – szepnął Charles, po czym zwrócił się do Emmy: – Wsiadaj na konia.

– Ani mi się waż! – zaprotestowała gwałtownie Cynthia. – Chodź, Emmo. Koniec z jazdą konną!

Instruktor powiódł po nich wzrokiem, od jednego do drugiego, po czym spojrzał na Jessamyn, która zawróciła już swego kuca i podjechała z powrotem.

– Wsiadaj, Em – zachęciła siostrę.

Emma, zakłopotana, zmagała się sama ze sobą: posłuchać ojca czy podejść do matki i tym samym zakończyć tę mękę nauki?

– Chodź już, skarbie – powiedziała Cynthia. – Ty też kończysz jazdę, Jessamyn. Nie chcę, aby i ciebie spotkało coś złego.

– Dość tego! – odezwał się Charles i tylko Katrina widziała, ile wysiłku kosztuje go zachowanie spokoju. – Wpadłaś w histerię, co w twoim stanie nie jest niczym niezwykłym.

– Nie mogę już więcej jeździć, papo? – zapytała Jessamyn.

– Oczywiście, że możesz – odparł Charles. Otworzył furtkę i podszedł do Emmy.

Cynthia otworzyła usta, zapewne szykując się do następnej gniewnej tyrady, ale Katrina ścisnęła lekko jej ramię.

– Robisz przed waszym pracownikiem pośmiewisko z siebie i twego męża – szepnęła. – Czy chcesz, aby o tej scenie mówiło potem całe miasto? – Użyła jedynego argumentu, na który jej bratowa nie mogła pozostać głucha. Nie chcąc dopuścić do plotek, Cynthia, skonsternowana, zerknęła na instruktora, który tylko przez moment odwzajemnił spojrzenie.

– Chyba pójdę się położyć – mruknęła.

– Odprowadzić cię do domu?

Cynthia potrząsnęła głową i speszona rzuciła okiem na Charlesa, który klęczał przed córką, mówiąc coś do niej łagodnie. Katrina, nie bacząc na odmowę, ujęła szwagierkę pod rękę i poprowadziła do domu.

Za drzwiami Cynthia zalała się łzami.

– Zrobił się taki dziwny – łkała. – Czuję, że uważa mnie za złą matkę.

– Nonsens!

– To dlaczego zmusza dziewczynki do takich niebezpiecznych rzeczy? Może chce w ten sposób podkreślić, że ma mi za złe, iż nie dałam mu syna?

Ta nagła ufność i poufałość szwagierki zaskoczyły Katrinę, choć wiedziała z doświadczenia, że kobieta przy nadziei ma skłonność do takich nieoczekiwanych zmian nastrojów.

– To przecież tylko godzina dziennie, gdy Charles dysponuje ich czasem – powiedziała. – Pozwól mu na tę godzinę, poza nią przecież niemal nie uczestniczy w życiu córek.

– Wychowywanie córek to sprawa matki.

– I wychowujesz je. Przestań się denerwować, odpocznij trochę. Jeśli będziesz się denerwowała, może to zaszkodzić tobie i dziecku. Bądź cierpliwa. Kiedy maleństwo przyjdzie już na świat, poczujesz się lepiej i spojrzysz na wszystko innymi oczami.

Cynthia była tym razem zadziwiająco ustępliwa. Kiwnęła głową i podeszła do schodów, aby udać się na górę do sypialni.

Katrina otwierała już drzwi, chcąc wrócić na plac do jazdy, gdy na progu stanął Charles z miną niewróżącą jego żonie nic dobrego. Katrina pochwyciła go za ramiona.

– Nie kłóć się z nią teraz, Charlesie. Jest cała w nerwach, a wiesz przecież, że w jej stanie...

– To dla niej stała wymówka – przerwał jej szorstko Charles. – Przepuść mnie.

– Poczekaj chociaż, aż się uspokoisz.

Dość bezceremonialnie odtrącił jej ręce, odsunął na bok i wbiegł na górę.

Zamiast na plac do ćwiczeń, Katrina poszła na plantację. Charles przeznaczył pod uprawę herbaty znacznie większy areał niż ona i Aidan. Za polem herbacianym rozciągał się sad owocowy – dodatkowe źródło dochodów, z którego jej brat mógłby wprawdzie zrezygnować, nie czynił tego jednak ze względu na sentyment. Przyglądając się pracy zbieraczy, Katrina zastanawiała się, jak powinna dalej prowadzić interesy, skoro niemal wszystko jest teraz na jej głowie. Czuła się zbyt zmęczona, aby móc podołać tylu obowiązkom, tymczasem Charles ostrzegł ją, że jakość jej herbaty mogłaby być lepsza. Sama zresztą zdawała sobie z tego sprawę, ale uznała, że odkąd zatrudniła nowego nadzorcę, może mówić o poprawie. Wiedziała, że upłynie jeszcze sporo czasu, zanim wszystko osiągnie poziom, który mógłby ją naprawdę satysfakcjonować.

Niebawem dołączył do niej Charles.

– Mam nadzieję, że nie obszedłeś się z nią zbyt surowo – powiedziała Katrina.

Zmierzył ją krótkim spojrzeniem, zachował jednak milczenie.

– Chciałabym zatrudnić dwóch mężczyzn, którzy wyręczyliby mnie w prowadzeniu ksiąg i w sprawach zarządzania – zmieniła temat.

– Niezły pomysł, ale stać cię na to?

– Muszę tak zrobić, bo mam już za dużo spraw na głowie.

– Jeśli chcesz, rozejrzę się za kimś odpowiednim.

Wolałaby wprawdzie nie absorbować znowu brata swoimi problemami, ale wiedziała, że nie ma wyboru.

– Dziękuję.

Spoglądając w zadumie na plantację herbaty, pomyślała, że wspólna przyszłość z Aidanem jest mało prawdopodobna. On będzie nadal postępował wedle własnego uznania i zachcianek, ona zaś byłaby na wieki uwiązana do plantacji, na którą Aidan wpadałby tylko sporadycznie, dla chwili wytchnienia. A więc znowu samotność, tyle że innego rodzaju. Jaka szkoda, że brak jej szczęścia do mężczyzn!

– Ilekroć kogoś poznajesz, zawsze trafiają ci się nieodpowiedni mężczyźni! – rzekł Charles.

*

Uwagi Katriny niemal uszedł moment, w którym grudzień przeszedł w styczeń. Czas stał się dla niej niczym więcej, ponad upływ kolejnych tygodni bez Aidana i bez żadnych o nim wieści. To już trzydzieści sześć tygodni i dwa dni!

Była jeszcze wczesna pora dnia, kiedy powiadomiono ją, że maszyna zwijająca liście herbaty po etapie więdnięcia przestała pracować. Istotnie, w pomieszczeniu, w którym zwykle huczało od warkotu silników, panowała teraz złowieszcza cisza. Katrina stała przed maszyną, spoglądając na nią bezradnie.

– Właśnie teraz się zepsuła? – zapytała.

– Tak, *memsahib* – odparł nadzorca. – Posłałem już po człowieka, który sprawdzi, co się stało. Mam nadzieję, że to tylko drobna awaria, którą da się szybko usunąć.

Katrina też miała taką nadzieję, w przeciwnym razie powstałby poważny problem. Machinalnie skręcała palcami kosmyk włosów, zastanawiając się, co robić, jeśli się okaże, że naprawa maszyny zajmie zbyt dużo czasu. Nie chciała biec znowu do Charlesa z prośbą o pomoc, zwłaszcza że i on tkwił po uszy w swoich kłopotach.

– Zajmiemy się wszystkim, *memsahib* – próbował ją pocieszyć nadzorca, czytając widocznie w jej twarzy nastrój przygnębienia. Zatrudniła go latem, ale dał się już poznać jako doskonały pracownik.

– Proszę powiadomić mnie natychmiast, gdy się coś wyjaśni, Rohit – powiedziała.

Na dziedzińcu zatrzymał ją stajenny, z informacją o stłuczeniu lewej tylnej kończyny u jej klaczy.

– Stała w zagrodzie razem z końmi powozowymi – wyjaśnił – i zapewne doszło między nimi do jakiejś potyczki.

– To silna kontuzja?

– Stłuczenie wygląda na dość poważne, ale już opatrzyłem to miejsce, a teraz klacz stoi w stajni. Za dwa tygodnie będziemy wiedzieli więcej. Ale z tego, co mi mówi doświadczenie, powinno się dobrze zagoić.

Katrina kiwnęła głową. Zajrzę potem do stajni, postanowiła w duchu. Najważniejszą sprawą było teraz przygotowanie się na najgorsze, gdyby maszyny nie udało się tak szybko naprawić.

Kiedy wróciła do domu, Caleb stał u wylotu schodów, manipulując dłonią przy balustradzie. Na ramieniu trzymał małego kotka, którego kilka dni wcześniej dostał od wujka. W domu Charlesa jedna z kotek wydała na świat liczny miot i Caleb mógł wybrać sobie jedno maleństwo.

– Nie mógłbyś spędzać wolnego czasu, kiedy się nie uczysz, bardziej sensownie, zamiast tarasować przejście na schodach?! – ofuknęła go Katrina.

Znieruchomiał i spojrzał na nią z wyrzutem, a potem obrócił się na pięcie i wbiegł na górę. Katrina pożałowała swego wybuchu, ale w duchu usprawiedliwiała się sytuacją: trudno o bardziej pechowy zbieg okoliczności.

W biurze sięgnęła po księgę rachunkową, aby sprawdzić, czy może sobie pozwolić na jednorazową rezygnację ze zbioru herbaty. Gdyby maszyny nie udało się naprawić, musiałaby się zdecydować na zakup nowej, a to wymagało czasu. Księgę rachunkową, oprawną w skórę, wyciągnęła tak gwałtownie, że wraz z nią wysunęło się kilka kajetów z luźnymi kartkami, które pospadały na podłogę.

– Do diaska! – sapnęła, bliska już łez. Zirytowana uklękła, zebrała wszystko i położyła dość chaotycznie na stole.

Liczby, jak po chwili stwierdziła, nie powinny nastrajać pesymistycznie, nawet po odliczeniu kosztów naprawy maszyny. Uwzględniła także ewentualny spadek dochodów, spodziewany ze względu na problemy z bieżącym zbiorem herbaty. Pozostała kwota nie była wprawdzie imponująca, ale nie wskazywała też na niedostatek, choć oczywiście nie byłyby wtedy możliwe żadne większe wydatki. Musiałaby też odłożyć na razie sprawę zatrudnienia dwóch nowych pracowników. Spisała jeszcze kwoty należne za sprzedaną już herbatę i podliczyła wszystko. Orientacyjny bilans końcowy nie przedstawiał się tak czarno, jak sądziła ledwie godzinę temu. Podniosła wzrok, kiedy otwarły się drzwi.

– Jakiś człowiek chciałby porozmawiać, *memsahib* – poinformował ją *chuprassi*. – Czeka w salonie gościnnym.

– Kto to jest?

– Nie powiedział, jak się nazywa, *memsahib*.

Odetchnęła z ulgą. A więc to nie Stephen; *chuprassi* na pewno by go poznał. Wstała, uporządkowała włosy i poprawiła suknię, po czym skierowała się do salonu. W progu zaczerpnęła głęboko tchu, weszła do środka i słowa powitania zamarły jej na ustach.

– Nie należy w ten sposób nachodzić ludzi – rzekł Raymond Landor – ale pomyślałem, że jeśli uprzedzę o swoim przybyciu, zapewne mnie nie przyjmiesz.

Katrina nie zdejmowała dłoni z klamki.

– Aidana nie ma w domu.

– Wiem o tym. Zamknij, proszę, drzwi, chciałbym z tobą porozmawiać.

Z wahaniem spełniła jego życzenie. W głowie kłębiły jej się myśli o Marianie, o której rodzina Aidana nie miała pojęcia. Od czasu ich wyjazdu z Bombaju wzajemne kontakty ograniczyły się do niezbędnego minimum.

– Napijesz się herbaty? – zapytała Katrina, aby przerwać niezręczne milczenie. Aidana już od tak dawna nie ma w domu! Może jej teść dowiedział się o tym i żąda wyjaśnień, sądząc, że to jej wina, bo nie wywiązuje się należycie z obowiązków małżeńskich? Jeśli tak, to wybrał stosowny moment, gdyż po tych wszystkich kłopotach, z jakimi musiała borykać się ostatnio sama, była tak wściekła na Aidana, że wręcz łaknęła okazji, aby dać upust złości.

Wydawało się, że Raymond ma ochotę podziękować za herbatę, ostatecznie jednak przytaknął. Katrina zadzwoniła na służącego i kazała podać herbatę i ciastka.

– Widzę, że nie cieszy cię nasze spotkanie – zauważył Raymond, kiedy zostali znowu sami.

Katrina nie zamierzała nawet silić się na zachowanie pozorów uprzejmości, zwłaszcza że od obowiązku udzielenia odpowiedzi uwolnił ją Caleb, który wszedł właśnie do salonu, trzymając kotkę na ramieniu; nie ukończyła jeszcze nawet dwóch miesięcy i miała białe futerko z dużą czarną łatą na piersi. Caleb wręcz stracił dla niej głowę.

– Co się stało? – spytała łagodnie, widząc, że syn zawahał się na widok jej teścia. – Chodź, przywitaj się z dziadkiem.

Caleb podszedł bliżej i wymamrotał słowa powitania. Stojąc przy matce, wpatrywał się w mężczyznę.

– Niestety, nie przywiozłem ci upominku.

– Nikt tego nie oczekiwał – odparła kąśliwie Katrina. Spojrzała na Caleba. – O co chodzi, skarbie?

– Mogę pojechać do Daniela?

– Dopiero kiedy odrobisz zadania.

– Już odrobiłem. Mogę zabrać ze sobą Wilhelminę?

Katrina nie po raz pierwszy zadała sobie pytanie, skąd jej synowi przyszło do głowy takie imię dla kota.

– Lepiej zostaw ją w domu.

– Ale ona się boi być sama, beze mnie.

Do salonu wszedł służący ze stolikiem na kółkach. Podczas gdy podawał herbatę, Katrina omawiała z Calebem kwestię kotki: czy chłopiec może zabrać ją ze sobą, czy nie, a ponieważ nadal dręczyło ją sumienie z powodu tamtej chwili, kiedy bezpodstawnie zwymyślała syna, teraz zwycięsko wyszedł z tej dyskusji.

Raymond Landor wypił swoją herbatę, rezygnując z ciastek i słodkiej śmietany. Wydawał się nieswój i pogrążony w zadumie, niemal przygnębiony. Zaledwie zostali sami, odstawił filiżankę i spojrzał na Katrinę z powagą.

– Nie chciałbym dawać ci powodów do zdenerwowania.

– Obawiam się, że już mówiąc to, postąpiłeś wbrew własnym intencjom.

Jego twarz spochmurniała.

– Katrino, jestem skłonny przyznać, że nie grzeszyłem w stosunku do ciebie nadmiarem uprzejmości, ale to jeszcze nie oznacza, że możesz używać wobec mnie takiego tonu.

– Nie znajdujemy się teraz w twoim domu, lecz w moim. Kiedy przyjechałam wtedy do was z wizytą, starałam się usilnie żyć z wami w zgodzie. Po tym jednak, jak zostałam przez was potraktowana, mój stosunek do ciebie nie powinien cię dziwić.

Raymond uniósł obie dłonie.

– Nie przybyłem tu, aby się kłócić.

– Jak rozumiem, wiesz, że Aidana nie ma w domu, mimo to chciałbyś ze mną porozmawiać. Czy przyjechałeś z Bombaju specjalnie w tym celu?

– Tak.

Nie była głodna, ale sięgnęła po herbatnika i nałożyła na niego trochę gęstej słodkiej śmietany, żeby zająć czymś ręce.

– Chodzi o Aidana – powiedział Raymond. – Nie spodoba ci się to, co usłyszysz, ale obawiam się, że mój syn nie był wobec ciebie szczery.

Kęs herbatnika natychmiast utknął jej w gardle, czym prędzej upiła łyk herbaty, aby móc go przełknąć. Pierwsze, co przyszło jej na myśl, to jakaś inna kobieta. To by wyjaśniało jego wyjazdy i długotrwałą nieobecność. Czuła, że drżą jej ręce, śpiesznie więc skryła je w fałdach sukni.

– Jak się okazuje, ukrywał pewne fakty nie tylko przed tobą, ale również przed nami wszystkimi. Co on ci mówił? Że niby dlaczego musi tak często wyjeżdżać? Bo chyba bajeczka o tym, jak bardzo kocha podróże, nie mogła starczyć na długo…!

– Mówił, że zapoznaje się z metodami pracy na innych plantacjach herbaty. – Serce łomotało jej w piersi tak głośno, że niemal nie słyszała własnego głosu.

– Co prawda, nigdy nie powiedział wyraźnie, że zrezygnował ze służby w wojsku. I właściwie nie ma w tym nic dziwnego, bo Aidan nie uznaje kłamstwa. Zapewne istotnie zwiedzał tereny uprawy herbaty, ale tylko przelotnie, aby nie mijać się całkiem z prawdą, a może też, aby pokazać się tam czasami. Zataił jednak przed nami fakt, że wcale nie rzucił aktywnej służby w wojsku. – Raymond przerwał wymownie, aby podkreślić wagę tych słów, po czym mówił dalej głosem nabrzmiałym emocjami: – W rzeczywistości jest zwiadowcą, wysyłają go tam, gdzie spodziewane są jakieś konflikty lub niepokoje. Działa w tych rejonach w pewnym sensie jako szpieg. – Zacisnął mocno pięść. – Stąd te częste wyjazdy i tak długa nieobecność… Aidan zna kilka języków i dialektów, potrafi posługiwać się nimi bezbłędnie, bez obcego akcentu, nadaje się do tej pracy jak mało kto.

Ulga, jaką poczuła Katrina, była tak przemożna, że przez chwilę zakręciło jej się w głowie, szybko jednak zmąciła ją gorycz świadomości, że przez ponad trzy lata była oszukiwana. Pamięć podsunęła jej twarz Aidana, jakże często nieprzeniknioną, a także upór, z jakim kontynuował swoje podróże, tak jakby to, czym się zajmował, miało dla niego o wiele większe znaczenie niż ona. Była mu potrzebna jako środek do zdobycia plantacji herbaty, co w żadnym razie nie oznaczało, że zamierzał być czymś więcej niż sporadycznym gościem w tym domu. W tym sensie świadomie ją rozczarował.

Jej wzrok napotkał spojrzenie teścia.

– Odbyłeś tę całą długą drogę z Bombaju, aby powiedzieć mi o czymś, co mogłeś opisać w liście…?

– Jeszcze nie skończyłem, Katrino. O tym wszystkim, co ci opowiadam, nie powinienem właściwie wiedzieć, zaistniały jednak pewne okoliczności, które sprawiły, że mój przyjaciel, jeden z dowódców kawalerii Bombaju, powiadomił mnie o paru sprawach... – Umilkł, wyglądało na to, że nie wie, jakimi słowami przekazać to, co miał do powiedzenia. – Trzy miesiące temu Aidan został napadnięty. Ci, którzy go porwali, to żadni powstańcy ani Pasztunowie, lecz zwykli bandyci. Zgodzili się wypuścić go na wolność w zamian za okup lub wypuszczenie z więzienia kilku ich kompanów. Pomijając fakt, że nikt się teraz nie zgodzi na tego rodzaje pertraktacje, bo Aidan ma wprawdzie dla armii jakieś znaczenie, ale nie jest niezastąpiony, to najwyższy priorytet ma w tej chwili wojna z Afganistanem. Panuje opinia, zapewne niebezpodstawna, że Aidan sam jest sobie winien, skoro znalazł się w położeniu, do którego nie powinien był dopuścić. Sytuacja wyglądałaby zapewne inaczej, gdyby był jeńcem politycznym.

W salonie zaległa cisza.

– Czy to oznacza dla niego poważne niebezpieczeństwo?

– Obawiam się, że tak.

– Czy oni... – Katrina z trudem przełknęła ślinę – czy oni kiedykolwiek powiadomiliby mnie o wszystkim?

– Tak, sądzę, że przesłaliby ci wiadomość, ale dopiero wtedy, kiedy nie byłoby już dla niego ratunku. W zasadzie chodzi o to, aby charakter służby wojskowej Aidana pozostał jak najdłużej w ścisłej tajemnicy.

– Ale dlaczego przede mną?

– Zwłaszcza przed żoną – podkreślił Raymond z niemal protekcjonalną pobłażliwością.

– Dlaczego zatem zdecydowałeś się odbyć taki kawał drogi i przedstawić mi całą sprawę?

– Po prostu uważam, że masz prawo o wszystkim wiedzieć. Nie pochwalam postępowania Aidana, ale jest to sprawa między wami obojgiem. Nie chciałem tylko dopuścić do tego, żebyś dowiedziała się o losie swojego męża dopiero, gdy wszyscy dadzą definitywnie za wygraną.

Czuła zamęt w głowie, jakby ją ogłuszono. Splotła dłonie, wpatrując się w przeciwległą ścianę niewidzącym wzrokiem. W końcu wykrztusiła z trudem:

– No cóż, ty i tak nie sankcjonowałeś tego, że jesteśmy razem.

– Nie zachowuj się niemądrze – ofuknął ją Raymond. – Istotnie, nie chciałem, aby Aidan cię poślubił, ale to jeszcze nie znaczy, że wolałbym ujrzeć go martwego. A zresztą, może nie przyjechałbym do ciebie, gdybym nie miał wrażenia, że potraktowałem cię niesprawiedliwie: zarzuciłem ci wtedy, że nie wywiązujesz się z powinności małżeńskich i to jest powodem tak częstej nieobecności Aidana w domu.

Niemal nie słyszała tego, co mówił. Przed oczyma stanął jej moment, w którym Aidan przyszedł się z nią pożegnać. Dlaczego była tak nieustępliwa?! Z wolna do jej świadomości docierała straszliwa myśl, że może nie zobaczy go już nigdy więcej. Gdybyż przynajmniej do niego napisała!

– Muszę przyznać – odezwał się znowu Raymond – że czuję się dość bezradny. Całą sytuację komplikuje fakt, że Aidan wpadł w ręce niewłaściwych ludzi. Jako jeniec polityczny stwarzałby inną pozycję negocjacyjną. Okoliczności są korzystne dla rządu, bo zwalniają go z obowiązku podjęcia pertraktacji, ale z pewnością nie dla Aidana. Nie wiem, jak dalece posuną się ci bandyci, kiedy się zorientują, że ich jeniec jest dla nich bezwartościowy. Gdyby chodziło wyłącznie o pieniądze, mógłbym je zdobyć.

– Nie znasz nikogo o odpowiednich koneksjach...?

– Niestety nie, w przeciwnym razie już bym je uruchomił. W tej chwili dla wszystkich liczy się tylko wojna, która, jeśli chcesz znać moje zdanie, nie ma szans powodzenia. Wszyscy o tym wiedzą i dlatego właśnie rzucają się tak zaciekle w jej wir.

Czy Nicolas wiedział coś na ten temat, zastanawiała się Katrina. Zapewne tak, obaj przecież znają się jeszcze z Kalkuty, a przed Nicolasem, jako oficerem, nie ma tego rodzaju tajemnic. Przypominała sobie teraz porozumiewawcze spojrzenia, jakie obaj nierzadko wymieniali między sobą. Czy w chwilach, gdy byli sami, wykpiwali jej naiwność i łatwowierność? Na samą myśl o tym krew uderzyła jej do głowy. Niemal natychmiast uprzytomniła sobie, że Aidan może już nigdy nie wrócić do domu, i z wrażenia zabrakło jej tchu. Zerwała się z miejsca. Nawet jeśli nie mogła nic zrobić, takie bierne siedzenie działało jej na nerwy. Trudno, pojedzie do Nicolasa i zażąda wyjaśnień.

– Co zamierzasz? – zapytał Raymond i również wstał z fotela.

– Muszę gdzieś pojechać.

– Lepiej się połóż, zanim popełnisz jakieś głupstwo.

– Nie jestem dzieckiem!

– Nie, ale kobietą, która prawdopodobnie ma w zamyśle jakiś pochopny krok.

Bez słowa obróciła się na pięcie i wybiegła z salonu. Słyszała głos teścia, który wołał coś za nią, nie zważała jednak, nawet gdy usłyszała za plecami jego kroki.

W holu natknęła się na zarządcę. Poinformował ją, że w maszynie zepsuła się jedynie jakaś drobna część, którą da się wymienić w ciągu paru dni.

Wezwała służącego, aby poszedł do stajni i kazał zaprząc, ale w tej samej chwili ktoś zadzwonił do drzwi.

– Nie słyszałaś, co mówiłem? – zapytał Raymond zirytowany i chwycił ją za ramię.

Katrina szarpnęła się, aby uwolnić się z uścisku, gdy usłyszała głosy córek Charlesa.

– U *memsahib* Ramsay zaczęły się bóle – wyjaśniła *ayah*, która towarzyszyła dziewczynkom.

Jessamyn i Emma spoglądały zatrwożone na Katrinę, podczas gdy mała Laura wodziła dokoła zaciekawionym wzrokiem.

– Co jest mamie? – zapytała Jessamyn.

– Twoja mama – powiedziała Katrina, oswabadzając rękę z uścisku teścia – potrzebuje dziś wieczorem trochę spokoju.

– Ale przecież my nie hałasujemy – zaoponowała Emma.

Katrina, niemająca jeszcze dostatecznego doświadczenia z dziećmi, aby poradzić sobie z tego typu sytuacją, zastanawiała się gorączkowo, jakimi słowami, odpowiednio prostymi i zrozumiałymi dla dzieci, wytłumaczyć im, co się dzieje. Kiedy na świat przyszła Laura, jej starsze siostry bawiły się u przyjaciółki i tam też wówczas nocowały, ale Emma nie pamiętała już tego wieczoru.

– Wasza matka – odezwał się Raymond Landor – czeka na przybycie dzidziusia i chciałaby wam sprawić tym niespodziankę.

Dziewczynki otworzyły szeroko oczy.

– Naprawdę? – wykrzyknęła Jessamyn.

– Prawdziwy dzidziuś? – zapytała Emma i klasnęła z zachwytem w dłonie.

– Tak – potwierdziła Katrina. – Prawdziwy. – Zmusiła się do uśmiechu i poleciła *ayah* odprowadzić dziewczynki na górę. – Macie ochotę na ciastka?

Starsze siostry przytaknęły radośnie, ucieszyła się również najmłodsza.

– Dziękuję – zwróciła się do teścia Katrina, kiedy dziewczynki weszły na górę.

Machnął ręką.

– Sam mam pięcioro dzieci i kilkoro wnuków, więc potrafię rozmawiać z maluchami.

Z głównego salonu wychodzącego na ogród nadeszła Lakszmi, mamka Mariany, z dzieckiem na ręce. Obie były przedtem na zewnątrz, a Lakszmi wyglądała teraz na zatroskaną.

– Ona chyba gorączkuje, *memsahib* – powiedziała.

Katrina przyłożyła córce dłoń do czoła, które istotnie było rozpalone. Poza tym jednak, że jej oczy błyszczały trochę za bardzo, a policzki wydawały się zarumienione, malutka wydawała się pogodna i zadowolona. Mimo to Katrina postanowiła wezwać doktora.

– Połóż ją do łóżka, Lakszmi, zaraz przyjdę. – Chciała już się odwrócić i posłać kogoś po doktora Davidsona, kiedy zauważyła zdezorientowaną minę teścia. No tak, rzeczywiście, pomyślała, przecież on nie widział jeszcze Mariany.

– Poczekaj, Lakszmi – powiedziała. Wzięła córkę na ręce i odwróciła się do Raymonda, który spoglądał na dziecko, blady na twarzy. – Twoja wnuczka Mariana – powiedziała chłodno.

– Kiedy zamierzaliście mnie o tym poinformować?

Wzruszyła ramionami.

– Decyzja w tym względzie należała do Aidana.

– Dasz mi je potrzymać? – Ostrożnie przejął dziecko. – Jak widzę, mała ma imię po mojej pierwszej żonie.

– Aidan chciał dać jej imię po swojej matce.

– Kiedy się urodziła?

– We wrześniu ubiegłego roku.

Raymond zmarszczył czoło i Katrina zorientowała się po jego minie, że oblicza w myślach miesiące. Na jego twarzy pojawił się przebłysk nieczystego sumienia, a potem odwrócił głowę.

– Powinniście powiedzieć nam wtedy. A może nie wiedzieliście jeszcze?

– Chcesz powiedzieć, że byłabym traktowana przez was w inny sposób?

Nie odpowiedział. Katrina ponownie wzięła Marianę na ręce i oddała ją mamce, która wyszła z małą z holu.

Na moment zwiesiła głowę. Czuła się wyczerpana, przypomniała sobie jednak córki Charlesa. Zaproponowała im przecież ciastka. Musi zajrzeć do kucharki. Ponadto należało przygotować dla dzieci sypialnię.

Kiedy wróciła z kuchni, Raymond nadal stał w holu.

– Kazałem twojemu stangretowi wyprząc z powrotem powóz.

Krew zaczęła gwałtownie pulsować jej w skroniach.

– W moim domu sama decyduję, czy wyjeżdżam, czy zostaję. I to ja, a nie któryś z moich gości, wydaję dyspozycje służbie.

– Jestem daleki od ingerowania w sprawy tego domu, ale wygląda na to, że w tej chwili nie jesteś w stanie podejmować racjonalnych decyzji.

– A jak ci się wydaje, kto od dłuższego czasu podejmuje w tym domu decyzje? – zaperzyła się Katrina. – Jak sądzisz, kto zarządza całym gospodarstwem?

– Jestem...

– I niech ci się nie zdaje, że w poprzednich latach sytuacja przedstawiała się inaczej. Po naszym powrocie z Bombaju byłam aż do urodzin Mariany zdana wyłącznie na siebie, dokładnie tak jak teraz. Potrzebowałabym kogoś, kto czasem mnie wesprze, a nie kogoś, kto wpada tu jak grom z jasnego nieba i uważa, że może traktować mnie jak małe dziecko. – Głos Katriny załamywał się podejrzanie. – Zwłaszcza jeśli ten sam człowiek jeszcze niedawno rozmawiał ze mną tak, jakby miał przed sobą ladacznicę!

Raymond spoglądał na nią, najwyraźniej skonsternowany.

– Jeśli dobrze słyszałem – mruknął po chwili – twoja córeczka gorączkuje, a ty chciałaś do niej zajrzeć.

Krew nadal pusowała w jej skroniach, w uszach czuła donośny szum. Odetchnęła głęboko i pomasowała sobie skronie. Ta sprzeczka nie miała sensu, zresztą nawet gdyby jednak uparła się pojechać do Nicolasa, najważniejsza była teraz jej córka.

– Przeproszę cię teraz, muszę iść do Mariany.

Wydawało się, że Raymond ma chęć położyć jej dłoń na ramieniu, rozmyślił się jednak.

– Kazałem przenieść swoje bagaże do hotelu Empire, bo nie wiedziałem, czy będę tu mile widziany.

– Ależ oczywiście – odparła machinalnie Katrina i natychmiast zapragnęła cofnąć te słowa. Nie chciała gościć Raymonda Landora pod swoim dachem.

Uśmiechał się, jakby nie oczekiwał innej odpowiedzi.

– Pozwolisz, że wyślę służącego po moje rzeczy?

– Proszę bardzo. – Szerokim, choć wymuszonym gestem zachęciła, aby czuł się tu jak w domu. – Ale teraz muszę cię przeprosić.

Zamiast do pokoju dziecinnego, udała się do swojej sypialni. Potrzebowała kilku minut spokoju, aby wziąć się w garść. Potem zajmie się wszystkim. Zamknęła drzwi na klucz i położyła się na łóżku. Dopiero teraz do jej świadomości zaczęła docierać doniosłość informacji przekazanej przez teścia. Jeśli wierzyła kiedykolwiek, że między nią a Aidanem istnieje więź oparta na wzajemnym zaufaniu, musiała teraz przyjąć do wiadomości, że tak nie jest. On wiedział o niej wszystko, ona znała go tylko w części – wyłącznie takiej, w jakiej gotów był się odsłonić. A to zamykało przed nią istotne sfery jego życia. Katrina nie wiedziała nawet, czy istotnie pozostał jej wierny, odkąd się pobrali. Ta myśl, choć trudna do zniesienia, stała się tak natrętna, że nie mogła się od niej uwolnić. Na domiar złego nie potrafiła sobie wyobrazić, jak miałaby znieść samotność, gdyby Aidan nie wrócił już do domu. Do tej pory wytrzymywała to jakoś, powtarzając sobie w duchu, że jego nieobecność nie będzie trwała wiecznie. Teraz jednak, kiedy wiedziała już, że odtąd tak właśnie mogłoby wyglądać jej życie, czuła się, jakby na jej duszę kładł się mroczny cień.

Zbyt poruszona, aby pozostać w łóżku, wstała w końcu i podeszła do kufra Aidana, na który dawniej rzucała okiem tylko sporadycznie, kiedy coś z niego wyjmował. Ale również teraz jego wnętrze nie wyjawiło przed nią żadnej tajemnicy. Żadnych sekretnych listów czy pamiętników, jedynie jakieś pamiątki, fotografie, stara kurtka wojskowa, uzda końska – po prostu drobiazgi, z którymi widocznie ciężko mu się było rozstać. Wśród fotografii Katrina natknęła się na tkwiące w ramce zdjęcie bardzo młodego Aidana w mundurze, patrzącego z poważną miną w oko obiektywu. Jego obszyta galonami kurtka o odcinających się od całości, bo ciemniejszych mankietach i kołnierzu, miała szpiczaste zakończenie z tyłu i lekko zaokrąglone na bokach. Do tego miał na sobie wysokie buty z ostrogami i szablę u pasa przypiętego na szarfie. Pod lewą pachą trzymał hełm, prawa dłoń spoczywała na rękojeści szabli.

Katrina patrzyła w zadumie na tę fotografię i przez chwilę żal wziął górę nad złością. Aidan na zdjęciu był tak samo obcy jak ten, z którym żyła.

W nocy krzyki ustały. Ulga, jaką Charles odczuł w pierwszej chwili, przerodziła się w lęk, kiedy nastała głucha cisza. Wszedł na górę i zaczął nasłuchiwać płaczu noworodka. Czekając na moment rozwiązania, pragnął gorąco, aby nastąpiło to jak najprędzej, ale nie wiedział nawet, co nim kieruje: współczucie wobec udręczonej bólami Cynthii czy rozdrażnienie wywołane trudnymi do zniesienia krzykami.

W pewnym momencie usłyszał jęki odmienne od poprzednich, nie potrafił jednak powiedzieć, czy jest to krzyk Cynthii, czy kwilenie dziecka. Rozległy się jakieś głosy, potem znowu jęki, ponownie głosy, krzyki, to donośniejsze, to znów cichsze. I wreszcie płacz dziecka. Charles przetarł oczy i odetchnął głęboko.

Upłynęło jeszcze pół godziny, zanim wpuszczono go do pokoju. Cynthia leżała w łóżku, z zamkniętymi oczami, twarzą białą jak wosk.

– To córka, *sahib* – powiedziała akuszerka, patrząc na niego niepewnie. Nikt nie lubi przekazywać złych wieści.

Charles kiwnął głową i podszedł do kołyski, w której leżało małe białe zawiniątko. Ilekroć patrzył na dzieci tuż po urodzeniu, dziwiło go, jak bardzo są malutkie.

– Zostawcie nas samych – polecił i akuszerka, *ayah* oraz służące, które pomagały przy porodzie, wyszły z pokoju.

– Bardzo mi przykro – szepnęła Cynthia. – Miałam nadzieję, że to będzie chłopiec.

Rozdrażniony miał już na końcu języka jakąś ostrą odpowiedź – dlaczego sądziła, że zamierza jej czynić wyrzuty? – spojrzał jednak na jej naznaczoną bólem twarz i się rozmyślił. Tyle cierpień, a w końcu znów doznała rozczarowania, pomyślał. Ale jeśli miał być szczery, w pierwszym momencie i on podszedł do tego w taki sposób. Spojrzał ponownie na swoją córeczkę i uświadomił sobie, jak duża krzywda stała się jej z winy rodziców już w pierwszych chwilach życia. Żadnego dziecka nie należało tak przyjmować na świat i również Cynthia, po tym wszystkim, co przeszła w ciągu ostatnich godzin, zasłużyła na więcej niż mężowskie milczenie, które mogła odebrać jako oznakę rozczarowania i gniewu.

– Jest słodka – powiedział, czując, jak mało wiarygodnie brzmi jego głos.

– Tak – szepnęła Cynthia.

Charles ostrożnie wyjął dziecko z kołyski i podszedł z nim do łóżka żony. Cynthia otworzyła oczy.

– Jakie imię chciałabyś jej dać? – zapytał.

– Podoba mi się imię Celesta.

Uśmiechnął się.

– A zatem niech się tak nazywa.

Cynthia zwilżyła wargi czubkiem języka.

– Następnym razem będzie na pewno chłopiec. Znam kobietę, która wydała na świat kilka dziewczynek, zanim urodziła chłopca.

– Przecież nie robię ci żadnych wyrzutów.

– Ale czujesz się rozczarowany. Nie chcesz nawet zaproponować dla niej imienia.

– Sądziłem, że ucieszysz się, mogąc tym razem sama zadecydować.

– I rzeczywiście sprawiło mi to przyjemność. Wybacz.

Złożył dziecko w jej dłonie.

– Nie masz za co przepraszać. – Wiedział, że z jego strony to niewłaściwe: być rozczarowanym, ale uczucie to uporczywie do niego wracało. Czego od niej oczekiwał? Że sprawi siłą woli, aby na świat przyszedł chłopiec? Jest wobec niej niesprawiedliwy! Jeszcze bardziej doskwierał mu fakt, że mimo wszystko wciąż czuł się rozczarowany.

Cynthia spoglądała na dziecko z uśmiechem, ale Charles dostrzegał na jej twarzy wyraz zatroskania. Świadomość, że zawiodła, kładła się dotkliwym brzemieniem na jej duszy.

*

Następnego popołudnia, po otrzymaniu wieści od brata, Katrina przywiozła dziewczynki i poszła odwiedzić bratową. Mała Celesta była urocza, a jej starsze siostrzyczki nie posiadały się z zachwytu. Katrina była zbyt silnie przygnębiona ostatnimi wydarzeniami, aby móc poświęcić maleństwu coś ponad przelotną uwagę. Zauważyła wprawdzie, że radość Cynthii mąci jakaś troska, ale nie zdobyła się na zajęcie tą sprawą. Najchętniej opowiedziałaby Charlesowi wszystko o Aidanie, ale przyszło jej na myśl, że byłby to krok bardzo egoistyczny. W ciągu najbliższych dni jej brat powinien poświęcić całą uwagę żonie i dzieciom. Milczała zatem, chociaż kilkakrotnie poczuła na sobie jego pytające spojrzenie.

Mariana trochę jeszcze gorączkowała, ale lekarz zdiagnozował zaledwie niegroźną infekcję nosa. Katrina mimo wszystko frasowała się chorobą córki, ponieważ jednak mała nie wykazywała żadnych niepokojących objawów, nabrała otuchy, między innymi dzięki Saricie, która nie przestawała podnosić jej na duchu.

Do tej pory Katrinie udało się uniknąć kolejnej rozmowy z teściem, nawet śniadanie kazała przynieść sobie do pokoju. Potem udała się do gabinetu, a stamtąd na plantację. Kiedy wróciła do domu, stwierdziła z ulgą, że Raymonda nie ma w domu; zostawił jej tylko krótką wiadomość, że zje na mieście.

U Charlesa spędziła ledwie pół godziny, korzystając z pretekstu, jakim było marne samopoczucie Cynthii. Od brata poszła do Nicolasa i Ashley. Nie mogła się doczekać chwili, gdy usłyszy wreszcie jakieś wyjaśnienia. Siedząc w powozie, utwierdzała się coraz bardziej w przekonaniu, że Aidan za jej plecami informował cały czas Nicolasa o swoich planach i poczynaniach.

Zanim powóz zatrzymał się na miejscu, wezbrał w niej tak ostry gniew, że zeskoczyła na ziemię, nie czekając na pomoc. Drzwi otworzył służący, który odstąpił na bok, aby wpuścić ją do środka. W domu państwa Allenger-Brownów Katrina zaliczała się do tych gości, którzy mogli przychodzić o każdej porze.

– Gdzie kapitan? – zapytała.

– W bibliotece, razem z *memsahib*. – Służący poszedł przodem, prowadząc ją za sobą.

Nicolas stał z książką w dłoni. Zaskoczony nieoczekiwaną wizytą, podniósł wzrok, ale uśmiech niemal natychmiast zniknął z jego twarzy.

– Co się…?

– Wiedziałeś o tym? – przerwała mu Katrina, starając się mówić spokojnie.

– O czym ty mówisz?

– Czy wiedziałeś za każdym razem, dokąd on wyjeżdża, pozostawiając mnie w tej strasznej niepewności? Dobrze się obaj bawiliście, ty i Aidan? Cieszyła was moja łatwowierność i potulna gotowość do czekania na jego powrót? – Dopiero teraz spostrzegła kątem oka jakiś ruch i usłyszała szelest sukni Ashley, która podeszła bliżej, najwyraźniej zaskoczona.

Nicolas zbladł.

– Katrino, ja…

– Czy on przed każdym wyjazdem informował cię, dokąd jedzie, i tylko ja byłam wprowadzana w błąd?

– Skąd o tym wiesz?

– A więc to prawda, czy tak? Tylko mnie wywiódł w pole?

– Katrino, to nie tak. Nigdy nie chciał cię oszukiwać...

– Jak więc można określić jego zachowanie? – Z każdą minutą Katrina podnosiła głos.

– Najpierw spróbuj się uspokoić.

– Tylko bez takich porad, proszę! Każdy mi radzi tylko, żebym się uspokoiła! Jestem jak najdalsza od spokoju i mam prawo!

– Na Boga, co się stało? – zapytała Ashley. – Nicolas, o czym wy w ogóle mówicie?

Nie dając mu dojść do słowa, Katrina odwróciła się do przyjaciółki.

– Przez te wszystkie lata Aidan nadal służył w wojsku jako szpieg, dlatego właśnie stale wyjeżdżał z domu i zostawiał mnie samą na długie miesiące!

– Ale nam nie wolno było ci o tym mówić. To tajemnica wojskowa.

– Nie broń go. I nie próbuj się zasłaniać tajemnicą wojskową! – krzyknęła Katrina. – Kiedy żenił się ze mną, dał mi do zrozumienia, że będziemy normalnym małżeństwem, twierdził, że chce się zająć uprawą herbaty. Okazuje się jednak, że potrzebował po prostu kogoś, kto będzie mu finansował wypoczynek, ilekroć wykona kolejne zadanie.

– Katrino, uwierz mi, to nie było tak.

– Właśnie tak, a jakże! A kiedy nadchodziła pora następnego zadania i wyjazdu, on po prostu odsuwał mnie na bok jak zbędną rzecz. Nawet wtedy, kiedy na świat miała przyjść Mariana, nie uznał za stosowne ze mną zostać. To nie miało dla niego żadnego znaczenia... – Ostatnie słowa stłumił szloch.

– Czułem, że kiedyś wreszcie do tego dojdzie – szepnął Nicolas i bezradnie rozłożył ręce.

– Naprawdę? – zapytała Ashley lodowatym tonem. Podeszła do Katriny i dotknęła jej ramienia. – Nie wiem, czy mnie teraz usłuchasz... – jej głos przybrał łagodne brzmienie – ale naprawdę powinnaś się uspokoić, kochanie. Od Aidana i tak możesz zażądać wyjaśnień dopiero, kiedy wróci do domu.

– Jeśli wróci, Ashley – sprostowała Katrina bezbarwnym głosem. – Nie wiadomo, czy w ogóle wróci.

– Co chcesz przez to powiedzieć? – krzyknął ostro Nicolas. – Dowiedziałaś się o czymś?

– Jego ojciec jest u mnie. Aidan został napadnięty na Przełęczy Chajberskiej przez jakieś plemię rozbójników, które trzyma go teraz w górach jako zakładnika. – Wzdrygnęła się. – A ponieważ nie jest jeńcem politycznym, jego uwolnienie nie ma rangi priorytetu.

Nicolas, wstrząśnięty, otworzył szeroko oczy.

– Chcesz powiedzieć, że nie odzyska wolności?

– Na to wygląda.

– I w takiej sytuacji przychodzisz tu, aby robić mi wyrzuty, bo nie mówił ci o wszystkim, choć nie wiadomo, czy w ogóle wróci żywy? – zawołał Nicolas głosem drżącym z gniewu. – Jak możesz zarzucać mu, że nie sprawdził się jako mąż, skoro teraz sama nie sprawiasz wrażenia kochającej żony?

– Nicolas! – Okrzyk Ashley przeciął jego słowa jak trzask bicza.

Katrina poczuła znowu ogłuszający szum w uszach i gwałtowne bicie serca. Pragnęła powiedzieć coś na swoją obronę, odrzucając oskarżycielskie słowa Nicolasa, ale chociaż otworzyła usta, jej język nie był w stanie wyartykułować żadnego dźwięku. Ashley ścisnęła mocniej jej ramię, ona zaś ujrzała, jak zmienia się wyraz twarzy Nicolasa. Nieoczekiwanie podszedł do niej bliżej. Zanim zdążyła się cofnąć, pochwycił ją za ramiona. Ogarnęła ją nieprzenikniona ciemność.

Kiedy z wolna uchyliła powieki i zamrugała oczami, blask światła przeszył ją boleśnie. Obróciła głowę na bok. Potrzebowała paru chwil, aby przypomnieć sobie, gdzie się znajduje. Widocznie przeniesiono ją do saloniku Ashley i tam ułożono na sofie. Drzwi były na wpół otwarte, z korytarza dobiegał zdenerwowany głos Ashley.

– ...niestosowne i grubiańskie.

– Na Boga, wcale nie miałem tego na myśli. Bardzo mi przykro!

– Przez cały czas trzymałeś jego stronę, Nicolasie, ukrywając to przed nią. Jak mogłeś?!

– Ashley, przecież to mój przyjaciel! Zresztą powtarzałem mu wielokrotnie, że powinien z tym wreszcie skończyć!

Dał się słyszeć szelest jedwabiu.

– Popierałeś nawet jego plany małżeńskie i wciągnąłeś jeszcze mnie, abym ułatwiła mu sytuację.

– On chciał się ożenić i osiąść tu na stałe. Nie widzę w tym nic złego.

– Doprawdy? – Głos Ashley wręcz ociekał sarkazmem. – Wszystko składało się dla niego wręcz idealnie, nieprawdaż? Dom, do którego może wracać w każdej chwili, więcej pieniędzy, niż miał do dyspozycji, no i uległa kobieta do łóżka – nie zapominajmy o tym.

Dłuższa chwila ciszy.

– Pobudki działania Aidana – odezwał się w końcu Nicolas – nie były wcale tak niskie, jak to obie przedstawiacie.

– Nie pojmuję, jak mogłeś przez cały ten czas pomagać mu oszukiwać jego żonę.

– Wcale mu w tym nie pomagałem, Ashley, a jeśli chcesz mi zarzucić, że nie zdradziłem jego tajemnic, to proszę bardzo, ale muszę cię zapytać, jak ty traktujesz sekrety swoich przyjaciółek. Nie mówiąc już o tym, że mieliśmy tu do czynienia z tajemnicą wojskową, której dotrzymanie jest kwestią pierwszorzędnej wagi.

– Czy przynajmniej był jej wierny?

– Sądzę, że tak, przynajmniej nic nie wiem o jakiejkolwiek kochance.

Ashley parsknęła z powątpiewaniem. Katrina, nie chcąc dłużej podsłuchiwać, wsparła się na łokciu i zakasłała. Natychmiast rozległy się kroki, szelest jedwabiu i w salonie zjawiła się gospodyni.

– Czujesz się już lepiej? – zapytała z troską.

– Tak, to tylko chwilowe zasłabnięcie.

Do pokoju wszedł Nicolas, ale zatrzymał się w progu. Zdjął już surdut, rękawy koszuli miał podwinięte.

– Przepraszam, że się trochę uniosłem – rzekł. – Ale po tym, co usłyszałem, nie mogę pojąć, że głównie trapisz się swoją zranioną dumą, zamiast bezpieczeństwem męża.

– Nicolasie, proszę – szepnęła Ashley.

Katrina milczała. Nie miała teraz ani chęci, ani siły, żeby się usprawiedliwiać. Jak miała mu wyjaśniać, że wcale nie chodzi jej głównie o zranioną dumę, że po prostu nie wie już, co ma robić, a życie Aidana, jakie wiódł za jej plecami, jest w osobie Nicolasa bardziej dla niej uchwytne, niż ta jego niewola, jakże mglista zresztą.

– Odprowadzę cię do domu – zaproponowała Ashley.

– To zbyteczne, mój powóz stoi przed domem.

Mimo to Ashley pojechała z nią i odprowadziła nie tylko do domu, lecz nawet do jej pokoju. Na szczęście Raymond nie wrócił jeszcze, mogła więc sobie zaoszczędzić rozmowy z teściem.

*

Charles stał przed maszyną Katriny w pomieszczeniu przyległym do hali, gdzie listki herbaty poddawano procesowi więdnięcia. Chciał to zobaczyć na własne oczy. Nie mógł pojąć, dlaczego Katrina czekała cały tydzień, nim powiedziała mu o awarii. Od razu przecież poinformowałby ją, że defekt maszyny jest poważniejszy, niż sądziła. Wysłałby własnych specjalistów, aby stwierdzili, co trzeba zrobić. A tak Katrina zmarnowała kilka cennych dni, czas, w którym herbata zamiast więdnąć, pleśniała. Na samą myśl o tym Charles czuł, że serce ściska mu się z żalu.

Obrócił się na pięcie i wyszedł z hali, aby odszukać Katrinę. Po wymianie zdefektowanej części maszyna przez krótki czas zaczęła funkcjonować, ale niebawem znowu odmówiła posłuszeństwa. Katrina odczekała kilka dni, mając nadzieję, że jej ludzie naprawią ją tym razem skutecznie, wreszcie zwróciła się do brata z prośbą o pomoc. Charles z kolei potrzebował kilku dodatkowych dni, aby znaleźć rozwiązanie problemu. W domu minął hol i skierował się na schody, gdy nagle ujrzał jakiegoś starszego mężczyznę wychodzącego z jednego z prywatnych saloników. Z rękami założonymi na plecach, spojrzał na niego w sposób, jaki Charles zmuszony był określić jako osobliwy, a nawet niegrzeczny.

– Czy mogę zapytać – odezwał się nieznajomy – co pan tu robi?

Charles uniósł brwi.

– A czy ja mógłbym się dowiedzieć, co to pana obchodzi? Kim pan w ogóle jest?

– Jestem teściem pani Landor. Raymond Landor, trzeci baron Montbatton. Znajduje się pan w domu mojego syna. Może więc będzie pan łaskaw powiedzieć mi, czego tu szuka?

– Ojciec Aidana? – Charles zmarszczył czoło. – No cóż, muszę przyznać, że nic mnie już teraz nie dziwi.

– Och, Charlesie, już jesteś? – Na schodach zjawiła się Katrina. – Spodziewałam się ciebie dopiero po południu.

Charles rzucił okiem na teścia swojej siostry, po czym zwrócił się do Katriny:

– Gdzie moglibyśmy porozmawiać bez świadków?

– W moim gabinecie. – Katrina ruszyła przodem.

– Jeszcze chwilę! – zawołał za nimi Raymond. – Co to wszystko ma znaczyć?

– Nie rozumiem, o co pytasz – odparła Katrina.

– Kim jest ten człowiek?

Zesztywniała.

– Co ci chodzi po głowie? Że przyjmuję tu w twojej obecności kochanka?

– Jestem jej bratem – wyjaśnił Charles, nie pozwalając siostrze powiedzieć za wiele. – Charles Ramsay. A pański ton jest całkowicie niestosowny, gdyby bowiem pana syn znajdował się teraz tutaj, gdzie jego miejsce, i gdyby wywiązywał się lepiej ze swoich obowiązków, moja obecność dziś w tym domu nie byłaby potrzebna.

Katrina obrzuciła teścia piorunującym spojrzeniem, odwróciła się bez słowa i przeszła do gabinetu.

– Co to w ogóle miało znaczyć? – zapytał Charles.

– Nie zwracaj na niego uwagi. Masz dla mnie jakieś wieści?

– Tak, ale żadnej dobrej. Moi ludzie twierdzą, że musisz wymienić mnóstwo części w tej maszynie na nowe, a ja dodam jeszcze, że nie byłoby to konieczne, gdyby od początku konserwowano ją jak należy.

Spojrzała na niego przerażona.

– Ale... to niemożliwe, nie teraz!

– Nie masz innego wyjścia. Wysłałem już wiadomość do Madrasu i te części, jeśli wszystko dobrze pójdzie, mogą nadejść za półtora miesiąca. Do tego trzeba doliczyć jeszcze czas naprawy, który wyniesie dwa do trzech tygodni. Jeśli chodzi o herbatę, mam trochę wolnych mocy przerobowych i mogę wziąć od ciebie połowę zbiorów. Drugą połowę mógłby przejąć mister Sharatt z Orchard Hollow, oczywiście za odpowiednią opłatą. – Charles wyjął z kieszeni kartkę papieru, podszedł do biurka, zapisał coś na kartce i podał ją siostrze. – Oto wydatki, jakie cię czekają, oczywiście w przybliżeniu.

Katrina wzięła kartkę, otworzyła księgę rachunkową i spojrzała na sporządzone tam wyliczenia. Nie, na takie wydatki nie może sobie teraz pozwolić, jej mina mówiła sama za siebie.

– Mogę pożyczyć ci pieniądze.

– Wolałabym nie popadać w długi.

– Powiedz zatem, jakie widzisz wyjście. – Charles skrzyżował ręce na piersi. – Nie potrafię was zrozumieć, ciebie i Aidana. Mieliście korzystne warunki i zwłaszcza od ciebie mógłbym oczekiwać, że wiesz, jakie to ważne odpowiednio konserwować maszynę i dopilnować, aby cały proces produkcji przebiegał bez zakłóceń.

Katrina kiwnęła głową. Miała tak nieszczęśliwą minę, że Charles pożałował swego szorstkiego tonu. Potrzebowała przecież u boku kogoś, kto wspierałby ją i pomagał w razie potrzeby, Aidan zaś widocznie nie chciał być dla niej nikim takim. Obszedł biurko i objął siostrę. Po chwili wahania oparła mu głowę na ramieniu i otoczyła ramionami. Najwyższa pora porozmawiać z Aidanem poważnie, bardzo poważnie, postanowił w duchu.

– Co właściwie robi tu twój teść?

Zaczerpnęła głęboko tchu i westchnęła ciężko. A potem zaczęła opowiadać.

29

Ladakh, region Kaszmiru, styczeń 1879

Jechali kilka dni, rzadko zatrzymując się na postój. Jeszcze teraz Aidana bolały żebra od niekończącej się jazdy, jaką odbywał, leżąc na brzuchu na grzbiecie muła, a źle zagojona rana otwierała się raz po raz, tak że koszula w tym miejscu zesztywniała od zakrzepłej krwi. Szarif starał się wprawdzie przemywać ranę co jakiś czas i opatrywać ją na nowo, w drodze nie mógł jej jednak zszyć, nie było więc szans na pełne zagojenie. Od ostatniego pobytu Aidana w Kaszmirze upłynęło wiele czasu; był tam parę lat temu, i to jedynie na południu. O zwiedzeniu Ladakh marzył wiele razy, ale oczywiście w innych warunkach. Obozowisko porywaczy znajdowało się gdzieś w pobliżu rzeki Indus, która niczym srebrna wstęga rozdzielała Kaszmir na dwie części. Ladakh, najwyżej położony region Indii, rozciągał się na rozległym obszarze obejmującym łańcuchy górskie Himalajów i Karakorum i chociaż zajmował niemal połowę Kaszmiru, stanowił najsłabiej zaludnioną część Indii. Zapewne to właśnie było przyczyną, dla której bandyci tu, a nie gdzie indziej zdecydowali się rozbić obóz. W górach pościg za porywaczami raczej nie wchodził w grę, jeszcze mniejsze szanse miałaby zapewne próba odnalezienia ich ofiar.

Mimo że już od kilku dni przebywali w obozie, rana nadal pulsowała, a ból nie ustawał. Prośbę Szarifa o wodę do przemycia rany spełniono, ale zapewne tylko z obawy, aby nie stracić tak cennego jeńca. Aidan usiłował wyliczyć, jak długo jeszcze będzie musiał tu pozostać. W to, że odzyska wolność, nie wątpił – choć nie na tak wygórowanych warunkach. Z pewnością negocjacje doprowadzą do jakiegoś rozsądnego kompromisu. Nie zostanie przecież pozostawiony na łasce losu, w rękach ludzi, którzy nie byliby skłonni się z nim cackać. A może to jednak złudna nadzieja? Im dłużej się nad tym głowił, tym bardziej narastał jego niepokój.

Tej nocy znów rozmyślał o Katrinie i Marianie. Ilekroć miewał kłopoty z zaśnięciem, wyobrażał sobie, jak teraz wygląda jego córeczka. Może nauczyła się już chodzić i mówić, przynajmniej kilka słów, a on ich nie usłyszał? Tak jak nie widział jej pierwszych samodzielnych kroków... No, ale przecież sam jest sobie winien. Teraz jednak, gdy sobie uświadamiał, że bezpowrotnie stracił te momenty, serce ściskał mu głęboki żal. Mariana uzna go za obcego, gdy zobaczy po tak długim czasie. Za cztery miesiące minie rok, odkąd Katrina otrzymała od niego ostatnią wiadomość. Bez względu na okoliczności, w jakich się rozstali, to naprawdę niewybaczalne.

Przetarł sobie dłońmi oczy i sięgnął wzrokiem w ciemność. Nawet kilka wełnianych koców nie chroniło przed styczniowym chłodem, szczególnie dojmującym tutaj, na tym płaskowyżu w Himalajach. Mróz dawał się solidnie we znaki. Tego, że w razie wybuchu wojny nie wróci tak prędko do domu, można się było spodziewać, miał wszakże nadzieję, że sprawy nie zajdą tak daleko. W każdym razie mógłby potem powiedzieć Katrinie, że został powołany do wojska, co w czasie wojny nie było niczym niezwykłym.

Leżący w pobliżu Szarif zakasłał przez sen, słoma na jego legowisku zaszeleściła. Wziął głęboki oddech i znowu zaległa cisza. Aidan umiał sobie wyobrazić, co się stanie z jego przyjacielem, jeśli nie odzyska wolności. A po Szarifie przyszłaby prędko też kolej na niego, ci ludzie nie mieliby żadnych skrupułów. Nigdy jeszcze nie odczuwał takiego lęku jak teraz. Nawet największe niebezpieczeństwo wywoływało w nim zwykle najwyżej dreszczyk emocji, zawsze w takich wypadkach pozostawał aktywny, czy to broniąc się, czy uciekając. Nigdy nie czuł się tak bezsilny jak teraz, mogąc jedynie czekać, podczas gdy inni decydowali za niego, co z nim zrobić.

*

Niebo okrywało masyw górski mleczną poświatą, słało jedwabiste, błękitne welony mgieł i przywdziewało na horyzoncie blade jeszcze barwy jutrzenki. Aidan poczuł silne uderzenie w plecy i padł na kolana. Poranny chłód przejął go dreszczem, czuł w ciele jeszcze ociężałość snu. Świt był jedyną porą, kiedy pozwalano im się obmyć i wyczyścić trochę ubranie.

Ladakh ze swoim uderzająco pięknym krajobrazem był nadzwyczaj suchym regionem. W pobliżu rzeki Indus znajdowało się wprawdzie kilka źródeł, jednak przeważnie należały one do klasztorów buddyjskich. Okolica, niemal całkowicie pozbawiona drzew, zwłaszcza w tym zimowym blasku, sprawiała wrażenie w dużej mierze niedostępnej.

Aidan zaczerpnął głęboko tchu, ściągając z siebie opończę, futrzaną kurtkę i wełniane koszule. Mroźne powietrze smagnęło jak biczem, wstrząsnął nim dreszcz. Światło poranka odbijało się w wodzie lekko niebieskawą szarością. Aidan ukląkł na brzegu, powoli nachylił się, nabrał w dłonie trochę wody i przetarł sobie twarz. Pod palcami poczuł brodę, której nie mógł teraz zgolić. Obmył sobie ręce i tułów, ostrożnie zdjął bandaż na piersi. Zazwyczaj codziennie robił to Szarif, ale jakoś nie kwapił się już brać tej brudnej szmaty do ręki. Aidan bał się, że rana może zacząć się jątrzyć, doprowadzając do zgorzeli.

Lodowata woda szczypała w dłonie, kiedy przepierał bandaż, a po krótkim namyśle także koszulę, którą nosił na ciele. Była to zapewne karygodna lekkomyślność, gdyż bez dostępu do ogniska nie mógł liczyć na to, że koszula wyschnie przed upływem tygodnia, ale trudno; nie zniósłby dłużej dotyku tego lepkiego od brudu materiału, który jedynie potęgował swędzenie skóry, a i tak nie zapewniał jakiegoś znaczącego ciepła. Do tej pory ograniczał się do przemywania wyłącznie tego skrawka koszuli, gdzie krew tworzyła zakrzepłą plamę.

Za jego plecami stało trzech mężczyzn: jeden ze strzelbą gotową do strzału, dwaj inni z wycelowanymi w niego pistoletami, tak jakby się obawiali, że nawet tutaj może uciec. Kiedy włożył kurtkę i opończę, pozwolono mu pójść w miejsce osłonięte skałami; również stamtąd nie byłby w stanie uciec, z dwóch bowiem stron uniemożliwiały to strome skały, a z trzeciej rzeka. Zwykle wykorzystywał ten czas, aby wejść do wody po pas. Pozostawał w niej wprawdzie krótko, nogi drętwiały z zimna już po chwili, ale i to wystarczało, aby poczuć odświeżenie.

Pół godziny później, kiedy siedział już w namiocie, przyprowadzono Szarifa po jego porannej wycieczce nad rzekę. Koszula Aidana wisiała przed wejściem do namiotu na kiju, ociekając wodą, co Szarif skwitował posępnym spojrzeniem i zgryźliwą uwagą:

– Doskonały pomysł! Jest tu przecież bardzo ciepło i przyjemnie!

Aidan milczał. Nie miał ochoty na dyskusję.

– Myślałby kto, że te wszystkie lata spędzone w górach nauczyły cię niejednego, Girilal – dodał Szarif. Sięgnął po drewnianą czarkę, w której poprzedniego dnia przyniesiono mu coś do picia, i podstawił pod koszulę, aby nałapać trochę kropli. Na rytualne ablucje towarzyszące modłom nie dawano mu za dużo wody, toteż nie przepuszczał żadnej okazji do jej nałapania. Następnie z widoczną dezaprobatą spojrzał na bandaż, który Aidan zwinął niedbale i cisnął w kąt namiotu.

– Jak rana?

– Powoli się goi. Jeśli nie będę wykonywał za dużo ruchów, może obejdzie się bez bandaża.

– Jeśli nie przestanie krwawić, w każdej chwili może zacząć się jątrzyć.

– Ten brudny kawałek szmaty jedynie opóźnia gojenie.

– I naprawdę sądzisz, że bez bandaża będzie lepiej? – Szarif ruszył do wyjścia.

– Co zamierzasz?

– Poproszę ich o kawałek czystego materiału do opatrzenia rany.

– Na pewno ci odmówią.

– Przekonasz się, że nie. Martwy nie będziesz im do niczego przydatny.

Istotnie, po chwili wrócił do namiotu z długim kawałkiem materiału, którym obwiązał ranę.

– Jak sądzisz – zapytał, wiążąc bandaż – czy pozwolą mi odejść, gdy uwolnią cię pierwszego i będą już mieli, co chcieli?

– Gdy tylko znajdę się w Kalkucie, zajmę się przesłaniem pieniędzy do Ooty. Zapewne zajmie to trochę czasu, najpierw je więc pożyczę od kogoś, a potem zwrócę, gdy moje pieniądze dotrą do banku w Kalkucie. Brian ma sporo pieniędzy, jeśli będzie to konieczne, poproszę o pomoc nawet Maddoxa. – Aidan zapiął starannie kurtkę.

– Nigdy jeszcze nie zostawiałem mojej żony tak długo bez wieści. – Szarif nie ukrywał zatroskania. – Na pewno się o mnie zamartwia. Mógłbyś przesłać jej jakąś wiadomość, kiedy znajdziesz się na wolności?

– Ciebie, jak Bóg da, też uwolnią niedługo po mnie, już ja o to zadbam.

– Mam wrażenie, że oni – ruchem głowy Szarif wskazał za namiot – nabierają już ochoty, aby z nami skończyć. Powoli tracą cierpliwość.

– Wiadomość wysłano ledwie trzy miesiące temu. W Kalkucie rozpęta się piekło, a droga też zabierze trochę czasu.

Szarif wstał, podszedł do legowiska i owinął się kocami. Przez grubą powłokę namiotu sączył się do środka szary blask, oddech obu mężczyzn tworzył popielate obłoczki pary. Aidan wpatrywał się w wejście do namiotu, osłonięte płachtą grubego zielonego sukna. Mimo woli pomyślał o łąkach w Ooty i wyobraził sobie Marianę, nie jako niemowlę, lecz młode dziewczę, biegnące boso po trawie.

30

Utakamand, marzec 1879

– Nie potrafię pojąć – zauważył przy obiedzie Raymond Landor – że tutaj nie uchodzi za niestosowne, gdy kobieta ustawicznie obcuje z ludźmi u niej pracującymi.

Katrina zmięła w dłoni serwetkę, z trudem panując nad sobą.

– Ktoś chyba musi ustalać z nadzorcą to i owo, nieprawdaż? Taki już los plantatora.

– Masz przecież brata. Dlaczego on pod nieobecność Aidana nie zajmuje się tymi sprawami?

– Mój brat – odparła Katrina, zmuszając się do spokoju – ma posiadłość dwukrotnie większą od mojej, ponadto handluje herbatą, co oznacza, że prowadzi w mieście kantor, w którym również musi się codziennie zjawiać. No i jest głową rodziny: ma żonę i czwórkę dzieci, którym także poświęca trochę czsu.

Kiedy opowiedziała bratu o Aidanie, Charles, owszem, okazał zaskoczenie, ale nie w takim stopniu, jak się tego spodziewała. Jak przyznał, już od dłuższego czasu przypuszczał, że za postępowaniem jej męża kryje się jakaś tajemnica. Przeraziła go natomiast wieść o jego porwaniu. Nie powiedział tego wprawdzie na głos, wiedziała jednak, jakie myśli krążą mu teraz po głowie: co z nią będzie, jeśli Aidan już nigdy nie wróci? Ją również dręczyły takie wizje, ale starała się je od siebie odpędzać. Wszelako wracały uporczywie, gdy kładła się spać, a leżała nierzadko aż do świtu, bezbronna, wydana na ich pastwę, płacząc gorzko.

– No tak, zapewne masz rację – mruknął Raymond. – Muszę jednak wyznać, że martwię się trochę o ciebie.

– Zupełnie niepotrzebnie, nic mi nie będzie i czuję się świetnie. – Ale wcale nie czuła się świetnie, czuła się fatalnie. Ogarniał ją niekiedy lęk, że mogłaby popaść w głęboką melancholię. Raymond najwyraźniej żywił podobne obawy.

– Wiem – przyznał – że niechętnie gościsz mnie pod swoim dachem, nie wyjadę jednak… przynajmniej, póki się nie przekonam, że masz spokój. Po tym całym zamęcie powstałym z winy Aidana jestem ci to winien, tobie i mojej wnuczce, jak sądzę.

– Może udałoby ci się zrobić coś więcej dla Aidana, gdybyś był w Kalkucie? Ja dam sobie tutaj radę!

– Decyzje co do tego, co należy zrobić, pozostaw już mnie, dziewczyno.

Katrina przygryzła wargi. Wiedziała, że jej teść odwiedził już wszystkie miejsca, w których mógł nawiązać kontakty z osobami o szerokich koneksjach. Przyjęto go nawet w miejscowym klubie.

– Przyjaźnisz się z kapitanem Allenger-Brownem i jego małżonką – zauważył nagle, ni stąd, ni zowąd. – Doszły mnie słuchy o skandalu towarzyskim, w jaki zostali zamieszani. To istotnie przykra sprawa i godna ubolewania.

Nieco zaskoczona, podniosła na niego wzrok i wymamrotała coś, co miało zabrzmieć jak potwierdzenie.

– Mogę jedynie wyrazić uznanie wobec kapitana lojalnie wspierającego żonę. To człowiek z charakterem. A ona – niezwykle urocza osoba.

Zastanawiała się, czy byłby tak samo wyrozumiały, gdyby skandal dotyczył jej samej, czy raczej przemawiałby do sumienia Aidana. To, co się stało w Bombaju, dało jej wiele do myślenia.

– Skąd ich znasz? – zapytała.

– Ostatnio miałem wiele okazji do rozmów z kapitanem Allenger-Brownem, a wczoraj zaprosił mnie do siebie.

– Ach, tak.

– Niedługo spotkamy się w klubie, chociaż on nie bywa tam chętnie. No cóż, dla człowieka z jego pozycją to jednak nieuniknione.

– Tak, wiem. Znamy się od dłuższego czasu.

Raymond zaczekał dwornie, aż Katrina wstanie, po czym również wstał z krzesła.

– Jesteś dziś, jak się zdaje, w dość drażliwym nastroju. Może powinnaś położyć się i odpocząć?

Dla świętego spokoju Katrina wstrzymała się od odpowiedzi i wyszła na zewnątrz rzucić okiem na prace przy naprawie maszyny. Aidan miał zapewne pieniądze na prywatnym koncie, wpływały tam także z Bombaju kwoty wpłacane dla niego przez ojca tytułem renty, nie miała jednak do nich dostępu.

Wracając do domu, przystanęła. Chłodny wiatr targał jej włosy i dął w twarz. Trawa falowała rytmicznie, gałęzie kołysały się w tym samym rytmie. Ze stajni dobiegało rżenie jej klaczy, która raz po raz uderzała kopytami w drzwiczki boksu. Biedna Bhairavi... Ta chwilowa niewola w stajni wyjdzie jej na dobre. Tylna kończyna musiała jeszcze wydobrzeć, a do tego czasu należało ją oszczędzać. Kilkugodzinny wybieg w ciągu dnia to wszystko, na co mogła liczyć. Katrina spojrzała na wrota stajni, mrużąc oczy w zimnym marcowym słońcu. Nie potrzebowała nawet wyobraźni, aby przywołać obraz Aidana, odcinający się wyraźnie od ciemnego tła.

Pod wieczór Katrina przeszła do swego prywatnego saloniku i usiadła przed kominkiem, opierając stopy na taborecie w sposób niezbyt stosowny dla damy. Przez cały dzień była na nogach, wolała jednak nie kłaść się do łóżka w obawie przed myślami, które z pewnością opadłyby ją natychmiast po zgaszeniu światła. Westchnęła ciężko, zamknęła oczy i otworzyła je dopiero, gdy Sarita przyniosła jej kubek z herbatą ziołową.

– Czy przynieść coś jeszcze, *missy*? – zapytała.

Katrina uśmiechnęła się.

– Nie, potrzebuję jedynie trochę spokoju. Padam z nóg. – Herbata parowała, Katrina ostrożnie upiła łyk. – Co porabiają dzieci? – zapytała, odstawiając kubek.

– Caleb siedzi w swoim pokoju i bawi się, a Mariana jest w trakcie karmienia.

– Za chwilę do nich zajrzę. – Dzieci były ostatnio trochę pokrzywdzone, zwłaszcza Mariana. Caleb potrafił już o siebie zadbać, gdy uważał, że poświęca mu się za mało uwagi. Kilka dni temu świętowali jego ósme urodziny, czuł się prawie dorosły, bo do pokazania wieku na palcach podnosił już obie dłonie.

Na korytarzu rozległ się odgłos kroków, stukot obcasów po marmurowej posadzce. Katrina podniosła wzrok, zaskoczona. Nie oczekiwała wizyty, a to była niewątpliwie kobieta.

Drzwi otworzyły się gwałtownie, do pokoju weszła Ashley.

– Muszę z tobą pomówić – powiedziała, nie tracąc czasu na powitania.

Sarita taktownie wyszła na korytarz, a Katrina zdjęła nogi z taboretu i chciała już wstać, gdy Ashley machnęła ręką, żeby dała spokój.

– Był u nas twój teść – oznajmiła lekko drżącym głosem.

Katrina spojrzała na nią zatroskana. Przypomniała sobie dzisiejszą rozmowę przy stole.

– Sprawił ci przykrość?

– Przykrość? Mnie? Gdybyż na tym się skończyło! Wiedziałaś, że twój teść ostatnio często się spotyka z Nicolasem?

– Owszem, wspominał coś o tym.

– Czy wspominał również, że wciągnął Nicolasa w plan sprowadzenia Aidana do Ooty?

Katrina poderwała się raptownie.

– Sprowadzić Aidana do Ooty? Czy Nicolas może coś zdziałać w tej sprawie?

– Z pewnością nie – odparła porywczo Ashley, mrużąc oczy. – Ale twój teść wbił sobie do głowy, że musi go w to wciągnąć. Rozmawiał już nawet z jego przełożonym. – Ashley kręciła się niespokojnie po całym pokoju tam i z powrotem. – A Nicolas oczywiście wyraził gotowość przyjścia mu z pomocą.

– Ale co dokładnie masz na myśli? Że Nicolas pojedzie na północ, aby uwolnić Aidana z niewoli? – W sercu Katriny zabłysła iskierka nadziei i Ashley to dostrzegła.

– Jak widzę, ten pomysł przypadł ci do gustu – zauważyła zimno.

– Ja…

– Oczywiście, to zrozumiałe, dzięki temu możesz odzyskać

męża. To, że mój mąż ryzykuje przy tym własne życie, ma już drugorzędne znaczenie!

– Jesteś niesprawiedliwa. Nie miałam pojęcia o planach teścia.

Ashley usiadła; napięcie ciążyło jej nieodparcie.

– Twój teść powiedział Nicolasowi, że wszyscy żołnierze biorący udział w wojnie afgańskiej są teraz potrzebni i armia nie udzieliłaby przepustki nikomu, kto zechciałby ruszyć Aidanowi na pomoc, istnieje wszelako możliwość dobrowolnego przeniesienia się do innego regimentu. Nicolas był, rzecz jasna, zachwycony tym pomysłem; dla mężczyzn to przecież zabawa.

– Dlaczego z nim nie porozmawiasz? Powiedz, co o tym sądzisz!

– Myślisz, że tego nie zrobiłam? Ale twój teść obiecał mu, że w zamian zadba o odzyskanie przeze mnie reputacji w towarzystwie. – Roześmiała się szyderczo. – Powiedział, że załatwią to zaproszenia rozesłane do właściwych osób... No, wiesz przecież, jak to się robi. Ta obietnica oczywiście jeszcze wzmogła u Nicolasa chęć przeprowadzenia jego planu.

Katrina nie wiedziała, co odpowiedzieć, nie umiała też skłamać, że ubolewa z tego powodu: zamiaru Nicolasa przyjścia Aidanowi z pomocą.

– Aidan wiedział, na co się naraża – nie dawała za wygraną Ashley. – Ale Nicolas nie ma z tym nic wspólnego.

Katrina w milczeniu wpatrywała się w rozjaśniony płomieniami kominek.

– Właściwie cieszysz się, że ktoś wreszcie zajmuje się tym wszystkim, wyręczając cię, nieprawdaż? Może powiesz, że gdybyś mogła, odrzuciłabyś ten pomysł?

– Nie wiem, dlaczego się na mnie wściekasz. Mówiłam ci już, że nic nie wiedziałam o planach mojego teścia.

– To nie jest odpowiedź na moje pytanie.

– Bo ono nie zasługuje na jakąkolwiek odpowiedź. W tej sprawie moje zdanie i tak nie ma żadnego znaczenia.

Ashley nachyliła się do przodu.

– Ale akceptujesz ten pomysł, czy tak?

– Mój pogląd w tej sprawie jest naprawdę nieistotny. Nie ja namówiłam Nicolasa, aby jechał na północ.

Zanim Ashley zdołała otworzyć usta i odpowiedzieć, do salonu wszedł Raymond. Ashley momentalnie zerwała się z miejsca.

– Jest pan z siebie zadowolony?

– Witam panie – powiedział Raymond i spojrzał chłodno na Ashley. – Mogę zapytać, co pani ma na myśli?

– Dlaczego właśnie mój mąż? Ta cała sprawa naraża go na niepotrzebne niebezpieczeństwo.

– Dobry Boże! Przecież jest żołnierzem, oficerem Korony!

– Nigdy jeszcze nie był na północy, nie zna tamtejszych języków... Jak pan mógł zażądać od niego, aby wdawał się w jakieś pertraktacje z bandą złoczyńców?!

– Po prostu zapytałem go, czy podjąłby się tego zadania, a on wyraził zgodę. Jest dorosłym mężczyzną i z pewnością potrafi samodzielnie podejmować decyzje. Powinna pani to zrozumieć, zamiast wpadać w histerię.

– Nie mów do niej tym tonem – przerwała mu Katrina.

– Daj spokój – wtrąciła się Ashley. – Pójdę już, porozmawiam jeszcze raz z Nicolasem. Tu i tak nie mam czego szukać.

Zanim jeszcze Katrina wstała, aby odprowadzić ją do drzwi, odwróciła się i szybkim krokiem opuściła salon.

– Nie mogę uwierzyć, że się z nią zgadzasz! – Raymond pokręcił głową, spoglądając na synową.

Katrina wsparła się dłonią o poręcz fotela. Wstała zbyt gwałtownie i teraz zakręciło jej się w głowie.

– Niczego takiego nie powiedziałam – zaoponowała.

– Przecież ze swej strony – mówił dalej Raymond, nie zwracając uwagi na jej protest – ja również zaoferowałem im pomoc, jej i jej mężowi. Powinna być zadowolona, że odzyska dawną pozycję w towarzystwie.

Zawroty głowy nie mijały i Katrina nakryła oczy dłonią. Zachwiała się i chciała opaść z powrotem na fotel, gdy poczuła, że obejmuje ją silne ramię.

– Jesteś przemęczona – powiedział Raymond. – Chodź, pomogę ci wejść na górę.

Chciała go zapewnić, że to zbyteczne, ale bez słowa sprzeciwu pozwoliła wyprowadzić się z salonu i podążyła na górę. To Aidan powinien być obok niej, to na nim powinna móc się wesprzeć, to on powinien prowadzić ją teraz do pokoju!

– Czujesz się już lepiej? – zapytał Raymond, kiedy usiadła na łóżku, a on zadzwonił po jej *ayah*.

– Tak, dziękuję. Zakręciło mi się tylko trochę w głowie.

Pozostał przy niej, dopóki nie nadeszła Akhila, po czym wyszedł z sypialni. Katrina z pomocy służącej zdjęła suknię i wśliznęła się pod prześcieradło, *ayah* zaś roznieciła ogień i dołożyła drewna.

– Czy jestem jeszcze potrzebna, *memsahib*?

Katrina pokręciła przecząco głową i dziewczyna opuściła pokój.

Mimo zmęczenia, nie mogła zasnąć; zbyt wiele myśli kłębiło się w głowie. Nie chciała przedtem przyznać się przed Ashley, ale istotnie czuła ulgę, że wreszcie coś się dzieje, że czyni się konkretne kroki, mogące ocalić Aidana. Dręczyła ją wszelako świadomość gniewnej reakcji Ashley, a także niebezpieczeństwa, na jakie naraża się Nicolas. Sen wreszcie zmorzył ją w jakimś momencie. Śnił jej się nagi masyw skalny i jakiś gniady koń, który sam, bez jeźdźca, galopował po górskich ścieżkach w tak szaleńczym tempie, że rozpryskiwał kopytami na boki drobne kamienie.

*

Księżyc rozsnuwał bladą poświatę, zapalając srebrne nici. Ogień w kominku przygasał; pozostały już z niego jedynie jakieś rozżarzone resztki, ale w pokoju nadal jeszcze utrzymywało się błogie ciepło. Otwarty od strony Ashley baldachim nad łóżkiem przepuszczał je bez przeszkód. Nicolas chciał sięgnąć ręką i zasunąć baldachim, zamiast tego jednak wsparł się na łokciu, nie odrywając oczu od żony. Już przedtem sycił wzrok jej widokiem, kiedy blask ognia powlekał ją złotą mgiełką, ale nie mniej piękna wydawała mu się teraz, w tym powoli stygnącym mroku, okrytym poświatą księżyca.

Jej włosy leżały rozrzucone na poduszce; Nicolas nie lubił, kiedy zaplatała je na noc, dlatego zostawiała jej zazwyczaj rozpuszczone. Jej pierś unosiła się i opadała spokojnie, miarowo. W początkowym okresie ich małżeństwa Nicolas często przyglądał się jej, kiedy zasypiała po chwilach namiętności, podczas których obdarzała go sobą z pełnym oddaniem. Czasem zastanawiał się, czy daje jej choć cząstkę tej rozkoszy, jakiej sam dzięki niej zażywał.

Ashley przyjęła w końcu do wiadomości, że Nicolas nazajutrz wyjedzie, wciąż jednak nie aprobowała tego pomysłu. Było mu przykro, że pogniewała się nawet na Katrinę, ta przecież nie była autorką całego planu ratunkowego. Czyżby oczekiwała, że Katrina podzieli jej punkt widzenia i zechce odwieść go od zamiaru odszukania Aidana?

Z uzyskaniem zgody przełożonych na wyjazd na północ, gdzie – jak twierdził – chce przyjść z pomocą jednemu z oficerów, nie miał żadnych trudności. Zasadniczo armia Madrasu miała unikać jakichkolwiek form angażowania się w tamtejsze konflikty, jednak w kwestii pertraktacji z porywaczami zalecono Nicolasowi nawiązanie kontaktu z dowództwem armii Bengalu, które z pewnością nie odmówi mu wsparcia. Fakt, że zgłosił się na ochotnika, przyjęto z ulgą, ale niezależnie od tego zaopatrzono go w pismo z informacją, że oddawca listu jest oficerem armii Madrasu, przekazanym do dyspozycji armii Bengalu.

Ashley otworzyła oczy, zamrugała kilkakrotnie. Trochę jeszcze zaspana, niemal ociężałym ruchem naciągnęła na siebie kołdrę.

– Zimno – wymamrotała.

Czułym gestem odgarnął jej z twarzy ciemne kosmyki włosów.

– Która godzina?

– Dochodzi druga – odparł Nicolas.

– A zatem nie zostaniesz już długo ze mną…

– Jeszcze parę godzin. – Nachylił się i pocałował ją, ale odwróciła głowę w drugą stronę. Potem jednak, jakby zmieniła postanowienie, wysunęła rękę, przyciągnęła jego głowę i przywarła ustami do jego warg.

Obudziła się, słysząc kroki Nicolasa krzątającego się po pokoju. Nieco senna, usiadła w łóżku i rozejrzała się w półmroku. Zakładał właśnie pas z szablą. Był już kompletnie ubrany, jego pistolet leżał na stoliku. Odwrócił się, słysząc szelest pościeli.

– Nie obudziłbyś mnie?

– Ależ tak, chciałem tylko, żebyś spała jak najdłużej.

– A ja wolałabym spędzić przy tobie każdą chwilę, jaka nam jeszcze została.

Uśmiechnął się.

– Mówisz tak, jakbym miał już nie wrócić.

Wzdrygnęła się, na moment przycisnęła kołdrę do piersi, potem sięgnęła po swoją jedwabną kremowobiałą nocną koszulę, leżącą na podłodze obok łóżka, i wstała. Z poręczy krzesła zdjęła pikowany peniuar w kolorze odpowiednim do koszuli i wsunęła stopy w aksamitne pantofle.

Nicolas już przedtem wysłał swój bagaż, dzięki czemu mógł teraz wygodnie podróżować. Na głowę nałożył szpiczasty hełm z paskiem, który przechodził między dolną wargą i podbródkim, schował pistolet i założył rękawice, po czym zwrócił się do Ashley.

– Już czas. – Sprawiał wrażenie zdezorientowanego, jakby nie wiedział, co zrobić, aby mieć już tę chwilę pożegnania za sobą.

– Odprowadzę cię do drzwi.

Ogarnął sceptycznym wzrokiem jej strój.

– Wszyscy jeszcze śpią, prócz stajennego – uspokoiła go.

Kiwnął głową.

Zatrzymała się w progu, patrząc za nim, gdy wchodził do stajni. Poprzedniego wieczoru uprzedził stajennego, o której zamierza wyruszyć w drogę; o tej porze jego koń miał być już osiodłany. Po chwili wyszedł na dziedziniec, prowadząc za sobą kasztana pełnej krwi. Uwiązał konia i ponownie podszedł do Ashley.

– Muszę jechać, najdroższa.

W milczeniu objęła go za szyję. Pocałował ją i gwałtownym ruchem uwolnił się z jej ramion. Już na koniu, odwrócił się do niej jeszcze raz i pomachał ręką. Uniosła dłoń, odwzajemniając gest. Odprowadzając go wzrokiem, daremnie usiłowała odegnać od siebie natrętną myśl, że widzi go po raz ostatni – to uczucie niemal zapierało jej dech.

31

Kalkuta, kwiecień 1879

– Źle się pan czuje, kapitanie Allenger-Brown?

Nicolas wytarł sobie czoło pokryte potem i zamrugał kilkakrotnie, aby odzyskać ostrość wzroku, nadal jednak widział jak przez mgłę. Naturalnie, nie zapomniał o upałach, ale chłodne powietrze w górach sprawiło, że przestał się nimi przejmować. Tymczasem był w tym mieście ledwie drugi dzień, a już miał wrażenie, jakby zewsząd napierały na niego rozedrgane ściany ognia. Był kwiecień, temperatura powietrza osiągnęła punkt kulminacyjny.

– To nic takiego – odparł. – Pewnie ten klimat. Odzwyczaiłem się od niego. – Spojrzał na swego byłego przełożonego, pułkownika Quade. Nadal widział go niezbyt wyraźnie, w każdym razie już nie podwójnie.

Quade przestał interesować się jego stanem i ponownie wlepił wzrok w pismo, które wręczył mu Nicolas. U boku pułkownika stał, nieskazitelny jak zwykle, major Liam Maddox, który obok korpulentnej postaci swego przełożonego wyglądał jeszcze bardziej chwacko niż zazwyczaj. To on przyjął Nicolasa, wysłuchał, z jaką sprawą przybył, następnie bez słowa zaprowadził do pułkownika. Z jego twarzy nie dało się wyczytać, jaki sam ma pogląd w tej kwestii.

– Oczywiście szczerze ubolewamy z powodu nieszczęścia, jakie spotkało kapitana Landora – odezwał się w końcu z wahaniem Quade.

Ale..., dopowiedział w myślach Nicolas.

– Ale w tej chwili nie mamy po prostu możliwości podjęcia aktywnych działań. – Quade westchnął ciężko. – A spełnienie żądań porywaczy naturalnie nie wchodzi w rachubę.

– Czy w takich wypadkach nie prowadzi się przynajmniej pertraktacji, sir?

– Teraz sprawą absolutnie priorytetową jest konflikt w Afganistanie. Kapitan Landor nie jest jeńcem wojennym i znalazł się w rękach pospolitych przestępców. Z kimś takim nie prowadzi się pertraktacji.

Nicolas przeniósł wzrok na Maddoxa, który z rękami założonymi na plecach stał obojętnie, pozornie wpatrzony w obraz wiszący na ścianie. Zwrócił się znowu do Quade'a.

– A gdyby zamarkować, że akceptujemy ich warunki, a potem, śledząc, dotrzeć do obozowiska tej bandy, sir?

Quade zmarszczył czoło.

– Sami wpadliśmy już na ten pomysł. Jednak w takich wypadkach porywacze żądają zawsze części okupu z góry. Ponadto przekazanie tej kwoty nastąpiłoby z pewnością w miejscu niekorzystnym dla nas pod względem strategicznym. Zresztą nie wolno nam wypuszczać na wolność zatrzymanych raz przestępców, nawet dla dobra kapitana Landora. Bardzo mi przykro.

– Moi przełożeni upoważnili mnie do podjęcia stosownych kroków w takiej sytuacji, ale w pojedynkę, niestety, nie będę w stanie nic zdziałać, sir.

– To bardzo chwalebne, że kawaleria Madrasu jest skłonna zająć się tą sprawą. – Quade wykrzywił usta w nikłym uśmiechu. – Proszę jednakże wziąć pod uwagę, że tu potrzebny jest każdy żołnierz. Chciałbym też usłyszeć, co zamierza pan uczynić.

Nicolas zignorował te słowa.

– Dlaczego ich wysłannik nie bał się przybyć tu z tak zuchwałymi żądaniami, sir? Nie lęka się, że zostanie zaaresztowany?

– Ten wysłannik przyjechał tu wprawdzie sam, ale dał nam do zrozumienia, że za miastem czekają jego ludzie, którzy, gdyby nie wrócił w ustalonym terminie, pojadą do obozu i prześlą nam głowę kapitana. – Quade uniósł dłoń. – I uprzedzając pańską ewentualną uwagę, jakoby dawało się śledzić owego wysłannika, by dotrzeć w ten sposób do jego kompanów i zaaresztować ich... cóż, nie wiemy, ani ilu ich jest, ani czy wszyscy są w jednym miejscu. Ryzyko byłoby zbyt duże.

– Jak słyszałem, sir, nie odrzucił pan kategorycznie ich żądań.

Quade wzruszył swymi masywnymi ramionami i wydął wargi.

– Wynegocjowaliśmy trochę czasu do namysłu, choćby ze względu na sytuację, w jakiej znajduje się obecnie Anglia. Zyskaliśmy dzięki temu czas, który może się przydać kapitanowi Landorowi, gdyby znalazł jakiś sposób ucieczki.

Nicolas wsunął dwa palce za kołnierz koszuli, mokry od potu. *Punkah* zawieszony na suficie poruszał się nieprzerwanie, nie przynosząc jednak znaczącego ochłodzenia. Wręcz przeciwnie: wydawało się, że jedynie rozwiewa żar i spycha w dół rozgrzane powietrze.

– Kapitan Landor położył duże zasługi, służąc w wojsku – odezwał się nagle Maddox. – Skoro nie mamy możliwości, aby mu pomóc, a chętnie byśmy to uczynili, jak podkreślono kilkakrotnie, to sądzę, sir, że powinniśmy przynajmniej zapewnić kapitanowi Allenger-Brownowi wszelkie możliwe wsparcie z naszej strony.

Wstawiennictwo Maddoxa zaskoczyło Nicolasa, podobnie jak Quade'a, o czym świadczyła jego zdumiona mina.

– Hm... w rzeczy samej, majorze Maddox. Ja z całą pewnością nie będę rzucał kłód pod nogi.

Maddox uśmiechnął się.

– Taką właśnie miałem nadzieję, sir. Dlatego pozwoliłem sobie opracować plan naszej pomocy.

Quade spojrzał na niego wyczekująco, z takim wyrazem twarzy, jakby szykował się do otrzymania ciosu od kogoś, kogo darzył dotąd pełnym zaufaniem i od kogo spodziewał się wsparcia.

– Kapitan Allenger-Brown nie wyjawił nam jeszcze, co zamierza uczynić – ciągnął Maddox – wiemy jednak, że nie chce działać w pojedynkę. Powinniśmy zatem przydzielić mu dwóch doświadczonych, obeznanych w górach żołnierzy, sir.

Quade parsknął.

– Z całym szacunkiem, majorze, ale zdaje się pan zapominać,

że znajdujemy się w stanie wojny. Jak miałbym w takiej sytuacji pozbywać się dwóch żołnierzy?

– Nie miałem na myśli generałow ani dowódców regimentu, sir, lecz zwykłych oficerów. Ma pan oczywiście całkowitą rację, że w takim momencie musimy wykorzystać całą naszą siłę bojową, ale czy wynik wojny rzeczywiście dozna szwanku, jeśli wyślemy w bój o dwóch oficerów mniej?

– No cóż... – Quade odchrząknął, najwyraźniej niezdecydowany.

– Do tej pory nie czyniliśmy żadnych stosownych kroków, ponieważ nie byliśmy w stanie rezygnować z kogoś na tyle doświadczonego, kto potrafiłby zaplanować akcję i objąć dowodzenie. Kapitan Allenger-Brown wszakże zgłosił taką gotowość. Oddajmy mu pod komendę dwóch żołnierzy – nalegał Maddox.

Quade nie starał się nawet ukryć, jak kłopotliwa jest dla niego ta sytuacja, jakże odmienna od tego, z czym stykał się na co dzień lub czemu mógłby przeciwstawić rutynową strategię wojskową.

– Nie chciałbym być zmuszony do przekazania moim przełożonym, że miałem tu związane ręce, sir – odezwał się Nicolas.

Quade zmierzył go posępnym wzrokiem.

– Nikt nie zamierza wiązać panu rąk, kapitanie, wręcz przeciwnie. Przemyślę w spokoju całą sprawę, a potem zastanowię się, kogo by tu oddać pod pańskie rozkazy.

Tak nagły obrót sprawy zaskoczył Nicolasa, ale w tej samej chwili uzmysłowił sobie, że pułkownik zapewne chce po prostu zyskać na czasie. Kto wie, jak długo będzie się zastanawiał?

Widocznie te same obawy żywił Maddox, bo natychmiast wtrącił z gładkim uśmiechem:

– Myślałem już o tym, sir. W mieście są jeszcze podporucznik Casey i havildar major Khan. Niebawem mają zostać wysłani z całym regimentem do Kabulu.

– Ale może woleliby wykazać się swoją walecznością na wojnie?

– Obaj znają te góry jak własną kieszeń i zapewne byliby osobiście zainteresowani przyjściem kapitanowi z pomocą, sir.

Rozterka pułkownika była widoczna jak na dłoni. Czy to możliwe, że tak wiele zależy od umiejętności podejmowania decyzji przez tego człowieka, zastanawiał się Nicolas. Było to dla niego niepojęte.

– No cóż, jeśli ci dwaj się zgodzą, nie mam nic przeciwko temu – orzekł w końcu Quade. – Ale na inną formę pomocy, przy całym naszym współczuciu dla kapitana, nie może już pan liczyć. – Zerknął na zegarek. – To wszystko. Mogą panowie odmaszerować.

Maddox i Nicolas wyprężyli się przepisowo, zasalutowali i wyszli.

– Dziękuję, sir – powiedział Nicolas, idąc z Maddoxem po schodach.

Ten tylko się uśmiechnął.

– Proszę mi nie dziękować. Byłaby to dla nas niepowetowana strata, gdybyśmy nie zdołali go uratować. Powinien pan niezwłocznie skontaktowac się z podporucznikiem Caseyem i havildarem majorem Khanem. Obu ich znajdzie pan albo w koszarach, albo w kazamacie.

Pożegnali się krótko, po czym Nicolas udał się w stronę koszar. Zaledwie wyszedł na ulicę, szczelnie go otulił żar lejący się z nieba; koszula kleiła się do ciała, pot zalewał oczy. Wyciągnął z kieszeni chustkę, wytarł sobie czoło i skronie. Słońce prażyło bez ustanku, zgiełk uliczny przybierał formę ogłuszającego szumu, kilkakrotnie w ostatniej chwili odskakiwał na bok przed turkocącym wozem, kroczącą dostojnie krową albo wałęsającymi się psami. Ulica pełna była wózków zaprzężonych w osły, ryksz i ludzi dźwigających ciężary. Nicolas nie tracił jednak czasu na obserwacje, czym prędzej zmierzając do koszar, gdzie względny chłód przywrócił go do życia.

Briana zastał w jego izbie, gdzie wyciągnięty wygodnie na łóżku czytał książkę. Oficer, który dzielił z nim pokój i otworzył Nicolasowi drzwi, zasalutował jako wyższemu rangą.

– Masz gościa, Brian – zawołał przez ramię.

– Nicolas? – Brian odłożył książkę na bok i wstał. – Co za niespodzianka! Skąd się tu wziąłeś? Też jedziesz na front?

– Nie, jestem tu z innego powodu. Możemy gdzieś porozmawiać?

Oficer poznał się na rzeczy.

– Ja i tak właśnie wychodziłem. Potem się zobaczymy – rzucił na pożegnanie i wyszedł.

Nicolas przysunął sobie drewniany taboret, stojący przy stole pośrodku pokoju. Umeblowanie było dość spartańskie: dwa łóżka z szafkami nocnymi, dwie szafy i stół z dwoma krzesłami. Drewniane okiennice chroniły pokój przed promieniami słońca, wnętrze oświetlały dwie lampy gazowe. Drewniana podłoga poczerniała już ze starości i w kilku miejscach zdradzała oznaki zniszczenia.

– Co cię tu sprowadza? – zapytał Brian.

Nicolas wyciągnął nogi, założył jedną na drugą. Jego czarne, niegdyś lśniące buty były teraz szare od ulicznego kurzu.

– Słyszałeś już o Aidanie?

– W rzeczy samej. – Twarz Briana spospępniała. – Poszedłem nawet do Maddoxa zgłosić się na ochotnika, gdyby miano zorganizować akcję ratunkową, ale Quade ma opory.

– Wiem o tym. Dlatego właśnie do ciebie przyszedłem. – Nicolas rozpiął kurtkę od munduru i koszulę pod szyją. – Uzyskałem zgodę przełożonych na zajęcie się tą sprawą.

– Dlaczego w Madrasie interesują się tą sprawą?

– Wcale się nie intersują. O wszystkim poinformował mnie ojciec Aidana.

Brian otworzył szeroko oczy.

– A on skąd o tym wie?

– Nie mam pojęcia, zapewne dowiedział się dzięki koneksjom, ale nie wyznał mi, od kogo otrzymał tę wiadomość. Tamten, jak sądzę, też nie chciał, aby rozeszła się wieść o zdradzie tajemnicy wojskowej.

– Założę się, że tak właśnie było – mruknął Brian. – Żona Aidana też już wie?

– Owszem. – Nicolas przechylił nieco głowę. – Nie wiem, czy czeka go w domu miłe powitanie.

– O ile w ogóle tam wróci. – Twarz Briana pokrył cień niepokoju. – Tutaj nikt się nim nie interesuje. Był im potrzebny tylko do tego, aby wypatrzyć drogi bezpieczne dla wojska. Co właściwie zamierzasz zrobić? Nie znasz przecież tych stron.

– I nie wybieram się tam sam. Maddox przekonał pułkownika Quade'a, aby oddał pod moją komendę dwie osoby. Myślał przy tym o tobie i Randżan Khanie.

Brian zerwał się na równe nogi.

– Mówisz poważnie? Maddox? Sądziłem, że los Aidana jest mu obojętny! Kiedy wyruszamy?

– Jak najprędzej, ale najpierw musimy omówić plan działania. – Nicolas wychylił się do przodu. – W jaki sposób skłonimy ich wysłannika, aby wrócił do obozu?

– Przyjmując ich warunki albo je odrzucając.

– Słusznie. Wybierzmy to drugie. Niech Quade odrzuci kategorycznie ich żądania, powie, że nikt nie zamierza wypuszczać na wolność zbrodniarzy i morderców, którzy czekają tu na proces, a Aidan woli umrzeć śmiercią bohatera, niż wziąć na siebie brzemię takiej hańby.

Brian nabrał głęboko powietrza i wypuścił je ze świstem.

– Ale wówczas musimy działać szybko, nie wolno nam stracić z oczu tego wysłannika, w przeciwnym razie Aidan zginie. – Przechylił na bok głowę. – Wprawdzie pułkownik oddał nas pod twoją komendę, ale będziesz musiał słuchać naszych rad. W tych sprawach Khan i ja mamy większe doświadczenie niż ty.

Nicolas wzruszył ramionami.

– Najważniejsze, aby się udało.

Jakby czekając na te słowa, Brian wyskoczył z łóżka.

– Musimy odszukać Randżana. – Jego oczy jaśniały blaskiem. – Nareszcie mogę zacząć działać. Jestem ci wdzięczny, żeś tu przyjechał. Cała ta sprawa z Aidanem i tak już mi obrzydziła udział w wojnie. Cóż mi po sławie, skoro zginąłby mój najlepszy przyjaciel, bo nie przybyłem mu z pomocą! Zdążę się jeszcze wykazać, kiedy wrócimy.

Nicolas ponownie zapiął koszulę i kurtkę od munduru, po czym obaj opuścili koszary.

– Sądzę, że Randżan jest w swoim pokoju. To tam, za tym placykiem. Nie dostaliśmy na dziś przepustek, ani on, ani ja, a do kazamaty idzie tylko wtedy, gdy musi.

Na placu musztrowym żołnierze odbywali ostatnie ćwiczenia

przed wymarszem do Afganistanu. W listopadzie, po tym jak Szer Ali zignorował termin ultimatum postawionego przez lorda Lyttona, Brytyjczycy zajęli Przełęcz Chajberską. Dwudziestego listopada rozpoczęła się inwazja Anglików na Afganistan i od samego początku zapowiadała się pomyślnie. Brytyjczycy podzielili swą armię na trzy części: pierwsza pod dowództwem generała-porucznika Browne'a skierowała się ku Przełęczy Chajberskiej, druga, dowodzona przez generała-majora Robertsa, ruszyła przez przełęcz Kurram w kierunku na Kabul, a trzecia pod dowództwem Biddulpha wyruszyła z Quetta. Dwudziestego grudnia Browne zajął Dżelalabad, a siódmego stycznia 1879 roku oddziały generała-majora Robertsa pokonały Afgańczyków w bitwie o dolinę Choft. Następnego dnia generał-porucznik Stewart na czele podległych mu oddziałów wkroczył do Kandaharu. Wkrótce po zdobyciu Kabulu przez Browne'a emir Szer Ali zbiegł pod osłoną rosyjskiego poselstwa do Turanu i zmarł w lutym w miejscowości Mazar-i Szarif. Jego następca i syn, Muhammad Jakub Chan, skłonny był podpisać z Brytyjczykami traktat pokojowy, co z kolei nie odpowiadało jego poddanym. Pierwszego kwietnia Brytyjczycy wyruszyli z Dżelalabadu do Kabulu w celu wywarcia presji na miejscową ludność, stoczyli po drodze zwycięską bitwę pod Nimla Bagh i ruszyli dalej na Kabul.

– Nie jestem przekonany – rzekł Brian – czy naprawdę dojdzie do zawarcia traktatu pokojowego.

– Brałeś udział w tych bitwach?

– Nie, stacjonowałem w Peszawarze. Niebawem miano mnie wysłać do Kabulu, zdążyłbym tam akurat na moment podpisania traktatu. – Po jego twarzy przemknął cień żalu. Położył dłoń na klamce u drzwi i spojrzał na Nicolasa. – Randżan się ucieszy, nie chciał jechać do Kabulu. Ta sprawa z Aidanem prawie zniechęciła go do dalszej służby wojskowej. Właściwie nie przyjaźnił się z Aidanem szczególnie blisko, ale jest to jeden z najbardziej lojalnych ludzi, jakich znam. – Uśmiechnął się przelotnie. – Często bywa dość gburowaty, ale niech cię to nie odstraszy. – Otworzył drzwi i Nicolas zamrugał powiekami, aby oswoić się z półmrokiem długiego korytarza.

32

Utakamand, maj 1879

Światło lamp gazowych rzucało cienie na stare, pokryte drewnianą boazerią ściany z szeregiem szufladek opatrzonych błyszczącymi mosiężnymi szyldzikami. Każda z tych szufladek zawierała rozmaite składniki do mieszanek herbacianych: suszone kwiaty pomarańczy, róży, słonecznika, kwiaty bławatka, malwy, bergamotki, skórki pomarańczy, suszone jabłka, pomarańcze i morele, ponadto karmel, krokant, marcepan, goździki, anyż, imbir i wiele, wiele innych; całe pomieszczenie przesycała feeria aromatów.

Chociaż aura w ten majowy dzień była bardzo łagodna, pod wieczór ochłodziło się i Charles zastanawiał się nawet, czyby nie rozpalić w małym piecu kaflowym stojącym w kącie. Od wczesnego popołudnia siedział tu, obmyślając nowe mieszanki herbaciane. Przedtem pomagali mu w tym dwaj pracownicy, ale od godziny był w kantorze sam, notując skład każdej mieszanki, która wydawała mu się obiecująca. Były to pieczołowicie zestawione kompozycje, niektóre delikatne, świeże i kwiatowe, inne o intensywnym zapachu lub smaku, korzenne, owocowe, słodkie, gorzkie, łagodne – nieprzebrana paleta odcieni smaku, subtelnych kompozycji aromatów i niuansów zapachowych.

W porcelanowej czarce leżały strączki wanilii, dostarczone z rana. Cynthia lubiła herbatę z wanilią, podobnie jak James Lockwood i kilku innych klientów, dla których Charles sporządzał specjalne mieszanki. Dla Katriny przygotował dziś herbatę z pomarańczą i niewielką domieszką imbiru, natomiast dla siebie mieszankę z kilku różnych gatunków mocnej czarnej herbaty, z dodatkiem sandałowca, goździków i cynamonu. Ciekawe, na jaką mieszankę zdecydowałaby się Gillian McEwan? Może na herbatę, której smak przywołałby wspomnienia zasnutych mgłą dolin, rozświetlanych przez pierwsze promienie wschodzącego słońca? Potrząsnął z niedowierzaniem głową. Cóż za niedorzeczne myśli chodzą mu po głowie!

Mimo to raz po raz powracał myślami do Gillian. Czasami, stojąc przy oknie, widywał ją, jak wraca wieczorem do domu, nierzadko ospale, ze zwieszonymi ramionami i opuszczoną głową, powłócząc nogami ze zmęczenia. Kilkakrotnie omal nie uległ pokusie, aby zejść na dół i zaprosić ją na filiżankę herbaty. Zawsze jednak coś go powstrzymywało przed tym krokiem.

Cynthia ze swoimi wyrzutami sumienia, dręczącymi ją od chwili przyjścia na świat Celesty, doprowadzała go do istnej desperacji. Miał tylko nadzieję, że ich mała córeczka nigdy się nie dowie, jak bardzo niechcianym dzieckiem była dla swej matki. I nie brało się to stąd, że Cynthia jej nie kochała, nie, po prostu nie akceptowała w przeświadczeniu, że nie dopełniła obowiązku wobec męża, wskutek czego musi się on czuć rozczarowany i zagniewany. O tym, że jest inaczej, mógł przekonywać ją bez końca – i tak wiedziała swoje i nie przestawała się obwiniać.

Charles odchylił głowę do tyłu. Jego wzrok padł na oprawione w ramki ryciny przedstawiające pejzaże indyjskie. Były już stare i pożółkłe; tu delta Gangesu, tam okryte śnieżnymi czapami szczyty Himalajów, obok Kanczendżanga, stary fort w Kalkucie i Wybrzeże Koromandelskie w regionie Madrasu.

Za oknem przejechał jakiś powóz, słychać było śmiech mężczyzn, zawtórował im piskliwy głos kobiety. Charles zamknął oczy, zastanawiał się, czy Cynthia będzie już spała, jeśli wróci teraz do domu. Jessamyn stawała się bardziej przystępna i naturalna w zachowaniu, jego obecność nie peszyła jej już tak bardzo jak jeszcze niedawno. Lekcje jazdy konnej pomogły jej nabrać pewności siebie, zwłaszcza że odbywała je razem z Calebem, z którym lubiła się porównywać. Kiedy po południu Charles odwiedzał dziewczynki w ich pokoju do zabaw, Jessamyn gawędziła z nim swobodnie, a czasem wybierała się nawet na poranną przejażdżkę konną wokół jeziora, odziana w granatowy strój jeździecki i kapelusik okrywający jej blond włosy, które *ayah* uprzednio przekładała do tyłu i związywała szalikiem. Cynthia nie mówiła tego wprost, ale jej przychylne spojrzenia świadczyły, że prezencja córki odpowiada jej zdaniem wymaganiom stawianym damie.

Rzut oka na zegar uświadomił mu, że Gillian McEwan powinna niebawem dochodzić do domu. Kiedy spotkał ją ostatnim razem, również była godzina dziewiąta i także o tej samej mniej więcej porze, jeśli dobrze pamiętał, widywał ją kilkakrotnie na ulicy. Pod wpływem nagłego impulsu podniósł się, zszedł po schodach na dół i stanął w progu.

Niebawem rzeczywiście ją dostrzegł. Miała na sobie ciemnozieloną suknię zachodzącą na szyję, o staromodnym już kroju, nieduży kapelusik na wysoko upiętych włosach i szeroki szal na ramionach – jedyny modny akcent tego całego stroju. Mimo to Charles dostrzegł piękno w jej wyciszonym wdzięku, z jakim poruszała się nawet wtedy, gdy zmęczenie odbierało lekkość jej krokom. Zauważyła go dopiero, gdy dochodziła już do kantoru i przystanęła, zaskoczona.

– Dobry wieczór, mister Ramsay.

Przywitał się z uśmiechem.

– Jak się pani miewa? – zapytał.

Uniosła lekko ramiona.

– Nie narzekam.

– Da się pani zaprosić ma filiżankę herbaty?

Spojrzała na niego zdumiona i po jej twarzy przemknął blady uśmiech.

– Bardzo chętnie, dziękuję.

Podobnie jak jakiś czas temu, zaprowadził ją do swego gabinetu i ponownie rozglądała się tam z zaciekawieniem, jakby widziała ten pokój po raz pierwszy.

Charles rozniecił ogień w piecu i z pojemnika, który napełniał kilkakrotnie w ciągu dnia, przelał wodę do metalowego imbryka.

– Dobrze minęła pani ta zima? – zapytał.

– Ziąb był niemiłosierny. W szpitalu nie wszystkie korytarze są ogrzewane, a tam, gdzie mieszkam, nie ma pieca w pokoju. – Umilkła i przygryzła wargi, jakby w obawie, że powiedziała za dużo.

Charles usiłował sobie wyobrazić, jak to jest zimą w pokoju, którego się nie ogrzewa. Sięgnął po herbatę cejlońską, łyżeczkami odmierzył odpowiednią ilość, wsypując ją do kamionkowego czajniczka, po czym zdjął z ognia wrzącą wodę.

– A jak sobie pani radzi w szpitalu? – zmienił temat, nie chcąc, aby pomyślała, że się nad nią lituje, choć tak właśnie było.

– Teraz już dobrze, ale praca jest naprawdę ciężka.

– Dopuszczają panią do opiekowania się chorymi?

– Nie. I wcale tego nie żałuję. – Wzdrygnęła się mimo woli.

Przyniósł tacę do stołu i tak jak poprzednim razem Gillian nalała herbaty najpierw jemu, potem sobie. Ciepło, roznoszące się od pieca za jej plecami, wyczarowało lekkie rumieńce na jej policzkach. Tego wieczoru była spokojna, na jego pytania odpowiadała przyciszonym głosem i tak samo cicho zadawała czasem jakieś pytanie.

Jego uwagę przyciągnął niesforny kosmyk włosów, który opadł jej na skroń i zawisł tuż nad uchem. Jej szyja uwięziona w wysokim ciemnym kołnierzu wydawała się szczególnie wąska i krucha, a wargi, wydęte nad brzegiem filiżanki, nieco za blade. Odstawiła filiżankę i ponownie rozejrzała się po pokoju.

– Ostatnio biję się z myślami, czy mimo wszystko nie zaryzykować i wrócić jednak do Kalkuty – rzekła znienacka. – Tu, w Ooty, nie jest tak, jak tego oczekiwałam. Gdybym przynajmniej mogła nadal być u państwa Marks…

Charles nie miał pojęcia, jak wyglądają pokoje w gospodzie, ale sądząc po jej fasadzie, nie wzbudzała zaufania. Jeszcze mniej był w stanie powiedzieć o pracy w szpitalu, bo do tej pory kontaktował się tam jedynie z lekarzami, nie zwracając najmniejszej uwagi na niższy personel.

Gillian skierowała wzrok na fotografię wzgórz Nilgiri, którą Charles otrzymał od jednego z przyjaciół z okazji narodzin Celesty. Był to oprawiony w ramkę pejzaż w sepii.

– Proszę ją sobie spokojnie obejrzeć – powiedział Charles, widząc zachwyt w jej spojrzeniu.

Po krótkiej chwili wahania wstała i podeszła do fotografii, aby spojrzeć na nią z bliska.

– Piękne zdjęcie – zauważyła.

Charles stanął za nią.

– Mój przyjaciel należy do jednego z tych klubów fotograficznych, wie pani, to tacy młodzi pasjonaci, którzy kręcą się po całej okolicy ze swoimi aparatami i statywami, szukając odpowiednich motywów. – Uśmiechnął się.

Jak urzeczona, wpatrywała się w fotografię, z lekko przechyloną na bok głową. Tuż przed sobą Charles widział, jak pod bladą skórą szyi pulsuje jej tętnica. Pragnienie, aby dotknąć ustami tego miejsca, przeszyło go tak raptownie, że przerażony przywołał się czym prędzej do porządku.

– Jeśli chodzi o tę okolicę, widziałam ją na własne oczy tylko raz, kiedy tu jechałam – powiedziała Gillian. – Jest naprawdę bardzo ładna.

Charles odchrząknął.

– W rzeczy samej.

– Ja… – Gillian zaczerpnęła głęboko tchu. – Miałam nadzieję, że poradzę sobie ze wszystkim i będę mogła zostać na stałe, albo zdołam zadbać o reputację na tyle, aby starczyło mi odwagi na powrót do domu.

Charles nie umiał znaleźć na to odpowiedzi. W zamian uniósł dłoń i delikatnie, kojącym, jak miał nadzieję, gestem dotknął jej ramienia. Poczuł, jak zesztywniała nieco, ale nie w odruchu sprzeciwu, lecz jakby z wyczekiwaniem. Ostrożnie musnął jej szyję wierzchem dłoni, tuż pod płatkiem ucha, poczuł to znane mu już pulsowanie tętnicy, tym razem chyba intensywniejsze niż przedtem, a Gillian zwróciła ku niemu głowę. Stała tak z lekko rozchylonymi wargami i Charles, choć wiedział, jak duży popełnia błąd, dał za wygraną i przywarł wargami do jej ust. W pierwszym momencie drgnęła gwałtownie, jakby w zamiarze stawienia oporu, ale niemal natychmiast odwzajemniła pocałunek tak, jak nigdy tego nie przeżył jeszcze z Cynthią. Zarzuciła mu ręce na szyję i przyciągnęła do siebie, on zaś oderwał się od jej ust i zaczął obsypywać pocałunkami jej policzki, potem szyję i dopiero, kiedy musnął wargami delikatny dołek poniżej ucha, a ona załkała, nabierając tchu, przyszło opamiętanie. Nagle wypuścił ją z objęć i opuścił wzrok, nie śmiejąc spojrzeć w oczy. Przecież dopiero co wyznała, że nie wie, co ze sobą zrobić, że chce naprawić swą reputację, a oto on potraktował ją nie lepiej niż inni mężczyźni, których zdążyła poznać. Kiedy w końcu odważył się na nią spojrzeć, stała z dłonią przyciśniętą do piersi falującej od emocji.

– To przecież nie ma sensu – wyszeptała. – I jest jeszcze bardziej niedorzeczne niż z Ingramem! – Bez dalszych wyjaśnień przemknęła obok niego i szarpnęła za drzwi. Usłyszał jeszcze stukot jej obcasów na drewnianych schodkach, a po chwili trzask masywnych drzwi wejściowych na dole.

*

Katrina z wolna oswajała się z obecnością teścia. Nie miała najmniejszego pojęcia, jak długo jeszcze zamierza u niej być, dopóki jednak oboje schodzili sobie z oczu i widywali się tylko przy stole, jakoś to znosiła. Czasem wybierał się na spacer po ogrodzie z Marianą, która dreptała wtedy grzecznie u jego boku.

Tego ranka siedzieli w milczeniu przy śniadaniu, kiedy służący przyniósł gazety – „Neilgherry Excelsior" i „South of India Observer" – i pocztę. Kilka listów było adresowanych do Raymonda; otrzymywał je regularnie od dzieci, którym do tej pory nie wyjawił prawdziwego charakteru podróży Aidana, swój własny zaś wyjazd do Ooty tłumaczył chęcią doprowadzenia do pojednania. Prawdę znał jedynie Ralph. Landor senior uznał, że nie ma potrzeby niepokoić kobiet, zwłaszcza Awa mogłaby znieść tego typu wiadomość bardzo źle. Wśród korespondencji znalazł się też list od Annabelle do Aidana, który Katrina, wzdrygnąwszy się mimo woli, dołączyła do reszty i poleciła przenieść do gabinetu. Potem miała przejrzeć całą korespondencję i wybrać z niej to, co wymagało odpowiedzi. Reszta, jak zwykle, lądowała w specjalnie przeznaczonym do tego koszu. Po śmierci ojca listy adresowane do niego przychodziły jeszcze przez kilka tygodni… Dlaczego przypomniała sobie o tym właśnie teraz? Pokręciła z dezaprobatą głową, nie mogła jednak nic poradzić na to, że myśli te żłobiły w jej umyśle niezatarte koleiny.

– Annabelle jest przy nadziei – zawołał radośnie Raymond. – Jesienią spodziewa się rozwiązania.

Katrina spojrzała na niego, zmuszając się do uśmiechu.

– To wspaniała nowina.

– Twierdzi, że napisała również do Aidana.

– Tak, ten list przyszedł, odłożę go dla niego.

Raymond zmarszczył czoło.

– Poczuje się rozczarowana, jeśli nie otrzyma odpowiedzi od brata.

– Aidan tak często wyjeżdża z domu, że brak listu nie jest doprawdy przejawem obojętności.

Drzwi rozwarły się raptownie, do pokoju wbiegł Caleb z bukietem kwiatów, które zapewne zebrał z samego rana w ogrodzie. Położył kwiaty na stole i cmoknął matkę w policzek.

– Wszystkiego najlepszego z okazji urodzin.

– Dziękuję, skarbie.

Chłopiec przysunął sobie krzesło i rzucił dziadkowi pośpieszne „dzień dobry".

– Czy ciocia Amelia przyjdzie dziś z Danielem?

– Jestem tego pewna. Wujek Charles też przyjdzie z ciocią Cynthią i twoimi kuzynkami.

– Jessamyn jest w porządku, jak na dziewczynę – orzekł wspaniałomyślnie Caleb. – Wiesz, że ona ma większego kuca niż ja? Wujek Charles mówi, że ten mój będzie dla mnie niedługo za mały.

Jeszcze jeden z tematów, jakich Katrina nie cierpiała. Im mniejszy koń, tym mniej niebezpieczny ewentualny upadek z niego. Ale wiedziała naturalnie, że mały kucyk nie mógł wiecznie służyć Calebowi.

– Mojego kuca mogłaby wziąć Laura. – Widać było, że Caleb przemyślał już sobie wszystko. – A potem Mariana. Wujek Charles powiedział, że byłby już dla mnie dobry taki prawdziwy koń.

– W żadnym razie! Na razie wystarczy ci kuc.

– Ale dlaczego, Katrino? – włączył się do rozmowy Raymond. – Ralph i Aidan też dość wcześnie dostali wierzchowce.

Katrina nie była zachwycona tą uwagą. W pewnym sensie poczuła się przyparta do muru.

– Zastanowię się jeszcze – rzekła z namysłem. – Może chciałbyś wyjątkowo dziś zjeść śniadanie razem z nami?

– Jadłem już trochę. – Caleb wstał i przysunął krzesło do stołu. – Muszę iść. Wilhelmina znowu gdzieś ukryła się w ogrodzie.

– A zatem idź. Owocnych poszukiwań.

Została ponownie sam na sam z teściem i całą swą uwagę poświęciła grzance. Raymond wstał, przeprosił ją i wyszedł z pokoju. Niebawem wrócił, trzymając w dłoni płaskie ciemne puzderko, pokryte, jak zauważyła, gdy Raymond podszedł bliżej, aksamitem. Odstawiła filiżankę na stół i spojrzała pytająco na teścia.

– Nie zapomniałem. – Nietypowo dla siebie, sprawiał teraz wrażenie zakłopotanego. – Wszystkiego najlepszego.

Nieco skrępowana, wzięła od niego puzderko i je otworzyła. Na rubinowym, wyściełanym aksamitem dnie, spoczywała kolia, jakby utkana z delikatnych, przypominających pajęczą sieć złotych nici. Osadzone na niej drobne perły wyglądały niczym krople rosy. Katrina wpatrywała się w kolię jak urzeczona, nie wiedząc, co powiedzieć.

– Zastanawiałem się, co najlepiej by do ciebie pasowało, ciężka biżuteria wydała mi się nieodpowiednia. Uznałem, że bardziej spodoba ci się coś lekkiego, filigranowego.

– Naprawdę piękna – odparła cicho Katrina, kiedy odzyskała głos. Ostrożnie wyjęła kolię z puzderka. Była to rzeczywiście misterna robota, istne dzieło sztuki. Uśmiechnęła się do teścia. – Bardzo dziękuję.

– A zatem... – Raymond odchrząknął. – Cieszę się, że ci się podoba.

Gdyby otrzymała taki prezent od Aidana lub Charlesa, okazałaby radość, padając im w ramiona. Charakter jej dotychczasowych relacji z teściem nie dopuszczał jednak takiej możliwości, jakkolwiek dostrzegała tutaj pewne symptomy zmian na lepsze. Raymond widział to zapewne w podobny sposób, bo kiedy odłożyła kolię, natychmiast pożegnał się, wyjaśniając, że musi jeszcze pojechać do klubu.

Od jakiegoś czasu jej teść wiódł w Ooty bardzo ożywione życie towarzyskie, na co składały się między innymi częste przejażdżki nad jezioro. Toteż Katrina, która prócz swojej klaczy miała jedynie dwa konie powozowe, wypożyczyła od brata jednego wierzchowca i kazała go umieścić w stajni. Znowu, jak już wiele razy przedtem, daremnie szukała odpowiedzi na pytanie, jak on może tak spokojnie odbywać spacery i spotykać się z ludźmi, skoro jego synowi grozi śmiertelne niebezpieczeństwo. Widocznie taki miał już styl bycia i tak zazwyczaj postępował w trudnych chwilach. Może to właśnie pomagało mu odsuwać od siebie ponure myśli? Kilkakrotnie już, kiedy sądził, że nikt go nie widzi, Katrina dostrzegała w jego oczach bezdenny smutek i ból.

Właściwie nie była dziś w nastroju do przyjmowania gości. Wydawało jej się niestosowne obchodzić urodziny w takiej sytuacji, nie mogła jednak izolować się tak długo od normalnego życia. Już i tak niedobrze się stało, że dano plotkarzom pretekst do snucia rozmaitych domysłów na temat nieobecności Aidana.

Charles miał przyjechać z rodziną po południu, podobnie jak Amelia i Ashley z synami. Jej relacje z Ashley uległy od czasu wyjazdu Nicolasa wyraźnemu ochłodzeniu i Katrina była niemal pewna, że przyjaciółka nie przyjmie zaproszenia. Anatema towarzyska, jaka ją dotknęła, nie została wprawdzie odwołana, ale skandal popadał z wolna w zapomnienie. Wyglądało na to, że unikano jej tylko dlatego, że tak wypadało. W gruncie rzeczy to Ingram odczuwał obecnie najdotkliwiej skutki swego fatalnego błędu, brano mu bowiem za złe, że dopuścił się znieważenia tak uroczej i cenionej w towarzystwie pani Allenger-Brown. Katrina nie wątpiła, że dzięki szerokim koneksjom Raymond zdoła doprowadzić do jej rehabilitacji. Jednak w tym momencie Ashley unikała z nim wszelkiego kontaktu.

Nieco później, w porze wieczerzy, mieli zjawić się również James Lockwood wraz z państwem Sharattami, z którymi Katrina miała ostatnio ciepłe relacje, odkąd udzielili jej pomocy po ostatnich zbiorach herbaty. Teraz postanowiła przejrzeć raz jeszcze księgi rachunkowe, a potem udać się z Calebem i Marianą na krótką przechadzkę, po której trzeba będzie poczynić ostatnie przygotowania do przyjęcia.

Po wspólnie spędzonym popołudniu Ashley, Cynthia i Amelia rozjechały do swoich domów, aby zostawić tam dzieci i przebrać do wieczerzy. Spotkanie z Ashley przebiegło w lepszym klimacie, niż się tego Katrina spodziewała; może dlatego, że nie były same. Amelii nie brakowało ciekawych tematów do rozmowy, co pozwalało unikać momentów kłopotliwego milczenia. Prócz Ashley, Charlesa i Raymonda nikt nie znał prawdy o Aidanie, mimo to Katrina miała cały czas nieodparte wrażenie, jakby stąpała po bardzo śliskim gruncie. Cynthia jedynie chwilami włączała się do rozmowy. Już od jakiegoś czasu lepiej panowała nad swoim ostrym języczkiem i odkąd na świat przyszło jej czwarte dziecko, stała się dość małomówna, zresztą i tak nie przepadała za Ashley i Amelią. Co prawda jeszcze nie tak dawno temu zależało jej na nawiązaniu przyjacielskich relacji z Ashley, ale jak zwykle również i tym razem dostosowała się do obowiązującego w towarzystwie punktu widzenia.

Kolacja przebiegła w bardziej napiętej atmosferze. Pani Sharatt była czterdziestokilkuletnią damą o dużym uroku osobistym, nie ukrywała jednak, że nie aprobuje obecności Ashley, i odnosiła się do niej z wyraźną rezerwą. Czuło się, iż rozważa w duchu ewentualne przykrości mogące ją spotkać, gdyby rozniosła się wieść, że siedziała przy jednym stole z osobą skompromitowaną, gawędząc z nią jak gdyby nigdy nic. Z drugiej wszakże strony nie do pogardzenia była przecież obecność barona i mister Ramsaya, cieszącego się w całym regionie znakomitą renomą.

Mimo że chodziło tu o uroczystość obchodzoną w ścisłym gronie, Katrina kazała przygotować imienne wizytówki, zależało jej bowiem na rozmieszczeniu gości przy stole w sposób możliwie roztropny. Wolała zapobiec sytuacji, w której Ashley przyszłoby usiąść obok Raymonda Landora albo Cynthii obok Jamesa Lockwooda, z którym absolutnie nie potrafiła znaleźć wspólnego języka i który z kolei jej nie cierpiał. Kiedy zajęła miejsce u szczytu stołu, po jej prawicy siedzieli Charles, Cynthia i dalej państwo Sharatt, a po lewicy Raymond Landor, Amelia Holt w szaroniebieskiej sukni z tafty, która swą barwą przywodziła na myśl toń morza o pierwszym brzasku, James Lockwood i Ashley, prezentująca się bardzo korzystnie w swojej jedwabnej wrzosowej sukni, mimo rzucającej się w oczy bladości twarzy.

Żyrandol w salonie słał kaskady ciepłego blasku świec, który uwydatniał lśnienie woskowanych drewnianych elementów wystroju, okrywał pozłotą parkiet o barwie dojrzałego miodu i odbijał się w srebrnych nakryciach i zastawie na stole, a także w pięknych wazach dekoracyjnych na komodach. Ściany przyciągały uwagę wiszącymi na nich obrazami z urokliwymi pejzażami, duże okna przysłonięte były bordowymi aksamitnymi portierami. Służba podawała potrawy i nalewała napoje, po czym ustawiała się w stosownej odległości od stołu, czekając na moment, w którym trzeba będzie wynieść jakieś naczynia lub podać następne danie.

Podczas przystawki – delikatnie przyprawionej zupy rybnej – rozmowy toczyły się wokół tematów towarzyskich. Potem, przy drobiu serwowanym z ryżem z pikantnym czatnejem, mister Sharatt nawiązał do osoby nowego handlarza herbatą, przybyłego niedawno do Coonoor.

– Ów osobnik usiłuje zbijać ceny, wyobraźcie sobie. Sprzedaje taniej niż tutejsi kupcy.

– Oferuje gorszą jakość – odparł Charles. – To żadna sztuka.

– Uważam takie postępowanie za zuchwałe i ryzykowne dla innych – zauważył James Lockwood. – Nie sposób wykluczyć, że tego rodzaju oferta zyska większe zainteresowanie w Londynie, wśród ludzi, których nie stać na dobrą herbatę.

– Takich osób nie brak i tutaj – wtrąciła pani Sharatt.

– To prawda, ale z pewnością nie jest ich dostatecznie dużo, aby z myślą o nich móc planować działalność handlową – obstawał przy swoim Charles. – W każdym razie, nie uważam tego człowieka za poważnego konkurenta.

Sharatt otarł usta serwetką i sapnął z zadowoleniem na widok wnoszonej właśnie soli z ryżem curry i zestawem sosów, do czego podano również chrupiące pieczywo. Nadział widelcem kawałek ryby i zwrócił się do Ashley, siedzącej po przekątnej naprzeciw niego.

– Czy dobrze słyszałem, pani Allenger-Brown, że mąż przyłączył się do naszych oddziałów walczących w Afganistanie?

Ashley podniosła wzrok znad talerza.

– Owszem, to prawda, pojechał na północ – odparła z pewnym wahaniem, jakby starając się ważyć słowa – ale nie do Afganistanu.

– Ach, w takim razie krążą na jego temat fałszywe pogłoski – mruknął Sharatt.

Głos zabrał Raymond.

– Wrodzona skromność pani Allenger-Brown nie pozwala jej, jak widzę, dodać, że jej mąż jest obecnie w trakcie misji mającej na celu ocalenie oficera, któremu grozi niebezpieczeństwo.

– Doprawdy? – Sharatt był szczerze zdumiony. – Ależ, moja droga, taka fałszywa skromność jest tu nie na miejscu, czegoś takiego nie ma potrzeby ukrywać.

Na twarz Ashley i szyję wystąpiły wypieki, co ktoś, kto jej nie znał, mógłby mylnie wziąć za wyraz zakłopotania.

– W takim razie państwa rozłąka trwa już bardzo długo – odezwała się Cynthia, która widocznie nie potrafiła dłużej utrzymać języka na wodzy. – Najpierw pani wyjechała niemal na rok, a teraz okazuje się, że nie ma jej męża. Jeśli jego zadanie jest istotnie tak niebezpieczne, na jakie wygląda, jego pobyt tam z pewnością potrwa dość długo. O ile on w ogóle wróci.

Ashley opuściła widelec gwałtownie na talerz, w jej oczach czaił się ból i strach jak u osaczonego zwierzęcia.

– Pani Allenger-Brown, muszę przeprosić gorąco za swoją żonę – odezwał się Charles, skonsternowany tak ewidentnym brakiem taktu żony.

Państwo Sharatt byli najwyraźniej poruszeni tą jawnie okazywaną przez Ashley obawą o Nicolasa, a Katrina dostrzegła nawet rodzącą się nić sympatii z ich strony.

– Oczywiście wszyscy mamy nadzieję, że kapitan Allenger-Brown wróci do domu cały i zdrowy – wtrącił Raymond. – Życzymy mu również, aby misja, jaką tam pełni, odniosła skutek.

Ashley rzuciła mu spojrzenie, które przez moment można było wziąć za wyraz wdzięczności, ale Katrina wyczytała w nim głęboką, zażartą nienawiść, coś, z czym nigdy przedtem się u niej nie spotkała. Wstrząśnięta, czym prędzej odłożyła widelec na bok. Jakakolwiek myśl o jedzeniu wywoływała w niej teraz mdłości.

Cynthia zwróciła się do Katriny.

– A kiedy właściwie może według ciebie wrócić Aidan?

– Mam nadzieję, że wróci jak najszybciej – odparła Katrina, siląc się na spokój.

– Istotnie, jego nieobecność trwa już bardzo długo – zauważyła pani Sharatt. – Czy nadal przebywa na północy?

– Tak. – Głos Katriny łamał się podejrzanie. W salonie zaległo milczenie. Państwo Sharatt wiedzieli naturalnie o kłopotach Katriny podczas ostatnich zbiorów herbaty, również o tym, że musiała borykać się z nimi sama. Nikt z siedzących przy stole nie miał złudzeń co do tego, jak wiedzie się w małżeństwie Katriny. Nawet Cynthia powstrzymała się od komentarza.

Charles odchrząknął.

– Podobno mister Watt kupił niedawno dwa wyjątkowo piękne wierzchowce.

Dochodziła północ, kiedy Amelia i Katrina wyszły na werandę. Reszta gości rozjechała się już do domów, a Raymond udał się do swego pokoju, aby poczytać trochę przed snem. Katrina machinalnie skubała szyfon, ułożony w fałdy na spódnicy jej seledynowej jedwabnej sukni, drugą dłonią muskała delikatne złote nici kolii. Charles wyglądał jej zdaniem źle. Zastanawiała się, czy tak jest od niedawna, czy może nie dostrzegła tego wcześniej, zbyt zaabsorbowana własnymi problemami.

– Co jest między tobą i Ashley? – przerwała jej rozmyślania Amelia.

Katrina spojrzała na nią.

– Ashley po prostu zamknęła się w sobie, zapewne ze względu na tę historię z Nicolasem.

– Jeśli nie chcesz o tym rozmawiać, powiedz to, ale nie wykręcaj się w ten sposób od odpowiedzi.

Katrina, ze wzniesionymi lekko ramionami dla ochrony przed wieczornym chłodem, milczała przez chwilę.

– Mój teść – wyjaśniła w końcu – skłonił Nicolasado wyjazdu na północ. No cóż, Nicolas jest żołnierzem... W każdym razie zapalił się do tego i ostatecznie tam pojechał, zwłaszcza że baron Montbatton umiejętnie go do tego zachęcił. – Starała się w miarę możliwości nie odbiegać zbytnio od prawdy. – I teraz Ashley jest zagniewana na barona, a tym samym również na mnie.

– Ach, tak! – Amelia wydawała się poruszona. – To istotnie trudna sytuacja. Ale przyznam, że na jej miejscu nie zachowywałabym się pewnie inaczej.

Katrina przygryzła wargę, wpatrując się przez oszklone drzwi w głąb salonu.

– Nawiasem mówiąc, twój teść to niezwykle szarmancki mężczyzna – zmieniła temat Amelia. – Jaka szkoda, że jest prawie o trzydzieści lat od mnie starszy!

Katrina zaskoczona przechyliła głowę. Amelia po raz pierwszy nie porównywała poznanego mężczyzny z Ianem; a z takiej próby nikt jeszcze do tej pory nie wyszedł zwycięsko.

– No tak – odparła – z pewnością potrafi być... hm... miły.

Amelia, rozcierając sobie ramiona, uśmiechnęła się, nieco jakby rozmarzona.

– Uważam, że jest czarujący.

Katrina spojrzała na przyjaciółkę prawdziwie wstrząśnięta. Czyżby nie dostrzegała do tej pory rozkwitającego na jej oczach romansu? Wyobraziła sobie ją nagle jako swoją teściową i macochę Aidana, a Daniela jako jego brata przyrodniego i wujka Caleba.

– On istotnie jest dużo starszy od ciebie – powiedziała.

– Dla mnie nie miałoby to znaczenia, ale oczywiście nie mogę tego zrobić Danielowi.

– Masz w zupełności rację.

Amelia spojrzała na nią z uśmiechem, odrobinę zbyt kpiącym, zdaniem Katriny; jakby czytała jej w myślach.

– Powinnam już chyba wracać do domu.

Katrina weszła z nią z powrotem do salonu i odprowadziła do drzwi, gdzie Amelia objęła ją na pożegnanie. Na schodach, na pół zlewając się z cieniami wokół, odwróciła się do niej raz jeszcze.

– Nie przejmuj się tak bardzo – powiedziała. – Nicolas i Aidan z pewnością wrócą bezpiecznie do domu, a wtedy i Ashley zrozumie, że zdarzają się momenty w życiu, kiedy dobry przyjaciel nie może postąpić inaczej.

Nie dając Katrinie czasu na odpowiedź, zeszła na dół i oblana mlecznym blaskiem latarni podbiegła do swego powozu.

*

Polowanie było rozrywką, jakiej Raymond Landor oddawał się do tej pory wyłącznie w Anglii. W innych okolicznościach nie oparłby się tej pokusie również tutaj, zwłaszcza że klub w Ooty organizował polowania – na szakale, zamiast na lisy. Ponieważ jednak troska o Aidana nie pozwalała mu marnować czasu na takie sprawy, zadowalał się obserwacją jeźdźców wyruszających na polowanie. W sforze biegły spaniele, setery, teriery i kilka psów innych ras myśliwskich. Nad drogami unosiły się pasma mgły, konie parskały dziarsko, cicho pobrzękiwały ostrogi i uprząż koni, psy szczekały, a mężczyźni i kobiety w strojach myśliwskich, pełni napięcia, czekali w siodłach na sygnał rozpoczęcia polowania.

Raymond spoglądał za jeźdźcami, stojąc z rękami w kieszeniach. Na tak swobodną pozę pozwalał sobie tylko w momentach, kiedy sądził, że jest sam. Tu można było odnieść wrażenie, że jest się w Anglii; oferta rozrywek sportowych była bardzo atrakcyjna. Prócz polowań i zawodów strzeleckich były jeszcze przejażdżki łodziami, wyścigi konne, polo, krykiet oraz prawdziwe imprezy sportowe i jeździeckie. Ponadto, jak w każdym letnisku, również w Ooty wiele było pięknych tras spacerowych.

– Pan również nie przepada za polowaniami? – rozległ się nagle za jego plecami czyjś głos.

Raymond wyjął ręce z kieszeni i się odwrócił. Tego ciemnowłosego mężczyznę, który do niego tak znienacka podszedł, nie widział nigdy przedtem.

– Przeciwnie. Lubię w nich uczestniczyć. A z kim mam przyjemność?

– Stephen Alardyce. – Mężczyzna obdarzył go ujmującym uśmiechem.

– Raymond Landor, baron Montbatton – przedstawił się ceremonialnie Raymond. Wyraz zaskoczenia na twarzy rozmówcy uznał za nieszczery, tamten bowiem zdawał się doskonale wiedzieć już przedtem, kogo ma przed sobą.

– Zatem ojciec Aidana Landora – mruknął przeciągle Stephen Alardyce. – No tak, słyszałem już, że bawi pan w Ooty. Jak się miewa Katrina?

Poufały ton, jakim mężczyzna wymówił imię jego synowej, nie przypadł Raymondowi do gustu.

– Ma się dobrze, dziękuję za łaskawą pamięć.

– Od dawna jej nie widziałem, obecnie utrzymujemy jedynie kontakt listowny. Jak powiadają, umyślnie izoluje się od życia towarzyskiego. Mam nadzieję, że nie istnieje żaden powód do zatroskania.

– Absolutnie żaden.

– Moje zainteresowanie jej samopoczuciem nie jest wcale bezpodstawne, w końcu przecież mój syn żyje pod jej dachem.

– Ten fakt jest mi znany.

– Przy czym muszę powiedzieć, że nie jestem teraz przekonany, czy aby Katrina stwarza mu odpowiednią atmosferę rodzinną, taką, jakiej chłopiec potrzebuje.

Raymond czekał w milczeniu.

– Teraz mieszka pan razem z nią i jest w stanie ją wesprzeć, gdyby popadła w melancholię, co w ostatnich latach zdarzało się dość często. Gdy jednak wróci pan do siebie, a pański syn nie pojawi się tu z powrotem… – Stephen uniósł ramiona, demonstrując poczucie bezsilności i troski.

– Rozumiem pańskie obawy.

– Ponadto chodzą słuchy, jakoby pan i Katrina, za pozwoleniem, nie rozumieli się ze sobą szczególnie dobrze. Taka atmosfera nie może wpływać korzystnie na dziecko w jego wieku.

Raymond powoli skinął głową.

– Takie zatem chodzą słuchy?

– No cóż... – Stephen Alardyce ponownie przybrał na twarz fałszywy uśmiech. – Na ślubie nie było ani pana, ani nikogo z jego rodziny i również teraz nie zaszczyca pan swą obecnością wydawanych przez Ramsayów przyjęć. Moja obawa jest więc, jak widać, w pełni uprawniona. Zresztą pan również ma teraz okazję patrzeć codziennie na to, co się dzieje z Katriną i jej rodziną, i jako człowiek światowy podziela z pewnością moją opinię, że syn czułby się lepiej pod opieką ojca, zwłaszcza w takich okolicznościach.

– Muszę przyznać, że moje relacje z Calebem nie były szczególnie bliskie – powiedział Raymond. Od paru chwil przeszywał swego rozmówcę badawczym wzrokiem, czego tamten zdawał się nie dostrzegać. – Nie stwierdziłem jednak, jak dotąd, braków w jego wychowaniu.

– Przypuszczam, że sytuacja rodzinna w tym domu poprawi się, gdy pan Landor nie będzie już musiał grać roli ojca wobec obcego dziecka. Może właśnie jego niechęć do tej gry każe mu wyjeżdżać daleko stąd tak często i na tak długo.

Raymond uznał tę wypowiedź za niezwykle impertynencką, choć z drugiej strony musiał przyznać w duchu, że swego czasu sam postrzegał tę sprawę w identyczny sposób. Nie podobało mu się jednak, że Stephen Alardyce traktuje go tak, jakby miał przed sobą naiwnego głupca, którego można wykorzystać do realizacji własnych celów.

– Z całym szacunkiem – rzekł – ale kwestie rodzinne mego syna nie są w żadnym razie tematem, jaki byłbym skłonny omawiać tu, na ulicy. Tak się zaś składa, że Caleb należy do jego rodziny, a nie do pańskiej. Przecież pan nie chciał mieć z nim nic wspólnego.

– Z pewnością motywy mego postępowania w tamtym czasie sa panu znane, jak zakładam, nieprawdaż? – W głosie Stephena powiało lekkim chłodem.

– W rzeczy samej. Właśnie dlatego nie pojmuję, co pana skłania, aby mimo wszystko uznać teraz swoje ojcostwo.

– Kieruje mną przeświadczenie, że taka ewentualność nie jest jednak wykluczona, a chłopcu byłoby lepiej, gdybym to ja sprawował nad nim opiekę. Katrina jest sama, męża nie ma przy niej już od dawna. Byłem dostatecznie długo jej mężem, aby wiedzieć, że ona nie potrafi żyć taki szmat czasu bez mężczyzny i dlatego uważam ją za bardzo wątpliwy pod względem moralnym wzorzec do naśladowania.

Raymond założył ręce na plecy i zmierzył Stephena nieprzychylnym spojrzeniem.

– W tym momencie jestem skłonny uznać pana za wzorzec znacznie bardziej wątpliwy. Na co pan sobie, do diaska, pozwala? Jak pan śmie szkalować honor żony mojego syna?

– Nie chodzi mi o Katrinę – odparł Stephen, najwyraźniej zbity z tropu. – Chciałbym jedynie odzyskać Caleba. Pomyślałem, że może życie rodzinne syna jest dla pana dostatecznie ważne, aby zdecydować się na interwencję u synowej. Niechże odda mi syna!

– Mister Alardyce, moje dotychczasowe obserwacje pozwalają mi mieć pewność, że Caleb otrzymuje staranne i odpowiednie wychowanie, jakiego panu swego czasu, jak widzę, zabrakło.

– A więc dobrze. – Stephen skrzyżował ręce na piersi. – Próbowałem na wszelkie możliwe sposoby, nadejdzie jednak chwila, kiedy znajdę sędziego, który uzna moje racje i moje prawa, a wtedy sprawa zostanie rozstrzygnięta po mojej myśli.

– Tak jak wtedy, gdy postanowił pan się pozbyć żony? – Z pewnym zaskoczeniem Raymond zauważył u swego rozmówcy jakieś resztki przyzwoitości, o czym świadczyło jego nagłe zmieszanie.

– Nie to jest tematem naszej rozmowy.

– Radzę zostawić rodzinę mego syna w spokoju. Może nie uznał pan Aidana za osobę, z którą należy się liczyć, ale zapewniam, że moje wpływy sięgają znacznie dalej. W sferze, w której się obracam, wszyscy się dobrze znamy, mister Alardyce, i jesteśmy winni sobie wzajem rozmaite przysługi. Bojkot towarzyski to sprawa niezwykle kłopotliwa i sądzę, że nie chciałby pan paść jego ofiarą.

– Pan mi grozi?

– Skądże znowu. Przypominam jedynie, że osoba pańskiego pokroju ma niewątpliwie jakieś słabe strony i zapewne nie pragnie, aby zostały one ujawnione.

Stephen parsknął wzgardliwie, ale zabrzmiało to nieszczerze i mało przekonująco.

– Nie sądzi pan, że to niegodne szantażować drugą osobę, grożąc zszarganiem jej reputacji?

– Czy miał pan takie same skrupuły, decydując się na publiczne zniesławienie własnej żony i rzucenie na nią haniebnej potwarzy?

W odpowiedzi Stephen usiłował zmierzyć Raymonda wzgardliwym wzrokiem, ale zorientował się, że efekt tej próby okazał się daleki od zamierzonego. Bez słowa pożegnania odwrócił się i odszedł szybkim krokiem. Raymond spoglądał za nim, kręcąc głową. Ponownie, jak już kilkakrotnie przedtem, zarzucał sobie w duchu, że uwierzył plotkom krążącym wokół Katriny i jej pierwszego męża. Przyszło mu do głowy, że może powinien opowiedzieć jej o odbytej przed chwilą rozmowie, ale niemal natychmiast zarzucił ten pomysł. Po co jej dostarczać jeszcze jeden powód do frasunku?

33

Utakamand, czerwiec 1879

– Wiem, że nie chcesz tego słuchać – rzekł Charles, siadając wygodnie z filiżanką herbaty przy stoliku pod oknem w gabinecie siostry – ale najwyższa pora, abyś zaczęła się zastanawiać, co robić, gdyby Aidan jednak nie wrócił już do domu.

Katrina siedząca w fotelu naprzeciw niego zamarła.

– To ostatnia rzecz, nad którą chciałabym się zastanawiać.

– Rozumiem cię, ale dopóki nie wiesz, jak ta sprawa się zakończy, powinnaś mimo wszystko przemyśleć to sobie. Nie możesz sama prowadzić całego domu z plantacją, już teraz masz za dużo problemów na głowie. Zresztą twoje dzieci potrzebują ojca, a ty jesteś za młoda, aby wieść samotne życie.

Spojrzała na niego z niedowierzaniem.

– Uważasz, że powinnam już teraz szukać sobie kandydata na męża, na wypadek gdybym została wdową po Aidanie?

– Przynajmniej nie wykluczać takiej ewentualności z góry.

– To dość bezduszne rozumowanie, nie sądzisz?

Charles wzruszył ramionami.

– Nie powiesz mi chyba, że w waszym małżeństwie wszystko przebiega pomyślnie, zgodnie i szczęśliwie!

– Zapominasz, że mam z nim dziecko. Chyba nic w tym dziwnego, jeśli nie mogę się tak łatwo pogodzić z myślą o zastąpieniu go kimś innym!

– Ze Stephenem też masz dziecko, a jego przynajmniej kochałaś.

Mimo to zdobyłaś się na to, aby zastąpić go kimś innym, co, nawiasem mówiąc, okazało się dobrym krokiem.

Gwałtownym ruchem Katrina odstawiła filiżankę na stolik.

– Dlaczego jesteś taki pewny, że nie kocham Aidana jeszcze bardziej niż Stephena? – Momentalnie ugryzła się w język, nie z powodu poufnego zwierzenia, na jakie zdobyła się wobec brata, ale raczej dlatego, że mimo woli wypowiedziała na głos to, do czego nie zamierzała się przyznać nawet przed samą sobą.

Charles, zaskoczony, otwarł szeroko oczy, ale zanim znalazł odpowiednią odpowiedź, z ogrodu dobiegł ich głośny krzyk dzieci. Oboje zerwali się na równe nogi i wybiegli z pokoju.

W ogrodzie Emma szlochała rozpaczliwie, obok niej stali Daniel i Caleb; pierwszy z jej warkoczem w ręku, którego żałosne resztki jeżyły się nad uchem dziewczynki, a drugi dzierżąc w dłoni nożyczki. Katrina przerażona wstrzymała oddech, natomiast Charles, nie tracąc czasu, wymierzył obu chłopcom siarczyste policzki.

– Ona mówiła, że nie starczy nam do tego odwagi – tłumaczył się Caleb.

Z drugiego końca ogrodu nadbiegła Jessamyn, ściskając w ręce bukiet kwiatów, niepokojąco podobnych do tych, jakie Katrina niedawno zasadziła. Spojrzała na siostrę i momentalnie zakryła usta dłonią, nie zdołała jednak powstrzymać chichotu.

– Mam nadzieję, że nie jest to śmiech z cudzego nieszczęścia, młoda damo – upomniał ją surowo Charles, klękając przed Emmą, aby obejrzeć szkodę

– Dzieci miewają czasem głupawe zabawy – powiedziała Katrina, odbierając Calebowi nożyczki.

– Zeszpecenie mojej córki nazywasz zabawą? – obruszył się Charles.

Daniel, wyraźnie skruszony, przestępował z nogi na nogę, starając się ukryć ucięty warkocz za plecami, tak jakby spodziewał się w ten sposób naprawić sytuację.

– Przez miesiąc masz zakaz opuszczania domu – zwróciła się do syna Katrina. – W tym czasie oczywiście nie ma mowy o konnych jazdach.

– To niesprawiedliwe! – zaprotestował Caleb. – Przecież włosy odrosną!

Katrina pozostawiła te słowa bez komentarza.

– Poza tym nie chcę cię więcej widzieć z nożyczkami w ręce. A w ogóle, skąd je wziąłeś?

Caleb spojrzał na matkę speszony.

– Z gabinetu taty.

– Zanim włosy odrosną do poprzedniej długości, upłynie na pewno kilka lat – zauważyła Jessamyn, nie przyczyniając się tym komentarzem do złagodzenia napięcia. – Mary Rogerson musiała kiedyś uciąć swoje, kiedy zachorowała, i potem też czekała długo, aż odrosły.

Emma zaszlochała jeszcze głośniej.

– Musisz ją jeszcze denerwować?! – ofuknął Charles najstarszą córkę.

Jessamyn miała jakąś odpowiedź na końcu języka, ale coś w spojrzeniu ojca przekonało ją, że lepiej zrobi, zachowując milczenie.

– Z krótkimi włosami nie będę już mogła być księżniczką! – wykrztusiła Emma między jednym chlipnięciem a drugim.

– Na pewno będziesz mogła, skarbie – pocieszył ją Charles. – W domu zobaczymy, co zrobić z twoimi włosami.

– Może perukę? – zaproponowała Jessamyn, umilkła jednak, kiedy ojciec spiorunował ją wzrokiem.

– Ani słowa więcej! – ostrzegł ją.

Katrina odprowadził brata i bratanice do drzwi, następnie kazała zaprzęgać, aby odwieźć Daniela do domu i poinformować Amelię o wyczynie jej syna.

*

Mariana trzymała w dłoniach brzoskwinię i odgryzała swoimi małymi ząbkami drobne kawałeczki, biegając po dziedzińcu. Miała na sobie jasną, letnią sukienkę, białe pończoszki i różowe pantofelki zapinane na guziki. Pierwotnie nosiła też czapeczkę, ale szybko się jej pozbyła. Na schodach wiodących do domu siedział Caleb z blokiem rysunkowym na kolanach i szkicował węglem statek. Zakaz opuszczania domu dopuszczał pobyt w ogrodzie i na dziedzińcu, ale na tym kończyła się dla chłopca swoboda ruchów. Caleb nie zastosował się do tego zakazu bez szemrania, ale jego opór nie trwał długo, nie tylko dlatego, że uznał słuszność kary, lecz dlatego, że i tak stał się już od pewnego czasu dość spokojnym, zrównoważonym chłopcem. Czas wolny spędzał na rysowaniu statków i parowozów oraz na czytaniu książek. Naukę pobierał nadal razem z Danielem, po lekcjach jednak chłopcom nie wolno było wspólnie się bawić. Calebowi brakowało jedynie jazdy konnej i prawie co drugi dzień toczył z matką o to żarliwą walkę, roniąc gorzkie łzy. Zawiniony przez niego incydent z włosami Emmy wyprowadził Cynthię z równowagi, chciała nawet zakazać Calebowi jakiegokolwiek kontaktu ze swoimi córkami, co jednak Katrina uznała za nadmiernie surową reakcję.

Stała teraz obok studni pośrodku dziedzińca, popatrując na swoje dzieci. W chwilach, kiedy Caleb podnosił wzrok znad rysunku i spoglądał z zadumą w dal, przypominał Stephena. W miarę upływu czasu coraz bardziej uwydatniało się u niego podobieństwo do ojca, nie tyle w samym wyglądzie, ile raczej w niuansach mimiki i w ruchach.

Patrząc na niego i na Marianę, Katrina przypomniała sobie ponownie słowa Charlesa. Jak on to sobie wyobraża? Jak czułby się Caleb, gdyby przedstawiła mu jeszcze jednego ojca? A Mariana? Teraz jest mała, ale przecież w jakimś momencie do jej świadomości dotarłby fakt, że mężczyzna o boku jej matki nie jest jej ojcem. W takim wypadku ona i Caleb dorastaliby na plantacji herbaty, do której dziedziczenia żadne z nich nie byłoby uprawnione, nawet gdyby testament Aidana przewidywał dla Mariany dożywotnią rentę. Katrina zdecydowanie odrzuciła takie myśli. Nie chciała wyobrażać sobie życia bez Aidana, jakkolwiek nie miała pojęcia, co będzie dalej. A jeśli nawet wróci, ale nie zechce zmienić swego stylu życia?

Mariana podbiegła do niej i położyła nadgryzioną ze wszystkich stron brzoskwinię na ocembrowaniu studni. Jej ciemne włosy były wprawdzie spięte dwiema klamerkami, ale w kilku miejscach odłączyły się od nich drobne miękkie loczki, zwijając się za uszami i na karku. Katrina uklękła obok niej, wytarła chusteczką jej ręce i buzię, następnie objęła ją, przytuliła i ucałowała.

Kilka dni wcześniej otrzymała list od Stephena, który w krótkich słowach informował ją, że rezygnuje z dalszych prób odzyskania Caleba, ponadto definitywnie wydziedzicza chłopca, nie zamierza bowiem ustanawiać spadku dla syna, którego wychowaniem zajmuje się ktoś inny, nie on. Dla Katriny oznaczało to koniec obaw o Caleba, jakie dręczyły ją do tej pory, mimo że adwokat napisał jej wtedy, iż sąd z pewnością odrzuci roszczenia jej byłego męża i pozostawi dziecko pod jej opieką. Kwestię ewentualnego spadku Katrina i tak zamierzała oddać w przyszłości pod rozwagę Caleba, który miałby sam zdecydować, czy chce w ogóle dziedziczyć po takim ojcu – człowieku pozbawionym wszelkich zasad moralnych, nieszanującym nawet swojej żony i matki własnego dziecka.

Od strony domu rozległy się kroki i Katrina zdjęła Marianę z kolan, aby móc wstać, po czym poprawiła spódnicę i otrzepała ją z piachu.

– Sądziłam, że zamierzasz wyjść – powiedziała do teścia.

– Rozmyśliłem się – odparł Raymond. – Czasem udaje mi się złapać w ten sposób oddech, ale dziś nie mogę się jakoś odnaleźć.

Jak na niego, było to dość niezwykłe wyznanie i kiedy Katrina spojrzała na teścia uważniej, dostrzegła na jego twarzy prócz zmarszczek mimicznych wokół oczu również takie, które świadczyły o zatroskaniu i które musiały się pojawić dopiero niedawno. Jakby chcąc ujść przed jej wzrokiem, Raymond nachylił się do Mariany i wziął ją na ręce.

– Przejdziemy się trochę? – zapytał.

– Dobrze, bardzo chętnie – odparła Katrina, zaintrygowana jego zachowaniem. Kiedy skręcili w stronę plantacji, zauważyła, że Caleb odprowadza ich tęsknym spojrzeniem; jak zwykle, gdy pojawiał się dziadek, czuł się odsunięty na bok. Jest wprawdzie ten areszt domowy, ale mniejsza z nim, pomyślała Katrina, i machnęła na syna ręką. Caleb odłożył blok rysunkowy, zerwał się na równe nogi i podbiegł do nich.

Jakiś czas przechadzali się w milczeniu, dopóki Caleb, który nigdy nie potrafił chodzić wolno, nie ruszył żwawym krokiem do przodu. Raz po raz nachylał się po jakiś kamyk, podnosił go i oglądał uważnie ze wszystkich stron.

– Tu jest naprawdę pięknie – odezwał się Raymond, kierując wzrok na odległe góry, których poszarpane szczyty odznaczały się tego dnia wyraźnie na tle nieba. – Ale wtedy, gdy Aidan uparł się, aby tu zamieszkać, nie potrafiłem tego pojąć.

– Ja również sobie nie wyobrażam, żebym mogła żyć w jakimś innym miejscu.

– A jak... – Odchrząknął zakłopotany. – Jak właściwie wpadliście na pomysł, aby się pobrać? Musieliście się przecież najpierw gdzieś poznać.

Katrina spojrzała na niego zdumiona.

– My... Aidan kiedyś zagadnął mnie w klubie, zanim jeszcze wiedział o mnie cokolwiek. Chciał po prostu porozmawiać. – Na wspomnienie miny, jaką zrobił, gdy udzieliła mu tak nieuprzejmej odprawy, uśmiechnęła się mimo woli. – Potem przypadek sprawił, że spotkaliśmy się ponownie i Aidan zaczął zbierać informacje na mój temat.

– I w końcu oświadczył ci się.

– Niby tak – Katrina uśmiechnęła się ponownie. – To miały być oświadczyny, ale w jego ustach zabrzmiały raczej jak oferta handlowa.

– Ach, ten Aidan, cały on! – mruknął Raymond. – A potem się pobraliście?

– Początkowo nie przyjęłam oświadczyn, ale nagle pojawił się znowu mój były mąż, który oznajmił, że chce przejąć opiekę nad Calebem. Wtedy przyjęłam te... hm... oświadczyny. – Sama nie wiedziała, dlaczego opowiada to wszystko tak dokładnie, ze wszystkimi szczegółami, przecież teść nie interesował się dotąd tymi sprawami. Teraz jednak odniosła wrażenie, że naprawdę chce się dowiedzieć, co ich wtedy skłoniło do zawarcia małżeństwa. Zresztą obecnie łączyła ją z Raymondem wspólna obawa o los Aidana.

– A zatem poślubiłaś go w zasadzie nie ze względu na siebie

ani na niego, lecz po prostu po to, aby móc dzięki temu zatrzymać Caleba?

– On z kolei poślubił mnie, aby zdobyć plantację, co wyrównuje nasze rachunki.

Raymond uniósł dłonie w pojednawczym geście.

– Nie powiedziałem tego w formie wyrzutu. – Przełożył Marianę na drugą rękę, a dziewczynka oparła mu główkę na ramieniu; jej powieki opadały z wolna. – Myślałem tylko o rozmowie, jaką przeprowadziłem z Aidanem wtedy, w Bombaju... nie tylko ja, my wszyscy. – Umilkł, jakby nie potrafił dobrać stosownych słów. – Sądziłem wtedy, że twój syn stanowi przeszkodę w ułożeniu sobie przez was normalnego życia rodzinnego, byłem przekonany, że kiedy Calebem zajmie się jego ojciec, plotki o was ustaną i będziecie mogli pomyśleć o wspólnych dzieciach. Dlatego starałem się wywrzeć presję na Aidanie, chciałem na nim wymóc, aby nakłonił cię do oddania Caleba twemu byłemu mężowi.

Katrina milczała przez krótką chwilę.

– Znam całą sprawę, Aidan opowiedział mi o wszystkim.

– Nigdy nie robiłem z tego tajemnicy, że nie akceptuję waszego małżeństwa.

– To prawda, nie ukrywałeś tego.

– Ale zdaję sobie teraz sprawę, jak wiele wysiłku kosztowały cię starania, aby jakoś z nami wytrwać. I z pewnością Awa i Jennifer okazałyby ci znacznie więcej życzliwości, gdybym potraktował cię inaczej. Byliśmy niesprawiedliwi wobec ciebie, uświadomiłem sobie bardzo późno, że na to nie zasłużyłaś. Przyznaję. Ale powodowały mną gniew i poczucie zawodu, gdyż Aidan zdecydował się na małżeństwo, które rozmijało się z moimi planami. Nie tego pragnąłem dla swoich dzieci. I nie chodziło tu akurat o ciebie. Nie byłem też wtedy w nastroju, aby cię lepiej poznać. – Katrina opuściła powieki, żeby nie zdradzić się ze swoim zaskoczeniem. Nie wiedząc, co odpowiedzieć, wzruszyła jedynie ramionami i w milczeniu kontynuowała spacer.

– Aidan był na mnie zagniewany, na całą rodzinę... no, może prócz Ralpha i Annabelle... i czuł się zraniony. Jestem pewien, że zaproszenie na ślub Annabelle uznał za znak, że chcę się z nim pojednać.

– Tak istotnie sądził.

Raymond ostrożnie pogłaskał po głowie Marianę, która już usnęła.

– Dla mnie liczyło się wtedy tylko to, czy Aidan dostosował się do mojej woli. I nie miało przy tym znaczenia, czy poczuje się przez to urażony lub zraniony. – Z głębokim, rozedrganym westchnieniem dodał: – Wówczas nie wiedziałem jeszcze, że może widzę go po raz ostatni. – Głos załamał mu się podejrzanie.

Katrina milczała. Co miała powiedzieć? Że również oni oboje rozstali się w gniewie? Ileż to razy powtarzała sobie w duchu, jak bardzo żałuje, że nie pożegnała się z nim wtedy jak należy, a potem nawet nie napisała listu do niego! Miała wprawdzie powody do gniewu i z pewnością nie musiała sobie robić teraz takich wyrzutów, jakie dręczyły jej teścia, ale zdawała sobie sprawę, że mimo wszystko nie powinni byli rozstawać się w ten sposób. Tak wiele rzeczy między nimi pozostało niewypowiedzianych! Przeszyło ją nagle dotkliwe uczucie żalu, że ani razu nie zdobyli się na szczerą rozmowę.

– Czy Aidan dał ci kiedyś do zrozumienia, że wybaczył mi tamte wypadki w Bombaju? – zapytał Raymond, już opanowanym głosem.

Katrina wiedziała, jak wiele dla niego znaczy jej odpowiedź na to pytanie, nie zdobyła się jednak na słowa, jakie chciał usłyszeć; zabrzmiałyby w jej ustach zbyt fałszywie.

– Nie, nigdy nie usłyszałam od niego, aby tak było.

Wystarczyła jedna torba podróżna, aby Gillian mogła pomieścić w niej cały swój dobytek. Usiadła na łóżku i powiodła wzrokiem po tym nędznym pokoiku, w którym nigdy nie miała się poczuć jak w domu. Z pracy w szpitalu zrezygnowała już parę dni temu, za pieniądze, jakie dostała, opłaciła sobie podróż do Kalkuty. Jeśli będzie oszczędna, może wystarczy jeszcze na pierwsze dni życia w tym mieście – na wypadek gdyby rodzice nie zgodzili się przyjąć jej pod swój dach.

Wstała i podeszła do lusterka o zniszczonych brzegach; to, co pozostało, wystarczało akurat, aby ukazać owal jej twarzy. Kiedy tu przyjechała, miała dwadzieścia jeden lat i policzki niezbyt wprawdzie pełne, ale jednak dość pulchne, o świeżej barwie. Jej blond włosy długo zachowały swój połysk, utraciły go dopiero w ostatnich miesiącach; stały się matowe, podobnie do warg, które były teraz blade, oraz oczu pozbawionych blasku. Mogłoby się zdawać, że ostatni rok wyssał z niej wszelkie rumieńce.

Czym prędzej odwróciła się od lusterka, podeszła do łóżka i opadła na nie bezwolnie, zagłębiając głowę w poduszkę. A zatem nadszedł ten moment ostatecznego pożegnania! Często wyobrażała sobie, że ta chwila przyniesie jej ulgę – życie tutaj stało się tak nieznośne – wszelako nie potrafiła się pozbyć wrażenia, że miasto ze swoją zielenią i niebieskofioletowymi wzgórzami stanowiło jej część, jakby kryło w sobie wszystkie odebrane jej barwy.

Jej myśli poczęły krążyć wokół Briana, Ingrama i w końcu Charlesa, w którym – teraz mogła to nareszcie przyznać w duchu – była beznadziejnie zakochana. Nie mogła pojąć, co takiego dostrzegł w niej owego wieczoru, kiedy doszło do ich ostatniego spotkania. Przecież wyglądała wówczas nieładnie, żałośnie, brakowało jej jakiegokolwiek kobiecego wdzięku. A mimo to ją pocałował. Nie, poprawiła się w myślach, był to nie tylko pocałunek, raczej jakiś nieposkromiony głód, zachłanne pragnienie, które usiłował zaspokoić na jej ustach. Zapamiętała też doskonale jego spojrzenie potem – nie odnalazła w nim odrazy, jak się tego w pierwszym momencie obawiała, jedynie olbrzymi zamęt i cień nieczystego sumienia.

Kilka godzin temu góry okrył mrok, spowijając z wolna miasto. Migotliwy blask lamp gazowych słał w głąb pokoju mleczną poświatę i bezkształtne cienie. Gillian leżała wciąż na łóżku, jakby chciała odwlec moment ostatecznego pożegnania z tym miejscem. Sięgnęła po kopertę z tandetnego papieru, w której tkwił list, parę krótkich zdań przeznaczonych dla Charlesa, nic szczególnego, po prostu kilka słów pożegnania i życzenia wszystkiego najlepszego na przyszłość. Obracając list w dłoni, zastanawiała się, czy nie uzna tego za niegrzeczność, że wyjechała tak po prostu, bez osobistego pożegnania; ze wszystkich ludzi w mieście on jeden potraktował ją naprawdę życzliwie. Ale czy miała prawo ryzykować tak wiele i jeszcze raz spotykać się z nim sam na sam, doprowadzając do sytuacji, po której oboje czuliby się jeszcze bardziej nieszczęśliwi? Nie musiała się zbyt długo nad tym zastanawiać.

Powoli podniosła się, nałożyła kapelusz, sięgnęła po torebkę i zgasiła lampę. Kiedy otwarła drzwi, wychodząc na zewnątrz, z korytarza wpadło do pokoju mętne żółte światło. Za kwaterę zapłaciła dużo wcześniej, mogła więc wyjść spokojnie, bez potrzeby widzenia się z właścicielką.

Dyliżans miał przyjechać dopiero o szóstej rano, ale Gillian wolała spędzić czas do brzasku pod gołym niebem, aby ujrzeć jeszcze raz skradającą się nad góry jutrzenkę, kiedy cała ta kraina budziła się do życia. Gdy tu mieszkała, zbyt rzadko miała okazję napawać się tym widokiem.

Wrzuciła list do skrzynki na drzwiach kantoru i ruszyła w stronę stacji dyliżansów. W drodze musiała kilkakrotnie przekładać torbę z ręki do ręki, zbyt ciężką dla niej, w końcu zadyszana dotarła do celu i usiadła na ławce. Prócz niej nikogo tu nie było. Ciemności rozświetlał jedynie żółtawy blask lampy, liście szeleściły cicho na wietrze. Gillian wdychała świeże powietrze, przesycone wonią eukaliptusów. Dzisiejszej nocy nie było pełni księżyca, góry zdawały się mroczną ścianą pogrążoną w niezmierzonej toni. Gillian żegnała się w milczeniu, bezgłośnie. Przed nią pojawiła się twarz Charlesa, w myślach odtwarzała każdy jej szczegół, aby niczego nie zapomnieć. Nieoczekiwanie cały ten obraz przesłoniła postać Briana i choć Gillian przywołała na pomoc całą siłę woli, nie zdołała jej wyprzeć. Znowu, jak przed laty, stał przed nią, uśmiechając się z tym swoim szelmowskim wdziękiem, i wyciągał ku niej rękę z naszyjnikiem. Jednak tym razem nie przyjęła podarunku.

34

LADAKH, SIERPIEŃ 1879

Za sprawą swojego położenia po zawietrznej stronie Himalajów, a zatem na terenie cienia opadowego, w miejscu osłoniętym przed indyjskim monsunem, Ladakh stanowił obszar pustynny. Głównym źródłem wody bywał zalegający tu zimą śnieg. Nicolas słyszał już niejedno o górskich regionach, na własne oczy widział jednak dotychczas wyłącznie Nilgiri i wzgórza na szlaku wiodącym w tamtą stronę. Po raz pierwszy miał przed sobą teren tak doszczętnie pozbawiony roślinności. Ale Brian i Randżan czuli się tu najwidoczniej jak u siebie w domu. Krajobraz zdominowały wysokie góry i poprzerzynane rozpadlinami doliny. Masywy górskie determinowały naturalny bieg rzek, z południowego wschodu w kierunku na północny wschód ciągnęły się pokryte śniegiem łańcuchy górskie Ladakh i Zanskar.

Jak się okazało, wysłannik porywaczy nie przybył do Kalkuty sam: pod miastem czekało na niego jeszcze dwóch kompanów. Na wieść o tym, że jakiekolwiek pertraktacje w sprawie Aidana nie wchodzą absolutnie w grę, ta trzyosobowa grupa niezwłocznie ruszyła w drogę powrotną. Wysłannik usiłował jeszcze uciekać się do gróźb, ale Quade dał mu jednoznaczną odpowiedź, że kapitan Landor woli umrzeć śmiercią bohatera, niż przyczynić się do uwolnienia morderców.

Od chwili opuszczenia Kalkuty upłynęły już cztery miesiące i przez cały ten czas Nicolas, Brian i Randżan podążali tropem trzech wysłanników bandy, zachowując odpowiedni odstęp, aby nie stracić ich z oczu i jednocześnie nie ściągnąć na siebie uwagi tamtych, co oznaczało, że nawet wysoko w górach nie mogli rozpalać ognia. Ponieważ tropienie śladów w tych warunkach było zadaniem niezmiernie trudnym, Brian i Randżan postanowili zmniejszyć dystans dzielący ich od bandytów. Góry oferowały mnóstwo kryjówek. Zamiast zabrać ze sobą konie, zdecydowali się na kuce górskie, które na takim terenie poruszały się pewniej. Jedyną rzeczą, do jakiej Nicolas nie zdołał przywyknąć, był ubiór, który musiał włożyć i który upodabniał go do podróżującego tubylca. Biorąc przykład z Briana, przyciemnił sobie włosy olejem z orzecha włoskiego, część zaś oleju rozcieńczył i nacierał nim wyraźnie jasny zarost, aby nie rzucał się zbytnio w oczy.

Z trudem przyzwyczajał się również do rozrzedzonego na tej wysokości – również za sprawą braku roślinności – powietrza. Niskie temperatury nie stanowiły większego problemu, coraz częściej za to brakowało mu tchu. Dobrze przynajmniej, że mężczyźni, których tropem szli, nie śpieszyli się zbytnio; zapewne niechętnie wracali z niepomyślnymi wieściami. Urządzali sobie postój tak za dnia, jak i nocą, a kiedy przystawali, Brian lub Randżan podkradali się bliżej, aby móc ruszyć dalej w odpowiednim momencie.

Podczas jednego z popołudniowych postojów Nicolas wyciągnął z torby mapę i rozłożył ją, aby prześledzić przebyty do tej pory szlak. Miał wprawdzie zwykle dobrą orientację w terenie, ale tu, w górach, zawiodła go ona zupełnie. Z kompasem w pogotowiu, oglądał mapę.

Północną granicę Ladakhu stanowiła stroma ściana skalna. Na południe od stolicy, miasta Leh, rzeka Indus płynęła u podnóża gór Karakorum, łącząc się dalej z przecinającą dolinę Nubry rzeką Szajok. Ladakh, w języku urdu: kraj wysokich przełęczy, graniczył na północnym wschodzie z Chinami, na południu zaś z Himaćal Pradeś i Pendżabem. Miejscowe wioski leżały rozrzucone nad górskimi potokami, a pola nawadniały wody roztopowe lodowców.

– Ten obszar nazywają też Małym Tybetem – odezwał się Brian, siadając obok Nicolasa. – To z powodu tutejszych klasztorów buddyjskich. Kultura Tybetu wywiera na ten rejon silny wpływ. Zamiast systemu kastowego, jaki panuje w Indiach, istnieje tu bardzo mocno rozwinięta świadomość klasowa.

– Byłeś już tu kiedyś?

Brian odstawił bukłak, z którego upił łyk wody, i wytarł sobie usta.

– Tylko raz. Indus – powiódł palcem na mapie, pokazując bieg tej rzeki – toczy w maju po wiosennych roztopach znacznie więcej wody niż zazwyczaj, stąd ten kolor szlamu, chyba sam widziałeś. Jesienią wody Indusu są ładniejsze, krystalicznie czyste, niemal błękitne.

Od roku 1860 Kaszmir i Ladakh ponownie znalazły się w centrum zainteresowania Brytyjczyków. Rosjanie uprzednio sięgnęli po Zachodni Turkiestan i Anglia ze względu na swoje dążenia do hegemonii w Azji Południowej nie mogła nie zareagować na ten krok. W celu ustanowienia szlaku łączącego północ Indii poprzez Ladakh ze Wschodnim Turkiestanem Anglicy podpisali w 1870 roku stosowny układ z maharadżą Kaszmiru.

Randżan podkradł się bliżej do trójki bandytów, aby mieć ich na oku; zadanie ułatwiał dym rozpalonego przez tamtych ogniska.

– Może i my rozpalimy ognisko? – zaproponował Nicolas. – Przecież w tej okolicy pojawiają się też zwykli podróżni.

Brian uśmiechnął się.

– To prawda, ale zwykli podróżni starają się nie ściągać na siebie uwagi rzezimieszków. Nie zapominaj, co to za ludzie.

– Miewałeś już z takimi do czynienia?

– Ja nie, ale Aidan owszem, nawet nie tak dawno temu. Jeszcze teraz ma na prawym ramieniu piękną pamiątkę po tamtej przygodzie. Na szczęście Randżan zjawił się w porę. – Brian podniósł z ziemi jakiś kamyk i w zadumie obracał go w dłoni. – Wydaje się, że Aidan ma w ogóle talent do pakowania się w kłopoty z takimi właśnie typami.

– O tamtym wydarzeniu opowiadał mi kiedyś. – Nicolas odchylił się do tyłu, wyciągając nogi przed siebie. – Ta okolica ma w sobie wiele uroku – zmienił temat.

– Niewątpliwie jest to jeden z najpiękniejszych regionów górskich, jakie widziałem. – Brian wypuścił z dłoni kamyk, który z cichym plaśnięciem uderzył o ziemię. – Ale chyba nadeszła już pora, abym odwiedził was w Ooty. Ostatnio wpadłem tam jedynie jak po ogień, a muszę przyznać, że wasze miasto też bardzo mi się podobało. Zresztą muszę w końcu obejrzeć plantację herbaty Aidana, no i jego żonę, którą stale opuszcza, mimo że jest jej wierny.

Dobre i to, pomyślał Nicolas, który właściwie nie był pewien, jak naprawdę wygląda sprawa z wiernością Aidana.

Jeszcze cztery dni jazdy i w oddali ujrzeli słupy dymu z dwóch ognisk. Mężczyźni przed nimi przyspieszyli. Już przedtem Nicolas omówił z Brianem i Randżanem dalszą taktykę postępowania. Za wszelką cenę musieli przeszkodzić tamtym trzem w dotarciu do obozowiska i powiadomieniu bandy o odrzuceniu warunku uwolnienia zakładników. Gdyby się to nie powiodło, Aidan byłby zgubiony.

Popędzili więc konie i dopiero gdy zbliżyli się do ściganych na odległość kilkunastu metrów, tamci zwrócili na nich uwagę. Upłynęła jednak jeszcze długa chwila, zanim przyszło im do głowy, że nadjeżdżający mogą stanowić dla nich zagrożenie. Początkowo wyglądali na zdezorientowanych, wkrótce jednak na ich twarzach odmalował się niepokój. Nim zdążyli sięgnąć po broń, Randżan, Nicolas i Brian dobyli pistoletów i wycelowali w nich. Tamci zastygli w pół ruchu, następnie unieśli ręce w górę i powoli zwrócili dłonie na zewnątrz, aby pokazać, że są nieuzbrojeni. Brian zeskoczył z konia.

– Na ziemię – rozkazał.

Mężczyźni wykonali polecenie. Nicolas zsiadł również i przejął ich konie. W pewnej chwili dostrzegł kątem oka jakiś podejrzany ruch i jednocześnie jeden z mężczyzn jęknął i osunął się na ziemię. W jego prawym ramieniu tkwił aż po rękojeść sztylet Randżana. Nie zsiadając z konia, Randżan odwiódł kurek pistoletu, podczas gdy Brian zdjął przytroczoną do siodła linę i stanął za plecami pojmanych, aby związać im ręce.

– U nas się nie obłowicie – pouczył go jeden z jeńców. – To nasz teren!

Randżan mlasnął tylko językiem i zachował milczenie. Kiedy Brian związał również ręce mężczyzny leżącego na ziemi, Randżan Khan zsiadł z konia i wyciągnął tamtemu sztylet z ramienia. Z rany chlusnęła krew, mężczyzna jęknął głośno z bólu.

– Nie sądziłem nawet, kapitan *sahib*, że tak nam ułatwią sprawę – rzekł Randżan, zwracając się do Nicolasa. Podszedł do Briana, pomógł mu umieścić jeńców twarzą w dół na grzbietach koni i każdemu z nich wetknął knebel w usta.

– A jeśli to nie jest obozowisko ich kompanów i tylko chcieli tu odpocząć? – zapytał Briana Nicolas.

– Widziałeś przez całą drogę, aby choć raz zrobili postój w pobliżu obozu zwykłych wędrowców? Przecież ci ludzie napadają i mordują, muszą więc liczyć się z tym, że ktoś ich może rozpoznać.

Pół godziny później znaleźli się w pobliżu obozowiska. Randżan bezceremonialnie zrzucił jeńców z koni, z dobytym pistoletem kazał im przykucnąć w pobliskiej niszy skalnej, związał im nogi i sprawdził kneble.

– Mamy teraz przynajmniej wierzchowca dla Aidana, to oszczędzi nam trudu przy wyborze koni z ich obozowiska – powiedział, chowając z powrotem pistolet. Powiedli konie nieco dalej i spętane pozostawili w miejscu osłoniętym przez skały.

Krocząc ostrożnie wąską ścieżką, zbliżyli się do obozu bandytów i leżąc na brzuchu, sięgnęli wzrokiem przez suche gałęzie krzewów w dół. Obóz był większy, niż sądzili, mieścił około pięćdziesięciu mężczyzn i co najmniej trzydzieści namiotów. Na prawo od niego dostrzegli obszerne ogrodzenie z końmi.

– Co pan o tym myśli, kapitan *sahib*? – zapytał Randżan.

– Co to za namiot, po prawej? – zastanowił się Nicolas. – Ten, przed którym siedzi dwóch strażników?

– To nie muszą być wcale strażnicy – odparł Brian. – Spójrz, tam dalej, przed innym namiotem też siedzi dwóch. Przecież jeśli Aidan siedzi gdzieś związany, nie muszą go pilnować.

– Może warto zapytać tych tutaj? – Nicolas wskazał ruchem głowy w stronę, gdzie zostawili jeńców.

– Prędzej umrą, niż coś powiedzą, sir – odparł Randżan. – Dobrze znam takich typów.

– Możemy przecież spróbować.

– Tak. I zaryzykować, że zdradzą nas ich krzyki! – sprzeciwił się Brian.

– Więc co teraz robić?

– Czekać. – Randżan wskazał na duży namiot pośrodku obozu. – Pewnie należy do ich herszta.

– Tylko że to nam teraz nic nie da. – Brian markotnie zmarszczył czolo.

– W jakimś momencie będą musieli przynieść Aidanowi coś do jedzenia – powiedział Nicolas i podczołgał się jeszcze kawałek do przodu.

– Nie uzgodniliśmy jeszcze, co mamy robić – zauważył Randżan.

– Tu się nie ma nad czym zastanawiać – odparł Brian. – Gdy tylko zorientujemy się, gdzie on jest, zakradniemy się tam i go uwolnimy.

– Ach, jakież to proste! – mruknął Randżan z kpiącym uśmieszkiem.

Wycofali się, wstali i wrócili do koni.

– Nie powiedziałem, że to będzie proste – odparł Brian zapalczywym tonem – ale musimy zacząć działać.

– To zbyt ryzykowne. Sam widziałeś, ilu ich się tam kręci – zaoponował Randżan.

– W nocy większość z nich będzie spała.

– Mówisz tak, jakbyś nie wiedział, że mamy do czynienia z niebezpieczną bandą.

– Nie mamy wyboru, to jedyne rozwiązanie.

– Zawsze jest jakieś inne rozwiązanie, trzeba tylko wpaść na właściwy pomysł.

– Sądzę – zabrał głos Nicolas – że podporucznik Casey ma słuszność. Powinniśmy zaryzykować.

– Wspaniale – mruknął Randżan. – Nigdy jeszcze nie słyszałem czegoś równie głupiego.

– Chyba się pan zapomina, starszy sierżancie Khan – upomniał go Nicolas.

– Proszę o wybaczenie, kapitan *sahib*. – Głos Randżana wręcz tryskał sarkazmem.

– Wystarczy! – wtrącił się Brian. – Jeśli masz lepszy pomysł, gadaj.

– Powinniśmy odwrócić ich uwagę.

– Och, wspaniale! – zakrzyknął Brian drwiącym tonem. – I jak to sobie wyobrażasz? Że któryś z nas zejdzie do nich i zabawi się w klauna?

Randżan szykował się już do jakiejś riposty, rozmyślił się jednak w ostatniej chwili i tylko żyły pulsujące na szyi świadczyły o furii, jaka go ogarnęła.

– Rób, co chcesz – mruknął wreszcie i zajął się przeglądem uprzęży swego konia.

– Możesz przecież zaczekać tu, dopóki nie wrócimy – powiedział Brian. – Może to nawet dobrze, że jeden z nas zostanie tutaj, na wypadek gdyby coś pokrzyżowało nam plany.

W odpowiedzi Randżan jedynie parsknął wzgardliwie i zajął się swoim bagażem.

*

W gruncie rzeczy ów uporczywy kaszel, jakiego Aidan nabawił się w styczniu, okazał się zbawienny. W obawie przed utratą tak cennego zakładnika porywacze wstawili do namiotu Aidana i Szarifa miskę z żarzącymi się węglami. Szarif, wracając za którymś razem z porannej kąpieli w rzece, przyniósł cztery kamienie wielkości pięści, położył je między węgle i owinął następnie materiałem. Umieszczone potem pod ich kocami, grzały skutecznie.

Kaszel Aidana nie ustał wprawdzie, ale też się nie nasilał. Nad rzekę nie mógł już chodzić, czuł się bowiem zbyt słaby, obmywał się teraz tą odrobiną wody, jaką dostarczano mu w misce, a potrzeby naturalne zaspokajał, korzystając z wiadra, które Szarif zabierał ze sobą, udając się nad rzekę. O ile Pasztuna zdawały się nie imać chłody ani lodowata woda, o tyle Aidan stwarzał wrażenie, jakby siły opuszczały go z dnia na dzień.

– Wyglądasz, jakbyś miał gorączkę – zauważył Szarif. Z niepokojem spoglądał na przyjaciela przykutego do legowiska. Zapadła noc. Od iluż to już dni Aidan pogrążał się w tej bezkresnej otchłani nostalgii...?

– Tak się też czuję.

Rana na żebrach przeistoczyła się na szczęście w podłużną srebrną bliznę. Nie spowodowała żadnych komplikacji ani nie zaczęła ropieć. Zastanawiało go, dlaczego nie nadchodzą żadne wieści z Kalkuty. Mieli sierpień, wysłannik porywaczy powinien być już z powrotem.

– Też o tym myślałem – powiedział Szarif, kiedy Aidan wyraził na głos swoje obawy. – Niedługo minie rok, odkąd pojechał przedstawić ich warunki.

– Może zamknęli go w więzieniu i myślą, że powinienem radzić sobie sam.

Szarif zmarszczył czoło.

– Naprawdę w to wierzysz? Przecież wiedzą, ile dla nich zrobiłeś!

– Szczerze mówiąc, nie jestem pewien, czy nie byłoby dla nich prostszym rozwiązaniem zastąpić mnie kimś innym. – Aidan przetarł sobie dłońmi rozpalone oczy. – Co prawda, obecna sytuacja polityczna jest tak skomplikowana, że inne sprawy siłą rzeczy schodzą na dalszy plan.

– Jeśli istotnie jest tak, jak mówisz, to ci tutaj najpierw zabiją ciebie, a potem przekażą mnie moim rodakom jako zdrajcę.

– Tak się to zapewne skończy.

– Moja żona będzie przekonana, że ją porzuciłem.

– A moja się dowie, że od dawna ją oszukiwałem. – Aidan odetchnął głęboko. – Szkoda, że nie mam możliwości, aby jej wszystko wyjaśnić. – Spojrzał na Szarifa. – Przykro mi, przyjacielu.

Ten siedział przy misce z rozżarzonymi węglami, których czerwonawy blask uwydatniał i zaostrzał rysy jego twarzy.

– To nie twoja wina. Pozwalają, abyś zginął, ponieważ twój lud zajmuje się właśnie wyrzynaniem mojego.

– Może dałoby się jeszcze zapobiec wojnie?

– Wierzysz w to?

Aidan nie odpowiedział. Wpatrywał się w mrok, podczas gdy Szarif wytrwale dmuchał w węgle, aż rozbłysły na moment czerwoną poświatą, po czym znowu przygasły. Zaczynał go już morzyć sen, gdy nagle usłyszał gwałtowne głosy, krzyki, brzęk szabli. Potem padł strzał.

– Co to było? – rozległ się w ciemności głos Szarifa.

– Nie mam pojęcia.

Szarif wstał, podszedł do wyjścia, starając się dojrzeć coś na zewnątrz namiotu. Mężczyźni krzyczeli coś jeden przez drugiego, aż wreszcie władczy głos, który Aidan znał aż za dobrze, nakazał spokój. Po chwili ktoś szarpnął za brezent namiotu i do środka wpadło dwóch mężczyzn. Brutalnie powalili Szarifa na ziemię i związali mu ręce na plecach, po czym zajęli się Aidanem. Następnie wypchnęli ich na zewnątrz, ku grupie ludzi, którzy – Aidan rozeznał się w sytuacji, dopiero kiedy dopuszczono go bliżej – otaczali kołem dwie klęczące na ziemi postaci. Aidan, nie wiedząc, o co chodzi, spojrzał najpierw na nich, potem na herszta bandy, owego brodacza.

– Czy to wasi ludzie?

Uniesione wyżej pochodnie rozświetliły mrok i Aidan rozpoznał za zgrozą obu klęczących mężczyzn. Nie wiedział, czy odpowiadając na pytanie twierdząco nie pogorszy ich sytuacji, zachował więc milczenie.

– Wydawało im się, że zdołają was uwolnić, i wtedy wpadli w nasze ręce. – Brodacz oburącz wzniósł ku górze ciężki drewniany drąg, masywny jak maczuga. – Jeden z naszych wartowników zginął. – Wskazał na Briana. – A ten zastrzelił właśnie mojego syna. – Zanim ktokolwiek zdążył zareagować, drąg runął na głowę Briana i Aidan zdał sobie sprawę, że odgłos, z jakim roztrzaskała się czaszka przyjaciela, pozostanie już na zawsze w jego pamięci. Brian padł do przodu, z otwartymi zgasłymi oczami i wyrazem zdumienia na twarzy. Brodacz zamierzył się ponownie, tym razem celując w głowę Nicolasa, ale Aidan błyskawicznie skoczył pomiędzy nich, odpychając Nicolasa na bok. Drąg trafił go w ramię, tuż pod barkiem. Oszołomiony potwornym bólem, padł na ziemię obok ciała Briana.

– Ci ludzie to oficerowie armii brytyjskiej! – zakrzyknął Szarif.

Brodacz spojrzał na niego.

– Znasz ich?

– Tego zabitego znałem, a drugiego...

– To także oficer! – wykrztusił z trudem Aidan. Nadal leżał na ziemi i miał wrażenie, że jego ramię zostało doszczętnie zmiażdżone. Odwrócił twarz od Briana, a mimo to zdawało mu się, że czuje nadal ciepło jego ciała. Pragnął wstać, znaleźć się jak najdalej od towarzysza, którego śmierć nie mogła jakoś dotrzeć do jego świadomości, ale czuł się tak bardzo bezwładny, jakby cała siła tkwiąca dotąd w nogach uleciała gdzieś w dal.

– Kim jesteś? – zapytał brodacz w języku urdu.

Nicolas łamanym urdu podał mu nazwisko, stopień wojskowy i nazwę regimentu, w którym służył.

– Gdzie są moi ludzie, których do was wysłałem?

Nicolas, z trudem dobierając słów w niezbyt dobrze mu znanym języku, wyjaśnił, że tamci znajdują się nieco dalej, ukryci.

– Czy ten – brodacz wskazał na Aidana – jest tak ważnym człowiekiem, że armia wysyła mu na ratunek dwóch oficerów? Jaka jest odpowiedź na warunki, jakie postawiłem? Zostaną spełnione? Teraz to nie wystarczy, jeśli mamy uwolnić również ciebie.

– Ja... – Nicolas daremnie szukał w pamięci odpowiednich słów.

– Jeśli moje warunki zostaną odrzucone, będziecie dla mnie bezwartościowi. Jak daleko stąd znajdują się moi wysłannicy?

– Tego... nie wiem. Powinni tu niebawem dotrzeć.

– Odkąd ich wysłałem, upłynęło już tak wiele czasu, że zaczynam wątpić, czy jeszcze żyją.

– Puściliśmy ich, aby doszli tu bez przeszkód – odparł Nicolas.

Brodacz nie odpowiedział, szeptem zamienił kilka słów ze swoimi ludźmi, po czym jeden z nich poderwał Aidana na nogi, a dwaj inni ujęli ciało Briana za ręce i nogi, podeszli z nim do krawędzi skały i cisnęli je w czeluść wąwozu. Aidan zamknął oczy.

*

– Co za bezdenna głupota! – powtarzał bezustannie Aidan. Zdjęto mu już więzy, ale i tak nie był w stanie ruszać lewą ręką. Całe ramię opuchło, pulsowało tak straszliwym bólem, jakby wszystkie kości zostały zmiażdżone. Szarif siedział w milczeniu na swoim legowisku, oddając się posępnej zadumie.

– Po coście tu przyjechali? – zwrócił się Aidan do Nicolasa. Z dużym jeszcze trudem wymawiał poszczególne słowa. – Co wam strzeliło do głowy, żeby decydować się na tak pochopny krok?!

– Jak inaczej mieliśmy ci przyjść z pomocą?

– Co ty w ogóle masz wspólnego z tą sprawą? Odkąd to kawaleria Madrasu zajmuje się moją sytuacją?

– Pułkownik Quade nie zamierzał się nią zająć. Trzymał ich wysłannika w niepewności, grając na czasie, i miał nadzieję, że sam sobie dasz jakoś radę.

Aidan zacisnął usta i odchylił głowę do tyłu. Nadal słyszał ten odgłos, z jakim drewniany drąg trafił czaszkę Briana; odbijał się w nim uporczywym echem. Podniósł wzrok na Nicolasa.

– Działaliście zatem na własną rękę? A jak się dowiedziałeś, co mnie spotkało?

– Po pierwsze: nie działaliśmy na własną rękę, lecz w porozumieniu z moimi przełożonymi. Udałem się potem do Quade'a, a on początkowo odmówił wsparcia, ale kiedy wstawił się za mną Maddox, oddał pod moją komendę Briana i havildar majora Khana. Pojechaliśmy niepostrzeżenie za tym wysłannikiem i jego dwoma kompanami, obezwładniliśmy ich, teraz wszyscy trzej leżą związani w skalnej jaskini.

– Randżan jest tutaj?

– Skrył się w pobliżu. – Nicolas przetarł sobie oczy. – Uważał, że mamy zły plan działania, a ponieważ jeden z nas i tak miał pozostać w ukryciu, Brian powiedział, że pójdziemy sami.

– Zostawiliście go zatem samego, zamiast posłuchać jego rady? – Głos Aidana nawet w jego uszach zabrzmiał sucho i zimno. – Dlaczego? Bo był niższy rangą niż ty, a ponadto nie zamierzałeś przyznać racji Hindusowi, mimo że to właśnie on dobrze wiedział, co mówi?

– Brian i ja byliśmy tego samego zdania – odparł Nicolas ledwie słyszalnym szeptem.

Aidan pozostawił tę uwagę bez komentarza.

– Nie odpowiedziałeś na moje pytanie – rzekł. – Skąd wiedziałeś, że mnie porwano?

Nicolas zawahał się.

– Od twego ojca.

Aidan drgnął gwałtownie, wsparł się na łokciu i momentalnie przeszył go ostry ból, jakby tysiące odłamków kości wbiły mu się w ciało.

– Od mego ojca? – zapytał ochrypłym głosem. – On jest w Ooty?

– Tak, mieszka teraz u twojej żony, już od stycznia. Dowiedział się o tobie z jakiegoś źródła, o którym nie chciał mówić. Ach, tak, zanim o to zapytasz: Katrina wie o wszystkim.

Aidan odniósł wrażenie, jakby zalała go nagle jakaś lodowata fala; jedynie ramię paliło wciąż żywym ogniem.

– Mój... – Głos odmówił mu posłuszeństwa, musiał odchrząknąć. – Mój ojciec cię tu wysłał?

– Opowiedział mi o wszystkim, a ja nie mogłem nie pośpieszyć ci z pomocą. Ale nie o ojcu powinieneś teraz myśleć. Katrina była u mnie. Istna furia!

– Dobry Boże! – mruknął Aidan. – Dobry Boże!

Nicolas rzucił okiem na Szarifa i ponownie spojrzał na Aidana.

– Nie mieliśmy pojęcia, że jeteście tu we dwóch.

Aidan tylko pokręcił głową, nie odpowiedział. Znowu słyszał ten chrzęst pękającej czaszki Briana, znowu widział jego martwe oczy, ale wszystko przesłonił w pewnym momencie obraz ojca i Katriny. Całe jego życie wymknęło mu się nagle spod kontroli, ale w zupełnie inny sposób, niż czuł to jeszcze kilka godzin temu, kiedy oswoił się już z myślą, że zginie. Obezwładniający go dotąd szok nieoczekiwanie znalazł ujście w gwałtownej fali gniewu, która przyprawiła go o zawrót głowy.

– Mój ojciec opowiedział wszystko Katrinie?! – krzyknął. – Wysłał was trzech, żebyście wydostali mnie na wolność, a nie pomyślał przy tym, że naraża zarazem wasze życie! Szkoda, że mu nie odmówiłeś, Nicolasie. Szkoda, że namówiłeś Briana. Gdyby nie to, nie musiałbym teraz żyć ze świadomością, że przeze mnie zginął!

Nicolas nie zdążył zareagować na ten wybuch emocji, bo ubiegł go Szarif.

– Doprawdy, w życiu nie widziałem jeszcze człowieka bardziej niewdzięcznego niż ty! – Jego głos, mimo irytacji, był opanowany i spokojny. – Twój ojciec zamartwia się o ciebie, zapewne wie, że innej drogi ratunku nie ma, a ty masz do niego pretensje. Twoi dwaj przyjaciele narażają dla ciebie własne życie, a ty masz żal do jednego z nich, że zwrócił się do drugiego z prośbą o pomoc. Twój najlepszy przyjaciel oddaje za ciebie życie, a ty obwiniasz o to wszystkich dokoła, tylko dlatego, że boisz się wyrzutów sumienia i nie chcesz żyć ze świadomością, że przyjaciel zdobył się na taką ofiarę. – Nachylił się do przodu. – Tak to już jest, przyjacielu, że kiedy otrzymuje się rachunek, nie zawsze musi się on podobać, a mimo to trzeba go zapłacić.

Nagły wybuch gniewu Aidana opadł teraz jak wygasła kupka popiołu, a on sam chwycił zdrową ręką koc, owinął się nim i pogrążył w milczeniu. Również jego towarzysze nie odezwali się już nawet słowem, po jakimś czasie usłyszał ich oddechy, coraz bardziej spokojne i miarowe. Nicolas usnął, skulony na ziemi, okryty jednym z koców Szarifa, ten zaś zwinął się na swoim legowisku i także zasnął.

Blade światło poranka, sącząc się do namiotu, wyparło w końcu mrok, zastępując go mleczną szarością. Aidan nie spał w ogóle, przesiedział całą noc oparty o ścianę namiotu i wpatrzony w pustkę. Jego ciało zdawało się płonąć, ramię napuchło tak silnie, że unieruchomiło całą rękę. Ból przeistoczył się w tępe pulsowanie.

Szarif poruszył się na swoim legowisku, z wolna usiadł, patrząc przed siebie z miną człowieka, który po przebudzeniu wraca pamięcią do wydarzeń z poprzedniego dnia. W końcu wstał i podszedł do Aidana.

– Nie spałeś?

– Nie.

– Obejrzeć twoje ramię?

– Nie sądzę, żebyś coś pomógł, ale proszę bardzo, obejrzyj je. – Aidan odchylił koc i rozpiął ubranie, aby Szarif mógł bez przeszkód odsłonić ramię. Po jego sapnięciu domyślił się, jak szokujący musiał to być widok. Ostrożnie obrócił głowę, aby też rzucić okiem, i w pierwszym momencie ogarnęło go przerażenie. Krwawa wybroczyna, niemal już sczerniała, sięgała od barku wzdłuż ręki aż do łokcia. Obrzęk obejmował jednak nie bark, lecz ramię.

Szarif wydął wargi.

– Gdzie cię uderzył?

– Tuż pod barkiem.

W miarę jak Szarif obmacywał ostrożnie rękę, pulsowanie przekształcało się w bolesne dudnienie.

– Możliwe, że masz jedynie złamane ramię, a nie cały bark.

Aidan kiwnął głową, przesunął prawą dłonią po twarzy i pomasował nos u nasady, starając się odegnać od siebie obraz martwych oczu Briana.

– Byłbyś gotów oddać życie za przyjaciela? – zapytał Szarif w języku paszto.

– W przeciwnym razie nie osłoniłbym sobą Nicolasa.

– Gdyby Brian znalazł się w twojej sytuacji, a wojsko nie kwapiło się przyjść mu z pomocą, przybyłbyś tu, narażając życie?

Aidan opuścił rękę i spojrzał na niego.

– Tak.

– A zatem przestań wreszcie obwiniać kapitana i ojca o coś, czego nie dało się uniknąć. Niezależnie od decyzji, jakie podejmiesz w życiu, Girilal, losy twoje i twoich bliskich i tak będą się ze sobą splatać.

Aidan ubierał się w milczeniu. Nicolas obudził się, zamrugał kilkakrotnie, przez chwilę sprawiał wrażenie, jakby coś sobie przypominał.

– Ja… miałem nadzieję, że Brian… że to był tylko zły sen.

Aidan patrzył przed siebie niewidzącym wzrokiem. Nicolas przeniósł wzrok na Szarifa, który w odpowiedzi tylko wzruszył ramionami.

Tego ranka nikt nie zaprowadził ich nad rzekę, nie przyniesiono im również wody do mycia ani węgla do ogrzewania. Nieco później pojawił się jeden z porywaczy, przyniósł trochę chleba i trzy czarki wody do picia, po czym odszedł.

– Pewnie wydali już na nas wyrok – odezwał się Szarif.

– To niewykluczone. – Aidan nie ruszył nawet swojej miseczki. – I co teraz? Ich wysłannicy leżą gdzieś związani, nie zjawią się więc tutaj w ciągu najbliższych dni, a Randżan siedzi sam w górach.

*

Po dwóch dniach życie w obozowisku wróciło do normy, osłabła też gorliwość strażników przed namiotem. Widocznie bandyci przestali się obawiać, że w górach czyha na nich więcej Anglików. Aidan był przekonany, że wysłano na wszystkie strony szpiegów, aby upewnić się, czy nic im nie grozi. Żywił głęboką nadzieję, że przynajmniej Randżan wróci do domu cały i zdrowy.

Nadal nie dawano im wody do mycia, ale czasem zabierano spod namiotu wiadro i przynoszono je potem z powrotem. Do jedzenia dostawali dwa razy dziennie chleb, jakąś zimną papkę i trochę wody do popicia. W namiocie panowała cisza, mimo że było w zasadzie jeszcze wiele do powiedzenia. Aidan zapytałby chętnie Nicolasa, czy Katrina nadal jest na niego zagniewana, czy może go wręcz znienawidziła, a także, czy Ashley nie zechce przypadkiem obwiniać Katriny, gdyby jej mąż nie wrócił do domu. Ciekawiło go również, jak układają się relacje między Katriną a jego ojcem i czy Raymond nadal uważa, że ona źle wywiązuje się z obowiązków małżeńskich, zachęcając tym samym jego, Aidana, do tak niestabilnego stylu życia. Żadne z tych pytań nie przeszło mu jednak przez gardło, za to raz po raz stawał mu przed oczyma obraz martwej twarzy Briana. Usiłował wyobrazić go sobie uśmiechniętego, beztroskiego, ale im usilniej się o to starał, tym natrętniej prześladował go tamten budzący grozę obraz.

Kolejna noc zasnuła wszystko ciemnym całunem, a Aidan zadał sobie w duchu pytanie, ile ich jeszcze zdołają przeżyć. Leżał na prawym boku, ponieważ obolały bark zezwalał tylko na taką pozycję. Również dziś, podobnie jak od kilku dni, sen się nie zjawiał, poza krótkotrwałymi drzemkami, z których wytrącał go najdrobniejszy szmer. Tym razem dobiegało go raz po raz rżenie koni, niespokojne stąpanie kopyt i parsknięcia zwierząt. Wsparł się na łokciu, nasłuchując w ciemności. Nagły łoskot, przeciągły, zwielokrotniony echem, mógł oznaczać, że nad doliną rozpętała się gwałtowna burza, ziemia dudniła jednak jakby pod kopytami olbrzymiego tabunu koni. Rżenie przybrało na sile, rozległ się odgłos przewróconego kotła, brzęk tłuczonego dzbana, podniosła się wrzawa, ludzie krzyczeli coś jedni przez drugich, zgiełk narastał, zapłonęły pochodnie, przez ściany namiotu widać było jakieś postaci, które biegły w popłochu to tu, to tam, czasem wpadając na siebie.

Nicolas i Szarif zbudzili się i usiedli na swoich legowiskach.

– Co się dzieje? – zapytał Nicolas.

– Nie mam pojęcia. – Aidan wstał. – Wygląda na to, że ktoś wypuścił z zagrody konie.

Podnieśli się również Szarif i Nicolas i stanęli pod ścianą, jakby w ten sposób mogli dojrzeć, co się na zewnątrz dzieje. Kiedy Nicolas, zrezygnowany, odwrócił się do Aidana, ktoś odchylił drzwi namiotu i jakaś postać wsunęła się w cień.

– Wyłazić, szybko!

– Randżan! – wykrztusił Aidan.

– Uciekajcie, biegiem! Nie ma czasu!

Szarif, Nicolas i Aidan bez zbędnych słów wymknęli się za nim z namiotu. Biegli, nie oglądając się za siebie, mimo że zamęt wokół nich nie ustawał, a konie mieszały się z ludźmi. Za krzakiem omal nie potknęli się o leżące tam ciało. Był to jeden z wartowników. Niewidzące oczy miał skierowane w niebo, gardło przecinała ziejąca rana. Kawałek dalej leżał drugi wartownik, również martwy.

Aidan zaciskał zęby tak mocno, że w uszach rozbrzmiewał mu ich zgrzyt, ale tylko w taki sposób był w stanie znieść straszliwy ból, jaki co krok przeszywał mu bark. Biegli wąską ścieżką, którą słaby sierp księżyca z trudem wyłuskiwał z ciemności. Przed nimi wyrosły naraz jakieś wysokie cienie, Aidan otarł rękę o występ skalny, w ostatnim momencie uskoczył przed dość mizernym krzakiem. Nie zatrzymując się nawet na moment, pędzili za Randżanem i wreszcie znaleźli się na nieco szerszej drodze, która niemal przez dziesięć minut wiodła stromo pod górę. Aidan, który przez niemal całoroczną niewolę zupełnie stracił formę, odczuwał już kłucie w boku i z trudem oddychał. Po coraz głośniejszym sapaniu Szarifa zorientował się, że i on nie czuje się najlepiej. Jednak Randżan nie zwalniał, biegł dalej, nie oglądając się za siebie. Dopiero gdy dotarli do następnej półki skalnej, zatrzymał się.

– Konie czekają jeszcze kawałek dalej pod górę.

– Przedtem nie byliśmy tak daleko od ich obozu – zauważył Nicolas.

– Kiedy zobaczyłem, co się stało, byłem pewien, że roześlą tu wszędzie szpiegów, dlatego wycofałem się w bezpieczne miejsce. Szybko, nie traćmy czasu. – Odwrócił się i pobiegł przed siebie.

Ścieżka wiła się u podnóża masywu górskiego, aż wreszcie stanęli u wylotu jaskini, w której ujrzeli konie i trzy kuce ze spętanymi kończynami.

Randżan zajął się zdejmowaniem więzów, Szarif pośpieszył mu z pomocą.

– A gdzie reszta koni? – zapytał Nicolas, wyprowadzając z jaskini jednego kuca.

– Puściłem je wolno po drugiej stronie obozowiska, trochę dalej leżą ich trzej wysłannicy. Mam nadzieję, że to wywoła w obozie niemały zamęt. – Dosiadł kuca.

Szarif pomógł Aidanowi dosiąść trzeciego kuca, a sam wskoczył na konia. Ruszyli dalej pod górę wąską ścieżką i niebawem wydostali się na drogę wiodącą do kotliny. Tu puścili konie kłusem, a po chwili wyciągniętym galopem. Drobne kamienie pryskały spod kopyt na boki, pędzili teraz na łeb na szyję, zdając sobie sprawę, że tamci ruszą za nimi w pościg natychmiast, gdy znajdą trupy. Ta świadomość wystarczała, aby Aidan nie zwracał uwagi na ból w ramieniu, które zdawało się płonąć żywym ogniem.

Kiedy oddech koni stał się bardziej płytki i świszczący, a ich krok chwiejny, Randżan ściągnął cugle. Niewielka dolina leżała daleko za nimi, ale obawa przed pościgiem nie minęła. Raz po raz oglądali się za siebie, biegnąc teraz stępa. W powietrzu słychać było jedynie uderzenia kopyt o kamienie. Aidan czuł krople potu, cieknące spod włosów na brwi, lewą rękę miał już zupełnie bezwładną, oblewały go na przemian fale to zimna, to gorąca.

– Nie wiedziałem, że jesteś z Aidanem – rzekł do Szarifa Randżan. – Byliśmy przekonani, że Aidan jest sam. Kiedy ujrzałem, jak Brian... jak... Razem z Aidanem tamci wyprowadzili z namiotu drugiego człowieka, dopiero wtedy zorientowałem się, że pojmali też ciebie. Gdybym tego nie zobaczył, przyszykowałbym o jednego konia za mało.

– Dziękuję ci, Randżan – mruknął Aidan bezbarwnym głosem. – Nigdy nie zapomnę tego, co dla nas zrobiłeś.

Do podziękowań przyłączyli się również Szarif i Nicolas, ale Randżan jedynie wzruszył ramionami.

– Przepraszam, starszy sierżancie Khan – dodał ciszej Nicolas. – Szkoda, że nie posłuchaliśmy pana rady.

– Tak – odparł Randżan jeszcze ciszej. – Ja też żałuję.

*

Nim dotarli do Śimli, kilkakrotnie się zatrzymywali, aby w mijanych osadach kupić coś do jedzenia. Znaleźli też uzdrowiciela i zaprowadzili do niego Aidana, któremu przedtem unieruchomili prowizorycznie ramię za pomocą dwóch gałęzi. Okazało się jednak, że jest to złamanie z przemieszczeniem, uzdrowiciel musiał więc razem z Randżanem nastawić kość na nowo. Mimo wysiłków poprawa następowała wolno, ale przynajmniej ból zaczął ustępować, a krwawa wybroczyna traciła kolor.

W Śimli powitano ich niemal z niedowierzaniem. Spędzili tam kilka dni, w tym czasie Aidan znajdował się pod opieką lekarza pułkowego. Dopiero tutaj odpoczęli naprawdę, zwłaszcza że przestali się obawiać pościgu. Wyposażono ich w mundury wojskowe, po czym Szarif wyruszył do swoich, a Aidan, Nicolas i Randżan pojechali dalej do Delhi, skąd mieli udać się pociągiem do Kalkuty. Cała droga zajęła niemal trzy miesiące. Wczesnym popołudniem dotarli wreszcie do celu.

Przed koszarami drogę zastąpił im jeden z żołnierzy pełniących dyżur.

– Witam serdecznie, kapitanie Landor – powiedział, po czym zasalutował Nicolasowi. – Kapitanie, havildar major Khan. Zdążyliśmy już zwątpić w powodzenie akcji.

– Wspaniale, że jednak pan wrócił, kapitanie Landor – powitał go inny żołnierz. – A gdzie podporucznik Casey, sir?

– Zginął – odparł krótko Randżan. Nie zwracając już uwagi na zaskoczonego tą odpowiedzią żołnierza, cała czwórka wjechała na dziedziniec.

Kilku żołnierzy podbiegło do nich, przejmując kuce, powitali Aidana, pogratulowali Nicolasowi udanej akcji, wyrazili ubolewanie z powodu Briana i z uznaniem poklepali Randżana po ramieniu.

Na dziedziniec wyszedł major Maddox.

– Dobry Boże, więc jednak udało się panu, kapitanie Allenger-Brown! – zakrzyknął. Machnął niedbale ręką, kiedy Aidan, Nicolas i Randżan stanęli na baczność. – Na raport mogę poczekać. Kapitanie Landor, jest pan ranny, jak widzę? Zaraz wezwę lekarza. A co z podporucznikiem Caseyem?

– Nie żyje, sir – odparł Nicolas.

Po twarzy Maddoxa przemknął cień smutku, szybko jednak wziął się w garść. Polecił wyznaczyć dla całej trójki kwatery i wezwać lekarza, a także zadbać o ich potrzeby.

Randżana umieszczono w tej części koszar, którą zajmowali hinduscy żołnierze i oficerowie. Aidan otrzymał ten sam pokój co zawsze, gdy był w Kalkucie. Tu przebierał się i sypiał przed wyruszeniem w dalszą drogę. Czekało tu na niego zawsze świeżo posłane łóżko, szafa, stół z krzesłem, komoda i mała przyległa łazienka. Tak urządzone pokoje przysługiwały oficerom wyższej rangi. Przez chwilę zastanawiał się, czy ma czekać na lekarza, uznał jednak, że to zbyteczne. Rozebrał się, w samych spodniach przeszedł do łazienki i napuścił do cynowej wanny ciepłej wody, z błogością podstawiając pod jej strumień chorą rękę.

Ktoś zapukał do drzwi i Aidan wyprostował się.

– Proszę – zawołał. Do pokoju wszedł młody żołnierz, z rumianą, pozbawioną jeszcze zarostu twarzą i gładko zaczesanymi do tyłu blond włosami. Zasalutował.

– Mam się zameldować i asystować panu, sir – oświadczył. – Czy pomóc panu?

– Nie, dziękuję – odparł Aidan. – Mógłby pan jedynie powiedzieć lekarzowi, kiedy nadejdzie, aby był łaskaw poczekać, aż się umyję.

– Oczywiście, sir. – Żołnierz stanął przy drzwiach. – Gdyby pan czegoś potrzebował, będę tu.

W innych okolicznościach zapał tego młodego żołnierza, który zapewne od niedawna służył w wojsku, rozbawiłby Aidana, teraz jednak nie było mu do śmiechu.

– Jeśli mogę coś powiedzieć, sir – dodał żołnierz.

– Tak?

– Cieszę się, że zdołał pan wrócić. Wyjść cało z takiej opresji to godne podziwu, sir.

– Podziw należy się nie mnie, lecz tym, którzy narażali własne życie, aby mnie ratować.

Rumiana twarz żołnierza przybrała ciemniejszy odcień.

– Oczywiście, sir. Wszystkich bardzo zasmuciła śmierć podporucznika Caseya.

Aidan wszedł do łazienki i zamknął za sobą drzwi. Spodnie rzucił na podłogę, gdzie leżała już reszta jego ubrania.

Godzinę później, z porządnie obandażowaną ręką i w nowym mundurze, znalazł się w gabinecie Maddoxa. Był już wykąpany, ogolony i przebadany przez lekarza pułkowego, który obejrzał ramię i uznał, że proces gojenia postępuje należycie.

Obecni byli również Randżan i Nicolas, obaj w mundurach.

Do gabinetu weszli Maddox i Quade. Randżan, Nicolas i Aidan wyprężyli się przepisowo.

– Już dobrze – machnął ręką Quade. – Kapitanie Landor, wszyscy jesteśmy niezwykle radzi, że akcja ratunkowa zorganizowana z myślą o panu powiodła się, choć oczywiście śmierć podporucznika Caseya to dla nas wielki cios. – Założył ręce na plecy. – Kapitanie Allenger-Brown, muszę przyznać, że to nadzwyczaj wielkie osiągnięcie. A teraz, kapitanie Landor, proszę opowiedzieć mi dokładnie, co się tam wydarzyło.

Aidan rozpoczął swą relację od momentu porwania jego i Szarifa, po czym w kilku zdaniach przedstawił przebieg zdarzeń w obozowisku bandytów.

– Wyjawił pan zatem swój stopień wojskowy, aby ratować człowieka, którego z uwagi na obecną sytuację polityczną uznajemy za przedstawiciela wrogiego obozu? – zapytał Quade, ściągając z dezaprobatą brwi.

– Nie, sir, uczyniłem to, aby ratować przyjaciela.

Quade zmrużył na moment oczy.

– Proszę dalej. Co się działo potem?

Głos zabrał Nicolas. W swojej opowieści przedstawił rzetelnie, bez upiększania, postawę własną i Briana, wspomniał o przestrogach Randżana i jego fortelu, który w rezultacie doprowadził do pomyślnego zakończenia całej akcji.

– No cóż… – odezwał się przeciągle Quade i nabrał głęboko tchu. – Pan, kapitanie Landor, w całej tej sprawie z pewnością nie okrył się sławą. Można by nawet rzec, że przez własną lekkomyślność obciążył pan sumienie śmiercią podporucznika Caseya.

Aidan zesztywniał.

– Sir!

– Podporucznik Casey za swoją dzielną postawę zostanie uhonorowany pośmiertnie z całą należną czcią – mówił dalej z kamienną twarzą Quade. – Majorze Maddox, proszę dopilnować, aby jego rodzina w Anglii została niezwłocznie powiadomiona telegraficznie o jego bohaterskiej śmierci.

– Tak jest, sir.

– Kapitanie Allenger-Brown, otrzyma pan ode mnie list pochwalny dla swoich przełożonych. Nie wątpię, że pański udział w tej akcji odegra znaczącą rolę, kiedy dojdzie do następnych awansów. – Odchrząknął i zwrócił się do Randżana. – Starszy sierżancie Khan… dobrze się pan spisał, bardzo dobrze.

Zatarł ręce, jakby uporał się właśnie z niezwykle ciężkim, odpowiedzialnym zadaniem.

– To wszystko, moi panowie. Odmaszerować.

Aidan, nie wierząc własnym uszom, skierował wzrok na Randżana, w którego oczach widniał jakiś trudny do zdefiniowania wyraz. Zasalutowali i opuścili pokój.

– Dobrze się pan spisał – syknął Randżan, schodząc po schodach na niższe piętro. – I to wszystko?

– Randżan – szepnął Aidan i przystanął na podeście – on...

– Nie zrozum mnie źle, nie zazdroszczę tych słów uznania dla Briana, był też moim przyjacielem. Ale dlaczego nie docenić tego, co ja zrobiłem? Z całym szacunkiem, kapitanie Allenger-Brown, ale pański udział w tej akcji miał, jak się okazało, wątpliwy wpływ na jej wynik.

– To, że pańskie zasługi nie zostały odpowiednio docenione, z pewnością nie ma związku z treścią mojego raportu – odparł Nicolas.

Aidan zdawał sobie sprawę, że Randżana właśnie ominęła ważna dla niego możliwość awansu: stopień *Viceroy's Commissioned Officer* zrównywałby go rangą z brytyjskimi *Warrant Officers*. *Viceroy's Commissioned Officer* był traktowany z należnym szacunkiem nawet przez Anglików, obowiązywała też stosowna forma zwracania się do niego przez: *subedar sahib*.

– Bardzo mi przykro, Randżan – powiedział.

– Niepotrzebnie – odparł gniewnie Randżan. – To przecież typowe dla rzeczy, jakie tu się co dzień dzieją. Szarif postąpił słusznie, nie wstępując do służby w waszym wojsku. My, Hindusi, możemy dwoić się i troić, dawać z siebie wszystko, a i tak wyjdziemy na tym zawsze źle.

– Wiesz przecież, że nie wszyscy myślą tak jak Quade.

– Och, z pewnością, ani ty tak nie myślisz, ani on – ruchem głowy wskazał na Nicolasa. – Ale niemal każdy Anglik w tym kraju podpisałby się pod tym, co mówi Quade. Nadejdzie jednak dzień, Aidanie, nadejdzie taki dzień, że wystawią wam za to rachunek. Kiedyś wreszcie będziecie musieli opuścić ten kraj. Tak jak przestała już istnieć wasza Kompania Wschodnioindyjska, władzę w naszym kraju utraci też Korona. – To powiedziawszy, odwrócił się i wyszedł, zostawiając ich obu samych.

*

Aidan zamknął ostatni kufer z rzeczami Briana, które miały zostać wysłane najbliższym statkiem do Anglii. Otrzymał już telegram od jego rodziny: zamiast ciała, do rodzinnego grobu zostanie złożony jego mundur.

Tak mocno, na ile pozwalała jedna zdrowa ręka, zaciągnął rzemień kufra. Nie chciał korzystać z niczyjej pomocy przy tej ostatniej posłudze, jaką oddawał przyjacielowi. Rodzice Briana poprosili go o przesłanie im wszystkich osobistych rzeczy syna; w Indiach miał pozostać jedynie jego koń.

Tylko budziłby w nas wspomnienie Briana, wiesz przecież, jak gorąco był przywiązany do tego zwierzęcia. Nie mielibyśmy serca sprzedać go, mamy zatem nadzieję, że ty się nim zajmiesz.

Aidan kucnął przed kufrem i przesunął dłonią po jego porysowanej i sfatygowanej skórze. Ostatniej nocy znowu ujrzał we śnie tamten moment, kiedy po raz ostatni widział Briana, tuż przed jego śmiercią: klęczącego na ziemi, z dłońmi związanymi na plecach, zaskoczonego, roztrzęsionego, być może mającego już świadomość, że jego los jest przesądzony. Briana, który w swej wrodzonej niefrasobliwości zawsze wierzył, że jakoś to będzie.

Podniósł się powoli i powiódł wzrokiem po pokoju. No tak, zapomniał o teczce pozostawionej na stole. Westchnął ciężko. Będzie musiał otworzyć ponownie ten kufer. Teczka zawierała dagerotypy, których widoku unikał do tej pory. Teraz jednak poczuł nieodparte pragnienie, aby je obejrzeć. Zdecydowanym ruchem odciągnął zamek. Na wierzchu leżała dość stara fotografia Briana. Kiedyś każdy z nich kazał się sfotografować w mundurze, z hełmem pod pachą, z dłonią na głowni szabli. Potem obaj śmiali się z tych zdjęć, bo emanowali na nich powagą, jaka w tamtym czasie była dla nich – bardzo młodych jeszcze mężczyzn – czymś szalenie obcym. Dalej były jeszcze fotografie członków rodziny Briana, jego braci i sióstr. Aidan często spędzał u nich urlop.

Niech ci przypadkiem nie przyjdzie kiedyś do głowy, że mamy ci za złe to, co się stało. Wiemy przecież, że ty uczyniłbyś dla niego to samo. Wiedzieliśmy też wszyscy, że droga życiowa, jaką obrał Brian, wiąże się z poważnym ryzykiem i niebezpieczeństwami, jakkolwiek nie orientowaliśmy się dokładnie, o jaki rodzaj zagrożeń może chodzić.

Podobnie jak Aidan, również Brian był zobowiązany do zachowania tajemnicy co do prawdziwego charakteru swej działalności. Znowu ujrzał obraz jego martwych oczu i tym razem udało mu się wyprzeć tę ponurą wizję. Myślami wrócił za to do zawadiackiego uroku przyjaciela, do jego śmiechu, z jakim flirtował z kobietami, istotami, które tak bardzo kochał, które niszczył, którymi zachwycał się do tego stopnia, że przymykał oczy na ich niedostatki towarzyskie i dla których gotów był nawet ryzykować własne życie, byle tylko ocalić je przed śmiercią, jak wtedy na obrzędowym stosie.

Kilka dni wcześniej odbył z nim rozmowę Maddox. Poinformował, że Brian miał wejść w skład eskorty majora Louisa Cavagnari, który po tym, jak dwudziestego czwartego lipca ruszył do Kabulu, stanął tam na czele misji brytyjskiej, ale trzeciego września siedziba misji została zaatakowana przez powstańców afgańskich. W rezultacie Cavagnari i jego eskorta zostali zamordowani.

– Nikt z nich nie przeżył, kapitanie – dodał Maddox. – Niech pan o tym pomyśli, kiedy znowu zacznie czynić sobie wyrzuty.

Niezależnie od decyzji, jakie podejmiesz w życiu, Girilal, losy twoje i twoich bliskich i tak będą się ze sobą splatać.

Aidan zamachnął się ręką, jednym ruchem zmiótł fotografie ze stołu, nakrył oczy prawą dłonią i zapłakał.

35

Utakamand, grudzień 1879

Wydawało się, jakby góry przywdziały jakąś gigantyczną niebieską szatę w gołębim odcieniu. Zapowiadała się mglista, mroźna noc. Przechadzając się po plantacji herbaty, gdzie pracownicy okrywali krzaki liśćmi paproci, Charles nie po raz pierwszy już wspominał ów poranek, gdy znalazł list pożegnalny od Gillian. Kilka prostych zdań, w których dziękowała mu za jego życzliwość i życzyła wszystkiego najlepszego. Decyzja, jaką podjęła, była słuszna, młoda niezamężna kobieta powinna pozostawać w bezpiecznym towarzystwie rodziców. Chętnie by się dowiedział, jak przyjęto ją w domu i czy otwarto przed nią drzwi. Z pewnością dotarła już do Kalkuty. Żywił głęboką nadzieję, że rodzina nie wyrzuci jej na bruk.

Jego wzrok padł na biegnącą przed nim Jessamyn, której długie jasne loki wypływały spod futrzanej czapeczki bujną falą. Miała dopiero jedenaście lat, ale w jakimś momencie osiągnie wiek, w którym zacznie przyciągać uwagę mężczyzn. Jak by się zachował, gdyby to jej przytrafiły się te wszystkie złe rzeczy, jakie przeszła Gillian? Gdyby potem, po dwóch, trzech latach stanęła przed jego drzwiami blada i wynędzniała? Zapewne wyruszyłbym z naładowaną strzelbą na poszukiwanie mężczyzny, który przysporzył memu dziecku tak wielu cierpień, doszedł do przekonania Charles. Może tak właśnie postąpi ojciec Gillian. Postraszyć własne dziecko jest łatwo, ale na ogół są to tylko czcze groźby. Może i on ostrzegłby

Jessamyn, co ją czeka, gdyby wbrew jego woli postanowiła uciec z domu z jakimś nieznanym obieżyświatem.

Mimo to czuł się nadal jakoś nieswojo. Zapewne dlatego, że ten dziwny zamęt w głowie nie brał się wyłącznie ze świadomości, iż Gillian może nadal błąka się po świecie bez dachu nad głową, lecz z przekonania, że nie zobaczy jej już nigdy więcej. W duchu wymyślał sam sobie od głupców. A cóż on sobie wyobrażał? Że uczyni ją swoją kochanką? To absolutnie nie wchodziło w rachubę, a przecież wszystko zmierzało ku temu, nie mógł chyba zaprzeczyć!

– Tatusiu? – Jessamyn pociągnęła go za rękaw, a on spojrzał na nią zaskoczony. Nawet nie zauważył, kiedy przy nim stanęła.

– Wcale mnie nie słuchasz – poskarżyła się nadąsana.

– Przepraszam, księżniczko. A co mówiłaś?

– Pan Bent ma dwa nowe wierzchowce, wiem to od Emily Rose. Powiedziała, że kupił je od jakiegoś kupca w Wynaad, który handluje pięknymi wierzchowcami dla pań. Moglibyśmy tam pojechać?

– Do Wynaad? – Charles zmarszczył czoło.

– Przecież powiedziałeś, że jak nauczę się dobrze jeździć, kupisz mi prawdziwego dużego konia.

– Wiem, co ci obiecałem. Ale przed nastaniem wiosny nie mogę się stąd ruszyć.

– No dobrze, mogę jeszcze pojeździć na tym kucu przez trzy miesiące – orzekła wspaniałomyślnie. Podniosła na niego spojrzenie swoich zielonych oczu, pytające, ale jednocześnie ufne, wiedząc, że otrzyma w końcu to, na czym jej zależy.

– Porozmawiamy o tym jeszcze w marcu. Ale nie martw się, dostaniesz swego konia.

Dziewczynka obdarzyła ojca promiennym uśmiechem i pobiegła przodem, podskakując radośnie.

W południe wrócili do domu i Jessamyn udała się od razu na górę do swego pokoju. Ze spaceru wróciła też akurat Emma ze swoją *ayah*. Miała teraz krótko przystrzyżone włosy, a z uciętych warkoczy Cynthia kazała sporządzić treskę, dzięki której krótkie włosy Emmy nie rzucały się w oczy.

– Niedawno przyjechała twoja siostra – powitała męża Cynthia. – Czeka na ciebie w gabinecie. Powiedziałam jej, że jesteś z Jessamyn na plantacji, ale wolała chyba porozmawiać z tobą w cztery oczy. – Mina twarzy Cynthii świadczyła wyraźnie, że jej zdaniem wróży to znowu jakieś kłopoty.

Kiedy Charles wszedł do gabinetu, wygląd Katriny zdawał się potwierdzać przewidywania Cynthii. Siedziała w fotelu obok kominka i ten widok zbudził w nim przelotnie wspomnienie czasu, w którym żył jeszcze ojciec. Siadał wtedy zawsze za biurkiem, a Katrina zajmowała miejsce – podobnie jak teraz – przy kominku, nawet wtedy, kiedy było tak ciepło, że nie trzeba było rozpalać w nim ognia.

– Co się stało? – zapytał Charles, zamykając za sobą drzwi.

Katrina otuliła się ramionami, jakby nawet w tym miejscu, przy kominku, przejął ją chłód.

– Dostałam list od Aidana. Z Kalkuty.

– To chyba dobra wiadomość? – Charles utkwił w niej badawczy wzrok. – Czy widzisz to inaczej?

– Nie, ja... – Przełknęła ślinę. – Po prostu nie wiem, jak się wobec niego zachować. Kiedy dostałam ten list, poczułam olbrzymią ulgę, ale w następnej chwili zdałam sobie sprawę, jak bardzo jest lakoniczny... Tylko parę słów... I nic osobistego. Tak jakby list napisał jakiś daleki krewny, zapowiadając swoją wizytę.

– Nie zapominaj o tym, ile musiał przejść. – Charles usiadł naprzeciw niej. – A i on zapewne nie będzie wiedział, jak się ma wobec ciebie zachować.

– Dziś była u mnie Ashley. Rozmawiałyśmy długo i Ashley przyznała, że niesłusznie oskarżyła mnie o nakłanianie Nicolasa do podjęcia takiej, a nie innej decyzji. No cóż, ona też otrzymała dziś list, i to zapewne wpłynęło na zmianę jej poglądu w tej sprawie. Ale nie chcę być niesprawiedliwa, na jej miejscu nie postąpiłabym chyba inaczej. – Katrina zaczerpnęła głęboko tchu i przez dłuższy moment wstrzymała oddech. – Nicolas napisał jej bardzo długi list, w którym opisał wszystko, co się wydarzyło. Może między innymi po to, abym dowiedziała się tego od niej, zanim wróci Aidan. Jego najlepszy przyjaciel został zamordowany na jego oczach, a kiedy w taki sam sposób miał zostać zabity Nicolas, Aidan osłonił go własnym ciałem. Obrona ta w efekcie skończyła się skomplikowanym złamaniem ręki. – Przygryzła wargę i umilkła na chwilę. – Od tamtej pory zamknął się w sobie, chociaż i przedtem nie należał do nazbyt wylewnych. Doprawdy nie wiem, jak mam go potraktować. Zbyt wiele łączących nas nici pękło, Charlesie, i chociaż poczułam ulgę na wieść, że żyje… – Znowu umilkła.

– Nie potrafisz zapomnieć, że nie był wobec ciebie szczery.

Podniosła na niego wzrok i kiwnęła głową.

– Niestety, nie wiem, co ci doradzić, Katrino. Oczywiście też się cieszę, że nie straciłaś męża, ale i ja jestem rozczarowany jego zachowaniem, tym, że tak ważne dla waszego współżycia sprawy ukrywał przed tobą. Z drugiej strony oczywiście współczuję mu, bo musiał przecierpieć naprawdę wiele.

– Ale to niczego nie zmienia – szepnęła Katrina, tonem na poły pytającym.

– Istotnie, nie zmienia. – Widział po wyrazie jej twarzy, że jest jeszcze coś, co nie daje jej spokoju, a mimo to milczała, spoglądając w zadumie na kominek.

– Kiedy wraca?

– Sądzę, że będzie tu na dniach. – Nadal na niego nie patrzyła. – Napisał do mnie tuż przed wyjazdem z Kalkuty.

– Dla Mariany będzie właściwie kimś obcym.

Katrina wstała, w skupieniu, niezwykle starannie poprawiła suknię, wreszcie podniosła na niego wzrok.

– Przecież taki właśnie był od samego początku.

Blask lamp tworzył na podjeździe mlecznożółte świetliste plamy, kiedy Aidan na grzbiecie Granata mijał bramę. Już na krętej dróżce, która na wiosnę tonęła w cieniu zieleni, a teraz tchnęła mroźną ciszą, doznał dziwnego, przejmującego aż do bólu poczucia swojskości. Przeniknęło go ono dziś po raz pierwszy, mimo że powrót do domu nie był dlań niczym nowym. Teraz jednak to osobliwe wrażenie przeniknęło go nagłą, przemożną falą i oto siedział bez ruchu na koniu, którego zatrzymał pośrodku podjazdu, i rozglądał się wokoło. Długonogi, ciemnobrązowy gniady rumak, idący za nim na długich wodzach, parsknął i podrzucił wysoko głowę.

Wrota stajni otwarły się na oścież, blask światła z wewnątrz padł na dziedziniec, dwaj mężczyźni wyszli, kierując się do Aidana. Granat, węsząc, uniósł głowę i zarżał głośno, odpowiedziały mu konie ze stajni i teraz również gniady wydał z siebie coś na kształt powitalnego rżenia.

Aidan zsiadł z konia, przywitał się ze stajennymi, którzy przejęli od niego cugle Granata i gniadosza, po czym spojrzał na dom. Poklepał swojego wierzchowca po szyi, musnął dłonią jego jedwabiste chrapy i przez chwilę spoglądał za nim, kiedy stajenny prowadził go do stajni.

Tym razem nie szedł do domu lekkim krokiem, jak dawniej, lecz z wahaniem. W innych okolicznościach mógłby się spodziewać dość ciepłego powitania ze strony Katriny, mimo że przed wyjazdem poróżnili się ze sobą. Jednak wydarzenia związane z jego podróżą okazały się nadzwyczaj feralne, na domiar złego pojawiło się mnóstwo dodatkowych problemów. Można było bez trudu wyobrazić sobie, co w tej sytuacji myśli o nim Katrina.

Bez pośpiechu wszedł po szerokich schodach frontowych, stanął pod drzwiami i pociągnął za dzwonek. Rozległy się kroki, potem drzwi rozwarły się i w progu zjawił się *chuprassi*, przyświecając sobie małą lampą. Zaskoczony spojrzał na Aidana i dopiero po chwili, jakby przypominając sobie o należnych manierach, powitał pana domu.

– Bagaż nadałem osobno, powinien nadejść tu jutro – wyjaśnił Aidan, odwzajemniając powitanie. – A gdzie *memsahib*?

– W bibliotece. Czy mam ją powiadamić, *sahib*?

– Nie, sam do niej pójdę.

Przeszedł przez hol, a potem korytarzem i stanął przed drzwiami biblioteki. Z ręką na klamce, zaczerpnął głęboko tchu, następnie otworzył drzwi, lecz zamiast Katriny, ujrzał przed sobą ojca z otwartą książką w ręce.

– Aidanie…

Zaabsorbowany myślami o Katrinie, zapomniał, że w domu

jest jego ojciec. W jednej chwili wypadki minionych lat odżyły w nim na nowo: głęboka uraza, zranione uczucia, chłód, ale oto – Aidan wprost nie wierzył własnym oczom! – po policzku ojca stoczyła się łza.

A Raymond machinalnie odłożył książkę, podszedł do syna i położył mu dłoń na ramieniu, dość niezdarnie, jakby ten gest był mu dotąd całkowicie nieznany. Po jego twarzy przemknął wyraz bólu.

– Myślałem, że nigdy cię już nie zobaczę – szepnął. Przyciągnął go do siebie, ale tylko na krótki moment, nienawykły również do takiego uzewnętrzniania uczuć.

Spod okna dał się słyszeć szelest jedwabiu i dopiero teraz Aidan dostrzegł Katrinę. Spoglądała na niego oczyma, które w świetle lamp gazowych wydawały się ciemne. Jej twarz okrywała niezwykła bladość.

Aidan nie zauważył nawet, w jakim momencie ojciec dyskretnie opuścił bibliotekę, do jego świadomości dotarło jedynie ciche szczęknięcie klamki. Spoglądał na Katrinę, jakby widział ją po raz pierwszy. Tylko nie rób mi wyrzutów, błagał bezgłośnie, nie odrzucaj mnie ani nie potępiaj. Od momentu śmierci Briana nie przespał ani jednej nocy bez przerażających koszmarów i teraz miał nadzieję, że Katrina zdoła go jakoś uleczyć, pocieszyć, wlać do serca otuchę, której tak rozpaczliwie potrzebował.

Podeszła do niego i momentalnie ta nadzieja zatliła się na nowo.

– Jednak wróciłeś – powiedziała cicho.

Objął ją, aby przyciągnąć do siebie, ona zaś nie stawiała oporu, a jednak było jakoś inaczej niż zwykle. Nie broniła się przed nim, ale sprawiała wrażenie bezwolnej kukły. Ostrożnie odsunął się od niej na tyle, aby móc dotknąć jej twarzy prawą ręką i unieść ją ku sobie. Jego wargi przywarły do jej ust, łakomie, błagalnie, a potem zaborczo i w końcu desperacko, aby mimo wszystko wykrzesać z jej warg choćby zalążek odzewu. Wreszcie puścił ją, a ona cofnęła się o krok.

– Co z twoją złamaną ręką? – zapytała. – Wygląda na sztywną.

– Samo złamanie już się zrosło, ale przy barku ręka nie rusza się jeszcze swobodnie. Lekarz twierdzi, że z czasem to minie.

– Boli?

– Nie.

Kiwnęła głową. Wydawała się niezwykle skupiona, jakby starała się ważyć dokładnie każde wypowiadane słowo.

– Bardzo mi przykro z powodu tej sprawy z twoim przyjacielem.

I znowu targnął nim ten znany mu już dobrze ból, a w głowie rozbrzmiało echo odgłosu, z jakim masywny drąg trafił w głowę Briana.

– Z pewnością jesteś zmęczony – rzekła Katrina. – Każę przygotować ci kąpiel i napalić w kominku w sypialni. Póki co, zaczekaj w bibliotece, tutaj jest przynajmniej ciepło.

Minęła go, kierując się do wyjścia, ale on odruchowo pochwycił ją za rękę. Przystanęła, a kiedy spojrzała na niego pytająco, wpił w nią wzrok, wypatrując w jej oczach śladów owego ciepła, jakie płonęło w nich dawniej.

– O co chodzi?

Puścił ją.

– Nie, nic.

Patrząc za nią, uzmysłowił sobie, że zapewne utracił nie tylko Briana, ale również Katrinę i Marianę.

Zdał sobie nagle sprawę z obecności Katriny. Musiała zatem w jakimś momencie wejść do pokoju. Poruszała się ostrożnie, niemal bezszelestnie, aby go nie obudzić, nie wiedziała jednak, że on słyszy każdy jej ruch i wyobraża sobie przy tym gibkość jej ciała, które tak często trzymał w ramionach i którym rozkoszował się z pełnym poczuciem oczywistości, jak przystało na posiadacza. Niebawem położyła się, a on wsłuchiwał się w jej oddech, świadczący o tym, że nie usnęła. Nie obracała się z boku na bok, jak człowiek, który rozpaczliwie wygląda snu, lecz oddawała się widocznie rozmyślaniom, tak jak on. W jakimś momencie jej oddech stał się płytszy i również Aidan zapadł w sen.

Kiedy nazajutrz otworzył oczy, łóżko po stronie Katriny było puste. Zaskoczony, sięgnął po zegarek leżący na stoliku nocnym. Zbliżało się południe. Jak to możliwe, że spał tak długo?! Ale co najważniejsze: zniknęły senne koszmary!

Zamiast udać się od razu na śniadanie, postanowił zająć się dwiema ważnymi sprawami, które pragnął mieć jak najprędzej za sobą: przywitać się z Calebem i Marianą. Dręczyła go obawa, że w oczach chłopca nie odnajdzie już tego podziwu, jaki widywał w nich dawniej, tylko zawód i niechęć. Ale Caleb nie ma przecież pojęcia, że podawał nieprawdziwy powód swoich wyjazdów i podróży! Choć, z drugiej strony, wie, że jego ojczym opuścił go ponad półtora roku temu. A dla małego dziecka taki szmat czasu to niemal wieczność. Co do Mariany, uzna go niewątpliwie za kogoś zupełnie obcego. Ta świadomość była dla niego nie do zniesienia.

Z pokoju do nauki dobiegały stłumione głosy. Zapewne był tam jeszcze guwerner chłopca. Aidan zawahał się, ale po chwili zdecydowanie pchnął drzwi. Co tam, ma w końcu prawo przerwać lekcję, jeśli chce się przywitać ze swoim pasierbem!

Guwerner odwrócił się do niego, marszcząc czoło, jakby zirytowany, że ktoś przerywa mu lekcję.

– Mister Landor! – zawołał, poznając wchodzącego. – Co za radosna niespodzianka!

– Tata! – wykrzyknął z zachwytem Caleb. Ignorując nauczyciela, wybiegł zza stołu i gwałtownie objął Aidana. – Mama powiedziała, że śpisz i mam cię nie budzić!

Aidan pieszczotliwie zmierzwił mu włosy. Ogarnęła go fala ciepła, wypierając na kilka sekund tkwiący w nim chłód.

– Aleś ty wyrósł! – orzekł z uznaniem i odsunął go trochę od siebie, aby otaksować uważnym wzrokiem.

– Za trzy miesiące skończę dziewięć lat – odparł Caleb, jakby w przekonaniu, że należy przypomnieć o tym ojcu.

Aidan zwrócił się do guwernera.

– Mógłby pan zostawić nas na kilka minut samych?

– Oczywiście. – Mężczyzna uśmiechnął się. – Chodź, Danielu, zrobimy krótką przerwę.

Kolega Caleba, który obserwował całą tę scenę z otwartymi ustami, wyszedł z nauczycielem z pokoju.

– Powiedz, co u ciebie. – Aidan usiadł na krześle, a Caleb zajął miejsce naprzeciw niego. Z łokciami bezceremonialnie rozłożonymi na stole usłanym mapami, oparł głowę na dłoniach. Jego policzki niemal już utraciły dziecięcą pulchność, ciało wydawało się bardziej sprężyste niż wcześniej. Popatrzył na ojczyma z uśmiechem.

– Codziennie jeżdżę konno razem z Jessy i Emmą. Wujek Charles zatrudnił instruktora.

– Córki wujka Charlesa uczą się jeździć? – zapytał ze zdumieniem Aidan.

– Jessy jest w tym naprawdę dobra. Jak na dziewczynę.

Aidan parsknął śmiechem, co zabrzmiało trochę nienaturalnie, tak jakby zdążył się oduczyć śmiać. Poprosił chłopca, aby opowiedział mu o tym, co działo się tu podczas jego nieobecności i przez kilka następnych minut słuchał o rozmaitych sprawach, niemających dla dorosłych żadnego znaczenia, ale dla dzieci będących niezmiernym bagażem doświadczeń. Z konspiracyjną miną Caleb opowiedział mu także o drobnych figlach, a kiedy przeszedł do incydentu z obciętymi warkoczami Emmy, Aidan roześmiał się w głos. Wyobrażał już sobie minę swego szwagra.

– Przedwczoraj posadziłem Marianę na mojego kuca – mówił dalej Caleb. – Ale trzymałem ją przy tym mocno – dodał natychmiast na widok uniesionej brwi ojczyma.

– No, no, przyjacielu, na to na pewno bym ci nie pozwolił.

– Mama też się zezłościła. Nie wiedziałem nawet, że potrafi tak szybko biegać. – Caleb uśmiechnął się szelmowsko. – Ale Mariana była zachwycona moim konikiem i rozbeczała się, kiedy mama zdjęła ją na ziemię.

– Myślę, że jest trochę za mała na jazdę konną,

– Ale kuc był uwiązany, a ja stałem tuż obok. Nic jej się nie mogło stać, naprawdę! – Caleb odchylił się do tyłu i pomajtał nogami.

– Dalej jeździsz na tym kucu?

– Nie, jest już dla mnie za mały. Wujek Charles pozwala mi pojeździć na którymś ze swoich koni.

Aidan uświadomił sobie nagle, do kogo powinien odtąd należeć gniadosz Briana. Sam nie wiedział, dlaczego nie wpadł na to już wcześniej.

– Po skończonej lekcji idź do stajni. W boksie obok Granata

stoi ciemnobrązowy koń. Ma na imię Sirocco, tak jak nazywa się wiatr wiejący z południa. Myślę, że możecie się zaprzyjaźnić. Jeśli ci się spodoba, będzie twój.

Caleb otworzył szeroko oczy.

– Czy to znaczy, że przywiozłeś mi konia? Takiego prawdziwego dużego konia, a nie kucyka?

– Jest z tej samej stajni co Granat.

– Och, tato, dziękuję! – Caleb gwałtownie zerwał się z miejsca, przewracając krzesło, i objął Aidana za szyję. – Mogę do niego teraz pójść?

– Lekcja się jeszcze chyba nie skończyła?

– Ale ja tylko zobaczę, jak on wygląda, i od razu tu wrócę, naprawdę!

Aidan uśmiechnął się.

– No, to leć.

Patrzył za Calebem, kiedy ten wybiegał z pokoju, a potem wolnym krokiem wyszedł na korytarz i tam całe ciepło, które odczuwał w obecności Caleba, uleciało w jednej chwili. Z ciężkim westchnieniem skierował się do pokoju Mariany.

Kiedy stanął w progu, Sarita spojrzała na niego i jej twarz rozjaśniła się natychmiast.

– *Sahib!* – Uśmiechnęła się i obróciła do dziecka. – Mariano, spójrz, kto przyszedł!

Przy niskim stole, zastawionym miniaturowym serwisem do herbaty, siedziała mała dziewczynka w pasiastej, biało-niebieskiej sukience z falbankami. Jej twarz okalały ciemne spiralne loczki, sięgające aż po podbródek. Ostrożnie zsunęła się z krzesła i podbiegła do Sarity, a potem popatrzyła na Aidana dużymi oczami.

– Kim ty jesteś? – zapytała w końcu.

– Twoim ojcem.

Nadal przyglądała mu się uważnie, wyglądało jednak na to, że akceptuje tę odpowiedź. Aidan nachylił się i podniósł ją wyżej. Nie protestowała. Jakże wiele przegapił! W tej zachwycającej drobnej istotce trudno było rozpoznać tamto niemowlę, które widział przed wyjazdem.

– Jak się masz, Mariano – powiedział, delektując się brzmieniem jej imienia.

– Nie wolno mi się bawić na dworze.

– Bo jest na to za zimno.

Ale powody zakazu zdawały się wcale jej nie interesować.

– O, widzę, że poznajecie się bliżej? – rozległ się głos Raymonda Landora.

Aidan odwrócił się do niego, a Mariana od razu wyrwała się z jego objęć i podbiegła do dziadka. Ostre żądło zazdrości dźgnęło Aidana tak silnie, że omal nie zgiął się w pół.

– Napijesz się herbaty, dziadku? – zapytała Mariana.

– Chętnie, dziękuję, moje dziecko. – Raymond wypuścił dziewczynkę z objęć i postawił ją na podłodze. – Twój tata z pewnością też się napije.

Mariana nawet jednym gestem nie okazała, że usłyszała te słowa, ale podeszła do swego miniaturowego serwisu, wzięła dwie filiżanki i wróciła z nimi, trzymając je ostrożnie na podstawkach.

Raymond wziął od niej jedną filiżankę, a kiedy Mariana obróciła się do Aidana, podając mu drugą, najchętniej klęknąłby przed córką i porwał ją w objęcia. Wziął swoją filiżankę i pod uważnym okiem dziewczynki obaj mężczyźni udali, że upijają duży łyk. Podobną zabawę Aidan pamiętał jeszcze z dzieciństwa Annabelle, a także swoich kuzynek. Potem obaj podziękowali i oddali Marianie filiżanki.

– Lubi bawić się w ogrodzie, przesiaduje tam nieraz całymi godzinami – rzekł Raymond. – O tej porze roku jest na to oczywiście za zimno, ale chętnie też spaceruje.

Aidan kiwnął głową. Czuł się trochę nieswojo ze świadomością, że ojciec musiał mu pomagać w nawiązaniu kontaktu z córką. Dziwił go też ten beztroski ton pogawędki, trudno przecież było uznać ich wzajemne relacje za prawidłowe.

– Śniadałeś już? – zapytał Raymond.

– Nie, chciałem najpierw zajrzeć do dzieci.

– Jeśli nie masz nic przeciw temu, dotrzymam ci towarzystwa. Chciałbym z tobą porozmawiać.

Tego typu zapowiedzi stanowiły dla Aidana zawsze powód do

niepokoju, toteż propozycję ojca przyjął bez entuzjazmu. Podszedł do Mariany, aby się z nią pożegnać, i kucnął przy niej.

– Pójdę już teraz – powiedział – ale może przyjdę jeszcze trochę później. – Nachylił się i pocałował ją, czując na policzku miękki dotyk jej jedwabistych loków. – Dasz mi też całusa?

Takie życzenia nie były dla niej widocznie nowością, bo bez wahania objęła go za szyję i wycisnęła na policzku wilgotny pocałunek.

Raymond pomachał jej na pożegnanie, a potem obaj przeszli do pokoju śniadaniowego. Przy bufecie ustawionym pod dłuższą ścianą Aidan, rezygnując z jedzenia, nalał sobie jedynie filiżankę mocnej kawy bez śmietanki.

– Nie mógłbyś wreszcie odzwyczaić się od tego nawyku, zwłaszcza tutaj, gdzie korzystając z zapasów szwagra, mógłbyś pić tyle herbaty, ile dusza zapragnie?

Aidan wzruszył ramionami, ale nie odpowiedział. Raymond skinął na służącego, zażyczył sobie herbaty i podszedł do stołu.

– Może usiądziesz?

Z trudem powstrzymując się od westchnienia, Aidan przysunął krzesło i usiadł.

– Przyznaję, że potrafię zrozumieć, co cię tu ciągnęło – zaczął Raymond. – Okolica jest piękna, podobnie jak twoja plantacja. Tym bardziej dziwić może, że przebywasz w tym domu tak rzadko.

– Nie mówmy teraz o tym, ojcze. Faktem jest, że jeśli powinienem zdawać komuś z tego sprawę, to nie tobie, lecz Katrinie.

– Ja też wcale tego nie oczekuję. – Raymond unikał spojrzenia syna. – Wtedy, kiedy trzymali cię tam w niewoli, byłem przekonany, że nie zobaczę cię już nigdy więcej, i świadomość, że nawet nie doszło między nami przedtem do pojednania, była dla mnie nie do zniesienia.

Aidan podniósł filiżankę do ust i opuścił lekko powieki, aby ukryć zaskoczenie.

– Ja… – Raymond najwyraźniej zmagał się teraz sam ze sobą – …wiedziałem, że nasz rozbrat to moja wina. Wiesz… byłem święcie przekonany, że poślubiłeś nieodpowiednią kobietę i niepotrzebnie tkwisz w swoim zaciętym uporze.

– Nie zadałeś sobie nawet trudu, aby ją lepiej poznać. – Aidan nie potrafił usunąć z głosu tonu gniewu i rozżalenia, mimo że wiedział, jak wiele kosztowało jego ojca to wyznanie.

– To prawda, nie postarałem się o to, a nawet nie dopuściłem do tego, aby poznały ją lepiej twoje siostry.

– Jak słyszałem, przebywasz tu już od ponad roku. Czy mogę założyć, że wyrobiłeś sobie w końcu inne zdanie na temat Katriny, skoro pozostajesz jej gościem od tak dawna?

Po twarzy Raymonda przemknęła chmura, jak zawsze, gdy ktoś w jego obecności używał niewłaściwego tonu. Wstrzymał się jednak od reakcji na krytykę.

– Muszę przyznać, że bardzo ją polubiłem.

Aidan z namysłem kiwnął głową i zakołysał filiżanką, wprawiając kawę w lekki ruch.

– A ona wie o tym?

– Przypuszczam, że tak. – Raymond odchrząknął. – To wszystko, o czym tu teraz mówię, powiedziałem też i jej. Twój styl życia zawsze był dla mnie zagadką... i nadal trudno mi go zrozumieć.

Służący przyniósł herbatę, zapytał, czy będzie jeszcze potrzebny, po czym opuścił pokój.

– Powinieneś napisać do swoich sióstr – odezwał się znowu Raymond. – Nie wiedzą, jak naprawdę miały się tu sprawy, ale przypuszczam, iż czują, że coś jest nie w porządku.

– A Ralph wie?

– Tak.

Aidan odstawił filiżankę na stół i podniósł się z krzesła.

– Pozwolisz, że już pójdę? Chciałbym się zorientować, jakie tu zaszły zmiany pod moją nieobecność.

– Oczywiście. Idź. Ach, byłbym zapomniał: Annabelle powiła syna.

– Cieszę się – odparł Aidan z przelotnym uśmiechem. – Jak ona się miewa?

– Bardzo dobrze. Napisała do ciebie.

– Przejrzę pocztę i potem jej odpiszę. – Dochodził już do drzwi, kiedy ojciec zawołał za nim:

– Jestem naprawdę szczęśliwy, że wróciłeś. Nie zniósłbym tego, gdybym cię stracił.

Aidan przystanął. Nie wiedząc, co odpowiedzieć, tego rodzaju rozmowa z ojcem była dla niego czymś absolutnie nowym, milczał przez dłuższą chwilę.

– Ja również się cieszę – rzekł w końcu i wyszedł z pokoju.

Całe przedpołudnie i większą część popołudnia Katrina spędziła poza domem. Najpierw odbyła przejażdżkę konną, potem odwiedziła brata. Wieść o powrocie Aidana rozniosła się już lotem błyskawicy i jej pojawienie się w mieście ponownie uruchomiłoby lawinę domysłów. Wizyta zaskoczyła Charlesa, nie skomentował jej jednak nawet jednym słowem i pozwolił siostrze, aby pomogła mu w pracy. Dopiero późnym popołudniem Katrina doszła do przekonania, że zachowuje się tchórzliwie i zamiast uciekać, powinna się zdobyć na poważną rozmowę z Aidanem. Czuła jednak lęk – nie tylko przed tym, co miało się stać w przyszłości z nimi dwojgiem, ale również przed własnymi uczuciami. Jak on to sobie wyobrażał? Że wróci do domu, pocałuje ją jak gdyby nigdy nic i może nawet spędzi z nią noc, tak jak za każdym razem do tej pory?

Pod wieczór przemogła się wreszcie i wróciła do domu. Czuła się zmęczona, wyzuta z resztek energii, jakby wykonała właśnie wyjątkowo ciężką pracę. A może to jednak ona się przed nim zamykała? Może Aidan chciał z nią porozmawiać, a jej ucieczka pokrzyżowała mu szyki? Ale nie, w jego oczach znowu dostrzegła ten nieprzenikniony mroczny cień. Nie zniosłaby po raz wtóry, gdyby oto znowu wyrósł przed nią nieprzebyty mur. Mimo wszystko, wbrew temu, co się stało, kochała go tak żarliwie, że budziło to w niej paniczny lęk.

Weszła po schodkach na piętro, a kiedy stanęła przed drzwiami sypialni, ujrzała w szparze na dole smugę światła i natychmiast opanowało ją pragnienie ucieczki. Dobry Boże, co się ze mną dzieje! Nie tak dawno spędzała noce bezsennie, nie wiedząc, czy go kiedyś jeszcze ujrzy, a teraz był tutaj, ona zaś nie mogła się zdobyć, aby stanąć przed nim i się rozmówić.

Jeszcze przez chwilę biła się z myślami, aż wreszcie pchnęła drzwi i weszła do pokoju. Drzwi do garderoby Aidana były uchylone, a niebawem on sam wyszedł stamtąd, odziany w spodnie i wysokie buty, z narzuconą na siebie, niezapiętą jeszcze białą koszulą.

– Szykujesz się do wyjścia? – zapytała.

– Pomyślałem o krótkiej przejażdżce. Nie wiedziałem, o której wrócisz.

Jej wzrok padł na srebrną bruzdę, szramę ciągnącą się w okolicy żeber, i z wrażenia wstrzymała oddech, kiedy wyobraziła sobie tę ranę, w miejscu oddalonym od serca zaledwie na szerokość dłoni. Aidan zorientował się widocznie, co ujrzała, bo śpiesznie poprawił na sobie koszulę i zapiął guziki. I znowu to milczenie.

– Dlaczego nie powiesz mi, skąd ta szrama?

– Po prostu zagojona już rana, nic szczególnego.

Poczuła nagle wzbierającą w niej furię, graniczącą wręcz z agresją.

– Wiesz, kiedy Stephen przestał ze mną rozmawiać, nasze małżeństwo się rozpadło. Z tobą jest inaczej o tyle, że nigdy nawet nie zacząłeś ze mną rozmawiać!

– Przecież wiesz już wszystko. Słyszałaś o wszystkim, co się wydarzyło.

– Nie, Aidanie, o niczym nie wiem!

– Znasz prawdziwy charakter moich podróży, wiesz również o mojej niewoli i o śmierci mojego najlepszego przyjaciela. Co jeszcze mam ci powiedzieć?

– Dobry Boże! – Katrina odwróciła się na pięcie i ruszyła do wyjścia, ale Aidan dogonił ją, pochwycił za rękę i obrócił twarzą ku sobie.

– Wczoraj nie znalazłem w tobie choćby odrobiny pragnienia bliskości – powiedział – a dzisiaj unikasz mnie od samego rana.

Usiłowała uwolnić ramię z jego uścisku, ale bezskutecznie.

– Od naszego ślubu pragnęłam, abyśmy stali się sobie bliscy, ale stale odpychałeś mnie od siebie. Co byś zrobił, Aidanie, gdybym to ja oszukiwała cię tak, jak ty mnie? – Zorientowała się po jego minie, że nie wie, co jej odpowiedzieć. – Może zniosę to wszystko łatwiej, schodząc ci po prostu raz na zawsze z drogi – dodała.

Jakiś mięsień na jego twarzy zadrgał nerwowo, zdradzając, jak boleśnie dotknęły go te słowa.

– Nigdy nie zamierzałem cię zranić.

– A jednak to robiłeś. – Łzy zaszczypały ją pod powiekami, czym prędzej zamrugała oczami. – Nie wierzę, że nie zdawałeś sobie z tego sprawy. Wielokrotnie wybierałeś się w te swoje podróże, z całkowitą obojętnością ignorując moje prośby i błagania, abyś został… Czy potrafisz sobie wyobrazić, jak bardzo mnie to upokarzało i jak boleśnie mnie tym raniłeś?

– Katrino, ja…

– Czy nie pojmujesz, że tak dłużej być nie może? Że nie potrafię dłużej żyć z tobą w taki sposób, nie mając pewności, z kim mam do czynienia. Dlaczego nie próbujesz spojrzeć na to moimi oczami? Nawet teraz milczysz, mimo że staram się wyjść ci naprzeciw!

– Ja… – Gorączkowo szukał właściwych słów. – Gdybym zaczął opowiadać, oznaczałoby to, że mam przeżyć to wszystko od nowa, a tego bym nie zniósł.

– Nawet to, co teraz mówisz, jest dla mnie lepsze niż milczenie.

Aidan puścił ją i podszedł do okna. W pokoju panował chłód; nie napalono jeszcze w kominku.

– Wiele razy mówił, że chciałby cię poznać – odezwał się Aidan, nie odwracając się do niej. – Nie potrafił sobie wyobrazić mnie jako mężczyznę żonatego, jeszcze trudniej było mu zrozumieć, że mogę dochować wierności jednej kobiecie.

Poczuła nagle szybkie, gwałtowne bicie serca i przycisnęła ręce do piersi, jakby mogła je w ten sposób uspokoić.

– A ja bałam się, że nie jesteś mi wierny – wyznała szeptem.

Obrócił się do niej gwałtownie.

– Przecież powiedziałem ci kiedyś, że przy wszystkich swoich wadach nie jestem człowiekiem, który łamie raz dane slowo.

– Powiedziałeś też, że mnie i plantację traktujesz poważnie.

Przez krótką chwilę jego twarz wyrażała zakłopotanie.

– I tak jest naprawdę, nawet jeśli ze względu na okoliczności mogłaś odnieść inne wrażenie.

– Nie potrafiłeś zrezygnować dla mnie ze swego dotychczasowego trybu życia. Byłam dla ciebie jedynie środkiem do osiągnięcia celu – zdobycia cichej przytulnej przystani, jaką niewątpliwie jest dla ciebie ten dom.

– Nigdy nie byłaś dla mnie środkiem do osiągnięcia celu.

Roześmiała się gorzko i odwróciła w drugą stronę. Mimo chłodu zrobiło jej się naraz gorąco w tej wełnianej sukni. Rozpięła kołnierzyk.

– Rozstałem się z wojskiem.

W pokoju zaległo milczenie, coraz bardziej przygniatające, tłumiące oddech. Katrina spojrzała po chwili na Aidana, przypominając sobie, jak bolesna była jeszcze nie tak dawno świadomość, że może go już nigdy nie ujrzeć żywego. A teraz oto ma go przed sobą i widok ten jest niemal tak samo bolesny, zważywszy, jak bardzo miłość do niego uwydatniła jej samotność.

– Zmieniłbym teraz swój styl życia, nawet gdyby nie doszło do tych ostatnich wydarzeń – dodał Aidan. – Jeszcze przed ostatnim wyjazdem zdałem sobie sprawę, że nie chcę już widzieć, jak cierpisz.

– Ale nie powstrzymało cię to przed wyjazdem.

– Wiesz przecież, że jeśli chodzi o tę ostatnią podróż, nie miałem wyboru. Sytuacja polityczna w kraju wymagała, żebym wykonał jeszcze to jedno zadanie.

– Mogłeś jednak dużo wcześniej wybrać inną drogę.

Podszedł do niej, czubkami palców musnął jej policzek, przesunął nimi od kącika oka aż po podbródek, badając wzrokiem jej twarz, tym razem jednak to ona milczała.

– Zamiłowanie do czegoś to prawdziwa natura, którą trudno odrzucić – powiedział ledwie słyszalnym szeptem. Zawahał się, jakby czekał na odpowiedź, która zwolniłaby go z obowiązku powiedzenia czegoś więcej, potem jednak dodał powoli, w skupieniu: – Nawet jeśli się kocha.

Nie wiedział potem, jak często w ciągu nocy powtarzał te słowa; cisnęły mu się na usta niepowstrzymanie niczym potok górski, który znalazł wreszcie ujście. Odwzajemnione uczucia odczuwał choćby w sposobie, w jaki Katrina na niego patrzyła, w czułościach, jakich nie skąpiły mu jej usta, w żarliwości, z jaką mu się oddawała.

Kiedy nastał świt, wciąż leżał, czuwając, mimo że Katrina spała już od dawna. Ostrożnie uwolnił ją ze swych objęć, pozostawiając na łóżku, sam zaś wstał, pozbierał swoje ubranie i narzucił je na siebie.

Było jeszcze ciemno, w oddali wyłaniały się zaledwie mgliste zarysy gór, krzewy herbaciane na plantacji zdawały się budzić wraz z brzaskiem wstającego dnia. Równinę spowijała powłoka mroźnego powietrza. Aidan wyszedł na podjazd, skąd łagodnie opadająca droga wiodła w głąb doliny. W tym półmroku nie czaiło się nic groźnego, cienie Himalajów nie sięgały aż tak daleko.

Znowu pomyślał o Brianie, ale tym razem dojrzał uśmiech przyjaciela, ten jego nieodparty urok, któremu uległa niegdyś Gillian. Przez moment poczuł ukłucie przykrości na myśl, że dziewczyna jest pewnie jeszcze w Ooty, pełna żalu do mężczyzny, który był sprawcą jej niedoli. Za późno już na przeprosiny, pomyślał Aidan, wspominając z bólem wszystkie przepuszczone okazje do naprawienia tej krzywdy.

Pamięć podsunęła mu tamte słowa Briana, wypowiedziane w Kalkucie: „Już dobrze, masz rację, to była porządna dziewczyna. Jeśli spotkam ją jeszcze kiedyś, poproszę o wybaczenie". Musi zapamiętać te słowa i kiedyś jej powtórzyć.

Osoby

Aidan Landor – podporucznik, następnie kapitan kawalerii Bengalu, który osiadł w Ooty.

Raymond Landor, baron Montbatton – jego ojciec.

Ralph, Awa, Jennifer, Annabelle – rodzeństwo Aidana.

Katrina Landor (z pierwszego małżeństwa: Alardyce, z domu: Ramsay) – córka plantatora herbaty w Ooty i żona Aidana.

Caleb Alardyce – jej syn z pierwszego małżeństwa.

Mariana Landor – jej córka z drugiego małżeństwa.

Charles Ramsay – jej brat.

Cynthia Ramsay – jej bratowa.

Jessamyn, Emma, Laura, Celesta – jej bratanice.

Stephen Alardyce – plantator z Coonoor i pierwszy mąż Katriny.

Nicolas Allenger-Brown – kapitan kawalerii Madrasu i przyjaciel Aidana.

Ashley Allenger-Brown – jego żona, przyjaciółka Katriny.

Robin – syn Ashley i Nicolasa.

Brian Casey – podporucznik kawalerii Bengalu, najbliższy przyjaciel Aidana.

Gillian McEwan – jego była kochanka.

Randżan Kahn – havildar major (starszy sierżant) piechoty Bengalu.

Szarif – Pasztun, przyjaciel Aidana.

Liam Maddox – kapitan, następnie major piechoty Bengalu, przełożony Aidana.

Podziękowania

Osoby, którym należą się moje najgorętsze podziękowania, to:

Moja agentka Tanja Heitmann z Agencji Schlück – za jej pełną zaangażowania opiekę i niestrudzoną pracę nad tekstem oraz za jej troskę o jakość.

Thomas Holz z TeeGschwender – za cierpliwe odpowiedzi na moje niekończące się pytania i za umożliwienie mi wglądu w fascynujący i nieznany mi z początku świat herbaty.

Oto pozostałe osoby (w porządku alfabetycznym), którym również jestem winna podziękowania:

Andrea Kammann, która swoim portalem Büchereule stwarza nieocenioną skarbnicę wiedzy dla autorów i czytelników.

Iris Kammerer – za dodawanie otuchy i pomoc przy pracy nad tekstem.

Moja redaktorka dr Andrea Müller – za wspaniałą współpracę i ostateczną kosmetykę tekstów.

Judith Merchant – z którą przy wielu filiżankach herbaty prowadziłam długie rozmowy o tej powieści i która wyraziła pragnienie, aby choć raz pojechać ekspresem Nilgiri.

Michaela Rabe, kierowniczka biblioteki historycznej na uniwersytecie w Kolonii – za pomoc w poszukiwaniu danych.

Kirsten Schützhofer – za wymianę i wszechstronną krytykę tekstu.

Nicole C.Vosseler – z którą wiodłam często długie i pożyteczne dysputy na temat poszczególnych części tekstu i która wspierała mnie w trakcie całego procesu twórczego.

Chciałabym podziękować również gorąco mojemu mężowi Mohabowi, który podawał mi pomocną dłoń w krytycznych momentach, a także całej mojej rodzinie za wsparcie i cierpliwą akceptację momentów mojego „zaskorupiania się”, zwłaszcza w końcowym okresie pracy.

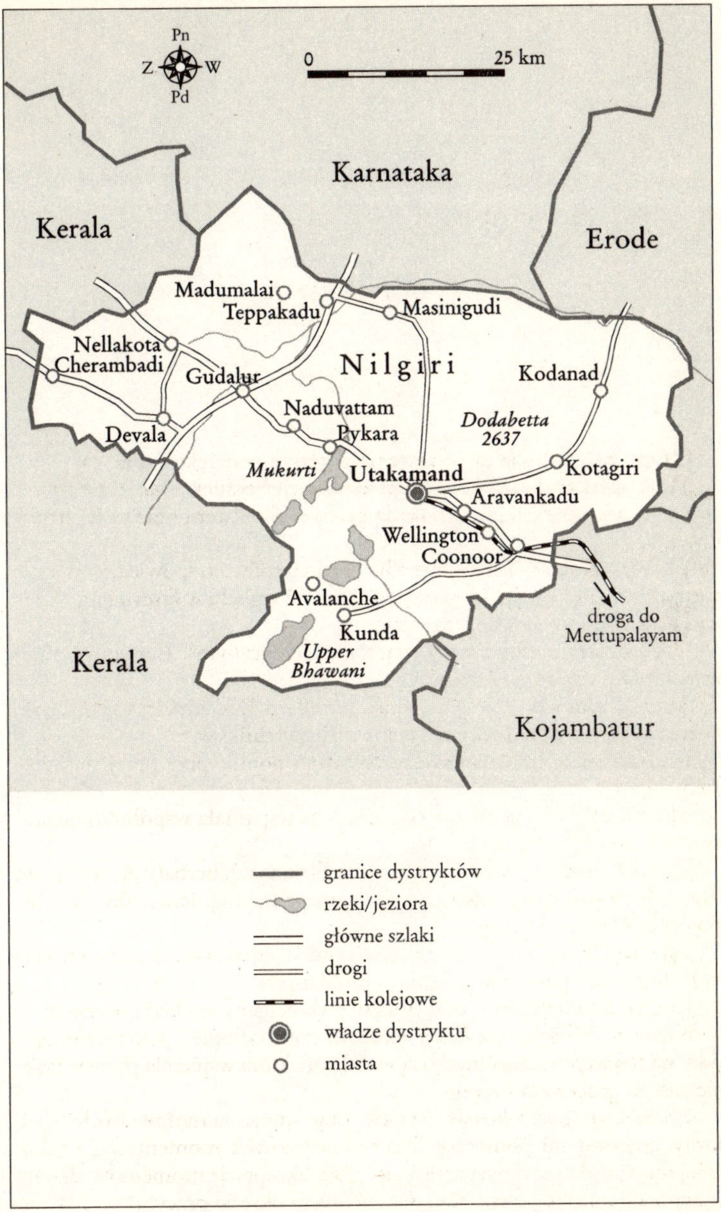
Pn
Z
W
Pd
0
25 km
Karnataka
Kerala
Erode
Madumalai
Teppakadu
Masinigudi
Nellakota
Cherambadi
Gudalur
Nilgiri
Kodanad
Naduvattam
Dodabetta
2637
Devala
Pykara
Mukurti
Utakamand
Kotagiri
Aravankadu
Wellington
Coonoor
Avalanche
Kunda
Upper
Bhawani
droga do
Mettupalayam
Kerala
Kojambatur
granice dystryktów
rzeki/jeziora
główne szlaki
drogi
linie kolejowe
władze dystryktu
miasta